동아시아 재난 서사

일본학총서
50

# 동아시아
# 재난
# 서사

정병호 편

보고사
BOGOSA

    이 책『동아시아 재난 서사』는 한국과 일본의 재난문학을 중심으로 동아시아 재난 서사에 관한 16편의 연구를 한데 묶은 연구서로, 한국연구재단의 일반공동연구 〈동아시아 재난에 대한 문학적 대응과 재난 서사(敍事)의 계보 : 근대 이후 한국과 일본의 재난문학 개념설정과 그 역할을 중심으로〉를 수행하는 과정에서 얻은 연구성과 일부를 엮어낸 것이다. 연구의 목적은 한국과 일본의 재난에 대한 문학적 대응인 '재난문학'을 정립하고 재범주화하여 동아시아 재난 서사의 계보와 재난문학사 구축의 가능성을 탐구하는 것이었다.

    본 공동연구에서 다룬 재난의 범주는 1890년대 일본의 노비(濃尾)지진과 메이지산리쿠(明治三陸)지진 그리고 거대 쓰나미를 다룬 의연(義捐) 문학작품집에서 간토대지진, 3.1운동 이후 조선인 탄압, 일본의 원폭문학, 한국전쟁, 한신·아와지(阪神·淡路)대지진, 세월호 침몰참사, 3.11 동일본대지진, 중국 쓰촨(四川)대지진까지 동아시아의 재난을 망라하였으며, 이 책은 그러한 동아시아 재난에 관련된 서사들을 탐색한 글이다.

    위의 연구를 수행하는 과정에서 간행한『일본의 재난문학과 문화』(고려대출판문화원, 2018.12)에서는 일본 내에 한정하여 전근대부터 재난 상황을 둘러싸고 문학과 영상매체 등에서 이를 어떻게 표현하고 대응하였는지를 살펴본 바 있다. 이 책이 다소 학부생들의 교육을 염두에 두고 집필한 것이라면, 이번에 간행하는 연구서는 연구팀 구성원들의 연구논문을 중심으로 한 '재난 서사'를 둘러싼 진지하고 깊이 있는 분석들이 주를 이루고 있다.

크게 2부로 구성한 연구서는 제1부에서 '20세기 한일 양국의 재난문학'을, 제2부에서 '20세기와 21세기 경계에 선 동아시아 재난문학'을 다루었으며, 각 장의 연구 내용을 간략히 소개하면 다음과 같다.

먼저 제1부에 해당하는 「메이지(明治)시대의 자연재해와 의연(義捐) 행위로서의 재난문학」은 1891년 '노비(濃尾)지진'과 1896년 '메이지산리쿠(明治三陸)지진과 쓰나미' 당시 '의연소설(義捐小說)'집 형태로 간행한 『뒤의 달빛(後の月かげ)』(1891)과 『해소의연소설(海嘯義捐小說)』(1896)을 통해 근대 초기 일본작가들의 재난문학을 분석한 것이다. 특히 '의연소설집'이라는 형식이 근대국민국가의 이데올로기와 어떻게 궤를 같이하고 있는지 분석을 통해 메이지시대 재난문학의 특징을 도출하고자 하였다. 「1919년 3·1운동 전후 부정적 조선인 표상과 불령선인 담론의 형성」은 일본 근현대를 관통하여 민족혐오와 민족학살을 논할 때 빠짐없이 등장하는 '불령선인'이라는 용어의 형성과정을 검토한 것이다. 주로 일본 내 신문과 한반도 내 일본어 신문미디어를 대상으로 조선인에 대한 부정적 표상이 3·1운동 이후 '불령선인'이라는 하나의 대명사로 귀결되어 양식화하고 불령선인 담론이 만들어지는 의도를 검토한 것이다. 한편, 「대지진 이후의 단카, 진재영의 본격적 출발」은 전근대에 '지진'을 문학적으로 다루지 않던 일본의 관습이 메이지 이후 근대의 시가 문학에서 수많은 '진재영'을 낳게 된 현상을 분석한 연구이다. 제국의 수도를 강타한 간토대지진 직후, 충실한 문학 기록과 이화된 감각 및 착란, 그리고 파괴된 현실에서 인간이나 자연의 본성을

찾고자 한 수많은 근대 단카의 유형 분석을 통해 대재난과 '말의 힘'의 상관관계가 밀접하게 드러나는 일본의 진재 시가 문학의 특성을 고찰하였다. 「관동대지진 이후 조선 지식인들의 일본에서의 삶」은 간토대지진 이후 일본 내에 거주하였던 조선 지식인들의 일상을 소설로 형상화한 유진오의 「귀향」(1930)과 염상섭의 「숙박기」(1928)를 통해 지진 이후 도쿄를 경험한 조선 지식인들의 행동과 심리를 고찰한 것이다.

　다음으로 「일본의 대지진과 재일조선인」은 근대 일본에 대지진이 발생하였을 당시 일본 사회를 대상화하여 재일조선인의 주체적인 의사 표명과 비평이 나타난 재난시를 통시적으로 살펴본 것이다. 대지진 속에서 재일조선인이 학살과 폭력, 위협에 노출된 모습을 증언하고 비판적으로 표출한 재일문학을 조명하였다. 「마명 정우홍, 사회주의자, 형무소, 관동대진재」는 1920년대 초반 재일조선인운동에 참여하며 간토대지진을 직접 겪은 사회주의 운동가인 정우홍을 대상으로 하여 관동대진재와 감옥을 매개로 사회주의자의 '식민모국 및 식민지' 인식을 구명(究明)하고자 하였다. 「전전(戰前)의 일본문학과 내셔널리즘」은 간토대지진 발생 당시 일본 근대작가들이 펴낸 에세이 작품들을 분석 대상으로 그 안에 담긴 내용이 지진 발생 이후의 일본 사회와 어떻게 연동되고 있는지를 내셔널리즘과의 상관관계 속에서 고찰한 것이다. 당시 일본 작가들이 대재난 발생 이후 닥쳐온 위기를 일본이라는 국가적, 민족적 정체성에 기대어 극복하고자 한 심리를 추적하였다. 「재난 이후 일상, 비명과 침묵 혹은 그 사이의 균열」은 1952년에서 56년까지 손창섭의 8편의 단편을 대상으로 한국전쟁 이후 일상화된 재난의 양상을 고찰한 글이다. 전쟁과 전쟁 이후 재난에 압도된 일상을 살아가는 소설 속 인물을 통해 손창섭의 1950년대 소설이 재난에 어떤 방식으로 대응하고 있었는지를 탐구하였다.

　제2부에 해당하는「한국과 일본의 재난문학과 기억」은 '세월호 침
몰사고'와 '3.11 동일본대지진' 이후 재난문학의 형태로 간행된 시장
르를 중심으로 한국과 일본의 재난문학을 비교 분석한 글이다. 특히,
이글에서는 과거의 어떠한 경험과 재난을 통해 현재의 재난을 바라보
고 있는지를 고찰하여 한국과 일본의 자연재해와 재난을 둘러싼 집단
기억을 분석하여 재난을 둘러싼 양국 문화의 특성을 분명히 하고자 하
였다.「한신아와지대지진과 연극」은 한신·아와지대지진을 소재로 하
는 연극『한신아와지대진재—1.17, 충격의 진실(阪神淡路大震災—1.17、
衝撃の眞實)』을 분석한 글이다. 소설이나 영화와 같은 재해의 간접체험
과는 달리 연극은 무대의 시작과 함께 암전 및 소리로 재해 순간을 재
연하여 관객들에게 재해 경험을 유도하는데, 이러한 장치를 통해 재난
을 다룬 연극이 관객들에게 어떠한 효과를 가져오고 있는지를 분석하
였다.「NHK 동일본대진재(東日本大震災) 프로젝트 방송과 재해 지역
표상」은 NHK 동일본대진재 프로젝트의 간판 프로그램『내일로 이어
가자(明日へつなげよう)』를 고찰한 것이다. 이 프로그램의 일본 도호쿠
지역 피재지 표상이 '중심'에 대한 '주변'이라는 오래된 도호쿠 표상을
답습하면서 여전히 존재하는 불균형의 문제를 은폐하고 있음을 밝히
고, 부흥과정에서조차 주변화된 재해 지역의 현실을 조명하였다.「중
일 재난시의 의미와 어휘 분포 비교 연구」에서는 2011년 일본에서 발
생한 동일본대지진과 2008년 중국 쓰촨성(省)에서 발생한 대지진을
주제로 창작된 재난시를 대상으로 재난시의 시어 분포 양상과 내용의
특징을 고찰하여 중일 재난시의 공통점과 차이점에 대한 분석을 시도
하였다.

　다음으로 「오다 마코토(小田實)의 『깊은 소리(深い音)』를 읽다」는 한 신아와지대지진 직후 『피재의 사상, 난사의 사상(被災の思想、難死の思想)』을 통해 대지진의 인재적 측면을 비판하였던 오다 마코토가 6년 후에 완성한 소설 『깊은 소리』를 분석한 것이다. 이 소설이 사회적 약자의 입장에 서서 재난의 가혹성과 무게가 모두에게 결코 동질이 아니라는 메시지를 던지고 있음을 논증하였다. 「한국인 원폭 피해자와 증언의 서사, 원폭문학」은 '한국인 원자폭탄 피해자 지원을 위한 특별법'이 시행된 2017년 5월에 출간된 김옥숙의 『흉터의 꽃』을 분석한 글이다. 피해 당사자의 염원이라고 할 수 있는 '특별법'이 시행된 해에 나온 이 소설이 독자에게 무엇을 전달하고자 하였는지, 이 작품이 지닌 문학적 전략과 효과는 무엇인지 규명하고자 하였다. 「소설 「참사 이후, 참사 이전」을 통해 본 3.11 동일본대지진」은 데이빗 피스의 소설 「참사 이후, 참사 이전(惨事のあと、惨事のまえ)」을 대상으로 간토대지진을 경험한 아쿠타가와를 통해 재난이라는 극한 상황 속에서 그가 일본 사회에 보냈던 경고를 3.11 동일본대지진과 연계하여 분석하였다. 「21세기 재난과 소환되는 'Ryunosuke'」는 2011년 동일본대지진 발생 이후, 일본의 근대문학자 아쿠타가와 류노스케(芥川龍之介)가 '재난문학'이라는 범주로 소환된 의미와 패러디의 장치에 대해 분석한 것이다.

　2020년도 우리는 미증유의 코로나-19 바이러스 팬데믹 시대를 살아가고 있다. 이 팬데믹으로 지금까지 수천만 명의 감염자가 발생하였으며 백만 명 이상의 인명피해를 입었다. 팬데믹 상황은 세계 각지의 일상을 송두리째 빼앗고 인간의 자유로운 활동을 제약할 뿐만 아니라, 경제와 외교, 교육에 심대한 영향을 끼치고 있다는 면에서 세계적인 재난 상황이라 하지 않을 수 없다. 이러한 측면에서 최근에 감염병이라는 의

료재난을 그린 문학이나 영상 서사도 새롭게 조명을 받고 있다. 따라서 향후 재난문학이나 재난 서사의 범주는 더욱 확장될 것이며, 인간사회에서 재난 서사는 뗄 수 없는 관계에 있다고 할 수 있을 것이다. 본 연구팀이 정리한 이 연구서의 문제의식을 더욱 확장하여 새로운 유형의 재난 서사에 관한 다양한 연구가 나타나길 기대해 마지않는다.

3년간 공동연구 〈동아시아 재난에 대한 문학적 대응과 재난 서사(敍事)의 계보〉를 수행한 본 연구팀의 공동연구원을 비롯하여 전임연구원과 연구보조원으로 활동해준 모든 분께 감사의 말씀을 드린다. 특히 본 연구팀에서 활동하였던 전임연구원 중 김계자·편용우·최가형·김보경·이행선 선생님이 본 연구를 수행하는 과정에서, 또는 연구가 종료된 시점에서 대학의 전임으로 임용되었다. 이 지면을 빌려 다시 한번 축하의 말씀을 드리고 싶다. 연구팀의 정리작업을 맡은 이민희 선생님과 박사과정에 다니는 김여진 대학원생에게도 고마운 마음을 전한다.

마지막으로 본 연구를 지원해준 한국연구재단 관계자와 선뜻 출판을 맡아 주신 도서출판 보고사의 사장님과 박현정 부장님께도 심심한 사의를 표하고 싶다.

2020.11
편자 정병호

## ‖ 2부 ‖

## 20세기와 21세기 경계에 선 동아시아 재난문학

### : 자연재해·사고로부터 인재(人災)·사건으로

## ‖ 2부 ‖
## 20세기와 21세기 경계에 선 동아시아 재난문학

### : 사회적 약자와 공동체적인 삶

# 1부

## 20세기 한일 양국의 재난문학

근대국민국가의 이데올로기와 '말의 힘'
그리고 식민지

# 메이지시대의 자연재해와
# 의연(義捐) 행위로서의 재난문학

### 노비(濃尾)지진과 메이지산리쿠(三陸)지진을 중심으로

정병호

## Ⅰ. 서론

일본 근대문학자들은 지진과 쓰나미 등 커다란 자연재해가 있을 때마다 다양한 형태의 재난문학을 남겨왔다. 2011년 3.11 동일본대지진, 1995년 한신·아와지(阪神·淡路)대지진, 1923년 간토(關東)대지진 이후에 쓰인 방대한 '진재(震災)문학'이나 '원전(原發)문학', 그리고 이러한 자연재해를 둘러싼 다양한 문단 현상이 이에 해당할 것이다. 간토대지진 이후 쏟아진 방대한 재난문학, 각종 문학잡지의 '진재 특집호', 나아가 간토대지진을 경계로 하여 신감각파문학이나 프롤레타리아문학의 활발한 전개[1] 등을 고려한다면, 일반적으로 문학사에서는 간토대지진 이후 전개된 다양한 문학적 현상을 근대 재난문학의 기원으로서

---

1 小田切進, 『昭和文學の成立』(勁草書房, 1965), p.46.

생각하는 경향이 있다. 이러한 인식은 사망자와 행방불명자가 10만 5천여 명을 넘고 엄청난 화재로 인해 도쿄(東京), 요코하마(橫濱) 등 수도권을 중심으로 한 간토지역 일대 대부분의 지역이 커다란 타격을 받아 일본 재난사상 피해규모가 최대였다는 사정과 결코 무관치는 않아 보인다.

그러나 이 간토대지진이 일어나기 이전, 메이지(明治)시대에도 막대한 인명피해는 물론, 건물과 가옥, 그리고 생산시설에 엄청난 피해를 끼친 대지진과 쓰나미가 연이어 일어났다. 예를 들면 1872년 3월 14일 시마네현(島根縣) 하마다시(濱田市)를 중심으로 발생하여 500여 명 이상의 인명피해를 낳은 '하마다지진(濱田地震)', 1891년 10월 28일 미노(美濃)와 오하리(尾張)지역에서 발생하여 7,000여 명 이상의 인명피해를 낳은 '노비(濃尾)지진', 1894년 10월 22일 야마가타현(山形縣) 쇼나이(莊內)평야를 중심으로 일어나 700명 이상의 인명피해를 낳은 '쇼나이지진(莊內地震)', 나아가 1896년 6월 15일에 일본의 동북부지역에서 발생하여 2만여 명 이상의 인명피해와 실종자가 발생한 '메이지산리쿠(明治三陸)지진과 쓰나미' 등이 재난규모나 피해의 정도에서 가장 심대한 타격을 준 자연재해였다.

그리고 이러한 자연재해에 대해 메이지시대 문학자들도 곧바로 반응을 하였으며, 그 어느 시대와 마찬가지로 적극적으로 대응하고자 하였다. 이와 관련된 대표적인 문학현상이 바로 '의연(義捐)소설'이라는 형태로 나타났다. 예를 들면, 1891년 노비지진에 대응하기 위해 스즈키 도쿠치(鈴木得知)가 발기인으로 하여 오자키 고요(尾崎紅葉), 쓰보우치 쇼요(坪內逍遙) 등 당대의 대표적인 문인들의 글을 모아 '비노진재의연소설(尾濃震災義捐小說)'집 형태로 간행한 『뒤의 달빛(後の月かげ)』(春陽

堂, 1891.12), 1896년 메이지산리쿠지진 피해자 구제를 위해 문예지『문예구락부(文藝俱樂部)』에서 역시 당대 대표적인 문인들의 글을 모아 특집호로 만든『해소의연소설(海嘯義捐小說)』(博文館, 1896.7)이 이에 해당한다. 이들 재난문학집은 당대 수많은 문학자들의 동의와 원고를 받아 독자들에게 판매하여 그 수익금을 피재지에 의연(義捐)하겠다는 취지에서 간행된 것이기 때문에 어떤 의미에서는 재난상황에 대한 매우 적극적인 문학적 대응이라 할 수 있다.

　메이지시대에도 이렇게 적극적이고 선명한 형태의 재난문학이 존재하고 있었음에도 불구하고, 지금까지 일본의 재난문학에 관한 기술은 1923년 간토대지진에서 시작되는 경우가 대부분이며 그 이전의 재난문학에 대해서는 그다지 연구가 진척되지 못하였다. 물론, 메이지산리쿠지진 당시 신문『일본(日本)』에「해소(海嘯)」라는 제목으로 투고한 마사오카 시키(正岡子規)의 하이쿠(俳句) 14수에 관한 연구,[2] 야나기타 구니오(柳田國男)가 1910년에 이와테현(巖手縣) 도노(遠野) 지방에 전해지는 전승 등을 그린 설화집『도노이야기(遠野物語)』중 메이지산리쿠지진을 소재로 한 99번째 이야기 관련 연구,[3] 1889년 구마모토지진(熊本地震) 당시 유포된 가조에우타(數え歌)에 관한 연구[4] 등, 메이지시대

---

2　加藤定彦,「飄亭、不折、子規と三陸大津波─「海嘯」十四句をめぐって」,『大衆文化』 6(2011.9), pp.2~9.

3　三浦佑之,「三つの九九話─『遠野物語』と明治三陸大津波」,『立正大學大學院紀要』28 (2012.3), pp.141~157. 한편 이와 관련하여 石井正己,「自然災害と柳田國男」,『季刊東北學』28(東北藝術工科大學東北文化研究センター, 2011), pp.239~240의 소개도 이와 연관이 있다.

4　大島明秀,「數え歌に見る「明治二十二年熊本地震」の記憶」,『熊本都市政策』4(熊本市都市政策研究所, 2017.3), pp.88~95.

재난문학 관련 연구[5]가 전혀 없었던 것은 아니지만, 메이지시대 대표적인 문학자들로부터 동조를 받아 그들의 원고를 수합·게재하였던, 당시 자연재해에 대해 가장 적극적인 문학적 대응이라고 할 수 있는 상기의 '의연소설집'에 대해서는 거의 언급이 없다. 언급이 있었다고 하더라도 도서관이나 자료관 등의 특별전시회[6]에서 3.11 동일본대지진과 유사한 형태의 자연재해였던 메이지산리쿠지진과 관련하여 『해소의연소설(海嘯義捐小說)』의 존재가 언급되는 정도였지만, '비노진재의연소설(尾濃震災義捐小說)'집인『뒤의 달빛(後の月かげ)』은 지금까지 언급조차 되지 않은 귀중한 재난문학 자료라 할 수 있다.

3.11 동일본대지진 이후 무수하게 쏟아진 이른바 '진재문학' 관련 연구서도 주로 문제시하고 있는 대상은 3.11을 비롯한 동시대의 재난상황과 문학적 대응, 아니면 소급하더라도 '간토대지진'까지인 경우가 대부분이다. 예를 들면, 마에다 준(前田潤)의『지진과 문학─재액과 더불어 살아가기 위한 문학사』는 동시대의 진재문학이나 간토대지진 관련 문학 탐구에 그치고 있다.[7] 스즈키 아키라(鈴木斌)의『문학에 그려진 대

---

5 라프카디오 헌이 1854년에 일어난 안세이남해지진(安政南海地震)을 대상으로 그린 소설과 일본 국정교과서에 실린 이야기, 그리고 이것들과 메이지산리쿠지진과의 관련성을 분석한 아래 연구도 메이지 재난문학 연구에 속할 것이다.
   饒村曜,「「稻むらの火」と明治三陸地震津波とラフカディオハーン」,『海の氣象』52(3), (海洋氣象學會, 2007.3), pp.1~11.
6 예를 들면, 3.11 동일본대지진 피재지였던 이와테현(巖手縣)의 현립도서관에서 이와테현의 쓰나미 재해사를 개괄하고 쓰나미 재해의 기록자료와 쓰나미를 제재로 한 문학작품을 소개한「쓰나미를 전하는 기록과 문학(津波を傳える記錄と文學)」기획전(2013.8.1. ~ 9.23)이 이에 해당한다.
7 前田潤,『地震と文學─災厄と共に生きていくための文學史』(笠間書院, 2016), pp.1~355.

진재―진혼과 희구』의 경우에도 동일본대지진, 한신아와지대지진, 간
토대지진, 원전(原發)문학을 대상으로 하고 있으며 메이지시대 재난문
학에 대한 시선은 완전히 결락되어 있다.[8]

따라서 본 논문은 '비노진재의연소설'집인 『뒤의 달빛』과 『문예구락
부』 특별기획 소설집인 『해소의연소설』을 중심으로 하여 메이지시대
재난문학의 특징을 분석하고자 한다. 특히 이들 문학집이 모두 '의연소
설'집 형태로 간행되었다는 점에서 이 의연소설집이 메이지시대의 재
난문학으로서 의미하는 바가 무엇이며, 이 문학집의 간행목적은 어디
에 있는지, 나아가 이들 문학집에서 재난을 어떻게 바라보고 인식하였
는지를 고찰하고자 한다. 이를 통해 일본 근대기 재난문학의 범주를 메
이지시대까지 소급하여 일본 재난문학의 전모를 확장하며, 메이지시대
문학자들의 재난상황에 대한 문제의식을 분명히 하고자 한다.


## Ⅱ. 메이지시대 자연재해와 문학자의 대응

메이지 유신 이후 문명개화를 지향하며 서구식 근대화에 박차를 가
하였던 메이지시대에도 앞에서 언급한대로 지진이나 쓰나미 등 자연재
해는 연이어 일어났다.

특히, 메이지시대에 일어났던 자연재해 중에서 '노비지진'과 '메이지
산리쿠지진'은 인명피해 규모나 지진의 강도 측면에서 우리가 잘 알고
있는 근대기의 간토대지진(1923), 한신·아와지대지진(1995), 동일본대

---

8 鈴木斌, 『文學に描かれた大震災―鎭魂と希求』(菁柿堂, 2016), pp.1~164.

지진(2011)에 버금가는 거대재난이었다. '노비지진'은 현재의 기후현
(岐阜縣), 아이치현(愛知縣)에 해당하는 미노(美濃)와 오하리(尾張)지역
에서 발생한 매그니튜드 8 이상의 거대 내륙 지각형 대지진으로 엄청
난 인명피해와 22만 채 이상의 가옥 피해를 가져왔다. '메이지산리쿠
지진'은 2011년의 동일본대지진에 비견할 수 있을 만큼 대형 쓰나미를
동반한 지진이었다. 피해지역도 동일본대지진과 마찬가지로 이와테현
(巖手縣)을 중심으로 아오모리현(靑森縣), 미야기현(宮城縣), 아키타현
(秋田縣)의 해변에 걸쳐 최대 30m 이상에 이르는 거대 쓰나미가 발생
하여 수많은 인명피해와 더불어 가옥 및 도로, 경작지 등에 심대한 피
해가 일어났다.

　한편, 메이지시대에 일어난 이들 거대지진과 관련하여 특기할만한
것은 메이지 유신 이후 신문을 중심으로 근대적인 언론매체가 형성됨으
로써 이들 재난이 전국적 규모로 신속한 보도가 이루어졌다는 점이다.

　　대지진!! 안세이(安政)의 대지진이라고 하면 이것을 말하는 것만으
　로도 도쿄도(東京都) 내의 인사들은 당시를 회상하며 전율하지 않는 자
　는 없다. 어쩌면 스스로 아주 무참한 실황을 목격하고 만사(萬死)의 위
　난을 모면해 왔기 때문이다. 이제는 아이치(愛知), 기후(岐阜), 후쿠이
　(福井) 세 현(縣)을 비롯하여 그 외에 두셋의 부현(府縣)에서도 우리
　동포 수십만의 생민(生民)은 거의 안세이 진재와 같은 참상을 목격하고
　수천의 인민은 이로 인해 사상(死傷)의 불행에 빠졌다.[9]
　● 해소(海嘯, 대참상) 16일 오후 3시 35분 센다이 특발(仙臺特發)
　　어젯밤부터 오늘 아침에 이르기까지 오시카(牡鹿), 모토요시(本吉)

---

9 「大震!!」, 『東京日日新聞』(1891.10.30.).

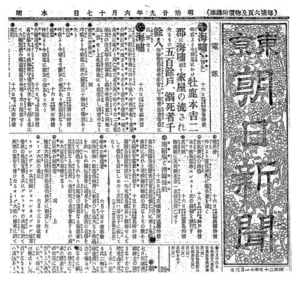

〈그림 4〉 메이지산리쿠지진의 거대 쓰나미의 참상을 전하는
도쿄 아사히 신문(1896.6.17.)

두 군(郡)에 해소가 일어나 가옥 유실이 5백여 호, 익사자 천여 명, 지사
(知事), 경부장(警部長), 참사관 이사 경부, 순사 등 급히 출장하였다.
• 해소(海嘯, 대참상) 16일 오후 1시 39분 아오모리 특발(青森特發)[10]

위의 인용문 중 첫 번째 기사는 노비(濃尾)지진이 일어나고 이틀 후
인 10월 30일 『도쿄 니치니치 신문(東京日日新聞)』의 지진 관련 보도이
다. 이 보도는 도쿄 지역에 일어났던 1855년의 안세이에도(安政江戸)지
진의 참담한 기억을 상기하면서 지진 피해 상황을 보도하고 있는데 특
히 피해가 컸던 아이치(愛知), 기후(岐阜), 후쿠이(福井) 각 지역의 피해

---

10 「電報」, 『東京朝日新聞』(1896.6.17.).

상황을 상세하게 보도하고 있다. 두 번째 인용문은 메이지산리쿠지진
이 일어난 다음 날 '전보란'에서 각 지역의 지진과 쓰나미 피해 상황을
전하는 『도쿄 아사히 신문』 기사이다. 이 기사에서는 노비지진보다도
훨씬 신속하게 각 지역의 피해 상황을 전보로 송출 받아 시간적으로도
상당히 빠르게 재난 상황을 전달하고 있다.

이는 지진 다음 날인 6월 17일 피해 보도를 하고 6월 18일에 "어제
전보란 내에서도 보도했던 것처럼 지난 15일 밤부터 16일 아침에 걸쳐
미야기현(宮城縣), 이와테현(巖手縣), 아오모리현(靑森縣)에 대지진과
더불어 거대 쓰나미가 발생하여 시가(市街), 인가(人家)가 유실되고 사
람과 동물의 사상(死傷) 숫자를 알 수 없다. 실로 더 없는 참상을 보이
고 있지만 본사가 접수한 정보를 아래에 게재한다."[11]면서 각 현의 피해
상황을 상세하게 보도하고 있는 『요미우리 신문』 기사를 통해서도 그
보도의 신속성을 잘 알 수 있다. 물론 에도(江戸)시대에도 지진 등 자연
재해를 가와라판(瓦版) 등으로 인쇄한 내용이 대량으로 유통되었다고
는 하지만 이러한 자연재난을 두고 전국적 규모로 전보 등을 활용하여
신속하게 정보가 유통된 것은 바로 근대적 매체와 통신수단의 발달에
기인한 것으로 볼 수 있다.

그렇다고 한다면, 메이지시대의 이러한 대형 자연재난을 두고 문학
자들은 어떻게 대응하였던 것인가? 나아가 메이지시대 문학자들은 이
러한 자연재해에 대해 어떻게 인식하고 있었던 것인가? 근대 하이쿠(俳
句), 단카(短歌)의 개혁자이자 메이지시대 대표적 문학자인 마사오카
시키(正岡子規)가 신문 『일본(日本)』에 「해소(海嘯)」라는 제목으로 발표

---

11 「奧州北海道東海岸の大地震大津波」, 『讀賣新聞』(1896.6.18.).

한 하이쿠 14수의 서문에 해당하는 문장이 이 당시 자연재해에 대한
문학자의 인식을 잘 보여주고 있다.

> ▶ 6월 15일 마침 음력 단오에 즈음하여 동북 해안에 수만의 생령(生
> 靈)들은 하룻밤에 해소로 인해 죽음을 맞이해 버렸다. 아아, 이 정도의
> 손해는 천재(天災)나 전쟁에도 전대미문의 일이기 때문에 들을 때마다
> 소름이 돋는다.
> ▶ 검은 산과 같은 커다란 파도는 독설(毒舌)을 내어 연안의 집도 나
> 무도 사람도 가리지 않고 죄다 금새 핥아버렸다. 아아, 참혹하고도 참혹
> 하다. 규환의 목소리 귀에 들려 전신이 불식간에 전율한다.
> ▶ 다행히 살아남은 자는 부모를 잃고 아이를 잃고 남편을 잃고 집을
> 잃고 먹을거리를 잃고 목숨 하나를 이 세상에 주체 못 하는 일도 어찌
> 슬프지 않겠는가.[12]

이 글은 메이지산리쿠지진과 거대 쓰나미가 남긴 비참한 현실을 앞
에 두고 마사오카 시키의 인식을 잘 보여주는데, 그것은 무엇보다 전쟁
보다 더한 거대한 자연재해에 대한 전율, 피해의 참혹함에 대한 슬픔과
놀라움이었다. 마사오카 시키는 당시 『일본』의 기자를 겸하고 있었기
때문에 누구보다도 빨리 메이지 산리쿠대지진의 피해 정도와 재해 규
모에 대해 상세하게 접하고 있었는데, 위의 글에서는 이러한 참혹한 상
황에 대한 비통한 심정이 잘 드러나 있다. 이 마사오카 시키의 하이쿠
는 당시 신문 『일본』의 "나카무라 후세쓰(中村不折)의 취재화(取材畫)와
기자의 정보에, 충분히 상상의 날개를 펴서 피재지를 정확하고 적격하

---

12  正岡子規, 「海嘯」, 『日本』(1896.6.29.).

게 하이쿠로 사생(寫生)하"¹³였다고 평가받고 있는데, 신문의 재난취재
기사와 그림과 교차되는 지점에 바로 이 하이쿠이 생생한 현장감과 비
통한 심정이 있는 그대로 전달되고 있다고 할 수 있다.

그런데 이 하이쿠에서 특이하게 보이는 부분이 바로 14번째의 하이
쿠와 그 서문, "황실은 이 사실을 들으시고 곧바로 금전을 하사하시고
시종으로 하여금 실황을 살피게 하신다."라는 부분이다. 여기서 말하는
황실이 하사하는 금전은 다음 장에서 구체적으로 살펴볼 재해 당시 피
재지 사람들에게 나눠주는 주요 구제기금 중 하나인 천황과 황후의 '은
사금(恩賜金)'을 가리키는 말이다. 그런데 이 은사금은 1891년 노비지
진 이전까지는 "응급적 구제금으로서 지급의 틀이 특정되어 있지 않았"
지만 "천황주권의 국가체제를 명시한 메이지헌법 발포 이후 원수로서
천황의 지위를 국민의 의식에 정착시키기 위한 교화 프로그램은, 재해
시의 은사금 지급에도 천황의 '위덕(威德)'을 감득(感得)시키는 방식을
말단행정에 요구하"였던 사실과 밀접한 연관을 가지고 있었다. 즉 노비
지진 때부터 피해자에게 영수서의 제출을 의무화하여 "피재자(被災者)
들에게 천황의 격려의 말과 돈이 수여되는 사실을 기억시"킴으로써
"천황의 자비심이 구체적인 형태로 국민에게 전달되는 기회로서 재해
는 하나의 중요한 장"¹⁴으로 기능하였는데 마사오카의 하이쿠는 이러
한 역사적 사실을 충분히 담고 있었다.

그렇기 때문에 마사오카는 14번째 하이쿠에서 "여름의 풀에 단 이슬

---

13 清水ますみ, 「正岡子規の明治三陸地震津波―明治二九年の新聞記事「海嘯」との出會
い」, 『震災學』 6(2015), p.114.
14 北原絲子, 『日本災害史』, 吉川弘文館 編(2012), pp.293~294.

로 뒤덮인 천황의 눈물(夏草や甘露とかゝる禦淚)"이라고 읊었는데 여기
서 단 이슬(甘露)은 천자가 인정(仁政)을 베풀면 하늘이 감동하여 내리
는 단 이슬을 가리킨다. 천황의 눈물이 상징하고 있듯이 피해자나 피재
지를 뒤덮는 인자한 천황의 이미지는 재난 하이쿠를 읊는 마사오카의
머릿속에서도 깊이 각인되어 있었던 셈이다. 따라서 이 하이쿠를 보더
라도 메이지시대 재난문학은 당시의 시대적 인식을 그대로 반영하고
있었다고 할 수 있다.

　이상 고찰해 보았듯이, 메이지시대의 자연재해는 다양한 형태로 발
생하였지만 근대적 언론매체의 발달로 그 이전 시대에 비해 매우 신속
하고 활발하게 전국적 규모로 보도가 이루어졌다. 나아가 이러한 재난
에 즈음하여 작가들도 신속하게 재난이 초래한 비참한 상황에 대한 정
보를 접하고 이에 적극적으로 대응하고자 하였으며 이를 문학적으로
형상화하였다. 그러나 메이지시대 재난과 관련하여 가장 적극적인 문
학적 대응이 이른바 '재난의연소설'의 형태로 나타났는데, 이는 다음
장에서 상세하게 분석하도록 한다.


## Ⅲ. '의연(義捐)소설'의 간행과 재난문학

　이와 같이 메이지시대 작가들도 지진이나 쓰나미, 화산 분화 등 다양
한 형태의 자연재해를 목도하고 재난이 남기 상흔과 참담한 상황에 비
통한 심정을 담아 이른바 재난문학을 창작하였다. 그런데 앞에서도 언
급하였듯이, 메이지시대의 재해·재난에 대해 당대 작가들의 문학적 대
처를 가장 잘 보여주는 사례가 바로 수십여 명의 작가들이 참여하는

'의연소설집' 간행이다.

그렇다고 한다면 이들 자연재해에 대한 메이지시대 문학자들이 이러한 작품집을 간행한 목적과 이유는 어디에 있는 것일까? 이를 구체적으로 알아보기 위해 다음의 인용문을 보도록 한다.

> 지난 안세이(安政) 2년 에도(江戸)대지진 때에는 내가 아직 어렸지만 그 참상을 근처에서 보고 지금에 이르기까지 잊을 수 없다. 따라서 이번에 비노(尾濃) 지방 진재의 소식을 듣고 그 부모와 헤어지고 아이를 잃고 부부·형제들이 이산(離散)하여 길가의 이슬을 맞고 한풍(寒風)을 맞고 슬퍼하며 탄식하는 정상(情狀)을 살피고 있으면 잠자코 좌시할 수 없다. 따라서 문학 제명가에게 자작의 명문 각 1장(章)씩 기고를 청하여 이것을 슌요도(春陽堂)의 주인에게 부탁하여 하나의 소책으로 만들어 발매하여 1천 부의 매상 순익을 양지(兩地)에 의연(義捐)하고자 한다.[15]

이 인용문은 1891년 10월 28일에 있었던 '노비(濃尾)지진'을 경험하고 소설가이자 연극평론가인 스즈키 도쿠치(鈴木得知)를 발기자로, 신문기자이자 소설가인 미야자키 산마이(宮崎三昧)를 보조자로 하여 발행한 의연소설집인 『뒤의 달빛(後の月かげ)』의 간행 취지문이다. 이 인용문에서 알 수 있듯이 거대재난을 당하여 참담한 상황을 맞이한 피재지의 사람들을 보고 무엇인가 하지 않으면 안 된다는 생각이 이 작품집 간행의 출발점이다. 그래서 당시 문학자들에게 문장을 의뢰하여 발행한 이 작품집의 판매 이익금을 미노와 오하리지역에 의연(義捐)하고자 함이 이 작품집 간행의 직접적인 목적이자 이유였다. 재난 상황 속

---

15 「本編發行の趣意」, 『後の月かげ』(春陽堂, 1891.12), pp.1~2.

에서 문학자로서 할 수 있는 방식인 원고모집과 작품집의 간행, 판매
이익금의 의연이라는 형태로 이들은 사회적 역할을 완수하고자 하였
던 것이다.

　　산리쿠 거대 쓰나미가 일어나자 폐관(弊館)은 신속하게 특파원을 파
　　견하여 실황을 시찰하게 하고 또한 이를 사진으로 찍어 각 잡지에서 빠
　　짐없이 독자들에게 보도하였다. 이제는 그 비참함을 차마 간과할 수 없
　　다. 후쿠치 오치(福地櫻癡), 아에바 고손(饗庭篁村), 햐쿠센(百川), 모
　　리 오가이(森鷗外), 스즈키 도쿠치(鈴木得知), 오자키 고요(尾崎紅葉),
　　고다 로한(幸田露伴), 미야자키 산마이(宮崎三昧) 등 제 선생을 비롯하
　　여 각 문학 대가 50여 명 및 각 화백의 찬조를 얻어 산리쿠해소의연소
　　설을 내어 순익을 올려 이것을 의연하고자 한다.[16]

　이 인용문은 당시 최대 출판사였던 박문관(博文館)이 1895년부터 간
행하였던 문예잡지인『문예구락부(文藝俱樂部)』1896년 7월호의 예고
기사이다. 이 7월호의 10일 뒤에 간행된 특집호『해소의연소설(海嘯義
捐小說)』의 간행을 알리는 내용인데, 여기서도 역시 지진과 쓰나미를
당하여 비참한 상황에 놓여있는 사람들의 실상을 간과할 수 없었기 때
문에 여러 문인들의 발기로 당대 문학자와 화백의 찬조를 얻어 이 작품
집을 간행한다는 설명과 이 수익금을 모두 의연금으로 기부하겠다는
내용이다. 이러한 의미에서 이『해소의연소설』도 '노비지진' 당시 의
연소설집인『뒤의 달빛』과 마찬가지로 진재와 쓰나미로 참담한 역경
에 빠진 피해자들을 적극적으로 원조하고자 하는 문학자들의 적극적인

--------

16 「文藝俱樂部臨時增刊 三陸海嘯義捐小說」,『文藝俱樂部』2(8)(博文館, 1896. 7), p.174.

대응이 있었다고 할 수 있다.

이와 같이 근대문학 성립기라 할 수 있는 메이지시대에 이 당시 가장 큰 자연재해라 할 수 있는 '노비지진'과 '메이지산리쿠지진'에 즈음하여 문학자들은 '의연'이라는 형태로 이 참상에 적극 대응하고자 하였다. 그렇다면 '노비지진'과 '메이지산리쿠지진' 이후 이들 문학자들이 '의연소설'이라는 이름을 붙이며 작품집을 간행한 의미를 어떻게 볼 수 있는 것인가? 나아가 이 의연소설집을 통해 이 당시 '의연'이라는 행위가 내포하는 사회문화적 의미는 어디에 있는 것일까?

메이지산리쿠지진 당시 가장 심각한 타격을 받았던 지역 중 하나인 미야기현(宮城縣)이 1903년도에 간행한 『미야기현해소지(宮城縣海嘯誌)』와 미야기현 센다이(仙臺)에서 간행된 일간지 『오우니치니치 신문(奧羽日日新聞)』을 분석한 다케하라 가즈오(竹原万雄)는 사자의 매장, 생존을 위한 생활용품이나 생업을 위한 농기구·어업기구 등의 조달, 부상자 치료, 이재민 구조 등 피재지의 구제에 필요한 엄청난 재원을 다음과 같이 분류하였다. 즉 "구휼(救恤)의 자료로서, ①천황·황후 등으로부터 오는 「은사(恩賜)금」, ②「국고구제금」, ③「비황저축금(備荒儲蓄金)」에 더해, ④각지로부터 모은 「의연금」 및 ⑤「기증물품」"[17]이 이에 해당된다. 그런데 재난의 구제와 복구에 사용할 이들 재원을 재원액으로부터 본다면 ①은사금은 4,200엔, ②국고구제금은 59,650엔, ③비황저축금은 47,125엔, ④미야기현에 모인 의연금만으로도 170,865엔, ⑤14여점의 피복, 식품, 기구, 잡품이라는 형태를 취하고 있었다. 따라

---

17 竹原万雄, 「明治三陸津波における義捐金と寄贈品」, 『季刊東北學』 29(2011年 秋), pp.142~143.

서 훨씬 더 많은 사상자를 낳은 이와테현(巖手縣) 등의 수치를 빼고도 의연금 액수가 국가나 지방관공서에서 담당하는 재원을 합한 금액보다 의연금의 액수가 더 많기 때문에 이 당시 재난 구조금으로 의연금이 얼마나 높은 비율을 차지하고 있었는지를 알 수 있다.

그런데 이러한 의연금 모금에 가장 중요한 역할을 수행한 것은 당시 근대 언론매체의 중심으로 부각되고 있었던 신문들이었다. 신문사들이 사회사업으로서 지면을 통해 재해 의연금 모집을 실시한 것은 1885년의 요도가와(澱川)홍수부터 그 사례가 있지만, 5개 신문사가 연계하여 전국으로 의연금모집을 호소하기 시작한 것은 1886년 영국선 노먼턴호가 조난했을 때 일본인 승객 25인가 희생된 노먼턴호 사건부터이며 1888년의 반다이(磐梯)산 분화 때에는 15개 중앙지 신문사가 연계하여 다액의 의연금을 모집하였다.[18] 이러한 경험이 계기가 되어 3년 후에 일어난 "노비지진에서는 이미 정착된 방식, 즉 재해발생 후 곧바로 지면 톱에 기한을 정한 의연금 모집의 광고가 나오고, 모집에 응한 인명, 소속 또는 거주지, 금액이 지면에 게재되었다. 더욱이 모금액의 집계액이 밝혀지고 피해 현(懸)에 송부한 금액, 그 영수증 등도 지면에 소개되"[19]고 있었다. 그래서 이 노비지진 당시에는 신문사를 중심으로 하여 22만 엔이 넘은 가장 높은 금액의 의연금을 모집하였다.

실제, 이 당시 노비지진 당시 『도쿄 아사히 신문』은 1891년 11월 1일자 1면 상단에 「이재자구휼금모집(罹災者救恤罹金募集)」이라는 기사를 내어 "여러분 자선가 제군, 각별히 우리의 대자비심, 대의협심이 풍

---

18 北原絲子 編, 『日本災害史』(2012), p.294 참조.
19 위의 책, pp.294~295.

부한 애독자 제군 감히 스스로 나서서 다소의 구휼금을 희사 의연하여 그래서 이 불행한 동포로 하여금 그 참고(慘苦)의 얼마간을 가볍게 할"[20] 것을 호소하며 '의연금'을 모집하고 있다. 그리고 메이지산리쿠 지진 당시에도 『오사카 마이니치(大阪毎日) 신문』은 1896년 6월 20일 1면 상단에 역시 "아아 동포들이 이 참화를 당한 것을 견문하는 자는 그 누가 다소라도 눈물을 흘리지 않겠는가, (중략) 바라건대 강호 자선 의 군자, 분발하여 계속 증여하시기를"[21]이라며 역시 의연금의 기부를 호소하고 있다. 이들 신문 외에도 당시 중앙지, 지방지 불문하고 이러 한 '의연금 모집'을 신문의 사회사업으로서 실시하고 있었는데, 이들 기사에서는 예외 없이 동포애와 동포의 어려움에 대한 자선을 강조하 고 있다. 재난에 즈음한 이러한 의연금 모집은 당시 일본인들에게 국 민으로서의 일체감과 동일성을 확인하는 주요한 계기가 되었음은 자 명하다.

메이지시대 각종 재해와 재난에 대해 가장 높은 의연금을 모집한 실 적이 있는 『시사신보(時事新報)』의 의연금모집을 분석한 도쿠라 다케 유키(都倉武之)는 "의연금 응모라고 하는 행동이 사회를 구성하는 시민, 또는 국가를 구성하는 국민의 한 사람이라는 의식을 환기하는 기회가 되며 나아가 일본의 문명도를 세계에 제시하는 중요한 의미를 가지"[22] 게 되었다고 설명하고 있다. 이러한 해석은 당시 모든 신문들이 어려움 에 빠진 '동포'에 대한 애정을 강조하고 기부자 명부를 신문에 모두 게

---

20 「罹災者救恤罹金募集」,『東京朝日新聞』(1891.11.1.).
21 「義捐金募集」,『大阪毎日新聞』(1896.6.20.).
22 都倉武之,「草創期メディア・イベントとしての義捐金募集―『時事新報』を中心に(二)」, 『日歐比較文化研究』6(日歐比較文化研究會, 2006.10), p.38.

재하던 전략과 연관이 있었으며 나아가 '자선'이나 '의협'을 강조하며
도덕심을 강조하는 논조에 잘 나타나 있다고 할 수 있다.

일본 근대 신문의 의연금 모집의 역사가 국가의식이나 동포에 대한
일체감 형성과 밀접한 연관을 가지고 전개되었다는 사실은 처음으로
5개 신문사가 연계하여 의연금을 모집하였다는 노먼턴호 사건 당시 의
연금 관련 기사를 보면 더욱 부각이 된다.

> 그 선원은 모두 무사히 상륙하고 우리 일본인 25명은 모두 남해의
> 물고기 밥이 되었지만 고베(神戶) 재류 영국영사는 선장 및 선원에게
> 과실이 없다고 판결하였다. (중략) 무릇 우리나라 사람은 동포형제의
> 이러한 불행에 조우했음을 듣고 누가 감개통탄의 정을 발하지 않겠는
> 가. 따라서 지금 이것을 공중에게 알리고 널리 유지자의 의연을 요청하
> 여 조난자의 유족에게 증여하여 일가의 불행을 조위(弔慰)하고 아울러
> 사소(私訴)의 권리를 신장하는 자금으로 제공하고자 한다.[23]

이 기사는『오사카 아사히 신문』의 노먼턴호 사건 관련 의연금 모집
기사인데 서양인 선원들은 구조되고 일본인 승객이 모두 사망하였다는
점, 이들 선원의 책임이 영사재판에서 무죄로 판결받았다는 사실로 인
해 서양인의 일본인 차별, 불평등조약과 영사재판권 문제 등이 당시 일
본 사회 전면에 부각되고 있었다. 위의 기사에 제시되어 있듯이 의연금
모집이 서양에 대한 분개, 동포애나 자국민의 일체감 형성과 밀접하게
연관되어 있었음을 알 수 있다.

『해소의연소설』은 앞의 인용문에 보았듯이『문예구락부』의 특별호

---

23 「世ノ有志者ニ告グ」,『大阪朝日新聞』(1886.11.19.), 朝刊 p.4.

로 간행되었기 때문에 이 문예지에서 이 작품집의 예고와 광고를 한 것은 당연한 일이었다. 그러나 이 『해소의연소설』은 여러 번에 걸쳐 당시의 일간 신문에도 전면적으로 광고를 하고 있다. 예를 들면, "산리쿠해소의 재해는 실로 천하의 지참(至慘)이다. 이제 박애의 문사와 도모하여 문예구락부를 임시증간하고, 그 판매 순익을 피해자에게 의연하고자 한다. 바라건대 강호 자인(慈仁)의 군자, 계속하여 구독의 수고를 하시어 그 여윤(餘潤)으로서 가장 크게 가장 많이 의연의 재원을 만들게 하라"[24]는 광고문을 『요미우리 신문』(1896.7.14./7.26)과 『도쿄 아사히 신문』(1896.7.15./7.30) 등에 누차에 걸쳐 게재하기에 이른다.

한편 지노지진의연소설인 『뒤의 달빛』의 경우도 "이번에 비노(尾濃) 지방 진재는 실로 미증유의 재해로서 그 피재자가 부모와 헤어지고 아이를 잃고 부부·형제들이 이산(離散)하여 길가의 이슬을 맞고 한풍(寒風)을 맞고 슬퍼하며 탄식하는 참상을 견문하고는 누가 잠자코 좌시할 수 있겠는가? (중략) 발매 1천 부의 매상 순익을 양지(兩地)에 의연(義捐)하고자 하며 (중략) 발매 당일부터 계속 구매하실 것을 바란다."[25]는 광고를 『요미우리 신문』(1891.12.8.)과 『도쿄 아사히 신문』(1891.12.10)에 연이어 게재하고 있다.

한편, 이들 의연소설집들은 적극적으로 동포의 참상과 독자들의 '박애' 정신과 '자인(慈仁)'을 강조하고 있는 지점은 당시 신문사의 사회

---

24 「文藝俱樂部 臨時增刊海嘯義捐小說」(『讀賣新聞』, 1896.7.14.과 1896.7.26.) / 『東京朝日新聞』, 1896.7.15.과 1896.7.30.) 한편 1896년 8월 7일 『東京朝日新聞』에는 이 소설집의 재판발행 광고문을 내고 있다.

25 「尾濃震災義捐小說 後の月かげ 各種讀切」, 『讀賣新聞』/『東京朝日新聞』(1891.12.8·10).

<그림 5> 『요미우리 신문』과 『도쿄 아사히 신문』에 낸 尾濃震災義捐小說 광고문

사업으로서 의연금 모집과 그 궤를 같이하고 있다고 볼 수 있다. 또한
이들은 적극적인 신문광고뿐만 아니라 이 소설집의 판매와 그 수입금
에 대해서도 신문지의 의연금 모집과 마찬가지고 그 결과를 공포하고
있다.

> 일금 삼백 엔이다. 이것은 본관에서 해소의연소설을 발행하여 그 이
> 익금을 이와테, 미야기, 아오모리의 세 현(縣)에 의연한 금액 (중략) 본
> 지 애독의 제군 및 강호(江湖) 박애의 사람들에게 감사를 드린다.[26]

이 글은『문예구락부』1896년 9월호에 실린『해소의연소설』의 수입
금과 기부 내용을 독자들에게 알리는 기사인데, 이와테현에 150엔, 미
야기현에 100엔, 아오모리현에 50엔을 박문관의 이름으로 기부하였음
을 적시하고 있다. 나아가 이 세 현의 지사 명의로 온 해당 금액 수령을

---

26 「海嘯義捐小說義捐金報告」,『文藝俱樂部』2(11)(1896.9), p.227.

나타내는 감사장의 내용도 더불어 게재하고 있다.

이와 같이 노비지진 의연소설집인『뒤의 달빛(後の月かげ)』과 메이지산리쿠지진 당시『해소의연소설(海嘯義捐小說)』은 메이지시기 근대적 언론매체로 자리 잡은 신문사의 '의연금 모집'이라는 사회사업의 문맥 속에 위치하고 있었다. 이들 신문사들은 이러한 의연금 모집 이벤트를 통해 동포애의 강조, 자비로운 자선행위를 강조하고 있었는데 이는 일본이 근대국민국가를 형성하면서 필요로 하였던 국민의 일체감과 공동체 형성에 일익을 담당하는 형태였다고 할 수 있다. 그렇기 때문에 이들 의연소설집도 적극적으로 신문에 광고를 내어 의연활동 참여를 호소하고 그 수익금도 공표하는 형태를 취하였던 것이다.

## Ⅳ. 재난의연소설집의 메이지 자연재해 인식

이상에서 보았듯이 메이지시대 '노비지진'과 '메이지산리쿠대지진' 당시 만들어진 의연소설집은 메이지시대 근대국민국가 형성과 밀접한 연관을 가지며 전개된 신문사의 '의연금 모집'이라는 문맥과 궤를 같이 하면서 당시 문학자들이 재난에 가장 적극적으로 대응하는 방법이기도 하였다.

그렇다고 한다면 이들 의연소설집에서 구체적으로 작가들은 재난에 대해 어떻게 인식하고 그것을 형상화하고 있었던 것일까?

▶ 지금의 지진에도 놀랐지만 안세이(安政)의 대지진을 상기하는 것만으로도 머리끝이 쭈뼛해지고 으스스한 마음이 든다. 한번 흔들리고

기와 판 날아가고 처마 기울고 집이 무너지고 순식간에 흙먼지 하늘을 덮고 맹화(猛火)가 팔방으로 일어나 여자들과 아이들은 울부짖고 절규하는 소리가 도처에 들리고 ……[27]

▶ 꿈인가 아닌가, 무서운 쓰나미는 집도 사람도 남김없이 사라지게 만들고 새 지붕은 흔적도 남기지 않았다. 높은 나뭇가지도 벌렁 쓰러져 수책(水柵)이 되었는데 걸려 있는 시체가 몇 구인지 그 수도 알 수 없다. 가까스로 살아남은 사람들은 평소의 용기는 어디로 갔는지, 단지 망연히 사리도 분별 못 하고 부모의 이름을 부르거나 아내를 찾거나 귀여운 우리 아이 구하겠다고 미친 듯이 여기저기 뛰어다닌다.[28]

첫 번째 인용문은 「만년 하나오(万年鼻緒)」라는 작품인데, 노비지진을 당하여 실제 그 이전에 도쿄에서 일어난 안세이대지진을 상기하고 당시 지진의 참상과 재난 속에 절규하는 사람들의 모습을 그리고 있다. 두 번째 작품은 「노의 물방울(櫂の雫)」인데 역시 메이지산리쿠지진 당시 거대한 쓰나미로 인한 참담한 피해상황과 살아남은 자들의 슬픔, 그리고 가족을 잃고 절규하는 모습을 생생하게 형상화하고 있다. 메이지시대 가장 큰 지진이었던 노비지진과 메이지산리쿠지진을 소재로 하여 이들 재난을 형상화한 재난문학 작품들은 이와 같이 자연재해가 남긴 엄청난 참상과 공포, 그리고 남아있는 자들의 슬픔과 절규를 그린 경우가 매우 많았다.

예를 들면 메이지산리쿠지진 당시 외국에 나갔다 귀국했으나 7일 전 가족을 잃은 "비애의 이야기"[29]를 그린 「유아(忘れがたみ)」, 어려운 환경

---

27 南翠外史, 「万年鼻緒」, 『後の月かげ』(1891), p.43.
28 佐々木雪子, 「櫂の雫」, 『海嘯義捐小説』(1896), p.131.
29 中村田鶴, 「忘れがたみ」, 『海嘯義捐小説』(1896), p.168.

에서도 도쿄에서 공학 공부를 위해 학자금을 마련해 준 어머니는 물론 그를 기대하고 있었던 촌장과 마을 사람, 그리고 연인 오우메(お梅)를 거대 쓰나미로 잃어버리고 "하늘은 매우 불친절하다"[30]며 하늘을 원망하는 「오토메쓰바키(乙女椿)」, 역시 도쿄에 나간 양자가 이 거대 쓰나미로 인한 "눈으로도 볼 수 없는 비참한 광경"[31]과 가족을 잃은 슬픔과 비극을 그린 「샤오나미(瀉をなみ)」, 도쿄에 나가 독학하여 성공한 주인공이 연인 오미쓰와 화촉을 밝힌 날 밤 쓰나미로 신부와 모든 재산을 잃고 "실로 이 세상은 거품 몽환"[32]이라며 불교에 귀의한 「포말(泡沫)」, 난산 끝에 막 아이를 낳았으나 쓰나미로 인해 2, 3일 후 해안에 모자가 부둥켜안고 표착한 이야기를 "아아 하늘의 가혹함, 가혹함"[33]이라고 포착하고 있는 「쓰나미(つなみ)」 등 『해소의연소설』집에 이러한 작품이 산견된다. 이들 이야기들은 모두 앞에서 본 것과 같이 재난이 남긴 참혹한 광경, 남은 사람들의 슬픔과 한탄을 비통한 심정에서 포착하여 그린 작품들이다.[34]

한편, 이들 의연소설집에는 단지 재난 현장의 참혹함과 비통한 심정을 그리는 데 그치지 않고 이 소설집의 취지에 맞게 '의연' 행위 그 자체를 테마로 한 작품들도 실리는데, 다음의 구절들이 이 작품집의 지향

30  鬆居鬆葉, 「乙女椿」, 『海嘯義捐小說』(1896), p.243.
31  宮澤すみれ女, 「瀉をなみ」, 『海嘯義捐小說』(1896), p.166.
32  三宅靑軒, 「泡沫」, 『海嘯義捐小說』(1896), p.249.
33  樵水, 「つなみ」, 『海嘯義捐小說』(1896), p.261.
34  이외에도 부모의 반대로 만나지 못했던 연인과 함께 쓰나미로 휩쓸려가는 「浮寢」(太田玉茗), 단란한 가정에서 어머니를 구하느라 처와 아이를 구하지 못한 슬픔을 그린 「意外」(小倉山人), 센다이병원에서 퇴원을 앞두고 가족과 연인을 잃어버린 참담한 심정을 그린 「退院患者」(大澤天仙) 등 다수의 작품들이 재난작품으로 그려지고 있다.

하는 바를 잘 보여주고 있다.

> ▶ 실은 오늘 학교 선생님에게 대지진의 참상을 듣고 불쌍하고 불쌍하여 참을 수 없었다. 부디 의연금을 주고 싶다고 집에 돌아와 어머니에게 졸라 (중략) 괴롭고 어려움에 처한 사람들을 생각하면 가령 1전이나 2전이라도 모처럼 결심한 의연금을 내놓지 않고는 있을 수 없었다.[35]
> ▶ 단지 남의 소문만 들어서는 어느 정도 비참한지 잘 알 수 없으므로 실지로 현장을 돌아보고 과연 어떤지 본 그대로를 써서 도쿄의 신문사로 보내 세상에 널리 알린다면 얼마쯤 사람들의 자선심을 북돋울 수 있을까라고 생각하여(후략)[36]

인용문 중 첫 번째 작품은 이와야 사자나미(巖谷小波)의 「의연금(義捐金)」이라는 작품인데 다니카와 요시마쓰(谷川芳鬆)가 학교에서 노비지진의 참상을 듣고 어려움에 처한 불쌍한 사람들을 돕기 위해 의연금을 내고자 하는 이야기이다. 그러나 그의 집안도 가난했기 때문에 부모가 의연금은 부자들이 하는 일이라며 반대의사를 표현하자, 부모 심부름으로 받은 5전을 잃어버렸다고 거짓말하다 결국 발각되어 부모로부터 야단을 맞는 장면이다. 그러나 이들이 사는 나가야(長屋)의 관리인인 로쿠베에(六兵衛) 노인이 와서 "가령 우리 집이 가난하더라도", "사람들의 어려움을 구제할 촌지"를 내려는 요시마쓰의 행동에 감복하여 그를 칭찬하고 자신도 의연금을 주려고 하는 이야기이다.

한편, 두 번째 인용문은 1891년 노비지진의 경험을 통해 열 배 이상

---

35 漣山人, 「義捐金」, 『後の月かげ』(1891), pp.95~96.
36 思案外史, 「車の上」, 『海嘯義捐小說』(1896), p.64.

비참한 상황에 빠진 메이지산리쿠지진의 참혹함을 추상(追想)하고자
한 이시바시 시안(石橋思案)의 「차의 위(車の上)」라는 소설이다. 이 소
설은 노비지진 당시 대참상의 경험을 쓰는 형태인데, 여기서 주인공은
소문으로서가 아니라 본인이 직접 피해지의 상황을 보고 그것을 도쿄
의 신문사에 보내 사람들이 이 지진피해에 대해 자선 기부를 할 수 있
도록 도움을 주고 싶다는 이야기이다. 위에서 인용한 두 작품들은 재난
의연소설집이라는 특징을 가장 잘 보여주는 소설이라 할 수 있는데, 의
연행위가 경제적 위치와 관계없이 상찬받아야 할 행동으로 평가되고
있다. 특히 두 번째 소설에서 참담한 광경을 보면서 "어떤 분개하는 바
가 있어서 이렇게까지 마음껏 폭위(暴威)를 떨쳐 동포 수천의 생령(生
靈)을 빼앗는 것인가라고 나는 자신도 모르게 하늘을 올려다보고 욕을
퍼부었"(p.61)다는 곳을 보면 의연의 행동이 같은 동포라는 일체감의
강조와 궤를 같이하고 있음을 알 수 있다. 더구나 이 소설이 "자선가의
기중"(p.63)과 천재 속에 "선인(善人)"(p.65)이 있었음을 그리고 있다는
점은 아래에서 보는 바와 같이 재난 속의 미담을 찾아 그것을 그리고자
한 의도도 내재되었음을 알 수 있다.

> ▶ 의심스러운 것은 신의 재판뿐이다. 아아, 우리들은 왜 이 대재해가
> 왔는지를 알지 못한다. 또한 신의 재판도 알지 못한다. 그렇지만 그들
> 3만 불행한 사람들은 지금 하늘에서 의롭다고 여겨질 것인가, 그렇다
> 의롭다고 여겨져야 한다. 적어도 4천만의 동포가 이 따뜻한 눈물과 뜨
> 거운 마음이 있는 한은.[37]

---

37 柳川春葉, 「神の裁判」, 『海嘯義捐小說』(1896), p.254.

▶ 모습은 남김없이 저쪽에서 들었지만 쓰나미 속의 한 미담(美談), 남몰래 같이 따라 울었다. 게다가 조금이라도 빨리 고지(幸次) 씨는 자수하는 게 좋아. 나는 이 전말을 필기하여 신문지상에 낼 때에는 곧바로 세상의 화제가 될 것이다. 숨겨진 사실을 발표할 것이다.[38]

첫 번째 인용문은 야나가와 슌요(柳川春葉)의 「신의 재판(神の裁判)」이라는 작품인데, 여기서 메이지산리쿠 쓰나미로 목숨을 잃은 3만 명의 피해자들이 신의 재판을 기다리는 내용이다. 이글에서 주인공은 이번 거대 쓰나미를 타락한 도시를 신이 벌한 "노아의 홍수, 소돔과 고모라의 대화재와 같다고 할" 수 없음을 강조하며 "산리쿠의 우리 불행한 동포"라고 민족적 동일성에 기반하여 감정이입을 한다. 그러한 가운데 결국은 "적어도 4천만의 동포"의 "따뜻한 눈물과 뜨거운 마음이 있는 한은" 그들은 결코 죄가 없으며 의로운 죽음으로 기억되어야 함을 강조하고 있다. 여기에서는 결국 죽은 자와 남은 자들은 모두 4,000만이라는 하나의 동포로서 동일성을 가지는 존재이며 피해자들은 결국 살아남은 4,000만 동포의 따뜻한 마음으로 신의 재판에서 의로운 존재로 평가받아야 할 같은 동포인 것이다.

두 번째 인용문은 미에 스이인(江見水蔭)의 「해변가 흰 파도(磯白波)」라는 소설인데, 쓰나미를 틈타 탈옥한 인물에 대해 가족들이 전대미문의 거대 쓰나미로 몇만이나 죽었는데도 자신만 살겠다고 탈옥한 것을 두고 이를 가족의 수치로 받아들였으며 탈옥자도 결국 자신을 자책하면서 자수하기로 결심한다는 이야기이다. 이 소설에서는 이러한 탈옥

---

38 江見水蔭, 「磯白波」, 『海嘯義捐小說』(1896), p.57.

이야기뿐만 아니라, 이러한 재난 시에는 "서로 돕고 도움을 받"(p.46)으며, "구조하지 않으면 안 된다"(p.47)는 발언이 반복되고 있는데 여기에서 현지 취재를 하러 온 신문기자인 나가시마 다다키요(永嶋忠淸)는 이러한 상황을 재난의 미담으로 포착하여 이를 기사화하여 널리 알리려고 한다.

　지금까지 살펴보았듯이 메이지시대 재난의연소설집에는 피해자든 생존자든 모두에 대해 "우리들 동포"라는 기호가 산견되고 있다. 따라서 메이지시대 재난문학은 기본적으로 신문사의 의연금 모집이라는 이벤트가 그러했듯이, 재난을 당하고 또는 극복하는데 일체화된 동포, 즉 민족적 동일성이라는 이미지 확산과 서로 상부상조하는 동포들의 미담 찾기를 통해 근대국민국가의 형상, 즉 재난 상황 속의 상상의 공동체를 그리는 데 일조하고 있다고 할 수 있다. 여기에 메이지 재난문학인 의연소설이 지향하는 커다란 방향성이 있었으며, 근대국민국가 형성기인 메이지시대 재난문학의 특징이라고 할 수 있다.


## V. 결론

　거대 자연재해나 재난이 일어나면 문학자들은 목숨을 잃은 사람에 대한 슬픔은 차치하더라도 살아남은 사람들도 살 곳과 입을 것, 그리고 먹을 생필품이 부족한 엄중한 상황에서 문학이 무엇을 할 수 있는지, 문학의 역할과 기능에 대해 당혹감을 감추지 못한다. 그렇기 때문에 문학자들도 피재지 사람들에게 도움이 될 수 있도록 자선활동을 하거나 다양한 형태의 기부활동을 하는 경우가 적지 않았다.[39]

　메이지시대 가장 큰 자연재해였던 '노비지진'과 '메이지산리쿠지진'
의 경우는 수십 명의 작가들이 자신의 작품을 제공하여 이를 모아 '의
연(義捐)소설'집을 간행하고 광고를 통해 독자들에게 판매하여, 그 수
익금을 피재지에 의연금으로 기부하였다. 그 작품집이 바로 '비노진재
의연소설'집인『뒤의 달빛』과『문예구락부』의 특집호『해소의연소설』
이었다. 그런데 이 의연소설집의 간행과 수익금의 기부라는 형태는 메
이지시대 근대적 언론매체의 중심으로 성장한 신문사들의 사회사업이
라는 커다란 문맥 속에 위치하고 있었다. 자연재해 당시 신문사들이
적극적으로 기획하였던 의연금 모집은 크게 본다면 근대국민국가 형
성과정에서 필요로 하였던 이재민이나 기부자 모두 '동포'로서 공동체
속의 동일 존재임을 강조하는 효과가 있었다. 나아가 '자선'과 '의협'
등을 강조하면서『시사신보』의 의연금 활동 모집에서 볼 수 있듯이 높
은 '문명도'를 가진 국민이라는 이미지를 대내외에 널리 알릴 필요성
도 있었다.

　1889년에 대일본제국헌법(大日本帝國憲法)이 공포되고 1890년에는
교육칙어(敎育勅語)가 발포되고 나서, 1890년대 일본에서는 근대국민
국가 형성을 위한 다양한 제도적 장치가 마련되었으며 이를 사상적으
로 뒷받침하는 움직임도 다방면에서 이루어졌다. 이러한 시대적 분위
기 속에서 메이지시대를 통틀어 1890년대 가장 커다란 재난이었던 노
비지진과 메이지산리쿠지진 당시, 이 시대를 대표하던 작가들은 스스
로 원고를 모아 의연소설이라는 형태로 문학의 존재위치를 확인하고자

---

39　정병호, 「3.11 동일본대지진를 둘러싼 2011년 〈진재(震災)／원전(原發)문학〉의 논의와
　　전개」, 『3.11 동일본대지진과 일본 재팬리뷰 2012』(도서출판 문, 2012), p.326 참조.

하였다.

   그렇기 때문에 이 의연소설집은 단지 재해가 가져다 준 참담한 상황과 비통한 슬픔을 형상화하는 데 그치지 않고 의연금 모집의 당위성이나 재난 속의 미담 찾기와 같은 이야기를 적극 실었으며, 재난 속에서 '동포'들의 정이나 일체감을 잘 보여주는 작품들도 다수 게재하고 있다. 이러한 측면에서 재난을 통해 일체화된 동포 이미지의 확산과 상부상조하는 미담 찾기를 통해 근대국민국가가 필요로 하는 형상, 즉 재난 속의 상상의 공동체를 형상화하는 데 일조하고 있었다고 할 수 있다. 이는 메이지시대 재난문학이 가지는 가장 현저한 특징이라 할 수 있다.

# 1919년 3.1운동 전후 부정적 조선인 표상과 불령선인 담론의 형성

일본어 신문미디어를 중심으로

김여진

## I. 들어가며

'불령선인(不逞鮮人)'은 불온하고 불량한 조선 사람이라는 뜻으로 1910년 한일병합 이후 일제가 자기네 말을 따르지 않는 한국 사람을 이르던 말이다. 그런데 일제강점기 3.1운동 이후 조선인을 부정적으로 표상할 때 본격적으로 사용되기 시작한 이 '불령선인'이라는 용어가 최근 일본의 극우 성향을 가진 일부 단체 등에 의해 재소환 되고 있다. 예를 들어, 2010년경부터 일본 대도시를 중심으로 이민족을 배척하고 배외주의를 선동하는 헤이트 스피치를 행하고 있는 중심세력인 재특회와 이에 찬동하는 이들은 혐한시위 시 "불령선인이 범죄를 일으키려 한다", "좋은 조선인도 나쁜 조선인도 모두 죽이자"는 등의 플래카드를 내걸고 재일코리안에 대한 차별과 혐오담론을 일삼고 있다. 또 2011년 3.11 동일본대지진 당시 재일코리안에 대한 허위정보나 유언비어가 퍼졌고, 이때 '불령선인'이라는 용어가 사용되며 일본 사회 내 혐한 움직임을 더욱 부추겼다.

이와 같은 움직임은 '불령선인'이라는 말이 1923년 간토대지진(關東大震災) 직후 벌어진 조선인 학살사건 당시에 조선인을 범죄자이자 공포의 대상으로 바라보는 용어로서 광범위하게 사용되었던 것을 상기시킨다. 대지진 발생 직후 조선인이 방화, 약탈, 폭동을 행하고 우물에 독을 탄다는 등의 유언비어가 간토 전역에 퍼졌고 이러한 유언비어와 조선인을 '불령'시하는 분위기가 상승작용을 일으켜 일본 민중·자경단·군대에 의해 수천 명의 조선인이 학살당했다. 간토대지진 직후 벌어진 조선인 학살사건은 재난 후 혼란한 상황 속에서 부지불식간에 행해진 일이라며 사건이 축소, 은폐, 왜곡되어 사람들의 기억에서 잊혀져가고 있었다.

그러나 1980년대 들어서 조선인 학살사건 연구의 선구자인 재일코리안 사학자 강덕상(姜德相), 금병동(琴秉洞)을 비롯해 일본인 연구자 야마다 쇼지(山田昭次) 등의 주도로 사건에 대한 진상규명과 연구가 행해졌고, 이어 한국 연구자들 또한 관심을 갖고 연구하며 2000년대 들어서는 시민운동의 양상을 띠며 한국에서도 주목받고 있다. 당시 일본 정부의 은폐로 인해 근거로 제시할 자료 확보에 다소 어려움을 겪고 있다고는 하나 학살의 원인과 과정, 재난처리에 관한 설득력 있는 연구를 내놓으며 성과를 내고 있다.[1] 하지만 그럼에도 불구하고 군·경 심지

---

1 姜德相, 『關東大震災』(中央公論社, 1975); 『關東大震災 · 虐殺の記憶』(靑丘文化社, 2003), 「관동대진재 조선인 학살을 보는 새로운 시각―일본 측의 '3대 테러사건' 사관의 오류―」, 『역사비평』 47(역사비평사, 1999), 琴秉洞 編 · 解說, 『朝鮮人虐殺に關する知識人の反應 1 · 2』(綠蔭書房, 1996), 山田昭次, 『關東大震災時の朝鮮人虐殺 – その國

어 민중에 의해 수천 명 이상의 희생자를 낸 민족학살의 원인을 온전히 파악하기에는 그 기저에 깔린 민족혐오를 설명할 만한 연구가 이뤄지지 않았다. 강덕상을 비롯한 연구자들은 조선인 학살사건을 일본 관헌뿐 아니라 민중이 가담한 관민일체의 민족범죄로 규정하고 있다. 그러나 군·경만이 아닌 일반 민중마저 학살에 가담하게 된 동기와 요인은 무엇이었을까. 이러한 의문을 다소나마 해결하기 위해서는 일본인들의 조선(한국)인 혐오라는 심리적 기제를 조형하고 있는 것이 무엇인지에 대해 살펴볼 필요가 있다.

이에 본고에서는 일본 근현대를 관통하여 민족혐오와 민족학살이 행해지는 과정에서 빠지지 않고 등장하는 '불령선인'이라는 용어에 집중하여, 조선(한국)인에 대한 부정적 표상과 그 주요한 표현인 '불령선인' 담론의 형성과 전개에 대해 살펴보고자 한다. 특히 1919년 3.1운동을 기점으로 조선인이 일본제국에 반항하고 일본인을 상대로 범죄를 일삼는 폭력적인 민족이라는 부정적 이미지가 덧씌워지면서 '불령선인'으로 표상되는 과정을 동시대 일본어 신문미디어를 통해 살펴보고자 한다. '불령선인'이라는 용어는 비단 신문미디어에서만 한정하여 사용되었던 것은 아니다. 그러나 당시 신문미디어는 대중들이 가장 손쉽고 빠르게 정보를 취득하는 수단이었으며, 담론의 형성과 유통에도

---

家責任と民衆責任』(創史社, 2003);『關東大震災時の朝鮮人迫害 - 全國各地での流言と朝鮮人虐待』(創史社, 2014);「關東大震災時朝鮮人虐殺事件をめぐる戰後日本人の運動」,『韓日民族問題研究』21(한일민족문제학회, 2011) 등. 노주은의 논문에서 한일 양국에서 이뤄진 연구 성과들에 대한 흐름을 정리하고 있다.(노주은,「동아시아 근대사의 '공백'- 관동대지진 시기 조선인 학살 연구」,『역사비평』104, 역사비평사, 2013) 또 간토대지진 90주년을 맞아 동북아역사재단에서 기획연구 특집이 발행되기도 했다.(강덕상 외『관동대지진과 조선인학살』동북아역사재단, 2013)

핵심적인 역할을 하고 있었다. 따라서 본고에서 규명하고자 하는 '불령선인' 담론의 형성과 전개를 검토하는 데 있어 신문미디어는 다른 어떠한 문자 매체보다 적합하고 가장 시급성을 요하는 분석 매체라고 할 수 있다.

본고에서는 당시 내지 일본과 외지 조선에서 간행된 일본어 신문을 동시에 살펴보고자 한다. 먼저 내지 일본의 신문은 현재까지도 일본 3대 신문으로 손꼽히는 일간지인 『아사히 신문(朝日新聞)』, 『요미우리 신문(讀賣新聞)』, 『마이니치 신문(每日新聞)』을, 그리고 조선의 경우는 일제 식민지기 최대 규모의 일본어 신문이었던 『경성일보(京城日報)』를 대상으로 삼고자 한다. 각 신문은 시기에 따라 논조의 차이나 다른 층위가 존재하는데 일본과 조선 양측의 신문을 함께 검토함으로써 '불령선인' 담론 형성 과정에서 보이는 차이와 공통점을 종합적으로 고찰할 수 있을 것이다. 먼저 간략히 이들 신문의 개요를 소개하고자 한다. 『아사히 신문』의 경우 1879년 1월 25일 오사카(大阪)에서 창간되었다. 1888년 7월 10일 『도쿄 아사히 신문(東京朝日新聞)』을 창간하고 이듬해 1월부터 오사카 본사 발행 신문은 『오사카 아사히 신문(大阪朝日新聞)』으로 개제했다. 이후 『오사카 아사히 신문』에서 1915년 10월 10일부터 석간 발행을 시작했다. 한편 『요미우리 신문』은 1874년 11월 2일 도쿄에서 닛슈샤(日就社)에 의해 창간되었다. 창간 당시에는 격일 간지로 한자에 독음을 단 서민 대상의 신문이었으나 판매 부수는 약 200부 정도로 저조했다. 당시에는 『아사히 신문』이나 『마이니치 신문』에 비해 비교적 열세였으나 1890년대 후반부터 오자키 고요(尾崎紅葉)와 같은 작가들의 작품을 연재하면서 판매 부수도 대폭 증가했다. 『마이니치 신문』의 전신은 1872년 2월 21일 아사쿠사(淺草)에서 창간한 도쿄 최초의 일간지『도쿄 니치니치 신문(東京日日新聞)』이다. 1876년 2월 20일 오사카에서『오사카 일보(大阪日報)』를 창간, 이후 한때『일본입헌정당신문(日本立憲政黨新聞)』으로 개제했으나 1888년 『오사카 마이니치 신문(大阪每日新聞)』으로 개칭했다. 1911년『오사카 마이니치 신문』과『도쿄 니치니치 신문』이 합병되어 전국지가 되었다. 1915년부터『오사카 아사히 신문』과 함께 석간 발행을 시작하는 한편 1910년대 후반 한국 경성에 지국을 설치하여 특파원을 파견하고 있었다.『마이니치 신문』과『아사히 신문』은 19세기 후반 메이지 정부와 미쓰이 재벌로부터 후원을 받았기에 기본적으로는 어용적 성격을 띠고 있었다.『아사히 신문』은 지금이야 진보적인 언론으로 평가되고 있지만 1918년 8월 데라우치 내각 비판 기사가 발매금지처분을 받은 후 온건한 평론을 표방하며 보수적인 면을 보이기도 했다. 진보적 경향을 보이면서도 어용적이고 보수적 논조를 띠는 양상은『마이니치 신문』에서도 보이는 특징이었다.『요미우리 신문』은 민중 계몽을 목적으로 한 소신문에서 출발하여 문예신문으로 명성을 얻는 한편 부인들을 대상으로 여성 친화적인 모습을 보인다. 이는 조선 관련 보도에서도 보이는 특징으로 당시 지배적 콜로니얼 문법을 따르면서도 문화적, 여성적 관점에서 식민지 조선을 보도하려는 양면성이 드러난다.

한편 1906년 9월 1일 조선총독부의 기관지로서 창간된『경성일보』는 조선통감부 초대 통감인 이토 히로부미(伊藤博文)의 지시에 의해『한성신보(漢城新報)』(1895년 간행)와『대동신보(大東新報)』(1904년 간행)를 통합한 일간지이다. 한국 해방 이후에도 간행되었으나 1945년 10월 폐간된 일제 식민지기 최대 규모의 일본어 신문이었다.『경성일보』는 조선총독부의 기관지라는 성격상 그 운영과 역할 측면에서 총독부와 긴밀한 관계를 맺고 있었다. 『경성일보』는 재정적 기반 또한 통감부의 출자에 의존하고 있었으며 운영할 때에도 통감이나 총무장관에 의해 사장과 주요 임원, 사원 구성까지도 바뀌었다. 『경성일보』 창간 당시에는 조선통치정책의 의의를 조선인과 유럽에 알리는 것으로 조선통치를 정당화하려 했으며 주요 독자층은 '내지'나 재조일본인이라기보다 조선인과 유럽인이었다. 그러나 보호정치 후기에 들어 이토 통감의 언론 통제정책에 의해 독자층을 재조일본인이 점유하게 된다. 또한 『경성일보』는 시기에 따라 조금씩 다른 양상을 보이고는 있으나 어느 시기에도 총독부의 기관지로서 조선통치정책의 철저한 주지와 선전에 상당한 지면을 할애하고 있었다. 이렇듯 총독부의 기관지적 성격이 강한 『경성일보』를 분석하는 것으로 당시 총독부의 조선통치정책의 방향성이나 선전 양상, 또한 일본이 가지고 있던 식민지 조선에 대한 인식과 조선인상을 파악할 수 있을 것이다.

이상과 같이 본고에서는 일본 내지에서 발행된 『아사히 신문』, 『요미우리 신문』, 『마이니치 신문』과 조선에서 발행된 『경성일보』를 검토하여, 내지 일본과 외지 조선에서 부정적인 조선인 표상의 형성과 변천 과정, 그리고 최종적으로는 불령선인 담론으로 굳어지는 과정을 규명해보고자 한다.

## Ⅱ. '불령선인'의 시작

일본 근현대를 관통하여 민족 혐오와 민족 학살로까지 이어지는 불령선인 담론은 언제, 어디서부터, 어떤 식으로 형성되었을까. 간토대

지진 때 조선인들은 '불령선인'이라고 불려 희생당했지만, 원래 '불령선인'이란 일본의 식민지배에 저항하는 사람들을 가리키는 용어로서 당시 미디어에서 자주 사용되었다. 따라서 일본어 신문미디어에서의 '불령선인'을 검토하기에 앞서 우선 이 용어의 기원에 대해 거슬러 올라가 보고자 한다. '불령선인'은 일제강점기 일본 제국주의자들에 의해 일본의 지배나 통치에 불만을 품고 따르지 않는 조선인을 가리키는 멸칭으로서 공식적으로 사용되었다. '불령선인'은 '불령(不逞)'과 조선인을 가리키는 '선인(鮮人)'을 결합한 단어로, '불령'을 『한국고전용어사전』에서 살펴보면 "불만이나 불평을 품고 구속에서 벗어나 제 마음대로 행동함"이라는 뜻이 나온다. 일본어 사전을 보면 산세도(三省堂)의 『다이지린 제3판(大辭林 第三版)』에서는 "멋대로 행동하는 것. 도의에 따르지 않는 것(勝手に振る舞うこと、道義に從わないこと)", 쇼가쿠칸(小學館)의 『정선판 일본국어대사전(精選版 日本國語大辭典)』에서는 "① 좋지 않게 생각하는 것. 만족하지 않고 불평을 품는 것. ② 불평을 품고 무법한 행위를 하는 것. 명령에 따르지 않는 것. ③ 멋대로 행하는 것(①快からず思うこと、滿足しないで不平をいだくこと、②不平をいだいて無法なふるまいをすること、命令に從わないこと、③氣ままにふるまうこと)"이라고 해설하고 있다. 즉 '불령'은 한국과 일본 공통으로 무언가에 불만을 품고 명령에 따르지 않으며 제멋대로 행동한다는 뜻을 가진다. 이 '불령'이라는 단어가 '선인'과 결합하여 조선인에 대한 혐오 표현인 '불령선인'이 된 것이다. 그렇다면 이 '불령선인'이라는 단어를 만들고 사용하기 시작한 것은 언제 누구에 의해서며 이것이 일반에서 사용된 것은 어떠한 경위에서였을까. 다음으로 단어 '불령'이 사용된 용례와 '불령선인' 용어의 시작을 살펴보도록 하겠다.

현재 확인할 수 있는 선에서 '불령'이라는 단어가 일본의 공문서에 처음 등장한 것은 1895년『경찰요무목록 메이지27년도(警察要務目錄 明27年度)』이다. 메이지(明治) 유신 이후 창설된 일본 경시청은 사무 처리 규정이나 주요한 임무의 기록으로『경찰요무목록(警察要務目錄)』을 발행했다. 이『경찰요무목록 메이지27년도』의「불령사건 단속(不逞取締)」항목에서는 금전 착취의 범죄나 중의원의원 선거 전 훈시 목적의 단속 등 치안과 관련된 사안 등을 가리키는 용어로서 '불령'이 사용되었다. 메이지 천황의 칙어를 기록한『천지성성(天之聖聲)』에도 '불령'이라는 단어가 눈에 띈다. 여기서는「불령 징계의 칙어(不逞懲戒ノ勅語)」항목에서 청일전쟁 이후 청나라 사신에 위해를 가하려고 한 무리를 "흉도(兇徒)"라고 칭하며 불령한 행위를 징계할 것을 명하고 있다.

이들 예시로부터 1910년 한일병합 이전에는 '불령'이라는 단어가 꼭 조선인에게만 국한되어 사용된 것은 아니었으며 자국민의 범죄나 치안, 질서를 어지럽히는 행위를 지칭하는 단어였음을 알 수 있다. 그렇다면 '불령'이라는 단어가 '선인'과 결합하여 일본의 통치에 따르지 않는 불온하고 불량한 조선인을 가리키는 용어로 사용되기 시작한 것은 언제부터일까. 그 단서를 이마무라 도모(今村鞆)[2]의『역사민속조선만담(歷史民俗朝鮮漫談)』의「말살하고 싶은 숙어(抹殺したい熟字)」에서 찾

---

2 이마무라 도모(今村鞆, 1870~1943)는 1908년에 조선으로 건너온 경찰관이자 조선민속학 연구자이다. 충청북도 경찰부장을 비롯하여 강원도 경찰부장, 평양 경찰서장, 제주 경찰서장 등을 역임하였다. 직무 관련으로 조선에 흥미를 갖게 되어 조선사회 연구에 열중한다. 조선민속학회와도 관계하여 조선민속학 연구에 몰두한다. 조선과 관련한 저술로는 1912년『조선사회고(朝鮮社會考)』를 시작으로『조선풍속집(朝鮮風俗集)』(斯道館, 1914),『역사민속조선만담(歷史民俗朝鮮漫談)』(南山吟社, 1930) 등이 있다.

을 수 있다.

> 고국 부흥의 열성에 불타 불궤를 꾀한다면 그것이 틀렸다고 할지라
> 도 그 뜻에는 다소 경의를 표하여 '정치범 선인'이라고 말하는 것이 온
> 당하고, 만약 그들이 강도나 무뢰한인 무리라면 '선인 강도단'이라고 부
> 르는 것이 마땅하다. 또는 악한 일을 행하는 조선인이라고 하는 의미라면
> 불령내지인도, 불령미국인도, 불령영국인도 있어야 하며 조선인에게만 특
> 히 불령을 붙일 이유가 없다.
>
> 이 숙어를 관용했기 때문에 일반 조선인의 곤란함이 이만저만이 아
> 니다. 만약 이 숙어가 없었다면 그 대지진 때의 불상사는 경미한 정도를
> 넘지 않았을 것이라 생각한다.
>
> 처음에는 배일선인이라고 하는 문자를 사용하고 있었으나 이토 통감이
> 대단히 그것을 싫어하여 공문서에 그 문자를 적는 것을 금했다. 그 후 경무
> 국의 누군가가 불령선인이라는 문자를 만들었다.
>
> — 今村鞆: 1930, pp.389~390.[3]

위 인용문에서는 '불령선인'이라고 하는 단어를 만든 사람이 누구인
지는 "경무국의 누군가"라고밖에 적혀있지 않지만, 공문서에서 '불령
선인'이 사용되기 시작한 것에는 이토 히로부미(伊藤博文) 초대 통감의
의도가 그 저변에 깔려있음을 알 수 있다. 여기서 경무국은 정확하게는
한국통감부 경무부를 뜻한다. 1905년 통감부 및 이사청 설치에 관한
칙령이 발포되며 이로 인해 경무부가 설치되었고 이후 조선총독부 경
무국이 된다. 경무부는 1906년에 설치되었으므로 '불령선인'이라는 말
이 만들어진 것도 1906년 이후임을 추산할 수 있다. 이마무라는 1908

---

3 본 인용문 및 이하 본고의 일본어 원문 번역 및 밑줄은 필자에 의한 것임.

년 조선에 경찰관으로 부임하여 이후 경찰부장, 경찰서장을 역임했기 때문에 이 시기 경무부의 내부사정을 잘 알고 있는 인물이었다. 경무부 내부인이었던 이마무라의 기술에서 미루어보아 '불령선인' 용어의 탄생 배경에는 일제 식민통치자의 의도가 작용했음을 알 수 있다. 한일병합 이전에 '불령'은 대개 악행이나 범죄를 의미했으나 이토 통감 이후에는 주로 조선인에 접두하여 일본 통치에 불만을 품거나 배일 행위를 하는 조선인이라는 의미로 '배일선인(排日鮮人)' 대신에 사용되기 시작했다. 이는 '불령선인'이라는 용어가 제국 일본의 피식민자인 조선인에 대한 차별어이자 혐오표현으로서 만들어졌고, 사용되었음을 시사한다. 지배자인 일본과 피지배자인 조선을 상하 수직관계로 나눠 지배자의 권위에 따르지 않는 피지배자 조선인에게 '불령'하다는 꼬리표를 붙임으로써 '불령선인'이라는 단어 자체가 조선인에 대한 편견과 차별 의식이 내포된 혐오 표현으로서 기능하는 것이다.

또 여기서 주목하고 싶은 것은 이마무라가 "만약 이 숙어가 없었다면 그 대지진 때의 불상사는 경미한 정도를 넘지 않았을 것이라 생각한다."고 기술한 부분이다. 상기 인용한 책이 출판된 시기와 인용문의 내용으로 보아 여기서 말하는 "그 대지진 때의 불상사"란 1923년 간토대지진 시의 조선인 학살사건을 가리키는 것임을 알 수 있다. 이마무라는 '불령선인'이라고 하는 민족 차별적이고 배외적인 용어가 일본인으로 하여금 조선인에 대한 부정적 인식을 갖게 하고 그것이 조선인 학살을 행하게 한 하나의 요인이었음을 꿰뚫어 보았다. 그렇기 때문에 이마무라는 민족혐오의 대표적 용어였던 '불령선인'을 "말살하고 싶은 숙어"라고 표현한 것이다. '불령선인'으로 표상되는 조선인에 대한 혐오담론이 민족학살사건 발생의 방아쇠가 된 것에 대한 일본인으로서의 자성

이 엿보이는 부분이다. 따라서 이마무라의 '불령선인'과 조선인 학살사
건에 관한 기술은 한 민족에 대한 혐오 표현이 어떤 사태로까지 이어졌
는지를 보여주는 한 단면이라고 볼 수 있다.

'불령선인'이 일본의 공문서에 등장한 예를 더 살펴보자면 일본『외
무성 기록(外務省記錄)』의 1910년 6월 25일 작성된 보고 내용에서 사
용되었음을 찾아볼 수 있다.

　　(8) 간도 총영사관에 재한 제국 관리 배치 건
　　간도 지방의 불령선인 동정 조사 겸 단속을 위해 한국 사정에 정통한
　　재한(在韓) 제국 관리를 귀관 및 분관에 배치하여 관장 감독하에 오로
　　지 재류 한국인 시찰 임무를 담당케 할 목적으로써 (…) 5명을 귀지에
　　파견하게 되었으므로 양해 바란다.
　　　　　　　　　　　　　　　　　　　　　　　　　　- 국사편찬위원회: 2004.

　위 문서는 당시 외무대신이었던 고무라 주타로(小村壽太郎)가 간도
지방 '불령선인'의 동향을 조사하고 단속하기 위해 간도 총영사에 관리
를 파견함을 알리는 문건이다. 여기서 '불령선인'이 범죄자와 배일선인
중 어느 쪽의 의미로 사용되었는지는 확인할 수 없다. 그러나 이 시기
간도 지방에서 농민운동이 활발했던 점, '불령선인' 동향 조사와 단속
임무만을 전담할 관리를 5명이나 파견한 것으로 미루어보아 단순 범죄
자가 아닌 일제의 조선 식민지화 과정에 방해가 될 만한 위험분자로서
의 조선인을 '불령선인'이라 칭한 것이라 추정할 수 있다. 상기 이마무
라의 기술과 함께 생각하면 이토 히로부미가 한국 통감으로 임한 것이
1906년 3월~1909년 6월이었으므로 이 시기에 한국통감부 경무부에
서 '불령선인'이라는 용어가 탄생했고, 이후 1910년 6월『외무성 기록』

에서 '불령선인' 사용이 확인되는 것으로 보아 1910년 한일병합을 전후로 이미 일본통치자들이 '불령선인' 용어를 인식하고 사용하고 있었음을 알 수 있다.

조선 개항~1919년 3.1운동 이전의 일본 간행 신문 기사를 보면 이시기까지만 해도 '불령'은 주로 자국민의 범죄를 가리켰는데, 『아사히 신문』 1880년 3월 11일자 「근래 시정에 불령한 무리 있어(近頃坊間に不逞の徒ありて)」라는 기사에는 "불령한 무리"가 은행 지폐를 부정하게 사용하고 있으니 주의할 것을 알리는 내용의 기사가 실려 있다. 또한 조선인뿐 아니라 중국인(『도쿄 아사히 신문』 1913.8.23. 「불령중국인 격살(不逞支那人擊殺)」) 등의 외국인(『도쿄 아사히 신문』 1919.2.22. 「불령외국인 추방안(不逞外人放逐案)」에서는 영국 하원에서 외국인의 국외 추방 및 입국 거절을 추진하는 방안이 논의된 것을 보도)에 대해서도 사용되었다. 1915년 11월 3일자 『도쿄 아사히 신문』에서 「음모선인 판결(陰謀鮮人判決)」이라는 제하의 기사가 보도된다. 내용 중에 '불령선인'이라는 단어가 사용되긴 하지만, 제목으로는 '음모선인'이라는 말을 사용하고 있으며 조선인의 사기범죄에 대한 판결을 싣고 있다. 이외에도 『요미우리 신문』에서 제목이나 내용에 '불령'이 사용된 기사가 9건 발견되는데 모두 자국민과 외국인의 범죄에 대한 기사이다.

한편 『경성일보』의 경우 1916년 8월 16일 「불령선인 속속 체포(不逞鮮人續々逮捕)」라는 제목의 기사에서 '불령'이라는 용어가 처음 등장한다. 이 기사에서는 1916년 7월 3일 제4차 조약이 조인된 러일협약이 맺어진 직후 이로 인해 러시아의 협력으로 독립운동가인 김립, 이현재, 최재형과 김도여 등을 체포했다는 통신을 싣고 있다. 체포된 4명은 모두 항일운동을 이끈 독립운동가로 『경성일보』는 이들을 '불령선인'이

라 칭하고 있다. 1918년 8월 27일자 기사 「과격파로 통하는 불령선인 체포(過激派に通ずる不逞鮮人逮捕)」는 일본제국의 지원을 받은 러시아 군벌 세묘노프[4]군이 체포하여 일본군에 인도한 조선인들에 대한 기사이다. 군복 차림을 한 9명의 조선인을 경무총감부에 유치했다는 내용을 보도하고 있다. 체포된 9명에 대해 기사에서는 러시아에서 부하인 조선인 군부에게 배일사상을 고취시켜 동년 6월 이들을 전선에 세워 기회를 노려 과격파와의 접촉을 꾀한 자들이라고 설명하고 있으며 이들 또한 '불령선인'으로 칭하고 있다. 과격파의 정체에 대해서는 명확하게 밝혀져 있지 않으나, 체포된 9명을 "불량하고 친일 조선인을 적대시하는 것뿐 아니라 항상 동포에게 능욕, 압박을 가"하는 악덕한 무뢰한으로 묘사하고 있다. 여기서 일본 세력에 대항하는 인물에 대해 악한(惡漢)의 프레임을 덧씌우고 있음을 알 수 있다. 『경성일보』에서 1917년 3월 8일 독일인에 대해서 '불령'을 사용한 기사(「不逞獨人の陰謀發覺」)가 보도되기도 했으나 이 한 건 외에 3.1운동 전 '불령'이 사용된 기사는 모두 조선인을 수식하고 있다.(1917.4.1. 「不逞鮮人首魁就縛」; 1917. 7.30. 「不逞鮮人就縛」; 1918.2.19. 「不逞鮮人島流」; 1918.9.4. 「不逞鮮人は島流し」) 이 기사들에서 사용된 '불령선인' 용어에는 배일선인이라는 뜻과 범죄를 저지른 조선인이라는 뜻이 혼재되어 있었다.

　이상과 같이 3.1운동 이전 시기 일본 발행 신문에서의 '불령'은 주로 범죄, 풍기질서를 해치는 행위를 가리키고 있음을 확인했다. 정리하자

---

4　그리고리 미하일로비치 세묘노프(Григо́рий Миха́йлович Семёнов, 1890.9.25.~1946. 8.30): 러시아 백군 군벌 중 하나. 자바이칼 지역에서 할거했으며, 일본 제국의 지원을 받았다. 최종 계급은 중장이며 바이칼 카자크의 아타만을 자칭했다.

면 3.1운동 이전에는 '불령'이 반드시 조선인만을 수식하는 것은 아니었으며 일본 자국민과 외국인에 대해 사용하기도 했다. 보호국 시기 '배일선인'이라는 말을 대신하여 일제에 따르지 않는 조선인을 가리키는 뜻의 '불령선인' 용어가 조선에서 처음 만들어졌고 경무국 등 일제 지도부 내에서 사용되기 시작했다. 이 시기에는『경성일보』에서 '불령선인' 용어를 범죄의 의미와 함께 배일 조선인이라는 두 가지 뜻으로 혼용하고 있었고, 일본 간행 신문보다는 비교적 '불령선인' 용어를 표면적으로 드러내어 사용하고 있었다.

## Ⅲ. 3.1운동 이전의 부정적 조선인 표상

### 1) 약소하고 무지몽매한 열등민족 조선인

조선 개항 이후 일본은 대륙으로 뻗어 나가기 위한 제국주의적 욕망을 실현하기 위해 조선을 정치·경제·사회·문화적으로 지배하고자 했다. 이 과정에서 조선에 대한 지식과 정보 획득은 필수였고, 조선에 방문하거나 거주하면서 작성한 각종 분야에 관한 조선 사정 등의 기록물이 공급되면서 신문미디어에서도 조선에서의 사건, 사고나 사설 등이 보도되었다. 그러면서 일본에서는 조선(인)에 대한 일종의 인식·이미지가 생산되고 공유되기 시작했다.

근대 이후 일본은 메이지 초년의 정한론과 1894년 청일전쟁, 1904년 러일전쟁을 거치면서 고래의 조선의 역사는 뇌리에서 완전히 말살시켜버리고 조선 민족을 어디까지나 약소하고도 무지몽매한 열등 민족으로 간주하기 시작했다. 먼저 일본이 타자로서의 조선을 인식하기 시작한 것은 메이지 초기의 정한론부터라 할 수 있는데 정한론은 주로 권력투쟁과 조선 침략이라는 두 갈래에서 논의되어왔다. 그러나 중요한 것은 어느 쪽이든 조선을 새로운 타자로서 인식했으며 자기 본위에서 타자 조선을 표상하기 시작했다는 것이다. 조선은 쇄국 정책을 통해 전통적 의식을 고수하고 있었으나 일본은 서양문물을 받아들이며 근대라고 하는 새로이 구축된 콘텍스트 안에서 조선을 인식하게 된다. 그러면서 한편으로는 전통적 가치관에 입각한 자기중심적 동화를, 한편으로는 서양문물을 받아들여 개화한 일본은 우월하고 그렇지 않은 조선은 열등하다는 차이에 의거한 〈우월-열등〉 논리를 내세워 조선 침략의 명분으로 삼았다. 정한론에 이어 1894~5년의 청일전쟁과 1904~5년의 러일전쟁은 근대 일본의 조선(인)상을 결정지었다고 말할 수 있는데, 이전까지 주로 지리서와 정치서 위주였던 조선 관련 저술은 19세기말 청일전쟁을 전후하여 일본인의 조선 여행기가 주를 이루게 된다. 이 조선 여행기들에서 나타나는 조선(인)상은 몇 가지 키워드로 정리가 되는데 요약하자면 불결, 게으르고 무기력한 사람들, 정치의 부정부패, 과거 임진왜란 때 일본이 위력을 행사한 땅이었다는 것이다. 이렇듯 일본은 정한론에서부터 청일전쟁, 러일전쟁을 거쳐 고래의 조선은 뇌리에서 완전히 말살시키고 '약소하고도 무지몽매한 열등민족'으로서 조선(인)상을 조형해나갔다.

## 2) 폭력적인 민족 '폭도' 조선인

앞서 살펴본 조선인 열등민족론과 더불어 조선 개항 이후 일본은 조선인을 폭력적인 민족으로서 기술하기 시작한다. 허석(2015)은 신문에서의 '폭도(暴徒)'라는 단어의 지속적인 등장에 주목하는데, '폭도'라는 단어를 조선인에 대해 반복적으로 사용함으로써 조선인을 폭력으로 무언가를 해결하려 드는 반문명인이라는 이미지와 함께 폭력적인 민족으로서 서술하고 있음을 밝혔다. 허석이 언급한 임오군란에 대한 『도쿄 아사히 신문』의 1882년 7월 31일자 호외 기사 외에도 같은 날 『도쿄 니치니치 신문』의 「조선변보(朝鮮變報)」라는 제목의 기사가 눈에 띈다. 이 기사에서는 7월 23일 군민이 일본 공사관을 습격한 사건에 대해 1면당 4단 구성 중 2~4단에 걸쳐 비교적 상세하게 보고하고 있다. 특히 "동월 23일 오후 5시 과격한 무리 수백 명이 불시에 일어나 공사관을 습격하여 화살, 돌, 총알을 날려 불을 지르고", "그 폭도는 이날 왕궁과 후궁을 덮쳐 더욱 난폭한 행위를 마음껏 행했다"고 서술하고 있는데 군란을 일으킨 조선 군민을 "과격한 무리", "폭도"라고 지칭하는 것이 눈에 띈다.

다음으로 1884년 갑신정변이 일어났을 때도 비슷한 식으로 보도된다. 『아사히 신문』은 같은 해 12월 18일자 조간 1면을 통으로 할애하여 「조선사변휘보(朝鮮事變彙報)」란을 마련, 우정국 축하연에서의 총격 사건과 당시 호위병에게 폭도의 습격에 대비하여 총검을 가지고 대비하라는 명령이 있었던 것 등 사건의 주동자나 전말, 경위에 대해 소상히 보도하고 있다. 『요미우리 신문』 또한 같은 해 12월 16일자 신문에 이 사건을 「조선의 폭동(朝鮮の暴動)」이라는 제목으로 개화당이 정변을 일으키게 된 원인과 경위 등의 내용을 싣고 있다. 12월 19일자 신문에서는 동월 4일에 급진개화파에 의한 우정국 축하연에서의 사건 내용과 함께 피해 상황이나 살해당한 사대당 일파의 명단을 싣고 있으며 부산에서 보낸 전보를 하나 보고하고 있다.

부산전보 16일 오후 1시 30분 부산발 전보에서 이르길 현지 조선인 민은 오히려 폭도의 내습을 두려워하여 일본 관리에 보호를 청하여 현지 전신회사는 수위를 엄중히 하고 폭민의 내습을 우려함.

-『讀賣新聞』 1884.12.19. 「釜山電報」, p.2.

해당 기사에서는 오히려 조선인들이 폭도의 습격을 두려워하여 일본 관리에게 보호를 요청했다고 전하고 있는데 여기서 갑신정변이 조선 민중을 휘말리게 하지 않은 정치세력 간 다툼이었다는 점에서 위화감이 든다. 갑신정변은 정변으로서 이를 일으킨 김옥균, 박영효 등의 개화당은 민영목, 민태호, 조영하 등 민씨 척족을 비롯한 사대당 일파의 일부를 살해했으나 일반 민중에게는 해가 가해지지 않았다. 갑신정변은 정당 간, 그리고 배후에 있는 청과 일본 간의 세력 다툼이었으나 『요미우리 신문』은 오히려 조선 민중이 폭도를 두려워하여 먼저 일본에 도움을 구한 것으로 기술하고 있다. 이는 개화당이 일본공사 다케조에 신이치로(竹添進一郎)와 일본군의 동원을 약속받아 정변을 일으킨 것과 일본군이 조선 내정에 간섭한 것을 조선이 먼저 요청했기 때문이라며 합리화하는 논리와 일맥상통한다. 또한 『요미우리 신문』은 이듬해 1월 7일자, 2월 12, 17일자에 걸쳐 갑신정변 후 독립당(개화당)원의 행방이나 처형 사실 등을 전하고 있다.(1885.2.12. 「獨立黨搜索」; 1885.2.17. 「朝鮮國獨立黨の處刑」)

조선국 사대당 참혹하기 그지없다. 12월 7일 조선정부가 중국당의 손에 떨어져 사대당은 위세와 권력을 휘둘러 살육을 자행하고 독립당원들은 물론 조금이라도 일본인과 연이 있는 사람은 누구라도 가차 없이 곧바로 체포하여 규문하고 죽이거나 투옥시키므로 그 난폭 낭자하기를 이루 말할 수 없다. 박영교를 비롯하여 독립당의 대부분의 사람들 김옥균, 박영효 등의 가족은 남녀노소 차별 없이 대개 도살당했다고 한다.

- 『讀賣新聞』 1885.1.7. 「朝鮮國事大黨慘酷を極む」, p.1.

특히 상기 1885년 1월 7일자 기사에서는 정변을 당한 사대당이 정변을 일으킨 개화당원과 관계자들, 일본과 긴밀하게 지내던 인물들을 투옥하거나 처형한 내용을 싣고 있다. 사대당의 주요 구성원인 민씨 일파가 청의 위안스카이(袁世凱)에게 원병을 요청하여 일본 세력에 대항하고 친청 세력인 사대당이 다시 정권을 잡고 상황을 정리하자 일본 신문에서는 이를 "살육을 자행", "난폭 낭자", "도살" 등의 강한 단어들을 선택적으로 사용하여 보도하고 있다. 일본을 배척하려는 세력에게는 강한 어조의 단어들을 의도적으로 사용하여 친청 세력을 비판하고 자신들에게는 조선에 간섭할 명분을 주고 있는 것이다. 청의 개입으로 전세가 불리해진 일본이 개화당과의 약속을 어기고 일본군을 철수시킴으로써 개화당의 대부분이 청에 의해 처형당했음에도 신문에서는 그보다는 친청배일 세력인 사대당을 매우 폭력적으로 기술하여 강하게 비판하는 논조의 기사를 내고 있다.

구한말의 동학농민운동(1894년)과 두 차례의 의병항쟁(을미의병 1895~1896년, 을사의병 1905~1910년) 때에는 조선 민중들의 배일운동을 '폭동'으로, 조선인을 '폭도'라고 지칭하면서 '폭도'가 단순히 폭동을 일으킨 사람이라는 뜻이 아닌 일본에 대항하는 사람들을 가리키는 단어가 된다. 먼저 동학농민운동이 발발하기 1년 전인 1893년 4월 18일 『도쿄 니치니치 신문』은 「조선 근래의 사태(朝鮮近今の事態)」 기사에서 동학당에 대해 "동학당이라 칭하는 일개 신풍련[5]과 비슷한 당여가 조

선 4도에 만연하여 정부를 향해 청하는 것이 있어 매우 불온한 형세를 보이기에 이르러"라고 기술하고 있다. 그러면서 이들에 대해 "불온(不穩)"함을 느끼며 "조선 정부의 힘으로는 이를 제압할 능력이 없으며", 때문에 "그 정부를 도와 스스로 내국의 치안을 유지할 수 있게 하는 것이 이웃 나라에 있어서 가장 주의할 점"이라 말하며 동학당을 경계하고 언제든 조선에 개입할 수 있도록 준비해야 한다는 논조를 펼치고 있다. 그리고 2면 1~3단에 걸쳐 조선이 요즘 "불온"하기 때문에 위급하다고 몇 번이나 강조하며 동학당의 성질 등을 설명한다. 이때부터 일본은 이미 동학당을 주시하고 있었으며 본인들의 세력에 위협을 끼칠 만한 위험한 세력, 즉 "불온"한 세력으로 인식하고 있었음을 알 수 있다. 계속 동학당을 경계하고 있었기 때문에 이듬해 4월경 동학농민운동이 발발하자마자 『도쿄 니치니치 신문』은 5월 11일자 신문에 이를 보도한다.

> 전라·충청도의 동학당은 지난 6, 7일경부터 도처에서 불온한 모습을 보였다.(…) 점차 폭력을 마음껏 행하며 부사 이하 수십 명을 살상했다.
> ─『東京日日新聞』 1894.5.11. 「京城の來電」, p.3.

여기서도 "불온"이라는 단어가 반복되며 동학당이 "폭력"을 휘두르고 관료들을 "살상"했음을 전하고 있다. 이전 갑신정변 때에는 정부 세

---

5 1876년 구마모토(熊本)에서 일어난 메이지 정부에 반발하는 사족(士族) 반란 신풍련의 난(神風連の亂)을 말한다. 신풍련은 경신당(敬神黨)이라고도 하며 구 히고번(肥後藩)의 사족 오타구로 도모오(太田黑伴雄), 가야 하루카타(加屋霽堅) 등 170여 명에 의해 결성되었다.

력 간의 다툼, 그 뒤에 청과 일본의 세력 견제가 있었다면 동학농민운동부터는 조선 민중과 일본 세력 간의 항쟁으로 확장되는 모습을 보이며 일본어 신문은 동학혁명에 참가한 민중을 폭력적으로 묘사한다.

> ● 일본 배척당 경성으로부터 현지 영사로의 보고에 따르면 전라도에서 창의군이라 칭하는 일본인 격양주의의 폭도가 일어났다. 따라서 경성에서 조선군과 우리 군 수 소대를 파견했다고 한다. 또 일전에 하동 방면으로 나간 척후의 보고가 아직 들어오지 않고 소문으로는 폭도가 이미 하동에서 물러났다고도 하며 또 진주에도 일부 폭도가 있다고 한다. 어느 쪽이든 아직 믿기 어렵고 척후의 확실한 보고를 얻어서 되도록 폭도의 근거지를 공격하여 큰 징계를 내리고자 한다고 지난 18일 부산발에서 대본영으로 전보가 있었다.
>
> -『東京朝日新聞』 1894.10.20. 「電報 日本排斥黨」, p.1.

아직 1차 의병항쟁이 일어나기 전 1894년에 전라도에서 창의군(彰義軍, 1907년 경기도 양주에서 조직되었던 항일의병부대 13도 창의군(倡義軍)과는 별개의 조직이다. 이 조직에 대해서는 별다른 기록이 남아있지 않다.—편집자 주)이라는 조직이 일본을 배척하고자 폭동을 일으켰으며, 경남 하동과 진주 방면 등 도처에 폭도가 있다는 소문이 돌 정도로 중남부 지방에서의 항일항쟁이 격화되고 있었다. 이듬해 1895년 을미의병과 시간이 흘러 1905년 을사의병이 일어났을 때는 그야말로 조선인 '폭도'의 '폭동' 관련 기사가 쏟아져 나왔다. 특히『아사히 신문』이 조선에서의 항일운동에 관해 제일 많은 기사를 보도하는데, 의병항쟁 시기 '폭도', '폭동'을 키워드로 각 신문 데이터베이스에 기사를 검색했을 시『요미우리 신문』이 1, 2차에 걸쳐 9건,『마이니치 신문』은 크게 눈에 띄는 기사가 없는

반면(『마이니치 신문』에서만 유독 기사가 검출되지 않는 것은 데이터베이스 상의 결함으로 보인다), 『도쿄 아사히 신문』은 1895년 12월 25일자 「조선의 흉도 횡행(朝鮮の兇徒横行)」 기사를 시작으로 1차 의병 관련만 66건, 2차~1910년대[6] 사이의 의병항쟁 관련은 약 120건의 기사가 추출되었다. 이 기사량에 주목할 필요가 있는데 일본에서는 청일전쟁과 러일전쟁을 거치면서 전쟁 관련 소식을 듣기 위해 신문구독 수요가 급증하는 양상을 보였다. 이 시기 일본 신문미디어에서는 조선 사정 등 조선의 문화와 정치 상황을 제외하고는 주로 조선인의 '폭동'에 대한 기사만이 반복적으로 게재되었다. 조선에 대한 정보는 거의 신문을 통해서만 얻을 수 있었던 조선인을 직접 겪어보지 못한 일본 대중들에게 '폭도'로서의 조선인의 모습만이 노출되고 전달되며 일종의 폭력적인 조선인 이미지가 주입된 것이다. 한편 조선 간행 신문 『경성일보』에서는 창간된 1906년 9월 이후 기사를 살펴보면 '폭도' 관련 기사가 1909년 10월에 2건, 1910년 3월에 4건, 1916년에 2건, 1918년에 2건으로 기사량이 많지 않고 보도 시기가 몰려있다.(1909.10.24. 「韓南暴徒討盡」, 조간 5면; 1909.10.26. 「暴徒暴徒を惨殺す」, 조간 5면; 1910.3.10. 「東京電報 暴徒討伐の行賞」, 조간 2면; 1910.3.10. 「暴徒と通信損害」, 조간 2면; 1910.3.10. 「暴徒巨魁を殪す」, 조간 5면; 1910.3.10. 「村夫子は暴徒」, 조간 5면; 1916.5.11. 「暴徒十數名を捕縛す」, 조간 3면; 1916.8.11. 「帝政派暴徒軍の畫策」, 석간 1면; 1918.1.19. 「大治

---

6　2차 의병항쟁인 을사의병은 1907년 군대해산 이후에 보다 확대·발전하여 최후의 구국항일전인 정미의병으로 이어졌다. 점차 세력이 약해지긴 했으나 1913년까지 일본군과의 교전 기록이 남아있으며 1919년 3.1운동이 일어나기까지 일본군은 의병을 완전히 소탕하지 못했다. ("의병전쟁", 한국학중앙연구원 〈한국민족문화대백과사전〉 https://encykorea.aks.ac.kr/(검색일:2019.12.20.))

縣暴徒蜂起」, 조간 2면; 1918.12.28. 「暴徒監獄を襲ふ」, 3면) 1910년대는 간도
지방을 비롯해 곳곳에서 간헐적이지만 꾸준히 항쟁이 일어나던 때였다.
의병 관련 기사는 주로 폭도를 토벌했다는 내용이나 폭도가 있었지만
진압했다는 내용의 기사가 보도되었고, 강원도 부근에서 폭도끼리 다
투다 살해한 사건의 기사를 싣고 있다. 이는 폭도를 두려워할 재조일본
인을 안심시키기 위함과 조선인 '폭도'끼리의 마찰을 보도함으로써 이
들의 결속이 약하다는 인상을 주기 위한 의도로 보인다.

이처럼 조선 개항 이후 일본 신문미디어에서의 조선인 이미지는 약
소하고 무지몽매한 열등민족에서 점차 곧잘 '폭동'을 일으키는 폭력적
인 '폭도', '흉도'의 민족으로 이미지가 굳어지게 된다. 1882년 임오군
란 때에는 조선 정부에 반기를 드는 군민이, 1884년 갑신정변 때에는
청일 간의 세력 견제를 바탕으로 정당끼리 다투는 가운데 친청배일 세
력이 '폭도'의 범위에 속했다. 그리고 이내 동학농민운동과 1, 2차 의병
항쟁부터는 일본에 대항하여 봉기한 배일 조선인 민중들이 '폭도'라 칭
해졌다. 이와 같은 흐름을 살펴보면 일본이 정의하는 '폭도'는 '불령선
인'이라는 단어가 생기기 전 일제에 항거하는 반일·배일 세력의 조선
인을 지칭하는 대표적인 단어였던 것이다.

## Ⅳ. 3.1운동 이후 불령선인 담론의 형성 및 확산

### 1) 일본어 신문미디어의 3.1운동 보도 양상

당시 일본에서 보도되는 기사는 1909년 제정된 신문지법[7]으로 인해
내무성 검열을 거친 후 게재되었다. 또한 4월에는 조선총독부 학무국

에 임시소요계(臨時騷擾係)가 특설되어 독립운동에 대한 정보와 당국의
정책 방침에 대해 내외 통신사에 기사자료를 제공하는 등 언론 통제가
이루어졌다. 『경성일보』 또한 조선총독부의 기관지라는 성격상 검열
은 물론 총독부의 입장에서 기사가 보도되었음은 물론이다. 일본어 신
문미디어의 보도 내용을 살펴볼 때는 당시 일본 내무성과 조선총독부
의 철저한 검열이 있었다는 점을 인지한 후 검토해야 한다.

　일본어 신문미디어에서 3.1운동을 가장 먼저 보도한 것은 3월 3일자
『오사카 마이니치 신문』의 「조선 각지의 소요」와 『오사카 아사히 신문』
의 「야소교도인 조선인의 폭동」 기사였다.

> 　1일 오후 2시경 조선 경성 일대에 소동이 야기되었다. (…) 경성에서
> 소요를 일으킨 군중은 처음 학생, 노동자 수천 명이 집단을 이뤄 1일
> 오후 2시 종로 방면에서, 또 다른 집단은 남대문통에서, 다른 집단은
> 태평통에서 모두 만세를 부르며 행진하면서 대한문에 모였다. <u>군중 가
> 운데에 참여하지 않는 자가 있으면 구타하는 등의 폭행을 가하고 곳곳마다
> 경관과 충돌했다.</u> (…)
> 　학생의 망동에 불과하다.
> 　─준비는 모두 끝났다 경찰부장 시오자와(鹽澤) 헌병대좌의 말
> 　경무부장 시오자와 헌병대좌는 1일 오후 5시 방문한 기자에게 말하
> 길 「돌연이라고 하면 돌연이지만 그 형세는 알고 있었다. 요는 학생들
> 이 선동하여 함부로 망동을 하는 것이다. 국장을 목전에 두고 있어서

---

7　1909년 5월 6일 공포된 제2차 세계대전 전 일본의 기본적인 언론통제법. 신문 외에 시사
　에 관한 사항을 게재하는 잡지에도 적용되었고, 전문 45조와 부칙으로 이루어졌다. '안녕
　질서를 문란하게 하고 풍속을 해한다고 인정되는 신문의 발매·배포 금지'(23조), '발행인
　·편집인의 처벌'(41조), '육군·해군·외무 각 대신의 군사·외교에 관한 사항의 게재 금
　지, 기사 제한권'(27조) 등의 규정이 있으며 위반 시에는 엄중한 형벌이 내려졌다.

단속하는 데에 신속한 방법을 취하지 않으면 안 된다. 경계하는 쪽이
사람 수가 적으면 오히려 무의미한 소동을 확대시킬 수 있으므로 대규
모라고 할 정도는 아니지만 할 수 있는 준비는 다 했다. 단지 지금 모든
준비가 끝났기 때문에 곧 진압될 것이다. 보도가 단편적으로 내지에 전
달되면 큰 소동인 것처럼 생각될 수 있으나 실제로는 결코 큰일이 아니
라는 점을 말해두고 싶다.」고 하였다. (경성내전)

-『大阪每日新聞』 1919.3.3. 「朝鮮各地の騷擾」, 석간 p.6;
윤소영 기사집Ⅱ: 2009.[8]

경성에서도 불온한 격문

국장 전의 혼잡한 경성에서 1일 아침 남대문 역 앞에 <u>조선언문으로
쓴 排日 격문을 붙이는 조선인이 있었다.</u> 더욱 조선인의 주요 인물들에게
격문을 배포하여서 경무총감부에서는 이미 활동을 개시하여 덕수궁에
서 조사봉독의식에 참석 중인 고지마(兒島) 경무총장은 오전 11시 반
식의 중도에 경무총감부로 와서 헌병대 경찰서장을 모아 대활동을 개시
했다. (2일 경성특전)

덕수궁 앞의 시위 운동

2일에 이르러 경성에 모인 불온한 무리 중 수만 명의 조선인은 이태
왕의 梓宮을 안치해 놓은 덕수궁을 중심으로 왕성하게 시중을 돌아다니
며 시위운동을 벌였다.(…) (2일 경성특전)

-『大阪朝日新聞』 1919.3.3. 「耶蘇敎徒なる朝鮮人の暴動」,
조간 p.7; 윤소영 기사집 Ⅰ: 2009.

긴 인용문이지만 당시의 보도 상황을 자세히 살펴보기 위해 기사를

---

8  신문 영인본의 상태가 좋지 않아 원문을 완전히 독해할 수 없는 경우 윤소영 편역의『日本
新聞 韓國獨立運動記事集Ⅰ・Ⅱ』를 참조했다. 이하 기사집에서 기사를 발췌할 경우 기사
제목 및 초출과 함께 기사집 권수를 표기했다.

상당 부분 발췌했다. 위 인용기사의 경우 일부는 윤소영(2015)의 선행
연구가 이미 다룬 바 있으나 시위 양상과 일본 군대 측의 대응에 대해
서만 언급하고 있으므로 본고에서는 기사가 3.1운동과 조선인을 어떻
게 묘사하고 있는지를 살펴보도록 하겠다. 우선 3월 3일『마이니치 신
문』의 경우 학생, 노동자 등으로 이루어진 수천 명의 집단이 만세를
외치며 시가지를 행진했다고 보도하고 있다. 그리고 "군중 가운데에 참
여하지 않는 자가 있으면 구타하는 등의 폭행을 가하고 곳곳마다 경관
과 충돌"했다며 시위대 구성원이 먼저 폭력적인 행위를 했기 때문에
조선총독부에서 총독부에서 헌병과 보병대 등 군대를 투입했음을 알렸
다. 또한 경찰부장 시오자와(鹽澤)의 말을 빌려 "학생들이 선동하여 함
부로 망동을 하는 것"이라 일축한다. 기사가 보도된 후 일본 내지에서
의 소란을 경계하여 결코 큰일이 아니라며 3.1운동을 축소하는 모습을
보이고 있다. 한편『오사카 아사히 신문』또한 학생과 기독교인들의
주도 아래 시위가 일어났음을 밝히고 있으며 이를 "폭동"으로 간주하
고 당일 오후 3시경 이미 군대가 출동했음을 알리고 있다. 여기서도
마찬가지로 시위대가 먼저 경찰서를 습격하여 폭력적인 행위를 했기
때문이라 밝히며 군대 투입을 정당화하고 있다. 그리고 "조선언문으로
쓴 배일 격문"을 배포한 사실이 적혀 있는데 이 "배일 격문"은 기미독
립선언서를 가리킨다. 일제의 입장에서 조선이 독립국임과 조선인이
자주민족임을 천명한 독립선언서는 그야말로 배일 격문 그 자체였을
것이다. 독립선언서는 "배일 격문" 또는 "불온한 선언서"로 보도되고
있다. 그리고 기사에서는 시위대에 참가한 조선인들을 "불온한 무리(不
穩の徒)"라고 지칭하고 있는데, 이 시기 기사를 보면 3.1운동에 참가한
조선인들에 대해 주로 '불령', '불온'을 섞어 사용하고 있으며 일본의

식민지배에 저항하고 질서를 어지럽힌다는 같은 맥락에서 사용되었다.

이후 조선총독부 경무총감부에 의해 각 신문 통신사에 3.1운동에 관한 일절 게재 금지 명령이 내려졌기 때문에 3월 4일 이후 며칠 동안은 관련 기사가 보도되지 못했다.(『大阪每日新聞』 1919.3.4.「京城の大騒擾」, 석간 6면) 며칠 후 3월 7일 게재 금지 명령이 해금되자 3.1운동 관련 보도가 다시 이뤄진다. 그동안 언론 통제로 3.1운동 관련 기사를 게재하지 못했던 『경성일보』도 3월 7일에는 「망동과 총독 논고(盲動と總督論告)」라는 제하에 3.1운동에 대한 하세가와 요시미치(長谷川好道) 총독의 논고를 실었다. 같은 날 『오사카 마이니치 신문』과 『오사카 아사히 신문』에도 하세가와 총독의 논고가 실렸다. 하세가와 총독은 3.1운동을 "일부 불령한 무리의 선동에 의한 조선인 군중의 망동"이라 표현했다. 또한 "제국의 정밀을 저해하려고 하는 불령한 패거리의 담론을 경신(輕信)하여 조선과 아무 관계없는 민족자결의 말을 취하여 나라에 망상을 불러옴과 같다"고 말하며 3.1운동의 근간이 되는 미국 윌슨 대통령이 제창한 민족자결주의와 조선반도를 선 긋고 있다. 석간 2면에서는 한 단을 통째로 할애하여 「경솔한 각지의 소요(輕はづみの各地の騒擾)」라는 제하에 마찬가지로 3.1운동을 '소요'로 칭하며 검거된 주모자 명부나 조선 각지에서의 운동 양상을 보고하고 있다. 그러나 지면의 부분 훼손으로 기사 전문을 해독하는 것은 불가능했다.

한편 경성과 지방의 운동 모습은 달랐던 모양이다. 『오사카 아사히 신문』은 3월 8일 「소요의 방법은 매우 교활하다(騒擾の方法は頗る狡黠を極む)」라는 제목의 기사와 3월 15일 「지방은 폭도 경성은 평온 교활한 운동 모습(地方は暴徒 京城は平穩 狡猾なる運動振)」이라는 제하의 기사를 발표한다. 8일자에서는 "그들이 다소라도 폭력적인 행동을 하면 그 자

리에서 체포할 수 있는데 그들은 교묘하게 이를 알고 일부러 하지 않았다.", 15일자에서는 "지방 중 평양, 진남포 등을 제외한 작은 도읍의 소요는 폭도로 변하여 우리 관헌에게 위해를 가하는 자가 적지 않은데 경성 소요는 자주 보도한 바와 같이 1일부터 학생이 중심이 되어 시내를 행진하고 아무런 폭행을 가하는 자는 없었다. (…) 우리 내지 관민은 그들의 교활한 운동 모습을 불가사의하게 생각한다. 오히려 왠지 기분 나쁠 정도로 그들은 온건한 운동을 행하고 있었다."라고 보도하고 있다. 조선인들이 폭력적인 시위를 하면 현장에서 체포할 수 있는데 일부러 평화적으로 시위를 진행해서 함부로 체포할 수 없는 상황을 알리며 이 소요 방법에 대해 "매우 교활하다"고 평가한다. 그러나 경성에서는 시위의 구성원이 대부분 학생이었기 때문에 이런 평화적인 시위가 지속 가능했으나 일부 지방에서는 일본 관헌에게 반항하는 경우도 있었던 듯하다.

> 평안남도 사천 헌병대는 別報와 같이 4일 밤 폭도의 습격을 받아 서장 이하 상등병, 보충원에 이르기까지 전부 살해당하고 청사도 파괴되었다. (…)
> 成川
> 4일 오전 10시 몽둥이 낫, 도끼 등을 휴대한 약 200명의 폭도가 헌병대를 습격하여 유리창과 그 외 기물을 부수는 등 위험한 상태에 빠졌다. 그래서 할 수 없이 발포하여 사상자 20여 명이 발생했다. 폭도는 일단 퇴산했지만 분대장 마사이케 중위는 그때 중상을 입고 5일 사망했다는 것은 이미 보도한 바와 같다.
> −『大阪毎日新聞』 1919.3.7. 「砂川の暴徒 憲兵隊を襲ひ全員を殺害す」, p.11; 윤소영 기사집Ⅱ: 2009.

위 기사에서는 조선인 '폭도'의 습격을 받아 일본 관헌들이 폭행, 살해당하거나 건물이 파괴된 내용 등 일본 측의 피해 상황을 싣고 있다. 그리고 일본 측의 진압에 대해서는 시위대가 폭력적이고 난폭해서 "할 수 없이" 강경 대응했다고 변명하는 모습을 보인다. 기사 본문에는 조선인의 사상자 수도 기재하고 있지만 표제에는 일본 측의 피해를 싣고 있고, 이마저도 조선인 사상자에 대해 이들 '폭도'가 폭력적이어서 어쩔 수 없었다는 식의 논조를 펼치고 있다. 일본은 3.1운동을 진정시키기 위해 4월 10일 조선으로 6개 대대와 헌병 400명을 파견한다.(『大阪朝日新聞』 1919.4.9 「朝鮮に增兵 八日陸軍省發表」, 석간 1면) 이어 4월 14일 『오사카 아사히 신문』에서 「조선소요가 급히 진정(朝鮮の騒擾頓に静穩)」 이라는 기사를 찾아볼 수 있는데 이는 군대를 파견한 지 며칠 만에 얼마나 거세게 탄압했을지 짐작할 수 있게 한다. 이렇듯 거센 탄압에 맞서기 위해 몽둥이, 낫, 도끼와 같은 무기라고 할 수도 없는 것을 들고 자신을 지키고자 한 조선인들을 잔인하게 관헌을 살해한 '폭도'로 표상하고 있는 것이다.

지금까지 일본어 신문미디어에서의 3.1운동 보도 양상을 살펴본 결과 일본어 신문미디어에서는 3.1운동을 종교단체나 학생들에게 선동당해 일어난 '만세소동' 내지는 '소요', '폭동' 등으로, 시위대는 '폭도', '우민(愚民)', '불순한 무리(不逞の徒)' 등으로 칭하고 있었다. 그리고 일본어 신문미디어에서는 3.1운동에 대해 보도할 때 조선인 '폭도'의 반항과 폭력적 행동으로 인해 일본 측이 피해를 입었다는 내용을 중점적으로 보도하고 있었다. 이렇듯 3.1운동 이전부터 형성되어온 조선인의 폭력적이고 부정적인 이미지는 3.1운동 보도를 통해 더욱 극대화되었다.

## 2) '불령선인' 담론의 형성 및 확산

3.1운동 이후 일본어 신문미디어에서는 '불령선인' 내지는 '불령 조선인'이라는 말이 빈번히 사용되기 시작한다. 먼저 각 일본어 신문 조사와 데이터베이스 검색 등을 통해 3.1운동 이후 보도 내용 중 기사 표제나 본문에 '불령선인'(또는 '불령'이 조선인을 수식하는 경우)이 등장하는 횟수를 정리해보았다. 그리고 '불령선인' 담론과 1923년 간토대지진 시 조선인 학살사건과의 연관성을 확인하기 위해 3.1운동 이후부터 1923년 조선인 학살사건 발생 이전까지의 기사를 검토했다. 『아사히 신문』과『요미우리 신문』의 경우 데이터베이스에 '불령'과 '선인(조선인)'을 조합하여 검색했을 때 본문 키워드를 포함한 검색 결과가 도출되는 등 DB 구축이 잘 되어 있는 편이라고 할 수 있다. 하지만『마이니치 신문』의 경우 DB가 미비한 부분이 있어 키워드 검색결과가 온전하지 않았다. '불령선인' 기사를 조사할 때 윤소영 편역의『일본신문 한국독립운동기사집 I · II』에『오사카 마이니치 신문』과『오사카 아사히 신문』의 1919년 1월 1일부터 7월 1일까지의 기사가 수록되어 있으므로 이를 참고하여 조사 결과에 반영했다.『경성일보』의 경우 아직 데이터베이스화 작업이 진행 중이기 때문에 키워드 검색 시 기사 표제에서만 추출할 수 있었으므로 표제에는 '불령선인'이 들어가지 않고 기사 본문에만 적힌 경우는 도출할 수 없었다.

이상과 같은 이유로 '불령선인' 관련 기사의 조사 결과가 온전하게 도출되지는 않았음을 우선 밝힌다. 데이터베이스상의 문제로 인한 자료의 불충분함은 필자로서도 매우 아쉬운 부분이며 향후 계속해서 보강해나가고자 한다. 그러나 3.1운동을 기점으로 일본어 신문미디어에

서 '불령선인' 관련 기사의 보도 횟수가 눈에 띄게 급증하는 것은 분명
하므로 본고에서의 조사 결과를 통해 불령선인 담론의 확산 흐름을 대
략적으로나마 파악하기에는 큰 무리가 없을 것이라 판단되어 지면에
싣기로 한다. 현재 확인된 각 신문의 '불령선인' 관련 기사 건수는 아래
표와 같다.

〈표 1〉 1919년 3월1일~1923년 9월 '불령선인' 관련 기사

|  | 1919년 이전 | 1919년 | 1920년 | 1921년 | 1922년 | 1923년 |
|---|---|---|---|---|---|---|
| 『아사히 신문』 | 2 | 16 | 105 | 47 | 40 | 20 |
| 『요미우리 신문』 | 3 | 5 | 6 | 3 | 6 | 12 |
| 『마이니치 신문』 | - | 28 | - | - | - | - |
| 『경성일보』 | 6 | 33 | 130 | 96 | 22 | 19 |

　3.1운동 이전에는 그저 몇 건에 불과하던 '불령선인' 기사가 3.1운동
이 일어난 이후 급격히 증가하는 모습을 보인다. 먼저 1919년 3.1운동
이 한창 전개되던 3월 보도된 '불령선인' 기사의 내용을 살펴보도록 하
겠다.

　　경성에서는 불령선인 한 무리가 27일 오후 또다시 전차 승무원을 협
　박했기 때문에 그 반수가 휴업하기에 이르러 (…) (경성특전)
　　　　　　　　　　　　　　　　　　　　　　-『東京朝日新聞』 1919.3.28.
　　　　　　　　　　　　　　　「京城の電車罷業 常務員半數」, 조간 p.5.


　不逞鮮民의 방화
　17일 미명 경성 가회동 후작 이재각 씨 저택에 방화한 자가 있었다.
같은 날 밤 천연동에 거주하고 종로경찰서에 근무하는 조선인 형사 집

에도 방화가 있었다. 모두 심각하지는 않고 진화되었지만 모두 불령한 조선인의 소행일 것이어서 한층 경계 중이다. (경성내전)
　　　　　-『大阪每日新聞』 1919.3.20.「不逞鮮民火を放つ」,
　　　　　　　　　　　석간 p.6; 윤소영 기사집Ⅱ: 2009.


　폭도가 강도
　불온한 성명을 발표하고 폭동을 일으킨 불령 조선인 등은 그 후 차츰 운동비가 부족하여 지금은 점차 강도로 변하고 있다. 실제로 경기도 시흥군에서는 자산가 중에 이들 무리에게 1천 원 제공을 협박당하거나 가축을 강탈당한 자가 있어서 가족은 모두 경성으로 피난했다. 이러한 부정행위는 각지에서 앞으로 많을 것이 예상된다. (경성내전)
　　　　　-『大阪每日新聞』 1919.4.11.「暴徒が强盗」, 석간 p.6.;
　　　　　　　　　　　　　　윤소영 기사집Ⅱ: 2009.


　3.1운동에 참가한 조선인을 '불령선인'이라 칭하기 시작하는 한편 '불령선인'들의 폭력적 행위를 알리는 기사들이 보도된다. 위 기사들을 보면 '불령선인'의 협박으로 전차 승무원들이 파업하기에 이르렀다던가, '불령선인'이 일본과 연이 있는 후작이나 조선인 형사 집에 불을 질렀다는 등의 내용이 보도되고 있다. 또한 폭동을 일으킨 '불령선인'들이 강도로 변하고 있다는 기사를 싣고 있다. '불령선인'이 협박·방화 등을 한다는 기사를 실어 시위에 참가한 '불령선인'은 폭력적이라는 이미지를 싣고 있음을 알 수 있다. 그러나 이미 자명하듯 3.1운동 만세시위 자체는 비폭력 운동으로서 평화적으로 행해졌는데, 이로부터 신문 미디어가 일부의 폭력적 행위와 부정적 이미지를 시위대 전체에 전가하고 있음을 확인할 수 있다.
　한편『경성일보』는 창간된 1906년부터 3.1운동이 발발하기 직전까

지 '불령선인' 관련 기사는 6건뿐이었으나, 1919년 3월 이후 한 해에만
'불령선인'을 표제로 하는 기사가 32건 확인되었다. 각 기사들의 표제
와 내용을 보면 3.1운동이 소위 '불령선인'의 선동으로 일어났다는 식
으로 보도했으며, 이들의 범법 행위에 대한 기사나 '불령선인'을 단속,
체포했다는 등의 기사를 주로 보도했다. 이처럼 1919년 1년간 이전보
다 약 5.5배의 '불령선인' 기사가, 이듬해인 1920년에는 130건으로 약
22배나 쏟아져 나오며 폭발적으로 증가하는 모습을 보인다.『경성일
보』에서 3.1운동 직후 처음으로 '불령선인'을 언급한 기사는 3월 15일
의 「간도의 불령선인 중국군대와 충돌(間島の不逞鮮人支那軍隊と衝突)」
이다. 3.1운동에 호응하여 3월 12월부터 간도 지방에서도 만세운동이
전개되었고, 중국군의 발포로 인해 '불령선인' 약 40명의 사상자가 나
왔다고 보고하고 있다. 이 기사에는 쓰여 있지 않지만, 계획을 사전에
탐지한 일본이 중국의 관헌과 교섭하여 중국군으로부터 발포 명령이
내려져 간도에서의 만세운동을 저지시켰다는 것이 이 사건의 진상이
다. 여기서도 또한 3.1운동에 참가한 조선인에 대해 '불령선인' 단어가
사용되었다. 1919년 12월 19일 「불령선인의 음모 남녀의 비밀결사(不
逞鮮人の陰謀男女の秘密結社)」에서는 대한민국청년외교단과 대한민국애
국부인회의 주요 간부와 회원의 검거 기사가 지면의 대부분을 할애하
여 보도되고 있다. 이 기사에서 대한민국청년외교단과 대한민국애국부
인회의 상해 임시정부와의 관계 및 그들의 활동 경위, 목적 등이 상세
하게 기재되어 있다. 이들의 활동은 일본 제국에게 적지 않은 위협을
끼쳤으므로 일본 정부는 이들을 '불령선인의 수괴'로 간주했으며 기사
내용에서도 불령선인의 수괴로서 소개하고 있다.

한편『아사히 신문』과『경성일보』의 연도별 보도량의 증감 양상이

비슷한 것은 주목할 만하다. 『아사히 신문』과 『경성일보』 모두 1920년
도에 유독 '불령선인' 기사가 자주 보도된다. 이는 1919년 9월 대한민
국 임시정부 수립 직후 만주 및 연해주 지역의 독립군들에 의한 항일독
립투쟁이 1920년도 들어 활발해진 것과의 연관성이 보인다. 1920년도
'불령선인' 기사는 『아사히 신문』이 105건, 『경성일보』가 130건으로
가장 많이 보도되고 있으며 이후 보도량이 차츰 감소하기는 하지만
1923년 간토대지진 전까지 꾸준하게 '불령선인' 기사가 보도되었다.

이처럼 3.1운동을 기점으로 일본어 신문미디어에서 조선인을 '불령
선인'으로 지칭하는 기사가 폭발적으로 늘었으며, '불령선인'의 시위나
배일 행위, 항일 활동 등을 매년 꾸준히 보도하고 있었음을 확인했다.
또한 '불령선인' 기사를 보도할 때는 이들의 폭력적 행위를 강조하여
부정적으로 묘사하며 이로 인한 일본의 피해를 크게 보도함으로써 일
본인들의 경계심과 불안을 조장하고 있었다. 이렇듯 일본어 신문미디
어에서 그저 약소하고 무지몽매한 열등민족에서 '폭도'로 그려지던 부
정적 조선인 이미지는 3.1운동 이후 '불령선인'이라는 하나의 대명사
로 귀결되어 양식화하며 '불령선인' 담론으로 이어진 것이다. 그리고
이러한 과정을 거쳐 거듭 쌓아져 온 조선인에 대한 부정적이고 폭력적
인 이미지는 비로소 1923년 간토대지진에 이르러 절정에 이르게 되는
것이었다.

## V. 나오며

이상과 같이 일본어 신문미디어를 중심으로 조선 개항 이후부터 3.1

운동에 이르기까지의 조선인에 대한 부정적 표상과 그 주요한 표현인 '불령선인' 담론의 형성 과정에 대해 살펴보았다. 3.1운동 이전 조선인은 약소하고 무지몽매한 열등민족과 '폭도'로 표상되었다. 1910년 한일병합 이전 일본 간행 신문은 '불령'이라는 단어를 꼭 조선인에게만 국한시켜 사용하지는 않았으며 일본 자국민과 외국인의 범죄나 치안, 질서를 어지럽히는 행위를 지칭하고 있었다. 반면 조선 간행 신문『경성일보』에서는 전자의 의미와 함께 배일 조선인이라는 뜻으로 혼용되고 있었음을 확인했다. '불령선인'이라는 말이 만들어지고 일반에 확산되기 전에는 임오군란, 갑신정변, 의병항쟁과 같은 시대적 사건의 흐름을 따라 조선인을 무지몽매한 열등민족에서 폭력적인 민족으로, 더불어 반일·배일 세력에 대해서는 '폭도'로 표상하며 조선인에 대한 부정적 이미지를 형성하였다. 그러나 이 시기에는 아직 일본어 신문미디어에서 '불령선인'이라는 용어를 적극적으로 사용하고 있지는 않았다.

이후 조선독립을 위한 3.1운동 또한 일본과 조선의 일본어 신문미디어는 이를 '불령선인'의 '음모'나 '폭동', '소요'로서 일본 사회에 전파했고 조선의 3.1운동과 항일운동에 대한 이러한 인식은 일본 민중에게도 일반화되어 정착되었다. 또한 일본어 신문미디어는 조선인의 범죄나 무장투쟁으로 인한 일본의 피해, 조선 항일 단체의 활동과 관련된 기사 등을 연일 보도했다. 당시 정보 취득 수단이 신문, 잡지와 같은 매체뿐이었던 일본 민중은 미디어의 보도내용을 그대로 받아들일 수밖에 없었다. 3.1운동 이후 신문미디어에 의해 확산·정착된 '불령선인' 담론은 일본인으로 하여금 부정적 조선인상(像)을 형성하고 조선인에게 보복당할지도 모른다는 공포감을 느끼게 하는 데에 큰 영향을 끼쳤다. 3.1운동을 기점으로 일본어 신문미디어에서 조선인을 '불령선인'

으로 지칭하는 기사가 폭발적으로 늘었으며, '불령선인'의 시위나 배일 행위, 항일 활동 등을 매년 꾸준히 보도하고 있었다. 또한 '불령선인' 기사를 보도할 때는 이들의 폭력적 행위를 강조하여 부정적으로 묘사 하며 이로 인한 일본의 피해를 크게 보도함으로써 일본인들의 경계심 과 불안을 조장하고 있었다. 이렇듯 일본어 신문미디어에서 그저 약소 하고 무지몽매한 열등민족에서 '폭도'로 그려지던 부정적 조선인 이미 지는 3.1운동 이후 '불령선인'이라는 하나의 대명사로 귀결되어 양식 화하며 '불령선인' 담론을 형성하게 되었다.

이렇게 일본어 신문미디어를 대상으로 하여 내지 일본과 외지 조선 에서의 부정적인 조선인 표상 형성과 변천 과정, 그리고 결국에는 불령 선인 담론으로 굳어지는 과정을 살펴보았다. '불령선인' 담론은 이후에 도 간토대지진, 한국 해방, 현대를 거치는 과정에서 더 복합적인 의미 를 가지며 여러 층위를 보이게 되는데 본고에서는 우선 '불령선인' 담 론의 기원이 어디서부터였는지, 어떻게 형성되었는지를 알아보았다. 이후의 전개 양상에 대해서는 추후의 과제로 남기고 싶다. '불령선인' 담론이 1919년 조선인 학살사건과 현대 일본의 헤이트 스피치에서 재 현되며 조선(한국)에 대한 혐오담론을 구축하고 현실에서 한일 간 갈등 의 골을 깊게 만든 만큼, 본 연구가 이후 조선인 학살사건 연구를 비롯 하여 현대 일본의 혐한 문제를 살펴볼 때 단초가 되기를 기대한다.

# 대지진 이후의 단카(短歌), 진재영(震災詠)의 본격적 출발

엄인경

## Ⅰ. 일본의 재난과 시가문학

역사적으로 잦은 지진과 지진으로 인한 대규모 피해가 많았던 일본은 지진 재해 이후의 상황을 표현하는 '진재문학(震災文學)'의 계보가 성립되어 있다. 근대 이후만 보더라도 1891년 노비(濃尾)지진, 1896년 메이지 산리쿠(明治三陸)대지진, 1923년 간토(關東)대지진, 1933년 쇼와 산리쿠(昭和三陸)지진과 쓰나미, 1995년 한신아와지(阪神淡路)대지진, 2011년 3.11 동일본대지진 등의 대규모 지진 재해가 있었고, 일본 문학자들은 이에 대응하면서 '진재문학'을 남겼다. 그러나 최근 진재문학은 주로 주요 작가의 소설이나 에세이, 평론 등 산문 중심으로 연구가 이루어졌다. 3.11 동일본대지진 이후의 지진과 문학에 관한 굵직한 연구서나 선집에도 소설과 에세이 중심의 산문이 위주다. 진재문학으로서의 시가문학은 대량으로 창작되어 왔고, 비평 특집이나 대담, 좌담의 형태로 화제가 되기는 했지만, 시가 문학을 대상으로 재난의 문학화

가 연구의 영역에서 논의된 경우는 많지 않다. 이러한 경향은 간토대지
진 문학의 연구 동향에서도 지적할 수 있다.

일본 '진재문학'을 통시적으로 개괄하여 유사 이래의 역사서에 근거
하면 고대부터 지진이 수없이 많이 발생한 일본임에도 재난 자체를 소
재로 삼은 '진재문학'의 효시는 의외로 중세가 되어서나 등장하며, 대
화재·회오리바람·수도 천도·대기근·대지진 등 오대 재난을 다룬 가
모노 조메이(鴨長明)의 수필『호조키(方丈記)』(1212년)로 거론되는 것이
일반적이다. 3.11 동일본대지진 이듬해인 2012년은 마침『호조키』탄
생 800주년에 해당하여, 일본 문학계에서는 작품 관련 특별전이 열리
거나 특집호가 잇따라 나왔다.

일본 중세문학회(中世文學會) 후원으로 국문학연구자료관(國文學研究
資料館)이 주최한〈가모노 조메이와 그 시대 호조키 800년 기념 전시회
(鴨長明とその時代 方丈記800年記念展示會)〉, 세이케이대학도서관(成蹊大學
圖書館)이 개최한〈재해문학으로서의『호조키』와 동일본대지진(災害文
學としての『方丈記』と東日本大震災)〉 전시회가 대표적이다.

또한 이와나미서점(岩波書店)의 문학 전문잡지『문학(文學)』의 2012
년 3/4월호도「특집 호조키 800년(特集方丈記800年)」을 꾸리는 등 일본
문학계에서 이 작품 관련 연구와 특별 좌담회 등이 이루어진 것은 물론
이며, 주요 일간지에서도 2012년에는「호조키 800년 대지진과 교차하
는 재액 묘사(方丈記800年 大震災と交差する厄災描寫)」(『아사히 신문(朝日新
聞)』2012. 8. 5. 15面),「『호조키』관련서 잇따르다 세상의 무상 지지받기
를 800년(『方丈記』關連書相次ぐ 世の無常 支持され續け800年)」(『요미우리 신
문(讀賣新聞)』2012.5.1. 10面),「동란을 그린『호조키』현대에 말을 거는
가모노 조메이 다음 달 성립 800년(動亂描いた『方丈記』現代に語りかける

鴨長明 來月、成立800年)」(『도쿄 신문(東京新聞)』 2012.2.25. 27面) 등이 재난사회를 사는 현대적 의미로서『호조키』 재조명 가치를 대서특필하며, 진재문학으로서의 이 고전을 주목했다.

그러나『호조키』를 진재문학으로 다시 읽고자 하는 움직임은 상당히 현대적인 발상으로 보이며, 지진 재해가 일본 전근대 작품에서 문학화되는 일은 매우 희박했다고 할 수 있다. 2011년 3.11 동일본대지진 이후 '진재문학'이 비평용어로까지 자리 잡으면서 빚어진 고전의 재발견 현상의 일환이라고도 할 수 있겠다.

그런데 진재문학의 관점에서 주목되는 현상으로 다음 세 가지를 지적할 수 있다. 첫째,『호조키』이전의 상대나 중고 시대 작품에서도 지진재해가 단순 기록은 되었으되 문학화되지 않았다. 지진 자체의 기록은『일본서기(日本書紀)』부터 24회나 등장하지만(島田修三,「古代の天變地異」,『短歌研究』52, 短歌研究社, 1995), 그 문학화가 모노가타리(物語)나 와카(和歌)에서 이루어지지 않은 것은 놀라울 정도이다. 길고 방대한 역사를 갖는 일본 와카(和歌) 속에서도 지진을 일컫는 고어「なゐ」('큰지진'「おおなゐ」와 '땅이 흔들리다'「なゐふる」포함)는 등장하지 않는다. '地震'은 중국에서 만들어진 단어이고「なゐ」는 '땅, 대지'를 일컫는 말이라 지진이라는 일본 고유어는 존재하지 않는다. 둘째, 근세를 거치면서도 19세기 문인 사이토 겟신(齋藤月岑)의 지진에 관한 기록『부코지도노키(武江地動之記)』와 같은 약간의 기록을 통해서만 표현되었으며 본격적 문학화의 동향은 찾기 어렵다. 세 번째, 그러다가 마침내 봉인이 풀린 듯 메이지시대(明治時代, 1868~1912)에 들어서 폭발적으로 지진재해 후를 읊은 진재영(震災詠), 즉 지진재해에 관한 단카(短歌)나 하이쿠(俳句)가 등장한다는 점이다. 특히나 근대의 마사오카 시키(正岡子規)

에 의한 단카 개혁, 『묘조(明星)』를 중심으로 하는 신파(新派) 단카의
융성 등을 계기로 근대시가가 대량으로 창작되었고, 이윽고 이러한 단
시형 문학에 재난 당시와 이후의 상황을 인간 생사에 초점을 맞추어
묘사하는 경향을 보였으며, 3.11 동일본대지진 때 SNS나 미디어를 통
해 대량의 진재영이 창작되고 빠르게 유통되는 현상까지 보이며 가장
즉각적이고 강력한 재난 문학으로서 기능하기에 이르렀다.

　이 글에서는 우선 전근대에는 볼 수 없었던 '진재영'의 등장이라는
현상에 주목하여 1923년 간토대지진(關東大震災) 직후 수많은 가인(歌
人)들에 의해 창작된 수백 수의 진재영 단카를 대상으로 그 유형을 분
석하고자 한다. 이를 통해 일본의 근대 단카로 이행하면서 드러난 재난
과 문학의 표현과 시가 문학 기능의 변화상에 착목하여 진재를 소재로
한 시가의 역할 및 '진재문학'으로서의 단카 특징과 의미를 파악하고자
한다.

## Ⅱ. 재난 현장의 충실한 문학적 기록

> ● 시계받침대 남아서 높이 있네 열두 시 되기 이 분 전에 멈춰선 커다
> 란 시곗바늘
> 時計臺殘りて高し十二時まへ二分にてとまるその大き針
> 　　　　　　　　　　　　　　　　　　　　－ 窪田空穗, 1924, p.591.[1]

--------

1　이 글에서 인용하는 단카는 曾根博義 編, 『編年體 大正文學全集 第十二卷 大正十二年
　1923』(ゆまに書房, 2002), pp.591~609와 龜井秀雄 編, 『編年體 大正文學全集 第十三
　卷 大正十三年 1924』(ゆまに書房, 2003), pp.571~592를 텍스트로 하며, 단카 번역은
　모두 필자에 의한 것이다. 이 글에서 단카의 인용 출처는 작가명, 텍스트의 연도

1923년 9월 1일 11시 58분 사가미 만(相模灣)을 진원지로 하여 수도권을 강타한 간토대지진은 사망자가 14만 명에 이른 미증유의 대지진이므로, 그 중 약 8할에 이르는 10만 명 이상의 사람들이 화재에 의해 목숨을 잃었다. 간토대지진을 소재로 한 단카는 그 당시의 재난에 얽힌 말과 마음이 의탁된 하나의 기억장치였다. 이제 간토대지진의 진재영들을 통해 무엇을 위해 수많은 단카가 창작되었으며, 단카라는 기억장치가 어떠한 기억을 선택하여 수용, 혹은 배제하였는지 등에 관해 살펴보기로 하자.

간토대지진 관련 진재영을 읽어나갈 때 가장 두드러지는 것은, 일기처럼 생생한 재난의 현장을 자신이 처한 입장에서 인간의 생사를 기록한다는 단카 작가의 의식이다. 외형적으로 이러한 의식은 아래와 같이 단카 앞의 고토바가키(詞書)나 단카 뒤에 바로 붙이거나 좌주(左注)의 위치에 날짜와 시간대, 혹은 장소를 구체적으로 기재하는 형식에서 잘 드러난다.

> ㉠ 생생하게도 천재지변 현상을 보게 되는가 이렇게도 처참한 날을 만날 줄이야.[1일]
> まざまざと天變地異を見るものかかくすさまじき日にあふものか[一日]
>
> 하늘 태우는 불꽃의 소용돌이 위에 있으며 고요하기만 한 달빛 슬프기 짝이 없다.[1일 밤]
> 空をやくほのおのうづの上にしてしづかなる月のかなしかりけり

---

1923/1924, 페이지로 표기하기로 한다.

[一日夜]

두려워하며 동트기를 맞이한 아침의 눈에 들어온 부용꽃이 붉은
것도 슬프다.[2일 아침]
恐ろしみ明しし朝の目にしみて芙蓉の花の赤きもかなし[二日朝]
　　　　　　　　　　　　　　　- 佐佐木信綱, 1923, p.592.


9월 1일 길 위에서
ⓛ 이 대지진은 흔들리고 흔들려 우리 집으로 돌아가고 싶다는 생각
만 그저 하네.
大地震はゆすりゆすれりわが家に歸らんとのみただに思へり

2일 밤은 후시미궁(伏見宮) 문 앞에서 노숙을 하다
한밤중이라 여겨지는 무렵에 비가 내리네 타오르는 불길은 하늘
을 그을어도.
眞夜中とおぼゆる頃に雨ふれり然えたてる火はそらをこがすも

3일 저녁 발행소에 도착하다
길거리에서 저녁의 소나기에 몸은 젖어도 어린 자식마저도 안 울
고 걷고 있네.
みちにして夕立雨にぬるれどもをさなき子すら泣かずあゆめり
　　　　　　　　　　　　　　　- 岡麓, 1924, p.571.


ⓖ은 단카 잡지『마음의 꽃(心の花)』을 주재하고 수많은 가인을 배
출한 사사키 노부쓰나(佐佐木信綱)가 「대지진과 겁화(大震劫火)」라는
가제(歌題)로 지은 연작 중에 날짜나 시간대를 적시한 단카이다. ⓛ은
사사키 노부쓰나에게서 가르침을 받다가 이후 마사오카 시키에게 사
사를 받고 당시『아라라기(アララギ)』를 근거로 활발히 단카를 창작한

오카 후모토(岡麓)의 단카이다. 오카의 경우 간토대지진으로 집이 타버려 『아라라기』 동료 가인이 그것을 단카의 소재로 삼을 정도로 직접적 진재 피해가 심했던 가인이다. 이들처럼 날짜나 시간의 경과에 따라 재난의 현장이 어떻게 추이되는지 또는 공간 이동에 따라 재난 현상이 어떻게 비치는지를 일기, 혹은 일지처럼 상세히 기록한 단카가 상당히 눈에 띈다.

그 상세한 기록이라는 측면이 가장 두드러지는 사례는 역시 『아라라기』의 가인인 쓰키지 후지코(築地藤子)의 「9월 1일 요코하마(橫濱)의 우리 집에서」라는 제목 하에 발표된 다음의 연작(連作) 단카라 하겠다.

ⓒ 지진 속에서 잠들어 있는 아이 안아 올려서 걸으려 하니까 집은 무너졌다.
　地震のなかに眠り居る子を抱き上げ步むとすれば家はくづれつ

　귀 기울이니 이렇게 조용한가 양쪽 어깨에 걸쳐 있는 기둥을 어찌 치워야 하나.
　耳すませば此靜けさや兩肩に掛る柱をいかでか退けむ

　숨이 막히는 벽 바른 흙 속에 숨을 참으며 아직 잠에서 안 깬 내 아이 지탱하네.
　むせばしき壁土の中に息こらへ猶覺めずるる吾子をささへつ

　지붕 아래의 빛 있는 쪽으로 나아가려고 무릎을 움직이니 아이 울기 시작해.
　屋根の下の光ある方へ出でなむと膝を動かすに子は泣き出でぬ

　옆집 사람이 내 이름을 부르는 소리가 들려 나는 이렇게 목숨 구하게 되는 걸까.

隣人のわが名を呼ばふ聲聞ゆ我は命を助かるべきか

기어 나와서 보니 눈앞의 광경 평평하구나 보이는 모든 곳의 집들
은 무너졌다.
這ひ出でて見れば目の前は平らなり見ゆるかぎりの家は壊れつ

－築地藤子, 1924, p.575.

　고전 와카(和歌)는 한 수(혹은 증답가 두 수) 안에 내재된 배경 스토리를
알고 있어야 본연의 의미를 파악할 수 있다는 감상의 부담이 있다. 그
러나 ⓒ에서 보는 쓰키지 후지코의 경우 근대 단카의 연작이라는 방식
으로 서사성을 보완한 좋은 예라고 하겠다. 아이를 안고 있다가 갑자기
맞게 된 지진 발생의 순간부터 무너진 집안에서 이윽고 밖으로 나와
천재지변의 세상 모습을 보기까지의 과정이 한 수 한 수에 그려져 있어
서, 마치 현장감 넘치는 한 편의 탈출기(脫出記) 같은 인상을 준다.
　그런데 이렇게 기록적인 성격을 드러낸 단카라고 하더라도 기록 자
체가 목적인 르포르타주와 다른 점은 객관적 보도가 아니라 재난에서
살아남은 사람의 사적이고 주관적인 정서가 분출된다는 점일 것이다.
특히 간토대지진 진재영에서는 이재민의 주로 화재에 의한 고통스러운
체험을 사실묘사로 생생히 전달하고, 재난의 현장에서 불에 탄 죽음(의
육체)을 그린다는 공통점을 발견할 수 있다.

　　ⓔ 멀고 가까운 연기에 하늘까지 흐려진 듯해 닷새를 지나고도 여전
　　히 타오르니.
　　遠近の烟に空やにごうらし五日を經つつなほ然ゆるもの

　　불탄 자리를 밟으면서 사람들 무리가 간다 살아있는 자들도 산 것

같지도 않다.
燒け跡をふみつつ人の群れゆけり生きたるものも生けりともなし
- 島木赤彦, 1924, p.572.

ⓜ 겹겹이 쌓인 시신들의 아래에 소리도 없이 눈 뜨고 있는 사람 생명도 가엽구나.
折りかさなるむくろの下にひそやかに眼をあけにけむ人のいのちあはれ

회오리바람 불길에 숨이 막혀 지금도 당장 쓰러지고 있구나 한 사람 또 한 사람.
つむじ風焰にむせて今ははや倒れたりけむひとりまたひとり

길가에 있는 도랑의 안쪽에는 드러난 해골 거뭇거뭇 불타서 사람들 차마 못 봐.
路ばたの溝のなかなるされかうべ黒黒と焦げて人顧みず

불에 탄 들판 푹 들어간 웅덩이 밟아 넘으며 위태롭게 밟았네 해골들의 더미를.
燒はらの窪みの濕りふみ越えてあやふく踏めり骨の堆みを

던져 넣는가 멍석 위의 사체는 공중제비 돌고 곧바로 사라지네 붉은 화염속으로.
投げ込むや筵のかばねもんそり打ちすなはちあらず焰のなかに

태우다 태우다 아직 태우지 못한 사람 시신을 운반해 오는구나 불탄 들판 저쪽은.
燒きやきていまだ燒かれぬなき骸を運びくるかも燒原のかなた
- 土岐善磨, 1924, p.578.

ⓡ은 『아라라기』 편집에 평생 종사하였던 시마키 아카히코(島木赤彦)의 작품으로 지진과 화재의 재난 현장 속에서 산 자와 죽은 자가 같

은 길에 놓인 것을 노래하고 있다. 또한 생활파 단카로 유명한 도키 젠마로(土岐善磨)는 「피복창 터(被服廠跡)」라는 가제 하의 연작 ⓜ을 잡지 『개조(改造)』에 게재하였다. 여기에서도 생사를 목전에서 목격하는 충격, 시신을 무차별 소각하는 처참함에 대한 생생한 묘사가 두드러진다. 피복창 터는 당시 스미다 구(墨田區)에 있던 공터여서 대지진이 발생하자 많은 사람들이 피난을 했던 곳인데 순식간에 맹렬한 불길에 휩싸여 4만 4천 명의 엄청난 사망자가 발생한 대참사의 현장이었다. 특히나 '회오리바람(つむじ風)'이라는 단어를 사용하고 내 육체 가까이에 수많은 시신들이 배치되어 있다는 묘사에서 명백히 『호조키』를 연상하게 한다는 점에서 일본 재난문학의 계보상 표현적 특징을 감지할 수 있다.

　『마음의 꽃』이나 『아라라기』와 같은 주요 단카 잡지는 인쇄소 상황이 회복되는 대로 회원 가인들의 진재영을 모아 특집으로 편집하였다. 이러한 단카 전문 잡지나 『개조』와 같은 종합 잡지에 기고된 진재영에서는 재난의 현실을 문학적으로 구성한다는 뚜렷한 의식하에 생생한 현실을 기록으로 남기고자 한 단카가 가장 많은 비중을 차지한다. 단카로 일기를 기록하듯 시간대와 장소에 따라 상세하게 상황을 묘사한 압축적 표현은 생생함에 있어서 산문 이상의 압도적 전달력을 보여준다. 또한 서사에 불리하다고 여겨지는 단카가 연작이라는 형태를 활용함으로써 이를 극복한 사례들도 볼 수 있었다. 그리고 진재영에 기록된 생생한 죽음의 묘사법은 『호조키』 이후 무상감에 기반한 일본 재난문학의 표현을 답습한다는 의식을 내포하고 있는 것을 알 수 있었다.

## Ⅲ. 현실의 위화감과 감각의 착종

이번 절에서 다루고자 하는 것은 지옥을 방불케 하는 간토대지진의 참화(慘禍) 속에서 경악과 비현실감을 느끼며, 그것이 꿈과 현실을 모호하게 하는 감각의 착종을 일으키는 유형의 단카이다. 실제 간토대지진 진재영에서는 '꿈(夢)', '악몽(惡夢)', '현실(現, うつつ)', '마음(心)'과 같은 가어(歌語)가 빈출하고 있는 것을 확인할 수 있다.

ⓐ 틀림이 없게 현실로서 보면서 여전히 이는 악몽 속에 있는 건 아닌가 여겨진다.

まさしくも現にみつゝ猶もこは惡夢の中にありやとおもふ

- 佐佐木信綱, 1923, p.592.

ⓑ 겨우 하룻밤 비몽사몽 하다가 깨어서 보니 내 몸에 달려 있던 그 무엇도 없구나.

たゞ一夜うつつの夢のさめてみれば身にそふものは何ものもなく

- 九條武子, 1923, p.593.

ⓒ 눈에 익었던 마을인 줄 몰랐네 거친 들판인가 걸어가는 나조차 현실감이 없구나.

見慣れたる町かや知らぬ曠(あら)野かやゆく我さへぞうつつなきかな

- 四賀光子, 1923, p.597.

ⓓ 천황 있는 곳 해자로 내려가서 옷 빨아 입는 내 신세조차도 꿈이라 생각하리.

大君の禦濠に下りて衣すすぐ己(おの)が身すらを夢と思はむ

- 島木赤彦, 1924, p.572.

위의 노래에서 볼 수 있듯이 가인들은 현실로 도저히 받아들이기 어려운 재난 상황에서 공황상태가 된 인간의 심적 작용을 노래하였다. 이런 유형의 단카에서는 패닉 상태에서 감각이 제대로 기능하지 않는 것에 대한 표현이 눈에 띈다고 하겠다. 여기에서 감각의 착종을 이야기하기 위해서는 간토대지진 진재영에서 두드러지는 감각에 관해 정리할 필요가 있을 것이다. 물론 화재로 인한 사망자가 많았던 간토대지진 당시 불에 타버린 수도의 모습에서 타는 냄새에 관한 후각적 묘사가 없는 것은 아니지만, 단카에서는 청각과 시각이라는 두 감각에 의존하는 예가 압도적으로 많다.

우선 청각, 들리는 상황에 관한 단카를 살펴보자.

ⓔ 지진이 일으킨 흙먼지 연기처럼 오른 시가지 그저 이상하게도 고요함과 닮았다.
地震のむた土煙りせる下街はただにあやしく靜けきに似たり
　　　　　　　　　　　　　　　　　　　　　　　　－ 平福百穗, 1924, p.572.

ⓕ 나라가 온통 전화를 불러대도 멸망했는가 대도읍인 도쿄는 적막하게 있구나.
國こぞり電話を呼べど亡びたりや大東京の靜かにありぬ

ⓖ 흑과 같은 어둠에 들어서도 답하지 않는 수도에는 사람들 과연 살아있는가.
ぬばたまの夜に入れども應へざる都は人のはた生きてありや
　　　　　　　　　　　　　　　　　　　　　　　　－ 中村憲吉, 1924, p.577.

ⓗ 피복창 터에서
불탄 들판에 겹치고 겹쳐 죽은 사람들 보고 울며 슬퍼하려도 목소

리도 안 나와.

焼原に重なり死ねる人を見て泣き悲しまむ聲も起らず

- 高田浪吉, 1924, p.574.

ⓔ는 「1923년 9월 1일 대지진, 우에노 공원(上野公園)에서」라는 고
토바가키가 있는데, 압도적 광경에 소리조차 내지 못한 억압된 청각적
상황을 잘 보여준다. ⓕ와 ⓖ는 당시 오사카마이니치(大阪毎日) 신문사
에 기자로 근무했고 이후『아라라기』동인들을 후원했던 나카무라 겐
키치(中村健吉)의 작품인데, 기자였던 만큼 당시 오사카에서 도쿄의 소
식이 끊긴 것에 대한 고토바가키가 상술되어 있다. ⓗ에서는 앞서 언급
한 바 있는 피복창 터의 엄청난 인명 피해의 현실을 마주하고 목소리마
저 나오지 않는다는 것인데, 이처럼 청각적 상황을 다룬 진재영에서는
적막과 고요가 강조되면서 재난과 재난 후 상황에 의한 억압된 음성적
환경을 드러낸다.

다음은 시각적 상황을 그린 단카이다.

ⓘ 현미로 끓인 죽을 깊이 느끼며 맛을 보았다 촛불 켜놓은 빛이 어둑
한 그 앞에서.

玄米の粥をしみじみ味はひぬ蝋燭の燈のをぐらき前に

- 石榑千亦, 1923, p.593.

ⓙ 거대한 수도 보이는 곳은 전부 불타버리고 저녁이 되었지만 불빛
조차 없구나.

大き都みわたす限り焼け亡びて夕べとなれど燈影さへな

- 藤澤古實, 1924, p.573.

ⓚ 어슴푸레한 촛불의 빛 아래에 이런 밤 시간 마음이 가라앉아 저녁
밥을 먹는다.
ほのぐらき蠟燭の燈にこの夜ごろ心落ちゐて夕餉とるなり
- 平福百穂, 1924, p.573.

진재 후의 시각적 상황을 그린 단카에서는 시간적 배경이 낮이라면
하늘을 메운 매캐한 연기에 관한 묘사가 많다. 그런데 밤의 경우는 위
의 단카에서 볼 수 있듯 암흑 속 촛불이 많이 거론되고 있다. 그런데
이처럼 소리가 억압된 적막함과 암흑 속 촛불만이 미약하게 밝혀진 압
도적 감각 환경을 뒤흔드는 요소가 등장한다.

ⓛ  아카바하시(赤羽橋) 신코인(心光院)에 피난, 유언비어 빈번히 전해지다
소곤소곤히 누군가에게 배운 암호의 말을 새벽녘 어둠 속에 직접
말하는 나는.
ひそひそとをしへられたるあひことば曉闇におり立つわれは
- 土岐善磨, 1924, p.578.

ⓜ 소란스러운 소문은 일어나고 오늘 밤에도 이틀 밤을 이어서 화염
이는 것 보여.
騷がしき噂さは起る今宵なほ二夜にかけて炎むら立ち見ゆ
- 平福百穂, 1924, p.572.

ⓝ 이미 들으니 후지산 지대에는 지진이 일어 땅이 갈라져 김을 뿜어
낸다 하더라.
すでに聞けば富士山帶に地震おこり土裂けて湯氣を噴きてありてふ
- 中村憲吉, 1924, p.577.

◎ 돌로 지어진 얼음창고 무너져 녹다가 남은 얼음이 빛나누나 불에
　탄 들판 위에.
　石造の氷室くづれ溶け殘る氷ひかれり燒原の上に
　　　　　　　　　　　　　　　　　- 窪田空穗, 1924, p.591.


　간토대지진 직후 유언비어와 근거 없는 소문이 돌고 자경단(自警團)
이 조직되었으며 조선인 학살로 이어진 것은 잘 알려진 사실이다. 어둠
속 단절된 듯한 고요함을 뒤흔든 요소란 바로 위에서 보이는 것처럼,
청각적으로는 불통의 상황에서 재난 현장으로 전하는 불안과 경악할
만한 소식이며 소문과 유언비어의 횡행이었다. 또한 시각적으로는 불
탄 자리에서 녹는 얼음의 빛과 같은 감각적 위화감이었다고 할 수 있다.
　이처럼 감각적인 착종을 다룬 단카가 상당수 있는 것과 더불어 특기
할 만한 것은, 『마음의 꽃』에 투고한 가인들에게서 보이는 재난 후의
심리적 작용에 관한 것이다.


　　　아비의 지옥 규환의 지옥이라 그림은 보고 말로는 들어봤지 설마 목
　　　격하다니.
　　　阿鼻地獄叫喚地獄畫には見つ言には聞きつまさ目にむかふ

　　　너무하게도 하늘이 내린 재앙 거대하기에 마음만 아파하고 눈물도
　　　나지 않아.[불탄 자리에 서서]
　　　あまりにも天つ災の大いなる心にいたいて泪もいでず[やけあとに立ちて]
　　　　　　　　　　　　　　　　　　- 佐々木信綱, 1923, p.592.

　　　노아 세상도 이렇기야 했을까 미친 듯 거친 불길의 바닷속에 모든 것
　　　사라지네
　　　ノアの世もかくやありけむ荒れくるふ火の海のうちに物みなほろびぬ

악마 같은 신 저주의 목소린가 큰소리 내며 불타버린 마을을 휘젓는 밤의 폭풍.

魔の神の呪ひの聲かおらびつゝ燒跡の町を荒るゝ夜あらし

- 坪內逍遙, 1923, p.593

이러한 단카에서 잘 드러나듯, 간토대지진을 세상의 종말이나, 대지진을 하늘이 내린 재앙, 악마신의 저주로 받아들이거나, 현실과 동떨어진 과거의 세상을 상상하는 마음을 토로하고 있는 것을 확인할 수 있다.

이처럼 믿을 수 없는 재난 현실에 대한 위화감과 감각적 착종은 이윽고 정신분열적 상태를 초래한다.

ⓟ      죽은 누이를 그리다

앞을 오가는 사람들의 사이에 섞여 있다가 내 누이의 모습이 보이게 될 것 같다.

行きかよふ人らのなかにまじらひて妹の姿見えてくるらし

- 高田浪吉, 1924, p.575.

ⓠ 추억 떠올릴 의지처조차 없는 불탄 자리에 지금 서 있는 나는 진정한 나이런가.

思ひ出のよすがだになき燒跡にいまたつ我はまことの我か

- 九條武子, 1923, p.593.

ⓡ 연고도 없는 나에게 호소하며 되풀이하는 남편을 잃어버린 어떤 아내로구나.

ゆかりなき吾に訴へて繰り言す夫失ひし人の妻はや

- 築地藤子, 1924, p.576.

ⓢ 아내도 애도 죽었다 죽었다며 혼잣말하고 불을 뿜는 다리 판 밟으
며 남자 간다.
妻も子も死ねり死ねりとひとりごち火を吐く橋板踏みて男ゆく
- 窪田空穂, 1924, p.591.

ⓟ는 간토대지진 당시 어머니와 세 명의 누이를 모두 잃어 당시에도
그의 처지를 함께 슬퍼하고 동정한 동료 가인들이 많았던 다카다 나미
키치(高田浪吉)의 작으로 죽은 누이가 보일 듯한 착각을 다루고 있다.
그리고 ⓠ의 "나는 진정한 나이런가"라는 의문에서 분명하듯 그 현실
에 놓인 나의 아이덴티티가 동요되고, 결국 ⓡ과 ⓢ처럼 가장 가까운
혈육을 상실하고 제정신을 잃은 사람들의 모습에서 어마어마한 현실
앞에 지각 능력이 떨어지거나 정신이 분열된 상태를 읽어낼 수 있는
것이다.
이처럼 생사를 목도하는 재난 현장을 읊은 단카에서 일본인의 사생
관과 관련지어 생각할 수 있는 것이 신불(神佛)에 대한 의식이다.

ⓣ 온갖 것들이 모조리 타 없어진 한가운데에 여전히 그대로 계신 관
세음보살님.
ことごとく燒け亡びたる只だなかになほいましたまふ觀世音菩薩

ⓤ 길마다 가득 사람의 시신들은 무수하구나 회향하는 목소리 끊임
없이 들려와.
道々の人のしかばね數しれず回向の聲を絕たず來にけり
- 藤澤古實, 1924, p.573.

ⓥ 뒤척거리며 밤하늘을 보다가 시간 지났다 기도해야 할 신도 없다

고 생각하리.
いねがてに夜ぞら仰ぎて時立ちぬ祈るべき神もなしと思はむ

ⓦ 기댈 곳 없는 분노가 치미누나 시나가와(品川)는 집들도 나란하고
사람들 화장도 해.
よるべなき慣しさよ品川は家竝正しく人化粧らひたり

- 築地藤子, 1924, p.576.

위의 인용에서는 자연재해로 인한 죽음을 어쩔 수 없는 것이라 체념
하고 받아들이는 만가(挽歌)적 성격도 볼 수 있다. 사찰이나 신사, 혹은
신불을 소재로 다루는 경우에 (무)의식적으로 영적인 존재, 신, 신적인
존재를 느끼거나 마음의 의지처로 삼으려는 심리작용이 반영된 것이
며, 회향(回向)과 같은 행위로 죽은 자들을 진혼하기도 한다. 다만 대규
모 인명의 희생이라는 현실 앞에 ⓥ나 ⓦ처럼 혹여 신이 부재한 것은
아닐까 하는 의심과 알 수 없는 분노의 표출에서 동요하는 절대자상
(像)이 엿보인다.

이처럼 간토대지진 진재영에서는 엄청난 재난의 현실에서 감각적 위
화감을 느끼며 공황상태에 빠진 심리 묘사들을 접할 수 있고, 현실 초
월적인 신이나 과거 등을 상상하는 기제가 발현되는 것을 확인하였다.
그러나 개인의 경험을 초월하는 신적인 존재를 상정하고 소통할 수 있
는 공적 언어로서 단카 작품을 창작한다는 것은, 살아남은 사람들 간에
경험과 심리가 공감되기를 시도한 것에 다름 아니라고 하겠다.

## Ⅳ. 재난 속 인간성의 확인과 자연물

천재지변으로 인해 삶이 처절히 파괴된 현장에서도 진재영은 인간의
여러 군상을 그리고 있다. 자연과 관념적인 신(적인 존재)들만이 아니라
극한 상황에서 인간성을 상실하거나 혹은 복구에 대한 희망도 역시 사
람에게 걸 수밖에 없다는 인식이 깔려있기 때문일 것이다. 이번 절에서
는 진재영 속에 드러나는 인간성의 발현이나 상실상에 관해 살펴보기
로 한다.

우선 진재영의 살아 있는 사람을 소재로 삼은 예에서 가장 자주 접하
게 되는 것은 인간 삶의 터전인 집에 대한 갈구와 가족에 대한 맹목적
보호본능이라 하겠다.

① 　　　나미키치의 어머니 여동생 세 명 행방불명되다
부모 자식도 화염 속에서 서로 생이별하니 너무도 슬프구나 행방
조차 모르고.
親も子も炎のなかの生き別れかなしきかなや行方しれずも

아아 슬퍼라 불길 오르는 속에 헤어져 버린 가족을 찾는다고 오늘
도 나서누나.
あなあはれ火の中にして別れにしうからさがすと今日も行きにけり
　　　　　　　　　　　　　　　　　　　 - 藤澤古實, 1924, p.573.

② 어머니시여 불길 속에 계시며 병들은 딸을 돌보기 어려워서 같이
돌아가셨나.
母うへよ火なかにありて病める娘をいたはりかねてともに死にけむ

아직은 어린 나의 누이여 울며 불타오르는 화염 속에서 혼자 헤매

고 있는가.

いとけなき妹よ泣きて然えあがる火なかに一人さまよひにけむ

- 高田浪吉, 1924, p.574.

③　　큰딸의 피난처를 묻다

길가에 있는 시체들을 보고는 아직 못 찾은 내 자식 떠올리며 마음 조급하구나.

みちのべの死骸をみてはまだあはぬわが子思ひて心せかるる

- 岡麓, 1924, p.572.

극한의 상황에서 가족의 안위와 구출이 지상의 가치이고 혈육의 죽음이나 헤어짐이 최대의 불안과 공포라는 것은 간토대지진 진재영에서 가장 쉽게 마주할 수 있는 내용이다. 특히나 앞서 잠시 언급한 다카다 나미키치가 어머니와 세 누이를 모두 잃은 사건은 ②처럼 나미키치 본인의 단카에서는 물론 ①과 같이『아라라기』동인들의 단카에서도 혈육 상실의 가장 비극적 예로 노래되었다. 또한 이러한 유형의 단카에서는 혈육을 잃은 극한 상황에서 인간의 본성이 가족과 집으로 향하는 것을 보여준다.

인간의 본성을 포착한다는 측면에서 다음의 예시들은 재난의 어려운 현실 상황에도 불구하고 타인을 돕는 인간성에 대한 신뢰를 보여주고 있다.

④ 헐떡거리며 도망을 치던 도중의 염천 하에서 물을 주었던 아이 잊을 수가 없노라.

あへぎつつ逃るる路の炎天に水くれし子を忘るるなかれ

- 土岐善磨, 1924, p.578.

⑤ 알든 모르든 사람들도 한탄을 같이 하누나 깨끗한 물 푸면서 서로
양보를 한다.
知る知らぬ人も嘆きを共にせり清水汲みつつ相ゆづるなり

다행스럽게 살아난 이내 몸을 가련히 여긴 사람들의 온정을 예전
에 알았던가.
幸ありて生きし此身を憐れます人の情けをかねて思へや

꽤 오래 지난 가지절임마저도 감사하구나 사람들 베푼 정을 생각
하며 먹는다.
古りにける茄子の漬ものありがたし人のなさけを思ひて食すも
- 築地藤子, 1924, p.575.

⑥ 내가 가진 힘 넘치는 걸 느낀다 창조해내는 백성의 한 명이라 나
스스로 기꺼워.
わが力みなぎり覺ゆ創造の民のひとりと我をよろこぶ
- 九條武子, 1923, p.593.

⑦ 구축해 나갈 도읍을 위해서는 아주 조그만 돌이라도 되어라 조그
마한 이내 몸.
きづきゆく都のための小さなる石となさしめ小さきこの身
- 五島美代子, 1923, p.593.

즉 ④, ⑤에서는 재난의 현장에서 몸을 피하려는 급박한 현실과 피난
살이 중에 당시 귀했던 식수와 식량을 나누어주는 타인의 원조의 손길
에서 인간이 품고 있는 온정에 대한 감사와 신뢰가 드러난다. 그리고
⑥, ⑦에는 이러한 인간성에 대한 신뢰와 믿음을 바탕으로 하여 재난
상황에서 창조와 재건의 의지를 보이는 단카라고 할 수 있는데, 재난
상황에서 복구와 새로운 창조의 힘을 스스로의 몸으로 보이려는 단카

가 여성 가인들에 의해서 창작되었다는 것은 재생과 여성성의 관련에서 특기할 만하다.

그런데 이에 비해 극한 상황에 인간 본성이 상실되는 것에 대한 경각심을 보이는 사례들은 드물지만 강렬하다.

⑧ 불빛 꺼버린 마을은 암흑이네 함성 소리가 가까운 동쪽 부근 골목에서 일어나.
　　あかり消せる町は眞暗なり鬨の聲近く東の小路におこる
　　　　　　　　　　　　　　　　　　　　　－ 窪田空穗, 1924, p.590.

⑨ 갑자기 뚝 소란 조용해지고 다리 저편에 그 쫓기던 사람은 죽임을 당했겠지.
　　ひたと、さわぎ静まる橋のかなた、かの追はれしは殺されにけむ

　　양 기슭에서 그저 던지고 던진 돌팔매질 아래 가라앉은 남자는 결국 떠오르지 않고.
　　兩岸よりひた投げに投ぐる礫(つぶて)のした沈みし男遂に浮び來ず
　　　　　　　　　　　　　　　　　　　　　－ 土岐善磨, 1924, p.578.

⑧과 ⑨는 간토대지진 당시 자경단 활동에서 위험인물로 몰린 누군가가 색출되어 함성과 소란이 일고, 결국 물속으로 들어가 돌팔매질로 누군가가 살해당한 사건을 구성한 것이다. 이와 같이 극한 상황에 놓여 있다고는 하나 지진이나 화재라는 자연재해가 아닌 인간에 의한 살인이 자행되거나 죽음을 방관해 버리는 등의 인간 본성을 상실한 섬뜩한 사례에 관한 단카에서 인간성의 상실, 혹은 비인간성의 발현이 드러난다.

한편 재난 속에서의 인간 군상을 드러낼 때 특징적인 단카로 다음의 예를 들 수 있다.

⑩ 간다 구(神田區)에는 집집마다 있다는 빈대벌레가 하나 안 남았
  다고 웃지만 슬프구나.
  神田區の家每にゐる南京蟲一つ殘らじと笑ひてかなしき
                                    - 窪田空穗, 1924, p.590.

간토대지진 때는 고급주택가인 야마노테(山の手)보다 서민 동네라
할 수 있는 시타마치(下町)의 피해가 컸고, 특히 간다 지역은 그 피해상
이 처참한 지경이었다. 그럼에도 빈대도 살아남지 못했을 것이라며 유
머를 잃지 않은 모습이나 인간만이 구사할 수 있는 말의 유희를 통해
단적으로나마 인간다움을 드러내고 있는 것이다. 언어도단의 재난 상
황 속에서 웃음 요소를 찾는 노력은 인간만이 고유하게 구사할 수 있는
특성일 것이다.

마지막으로 간토대지진 관련 단카에서 의외로 모습을 많이 드러내는
자연영(自然詠)을 살펴보자.

⑪ 목숨 부지해 열흘은 지났노라 가을은 이제 하얀 무궁화나무 꽃을
  피우는구나.
  いのち生きて十日は過ぎぬ秋はやも白き木槿の花笑きにけり
                                    - 四賀光子, 1923, p.597.

⑫ 검게 그을린 도읍의 시신들이 눈에 배이니 올해의 가을에는 꽃이
  밝아 보인다.
  黑ずみし都のかばね目にしめばことしの秋の花のあかるさ
                                    - 五島美代子, 1923, p.593.

⑬ 이상하게도 뭉쳐서 빛이 나는 새하얀 구름 나무에 매미 우나 사람

소리는 없네.
あやしくも凝りてかがやくましら雲木に蟬なけど人の晉はなき

태연하게도 춤추는 나비로군 쓸쓸한 듯이 마당을 보던 조카 중얼
거리고 있다.
平氣にも舞ふ蝶かなとさびしげに庭見る甥のつぶやきにけり

- 窪田空穗, 1924, p.590.

⑭ 지진의 사태 그 상태로 있어라 돌로 된 절벽 실가지 벚나무가 피
어 늘어졌으니.
震崩れそのままなれや石崖に枝垂れ櫻は笑き枝垂れたり

- 岡本かの子, 1924, p.579.

일본 이 나라 지진 후의 벚꽃은 어떠하려나 멋지게 필 것인가 기
다리고 기다려.
日本の震後のさくらいかならん色にさくやと待ちに待ちたり

- 岡本かの子, 1924, p.580.


⑪, ⑫, ⑬에서 보이는 무궁화, 꽃, 매미, 나비와 같은 자연 경물은
철저히 파괴된 인간의 삶의 터전에서도 아무렇지 않게 자기 존재를 증
명하고 있다. 예시로 들지 못한 단카에서도 부용꽃 등의 식물이나 귀뚜
라미, 멧새, 달과 같은 자연 경물들은 천재지변에도 변함없는, 즉 부동
의 것으로서 제시되어 있다. 이러한 자연물 소재는 재난을 당한 극한
상황에서 유동적이고 가변적인 인간 운명과 본성에 따라 행동, 선택을
할 수밖에 없는 인간 군상들에 대한 대조물로 작용한다고 하겠다. 인간
보다 오히려 자연물에 초점을 맞춤으로써 생명력을 암시하는 진재영의
예는 ⑭에 보이는 오카모토 가노코(岡本かの子)의 「벚꽃(櫻)」이라는 가

제(歌題)의 연작에서 두드러지는 방식이라고 하겠다.

이상에서 본 것처럼 간토대지진 진재영에는 재난 상황에서 본성을 드러내는 인간의 군상이 다양한 각도에서 제시됨을 알 수 있었다. 자신보다 더한 궁지의 사람을 도울 것이라는 인간적 신뢰감과 그것을 확인하는 순간의 감사를 노래하는 인간성의 발현을 소재로 하는가 하면, 그와 반대되는 비인간적 면모를 드러내는 것에 관한 두려움을 다룬 단카도 있었다. 그리고 재난 상황에서 유동적인 인간 모습과 선택의 대조물로서 부동의 자연물이 소재로 등장하는 경우도 많았는데, 생명력 회복이라는 메시지를 가탁하는 하나의 기법임을 확인할 수 있었다.


## V. '말'의 힘을 구체화하는 진재 시가

1923년 제국 일본의 심장인 도쿄를 강타한 간토대지진은 문학자들에게 많은 영향을 주었다. 일본 문단에는 간토대지진을 기점으로 여러 변화가 초래되었는데 소설에서는 사(私)소설을 더 순수화한 심경(心境)소설로 경도되는 현상이 빚어지고, '사(私)'로 기우는 현상은 이 시기 진재영이라고 일컬어지는 단카에서도 목도할 수 있었다.

이 글에서는 간토대지진 진재영을 대상으로 하여 충실한 문학적 기록으로서의 성격을 갖는 단카, 재난으로 인한 감각의 착종을 그려낸 단카, 재난 상황에서 인간 본성이 발현되는 국면을 다룬 단카 등으로 유형화하여 고찰하였다. 당시의 진재영에는 단시형 장르에 부족할 수 있는 서사성은 연작의 형태로 보완되며 생생한 기록문학적 성격이 드러났다. 또한 가인들은 비현실적인 재난에서 이화된 감각과 공황상태, 정신적 착종이나 신적인 존재에 관한 묘사 등을 통해 생존자들 간의 공감을 꾀하였으며, 선의와 악의 양쪽으로 인간 본성이 발현되는 것에 초점을 맞추어 다양한 이재민 군상을 그려내는 데에 성공하였다. 이러한 분석을 통해 근대 시가가 지진재해라는 거대한 재난에 진지하게 대응하고 문학적으로 형상화된 구체적 양상을 볼 수 있었다.

　근대 이후 일본에서는 대지진과 같은 재난 직후의 실어(失語) 상태에서 '말'을 되찾아갈 때 단카, 하이쿠와 같은 짧은 시가가 많이 선택되었고, 이것은 수많은 진재영의 존재로 입증된 바이다. 하세가와 가이(長谷川櫂)는 동일본대지진 직후 12일간의 혼란과 불안의 기록을 단카로 지은 『진재 가집(震災歌集)』에서 "대지진은 일본이라는 나라의 양태를 바꾸어 버릴 정도의 일대사이다. 그러나 시가는 그에 당당히 마주해야 한다. 언젠가는 평안의 시대가 올 것이다. 그 평안의 시대가 와도 무슨 일이 일어나든 흔들림 없는, 그에 당당히 대항할 수 있는 단카, 하이쿠여야 한다"고 했다. 여기에서 짧은 시가가 삶을 지속하거나 재건할 '말의 힘'으로서 기대를 받는 당당한 재난문학으로서의 역할을 부여받고 있음을 읽어낼 수 있다.

　이제 이러한 진재영 시가가 시대적 변화에 따라 어떤 식으로 변용되고, 나아가 소설이나 에세이 같은 장르와 어떠한 공통성과 차이를 보이는지 등을 보다 폭넓게 고찰해야 할 필요성이 있다. 문학의 상대적 고찰로 비로소 일본 재난문학 내에서 진재영의 계보가 드러나고, 나아가 재난과 가장 정련된 말의 표현인 시가 문학 간의 본질적 상관관계와 역할을 오롯이 이해할 수 있게 될 것이기 때문이다.

# 관동대지진 이후
# 조선 지식인들의 일본에서의 삶

유진오의 「귀향」과 염상섭의 「숙박기」를 중심으로

오혜진

## I. 인공재난, 조선인 학살

2017년 이준익 감독이 만든 영화 〈박열〉은 1920년대 일본 내에서 활동했던 아나키스트의 삶을 잘 보여준다. 1923년 관동대지진 이후 조선인폭동이 일어났다 하여 자경단이 몰려다니며 조선인들을 무차별적으로 학살할 때 박열은 조선인을 대신하여 잡혀가고 사람들의 관심을 끌기 위해 법정에 선다. 그리고 그와 함께 아나키스트 활동을 했던 가네코 후미코(かねこふみこ)와 법정에서 조선인 학살을 부르짖고 법정을 모독한 죄로 사형을 언도받는다.[1] 영화는 그들과 함께 관동대지진 이후

---

1 관동대지진 이후 조선인 학살과 관련된 정치범 사건으로 박열과 가네코 후미코는 천왕암살계획의 범인으로 지목, 1926년 대법원에서 사형 판결을 받는다. 이후 둘 다 무기징역으로 감형되었으나 가네코 후미코는 의심스러운 가운데 자살로 옥에서 나가고, 박열은 22년의 긴 수형생활을 치러야 했다.

혼란해진 민심을 수습하기 위하여 일본 내각 관료들이 여론을 조작해 자경단을 부추기는 모습도 비춘다. 이 영화는 박열이라는 한 식민지인을 통해 시대에 저항했던 젊은이들뿐 아니라 '조선인대학살'이라는 역사적 사실도 새삼 상기시킨다.

　1923년 9월 1일 12시 경 일본 도쿄를 중심으로 일어난 진도 7.9의 관동대지진, 혹은 대진재는 190만 명의 피해자를 낳은 일본의 커다란 자연재해이자 식민지 조선과 일본 땅에 기거했던 조선인들에게도 크나큰 재난이었다. 대규모 인명과 재산 피해가 나자 민심이 흉흉해졌고 도쿄와 가나가와 현의 각 경찰서와 경비대는 조선인 폭동의 유언비어를 퍼뜨렸고 계엄령이 떨어졌다. 공공질서와 안전이라는 이유가 폭력과 법 사이의 비구분 지대를 이루면서[2] 군대, 경찰, 민간에서 자생적으로 조직된 자경단에 의해 조선인과 중국인, 사회주의자, 아나키스트들이 수없이 피살되었다. 재일조선인에게는 강진으로 인한 일차 재난에 이어 유언비어와 마녀사냥식의 희생양 찾기에 따른 학살이라는 이차 재난으로 이어진 참혹한 형국이었다. 재난의 사전적 정의는 뜻하지 않게 생긴 불행한 변고, 또는 천재지변(天災地變)으로 생긴 불행한 사고이다. 이외에도 우리가 흔히들 이야기하는 재난은 홍수, 토네이도, 쓰나미, 지진, 전염병과 같은 자연재해나 원자력 유출, 전쟁, 테러와 같은 인공재해도 포함된다.[3] 조선인 학살은 테러이자 전쟁처럼 사람에 의해 자행된 인공재난인 셈이다.

---

2　조르조 아감벤(Giorgio Agamben), 김상훈·양창렬 역, 『목적없는 수단』(난장, 2009), p.117.
3　문강형준, 「왜 '재난'인가-재난에 대한 이론적 검토」, 『문화과학』 72(2012), p.19.

대지진 이후 벌어진 '조선인 학살'과 관련해서 이제 많은 연구들이
쌓였고,[4] 이를 바탕으로 최근에는 관동대지진을 배경으로 한 문학작품
이나 기사, 담론 등을 다룬 세분화된 작업들이 진척되고 있다. 『조선일
보』와 『동아일보』를 중심으로 한 지진보도나 사설, 구제활동에 관한
기사들을 분석한 성주현의 연구는 다양한 자료조사와 검열에 의해 이
루어진 내용을 점검한 점이 돋보인다.[5] 관동대지진 이후 조선 문인들에
의해 써진 기사나 수필이 검열에 의해 미담이 되고 마는 상황을 언급한
김도경의 논문과 지진을 몸소 겪은 김동환이 서사시를 통해 형상화한
내용을 다룬 황호덕의 연구가 눈에 띤다.[6] 김흥식의 연구는 관동대지진
을 현장에서 경험한 문인들의 신문보도, 전기 자료 등을 통해 증언으로
서의 글쓰기를 확인하고 이상화, 김소월의 시와 이기영의 작품에 나타
난 흔적들을 천착하고 있는 점에 의의가 깊다.[7] 사회주의자였던 정우홍

---

4  재일조선인 연구자들과 일본인들에 의해 우선 연구들이 진행되었다. 강덕수, 「1923년
   관동대진재(大震災) 대학살의 진상」, 『역사비평』(1998), 강덕상, 김동수·박수철 역, 『학
   살의 기억, 관동대지진』(역사비평사, 2005), 야마다 쇼지(山田昭次), 이진희 역, 『관동대
   지진 조선인 학살에 대한 일본 국가와 민중의 책임』(논형, 2008), 다나카 마사타카, 「관동
   대지진 조선인 학살 연구의 과제와 전망 – 일본에서의 연구를 중심으로」, 『東北亞歷史論
   叢』 48(동북아역사재단, 2015) 등이 있다. 그 외 김광열, 「1923년 일본 관동대지진 시
   학살된 한인과 중국인에 대한 사후조치」, 『東北亞歷史論叢』 48(동북아역사재단, 2015),
   김인덕, 「관동대지진 조선인학살과 일본 내 운동세력의 동향 – 1920년대 재일조선인 운동
   세력과 일본 사회운동세력을 중심으로」, 『東北亞歷史論叢』 48(동북아역사재단, 2015)
   등이 있다.
5  성주현, 「식민지 조선에서 관동대지진의 기억과 전승」, 『東北亞歷史論叢』 48(동북아역
   사재단, 2015).
6  김도경, 「관동대지진의 기억과 서사」, 『어문학』 125(2015), 황호덕, 「재난과 이웃, 관동대
   지진에서 후쿠시마까지 – 식민지와 수용소, 김동환의 서사시 「국경의 밤」과 「승천하는 청
   춘」을 단서로」, 『일본비평』 7(2012).
7  김흥식, 「관동대진재와 한국문학」, 『한국현대문학연구』 29(2009).

이 쓴 르포르타주 소설 「진재전후」를 세밀하게 분석한 이행선의 논문도 있다.[8] 1931년 발표된 정우홍의 글은 본인이 직접 겪은 지진을 묘사하고 있는 점에서 참고할 만하다.

유진오의 「귀향」(『별건곤』, 1930.5~7)과 염상섭의 「숙박기」(『신민』, 1928.1)는 지진이 일어나던 상황이나 그 이후의 삶에 관해 다루고 있어 관심이 집중된다. 두 작품을 함께 다루거나 지진과 연관하여 해석한 연구는 별반 없지만, 가케모토 쓰요시는 대지진 이후 천황을 정점으로 한 위계질서의 재편이자 일본인들의 불안을 도쿄의 '부흥'으로 보고, 「숙박기」가 이를 거부한 작품으로 해석하고 있어 주목된다.[9] 당시 일본인들의 불안의 기저를 잘 드러내고 있는 위 논문의 주장에 동의하며 두 작품 속에 드러난 지진과 관련된 조선 지식인들의 행동과 심리를 살피려 한다. 여기서 흥미로운 것은 두 작가 모두 관동대지진을 직접 경험한 것은 아니라는 점이다. 유진오는 1930년을 즈음하여 일본을 방문하였지만 유학을 한 적은 없었고 그 당시 본인이 지향하는 사상을 기반에 두고 작품을 발표하였다. 염상섭은 지진 이후 일본에서 지낸 경험이 바탕에 깔려있다. 지진을 직접 겪은 작가들이 너무나 큰 트라우마와 상처, 그리고 검열의 장벽에 걸려 숨죽이고 있을 때 두 작가는 조금은 다른 방식으로 재난에 관해 서술하고 있고, 재난이란 그것이 일어났을 때와 더불어 그 이후의 삶 역시 커다랗게 지배한다는 사실을 보여준다. 재난이 일어났을 때의 상황도 중요하지만 그것을 수습하고 일상으로

---

8  이행선, 「북풍회원(北風會員)이 바라본 관동대진재(關東大震災)-정우홍의 「震災前後」를 중심으로」, 『민족문학사연구』 52(2013.8).

9  가케모토 쓰요시, 「'부흥'과 불안- 염상섭 「숙박기」(1928) 읽기」, 『국제어문』 65(2015. 6).

돌아왔을 때 어떻게 현실을 재정비하는가도 놓칠 수 없는 부분이다. 두 작품은 재난 후 일본 내 거주했던 조선 지식인들의 일상을 소설로 풀어냈다는 데에 주목할 충분한 값어치가 있다. 여기에 재난을 경험한 작가들보다는 그 상처를 보다 객관적으로 바라볼 수 있었다는 처지와 어느 정도의 시간이 흐른 후 써진 작품이란 점도 함께 봐야 하는 이유이다. 현실에 기반 한 사실주의 면모를 드러낸다는 점도 놓칠 수 없는 부분이다. 따라서 두 작품 속에 직, 간접적으로 드러난 지진과 재난 후의 삶이 어떤 식으로 형상화되었는지 살펴보는 것이 이 논문의 가장 중요한 일이 될 것이다. 두 작품의 발표 연도는 「숙박기」가 앞서지만 작품의 배경이 유진오의 것이 관동대지진을 시작으로 일 년여를 다루고 있고, 우선 지진이 일어났을 때의 상황을 보는 것이 적절하다 여겨 2장은 유진오의 작품을, 3장은 염상섭의 작품을 다룬다.

## Ⅱ. 대학살과 사회주의 운동, 로맨스 소설로 접근한 유진오의 「귀향」

유진오의 「귀향」은 1930년 잡지 『별건곤』을 통해 발표되었다. 그는 많은 문인들이 거쳤던 일본 유학을 하지 않았고, 이 잡지에 글을 발표할 당시에는 경성제국대학 법문학부 조수로 있었으며 예과에 강사로 나갈 때였다. 1926년에 입학한 경성제대 법문학부 입학 후 좌익 모임인 경제연구회를 조직해서 1931년까지 활동한 바 있다. 1930년에 그는 만주를 여행한 뒤, 「마적」, 「귀향」, 「송군 남매와 나」 등을 발표하고 31년에는 「상해의 기억」을 연이어 잡지에 싣는다. 「마적」은 압록강 변안동현, 「귀향」은 일본 도쿄, 「상해의 기억」은 중국 상하이가 각기 배경이다. 특히 「귀향」과 「상해의 기억」은 작품 속 주인공이 한·중·일 노동 운동의 연대를 꿈꾸는 '동아시아적' 시각[10]을 보이고 있어 흥미롭다. 사회주의 운동에 적극적인 관심을 표방하던 와중에 발표된 「귀향」은 관동대지진을 중심으로 펼쳐지는 조선인 지식인의 활동을 보여준다. 소설의 시작은 재난을 비교적 상세하게 드러낸다.

　여섯해전.
　땅이 함부로 흔들니며 집이 되는대로 넘어갓다. 밤이되면 하늘을 찌르는 불꼿이 이 세상의 결말을 지을 듯이 인구 이백만의 큰 도회를 뭇질넛다. 사람의 목숨이 일전자리고 고무풍선 보다도 더 헐하게 최후를 지엿다. 번적이는 쇠끗과 색감안 긔게의 구멍. 어둠에서 내 어미는 등불. 난데업는 총소리. 어느 백작의 집담 박에서는 산양총을 든 젊은 사내가 아츰마다 아츰마다 길로 향한 이집 이층의 한방ㅅ문을 치어다보고 혀를 툭툭치며 왓다 갓다 하엿다.(중략) 「월급」삼십원을 주고 사드린 노파는 우리들 세사람의 생명의 할머니엿다. 노파는 우리를 위하야 량식을 팔어다 주고 반찬을 준비하엿다. 그러나 우리들의 꿈은 아즉도 어수선하엿다. 어느때는 한 밤중에 현관문을 흔드는 사람이 잇섯다. 노파를 압세우고 벌벌 떨며 나아간 우리들의 눈압헤는 우리의 붉은 가슴 한복판을 향한 색감안 쇠구멍이 잇섯다. 우리는 손이 발이 되도록 빌엇다. 무엇을 생각하엿든지 복면의 사내는 놉흔 우슴소리를 던지고 어둠속으로 사러저 버리엿다.(「귀향」 상, 『별건곤』(1930), p.134.)

---

10　김양수, 「유진오의 「상해의 기억」과 사라져버린 '인터내셔널' 노래」, 『중국현대문학』 69 (2014), p.76.

여섯 해 전이라는 것은 바로 1923년을 일컫는다. 자경단에 의해 자행된 무자비한 폭력과 피신, 그리고 그야말로 '긔적(奇蹟)'으로 살아남은 이야기가 생생하게 담겨 있다. 최소한 6천 명 이상의 조선인이 학살당하게 된 요인 중에는 유언비어를 들 수 있는데, 그 내용은 조선인들이 지진을 틈타 벌였다는 폭행, 약탈, 방화, 부인능욕, 우물에 독극물 투여 등이었다. 지진 직후인 1일 오후 3시경에는 사회주의자 및 조선인의 방화가 많았다는 내용도 빠르게 돌았다. 유언비어는 엄격한 검열제도가 바탕에 깔리고 어떤 현실적인(actual) 문제를 가지고 있을 때 번지는데, 그러나 모든 것이 주어져 있는 것이 아닌, 주어지지 않은 것과 결핍되어 있는 것[11]이 필요할 때 빠르게 전파된다. 강도 7이 넘는 대재난이란 문제에 당연히 생길 수밖에 없는 공포와 불안, 혼란을 정확하진 않지만 막연히 그럴 것, 혹은 평상시 불만의 대상이었던 상대가 보이는 평시를 벗어난 행동들이 그러한 유언비어를 부추겼을 가능성이 농후하다는 것이다. 실제로 일본인 하급 노동자들은 자기들보다 싼 임금으로 일하는 조선인 노동자를 노동 시장의 경쟁상대로 삼아 차별 의식을 더욱 높여간 나머지 반감까지 생기게 되었고[12] 이런 감정들이 학살을 부추겼을 가능성이 크다. 더구나 학살 참극의 도화선인 유언비어가 관동 전역에, 나아가 전국에 그토록 신속하게 확대 유포된 과정에는 '조선인 폭동과 방화 등'을 담은 계엄사의 전문이 관할 경찰서에 하달됨에 따라 각지의 경찰이 삐라를 뿌리고 붙이든지 혹은 자전거로 이동하며 '조선

---

11 시미즈 기타로(清水幾太郎), 이효성 역, 『流言蜚語의 社會學』(청람, 1977) pp.28~
   29/31 참고.
12 야마다 쇼지, 앞의 책, p.81.

인 습격'을 알려 그야말로 유언비어에 "국가의 신용보증"을 해준 것, 그리고 9월 3일 아침 해군성 후나바시(船橋) 무선송신소에서 전국의 지방 관공서에 같은 내용의 전문을 보낸 것 등이 결정적인 역할을 했다.[13] 이렇게 퍼진 유언비어 속에 조선인은 말 그대로 희생양이 된다. 르네 지라르에 따르면 희생양, 즉 희생제의는 공동체 전체를 그들의 폭력으로부터 보호하는 것이며, 폭력의 방향을 공동체 전체로부터 돌려서 외부의 희생물에게로 향하게 한다. 희생제의는 도처에 퍼져 있는 분쟁의 씨앗들을 희생물에게 집중시키고, 분쟁의 씨앗에다 부분적인 만족감을 주어서 방향을 딴 데로 돌려버린다.[14] 관동대지진의 혼동 속에 희생양은 그야말로 만만한 조선인과 중국인, 그 중에서도 식민지 국가의 이등 신민으로 낙인찍힌 조선인이었음은 '학살'이라는 희생 제의로 역사 속에 남겨졌다.

이 와중에 주인공 김택은 일본인 친구 아사노의 도움을 받아 시골로 몸을 피한다. 아사노의 고향에서 그의 가족들과 지내며 추이를 보던 주인공은 도쿄로 다시 돌아오려 한다. 아사노의 여동생 사다꼬는 김택이 조선인임을 눈치 채지만 연정을 품고 "나를 데리고 도망가 주세요!"라는 간절한 희망을 전한다. 김택은 "동경에서의 생활은 무섭다"고 하면서 "거츠른 물결과 싸호는 것"이 자신들의 생활임을 주장하지만 사다꼬의 마음을 받고 같이 도쿄로 와서 지낸다. 도쿄에 돌아왔지만 "우리들의운동"은 타격을 받았고, 주인공 역시 학교로부터 제명을 당하였다.

---

13 김홍식, 앞의 논문, p.178.
14 르네 지라르(René Girard), 김진석·박무호 역, 『폭력과 성스러움』(민음사, 2000), p.19 정리.

김택은 생계를 위해 인삼을 팔거나 지진 때문에 "조직이부서진공장에
는 그것을다시건설하고 아즉조직이업는공장에는 새로한세포를집어넛
키를결의한결과 여섯사람의일본동지들"과 함께 참여하기로 하는 등
동분서주하였다. 그동안 사다꼬는 '해방된종달새'가 되어 김택이 지방
에 가 있는 동안에도 도쿄에 머물며 다른 남자를 만나면서 모던걸이
되어갔다. 결국 둘은 헤어지고 김택은 고국으로 돌아와 수감된다.

  『별건곤』에 3회에 걸쳐 연재된 이 소설은 지진으로 인한 조선인 학
살뿐 아니라 일본인과 연대하여 사회주의 운동을 했던 조선 청년의 활
동상 및 당대의 여러 가지 사회문화상을 흥미롭게 보여주고 있다.
1917년 러시아가 혁명을 통해 소비에트 공산주의 체제로 진입하면서
세계사적인 지각변동이 일어났다. 일본에서도 '다이쇼 데모크라시'가
단순히 중산계급 중심의 문화산업만이 아니라 "오히려 민중 차원의 격
렬한 노동쟁의와 정치투쟁, 풀뿌리 사회운동의 발전과 그 사상적 모색,
다층적 항쟁과 모순의 노출, 다양한 네트워크"[15]를 형성하고 있던 시기
였다. 식민지 조선에도 이러한 분위기가 서서히 감지되었고, 재일조선
인들이 일본의 이러한 변화에 더욱 민감하게 대응한 것은 당연하다 하
겠다. 민족문제보다 국제연대를 우선적으로 사고하던 많은 재일조선인
은 1922년부터 노동운동에 본격적으로 등장, 23년 일본의 메이데이 집
회에도 참가하는 등, 이미 국제주의적 분위기 속에서 일본 사회운동에
깊이 들어갔다.[16] 하지만 관동대지진 이후 일본의 사회운동세력은 조

---

**15** 요시미 순야(吉見俊哉), 허보윤 역, 「제국 수도 도쿄와 모더니티의 문화」, 『확장하는 모더
    니티』(소명, 2007), p.23.
**16** 김인덕, 앞의 논문, p.417.

·일 연대를 피력하면서도 조선인 학살에는 무심했고 심지어 몇몇 일본 사회주의자들은 조선인 학살을 방조하거나 자경단에 들기까지 했다. 물론 대지진 이후 1924년 일본노동총동맹 제2회 대회 당시 도쿄조선 노동동맹회의의 이헌(李憲)이 '선인학살 사건'에 대해 언급하고 이에 맞춰 추도회와 항의집회를 열겠다는 계획 등 작은 움직임이 있었던 것 은 사실로 보인다. 일본인 노동조합에 연대를 지향하는 움직임이 싹텄 다는 것은 역사적으로 중요한 진전이긴 하지만 그 주체성은 약했음[17]은 여실한 한계로 나타난다.

이러한 사실로 미루어 보았을 때 「귀향」에 묘사된 김택과 그의 친구 들의 연대는 이상에 가깝다고 봐야 할 것이다. 그럼에도 이 소설은 조 ·일 간 젊은 지식인층의 연대와 활동을 잘 보여준다. 사다꼬의 오빠이 기도 한 아사노는 김택을 자신의 집으로 보내고 양친에게 편지를 써 안부를 부탁한다. 이후 김택이 여동생과 함께 도쿄로 돌아오자 불쾌한 낯빛을 보이지만 아사노는 동지로서 그를 믿고 소도시 공장의 "직업별 노동조합의 결성, 전일본노동조합 N정 지부의 설립" 등을 목표로 일을 벌인다. 이러한 활동은 재일조선인과 사회주의자들의 활동이 어떠했는 지를 어렴풋하게나마 보여준다. 단지 소설 속에는 대부분의 활동이 노 동조합 조직 정도로만 그려지고 연구회나 모임 등으로 언급되고 있어 구체적인 내용들이 표면화되어 있지는 않다. 이는 당시의 검열뿐 아니 라 사회주의 운동이 탄압받고 있었다는 점에서 어쩔 수 없는 부분이라 여겨진다. 또한 아사노의 여동생을 통해 지진 후 제국 수도 부흥 사업 이 급속하게 진행되면서 차차로 재난을 극복하고 문화적인 향락과 소

---

17 야마다 쇼지, 앞의 책, p.167.

비문화가 일어나는 기미도 보여준다. 1920년대의 모던 도시에서 가정 영역으로부터 흘러나와 공공영역에 등장했던 여성의 신체는 저임금노동이라는 경제적 지배 관계와 뒤얽히면서 새로운 도시의 성적 시선 아래에 놓인다[18]는 지적처럼 시골 마을에서 탈출한 사다꼬는 처음에는 김택과 오빠를 따라 운동을 하는 듯 보이지만 점차로 도쿄의 향락에 휩쓸리고 다른 사람과 연애를 하면서 '타락'하는 과정을 빠르게 재현한다. 여기에 더해 도쿄의 부흥이 '다이쇼데모크라시운동을 단절시키는 측면' 즉 "천황을 중심으로 한 위계질서의 재편으로 파악"[19]해야 한다는 주장에 의한다면 사다꼬의 일탈과 향락의 묘사는 주인공 김택과 아사노의 노동운동을 단절시키는 모종의 원인이었다는 해석이 가능하다. 지진 이후 개혁이나 민주주의 운동의 열기가 빠르게 식고 부흥운동과 환락이라는 사뭇 다르지만 결과론적으로는 일본인들만의 공고한 사회적 질서를 다지는 방향으로 흘러갔음을 확인할 수 있는 대목임에 분명하다.

또한 일본에서의 활발한 활동이 김택이 감옥에 가게 된 가장 큰 원인임은 뚜렷하게 언급되어 있지 않더라도 자명한 사실이다. 이는 사회주의 운동이 일본과 조선 모두에서 감시받고 억압받았음을 여실히 드러낸다. 카프의 생경한 이론으로 무장하지 않았어도 이 소설은 사회주의 운동의 과정들과 조·일 연대를 보여주며 대지진 이후에도 그 관계가 지속되고 있음을 암암리에 보여준다. 「귀향」은 이처럼 표면적으로는 사다꼬와의 만남과 이별이라는 로맨스의 형식을 띠고 있으면서 작가의

---

**18** 요시미 순야, 앞의 책, p.53.
**19** 가케모토 쓰요시, 앞의 논문, p.209.

사회주의 운동에 대한 지대한 관심을 적절히 버무린다. 따라서 재난소
설도 카프소설도 아닌 그야말로 당대의 관심사가 모여 만들어진 대중
소설로 귀착된다.

이러다보니 앞서 지적한 바대로 유진오가 그리고 있는 조·일 연대는
다분히 관념적이고 이상적이다. 더구나 소설의 앞부분에 부각된 조선
인학살의 문제가 단순히 김택의 고난을 부각시키고, 사다꼬와 만남을
위한 장치로 그치고 있는 점은 퍽 아쉽다. 다른 소설보다 구체적이고
생생한 공포와 위험이 살아있음에도 학살이 벌어지게 된 연유나 그에
따른 분노, 추모의 움직임도 보여주고 있지 않다. 재일조선인들의 노동
운동이 전 민족운동으로 한 단계 발전하게 된 것은 대학살 이후였는데,
조선인들은 참화와 학살, 공포를 딛고 일어서 피해조사회와 동포위문
반을 통해 조직을 재건, 이른바 4대 민족 운동을 전개하며 강력한 민족
자립·민권 옹호를 위한 대중 운동으로 나아갔다.[20] 이러한 움직임이 이
소설에는 나타나 있지 않다. 그러다보니 김택의 고민은 노동 혹은 민족
운동을 전개하는 지식인으로서의 자의식보다는 사다꼬와의 관계에 치
중되어 버리고 만다. 더구나 조선인들을 돌봐 준 사람들이 일본인 노파
나 조직원 등인 점도 그렇고 심지어 별 이유 없이 그들을 살려 준 이들
이 자경단이었다는 점은 작가가 조선인학살에 대해 깊이 있는 사유와
관심을 가지고 접근한 것이 아님을 알 수 있다. 이는 물론 지진을 직접
겪은 정두홍의 글에서도 대장과 몽둥이, 돌 등이 등장하고 일본인이 분
노를 표출하고 있지만 검열을 의식한 때문인지 학살을 재현하고 있지

---

20 김명섭, 「차별과 억압에 맞선 재일 민족 해방 운동」, 『재일조선인 그들은 누구인가』, 한일
   민족문제학회 엮음(삼인, 2003), p.94.

는 않[21]다는 언급처럼 검열의 문제일 수도 있다. 그럼에도 관동대지진을 기억하는 기사와 에세이 등이 "가해자와 피해자 사이의 관계는 모호해지고 학살된 조선인들은 가해자 없는 피해자"가 되거나 인간애에 호소, 혹은 생명을 구한 일본인에 대한 미담으로 흘렀다는 지적[22]에서 이 소설도 비껴가기 힘들다.

몇 가지 문제점을 노출하고 있는 유진호의 「귀향」은 그럼에도 비교적 상세하게 관동대지진의 공포와 이후 이루어진 조선인학살에 대한 정황 등을 보여주고 있고 조·일 젊은 지식인 간의 연대와 지진 이후의 재일조선인들의 노동운동 및 사회주의 활동을 감지할 수 있게 해준다. 지진 이후의 서서히 복구되고 있는 도쿄의 모습도 주인공들의 연애와 이별을 통해 보다 가볍고 쉽게 접근한 점도 의미가 있다 하겠다.

## III. 차별과 배제, 그곳에서 살아남기-염상섭 「숙박기」

염상섭이 1912년 15살의 나이로 도일하여 이듬해 도쿄 아사부 중학에 입학, 1918년 교토 부립 제2중학교에 간 것은 잘 알려진 사실이다. 1919년 귀국한 그는 『동아일보』, 『동명』, 『시대일보』의 기자로 재직하며 작품과 평론을 발표, 왕성한 활동을 벌이다 1926년에 제2차 도일을 감행한다. 학업이 아닌 새로운 문예사조와 창작을 하기 위한 목적으로 건너간 염상섭은 양주동, 나도향 등과 도쿄에서 지내며 작품을

---

21  이행선, 앞의 논문, p.246.
22  김도경, 앞의 논문, p.304 참고.

지속적으로 쓴다. 28년 귀국하고 나서 기존의 염세적이고 관념적이었던 방식에서 벗어나 "점차 식민지 현실의 소설화라고 하는 본연의 목적을 향해 나아가는데, 절대궁핍을 포함한 식민지 원주민들의 삶의 현실을 꼼꼼히 관찰하고 있는 일군의 작품들"로 "「금반지」와 「전화」, 「실직」과 「E선생」, 그리고 「윤전기」와 「숙박기」와 같은 작품들"[23]을 발표한다. 1928년에 발표된 「숙박기」는 그의 두 번째 일본 체류 시 겪었던 체험을 바탕 삼아 쓴 작품에 해당된다. 이 작품은 유진오의 「귀향」보다 먼저 발표되지만 작품의 배경은 지진 이후 3~4년이 지난 후의 일상을 다루고 있다. 따라서 직접적인 지진에 대한 묘사나 조선인 학살에 대한 언급은 거의 없지만 지진 이후의 조선인의 삶을 엿볼 수 있다는 점에서 이채롭다. 이때는 이미 도쿄가 지진의 여파에서 벗어나 서서히 일련의 변화를 추구하며 서구적이고 미국적인 문화를 받아들이고 "모더니즘의 출현은 지진 후 부흥기의 제국 수도 도쿄에서 전면화"[24]되고 있는 시점이기도 하다. 염상섭은 도쿄에 있을 당시 발표한 한 수필에서 1923년 대지진으로 거의 전 도시가 파괴되었음에도 불구하고 "10수년 전 내지 7년 전의 동경 그대로를 보여주는 것"(염상섭, 「6년 후의 동경에 와서」, 『신민』(1926).(『염상섭전집』, 권영민·김우창·이재선 편(민음사, 1987), p.105.)에 놀란다. 이는 도쿄가 급속히 '부흥'했고 그 "'부흥'은 재건(reconstruction)이라기보다 르네상스(Renaissance)에 가까운 개념으로, 원래 있던 것의 복원을 넘어 크게 성장"[25]한 것을 확인한 말인

---

23 김경수, 「염상섭 단편소설의 전개과정」, 『서강인문논총』 21(2007), p.11.
24 요시미 순야, 앞의 책, p.28.
25 가케모토 쓰요시, 앞의 논문, p.208.

셈이다. 더불어 "신문기자, 그것도 정경부 기자 그리고 사회부장의 자리에 있으면서 작가 노릇도 겸한다는 것이 곧 그의 뛰어난 정치적 감각"[26]을 보여준다는 평가처럼 민족주의 운동을 비롯하여 조선 문인회를 조직하는 등의 활동뿐 아니라 기자로 있었다는 사실은 염상섭이 동경대지진에 대한 나름대로의 의견이 있었으리란 추측이 가능하다.

주인공이 조선인임을 알고 하숙집에서 싫은 소리를 듣는 데서부터 소설은 시작된다.

> "무어 조선 양반이라거나 지나(支那) 사람이라고 해서 신용을 못 한다든지 무슨 차별 대우를 해서 그러는 게 아니라 사정이 그렇고 보니까 말씀예요."(p.262)
> 진재 이후에는 동경 인심이 더 야박하여진 것 같기도 하지마는 더구나 조선 사람이라면 오륙 년 전 시절과는 딴판 같은 눈치를 도처에서 당하여본 그는 그런 데에 한층 더 신경이 예민하여졌다.(p.263)
> ― 염상섭, 김경수 엮음, 「숙박기」, 『두 파산- 염상섭 단편선』
> (문학과지성사, 2006), p.263.

위의 인용은 하숙집 주인이 떠들어 대는 말이다. 조선인이거나 중국인이라고 해서 차별을 하는 것이 아니라면서도 '사정'이 그렇다고 말하는 것 자체가 바로 차별임을 여실히 드러낸다. 진즉에 후쿠자와 유키치가 주장했듯, 지나와 조선의 정치가 '전제'적이고 '법률'적이 아니고 비과학적이며 '지나인'의 비굴함과 조선인의 참혹함 등 '야만'과 '미개'인 지나와 조선은 일본과 결정적으로 다르다는[27] 억측은 이미 식민지배를

---

26 김윤식, 『염상섭연구』(서울대학교출판부, 1999), p.291.

몇 년째 이어가고 있는 일본인들에게는 깊숙하게 자리 잡은 생각임이
주인의 말을 통해 증명된다.

주인공 변창길은 학생도 회사원도 아닌 상태로 도쿄에 머물면서 하
숙을 하는데 아래 인용처럼 대지진 이후에 조선인에 대한 경계와 차별
이 더욱 심해졌음을 한탄하고 있다. 식민지 출신의 젊은이가 이른바 적
도(敵都, 양주동의 표현) 한복판에 놓임으로써 겪어야 하는 궁핍함이란
동즉손(動則損)으로 표상되는 '상징적인 궁핍스러움'[28]이었다는 언급처
럼 현실적인 궁핍함과 더불어 이와 같이 벌어지는 상황의 궁핍함도 한
몫했다. 더구나 창길은 유창한 일본어로 인해 일본인으로 여겨지다 조
선인임이 탄로 나자 갖은 수모를 당하며 애써 구한 하숙에서 쫓겨나게
된다. 조촐한 하숙을 구한 후 한시름 덜은 창길은 숙박부를 쓰라는 말
에 자신의 이름을 쓰는데 거기에서 눈치를 챈 주인과 시중드는 아이
모두 그를 조롱한다.

> "변(卞)이라고 읽는다. 변이라고 읽는 게야."
> "그럼 ペンシヤウキチサン(변창길 씨)이라고 하는군요?"
> 아이놈은 살살 눈치를 보면서도 경멸하는 듯한 미소를 띤다.
> "그래! ペンシヤウキチサン!"하며 창길이도 어이가 없는 듯이 핏 웃
> 어 보였다.(중략)
> "대관절 이런 글자가 있나요?" 하고 주책없는 어린 것은 아까 주인여
> 편네가 하던 말을 그대로 옮겨보았다.
> "예끼 괘씸한 놈. 그런 글자가 있느냐? 이 무식한 계집이나 어린아이

---

27 고모리 요이치(小森陽一), 송태욱 역, 『포스트 콜리니얼』(삼인, 2002), pp.60~61 정리.
28 김윤식, 앞의 책, p.320 정리.

들은 몰라도 그걸 못 알아보는 사람이 어디 있단 말이냐? 너도 공부를 하는 모양이니 가서 자전을 찾아보렴!" 하며 창길이는 모른 척하며 다시 드러누워 눈을 감아버렸다. 그는 일부러 '무식한 계집'이란 말에 힘을 주어서 큰소리를 치는 것으로 주인 여편네에게 겨우 앙갚음을 하였다고 스스로 위로하는 수밖에 없었다.(p.286)

조선인 이름을 부르며 대체 이런 이름과 글자가 있느냐고 일부러 물어대는 그들에게 창길은 무식하다며 오히려 당당히 소리친다. 자신의 조선인으로서의 정체성 위에 지식인으로서의 계층적 정체성을 덧입힘으로써 정체성 왜곡의 곤경을 돌파하는 장면[29]으로 해석될 수 있는 이 장면은 그러나 씁쓸하기 그지없는 대목임에 분명하다. 조선인 학살에 대한 반성이나 성찰은커녕 오히려 조선인들을 기피하고 조롱하는 상황이 더 심화되었음을 바로 이런 이름을 통해 예각적으로 작가는 보여준다. 더구나 이름이나 발음, 글자의 문제는 조선인 학살 당시 일본인들만이 할 수 있는 발음을 해보라고 한 후 제대로 발음하지 못하면 그대로 죽였다는 악몽을 다른 형태로 재현한 듯해 의미심장하다. 김동환이「국경의 밤」과「승천하는 청춘」에서 읊은 이방인의 체험은 이들에 대한 '포함하는 배제', 차별과 포획 사이에서 터져 나오는 외침과 신음이야말로 노래의 기원[30]으로 보았을 때 창길의 이 대꾸 역시 외침과 신음으로 해석하는 것이 가능하다. 그러나 아무리 이렇게 맞받아치고 큰소리쳤지만 창길은 하숙에서 쫓겨난다.

---

**29** 안서현,「두 개의 이름 사이-염상섭 소설에 나타난 언어적 혼종성의 문제」,『한국근대문학연구』30(2015), p.140.
**30** 황호덕, 앞의 논문, p.74.

창길이 하숙집을 찾아 전전긍긍하는 내용으로 전개되는 이 소설은 지배국가에서 받는 식민지인의 말로 표현하기 힘든 모멸감에 대해 현실감 있게 접근하고 있다. 대지진이 혼성된 식민지인의 정체성을 폭로하고 이러한 정체성을 근거로 식민지인들의 생존을 위협함으로써 식민지를 경영하는 제국의 가장 적나라한 근저를 드러내게[31] 되었고, 그것이 지진 이후에도 일상의 영역으로 보다 촘촘하게 파고들었음이 소설 곳곳에 묻어난다. 일본인들에게 대지진은 민족의 수난사로 꼽힐 수 있지만, 조선인들에게는 개인적이고 실존적인 트라우마로 작용하게 되고 그것이 끝이 아님을 보여준 셈이다. 창길이 지식인에 가깝고 일본어를 아주 유창하게 구사한다는 점 등으로 조선 사회에서는 어느 정도 행사를 하고 살지만 그것이 일본이라는 지배국가에서는 아무런 소용이 없다는 것도 극명하게 표출된다. 지식인의 일상이 이럴진대 조선인 노동자나 여성들이 받았을 차별과 멸시는 더했으리라는 점은 미루어 짐작할 수 있다. 재일교포 70여만 중, 약 10%인 7만여 명 내외의 학생·소상인·관리·회사원 등 이른바 중간계층을 뺀 나머지 90%가 육체노동자이고 이들은 대부분 일본의 공장에 싼 노동력을 착취[32]당하게 마련이었다는 점을 보아도 그렇다.

궁지에 몰린 상황에 "쓸쓸하고 설운 중이 부쩍 목 밑까지 치받치는 것"을 느끼지만, 그 현실로 인해 창길은 자기 자신을 부정하거나 연민에 빠지지 않는다. 소설의 전반적인 배경이 비가 오거나 추운 날씨 등으로 인해 더욱 움츠러들고 서늘한 기운이 돌지만 이 현실을 직시하고

---

31 김도경, 앞의 논문, p.312.
32 김윤식, 앞의 책, p.321.

그대로 받아들이겠다는 의지가 맴돈다. 그 현실을 타개할 어떤 대책이
나 희망 따윈 보이지 않지만 체념어린 시선을 던지기보다 똑바로 대면
할 것임을 창길은 보여주고 있다. 조선인을 멀리하고자 하는 일본 하숙
집들의 생각에 아무 잘못이 없지만, 쫓겨나는 조선인 쪽에도 아무 잘못
이 없다는 생각이야말로 염상섭이 품고 있는 가치중립성의 모습을 보
여준다[33]는 해석도 있지만 그 현실을 그대로 묘사하였다는 것 자체가
작가의 가치관을 드러내는 한 방식임에 분명하다. 『동명』과 『시대일
보』 기자를 지내면서 익혔던 현실에 대한 감각이 창길이라는 주인공의
하숙집 구하기라는 어려움을 통해 그 단면을 독자 앞에 펼쳐놓고 이러
한 현실이 무엇을 의미하느냐고 작가는 독자에게 묻고 있는 것이다. 더
불어 세 번째 하숙을 구할 때는 미리 조선인임을 밝히며 빈민가의 셋집
을 구하는 모습은 "조선인이라는 자각이 거의 없던 창길이 하숙집 구하
기를 통해 스스로가 민족적 차별과 멸시 대상인 조선인임을 선명히 인
식"[34]하고 있기 때문이기도 하다. 어쩌면 일본인과 비슷해 보이고 싶었
을지 모르는 욕망이 모두 거부당하고 자신의 주체성은 조선인일 수밖
에 없다는 현실을 스스로 받아들인다는 것은 주인공의 변모이자 의식
의 변화로 해석될 수 있다.

　　염상섭이 재일기간 발표했던 수필 「6년 후의 동경에 와서」에 따르면
그 자신의 신념이 변화되었다는 언급이 눈에 들어온다. 6, 7년 전 '미
소동', 즉 부족한 쌀로 인해 소동이 벌어졌던 일본 내의 갈등이 어찌
된 일인지 보충되었다며, "5천만 원의 조선 미증산 회사를 조직"한 것

---

33　김윤식, 위의 책, p.442.
34　장두영, 『염상섭 소설의 내적 형식과 탈식민성』(태학사, 2014), p.166.

을 은근히 지적한다. 천재지변을 당한 일본이 단시일에 회복하고 그동
안 조선은 저발전의 상태에 있었음을 말하고 있는 것은 결국 일본의
발전과 활기가 조선에 대한 수탈이었음을 간접적으로 드러낸 것이다.

> 그러나 오늘날의 조선인에게 잇서서는 어ㅅ더한 시기 까지 그 정반
> 대의 '못트'로써 지도되어야 할 것이다.
>
> — 염상섭, 「6년 후의 동경에 와서」, 앞의 글.

이 수필의 마지막에 염상섭은 물질이 중요하다는 것을 깨달았고, 사
상과 예술, 학자 모두 없어서는 안 될 것이지만 우선 당장 조선인에게
필요한 것은 '못', 즉 구체적인 물질과 행동임을 내세운다. 염상섭이 기
존에 가지고 있었던 "한 개인의 내부로의 천착을 통해 외부적 해방의
입각지를 확보해야 그 이후 근대적 개인의 확립은 물론 민족적이고 주
체적인 독립을 달성할 수 있을 것이라는 관점이 현재 당면한 정치적이
고 경제적 착취에 대한 반대와 저항이 보다 시급하다고 보는 관점"[35]으
로 바뀌었음을 공표하는 대목이다. 일본에 있는 동안 염상섭은 그 이전
유학생의 신분으로 겪었던 일본이 아니라 생활인이자 문인의 눈으로
일본과 조선의 현실을 자각하였고, 그것이 여러 작품을 통해 다각도로
뿜어져 나왔음을 알 수 있다. 그중 하나가 「숙박기」였던 것이다.

사실 자체가 은폐되고 진상 규명의 길이 차단된 가운데에서는 서사
의 재생산 기반이 취약할 수밖에 없다보니 본격적인 수준의 관동대지
진 소설을 가지지 못했다는[36] 한탄은 일정 부분 타당하다. 하지만 이는

---

35 장두영, 앞의 책, p.53.

일본의 문단도 마찬가지라는 점을 눈여겨볼 필요가 있다. 여러 잡지에서 '진재특집호'를 마련했지만, 권력의 폭거와 이성의 혼란에 대한 성실한 비판은 찾아보기 힘들었고, 그 사건 자체의 의미가 무언의 두려움과 공포로 바뀌었다는 지적처럼[37] 일본 문인들조차 그것을 형상화하는데 심적, 물리적 제약이 있었다는 점을 미루어 조선 문인들에게는 그것이 더 큰 충격으로 자리 잡았을 것이다. 염상섭의 경우, 직접적인 지진을 다루기보다는 지진이 일어난 후의 일본 내의 조선인에 대한 적대적인 움직임과 분위기, 그 차별과 모멸을 다른 방식으로 그려나갔다는 점에서 의미를 찾을 수 있을 터이다.

## Ⅳ. 두 작품의 의의 및 현재적 관점에서의 성찰

관동대지진은 일본인들에게는 자연재해였지만 조선인들에게는 그 자연재해에 더해 이어진 학살로 인해 더 큰 고통과 공포를 겪어야 했다. 일본인들의 조선인에 대한 차별과 멸시가 더 심해진 것은 아마도 이때를 기점이라 봐도 무방할 것이다. 따라서 관동대지진을 직접 겪은 작가들의 목소리가 생생하게 남아있는 작품이 있다면 그러한 참혹함을 더욱 극적으로 드러냈겠지만 어쩐 일인지 작가들은 그 당시를 기록하는데 주저하고 꺼려했다는 인상을 지울 수 없다. 재난을 기록하는 것도 매우 중요하지만 이후의 삶이 어떠한지에 대해 관심을 기울이는 것 역

---

36 김흥식, 앞의 논문, p.212.
37 미요시 유키오(三好行雄), 정선택 역, 『일본문학의 근대와 반근대』,(소명, 2005), p.50.

시 소홀히 할 수 없는 부분이다. 우리는 재난 자체에는 집중하지만 그로 인한 피해자와 이후의 트라우마나 상처에는 그다지 신경 쓰지 않는다. 유진오와 염상섭의 작품은 그런 점에서 눈여겨 볼만한 작품임에 분명하다. 살펴본 바대로 두 작가는 관동대지진과 학살의 현장에 있지는 않았다. 그럼에도 여러 매체와 소문, 살아남은 자들의 증언을 통해 충분히 그 내용을 알고 있었을 것이고, 그것을 조금은 다른 방식으로 풀어냈다. 재난을 경험한 작가들보다는 차라리 객관적이고 중립적인 시각이라고 봐야 할 것이다. 이 작가들이 민족주의 시각을 벗어던진 채 작품 활동을 한 것은 아니기 때문에 충분히 재일조선인들의 아픔과 고통을 인지한 채로 작품을 썼던 것은 당연하다. 그렇지만 검열이나 직접 경험에서 오는 증언의 아픔에는 비껴갔기 때문에 오히려 담담하게 반응했던 것이 가능했으리라 본다.

　유진오는 진작부터 동반자 작가의 면모를 내비쳤고, 실제로 사회주의 운동이나 공부를 지속적으로 해나갔고 그것을 작품 속에 충실하게 반영했다. 염상섭의 경우 카프 계열의 작가들과 논쟁을 벌이며 대립각을 세웠지만 현실에 깊숙이 발을 딛고 작품에 접근한 성실한 작가였다는 점에서, 특히나 2번째 도일을 통해 그전의 관념적이고 추상적이었던 소설에서 벗어나 보다 사실주의적인 색채를 띤 작품을 내놓았다는 것은 여러모로 뜻깊다. 따라서 두 작품의 공통점은 관동 대지진 이후 재일조선인, 그중에서도 지식인의 삶을 보여준다는 데 있을 것이다. 그들은 조선인의 관점에서 이 사건을 어떻게 대하고 있는지를 보여주고 있다. 사실주의에 입각한 그들의 시각은 관동대지진이라는 커다란 재난이 조선인들의 삶을 어떻게 변화시키고 압박하는지도 중점적으로 보여준다. 지진 이후 도쿄의 빠른 부흥과 일본인의 태도가 어떤 식으로

흘러갔는지도 자연스럽게 작품 속에 묻어나오고 있는 점도 간과할 수
없다.

유진오는 사회주의적 시각에 입각하여 조·일 간의 연대와 노동운동
에 초점을 맞춘 점이 흥미롭다. 카프가 해체되어가던 시점이었음에도
유진오는 사회주의 노동운동이 가진 불씨와 가능성에 희망을 놓지 않
았음을 알 수 있다. 더구나 「귀향」의 가장 큰 강점은 관동대지진이 일
어났을 당시를 꽤나 구체적으로 묘사하고 있는 점이다. 지진으로 인한
혼란과 더불어 이후 벌어진 조선인대학살을 개인의 눈을 통해 보여주
고 있다는 것 자체가 큰 의미를 지닌다 할 것이다. 실제로 재난을 겪었
던 작가들이 사실상 입을 다물고 있었던 상황에서 당시의 정황을 묘사
했다는 것은 유진오 나름대로의 사실주의적 소설에 대한 확신과 자신
감의 표현이었다고 여겨진다. 또한 1930년대를 전후로 대부분의 잡지
와 신문이 급격히 상업화되었고 특히 대중성을 표 나게 내세웠던 『별
건곤』이라는 잡지에 게재되었던 만큼, 재난이나 사회주의 운동과 같은
무거운 내용을, 당시의 가장 큰 관심사였던 로맨스로 접근도를 높이려
한 노력도 엿보인다. 더구나 주인공들의 사랑이 조선인과 일본인이라
는 점에서 나라에 구애받지 않았던 '붉은 연애'의 색깔도 띠고 있다.
사다꼬가 성적으로 방종하고 자유로운 '팜므파탈'형 여성으로 그려지
지만 그 여성을 일방적으로 매도하거나 내치지 않고 오히려 주인공 김
택이 괴로워하고 이별을 당하는 식으로 그려진 점은 당시 시각과는 다
른 면모이기도 하다. 사다꼬의 행동이 도쿄의 부흥과 맞물리면서 이것
이 당대의 사회주의나 노동운동을 와해시키는 쪽으로 흘러갔음을 은근
히 내비친 점도 흥미롭다. 물론 이러한 연애나 노동운동에 대한 지향점
들이 소설의 많은 부분을 차지하다 보니 실제로 관동대지진 이후 벌어

진 조선인 학살이나 피해자들에 대한 동향이 거의 나오지 않고 있는 점은 무척이나 아쉬운 부분이다.

염상섭의 「숙박기」는 관동대지진을 직접적으로 언급하거나 묘사하지는 않았지만 재난이 벌어진 이후 여전히 일본에 거주하는 조선인들의 삶과 지식인들이 받아야 했던 수모와 어려움들을 보여주고 있는 점이 가장 큰 특징이라 할 것이다. 조선인 대학살 이후 일본인들의 반성과 참회가 있을 거란 예상과는 달리 오히려 조선인들에 대한 차별과 배제가 만연한 것을 담담하게 그려나간다. 지식인 주인공이 받는 어려움이 이 정도라면 일용직이나 육체노동을 하는 조선인들의 일상이 어떠했을지는 미루어 짐작이 가능하다. 주인공은 그러나 이러한 상황을 통해 조선인으로서의 주체성을 선명하게 자각하는 계기가 되고 이 현실을 그대로 받아들이는 자세를 취한다. 이는 곧 작가 염상섭이 대지진 이후 급속하게 회복된 도쿄 등이 조선 착취를 기반으로 하였음을 깨닫는 과정에서 얻은 결론이었다는 점에서 그 빛을 발한다. 재일조선인에게는 관동대지진이나 조선인대학살과 같은 선연하게 눈에 띄는 재난뿐 아니라 멸시와 차별 등과 같이 하루하루 살아가는 것이 살얼음판이자 재난과 같음을 보여주고 있는 셈이다.

재난은 예고 없이 다가온다. 자연재해 같은 경우는 특히 그렇다고 할 것이다. 인간에 의해 벌어지는 재난 역시 예고 없이 찾아오기는 마찬가지이다. 언제나 닥칠 수 있는 재난을 막기 위해 유비무환의 자세로 준비하는 것도 중요하지만 재난 이후 닥친 상황을 얼마나 현명하게 대처하는 것도 그만큼 중요하다. 일본에서 1923년 벌어진 관동대지진은 인간의 힘으로는 어쩔 수 없는 크나큰 자연재해였다. 하지만 이후 벌어진 조선인 학살은 조선인들에게는 그보다 더 무섭고 잔인한 2차 재난

이었음에 틀림없다. 그 이후 살아남은 재일조선인의 삶 역시 이차적 재
난에 가까운 차별과 모멸이었다는 점에서 더욱 뼈아픈 과거였음에 틀
림없다. 일본 정부는 이에 대해 공식적으로 사과한 적이 없다. 우리가
여전히 이런 작품들에 귀 기울여야 하는 이유라 할 것이다.

# 1부

## 20세기 한일 양국의 재난문학

재난문학의 동시성과
'동아시아 재난 서사'의 가능성

# 일본의 대지진과 재일조선인

김계자

## I. 들어가는 말

대지진은 기본적으로 자연재해라고 하는 천재(天災)의 성격이 강하지만, 동시에 인재(人災)의 문제점을 드러내 왔다. 인재라 함은 방재(防災)의 위기관리부터 지진이 발생했을 때의 피해에 대한 대처, 치유와 부흥이라는 목적하에 다양한 문제가 억압되고 은폐되는 현상에 이르기까지 여러 요소를 포괄하는 개념이다. 그렇기 때문에 대지진과 같은 재난은 사회적 문제로서 인식하고 대응할 필요가 있다.

근대 일본에서 일어난 대지진은 일본인뿐만 아니라 일제강점기 이래 일본에 거주하고 있는 조선인도 함께 겪어야 했기 때문에 한국과 일본 사이에서 갈등을 빚어 왔다. 더욱이 일제강점기에는 식민지의 조선인으로, 그리고 해방 이후에는 재일조선인으로서 마이너리티의 비대칭적 권력관계 속에 놓여 있는 사람들은 대지진과 같은 재난 상황에서 억압과 차별을 넘어 생명까지 위협받아 왔다. 그중에서도 1923년 간토대지진 때 자행된 조선인 대학살 사건은 이후에 일본에서 재난이 발생할 때마다 재일조선인에게 불안과 공포의 기억을 환기시키고 있다. 과거에 비하면 최근에는 상황이 나아졌다고 하지만, 지금도 일본에 재난이 발생하면 어김없이 나오는 문제가 '혐한(嫌韓)'이고 보면, '재난공동체'라는 말이 무색할 정도이다.

대지진이 발생했을 때 드러나는 일본 사회의 폭력적인 이면(裏面)에 재일조선인이 노출되어 있는 문제에 대하여 지금까지 다양한 연구가 진행되었다. 주요 쟁점으로 간토대지진 때 자행된 조선인 학살 문제를 비롯하여, 1995년에 발생한 한신·아와지대지진(阪神·淡路大地震)을 중심으로 재난과 재일조선인의 문제를 통시적으로 다룬 연구, 2011년의 동일본대지진(東日本大震災) 이후에 일고 있는 혐한 문제 등을 들 수 있다. 이러한 연구는 대지진이 발생했을 때 재일조선인이 유언비어와 폭력에 위협받는 상황을 논하고 있는 것이 중심 내용을 이룬다.

그런데 이러한 논의 속에서 재일조선인은 대지진의 후경(後景) 또는 이야기되는 대상으로 다루어지는 것이 대부분이고, 정작 재일조선인이 각각의 지진에 대하여 갖고 있는 주체적인 생각이나 문제제기는 주목을 받지 못하였다. 즉, 간토대지진 당시는 학살당한 피해자의 이미지가 강조되었고, 또 한신·아와지대지진 때는 공생의 미담 속에 재일조선인의 목소리는 묻혔다. 그러나 지진 당시에 학살이 일어나지 않고 공생의 상호 협조가 있었다는 현상만으로 문제가 해결되었다고 보기는 어렵다.

일본의 대지진을 마이너리티의 입장에서 겪은 재일조선인의 목소리는 역사의 증언인 동시에, 일본 사회를 상대적으로 바라보고 비판하는 시선이 들어 있기 때문에 주목할 필요가 있다. 그런데 당사자여야 할 재일조선인의 목소리는 주체적으로 표출되지 못하고 일본인의 담론이나 표상 속에서 대상으로만 다루어져 온 경향이 있다. 그렇기 때문에 동일본대지진 당시 혐한 분위기가 빠르게 퍼져갔을 때, 불과 15년 전의 한신·아와지대지진 때 이루어진 공생의 경험은 아랑곳하지 않고, 90년 전의 조선인 혐오의 유언비어가 다시 소환된 것처럼 부(負)의 역사가 반복되고 있는 것이다. 대지진과 재일조선인에 관한 논의는 피상적인 현상으로 단정 지을 것이 아니라, 심부(深部)를 들여다봐야 할 필요가 있다. 이를 위해서는 일본에서 대지진을 실제로 겪어 온 재일조선인 당사자의 목소리를 통해 실질적인 문제의 핵심을 파악하는 것이 우선되어야 할 것이다.

이 글은 재일조선인이 대지진에 대하여 이야기하는 당사자의 목소리에 귀를 기울여 역사적으로 은폐되고 묻혀 온 문제를 조명하고, 일본 사회를 상대화하고 비평하는 재일조선인의 주체적 관점에 대하여 생각해보고자 한다.

## Ⅱ. 영혼의 목소리로 깨우는 간토대지진 학살의 기억

간토대지진은 1923년 9월 1일에 도쿄(東京)와 요코하마(橫濱)를 중심으로 하는 간토 지방에 규모 7.9의 강진이 발생하여 14만여 명이 희생되고 가옥 57만 채가 소실되면서 제국의 수도가 마비된 대규모의 재난이었다. 조선인이 방화, 약탈, 우물에 독극물을 풀었다는 등의 날조된 유언비어가 매스컴을 통해 전국으로 퍼져 갔고, 지진 발생 다음 날인 9월 2일부터 내무성(內務省) 경보국장(警保局長)의 서명이 들어간 '불령선인 내습(不逞鮮人來襲)'의 전문(電文)이 작성되어 군부를 통해 송달되었다. 이러한 가운데 자경단(自警團)을 비롯하여 재향군인회, 청년단 등의 일본 조직과 군중들에 의해 조선인에 대한 폭력이 자행되어 약 6,000명 이상의 조선인이 학살되는 사태에 이르렀다.

일본인의 조선인 학살은 동시대적으로 에세이나 평론, 문학작품 속에서 언급이 있었다. 지진이 어느 정도 안정되고 조선인 학살관련 보도 금지 지침이 해제될 시점에 나온 다수의 재난문학 속에 조선인 학살이 비판적으로 형상화되어 있다. 그런데 이들 문헌 속에 그려진 조선인은 대지진의 참상을 기술하는 후경(後景)으로 배치되거나, 혹은 일본인 이야기 속에 간접적으로 대상화되는 정도에 머무르는 것이 대부분이다.

한 예로, 조선인 학살을 비판적으로 그린 대표적인 작품으로서 평가받고 있는 아키타 우자쿠(秋田雨雀)의 「해골의 무도(骸骨の舞跳)」(『演劇新潮』, 1924.4)에서 이런 정황을 살펴볼 수 있다. 간토대지진이 발생한 며칠 후의 동북 지방의 한 역에 조선인이 습격해 온다는 유언비어가 퍼진 가운데 피난민이 대피해 있는데, 이곳에 있던 조선인 남성을 끌고 가려는 자경단원과 이를 저지하는 한 일본인 청년이 벌이는 논쟁을 극화한 것이다. 사회운동가이자 극작가인 아키타 우자쿠가 쓴 이 작품은 조선인 학살 관련 부분이 검열에 걸려 복자(伏字)가 많은 상태로 발표되었는데, 조선인 학살을 다룬 동시대 문헌으로 주목할 필요가 있다. 극 중에서 "국가에 대하여 적성(赤誠)으로 일하고 있다"는 자경단원을 향해 청년은 다음과 같이 이야기한다.

이 사람을 보게. 이 사람은 일개의 인간이네. 이 얼굴을 봐 주게. 이 사람이 죄 없는 사람을 죽이거나, 우물에 독을 풀거나 하겠는가? 이 사람에게도 적은 있겠지. 그러나 그것은 자네들이 아니네. 자네들은 아무것도 모르고 있네. 아무것도 몰라. 아무것도 알려져 있지 않네. 또한 아무것도 알려고 하지 않고 있어. 자네들 동료는 이 사람의 친구를, 죄도 없고 무기도 없는 나뭇잎처럼 순종적이고 죄 없는 사람들을 (19글자 복자 처리). / (중략) / 이 혼이 없는 추한 잠재된 곰팡이를 떨쳐내라! 비열한 조상 숭배의 허위와 영웅주의, 민족주의의 가면을 걷어내고 추한 해골의 무도를 추게 하라. 오케스트라여, 잠시 기다려주오. 화석으로 되어라, 추한 해골!

　　　　　　　　　　　　　- 秋田雨雀, 『骸骨の舞跳』(叢文閣, 1925), pp.27~33.

　위의 인용에서 보듯이, 청년은 근거 없는 유언비어에 휩쓸려 무고한 조선인을 학살하려는 자경단을 힐난하며, 자국 중심의 민족주의를 비판하고 있다. 그리고 무기를 들고 청년과 조선인 남성을 덮치려고 하는 자경단원을 향해, "화석으로 되라, 추한 해골!" 하고 소리치는 모습을 통해 조선인에게 잔학행위를 하는 것에 대한 비판적 시각을 보여주고 있다.

　「해골의 무도」는 조선인 학살에 대한 동시대적 비판을 문학작품으로 형상화한 점에서 주목할 만하다. 문학적 형상화는 사건을 재현하여 구상적인 이미지를 만들어 냄으로써 독자에게 간접적인 체험과 감성을 통합적으로 구성하도록 작용한다는 점에서 기록과는 다르다. 그렇기 때문에 사회문화적으로 재구성된 논리나 의미는 사실을 기록하는 관점과는 다를 수 있다. 이러한 측면에서 봤을 때, 「해골의 무도」에서 조선인 학살을 비판적으로 웅변하는 사람도, 또 비판받고 있는 대상도 모두 일본인으로 그려져 있고, 조선인 남성의 목소리는 공포에 떨며 이름과 출신을 겨우 말하는 정도로 제한되어 있는 묘사는 제국과 식민지의 비대칭적인 권력관계를 그대로 노정하고 있음을 부정할 수 없다.

이는 조선인은 주체로서 전경화(前景化)되지 못하고 일본인의 대상
으로서만 표출되는 문제점을 드러내고 있다. 사회운동가로서 아키타
우자쿠가 갖고 있던 제국주의에 대한 날 선 비판은 잘 드러나 있지만,
같이 연대하여 제국주의를 타도해야 할 식민지 조선인의 목소리는 주
체적으로 표출되지 않고 있는 것이다. 식민 본국과 피식민지 사이의 넘
을 수 없는 한계를 노정하고 있는 것이다.

일본에서 간토대지진 당시 학살된 조선인의 주체적인 목소리를 들을
수 있는 것은 조선인의 글을 통해서이다. 생각해보면 당연한 이치일 터
인데, 지금까지 주목받지 못한 것이 오히려 놀라울 정도이다. 1927년
에 신의주고보를 졸업하고 일본으로 유학 간 백철(白鐵, 1908~1985)은
1930년에 일본프롤레타리아예술가동맹(NAPF)에 가입하고 『프롤레타
리아 시(プロレタリア詩)』, 『지상낙원(地上樂園)』, 『전위시인(前衛詩人)』
등의 동인으로 활동했는데, 이때 조선인 학살에 관하여 쓴 시에 「9월
1일(九月一日)」(『前衛詩人』, 1930.9)이 있다.

> 조선 노동자(C)
> 우리는 생각했다 / 8년 전의 9월 ×일에 대하여 / 그놈들의 끝날 줄
> 모르는 ××에 대하여 / 이를 단행하기 위한 그놈들의 유언비어에 대하
> 여 ― / 우리는 지금까지 잠자코 이 날을 보내야만 했다 / 그러나 언제까
> 지나 우리가 잠자코 있을 줄로 그놈들은 생각했을까? / 우리는 생각했
> 다 / 이번에야말로 어떻게 이 날을 맞이해야 하는지 / 오, 형제들이여!
> / 마침내 그날이 온 것이다. / 9월 ×일이 ―
> 조선 노동자(D)
> 내 아버지가 ×당한 날이 ― /
> 조선 노동자(E)

내 형이 ×당한 날이 ― /

조선 노동자(F)

내 동지를 잃은 날이 / 그 녀석은 우리의 유일한 지도자였다 / 그 녀석은 바로 앞에서 ×당했다 / 그놈들이 노리고 있었던 거다 /

조선 부인

놈들은 내 남편을 빼앗아 갔다 / 나는 남편이 나무 밑동에 묶여 있는 것을 봤지만 도망갈 수밖에 없었다 / (중략) /

일본 노동자(다수)

우리도 모였다 / 조선의 형제들과 함께 이 날을 기념하기 위하여 / 우리의 과거의 잘못을 투쟁으로 뉘우치고 새롭게 하기 위하여 / 우리는 같은 노동자가 노동자를 ×했다 / 같은 형제가 형제를 ××한 것이다 / 놈들의 악랄한 유언비어에 속아서 / (중략) /

일본 노동자, 조선 노동자(다수 함께)

우리는 일어섰다 / 어깨동무한 팔은 튼튼하다 / 놈들의 ×× 무엇이냐? / 놈들의 ×× 무엇이냐 / 우리는 굴하지 않고 나아간다, 나아간다 / 그날의 ×수를 위해 / 내일의 승리를 위해 / (하략)

위의 인용에서 "8년 전의 9월 ×일"은 간토대지진이 일어난 1923년 9월 1일을 가리키는데, '학살당했다'는 말이 복자로 처리된 것을 짐작할 수 있다. 이 시는 조선인 노동자가 먼저 학살된 가족, 동료 이야기를 하고, 이어서 조선 부인, 소년, 노인, 조선인 모두의 목소리로 학살당한 가족을 노래한다. 그리고 일본인 노동자가 개별적으로 노래한 다음, 모두 함께 조선인과 연대해야 함을 노래한다. 그리고 최종적으로 조선인 노동자와 일본인 노동자가 각각, 그리고 함께 궐기를 외치며 끝나는 형식이다.

백철의 시는 일본에서 동시대적으로 나온 작품 중에 조선인의 목소

리를 다양하게 표출시킨 주목할 만한 작품이다. 조선인 노동자와 일반
민중들의 목소리를 통해 학살당한 조선인의 분노를 중심적으로 드러내
고, 이들과 연대하려는 일본인 노동자의 목소리가 가세하여 일본제국
주의를 비판하고 있다. 간토대지진으로부터 8년이 지난 시점에 발표되
었지만, 1930년은 프롤레타리아문학 전성기를 지나 전시체제로 접어
들면서 당국의 검열과 압박이 심해지던 시기였기 때문에 표현에는 제
약이 따랐을 것이다. 그러나 마치 희곡처럼 다양한 조선인의 목소리를
통해 학살에 대한 분노를 표출시킨 극화(劇化)된 형식은 조선인을 약자
로 대상화하는 대신, 학살에 대한 기억을 환기시키고 단결과 투쟁을 궐
기하는 강한 연대의 힘으로 표출시키고 있는 시이다.

간토대지진의 조선인 학살을 다룬 작품은 전후에도 나왔다. 재일조
선인 윤민철(尹敏哲, 1952~)은 전후 일본에서 태어나 '출입국관리령' 위
반으로 한국으로 강제 송환되었는데, 그가 발표한 시「진재(震災)」(『火
の命』, 浮遊社, 1992)는 간토대지진으로 학살당한 조선인의 영혼을 불러
들여 대지진의 기억을 노래하고 있다. 일본어의 청음과 탁음을 발음하
게 해서 조선인을 선별하여 학살했던 당시의 기억을 표현하기 위하여
탁음을 모두 소거한 히라가나 표기로 시어가 이어지고 있다. 다음은「영
혼(靈) 2」가 부르는 노래의 후반부인데, 자신이 왜 죽어야 했는지 알
수 없고, 자신의 인생이 너무 비참하고 슬퍼 잠들 수 없다는 영혼의 목
소리를 들려주고 있다.

계속 기다리고 있습니다 / 언제까지나 / 계속 떠돌아 다닙니다 / 언제
까지나 / 우리가 받은 괴로움 / 잊게 내버려두지 않겠습니다 / 아라카와
제방 위에서 / 가나가와 철교 위에서 / 계속 떠돌고 있습니다 / 밤에는

어둠에 / 위로받지 못하는 / 안개 같은 / 하얀 기척이 되어 // 이 나라의
관(官)과 민(民)의 손으로 / 질질 끌려 다니다 죽어 / 이 나라의 대기와
하늘에 / 최후의 오열을 입밖으로 내며 / 이 나라의 흙과 물에 / 썩어가
는 내 몸의 성분이 / 녹았을 터인데 / 윤기 나는 소녀들의 / 검은 머리카
락도 / 남자들의 다부진 / 팔이나 어깨도 / 모든 것은 흙 속에서 세월 지
나 / 썩고 섞이고 양분이 되어 / 이윽고 이 나라의 / 제방의 우거진 풀이
되어 / 이제 그 위에서 / 젊은이들이 서로 희롱하며 / 어머니와 자식은
사사로운 일에 신경 쓰지 않는 / 웃음소리를 내고 있을 터인데 / 이 나라
의 / 60 몇 번째인가의 9월 1일은 / 그런 당신들을 다시 생각하는 것조
차 없이 / 지나가는 사람들 위에 저물어 가는 / 아무렇지도 않은 일상의
/ 조심스러운 미소와 / 그날 아침에도 본 것 같은 / 상냥함 속에서

사건으로부터 60여 년의 세월이 지나왔지만 상처가 치유되지 못한
절규와 고통이 곳곳에 묻어 나오는 시이다. 죽어서도 평안해지지 못하
고 계속 떠돌고 있는 위로받지 못한 죽음을 시적 화자는 토로하고 있다.
이와 같이 죽은 자의 목소리로 학살의 기억을 환기시키는 것은 어떤
의미가 있을까? 우선 학살의 기억이 공적으로 표출되지 못한 억압된
것임을 드러내 준다. 학살에 대한 진상 규명도 피해자의 규모도 명확히
밝혀지지 않은 식민지인의 죽음이 전후 일본 사회에서 외면당해 온 실
정을 대변해주고 있는 것이다. 그리고 이러한 학살의 기억이 트라우마
가 되어 현재까지 공포의 기억에서 벗어나지 못하고 있는 현실 또한
보여주고 있다.
시적 화자는 아라카와(荒川), 가나가와(神奈川), 도네가와(利根川) 등
지의 공간을 떠돌며 현재의 아무렇지도 않아 보이는 일상의 공간이 실
은 조선인이 학살되어 버려진 트라우마의 장소임을 환기시키고 있다.

이와 같이 죽은 자의 영혼의 목소리로 표출된 학살의 기억은 일제강점기 이래 일본에서 살고 있는 사람들의 봉인된 기억을 풀어내는 기점(起點)이자 단초라고 할 수 있다.

## Ⅲ. 한신·아와지대지진이 바꾼 풍경

1995년 1월 17일에 고베(神戸) 시를 중심으로 하는 간사이(關西) 지역에 진도 7.3의 한신·아와지대지진이 발생하여 6,434명의 인명 피해가 발생하고, 30만 명 이상의 피난민이 생겼다. 이 중에 외국인 사망자도 174명이 포함되어 있고, 재일조선인 사망자는 140명에 달한다. 고베를 중심으로 하는 효고(兵庫) 현은 재일조선인이 모여 살고 있는 곳이 많아서 재일조선인에게도 많은 피해를 가져온 대지진이었다.

오랫동안 고베에 살고 있는 김시종(金時鐘, 1929~) 시인은 「고난과 인정과 재일동포」라는 글에서, "언어를 압도하는 대재해 속에서 그래도 사람들은 기어가듯이 손으로 더듬어 서로 돕고, 교류가 없던 사람들끼리 서로 떠받치며 견디었다. 끊이지 않는 자원봉사자들의 열의는 물론이고, 오랫동안 보지 못한 인간찬가를 보았다"고 하면서 다음과 같이 말했다.

대지진의 충격이 갑자기 치솟았던 날, 뜻밖의 걱정도 동시에 나의 뇌수를 관통하고 지나갔다. 간토대지진의 악몽이 되살아났기 때문이다. 이것이 지나친 생각이었다는 것은 그날 바로 분명해졌지만, 이 생각이 단지 내 개인의 쓸데없는 걱정이 아니었다는 것 또한 사실이다. 한국의 유력 신문인 동아일보 특파원이 참상의 현장에서 "걱정은 기우였다"고 보도했다. 뜻하지 않게 같은 생각에 휩싸여 있었던 것이다. / 이토록 응어리진 심정이 무엇에 의해 풀렸는지를 생각해 보았다. 가만히 앉아 있으면서 바뀐 것이 아니라는 점은 분명하다. 당당하게 인권의식을 확대해 온 사람들의 이름도 없는 많은 성의가 여기에는 포함되어 있다.

        – 金時鐘, 「苦難と人情と在日同胞」, 『朝日新聞』, 1995.2.15.

위의 인용에서 보듯이, 김시종은 눈앞의 한신·아와지대지진을 목도하며 70여 년 전에 일어난 간토대지진 당시의 조선인 대학살 사건을 떠올린 것이다. 그런데 다행히 조선인 학살은 되풀이되지 않았고, 자신의 걱정이 기우였다는 사실을 깨닫고는 "인정을 다시 생각하게 되었다"고 말하고 있다. 위의 인용에서 언급한 '인권의식'은 다문화공생사회를 구축해 온 현대 일본인의 인식이 과거에 비해 나아진 사실을 평가한 말이다.

김시종이 말한 대로, 간토대지진으로부터 70여 년의 시간이 지난 1990년대의 상황은 재일조선인이 식민지인도 아니고, 물론 이전처럼 학살이 일어나지도 않았다. 그런데 과거로부터 보면 상황이 나아지기는 했지만, 김시종이 말한 것처럼 인권의식이 성장한 결과로 무마시키기에는 아직 극복해야 할 과제가 남아 있다. 예를 들면, 구호활동에 자국민인 일본인의 생명을 우선시하고 외국인은 뒤로 밀려난 문제나, 재일조선인에 한정하지 않고 '외국인 범죄'를 둘러싼 유언비어가 퍼져 외국인이 두려움과 불안감을 갖고 지내야 했던 일 등은 여전히 발생하였다.

한신·아와지대지진 때 진재(震災) 시집을 3권 펴낸 재일조선인 2세 노진용(盧進容, 1952~)의 작품을 통해 당시의 대지진에 노출된 재일조선인 문제에 대하여 살펴보겠다.

어찌할 바를 모르고 그저 망연자실해서 / 눈물이 흐르는 대로 하늘을 올려다보니 / 타오르는 불꽃을 앞에 두고 / 그곳에 붉은 달 // 울며 외치는 아버지 어머니 / 딸과 마흔 넘어 처음으로 얻은 손자 / 두 사람이 불꽃 속에 있다 / 내 동급생이 그곳에 있다 // 붕괴된 집안에서 / 이제 막 한 달 된 생명 / 들리는 울음소리가 다했을 때 / 불꽃은 두 사람을 덮쳤다 // 아 붉은 달 / 눈물이 마른 그녀의 눈인가 / 눈물 짓는 아이의 눈인가 / 지금 울며 소리치는 부모님의 눈인가 // 이 광경을 보고 / 이국의 달도 충혈되어 있는가 / 기분 탓이 아니다 결코 / 그곳에 붉은 달

　　　　－盧進容,『赤い月 阪神·淡路大震災鎭魂の詩』(學習硏究社, 1995).

위의 인용은 지진 직후에 나온 노진용의 시집 『붉은 달(赤い月)』의 표제시이다. '붉은 달'은 지진으로 화염이 솟구치고 있는 공간에서 올려다본 달을 묘사한 것인데, 지진으로 가족과 주변 사람을 잃은 슬픔에 울어서 충혈된 눈으로 바라본 달을 형상화한 표현이라고 할 수 있다. 대지진의 피해로 가족을 잃은 사람들 속에는 재일조선인도 다수 포함되어 있음을 일본 사회에 호소하고 있는 시이다.

같은 시집에 수록된 「무너진 벽(崩れた壁)」이라는 시를 보면, 재난공동체를 살아가는 재일조선인과 일본인의 모습이 그려져 있다.

언제부턴가 / 그 벽 / 마음의 벽 / 서로의 벽 // 그날에 무너진 벽 / 그날이 무너뜨린 벽 / 맥없이 무너진 벽 / 재일(在日)의 벽 // 누가 바란 것인가 / 누가 쌓아올린 것인가 / 이토록 약했던가 / 그 답을 준 그날 // 환영(幻影)이었을까 / 아지랑이였을까 / 사람들은 친절했다 / 아, 사람들은 따뜻했다 // 이것만은 / 이 벽만은 / 붕괴된 채로 좋다 / 무너진 채로 좋다

대지진을 같이 겪은 입장에서 일본인과의 사이에 놓여 있던 "재일(在日)의 벽"을 허물어뜨리고 함께 재난을 극복해 가는 상황을 반기는 재일조선인의 심상이 잘 그려져 있다. 전술한 김시종 시인이 응어리진 심정이 풀렸다고 말한 것처럼, 전 시대에 비하면 확실히 상황이 달라졌음을 알 수 있다.

그런데 지진이 발생한 지 4년이 경과한 시점에서 펴낸 장편서사시 『소생기(蘇生紀)』(近代文藝社, 1999)에서 노진용은 이러한 풍경이 얼마 지나지 않아 변해버린 사실을 보여준다.

> 죽은 사람은 일본인만이 아니라고 / 울타리 밖으로 호소한 오십음 글자의 시 / 그 시로 오히려 용기를 얻으리라고는 / 그때는 꿈에도 몰랐다, 나도 누구도 // (중략) // 이미 그때 내 마음 속의 울타리는 / 그날이 무너뜨려 주었다, 그 울타리를 / 멋지게 무너뜨려 주었다, 그 울타리를 // 아, 그런데 이것이 어찌된 일인가 / 그날 무너진 울타리를 넘어 왕래하던 / 그 사람들이 세우고 있다, 다시 그것을 / 안에서 밖에서 세우고 있다, 그 울타리를 // 하는 수 없다, 아직도 있는 거구나 차이가 / 안과 밖의 차이가 뿌리 깊게 남아있구나 / 언젠가 없어지겠지 그 차이 / 작용하고 있는 차별이, 반작용하고 있는 반발이 // 언젠가 오겠지 그날이 / 우리만이 아니라 재일하는 모든 사람들에게 / 울타리가 사라지고 당당히 가슴을 펴고 살아갈 / 집집에 민족의 표찰만이 빛나는 날이

대지진 직후에 재난공동체를 함께 살아가는 입장에서 서로 고난을 극복해가는 과정을 통해 무너졌다고 믿었던 일본인과의 사이에 가로놓인 '울타리', 즉 경계선이 어느새 다시 생겨난 것을 안타까워하는 심경이 잘 나타나 있다. 재일조선인에게 있어서 대지진의 참화를 극복한다

는 것은 지진으로 인한 직접적인 피해뿐만 아니라, 일본인과의 사이에
가로놓인 경계선을 뛰어넘어야 하는 이중의 문제가 중첩되어 있음을
잘 보여주는 시이다.

이와 같이 한신·아와지대지진 당시에 간토대지진 때와 같이 조선인
학살이 일어나지 않은 것은 재일조선인에 대한 일본 사회의 인식이 이
전에 비하여 변화한 모습을 보여주고 있다. 그런데 한편으로는 똑같이
지진 피해 당사자로서 공동 연대를 해나가기까지는 아직 갈 길이 요원
함도 또한 동시에 드러내고 있다.

대지진이 일어나면 관련 미담을 앞세워 복구와 치유에 전력하는 나
머지 정작 재난을 통해 드러나는 일본 사회의 고질적인 문제는 간과하
거나 혹은 은폐되고 마는 사태가 반복되는 한, 재일조선인을 비롯하여
이민족에게 가해지는 위협은 사라지지 않을 것이다. 이러한 일본 사회
의 암부(暗部)를 노진용과 같은 재일조선인의 목소리가 증언하고 드러
내주고 있는 것이다.


## Ⅳ. 동일본대지진과 심해로 유실된 사람들의 기억

2011년 3월 11일에 일본 도호쿠(東北) 지방의 태평양 앞바다에서 진
도 9.0의 일본 관측사상 최대 규모의 대지진이 발생하였다. 이와테(巖
手) 현에서 이바라키(茨城) 현까지 광범위하게 지진이 발생하였고, 쓰
나미에 이어 후쿠시마(福島) 원자력발전소 방사능 유출사태까지 발생
하면서 천재와 인재가 섞인 거대복합재해로 기록되었다. 특히, 거대한
쓰나미가 일어 2011년 11월의 경시청 자료에 의하면, 사상자 15,838

명, 행방불명자 3,647명, 합계 19,485명의 인명피해를 기록하였다. 미증유의 동일본대지진 피해는 8년이 지난 2019년 현재도 복구가 진행 중이며, 근린 국가에까지 방사능 오염을 비롯하여 크게 영향을 미치고 있다.

그동안 동일본대지진을 둘러싼 기록과 기억, 치유와 부흥, 그리고 안전한 공동체를 만들기 위하여 사회적인 공감을 끌어낼 수 있는 다양한 기획 및 출판이 이루어졌다. 김시종은 2011년 지진 직후에 쓴 시부터 최근에 새로 쓴 시를 더해 재난시집 『등의 지도(背中の地圖)』(河出書房新社, 2018)를 펴냈다. 보통 대지진의 피해나 참상을 기록하거나 상처를 치유하기 위한 출판물이라면 지진 발생 직후가 아니더라도 더 일찍 출판하는 것이 보통인데, 김시종은 왜 7년이나 시간이 지난 후에 재난시집을 펴낸 것일까?

시집의 「후기」를 보면, "날마다 희미해져 가는 관심이나 기억이 하얗게 비쳐 보이기 전에 변화해 가는 과정의 한쪽을 자연스럽게 붙잡아 두려고" 했다고 출간 의도를 밝히고 있다. 후쿠시마 원전을 둘러싼 공방도 점차 약해지고, 전 국민의 연대를 외쳤던 'kizuna-project'도 잠잠해진 지진 7주기에 대지진의 기억과 재난에 대한 관심을 붙들어 놓고자 시집을 펴냈다는 것인데, 구체적으로 시를 읽어가며 무엇을 호소하고자 했는지 살펴보겠다.

『등의 지도』에 수록된 시에는 지진 이후 사람들이 사라진 텅 빈 마을이나 주검의 침묵을 통해 지진의 피해를 묘사하는 내용이 많다. 특히, 당시의 원전 폭발사고를 떠올리며 현재 진행 중인 원전 재가동 문제에 대하여 비판적으로 이야기하는 내용이 눈에 띈다. 원폭으로 찾아온 전후 일본 문제까지 거슬러 올라가서 원자력에 대한 일본 사회의 각성을 촉구하고 있는 시도 있다.

　그중에서도 시집의 많은 부분을 차지하고 있는 것은 지진의 기억이 잊혀 가는 것에 대한 안타까운 심경을 표현한 내용이다.

　그곳에는 아직 가본 적이 없는데 / 왠지 중요한 뭔가를 잊고 온 느낌이 든다. / 밤이라도 되면 열차는 늘 그러듯이 산리쿠(三陸) 해안을 거슬러 올라가 / 무인역에도 벚꽃은 예년대로 흩날리고 / 그곳에서도 역시 나는 / 순박한 누군가를 내버려 두고 와버렸다 / 특정한 누군가가 아니라 / 명확히는 구분할 수 없는 사람들인데 / 그래도 선명히 얼굴이 보인다.
　　　　　　　　　－「밤기차를 기다리며(夜汽車を待って)」, pp.60~61.

　시적 화자 '나'는 동일본대지진의 피해지인 산리쿠 해안을 거슬러 올라가며, 사상자와 이재민을 떠올리고 있다. "왠지 중요한 뭔가를 잊고 온 느낌"은 풍화되어 가는 지진에 대한 기억을 말하는 것으로, 사람들의 기억에서 잊혀 가는 것을 경계하는 표현이다. 매년 어김없이 찾아오는 봄날과 지진으로 희생되어 돌아오지 못하는 사람들을 대비시켜 희미해져 가는 기억을 다시 불러내고 있는 것이다.

　<u>뒤돌아보면</u> 아, 지금까지 얼마나 많은 것을 잃었던가. / 일상의 일부, 살아 있는 것의 측면. / 감상에 저물어 가는 계절의 색채 / 그곳에서 튀고 있는 미립자의 파편. / 그것이야말로 소소하게 주변에 있는 것들. // 찢어진 광고의 항의 문구 / 바람에 불려 그늘에 쌓인 나뭇잎 / 하얗게 흐려진 꿈속 섬의 먼지, 거리의 쓰레기. / 파묻힌 잡동사니처럼, 쓰레기처럼 <u>뒤돌아보지 않는</u> 것들.
　　　　　　　　　－「비가의 주변(エレジーの周り)」, pp.54~55.

이 시집에는 '뒤돌아본다(振り返る)'는 어휘가 자주 나온다. 쓸모없다고 버리고 난 후에 뒤돌아보지 않는 일상의 소소한 것들이 우리 주변에 얼마나 많은지 일깨우면서 대지진으로 잃어버린 것들을 상기시키려고 하는 것이다. '뒤돌아보면' 볼 수 있는데, '뒤돌아보지 않는' 것들에 대하여, 특별할 것 없는 일상의 소중한 것들을 일깨우는 시라고 할 수 있다. 여기에서 이 시집의 제명에 '등(背中)'이 쓰인 이유를 짐작해볼 수 있다. 즉, '등'은 뒤돌아볼 수 없는 것의 비유로 사용되고 있는 것이다.

김시종은 「서사(序詞)」에서 동일본대지진이 일어난 도호쿠·산리쿠(三陸) 지방을 "일본열도를 형태 짓고 있는 혼슈(本州)의 등(背中)에 해당하는 곳"이라고 비유하며, 사람들의 기억 속에서 지진 피해자들이 점차 잊혀가고 있는 현실을 "뒤돌아봐도 자신에게는 보이지 않는 운명의 표시가 붙어 있는 듯한 등"이라고 표현하였다.

나는 왠지 / 일이 항상 내가 없는 곳에서 일어나 / 내가 확인할 수 없는 곳에서 / 이변이 돌발한다. / 나는 그 순간 또렷이 / 자신의 등에 균열이 이는 것을 느꼈다. // 수많은 재앙을 남기고 / 산도(山濤)는 바다로 돌아갔다. / 당사자인 일본인도 아마 / 남들이 말하지 않으면 뒤돌아보지 않는 데가 있다. / 원전 건물이 날아간 것도 / 사각(死角) 한가운데이다. / 옷을 많이 껴입는 계절이 다시 와서 / 새삼 자신의 등을 만져보기도 한다. / 역시 도달하지 않는다. / 무엇이 거기에 들러붙어 있는 것인가?! / 자신의 바로 뒤의 / 등에.
    -「등 뒤는 뒤돌아볼 수 없다(背後は振り返れない)」, pp.73~74.

'산도(山濤, やまなみ)'는 많은 사람들을 바다로 휩쓸고 가버린 쓰나미를 표현하기 위해 김시종이 만든 조어로 보인다. 동일본대지진은 쓰나

미로 인한 사상자가 많이 나온 만큼 이 시집에도 쓰나미로 희생된 사람
들에 대한 묘사가 많다. 위의 인용은 원전에 대한 비판을 담고 있는데,
수많은 재앙을 남겨도 여전히 문제의 소지를 보지 못하는 일본 사회를
비판하고 있는 의미로도 읽을 수 있다. 자신의 바로 뒤에 있지만 등 뒤는
뒤돌아볼 수 없다는 비유도, 지진 피해지역을 보면 원전의 위험성을 알
수 있는데 역시 보지 못하는 일본 사회의 한계를 비판하고 있는 것이다.

흥미로운 것은, 중요한 일이 있을 때마다 자신은 항상 그곳에 없다고
시적 자아가 탄식하고 있는 앞부분이다. 김시종은 이전에도 이와 비슷
한 표현을 쓴 적이 있다. 『광주시편』(福武書店, 1983)의 「바래지는 시간
속(褪せる時のなか)」이라는 시에서, 5.18 광주민주항쟁의 역사적 현장
에 자신이 참여하지 못하고 멀리 떨어져 있는 괴로움을 "일은 언제나
내가 없을 때 터지고 / 나는 나 자신이어야 할 때를 그저 헛되이 보내고
만 있다"고 토로했다. 이는 사회적으로 중대한 사건에 대하여 자신이
아무것도 하지 못한 것을 자책하고 있는 것인데, 이러한 자책은 자신이
앞으로 무엇을 해야 하는가에 대한 생각으로 이어진다.

> 결코 잔해가 아니다. / 이는 흩어진 삶의 조각이다. / 뒤틀린 창틀에 /
> 들러붙은 신문지. / 거꾸로 파묻혀 / 찢긴 인형. / 찢긴 곳을 찌르고 불어
> 오는 / 깨진 병의 바람의 상흔. // 거짓(噓)은 여기에서 떼를 지어 있다.
> / 심정으로 다정하고 가엾게 여긴들 / 무엇으로부터 무엇을 치유한다
> 는 말인가. / 뼈마디가 드러난 가옥의 지붕을 띄우고 / 긴 밤이 하얘진
> 다. / 그래도 머나먼 곳의 불은 / 둘러싸고 가라앉은 수벽(水壁) 아래에
> 서 / 천 년의 변하지 않는 파란 도깨비불을 밝히고 있다.
> －「그래도 축복할 해는 오는가(それでも言祝がれる年はくるのか)」,
> pp.97~99.

지진과 쓰나미가 휩쓸고 간 이후의 상흔을 묘사하고 있는데, 불과 얼마 전까지만 해도 일상에서 사용했던 물건들이 일시에 잔해가 되어버린 처참한 풍경이 그려져 있다. 일상의 생활과 생명이 단숨에 무너져버린 이재민들의 상처는 간단히 치유될 수 있는 것이 아니기에, 심정적으로 건네는 위로마저 '허위'가 되고 마는 현실의 무게가 담겨 있다. 가벼운 동정이나 위로가 아니라, 가공(可恐)할 재난 앞에서 자신이 무엇을 해야 하는지 시인은 자문한다. 김시종은 대지진의 기억과 관심이 점차 사라져 가는 현실을 안타까워하며 다음과 같이 말했다.

> 노아의 홍수를 방불케 하는 동일본대지진은 그대로 현대시로 이야기되어 온 일본의 지금까지의 시의 존재 형태를 파탄시켰다. 관념적인 사념(思念)의 언어, 타자와 철저하게 같이 하지 못하는 매우 개인적인 자기 내부의 언어, 그와 같은 시를 써온 관습이 근저에서부터 뒤집혀 버렸다. (중략) 동일본대지진의 참사조차 이윽고 기억의 밑바닥으로 침잠해 들어가고, 또 다시 봄은 아무 일 없다는 듯이 예년대로 찾아 올 것이다. 기억에 배어드는 말이 없는 한, 기억은 단지 흔적에 지나지 않는다.
>
> -「「渴く」に寄せて」, pp.30~31.

김시종은 언어를 압도하는 대지진의 재난 앞에 시가 무엇을 표현할 수 있는지 자문하고 있는데, 내면으로 침잠해가는 관념적인 시를 "타자와 철저하게 같이 하지 못하는 매우 개인적인 자기 내부의 언어"라고 규정하고 있다. 즉, 시를 통해 타자와 함께 하는 공동체적인 연대를 호소하고 있는 것으로 볼 수 있다. 대지진과 같은 재난 상황에서 문학이할 수 있는 것은 '공동체성'을 불러일으키는 것일지도 모른다. 사람들의 "기억에 배어드는 말"을 통해 사회의 현실적인 문제에 자각적으로 동참하고자 하는 시인의 의지의 표명으로 생각된다.

> 분명 물가였던 곳이다. / 눈꺼풀에 물든 포구의 물가이다. / 휴식을 취
> 하고 있던 배까지 밀어 올려 / 산도(山濤)는 많은 생애를 바다 속으로
> 가라앉혔다. // 바다 밑바닥에서 진흙투성이 기왓장 아래에서 / 토사에
> 막혀 움직이지 못하는 목숨이 숨이 막힌다. / 숨을 헐떡이며 마을 사람
> 들이 열심히 움직이는 손을 기다리며 / 짓눌려 딱딱해져 간다.
> ―「재앙은 파랗게 타오른다(禍いは靑く然える)」, pp.116~117.

이 시에는 산도, 즉 쓰나미에 휩쓸려 바닷속으로 가라앉아 죽어간
사람들에 대한 묘사를 통해 심해로 유실되어 죽어간 사람들에 대한 애
도를 노래하고 있다. 이러한 애도의 노래는 이 시 외에도 김시종의 시
에 종종 나오는 모티브이다. 특히, 『장편시집 니이가타(新潟)』(構造社,
1970)를 보면, 4.3사건 때 학살당해 바다에 묻힌 사람들에 대한 기억이
나, 해방 후에 조선인을 태우고 일본에서 조국으로 돌아가던 우키시마
마루(浮島丸)가 폭침되어 심해로 가라앉은 사건이 중첩되어 나타나 있
는 표현을 볼 수 있다.

『등의 지도』에 수록된 시 중에 쓰나미에 휩쓸려 죽은 사람들을 애도
하는 표현이 많은 것은 김시종의 기억 속에 심해로 유실되어 죽은 재일
조선인에 대한 집단적 기억이 기저에 있기 때문일 것이다. 식민이나 전
쟁은 인간이 만들어낸 가장 큰 재난상황이라고 할 수 있다. 식민과 해
방 이후를 조선과 일본에서 살아온 김시종에게 동일본대지진의 참상은
식민과 해방 이후의 한일 간에 얽힌 근현대사의 기억과 맞닿아 있다고
할 수 있다. 시집 『등의 지도』는 심해로 유실되어 간 사람들의 기억을
깨워서 공동체의 연대를 모색하고자 한 김시종 시인의 통시적이고 포

괄적인 의지를 잘 표현해주고 있다.


## V. 맺음말

　이상에서 근대일본에 대지진이 발생했을 때 일본 사회를 대상화하여 재일조선인의 주체적인 의사표명과 비평이 나타난 재난시를 통시적으로 살펴보았다. 먼저, 1923년 간토대지진 때 일어난 조선인 대학살을 비판하며 한일 프롤레타리아문학 연대를 이야기한 백철과, 학살된 사람들의 영혼의 목소리를 전후의 시점에서 불러내어 억압되고 봉인된 기억을 깨우려 한 윤민철의 시를 살펴보았다. 다음으로 재일조선인이 대지진의 피해를 많이 입은 1995년 한신·아와지대지진 때 간토대지진 당시처럼 조선인 학살도 일어나지 않았고 유언비어도 줄어든 달라진 일본 사회의 모습을 보여주는 동시에, 그러나 아직 일본인과 재일조선인 사이에 가로놓인 경계를 안타까워하는 노진용의 시를 살펴보았다. 마지막으로 최근에 일어난 2011년 동일본대지진이 일어난 때부터 쓴 시를 모아 7년이 지난 시점에서 시집으로 펴낸 김시종의 시세계를 통해, 희미해져 가는 재난의 기억을 다시 불러내어 공동체적 연대를 모색하고자 한 의미를 생각해 보았다.

　일본에서 일어나는 재난은 일본인과 재일조선인이 같이 겪어내야 하기 때문에 재난의 피해와 극복을 둘러싸고 일본인과 재일조선인을 구별할 필요는 없다. 그러나 비대칭적인 권력관계 속에서 수난과 차별의 역사를 지내온 재일조선인의 재난에 대한 기억의 회로는 일본인과는 다른 문제가 얽혀 있음을 주의해야 한다. 동일본대지진의 희생자를 애

도하는 김시종의 시에 재일조선인의 집단적 죽음에 대한 기억이 기저
에서 반향하고 있음은 말할 것도 없다.

일본 사회에서 마이너리티로 살아가는 재일조선인에게 대지진 같은
재난은 이중의 고난을 가져온다. 그렇기 때문에 '재난공동체'라는 말이
갖는 현실적 무게도 더할 수밖에 없다. 억압되고 봉인된 재난의 기억을
풀어내고, 공동체적 연대를 통해 상생의 길을 모색하고자 한 재일조선
인의 주체적인 목소리에 귀를 기울여야 할 때이다.

# 마명 정우홍, 사회주의자, 형무소, 관동대진재

하야마 요시키(葉山嘉樹), 고바야시 다키지(小林多喜二)

이행선 · 양아람

## Ⅰ. 1920년대 후반 사상범의 증가와 정우홍

이 글은 관동대진재를 겪은 사회주의자 정우홍(鄭宇洪, 1897.8.22.~ 1949.10.4)의 감옥 경험을 형상화한 「그와 監房」(『동아일보』, 1929.10.22.~ 11.16)과 「震災前後」(『동아일보』, 1931.5.6~8.27)를 살펴보고자 한다. 정우홍은 관동대진재 소설인 「진재전후」를 쓴 인물이다. 정우홍에 대해서는 필자가 해당 소설을 발굴해 학계에 보고하면서 알려지기 시작했다. 아직까지는 「진재전후」가 관동대진재를 다룬 식민지기 소설로 유일하다. 발견 당시 신문 연재소설이라는 사실이 충격적이었기 때문에 필자는 검열을 의식하며 작품 해석에 몰두했다. 또한 이 소설 한 편에 집중했기 때문에 정우홍이 그보다 먼저 쓴 작품을 고려하지 못했다. 「그와 監房」은 그의 동아일보 신춘당선작이다. 필자는 이러한 한계를 바로잡으며 정우홍의 문학을 재조명하고자 한다.

본고는 독자의 이해를 돕기 위해 정우홍을 간단히 소개한다. 그는

1897년 8월 22일 전북 신태인에서 출생해 1907년 4월 전주 육영학교에 입학해 1911년 3월 졸업했고 1914년 3월 순창 구암사에서 석전대사로부터 『대승기신론』을 청강한 후 마명(馬鳴)이란 호를 지었다. 마명은 1916년 4월 고종황제의 조칙을 받은 승지 김성극과 함께 만주 왕청현에 가서 독립운동에 참여했으며 1917년 7월 활동무대를 조선으로 옮겼다. 1919년 4월 일본으로 건너간 그는 관동대진재 발발 이후인 1923년 10월 조선으로 귀국할 때까지 체류하면서 재일유학생과 독립운동을 모색했다. 이 과정에서 진재 무렵 40여 일간 투옥되어 취조를 받았다.

진재 직후인 1923년 10월 귀환한 정우홍은 1924년 7월 김약수, 신철, 김종범 등과 함께 경성 재동(齋洞)에 해방운동사를 창설하고 기관지 『해방운동』을 발행했다.[1] 그는 1924년 10월 창설된 북풍회(北風會)의 일원이었으며 대구 노동친목회 창립총회석상에서 불온한 축사를 했다는 이유로 체포되었다.[2] 1925년에는 조선공산당 사건 혐의로 신의주 경찰서에 검거되었다가 도주하기도 했다. 1928년 학생맹휴 사건과 관련돼 치안유지법 위반으로 체포됐다가 무혐의로 석방될 때 정우홍은 "朝鮮勞農總同盟 중앙상무위원, 北風會 집행위원, 泰仁勞農會 간부"[3]

---

1 「解放運動史」, 『동아일보』(1924.7.22), p.3; 「解放運動 續刊」, 『동아일보』(1926.5.20), p.2; 1919년 4월부터 1923년 10월까지 일본에 있을 때 정우홍은 김약수와 활동했다는 것을 짐작할 수 있다. "1920년 박열, 김약수, 백무 등에 의해 조선인 고학생과 노동자 간의 상호부조를 목적으로 하는 동우회가 도쿄에 창립되었다. 회원은 200명 이상에 달했다. 1921년 11월에는 박열, 백무 등 조선인 무정부주의자, 사회주의자 열 몇 명이 흑도회를 창립했다. 그러나 이 모임은 분열되어 1922년 11월에 김약수, 백무 등의 사회주의자들은 북성회를, 박열과 홍진유 등 무정부주의자들은 흑우회를 조직하게 된다." 야마다 소지, 이진희 역, 『관동대지진 조선인 학살에 대한 일본 국가와 민중의 책임』(논형, 2008), p.86.
2 「大邱舌禍 言渡. 대구 로동 친목회 창립총회석상에서 불온한 축사를 하여 잡힌 禹海龍 馬鳴 氏 등」, 『조선일보』(1925.12.03), p.조간 2.

로 조사됐다.[4] 그는 "1927~1928년 일제의 무조건적 집회금지령으로 조선의 각종 단체 및 지도자를 강제 연행한 일명 제1차 공산당 사건을 피해 망명 생활을 하다 1928년 7월 4일 종로경찰서에 검거되어 경성지방법원 검사국에 송치되어 거듭 취조를 받았으나 무혐의 판명되어 방면되었다. 그 후 정우홍은 조선총독부의 지독한 통감정치를 반대(반제운동)하여 무저항주의를 표방하고 스스로 경찰서에 자수, 수개월간 옥고를 치렀다.[5]

정리하면 불교에 공명한 사회주의자 정우홍은 1920년대 초반 재일조선인운동에 참여하여 김약수 등과 인연을 맺었으며 관동대진재 당시 도쿄에서 직접 체험했다. 진재 이후에는 공산당 활동을 지속하면서 그는 여러 번 유치장에 갇혔다. 그러던 그가 1929년 후반 동아일보 신춘 당선이 되면서 문학 활동을 시작했다.[6] 정우홍이 남긴 「그와 감방」(당선작), 「진재전후」는 1920년대 사회주의 운동가의 내면을 고찰할 수 있는 유의미한 작품인 것이다.

1920년대 후반, 당대 문인은 급증해가는 수감자(사상범)의 현실을 형상화하는 문제에 직면했다.[7] 정우홍의 「그와 감방」은 그에 대한 응답이었다. 「진재전후」의 관동대진재 역시 재일조선인 '차별'의 표징이자 대표적인 조선인 학살 사건이라는 점에서 1920년대 중후반 식민지 조선

3 「朝鮮共産黨員 馬鳴에 관한 件」, 『京鍾警高秘 제7534호』(일제경성지방법원 편철자료, 1928.6.29).
4 이행선, 「북풍회원(北風會員)이 바라본 관동대진재(關東大震災) - 정우홍의 「震災前後」를 중심으로」, 『민족문학사연구』 52(민족문학사연구소, 2013.8), pp.231~263.
5 정우홍, 『강력주의·완전 변증법』(월간원광사, 1998), p.231.
6 김팔봉, 「一年間 創作界(一)」, 『동아일보』(1929.12.27), p.4.
7 「文學朝鮮은 어대로 (八) 文藝運動에 對한 管見」, 『동아일보』(1930.01.08), p.4.

의 사회주의자 및 독립운동가 탄압과 맥이 닿는다.

요컨대 본고는 논의된 바 없는 정우홍의 작품을 소개하고 두 소설의 관계를 고찰하며 동시대 일본의 사회주의 작가 하야마 요시키(葉山嘉樹), 고바야시 다키지(小林多喜二) 등을 참조하여 사회주의자 정우홍의 문학이 갖는 의미를 고찰하고자 했다. 필자가 과거 「진재전후」를 고찰한 작업이 관동대진재의 재현과 검열에 집중됐다면, 이번 작업에서는 정우홍의 다른 작품과 동시대 일본의 사회주의 작가 하야마 요시키(葉山嘉樹, 1894~1945), 고바야시 다키지(小林多喜二, 1903~1933)를 고려하여 정우홍의 문학적 성격을 파악하고자 했다. 하야마 요시키 역시 정우홍처럼 관동대진재를 직접 겪은 사회주의 작가로서 관동대진재를 다룬 「감옥에서의 반나절」(牢獄の半日)을 남겼다. 『게잡이 공선』(蟹工船)으로 널리 알려진 고바야시 다키지는 하야먀 요시키의 영향을 받은 인물로 1920년대 중후반 일본을 대표하는 사회주의 작가다.

따라서 사회주의자의 감옥 경험을 다룬 두 작품의 연구는 1920년대 감방과 지진을 다룬 소설을 조명하여 당대 사회주의자의 현실과 자의식을 구명(究明)하고 종국적으로 정우홍 소설의 문학사적 의의를 명확히 하고자 하는 기획이다. 이 과정에서 관동대진재의 기억이 8년여 만에 소환되어 소설화된 맥락도 구명(究明)될 수 있을 것이다.


## Ⅱ. 체제의 잔혹성과 강고함의 표징, 형무소
### - 정우홍, 「그와 監房」(1929.10.22~11.16)

정우홍은 '羅一'이란 필명으로 동아일보 신춘당선작 「그와 監房」을

24회에 걸쳐 기고했다. 이 작품은 제목이 암시하듯 '감방'을 다룬 소설이다. 식민지 시대 감방을 다룬 소설을 상기하면 김동인의 「태형」, 김남천의 「물」, 이광수의 「무명」, 김사량의 「유치장에서 만난 사나이」 등이 대표적으로 운위된다. 이에 견주어 정우홍 소설이 갖는 특이성이 궁금해진다. 무엇보다 1929년 정우홍이 감방을 소재로 소설을 쓰게 된 배경은 무엇일까.

형무소 관련 이력을 살펴보면 그는 관동대진재 당시 일본에서 40여 일을 수감된 바 있고 1925년 제령 위반으로 구속되어 취조를 받고 무혐의 석방되었으며 일본 당국의 치안유지법 강화로 조선공산당 사건 혐의를 받아 신의주 경찰서에 검거되었다가 도주했다. 동년 8월 정우홍은 대구노동친목회 창립총회 때 반일본제국주의 축사를 했다는 이유로 박광세, 우해룡 등과 '불온舌禍'건(보안법 위반)으로 검속된 후 3개월간 예심, 동년 10월 22일, 대구지방법원 金川재판장으로부터 징역 6개월을 언도받아 대구 형무소에서 복역했다. 그는 1928년 제1차 공산당 사건을 피해 망명 생활을 하다 7월 4일 종로경찰서에 검거되어 경성지방법원 검사국에 송치되어 거듭 취조를 받았으나 무혐의 판명되어 방면되었다. 그 후 그는 조선총독부의 통감정치를 반대(일명 반제운동)하여 무저항주의를 표방하고 스스로 경찰서에 자수, 수개 월간 옥고를 치렀다. 1930년 3월에는 대구경찰서 소속 형사 안 모 씨가 강도 혐의자 윤경원을 체포하는 과정에서 가혹행위를 서슴지 않자 정우홍이 이를 방해하여 범인을 도주케 했다하여 공무집행 방해죄로 연행되기도 했다.[8]

8 정우홍, 『강력주의·완전 변증법』(월간원광사, 1998), pp.228~231.

이처럼 정우홍은 1920년대 중후반 사회주의 운동가로서 여러 차례 수감되었다. 그는 자신의 경험을 바탕으로 당시 감방에 대한 소설화를 시도한 셈이다. 이는 카프1차 검거 사건의 유일한 문인기소자인 김남천이 감방생활을 하고 소설「물」을 쓴 것과 비견된다. 차이가 있다면 1920년대 중후반은 감방의 현대화 문제를 둘러싼 논의가 급증해지던 시기였다. 경성감옥이 서대문감옥(1912~1922)으로 바뀌고 서대문형무소(1923~1949)로 바뀐 것에서 알 수 있듯[9] 정우홍이 갇힐 때 일본과 식민지 조선의 감옥은 '형무소'로 불리고 있었다. 형무소란 이름이 함의하듯 '민권 존중'의 시대적 요구가 수감제도에도 반영되고 있었다.

식민지 조선에서는 1925년 즈음 감옥제도의 개량에 관한 사회적 요구가 비등해졌다. 그 무렵 일본에서는 죄수의 인격 대우를 높이고 복역 중 가능한 자유를 줘 실사회와 접근케 하며 우수 수감자에게는 외출을 허용하고 넓은 방을 마련하는 등의 개선책을 2~3년 전부터 진행해 오고 있었다. 하지만 감옥제도의 개선에는 막대한 경비가 소요되었다. 조선에서는 진보된 계획이 아직 마련되지 않은 형편이었다.[10] 김동인의 소설「태형」에서 무더운 6월, 5평도 안 되는 감방에 갇힌 41명의 수인(囚人)들이 70대 고령의 영원 영감을 죽음(태형 90대)으로 내몬 것처럼[11]

---

9  일본에서는 명치32년 불평등조약 개정과 함께 국제적 수준의 감옥인 스가모(巢鴨)가 탄생되었고, 대정기의 준비기를 거쳐 소화기에 접어들면서 행형쇄신이 본격화되기 시작했다. 소화기에 형사정책의 행형 인식이 일신하여 검찰, 재판, 행형의 법조3위 일체화가 이루어지고 행형관리의 승진과 질적 수준이 향상되었다. 또한 소화 3년 6월에는「형무소 건축준칙」이 수립되어 이후 형무소 건축과 개축 등에 관한 전국적 기준이 마련되었다. 소화 초기의 대표적 형무소로는 장기 중죄인 감옥의 대명사로 통용되는 고스게(小菅)형무소가 있다. 重鬆一義, 『日本の監獄史』(雄山閣出版, 1985), pp.250~251.

10 「監獄制度의 改良」, 『동아일보』(1925.01.20), p.2.

조선의 감방 사정은 매우 열악했다.

　게다가 1920년대 후반으로 갈수록 수감자가 폭증하고 있었다. 공산
당 사건, 출판법 위반, 치안유지법 및 취체규칙 위반,[12] 우편법 위반 등
시국범 사건과, 강도사건 등 민생 및 강력사건이 빈번했다. 사상범이
급증하면서 1927년부터 독방 부족이 크게 지적됐다. 1928년에는 사상
범 취체가 더욱 엄중해지지만 전국 26개 형무소에 독방은 600실에 불
과해 한 평에 3명씩 있었다. 이로 인해 형무소 안에서 사상범 간의 교
화 선전, 여러 음모와 계획이 난무했다. 1929년에는 400명 정원의 개
성, 김천의 소년형무소에 1,100명이 수용돼 있었고 1만 1천명을 수용
하는 전국의 형무소와 지소에는 1만 6천 명이 갇혀 1평에 8명이 있는
곳이 많았다.[13] 이 때문에 총독부 법무국 행형과장은 재감인의 고통을
경감하고, 형사피고인을 죄수와 동일하게 대우하는 폐단을 시정하기
위해 감방의 협착 문제를 개선하겠다고 얘기한다. 당국의 입장에서는
사상범의 확산을 막기 위해서도 감방 증축이 필요했다. 실제로 1929년
부터 각 형무소에 천여 실을 배분·증축하기로 결정됐고, 서대문형무소
는 100여 평 정도 감방 증축을 하기 시작했다.[14] 또한 김남천의 소설
「물」에서 주인공이 영하 16도의 한겨울에 감방생활을 했듯,[15] 겨울에

---

11　김동인, 「笞刑」, 『김동인문학전집』 7(大衆書館, 1983), pp.232~246.

12　수감자는 신문, 책 등을 볼 수 있는 권리가 있다. 일본에서 명치41년 3월에 감옥법이
　　제정된 이래, 수감자의 '독서권'은 흔히 대정14년 4월 치안유지법의 제정 전후로 나뉜다.
　　치안유지법의 제정으로 사상범이 증가하게 되면서 형무소의 도서검열이 강화되는 것이다.
　　中根憲一(나카네 겐이치), 『刑務所圖書館』(出版ニュース社, 2010.3), pp.75~95.

13　「四百定員에 千餘名 收容」, 『동아일보』(1929.12.28), p.2.

14　「百萬圓 巨額으로 思想犯 獨房 擴張」, 『동아일보』(1928.07.01), p.2.

15　김남천, 「물」(『대중』, 1933.6), 『맥』(문학과지성사, 2006), p.58.

동상을 입거나 추위에 사망하는 경우가 빈번하였다. 1930년 총독부는 감방 내 난방장치 설비를 계획하지만 예산 부족으로 신의주를 제외하고 진행하지 못했다.[16] 형무소는 좁은 데 들어갈 사람이 많은 현상이 심화되자, 결국 1931년 법무국은 가능하면 가출옥을 많이 시키는 신방침을 수립했다.[17]

이와 같이 1920년대 중후반은 운동이 비등하던 시기였고 경제공황을 맞으면서 사기죄 및 생활형 범죄도 빈번해지는 상황이었다. 이러한 현실에 직면하여 당대 문인 역시 조선의 생활을 고민했다. 예를 들어 김성근은 "모든 음험한 곳에 번득이고 잇는 자살자의 눈, 감방의 무수한 청춘을 등진 청년의 신음, 그리고 가두의 기아군, 항구의 流離군 - 이 모든 사회비극을 우리의 작가는 어떠케 수납할 것인"[18]지 고민했다. 이봉수(李鳳洙)는 15회에 걸쳐 「옥중생활」 수기를 신문에 연재하기도 했다.[19] 이봉수의 수기는 "옥중에서는 무엇을 먹으며 무엇을 하고 잇섯나"하는 여러 친구들의 물음에 대한 대답이었다. 감옥의 재현은 일반인뿐만 아니라 운동가의 호기심의 대상이기도 했다.

이러한 당대적 맥락을 고려하면 1928년 조선공산당 사건에 연루되어 판결을 받은 정우홍이 쓴 작품은 자전적인 소설이다. 열악한 수감시설을 감안하면 소설의 내용은 독자가 고통을 대리 체험하는 옥중체험기이기 마련이지만 투쟁에 나선 운동가의 글쓰기는 주위 운동가의 내면 깊이 자리한 형무소의 공포를 일정부분 해소하는 시도이기도 했다.

16 「刑務所의 改善 精神的 態度와 物質的 施設」, 『동아일보』(1930.12.05), p.1.
17 「휴지통」, 『동아일보』(1931.08.18.), p.2.
18 金聲近, 「文學朝鮮은 어대로(八) 文藝運動에 對한 管見」, 『동아일보』(1930.01.08), p.4.
19 李鳳洙, 「獄中生活」(1-15), 『동아일보』(1930.10.01-22), p.4.

그렇다면 사회주의자이자 작가인 정우홍이 쓴 「그와 감방」의 '감방'
은 무엇일까. 문학 연구자라면 소설 「물」을 둘러싼 김남천과 임화의
논쟁을 익히 알고 있기 때문에 그보다 이전시기의 사회주의 운동가 정
우홍의 소설이 갖는 성격이 더욱 궁금해진다. 이 작품은 특이하게 〈유
치장의 하루〉와 〈유치장에서 형무소까지의 하루〉를 설명한다. 정우홍
도 자신의 동지와 이봉수의 친구들과 같은 일반인에게 정보를 제공해
주기 위해 감방의 일상을 서사화했다는 것을 짐작할 수 있다.

---

〈유치장의 하루〉
* 아침 : 기상 → 아침 방 청소 → 대소변 싸기 → 아침밥(벤도) 식후 바깥 구경 (서의
  뒤뜰: 순사 교련=체포동작 훈련, 이틀에 한 번) → 몸의 이 수색, 판자벽 틈의
  빈대 청소(날카로운 나무저=젓가락) → 낙서 읽기(동지 이름 발견 4면, 반가움)
  → 이야기(수다)
* 점심 : (여름 낮의 더위) → 적적함의 고통 → 졸음(길게 잘 수 없다) → 햇빛 맞이하기
  (기운, 힘 찾기) → 새로 잡혀 온 죄인 입소(새동무, 형사가 잡은 사냥감) →
  동료 전친절한 안내(저녁밥 남겨주라는 뜻)
* 저녁 : 어두워지면 간수가 감방을 들여다보지 않으니 발 뻗고 기지개 펴고 누워볼 수도
  있다. 하루 종일 강제정좌의 고통 해소 → 8시 취침시간
〈유치장에서 형무소까지의 하루〉
* 유치장(5~6평) → 재판소 검사국(구치감, 4~5평) → 형무소(1.5~2평, '입성' 첫날)

---

정우홍의 「그와 감방」은 시간의 경과에 따른 유치장의 하루 일상과,
미결수가 아침부터 저녁까지 유치장에서 재판소 구치감을 거쳐 형무소
로 들어가 첫날을 맞이하는 하루를 재현하고 있다. 이 소설은 일종의
옥중기라 할 수 있다. 김동인이나 김남천의 소설이 그러하듯 계절적 배
경인 여름의 감방은 무척이나 덥다. 식사시간, 새입소자의 등장 외에
지루한 시간이 지속된다. 밤에는 불편한 바닥과 무더운 더위, 빈대와

이의 공격으로 잠을 이룰 수가 없다. 게다가 적적함에서 오는 고통이 극심하다. 이로 인해 유치장에 구류된 수감자는 하루빨리 형무소로 이관되기를 바란다.[20] 그 과정에서 잠깐이지만 바깥 구경이 가능하기 때문이다. 이처럼 유치장의 하루를 설명한 사회주의자 '나'는 몇 차례의 취조와 10일의 구류를 마치고 재판소 검사국으로 이송된다. 그곳에서 검사와 서기의 입회하에 취조가 진행된 후 그는 형무소로 이동한다. 사상범 혐의자인 '나'는 독방에 갇히게 되는데 그곳은 최대 2평에 불과하지만 "고등하숙"이라 할 만큼 환경이 나쁘지 않다. '나'가 "베개 위에서 고요히 조촐하고 상쾌한 고등하숙의 첫잠에 들"면서 이 작품은 끝을 맺는다.[21]

「그와 감방」은 체포된 후 미결수의 삶과 감방의 괴로움, 형무소 가기를 기다리는 죄수의 심리, 유치장에서 형무소에 이르는 형사절차를 구체적으로 형상화하고 있다. 그중에서도 수감자의 처지와 내면과 관련하여 특히 이목을 끄는 대목은 다음과 같다. (1) 재판소 검사국 검사의 태도, (2) 형무소의 구조, (3) "고등하숙"이 함의하듯, 사회주의자의 명랑성(빈정거림, 조롱, 골계미, 유머), (4) 작품 말미 독방에서 발견된 빈혈증

---

20  참고로 정우홍과 다른 유치장 경험도 있다. 식민지 조선에서 군 제대 후 사회주의 운동에 투신했던 이소가야 스에지에 따르면, 유치장은 지옥과 다름없지만 '학습 장소'이기도 했다. 1933년 흥남경찰서 유치장에 있던 그는 조선혁명의 성격규정, 혁명을 위한 정세분석 등과 관련해 동료들과 열심히 공부했다. 이소가야 스에지(磯谷季次), 김계일 역, 『우리 청춘의 조선』(사계절출판사, 1988.2), pp.112~117.

21  정우홍은 형무소 독방을 "고등하숙", 고바야시 다키지는 "별장"이라고 칭한다. 그 배경에는 형무소 독방 설비가 유치장이나 일부 운동가의 집보다 낫기 때문이지만, 바깥세상에서 체포의 공포에 휩싸이느니 차라리 잡혀서 수감되는 게 마음이 편한 이유도 있다. 소설 속 사회주의자들은 공통적으로 '체포되던 순간의 고통과 공포'보다는 수감된 상태가 차라리 낫다는 심리를 드러내기도 했다.

의 새끼 빈대와 파리 세 마리와 '자아' 및 사회의 문제. 여기에 대해서
는 동시대 일본의 대표적 사회주의 작가 고바야시 다키지의 「독방」(『중
앙공론』, 1931.7)을 참조할 수 있다.[22] 두 작품의 차이가 식민지 조선의
현실과 사회주의자의 인식을 가시화하는 것이기 때문이다.

   고바야시 다키지의 「독방」도 사회주의자인 엘리트 지식인 '나'가 경
찰서 유치장에서 검사국을 거쳐 T형무소로 이감되는 내용이다. 정우홍
과 차이가 있다면 고바야시는 유치장의 하루가 아니라 형무소의 하루
를 상세하게 묘사하고 있다. 두 작품을 비교해 보면 '(1) 검사의 태도'
가 확연히 다르다. 고바야시의 「독방」에서 검사, 특별고등경찰은 모두
'나'를 존중하고 존대하며 따뜻하게 대해준다. 이에 반해 「그와 감방」
에서 검사는 지식인 '나'의 혐의 부정을 전혀 수용하지 않고 반말로 윽
박지른다. 고바야시 다키지의 다른 소설 「1928년 3월 15일」(『戰旗』,
1928.11~12)에 그 해답이 나와 있다. 이 작품에서 경찰은 노동자 출신
운동가에게는 막대하며 대학 출신의 엘리트지식인에게는 존대하는 태
도를 취한다. 이와 달리 식민지 조선의 검사는 학력과 상관없이 '무죄
추정의 원칙'을 지키지 않는다. 피의자의 범죄 사실이 사실상 확정되는
셈이다.[23]

---

22  고바야시 다키지(小林多喜二), 「獨房」(『중앙공론』, 1931.7), 『고바야시 다키지 선집』II
    (이론과실천, 2014), pp.555~589.
23  조사 및 수감 과정에서 일본 당국의 민족차별적 대우는 익히 알려진 사실이다. 가령 1933
    년 일본에서 치안유지법 위반으로 유치장에 갇힌 마루야마 마사오는 조선인 취조시 자행
    된 혹독한 폭력을 목격했다. 가루베 다다시, 박홍규 역, 『마루야마 마사오』(논형, 2011),
    p.57 참조.

다시 집속 골목을 것는다. 사무실을 도루 지내고, 입울과 침대가 죽 늘어노힌 숙직실을 언듯 스치고, 철책으로된 문을 두어개 쒜어 넘어서, 바른길로 쏘는 둔각적(鈍角的)으로 몃번이나 썩기기를 거듭한 뒤에, 그 들은 문득, 먹줄로 튀긴 듯이 고든 <u>여러 개의 골목이 부채ㅅ살과 가티 방 사상(放射狀)으로 열린 어느 초점(焦點)에 딱 멈추게 되엇다. 이곳에 서서 보면, 모든 부채ㅅ살은 고개 한번 돌릴 것이 업시 단 번에 한눈으로써 거더 볼 수가 잇섯다.</u> 부채ㅅ살마다 그 좌우량편으로는 감방이 일자로 죽 늘 어붓고, 그들 머리에는 다시 천근이나 될 듯이 무거워보이는 쇠살창문 이, 사람의 눈을 어른거리면서 막아서 잇다. 시선(視線)을 한번 노흐면, 씃이 아득하게 멀리 쏠린 모든 부채ㅅ살이 일제이 눈을 향하고 집중되 어 오는 전망(前望)이야말로, 돌이어 훌륭히 한 미관(美觀)이 된다 할 수 잇는 것이엇다. 한털억의 어그러짐도 업는 이 <u>정제(整齊)와 통일(統 一)을 다한 설비에 현실(現實)을 지탱하라는</u> 그들의 고심과 노력이 얼마 나 강렬한가를 짐작할 수가 잇섯다. 더퍼 노코, 다만 굉장하게만 생각되 는 처음과는 반대로 이번에는 다시 한번 감탄하야 마지 아니 하얏다. <u>이만한 설비가 잇스니까 그들이 그러케 호긔를 써는 것이로구나 하고 곳 늣겨젓다.</u>[24]

'피고인'의 종착지는 형무소다. 「그와 감방」, 「독방」 두 작품 모두 형무소 구내가 묘사된다. 즉 '(2) 형무소의 구조'에 대한 한·일 사회주 의자의 인식 차(差)는 어떠할까. 범죄자의 종착지가 고바야시의 「독방」 에서 사상범이 향한 곳에는 "긴 복도 양쪽으로 자물쇠가 달린 수십 개 의 독방이 늘어서 있었다." 그래서 사회주의자 '나'는 독방의 삶을 "아 파트 생활"이라고 표현한다. 수감시설에 대한 문명사적 인식은 미약하

---

24 羅一, 「그와 監房」(19), 『동아일보』(1929.11.10), p.5.

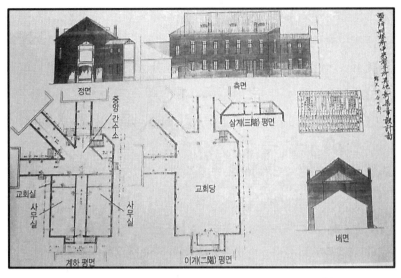

〈1920년대 서대문형무소 중앙간수소 및 기타 설계도〉[25]

다. 이와 달리 정우홍의 「그와 감방」에서 "호기심"을 갖고 형무소 내부를 살펴본 주인공은 놀란다. 그것은 일종의 판옵티콘(Panopticon)의 형상이었다. 형무소는 수감자의 일거수일투족을 감시하고 통제할 수 있도록 설계되어 있었다. 사회주의 운동가인 '나'는 "이만한 설비가 있으니까 당국이 호기를 떠는 것"이라고 체감했다. '일본 제국'의 문명적 강고함이 형무소의 건축술을 통해 당대 조선인에게 나타났던 것이다.

이처럼 식민지 모국의 법 적용의 남용과, 문명 및 체제의 힘을 상징하는 것이 형무소였다. 여기에 저항하는 몸부림이 (3) "고등하숙"이란

---

25 리영희, 나영순(글); 김동현, 민경원(사진), 「1920년대 서대문형무소 중앙간수소 및 기타 설계도」, 『서대문 형무소』(열화당, 2008), p.124. 1930년대 서대문 형무소의 구조는 글 뒤 〈부록〉을 참조.

단어가 함의하듯 작품 전반에 흐르는 사회주의자의 명랑성(빈정거림, 조롱, 골계미, 유머), (4) 작품 말미 독방에서 발견된 빈혈증의 새끼 빈대와 파리 세 마리를 친구로 삼아 작은 사회를 만든 '자아'에 해당한다. 고바야시의 「독방」에서 사회주의 운동가는 "형무소 가는 것을 별장행이라고 부른다. 어떤 경우에도 결코 굴하지 않는 프롤레타리아의 강직함에서 오는 쾌활함이 그 말 속에 포함되어 있다." 그러나 '나'는 "부르주아적인 '휴식'이라는 의미에서도 별장을 발견했다. 때문에 형무소에서 나갈 때까지 새로운 마음가짐과 강한 신체를 만들어 두어야 하는 것이다."[26] 밖에 있을 때 갖은 고생을 한 사회주의자에게 형무소는 오히려 건강을 회복하고 출옥 후 재투쟁을 위한 기반이라는 '명랑'한 해석이, 나프 계열의 고바야시의 입장이자 프롤레타리아 문학이었다. 정우홍도 형무소는 "경찰서 류치장보다는 몃 곱절이나 나을 쑨 아니라 그의 찌그러지고 허술한 오막살이집보다도 오히려 얼마나 더 나은지 몰랐다."[27] 이 고등하숙에서 '나'는 빈혈증에 걸린 새끼빈대와 파리와 함께 사회조직을 만들어나가기로 결정한다. 이들의 존재로 인해 '나'는 "삶을 부지"하고 "자아를 움직"일 수 있다는 것이다. 이는 이웃 독방의 수감자들이 '벽 통신'을 하지 못하는 상황에서 고독감을 일소하고 의식의 각성을 유지하기 위한 방책이자 사회의식의 궤멸을 추구하는 행형(行刑) 정책에 대한 저항이다.

---

26 「獨房」(『중앙공론』, 1931.7), 앞의 책, p.573.
27 羅一, 「그와 監房」(20), 『동아일보』(1929.11.12), p.5.

두려워 혹시라도 운동에 뛰어드는 것을 주저할 것이라 생각하는 사람
이 있다면 우리는 신(신이라고 말하는 것도 우습지만) 앞에 맹세한다.
진정 근심걱정 없는 곳이라고.
무엇보다 나는 예전에 본 기억이 있는 봉오도리 춤을 추며 이따금 독
방 안에서 노래를 부르곤 했다.
독방은 멋진 곳이라네.
아무나 들어오시게.
이영차[28]


두 작가가 작품 말미에 고등하숙·별장을 설정한 것은 모두 동지의
운동을 촉구하고 투쟁의식을 강화하며 탄압과 수감의 공포를 완화하기
위한 의도였다.[29] 이 점이 형무소의 실상을 '명랑'하게 포착한 이들 소
설의 집필 목적이다.

지금까지 살펴본 것처럼 1920년대 중후반 식민지 조선에서는 공산
당 사건 등 사상범이 급증하고 있었고 일본에서도 1928년 3.15사건과
1929년 4.16사건 등으로 일본공산당원 1,125명이 검거되어 조직과 운
동이 크게 약화되고 있었다. 시국이 엄중한 상황에서 이들 사회주의 작
가는 동지의 잠재적 행선지인 형무소에 관한 정보를 공유하고 투쟁심
을 굳건히 하기 위해 '감방 소설'을 썼다. 1930년경 감옥은 '더 이상
형벌이나 사회적 복수의 수단으로 인식되지 않고 사회적 병인의 치료
소인 병원으로 간주되어야 한다'는 행형(行刑)이론이 퍼져가고 있었다.
때문에 사회주의 작가들이 고등하숙, 별장 등을 운운하는 것은 형무소

---

28 「獨房」(『중앙공론』, 1931.7), 앞의 책, p.589.
29 참고로 이봉수는 감옥을 "돈 없이 살 수 있는 (실험적) 사회"로 볼 수 도 있다는 평가를
   하기도 했다. 李鳳洙, 「獄中生活」(15), 『동아일보』(1930.10.22), p.4.

가 "전시대의 뇌옥보다는 낫다거나, 감방시설이 조선인의 생활정도와 비교해 낫다"는 이야기와 같았다.[30] 이는 감방의 개량을 가로막는 무책임한 발언으로 간주될 수도 있다.

이러한 역효과에도 불구하고 '감방 소설'은 동지 및 일반 독자에게 형무소의 정보를 주고 공포심을 낮추며 투쟁심을 독려하여 당국의 무분별한 수감 및 구속 조치에 저항하는 의미가 있다. 정우홍의 「그와 감방」은 작가 자신의 수감 이력과 1920년대 중후반 강화된 검속의 시대적 분위기 속에서 산출되었다. 이 과정에서 형무소의 건축과 구조가 환기하는 식민체제의 강고함을 지적한 점은 사회주의 운동 작가의 빼어난 인식을 드러낸다.

## Ⅲ. 관동대진재와 학살, 재난

사회주의자 정우홍은 「그와 감방」에 뒤이어 사회주의자의 감옥 경험을 다룬 또 하나의 작품을 썼다. 그가 鳴人이란 필명으로 『동아일보』에 51회에 걸쳐 연재한 소설 「震災前後」(1931.5.6~8.27)가 그것이다. 이 작품의 시간적 배경은 1923년 1월부터 10월이며 '도쿄 진입 전, 후, 진재기, 유치장기'로 전개된다. 노동자이자 사회주의 운동가인 등장인물의 입장에서는 '운동준비기(도쿄 진입 전), 거점 조직 및 운동기(진입 후), 탄압기(진재기), 수감기(유치장기)'로 환원할 수 있다.

관동대진재의 학살이 사회주의자 및 독립운동가, 무정부주의자 등에

---

30 「刑務所의 改善 精神的 態度와 物質的 施設」, 『동아일보』(1930.12.05), p.1.

대한 탄압의 정점으로 이해되는 것처럼[31] 정우홍은 1920년대 중후반 사상범이 격증하는 식민지 조선의 현실을 목도하면서 과거 자신이 경험했던 관동대진재의 기억을 8년여 만에 소환했다. 시기적으로 보면 「그와 감방」에 비해 「진재전후」는 그 이전의 과거를 다루고 있지만 당국의 탄압은 「그와 감방」보다 「진재전후」가 훨씬 심하다는 점에서 그 폭력의 상징성은 '형무소 수감'(「그와 감방」)에서 '진재 당시의 감방과 학살'(「진재전후」)로 확대되고 있다. 요컨대 사회주의자가 겪은 '감방과 관동대진재'를 통해 식민모국의 폭력을 환기하고자 했던 것이 정우홍의 소설 작업의 핵심이다.

관동대진재(1923.9.1, 오전11시 58분, 매그니튜드 7.9)는 340여만 명의 이재민, 190만 명의 피해자와 10만 5천여 명의 사망 및 행방불명을 초래했으며 7천여 명에 달하는 조선인 학살 피해자를 야기했다. 1차 피해는 지진이었고, 2차는 화재 피해였으며, 3차는 학살의 참사였다. 관동대진재를 다룬 작품은 일본에서 재해문학으로 포괄되고 있지만 식민지 조선인의 작가가 쓴 소설은 일본작가와 다를 수밖에 없다. 일본인에게 진재는 자연재해였지만 학살피해자에게는 민족 및 인종갈등이 분출한 법적 예외상태의 사회재난이기도 하다.

(「진재전후」 줄거리) 전반부는 재일조선인 노동자의 노동실태와, 노동운동 및 조직화, 후반부는 관동대진재가 일어난 도쿄, 요코하마(横濱)와 경찰서 유치장의 상황을 서사화하고 있다. 전반부의 내용을 일별

---

31 강덕상은 관동대진재 때 발생한 학살을 지배-피지배라는 식민지주의의 섭리가 일본 본토에서 전쟁의 형태로 나타난 사건이라고 평가했다. 강덕상, 김동수·박수철 역, 『학살의 기억, 관동대지진』(역사비평사, 2005), p.8.

하면, 도쿄 근처 산악지대에서 수전공사를 하던 조선인 '리'가 사고로
바위에 깔려 심하게 다치자 그 동료인 '홍', '송', '김'이 K시의 현립병원
으로 '리'를 옮겨 치료하는 내용으로 시작한다. 병원비와 그를 간호할
'송'의 식비를 충당하기 위해 '홍'과 '김'이 열심히 일하지만 역부족이
다. 결국 병원에서 퇴원조치를 당하고 도쿄로 향한다. 도쿄 첫날 조선
동무들에게 잡지, 서적을 판매하는 P사에 들려 그들과 함께 메이데이를
준비한다. 이후 셋방을 구해 그곳에 L사라는 간판을 내걸고 노동투쟁을
위한 근거지로 삼는다. 각종 노동 현장에서 일을 해 생계를 유지하는
한편 조선인 노동자들을 감화하여 그들의 소굴로 만든다. 또한 도쿄 조
선운동자들은 강연단을 조직해 조선 각지를 순회하는 사업을 하기도 했
다. P의 주인이 조선으로 돌아가게 되면서 '홍'이 P사에 가서 잡지 발행
등을 대신하고, '리'와 '김'은 L사에서 철도판 동맹파업 추진, 조선의 수
해구제 원조, 도쿄 근처 지방순회를 통한 조선노동자의 상황조사를 계
획한다.

　그 다음 후반부는 「진재전후」 33회(1931.8.6) 연재분부터라 할 수
있다. 9월 1일 아침 홍이 잠에서 깨 밥을 하려는 12시 즈음 진재가 발생
하는 장면으로 시작한다. 사람들이 놀라 길거리로 뛰어나오고 화재가
발생해 가옥이 불타 아수라장이었다. 다음날의 피해는 더욱 심각했고
여진도 계속된 상황에서 계엄령이 발포되자 군인들은 만세를 외치며 시
가 경비를 위해 도쿄 시내로 향했다. '홍'과 '송' 역시 피란을 모색하려
할 때 자경단과 형사가 나타나 경찰서로 끌고 간다. 경찰서 입구에서
적개심에 불타오른 일본 민중들이 욕설을 하고 몽둥이로 때리며 돌을
던지는 모습에 이들은 당황한다. 진재를 이용해 불을 지르려 하지 않았
느냐는 사법계 주임의 추궁에 '홍'은 완강히 부정을 하다 유치장에 갇힌
다. 그곳에서 다른 L사 동지와 조선노동자들을 만나고 불안과 공포 속
에서도 메이데이를 본 딴 '이야기데이'를 만들어 재미를 찾는 등 함께
수감생활을 견디다 10월 15일경 감옥에서 풀려난다.

이제 탄압의 확장인 학살을 함의한 '재난'으로서 정우홍의 「진재전
후」를 조명해 보자. 먼저 지진 이전 재일조선인이 결집하는 국면을 살
펴보면, 등장인물은 도쿄 진입 이전에 다양한 노동체험을 통해 '노동계
급으로 살기'를 수행한 후 노동운동에 자신이 붙자 도쿄로 향한다. 이
들의 활동은 크게 네 가지였다. 첫째 자신들만의 기관을 만들고 노동투
쟁과 재일조선인 노동자 및 학생, 사회주의자의 인적 네트워크를 구축
한다. 둘째 재일조선인에게 잡지, 서적을 판매하는 P사를 거점으로 계
몽활동을 전개한다. 셋째 일본 내 철도 동맹 파업 논의 및 조선인 노동
자의 실태 파악에 주력한다. 넷째 조선에 순회강연단을 파견하고 수해
구제금 모집 등의 활동을 한다.

이 과정에서 일본 경찰의 감시와 구류 등이 강화된다. 실제로 1922
년경부터 재일조선인에 대한 일본 당국의 경계가 노골화 되었고 요시
찰인 갑호와 을호에게는 각각 5명, 3명의 미행이 붙었다.[32] 그 결과
1923년 5월 메이데이에 조선인 주의자 검거,[33] 6월 제1회 공산당원 체
포가 있었고 9월 1일 대지진과 함께 증오와 살인이 극단적으로 표출되
었다.

홍과 그들의 사이에는 이런 짧은 이야기가 교환되엇다. "혼자 죽지는
않을 테니깐"하는 한 마듸 말에서 홍은 묘하게도 움즉이는 사람의 마음
을 엿볼 수가 잇엇다. 오데로부터선지 비둘기 두어 마리가 소란한 거리

---

32 강덕상, 김동수·박수철 역, 『학살의 기억, 관동대지진』(역사비평사, 2005), p.103.
33 1923년 5월 1일 메이데이 때, 일본인 사회주의자 70명, 일본인 노동자 150명, 조선인
  노동자 50명 등 모두 300여 명이 검거되었다. 야마다 소지, 이진희 역, 『관동대지진 조선
  인 학살에 대한 일본 국가와 민중의 책임』(논형, 2008), p.90.

의 공중에 날개를 치면서 날러갓다. 그 날개 소리는 마치
"교활하고도 포학한 사람들이어 너이들도 이젠 좀 당해 봐라"
하고 땅 우에서 떨고 잇는 모든 사람을 조롱하는 듯 하얏다.[34]

　이러한 억압의 반복 때문에 지진 이후 조선인 사회주의자의 심리 경과를 살펴보면 초기에는 동정심보다는 복수심이 비등했다. 1923년 9월 1일 오후 3시 지진이 잠시 잠잠해졌다가 다시 여진이 닥쳤을 때,[35] '홍'(작품의 사실상의 주인공, 정우홍으로도 여겨짐)은 "함몰! 천지개벽!"을 떠올렸는데 그는 보통의 일본인까지 '교활하고도 포학한 사람들'로 지칭하며 '당해보라'는 마음이었다. 민족감정이 투사된 심리상태가 '홍'에게서 확연히 드러난다. 즉 이 단계에서 지진은 재일조선인의 지진이 아니라 일본인의 자연재해였다.

　그러나 9월 2일 새벽 2시 요코하마에서 돌아온 '송'에 의해 '홍'의 고향 의형제인 '진'의 죽음이 알려지면서 사태가 급변한다. '진'은 9월 1일 아침 첫 지진에 사망했다. 소식을 접한 "홍의 눈은 갑작이 캄캄해졌다. 가슴이 막히고 정신이 얼떨떨했다. 다시는 두말도 못하고 그대로 자리 위에 쓰러졌다. 눈물이 줄줄 흘렀다. 옆에서 위로하고 말리는 말은 귀에 들리지도 않"았다. 이제 관동대진재가 재일조선인에게도 더 이상 '남의 재해'가 아니라 '나의 재해'가 되는 순간이다. 그리고 이런 인식은 9월 2일 아침 피난하는 사람으로 가득 찬 길을 보면서 더욱 굳어진다. "무서운 인간홍수"의 행렬이 준 충격은 재일조선인의 적대적 민

---

**34** 鳴人, 「진재전후」(34), 『동아일보』(1931.8.7), p.40.
**35** 지진 발생 이후 2일까지 여진이 5회 더 있었다.

족감정을 완화했다.

그러나 사회주의자 '홍' 일행의 대일감정은 경찰서 앞의 성난 군중을 목도하면서 또 일변하기 시작했다. 9월 2일 이들이 점심을 겸한 아침을 먹고 길거리에 나섰을 때 형사와 자경단원이 나타나 경찰서로 끌려갔는데[36] Y서 앞에서 "살기가 가득 찬 수만의 군중"을 대면하게 된다. "손에 곤봉 대창 돌멩이 같은 것을 들고 분노가 타오르는 눈으로써 마치 미친개와 같이 사방을 살피고 잇든 군중은 어개를 잡여 오는 홍과 송을 보자 "으악!" 하는 함성을 치면서 달려들엇다. 얼굴, 머리, 델미, 어깨, 허리 같은 데는 주먹과 몽동이와 돌멩이가 수없이 나려젓다." 조선인 유언비어를 미처 알지 못했던 홍과 송은 유치장에 들어간 이후에야 내막을 알게 된다. 이들은 이미 '남의 재해→ 나의 재해('진'의 죽음)→ 처참한 피난 행렬(동정)'을 경험했기 때문에 어이가 없긴 했지만 일본의 일반 군중에게 별다른 감정을 품지는 않았다.

그 대신 적개심은 경찰서의 일본 경찰에게 향했다. 그 원인은 크게 취조와, 감방의 공포로 대별된다. 먼저 일본 순사부장은 조선인 화재와 폭발 기도 등을 조사했다. 이는 당시 확산된 조선인 방화, 독약 살포, 강도, 집단습격 관련 유언비어에 대한 소설적 반영이다. 이러한 취조를 거치면서 경찰서 뒤뜰 연무장에 잡혀 온 백여 명의 조선인은 유치장과 나라시노(習志野) 수용소 등으로 분리 이감되었다. 유치장에 갇힌 후에도 취조는 계속되어 '불령선인'이 색출되었다. 예를 들면 '박'은 "이 세

---

[36] 관동대진재 당시 9월 2일 오전 10시경을 넘어서면서 일본 군대 및 당국의 검속, 학살이 시작된다고 알려져 있다. 여기에 합류한 자경단의 도구는 죽창, 곤봉, 쇠갈고리, 일본도, 수창, 엽총 외에 가래, 목재, 나무막대기, 낫, 철사, 수많은 돌, 목도, 빗장, 철봉 등이었다. 조선인에 대한 유언비어는 1일 저녁부터 시작돼 2일 확산되었다.

상에서는 아마 다시 만나기가 어려울는지도 모르겠다는 말을 남기고
끌려갔다." 경찰의 '불령선인' 제거 작업이 행해지고 심지어 성난 군중
이 습격하여 조선인을 학살하는 경찰서 유치장과 나라시노 수용소 등
의 감방은 재일조선인에게 안전한 공간이 아니었다.

　여기에 여진(餘震)이 지속되었기 때문에 감방이 무너져 죽을 수 있다
는 공포가 더해졌다. "조금 잇다가 다시 무서웁게 떨떨 거리는 소리가
오면서 감방은 여지없이 한번 쩔쩔 흔들리엇다. 모도는 꼼작도 못하고
앉어 잇으면서 얼굴이 금방 놀앟게 질리엇다." 그래서 수감된 조선인들
은 "조금만 흔들려도 문을 차고 튀어나"가고 싶은 욕망이 솟구쳤다. 일
본 당국은 조선인의 구금을 '보호'라고 내세웠지만 상당수 당사자에게
감옥은 그 자체가 위험지대였다. 요컨대 「진재전후」의 재일조선인은
'남의 재해(지진) → 나의 재해('진'의 죽음) → 처참한 피난 행렬(동정) →
성난 군중의 폭력(학살) → 경찰서 유치장 구금 및 취조(학살, 공포)'을
경험했다. 이는 자연재해를 넘어서 학살을 함의한 '재난'이다.

　이와 같은 「진재전후」의 성격은 일본 사회주의자의 관동대진재 관
련 소설을 참고하면 더욱 명확해지겠다. 사회주의자 하야마 요시키(葉
山嘉樹, 1894~1945)는 지진과 관련해 소설 「감옥에서의 반나절(牢獄の半
日)」(『문예전선』, 1924.10.1)을 썼다. 하야마 요시키는 20대 초반 선원 생
활을 한 후 1921년 나고야 신문사에 입사해 사회부 기자, 노동자협회
노동 담당 기자로 활동하다 동년 10월 쟁의에 휩쓸려 구금된다. 이후
1922년 금고 2개월의 판결이 내려져 그는 나고야 감옥에서 복역했다.
하야마 요시키는 출옥 후 1923년 6월 제1차 공산당 사건으로 門前署에
검거되었다. 이때 그는 나고야 치구사(千種)형무소의 미결감에서 붓과
먹을 사용할 수 있는 허가를 받아 매일 검열을 받긴 했지만 『매춘부』

「바다에 사는 사람」 등의 원고를 완성했다. 보석으로 나온 후에는 가족과 함께 나가노(長野)현 키소스하라에 가서 토목출장소의 장부담당을 하고 있던 중, 1924년 4월, 징역 7개월의 판결이 나와 대법원에서의 상고가 기각된 1924년 10월부터 도쿄의 스가모 형무소에 들어가 1925년 3월까지 복역했다.[37] 따라서 「감옥에서의 반나절」은 작가가 관동대진재 당시 치구사 형무소에서 쓴 것으로 추정된다.[38] 이 작품은 사회주의자가 수감 상태에서 관동대진재를 겪었다는 점에서 일본인 사회주의자에게 감옥과 지진이 갖는 의미를 알 수 있는 가치가 있다.

소설 「감옥에서의 반나절」은 1923년 9월 1일 아침 나고야 형무소의 장면으로 시작된다. 본고에서 다룬 정우홍이나 고바야시 다키지의 소설처럼 이 작품은 기상 후 아침 식사와 이른 점심까지 감방의 일과를 보여준 후 곧바로 강진(强震)의 순간을 다룬다. 그리고 정우홍의 「진재전후」에서 오후 3시 지진이 잠시 멈췄다가 다시 재개된 것처럼 하야마 요시키의 소설도 오후 3시까지 지진이 진행된다. 그래서 이 작품은 오전 11시 58분부터 오후 3시까지 형무소 안의 상황과, 이날 오후에 면회가 진행된 것을 소설의 내용으로 한다.

일본인이 자연재해에 어떻게 대처하고 인식했는지 살펴보자. 강진이 발생하자 "모든 피고인은 눈물을 흘리며 목소리를 모아 문을 열어달라고 부탁했지만 평소 자주 (감옥을) 순회하던 간수의 모습이 오늘은 도무지 보이지 않는다. 나는 문을 쳤다. 또한 나는 내 몸이 하나의 망

---

37 하야마 요시키 외, 이진후 역, 『일본 프롤레타리아 문학걸작선』(보고사, 1999), pp.185~188.
38 다음의 책에서도 「牢獄の半日」이 옥중에서 쓰인 것으로 소개하고 있다. Nichigai Associates, 『(讀書案內.傳記編)日本の作家』(日外アソシエーツ, 1993), pp.233~234.

치인 것처럼 가까운 방의 경계인 널빤지 벽을 쳤다. 나는 죽고 싶지 않았다."[39] 한편에서는 일부 옥사가 부서져 몇 명의 피고를 덮쳤다. 당시 나고야의 진도는 3~4정도여서 흔들림은 있었지만 피해는 거의 없었다. 하지만 감방에 갇힌 사람이 '현재-미래'의 지진의 강도와 지속 여부를 예측할 수는 없다. 「진재전후」 속 인물들처럼, 이 작품에서 문을 박차고 밖으로 탈출하려는 수감자의 시도는 당연한 생존본능이다. 특히 사상범인 '나'는 양발을 모아 널빤지 벽을 치다가 방과 방 사이의 천장과 널빤지 사이에 끼워진 전구를 차단하기 위해 설치된 판유리가 떨어져 왼쪽 발에 선혈이 뿜어져 나오는 부상을 입었다. 이는 자연재해에 의한 피해의 발생이다.

그러나 '나'의 부상은 피할 수도 있는 사건이었다. 이 작품의 핵심은 지진이 발생했을 때 형무소 간수들이 모두 도망가 버린 사실이다. 주지하듯 수감자도 국민이며 인권이 있다. 국가는 재난에 직면한 모든 국민을 '보호'해야만 한다. 이 의무를 방기한 행형기관에 대한 사상범의 비판과 고발이 이 소설의 주제이다. 간수 없는 형무소에서 사상범 미결수들은 감옥 사무소를 향해 다음과 같이 "탄핵연설을 시작"했다.

"우리들은 피고인이지만 사형수는 아니다. 우리들이 받는 최고형은 2년이다. 그것도 아직 결정된 것이 아니다. 만약 사형일지도 모르는 범죄라고 하더라도 결판이 내려지기 전까지는 천재(지변)를 구실로 사형하는 것은 너무 괘씸하다."라고 화내자 담벼락에서 맞아! 맞아! 라며 되받아쳤다.[40]

---

39 葉山嘉樹, 「牢獄の半日」, 『葉山嘉樹 短編小說選集』(鬆本 : 鄉土, 1997), p.30.
40 위의 책, p.32.

　연설은 지진이 일어난 후 3시간 동안 지속되다가 진동이 멈춘 오후 3시경에야 멈춘다. 그제야 간수들이 형무소로 되돌아왔다. '나'는 도망 간 간수를 비난하면서 그냥 "잊으라고 해서 잊을 수 있는 거냐고" 외친 다. 재해가 발생했을 때 구조 책임을 방기한 책임자는 피해자에게 잊으라고 할 뿐이다. 심지어 간수장은 "지진이 아무 일 없이 끝날 줄 미리 알았다"고 말해 비난을 받았다. 앞의 인용문이 보여주듯 작가는 소설 기고 전에 사회주의자와 무정부주의자, 조선인 등 학살 소식을 알고 있었다.[41] '나'는 "감옥에서 우리들을 보호하는 것은 우리를 아무렇게나 넣는 것"에 불과하다고 주장했다. 그에게 "감옥은 마음껏 먹을 수 있는 좋은 곳도 아니"고, "사회라는 감옥 속의 '형무소라는 작은 감옥'"이었 다. '나'가 감방에 있는 동안 한 사람이 목을 매어 죽는 일도 있었다. 그래서 그는 사회운동을 하여 감옥에 들어가는 것은 좋은 일이 아니라고 판단하고, "매단천장(달아매어 놓았다가 떨어트려 밑에 있는 사람을 죽게 한 천장)의 아래에 누군가 빠져나갈 놈이 있을까. 너희들은 도망가지 않았나. 사형 선고받지 않는 이상, 어떻게 해서라도 우리는 들어가지 않"[42]

---

**41** 나고야 신문에는 조선인에 대한 유언비어를 경계하는 목소리가 9월 5일과 6일 실렸다. 조경숙, 「아쿠타가와 류노스케와 관동대지진」, 『일본학보』 77(한국일본학회, 2008. 11), p.103.

**42** 葉山嘉樹, 「牢獄の半日」, 『葉山嘉樹 短編小說選集』(鬆本：鄕土, 1997), p.45; 매단천 장은 고문기구를 연상케 한다. 고바야시 다키지의 소설에는 경찰의 각종 고문도구와 기술이 소개되는 데 매단천장과 흡사한 고문기구가 다음과 같이 등장한다. "취조실 천장을 가로지르는 들보에 도르래가 붙어 있고 그 양쪽에 로프가 매달려 있었다. 류키치는 그 한쪽 끝에 두 발을 묶어서 거꾸로 들어 올려졌다. 그러고는 '절구질'하듯이 바닥에 머리를 꽝꽝 찧었다. 그럴 때마다 봇물이 터지듯 피가 머리에서 폭포처럼 가득 넘치게 흐르는 느낌이었다. 그의 머리와 얼굴은 문자 그대로 불덩어리처럼 시뻘겋게 되었다. 눈은 새빨갛게 부풀어 올라 튀어나왔다. "살려 줘!" 그가 소리쳤다." 고바야시 다키지(小林多喜二), 「1928년 3월 15일」(『戰旗』, 1928.11~12), 『고바야시 다키지 선집』 I (이론과실천,

겠다고 다짐한다.

이처럼 하야마 요시키의 「감옥에서의 반나절」은 일본인이 지진을 위험 상황으로 인식하고 대처하는 양태를 드러낸다. 위험한 자연재해가 발생하자 간수와 간수장이 자신의 안위를 위해 피신을 하는 것은 이해가 된다. 하지만 이들이 피난을 가기 전에 자신이 '보호'하는 사람들의 신변을 보살피지 않은 것은 직무유기의 문제다. 지진의 강도가 더 강했다면 많은 피해자가 발생했을 것이다. 수감자의 입장에서 간수의 행동은 정부책임론으로 확장될 수 있는 잘못이다. 그래서 이 소설의 후반부에는 '지진으로 인한 사상범의 죽음'을 의도한 당국자들을 부르주아로 환원하여 관념적으로 비판하는 대목이 상당 부분 서술되어 있다.

여기에 비춰 볼 때 정우홍의 「진재전후」 속 재일조선인은 일본 당국의 책임론이나 비판을 직접적으로 표출하지 못한다. 이들에게는 발언권이 애초에 없다. 조선인은 자신이 원하지 않았지만 '보호' 명목으로 감금됐고 많은 사람이 살해당했다. 이들은 성난 자경단과 일본인으로부터 '보호' 됐지만 경찰의 '불령선인' 색출에 의해 축출되었다. 조선인은 '보호'주체인 당국에 주체적 요구와 불만을 표출하기 어려운 법적 예외상태의 식민지민이었던 것이다. 그래서 일본인은 자연재해에 의해 피해를 입었지만 조선인은 민족 · 계급 및 인종갈등에 의한 증오 살해를 당했다. 이 점이 사회주의자를 주인공으로 한 두 한 · 일 소설의 간극이다.

이러한 맥락에서 앞서 언급한 점을 다시 환기해보면, 관동대진재의 학살이 사회주의자 및 독립운동가, 무정부주의자 등에 대한 탄압의 정

2012), p.371.

점으로 이해되는 것처럼 정우홍은 1920년대 중후반 사상범이 격증하는 식민지 조선의 현실을 목도하면서 과거 자신이 경험했던 관동대진재의 기억을 8년여 만에 소환했다. 시기적으로 보면 「그와 감방」에 비해 「진재전후」는 그 이전의 과거를 다루고 있지만 당국의 탄압은 「그와 감방」보다 「진재전후」가 훨씬 심하다는 점에서 그 폭력의 상징성은 '형무소 수감'(「그와 감방」)에서 '진재 당시의 감방과 학살'(「진재전후」)로 확대되고 있다. 두 작품에서 사회주의자가 겪은 '감방과 관동대진재'를 통해 식민모국의 폭력을 환기하고자 했던 것이 정우홍의 소설 작업의 핵심이다.


## Ⅳ. 나가며 : 별장 대 감옥

지금까지 정우홍이 사회주의자의 감옥 경험을 형상화한 두 작품 「그와 監房」과 「震災前後」를 살펴봤다. 여기서 도출된 핵심키워드는 사회주의자, 형무소, 지진, 학살 등이었다. 지진 이전의 이데올로기·민족운동 탄압이 지진을 계기로 민족학대로 나타나고 이데올로기 말살책으로 확대되는 게 관동대진재의 역사적 의미라면, 정우홍이 형무소를 다룬 「그와 감방」을 먼저 쓰고 지진의 「진재전후」를 집필한 문학적 상상력의 근저에는 사회주의 운동가의 억압의 체험과 그 심화가 있다. 이는 1920년대 중후반 사상범과 생활형 범죄가 급증했던 당대의 사회적 분위기와 수감의 궁금증에 잘 호응한 문학적 대응이었다. 특히 소설은 사회주의 운동가의 내면을 확인할 수 있는 유의미한 작품이었다.

고바야시 다키지는 「1928년 3월 15일」을 기고한 후 자신이 "대중에게 공포심만 불러일으킨" 소설을 썼다는 아쉬움을 토로한 바 있다.[43] 해당 작품은 당국의 고문에 분노하여 독자에게 "계급적 증오"를 심어 주기 위해 쓰였는데 경찰의 고문이 너무 잔혹하고 리얼하게 묘사됐기 때문이다. 이 한계를 깨들은 후 「독방」에서 고바야시는 고문 장면을 등장시키지 않고 감방의 일과를 보여주며 독방을 "별장"으로 설명하고 누구든 감방을 두려워하지 말고 들어오라는 '명랑'한 권유를 한다. 이러한 명랑성은 정우홍의 「그와 감방」에서도 일정부분 공유되는 지점이다.

하지만 일본과 식민지 조선의 형무소의 설비와 수감자 대우 수준이 달랐듯이 식민지 조선인에게 형무소는 "별장"이 되기 어려웠다. 수감 시설의 이름은 형무소로 바뀌었지만 그 실상은 여전히 '감옥'이었던 게 당대 현실이었다.[44] 김동인의 「태형」에서 70대 노인이 매를 맞고 죽어 갔듯이 정우홍의 「진재전후」에서도 '불령선인'으로 의심되는 조선인 은 취조를 통해 색출되어 생사를 짐작할 수 없는 조치에 처해졌다. 죄 없는 조선인이 길거리에서 무참하게 학살당한 당대를 상기하면 「진재 전후」에서 재현되는 조선인은 오히려 사정이 나은 편이다.

이러한 상황에서 수감자의 권리 역시 큰 차이가 있었다. 하야마 요시 키의 「감옥에서의 반나절」의 형무소에서 지진으로 부상을 당한 '나'는

---

43 고바야시 다키지, 「1928년 3월 15일의 경험」(『프롤레타리아문학』, 1932.3), 『고바야시 다키지 선집』 I (이론과 실천, 2012), p.399.

44 감옥의 협착 문제는 당대만의 문제에 한정되지 않는다. 이 문제는 현재에도 지속되고 있다. 최근 좁은 구치소 수용실의 과밀수용행위는 인간의 존엄성을 침해하고 가치를 박탈 한다는 이유에서 '위헌'이라는 판결이 내려지기도 했다. 「헌재 "비좁은 구치소에 여러 명 수용 '위헌'…재소자 인격권 침해"」, 『뉴시스』(2016.12.29).

행형당국자에게 분노하고 국민으로서 보호받을 헌법적 권리를 주장할 수 있다. 하지만 정우홍의 「진재전후」에서 조선인은 그러한 발언권을 가지고 있지 않다. 식민지 조선인의 정치적 목소리는 표출되기도 어렵고 식민모국에게는 미처 들리지도 않는다. 게다가 지진이 발생했지만 일본인과 조선인의 연대와 상호부조도 힘들었다.

「진재전후」의 재일조선인은 '남의 재해(지진) → 나의 재해('진'의 죽음) → 처참한 피난 행렬(동정) → 성난 군중의 폭력(학살) → 경찰서 유치장 구금 및 취조(학살, 공포)'를 경험했다. 다시 말해 조선인이 재해를 '남'이 아닌 '나'의 문제로 인지하고 점차 '우리'의 재해로 인식변화를 하려할 때, 일본 당국자와 자경단 및 시민 심지어 일부 문인까지도 조선인을 '우리'가 아니라 '적'으로 대하면서 학살이라는 '재난'이 발생했다.[45]

요컨대 관동대진재가 일본인에게는 기본적으로 자연재해에 의한 재난이지만 식민지민에게는 자연재해와 사상·민족·인종·계급 갈등과 혐오·멸시가 복합적으로 결부돼 발생한 학살의 '재난'이었다. 이 글의 한·일 사회주의자의 문학은 이 차이를 극명하게 보여준다. 따라서 정우홍의 관동대진재와 수감 경험은 식민본국의 탄압과 사회주의자의 저항이 강하게 충돌하는 지점에서 소환되어 소설화되었던 것이다.

결과적으로 정우홍은 사회주의자가 감방과 지진을 겪은 두 소설을

---

45 관동대진재 학살 관련 공판에서 실형률과 판결기준이 엄해지는 순서는 '조선인학살〈경찰서 습격에 의한 조선인학살〈일본인학살'이었다. 길거리에서 조선인을 참살한 일본인은 애국심을 주장했고 대부분 집행유예로 풀려났다. 강효숙, 「관동대진재 당시 피학살 조선인과 가해자에 대한 일고찰」, 강덕상 외 편, 『관동대지진과 조선인 학살』(동북아역사재단, 2013), p.113.

남겼다. 그런데 전자의 작품은 사회주의자가 '유치장의 하루'와 '유치장에서 형무소까지의 하루'의 과정에서 겪는 경험과 형무소의 구조, 수사·재판과정 등을 재현하고 있다. 이는 당대 다른 사회주의 작가뿐만 아니라 여타 계열의 작가도 제대로 시도하지 못한 작업으로서 '행형제도를 통해 본 식민 모국'이다. 또한 후자의 작품은 그가 관동대진재를 겪고 당대를 재현한 식민지기 유일의 소설이라는 점에서 큰 의미를 갖는다. 이것이 정우홍이 1930년대 전후 사회주의 작가로서 가지는 문학사적 의의와 위상이다.

〈부록1〉 1930년대 중반 서대문 형무소 배치도

〈부록2〉 나고야 형무소 배치도

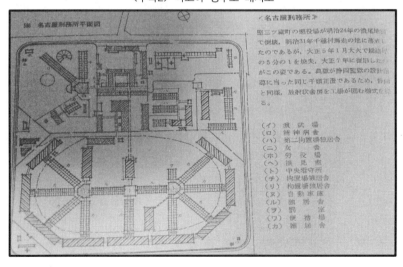

# 전전(戰前)의 일본문학과 내셔널리즘

## 간토(關東)대지진 이후의 에세이 문학을 중심으로

최가형

## Ⅰ. 들어가며

1923년 9월 1일 발생한 일본의 간토대지진은 수도인 도쿄 및 인근 지역을 괴멸시킨 미증유의 대재해였다. 그런 만큼 사회 각 분야에 미친 여파가 상당했고 간토대지진 발생 이후 각계각층의 변화 역시 두드러졌다. 지진 발생 직후 선포된 계엄령과 날 선 검열 탓에 작가들이 대지진에 관한 기록을 문학작품의 형태로 남겼다든가 조선인 학살, 사회주의자 학살 등 끔찍한 사건들에 대해 직접적으로 언급한 기록들을 찾아보기는 쉽지 않다. 그럼에도 불구하고 작가들은 특유의 감수성으로 간토대지진 발생 이후의 일본 사회를 돌아보고 진단하고자 했다.

그러나 간토대지진과 일본 근대문학에 관한 그간의 국내 선행연구는 주로 조선인학살 문제와의 연관성 아래 이뤄지거나 특정 작가의 작품에 국한된 고찰 형태로 이뤄져 왔다. 허석은 「근대일본문학에 나타난 자연재해와 그 폭력성의 연원에 대한 연구 – 關東大地震과朝鮮人虐殺

事件을中心으로」(『일본어문학』 65, 2015.06.)에서 간토대지진 당시 일어
난 조선인 학살의 성격을 어떻게 규정할 것인가를 고찰하는 한편, 한일
양국에서 이루어진 많은 관련 선행연구들이 주로 조선인과 일본인 사
이의 특수한 관계를 바탕으로 하여 논을 전개하고 있음을 지적한다. 또
한 조경숙의 「아쿠타가와 류노스케와 관동대지진」(『한국일본어문학회 학
술발표대회 논문집』, 2008.07.)과 이지형의 「관동대지진과 시마자키 도손
(島崎藤村) ―『아들에게 보내는 편지』(子に送る手紙)를 중심으로」(『일본
문화연구』 13, 2005.01.) 등 특정 작가들의 간토대지진 묘사 및 언급을 분
석대상으로 삼은 논문들이 있다.

일본의 경우도 상황은 국내와 크게 다르지 않다. 마에다 준(前田潤)
이 나카무라 무라오(中村武羅夫)에 대해 쓴 논문[1]이나 도에다 히로카즈
(十重田裕一)가 가와바타 야스나리(川端康成), 요코미쓰 리이치(橫光利
一) 등 신감각파 문학자들의 간토대지진 체험에 대해 쓴 논문[2]들이 눈
에 띄지만, 생각보다 많은 근대 문학자들이 간토대지진에 관해 여러 글
들을 남긴 것을 생각한다면 기존의 연구들은 극히 국소적인 연구에 불
과하다 할 수 있을 것이다.[3]

---

1  前田潤, 「中村武羅夫「群盲」の龜裂―「關東大震災」直下の連載小說」, 『立敎大學日本
   文學』 82(1999).
2  十重田裕一, 「被災した作家の體驗と創作―新感覺派の關東大震災」, 『早稻田文學記錄
   增刊 震災とフィクションの"距離"』 1(早稻田大學總合人文科學硏究センター, 2012).
3  稻垣達郎, 「關東大震火災と文壇」, 『國文學―\解釋と敎材』 10(1964); 小田切進, 「驗關
   東大震火災と文學」, 『國文學―\解釋と敎材』 9(1967); 浦西和彦, 「關東大震災と文學」,
   『國文學―\解釋と敎材』 3(1989); 槌田滿文, 「關東大震災と文學者―地震ショックと
   罹災體驗の記錄」, 『武藏野女子大學紀要』 27(1992) 등의 포괄적인 연구가 시도된 논문
   도 찾아볼 수 있으나 관련 문헌의 단순한 나열 혹은 소개를 겸한 개괄로 그치고 마는
   경향이 있다.

물론 당시의 근대문학자 개개인이 체험한 내용이나 그 체험을 바탕으로 한 창작물들을 개별적으로 분석하는 것 역시 흥미로운 일일 것이나, 간토대지진이라는 압도적인 체험이 일본 근대문학 전반에 미친 영향 혹은 당시 일본 사회와 문학 작품들 사이의 콘텍스트적인 맥락을 총체적인 면에서 진단해 보는 작업 역시 꼭 필요한 일일 것이다.

본고에서는 당시 일본 근대작가들이 펴낸 에세이 작품들을 분석 대상으로 하여 그 안에 담긴 내용들이 지진 발생 이후의 일본 사회와 어떻게 연동되고 있는지를 살펴보고자 한다. 2017년 출간된 『간토대지진과 작가들의 심상풍경』⁴은 간토대지진 발생 직후 시마자키 도손(島崎藤村)을 비롯한 주요 작가들의 지진 체험담을 번역해 놓은 책이다.

에세이 이외에 체험담 형식의 소설도 함께 싣고 있는 이 책은 서두에서 "간토대지진이 일어난 후 문학자·작가들의 눈에 비친 재난의 현장, 공포, 가족이나 지인에 대한 걱정, 사회 현상에 대한 비평, 미래에 대한 희망의 심정이 잘 나타나 있는 글들을 묶었다"고 밝히고 있다.

간토대지진 발생 이후 관련 체험담이나 작품이 단행본의 형태로 묶여 출간된 경우는 국내는 물론 일본에서도 찾아보기 힘들다. 주로 각 작가의 전집 혹은 다이쇼(大正) 문학전집 등의 일부로 실리는 형태가 대부분인 가운데, 간토대지진의 현장과 그에 대한 생생한 소회를 담은 글을 추려 번역한 이 책은 재난 이후 일본 사회의 다양한 단면을 그려볼 수 있게 해준다.

특히 주목해보고 싶은 것은 이러한 작품들에서 지진 이후의 새로운 삶에 대한 기대가 드러나 있으며 그 기대의 바탕에 유독 '일본적인 것',

---

4  정병호·최가형 편역, 『간토대지진과 작가들의 심상풍경』, 역락(2017).

'일본다움'으로 돌아가고자 하는 열망이 자리해있다는 점이다.

## Ⅱ. 본론

### 1) 대지진 묘사와 조선인 표상

간토대지진이 도쿄와 인근 지역에 초래한 괴멸적인 피해에 대한 바는 문학 작품 이외의 문장들을 통해서도 기존에 여러 차례 다뤄진 바 있다. 그러나 간토대지진 발생 직후 자행된 무참한 조선인 학살 행위에 대한 내용은 금기시되거나 소외되어 현재까지도 정확한 진상에 대한 내용을 파악하기 어려운 것으로 전해지고 있는 실정이다.

한일 양국 학자들의 진상 규명을 위한 노력 아래 학살당한 조선인들의 숫자(야마다 쇼지(山田昭次) 릿쿄(立教)대학 명예교수가 여러 보고서와 자료를 분석하여 얻은 6,661명이라는 숫자)가 공식적으로 인정되거나, 알려지지 않았던 사실들이 드러나는 등 나름의 성과가 있었으나 여전히 조선인 학살에 관한 내용은 조작된 것에 불과하며, 당시 조선인 독립운동가들에 부화뇌동한 조선인들이 죽음을 자초한 것이라는 식의 주장(加藤康男 (2014)『トリック數字がまかり通る謀略「虐殺」人數の嘘一 關東大震災「朝鮮人虐殺」はなかった』ワック出版社)을 비롯해 조선인 학살 문제를 도외시하고자 하는 흐름이 공공연한 현실을 생각해볼 때 관련 연구를 수행하는데 많은 과제들이 남아있음을 확인할 수 있다.

앞서도 언급한 것처럼 기존의 많은 선행연구들이 간토대지진 관련 문학들에서의 조선인 표상에 대한 언급을 한 바는 있으나, 특정 작가혹은 특정 작가군의 한두 작품에 국한시켜 살펴본 경우가 대부분이었다.

엄격한 검열 아래 출판될 수밖에 없었던 당시의 한계를 고려해 볼때, 당시 문학자들의 글들에서 조선인에 관한 내용을 본격적으로는 다루고 있는 경우를 찾아보기란 녹록치 않다. 그럼에도 불구하고 작가들의 지진 체험담에서는 조선인에 대한 당시의 평판, 소문 등을 엿볼 수있게 해주는 표현들이 곳곳에 등장하고 있는 것을 보게 된다. 먼저 시마자키 도손의 글에서는 다음과 같은 내용들이 눈에 띈다.

> 그때 나는 평소 보지 못했던 사람들이 흰 양복을 입은 순사에게 줄지어 끌려가며 롯폰기(六本木) 방면에서 거리를 지나는 것을 보았다. 등이 높은 체격, 움푹 꺼진 볼, 긴 얼굴, 특색 있는 눈빛 등으로 그 100명 정도 되는 일행이 어떤 사람들인지 나는 바로 알 수 있었다. 그중에는 16, 7세 정도 된 소년도 두세 명 섞여 있었다. 그 사람들이 바로 지금으로부터 30일쯤 전에 실로 무서운 유령으로서 시민들에 눈에 비쳤겼던 이들이었다. (중략) 나는 뭐라 형용하기 어려운 느낌에 사로잡힌 채, 아마도 시바우라(芝浦)를 향해 귀국을 서두르고 있는 듯한 그 사람들의 일행을 쳐다보았다.[5] (밑줄 필자)

위의 글은 도손 자신이 목격한 조선인 일행들에 대한 묘사를 서술한부분이다. '조선인'이라고 명시를 한 것은 아니지만 눈빛, 광대, 큰 체격 등 당시 조선인에 관한 묘사가 답습되어 있는 것 또한 조선으로 돌아가기 위한 배가 출항하던 시바우라로 향하는 일행이었다고 밝히고있는 부분 등에서 도손이 목격한 무리가 조선인들의 무리임을 확인할

---

5 『간토대지진과 작가들의 심상풍경』, p.13.

수 있다.

가장 눈길을 끄는 것은 조선인들을 가리켜 "지금으로부터 30일쯤 전에 실로 무서운 유령으로서 시민들에 눈에 비춰졌던 이들"이라 지칭하고 있는 부분이다.

> 이천 명이나 되는 적이 습격해 올 것이라고 하는 옛날이야기라고 해야 믿을 법한 풍문은 그다음 날에도 계속되었다. 적은 이미 로쿠고(六鄕) 강 부근에서 격퇴당했으니 안심하라고 하는 사람이 있는가 하면, 아니다, 그 잔당이 잠입해 오지 않으리란 법은 없다고 하는 사람도 있었다.[6]
>
> (중략)
>
> 나는 예전 프랑스 여행 때 세계대전을 경험했을 당시 일이 떠올랐다. 오스트리아와 세르비아의 선전포고, 이어서 이뤄진 독일에 대한 프랑스의 선전포고 당시, 프랑스의 수도 파리는 얼마나 혼란스러웠는지. "에스피온(espion), 에스피온…." 하고 외치는 소리가 프랑스와 독일 국경 간의 교통이 단절됨과 동시에 들리기 시작했다. 파리에 있는 독일인이 경영하는 상점은 거의 전부가 파리 시민들에 의해 파괴되었다. '에스피온'이란 탐정을 가리키는 것으로 당시 프랑스인들 사이에서 소위 '독일의 개'라는 의미로 사용되었다. 그 무렵 광기에 사로잡힌 프랑스인들은 같은 프랑스인을 의심하기도 했는데, 이번 대지진으로 도쿄의 한가운데서는 '에스피온' 대신 애처로운 '유령'이 등장했구나.[7]

도손은 예전 프랑스 여행 때 세계대전을 경험한 바 있다. 프랑스가 독일에 선전포고를 했던 당시, 프랑스의 수도 파리에서 벌어졌던 장면

---

6 『간토대지진과 작가들의 심상풍경』, p.31.
7 위의 책, pp.31~32.

을 도손은 회상하고 있는 것이다. '에스피온'이란 간첩, 스파이라는 뜻을 가진 스페인어로 당시에는 탐정이란 뜻으로도 통용되었으나 두 나라 사이에 전쟁이 발발함과 동시에 프랑스 국내에서는 독일의 앞잡이를 지칭하는 용어로 사용되었다.

독일인에 대한 의심을 넘어 프랑스인이 같은 프랑스인을 상대로 의심을 하기도 했던 당시의 상황을 간토대지진 발생 직후의 상황과 빗대어 묘사하고 있는 이 부분에서 조선인에 대한 도손의 감상을 엿볼 수 있다.

이천 명이나 되는 적 즉 조선인이 다시 습격해 올 것이라고 하는 소문을 '옛날이야기라고 해야 믿을 법한 풍문'이라 표현한 것이나 이번 대지진으로 인해 도쿄의 한가운데에서 '에스피온' 대신 '애처로운 유령'이 등장했다고 비유하고 있는 부분 등은 도손이 조선인에 대해 일말의 안타까운 감정을 가지고 있었음을 엿보게 해준다. 또한 위의 인용문들은 도손이 조선인에 대한 소문들을 터무니없이 과장되고 왜곡된 것이라 인식하고 있었을 가능성 역시 담보하고 있다.

그런가 하면 조선인들에 대한 소문을 사실인 것으로 취급하여 글에 그대로 반영한 경우도 볼 수 있다. 가노 사쿠지로(加能作次郎)는 지진 발생 당시의 감상을 담은 글에서 다음과 같이 쓰고 있다.

　　잠시 후 우리들은 교바시(京橋)도 니혼바시(日本橋)도 간다(神田)도 아사쿠사(淺草)도 혼조후카가와(本所深川)도 어제 하룻밤 만에 그 대부분이 소실되어 지금은 전 시내가 전멸하는 대참사를 면하기 어려운 상황이 되었다는 놀랍고 두려운 소식을 들었다. 또한 이어서 <u>그 화재는 불령한 XX의 집단이 이 기회를 틈타 무서운 계획을 수행하고자 어떤 행동</u>

<u>을 취한 결과로</u>, 그렇기 때문에 이 천재지변이 초래한 참사를 한층 키운 것이라고 하는 얘기도 어느 틈엔가 전해졌다.[8]

위 인용문의 밑줄 친 부분에서 확인할 수 있는 것처럼 화재를 일으킨 XX집단(조선인 집단)이 지진으로 인한 혼란한 상황을 틈타 화재뿐 아니라 다른 무서운 계획 역시 세우고 있다는 소문이 공공연하게 퍼져있었고, 가노 사쿠지로 역시 그 소문을 그대로 기술하고 있다. 나가타 히데오(長田秀雄) 역시 같은 맥락에서 다음과 같은 문장을 남겼다.

> <u>지진에 이어 조선인들의 소동이 있었다.</u> 평생 우리들의 현재 생활이 안전할 것이라고 믿어 의심치 않았던 만큼, 시민들의 불안과 공포는 극심했다. 검게 타죽은 사람이나 무기를 든 광폭한 남자들의 모습이 더 이상 드문 것이 아니게 되었고 적어도 4, 5일간은 그런 모습이 도쿄에서의 일상인 것처럼 이어졌다. <u>우리들은 그 지진에 이어 혁명의 공포와 불안을 맛보았다.</u> 그런 천재지변을 당하면 의외로 인간은 솔직해지기 마련이다. 잠<u>재적인 의식 아래 계속 잊어버리고 있던 한국병합이란 사실이 그 대지진과 함께 새롭게 국민의 마음을 일깨운 것은 아닐까.</u> 그때의 불안이 단지 간토 지역 사람들뿐 아니라 거의 전국적으로 퍼졌었다고 하는 사실은 그 방증일 것이라고 나는 생각한다.[9]

주목할 것은 나타가 히데오가 조선인들의 소동이 있었다고 단정을 내리고 있는 부분, 조선인들의 소요를 사실로 확정하는 동시에 그 소요를 한국병합 즉 한일병탄 이후 일본 사회의 불안 및 조선인들에 대한

---

8 『간토대지진과 작가들의 심상풍경』, p.54.
9 위의 책, p.122.

일본 사회의 공포와 연관시키고 있는 부분이다.

　1910년의 한일병탄 이후 "1913년경의 일본 신문에서 확인되는 조선인에 대한 기술은 대부분 '불만, 불령, 불온'이라는 단어로 장식되어 있는데, 이는 당시의 열악한 사회 환경을 반증해 주는 단어라 할 수 있다. 식민 통치에 대해 조선인은 당연히 불만을 표출시켰을 것이고, 이러한 조선인의 언행은 일본정부의 눈에는 '불온'하거나 '불령'스러운 모습으로 인식되었을 것이다."[10]

　이어 1919년의 3.1운동으로 인해 '불령'한 조선인에 '두려운' 조선인, 공포의 대상으로서의 이미지가 더해지면서 일본 사회에서는 조선인을 경계하고자 하는 분위기가 고조되어 간다. 그러던 중 발생한 간토대지진은 일본 사회가 그동안 조선인에 대한 품고 있던 불만과 공포를 증폭시키는 계기가 된다. 앞서 시마자키 도손이 세계대전 발발 당시의 프랑스인을 가리켜 '광기'에 사로잡혔다고 표현했던 것처럼 간토대지진 발생 당시의 일본인들은 경계와 공포의 대상이었던 조선인들을 대상으로 잠재되어 있던 광기를 분출시킨 것이라 볼 수 있다.

　문학작품에서 묘사되고 있는 간토대지진 발생 직후의 조선인 표상은 당시 일본 사회가 사로잡혔던 광기가 불안하고 외적인 요소들을 철저히 타자화하고 배제시킴으로써 소거하는 한편, '일본' 혹은 '일본인'이라는 정체성과 자아를 공고히 함으로써 사회적 위기에서 시도되었던 의도적인 환기였음을 보여주고 있다.

---

10　강효숙,「관동대지진 당시 조선인 학살의 의미-민족, 제노사이드-」,『전북사학』 52(전북
　　사학, 2018), p.280.

## 2) 대지진 이후의 '새로운 삶'

이와 더불어 간토대지진 이후 작가들의 에세이에 담긴 내용들 중 가장 눈에 띄는 한 가지는 문명과 자연의 대립 근대와 근대 이전의 대립이라는 구도가 반복적으로 등장하고 있다는 점이다. 간토대지진 발생 이전의 도쿄는 문명의 최첨단, 일본인들의 자랑거리라 할 만한 근대 과학의 진수를 담고 있는 도시였다. 그런 도쿄가 자연의 힘 앞에서 무력하게 파괴되는 것을 보며 여러 작가들이 문명의 무력함을 돌아봄과 동시에 문명에 취해 살아왔던 지난날을 반성한다.

> "이런 말을 하면 안 되는 건지도 모르겠지만, … 작년의 지진 때는 지진 자체에 비해 피해가 컸어요. 집을 흔든 것은 자연의 힘이지만 집을 태워버린 것은 인간이 사용한 불이에요. 냉정히 말해 다 스스로 자초한 결과죠."[11]

> "자연은 극복하겠다고 해서 극복할 수 있는 것이 아니죠. 현재의 도시는 고대의 도시와는 달리 많은 인간들이 우연히 모여 만들어진 생명력 없는 곳이에요. 살아있는 도시가 아닌 집이나 도로의 끝없는 행렬에 불과합니다. 이런 곳은 천재지변보다 인간들 스스로가 만들어낸 재해에 의해 망할 것 같아요."[12]

지진 피해가 화재 등으로 인해 더욱 커질 수밖에 없었던 것은 일본 국민들이 문명의 안락함에 기대 생활하고자 했기 때문이다. 또한 자연

---

11 『간토대지진과 작가들의 심상풍경』, p.115.
12 위의 책, p.116.

을 극복하려는 것은 어리석은 생각이며, 과학의 힘에 취해 자연을 극복
대상으로 삼고 정복하고자 노력해 온 결과 지금의 삭막한 도시가 만들
어졌다고 말한다. 그런가 하면 간토대지진은 일본 사회가 자연으로 돌
아갈 수 있도록, 모든 것을 처음으로 되돌릴 수 있도록 하는 결정적인
계기가 되었다고 평한 경우도 있다.

> 도시에서 생활하는 우리들은 도시의 물질문명 속에 매몰된 한편, 자
> 연으로 돌아가고자 하는 본능 역시 갖고 있다. 이번 대지진을 겪으며
> 나와 같은 감상을 느낀 사람도 많을 것이다.[13]

무라마쓰 쇼후(村鬆梢風)는 초토화된 도쿄의 모습을 바라보며 왠지
모를 쾌감을 느끼게 된다고 말한 뒤 위와 같이 덧붙인다. 물질문명에
물들어 있던 자신의 모습을 돌아보는 한편 자연으로 돌아가고자 하는
인간 본연의 모습을 깨닫는 것. 무라마쓰는 간토대지진이 그런 깨달음
의 기회를 제공했다고 말하고 있는 것이다. 또한 나가타 히데오는 보다
노골적으로 간토대지진이 우리에게 새로운 생활을 가져다줄 것이라고
말한다.

> 시민들의 생활뿐만이 아니다. 그 생활을 바탕으로 정치도 교육도 예
> 술도 ― 우리 주위를 둘러싸고 있던 모든 것들이 전부 일신(一新)할 기
> 회를 얻은 것만 같다는 생각을 하게 된다.[14]

---

13 『간토대지진과 작가들의 심상풍경』, p.99.
14 위의 책, p.123.

　이는 모두 물질문명에 물든 지난날의 모습에서 벗어나 간토대지진을 통해 시민들의 생활뿐 아니라 사회의 모든 분야가 새롭게 태어날 기회를 얻었음을 전제로 한 담론들이라 할 수 있다.

　이와 관련하여 일본 자본주의의 아버지라는 수식어로 잘 알려져 있는 시부사와 에이이치(澁澤榮一)는 무사(武士) 출신으로 한때 공직에 올라 메이지 유신 이후의 정부에서 두각을 타나내기도 했으나 향후 사직한 뒤 실업계의 각 분야에서 활약하며 근대화의 주역 중 한 사람으로 평가받았다.

　시부사와 에이이치는 간토대지진 발생 당시 천견론(天譴論) 즉 천벌론을 주장한 것으로도 유명하다. 천벌론은 단순히 말해 하늘이 자연재해라는 형태로 인간들에게 벌을 내린 것이라고 하는 주장이다. 그러나 시부사와 에이이치의 천견론이나 앞서 살펴본 인용문의 내용을 글자 그대로만 받아들여 단순한 해석으로 귀결시키는 것은 무리가 있다.

　먼저 시부사와 에이이치가 주장한 천벌론이란 미신적인 신앙이나 어리석은 대중에 대한 꾸짖음만을 바탕으로 하고 있는 것이 아니라는 점을 확인할 필요가 있다. 시부사와 에이이치가 말하는 "천벌의 천은, 개인의 원망과 감정을 넘어서 있는 사회의 여론과 공동체의 정서나 국가의 사법적 심판을 포함하는 것으로 보인다. 이런 점에서 시부사와는 나의 이익만을 중시하는 약육강식의 정글보다 나와 남이 공존할 수 있는 '이상적 국가사회'를 주장하는 것이다."[15]

　위와 같은 시부사와 에이이치의 천벌론을 대입해보면 천벌이란 이상

---

15 신정근, 「『논어』에 대한 경영학적 해석-시부사와 에이이치의 『논어와 주판』을 중심으로-」, 『동양철학연구』 61(동양철학연구회, 2010), p.212.

적인 국가사회에 해악이 되는 존재, 이상적인 국가 건설이 아닌 개인
부(富)의 축적을 비롯한 사리사욕을 탐하는 사람에게 내리는 것이다.
이와 같은 주장에 따른다면 천벌을 면하기 위해서는 '이상적인 국가'에
걸맞은 '이상적인 국민'이 되어야 마땅하다는 결론에 도달하게 된다.
앞선 인용문들에서 물질문명에 취해있던 지난날에 대한 비판은 결국
물질에 취하고 개인의 욕심에 취해 '일본'이라는 국가를 잊었던 민중들
에 대한 비판이었던 셈이다.

　그렇다면 물질문명에 물들었던 지난날이 붕괴되고 새 삶을 위한 일
신의 기회를 얻은 일본 사회, 그 향후 양상이 어떻게 전개될 것인가 혹
은 어떻게 전개되어야 마땅할 것인가라는 물음에 대해 당시의 작가들
이 어떠한 견해를 갖고 있었는지를 다음의 내용들을 통해 짐작해 볼
수 있다.

### 3) '일본적인 것'으로의 회귀와 내셔널리즘

　　인간은 어떠한 재난을 만나더라도 결코 희망과 공상을 잃지 않는 존
　재이다. 새롭게 도래하는 1924년을 맞이하는 데 즈음하여 나는 역시 이
　런 사실을 깊게 느끼고 있다. 나의 희망과 공상 속에 나타난 1924년은
　이렇다. 이 대지진에 의해 완전히 파괴되어 버린 과거의 인습 즉 메이지
　이래의 번역(翻譯)적 문화로부터 벗어나서 민족의 독창을 중시한 문화가
　발생할 것이라는 점이다.[16]

　　나의 상상은 일본이라는 국가의 현재 혹은 장래 문화의 정도나 인구
　밀도, 그 밖에 여러 가지 필연적인 조건을 무시한 끝없는 공상이었다.

---

16 『간토대지진과 작가들의 심상풍경』, p.61.

그럼에도 불구하고 그 때 나는 엄청난 실감을 느끼며 자신이 그린 상상의 세계로 빠져들 수 있었다. 그렇게 나는 왠지 모를 굉장히 좋은 기분에 젖어들었다. 도쿄가 망해 이른바 옛 무사시노(武藏野)[17]로 돌아갈 것을 상상했던 것인데, 그럴 때 나는 상실감보다는 환희를 느꼈다.[18]

위의 인용문을 통해 간토대지진 이전의 물질문명은 일본 고유의 것이 아닌 서양의 것, 이질적인 것들로 이루어진 문명이었으며 따라서 지진 이후의 새로운 삶은 서양에 의해 물든 것이 아닌 고래(古來)의 일본적인 것을 회복한 삶이어야 한다는 주장을 엿볼 수 있다. 일본의 독창, 옛 무사시노 등의 표현에서 알 수 있는 것처럼 대지진 이후 일본 사회가 지향해야 할 삶과 그 형태는 근대화 즉 메이지 유신 이전의 것들이다.

메이지 이전 삶으로의 회귀를 꿈꾸는 이러한 경향은 간토대지진 이전부터 드러난 바 있다. 이권희는 나가이 가후(永井荷風)의 도쿄 산책기(散策記)『히요리게타(日和下駄)』(1915)를 예로 들며, 해당 작품에서 "에도와 도쿄라는 신구 도시의 상대화를 통해 신흥도시 도쿄가 갖고 있는 이면성, 그중에서도 도쿄의 서구화된 겉모습보다는 겉으로는 드러나지 않는 도쿄의 전근대적인 모습에 가치를 찾는, 애도의 잔상에 대한 작자의 끊임없는 애정과 예찬"[19]이 엿보인다고 지적한다.

이러한 지적에서도 볼 수 있듯 도쿄 이전 에도의 모습에서 가치를

---

17 간토 지역 일대를 가리키는 지역의 옛 명칭.
18 『간토대지진과 작가들의 심상풍경』, pp.98~99.
19 이권희, 「다이쇼(大正)시대의 도쿄 표상과 심상지리」, 『日本學研究』 25(일본연구소, 2008), p.176.

발견하는 한편 그에 대한 향수를 노래한 경우가 적지 않았다. 그러나 간토대지진 이전과 이후의 도쿄가 같을 수 없는 것처럼 간토대지진 이전의 에도 예찬을 간토대지진 이후의 그것과 완벽히 동일선상에 둘 수는 없다.

간토대지진 발생 이전 도쿄를 향수하던 감각과 지진 이후 메이지 이전의 일본을 지향하고자 하는 경향에 교집합적인 부분이 전무(全無)하다고 할 수는 없다. 그러나 앞서 살펴본 조선인 표상 및 지진 이후에 전개될 새로운 삶에 대한 담론 등과의 연관성을 고려해보면 간토대지진 이후의 옛 일본 예찬은 내셔널리즘적인 측면이 강하게 드러난 현상이라 평할 수 있을 것이다.

'일본적인 것'을 강조하고자 하는 경향은 앞서 살펴본 조선인 표상과도 결부된다. 조선인 표상에서 당시 일본인, 일본민족으로서의 자아를 공고히 하고자 했던 시도, 극적인 내셔널리즘의 부활과 '일본적인 것'으로의 회귀가 엿보였던 것과 마찬가지로 근대 이전의 삶으로 돌아갈 것을 갈망하고 있는 위와 같은 부분에서도 그러한 내셔널리즘적 측면이 짙게 드러나 있는 것을 확인할 수 있다.

## Ⅲ. 나가며

이상 간토대지진 발생 이후 일본 근대문학자들의 지진 체험을 묘사한 에세이, 소설 등에서 조선인 표상, 새로운 삶에 대한 기대들이 내셔널리즘과 불가분의 관계가 있음을 재확인할 수 있었다. 재난 발생과 일본 사회의 내셔널리즘의 이러한 상관관계를 분석하고 확인하는 작업이 여전히 유의미한 것은 그러한 관계가 현재진행형으로 반복될 소지를 지니고 있기 때문이다.

> (…) 일본인은 단결해야 한다는 방향으로 분위기가 흘러가는 게 우려스럽다. 고토다 마사하루 씨가 "일본인은 부화뇌동하는 버릇이 있다"고 말했다던데 확실히 그렇다. 간토대지진 이후 일본에서 다이쇼 데모크라시가 소멸된 것이나 1755년 리스본 지진 이후 프랑스혁명이 발발하고 나폴레옹이 대두했다는 상관성이 이번에는 어떤 모습으로 드러날까. 이제부터 생각해 볼 일이다.[20]

위의 인용문은 3.11 동일본대지진(東日本大震災, 이하 3.11로 약칭) 발생 이후 일본의 정신의학자 나카이 히사오(中井久夫)가 표했던 우려 중 일부이다. 나카이 히사오 외에도 3.11 이후 일본의 많은 지식인들이 같은 맥락에서 일본의 미래를 염려한 바 있다. 이러한 반응을 통해 '힘내라 일본' '일본은 하나'와 같은 슬로건에 대한 염려가 일본의 내셔널리즘을 우려하는 목소리와 맥락을 같이하고 있음을 볼 수 있다.

대지진 발생 이후, 앞으로 펼쳐질 미래를 일본적인 것, 일본의 전통에 근거한 것으로서 상정했을 때 그것이 '일본인은 단결해야 한다'는 내셔널리즘적 사고와 연동될 가능성은 충분히 존재한다. 실제로 시부사와 에이이치를 재현이라도 하려는 듯 3.11 발생 직후 현대 일본 사회의 우경화를 대표하는 인물 중 한 사람인 이시하라 신타로(石原愼太郎)가 천벌론을 언급하기도 했다.

천벌론의 재림, 외국인을 둘러싼 루머, 일본적인 것, 일본인을 부르

---

20 쓰루미 슌스케 外, 윤여일 역, 『사상으로서의 3.11』(그린비, 2012), p.106.

짖으며 그 안에 포함되지 않는 대상들은 배제시키고자 하는 식의 극단적인 내셔널리즘은 현대 일본 사회에서도 대재난 발생 이후 반복적으로 나타나는 현상들이라 할 수 있다. 간토대지진 발생 당시 조선인을 둘러싼 불분명한 소문들이 사실 확인과 관계없이 유포되었던 것처럼 현대 일본 사회에서도 3.11 발생 당시나 등 대재난이 발발한 경우 혼란을 틈타 한국인을 비롯한 외국인들이 도둑질을 하거나 일본인 부녀자를 강간하고자 했다는 등의 출처가 불분명하고 사실관계가 확인되지 않은 루머들이 유포된 바 있다.

대지진 이후의 문학 작품들은 당시의 상황을 생생히 묘사하여 기록으로 남긴다고 하는 의의와 더불어 내셔널리즘과 연동된 당시 일본 사회의 다양한 측면 역시 표상하고 있다. 간토대지진 이후 다이쇼 데모크라시가 소멸하고 뒤이어 아시아태평양 전쟁이 발발했던 사실, 3.11 발생 이후 일본이 전쟁 가능한 국가가 되기 위한 꾸준한 행보를 이어가고 있다는 점 등을 상기해 볼 때, 문학 작품에서 드러나고 있는 내셔널리즘적 성향은 꾸준히 주목해보아야 마땅한 부분들이라 할 수 있다.

# 재난 이후 일상, 비명과 침묵
# 혹은 그 사이의 균열

### 손창섭의 50년대 소설을 중심으로

오혜진

## I. 한국전쟁이라는 재난

최근 영화와 소설은 재난에 주목한다. 영화는 시각적 스펙터클을 보여준다는 점에서 진작부터 재난을 그려왔지만 2000년대 이후로는 더욱 잦다. 「괴물」(2006, 봉준호), 「해운대」(2009, 윤제균), 「연가시」(2012, 박정우) 등과 같은 전형적인 내용에 이어 최근에는 좀비 등과 같은 이색적인 소재로 화한 「부산행」(2016, 연상호), 「창궐」(2018, 김성훈) 등도 등장하며 스펙트럼을 넓히고 있다. 소설의 경우는 정유정, 편혜영, 윤고은 등의 작가들에 의해 재난이 다루어지고 있다.[1] 이는 단지 소설이나 영화를 통한 은유적 상황으로서의 재난만이 아니라 최근 벌어진 메르

---

1 오혜진, 「출구없는 재난의 편재, 공포와 불안의 서사」, 『우리문학연구』 48(2015), p.325 정리.

스 사태나 에볼라 바이러스, 지진해일, 지진, 폭염 등 실제로 전지구적
이면서 국지적으로는 대한민국이라는 한 나라를 강타했던 여러 재난이
나 재해와도 맞닿아 있어 여러모로 예사롭지 않다. 그렇다면 대한민국
의 현대사에서 가장 큰 재난은 무엇을 꼽을 수 있을까. 너무나 당연하
게 1950년에 벌어진 한국전쟁일 수밖에 없다.

한국전쟁은 "그 잔인성에 있어서는 20세기의 국제전이나 내전 과정
에서 발생한 다른 어떤 학살도 능가하였"으며 "인간의 존엄성이 얼마
나 무참하게 파괴될 수 있는지를 보여준 살아있는 인권 박물관이자 교
과서"²였고, 그에 따라 "4.3, 한국전쟁을 거쳐 살아남은 신생 공화국
'대한민국'은 전쟁과 학살의 와중에 죽어버린 사람들과 살아남았어도
산 것이 아닌 사람들이 살아가는 세상, 즉 '원귀(冤鬼)들의 공화국'"³으
로까지 불릴 지경이었다. 이는 수사적인 의미만이 아니라 6월 25일 시
작된 전쟁은 1953년 7월 27일 휴전을 하기까지 남북 합쳐 200만 명이
넘는 인명 손실과 150억 불에 달하는 전쟁 비용, 산업 기반과 삶의 터
전이 거의 파괴되는 수준의 피해였다. 일반적인 전후 상황은 전쟁의
종결을 의미하지만 한국의 경우, 잠정적 휴전이라는 현실적 대치국면
속에 언제고 전쟁이 다시 일어날 수 있다는 불안과 이런 상황을 이용
한 남북 양쪽 정부의 이데올로기 대립은 그 땅에 살고 있는 사람들을
공포에 사로잡히게 할 수밖에 없는 특수한 상황이었다. 전쟁은 끝난
후에도 계속해서 일상을 지배한 것이다. 따라서 이 당시의 상황은 그

2  김동춘, 『전쟁과 사회』(돌베개, 2000), p.294.
3  이영진, 「'좀비'에서 인간으로의 생명연습 : 한국의 '전후'에 대한 정신사적 고찰」, 『민주
   주의와 인권』 18(2)(2017), p.207.

이후 벌어진 어떠한 재난보다 압도적이다. 최근의 소설이나 여러 콘텐츠에서 보여주는 재난 상황과 더불어 재난 이후의 삶을 이해하고 살펴보는 데에 있어 1950년대의 작품들을 거쳐 가지 않을 수 없는 이유이기도 하다.

전쟁으로 인한 사망자와 시설 기반의 파괴라는 수치적 누적을 넘어 각 개인의 일상과 삶에서 벌어지는 트라우마와 죽지 못해 사는 하루하루를 들여다보는 작업은 중요하다. 또한 이렇게 벌어진 일들에 대해 어떠한 수습 과정을 거치고 그것을 극복하고 치유, 혹은 회피하고 묻어버렸는지까지를 살피는 것이 바로 당대 문학의 역할이었을 터이다. 우리는 그러한 작가들로 장용학, 손창섭, 오상원, 이범선 등을 꼽는다. 이들은 50년대라는 특수한 상황을 전쟁의 양상이나 후방에서의 삶을 통해 당대의 정신적인 공황 상태와 어두운 현실을 문제적으로 접근한다. 물론 이들의 작품에 대해 "전후의 현실적 조건과 상황을 토대로 한 소설의 경우 전쟁 그 자체에 주목하기보다는 전쟁이 지나간 자리의 현실과 삶에 주목하게 되는데, 이런 계열의 소설들이 보여주는 주제의식은 방향성의 상실로 인한 공허를 기반으로 하는 허무주의가 대부분"[4]이라는 비난 등이 존재하지만 전후 문학은 현실을 고스란히 보여주었다는 것만으로도 그 역할을 하였다고 할 것이다.

한국전쟁을 성찰하고 진지하게 응시하는 작품들은 그 상처가 어느 정도 지나가고 아문 후에 등장한다. 최인훈, 김원일, 박완서 등이 거기에 해당된다. 그렇지만 재난의 상황 아래 놓여있는 작품들은 성찰보다는 당장의 고통과 공포의 상황을 보다 생생하게 드러낸다. 살육과 파괴

---

4 강유진, 「손창섭 소설의 변모 양상 연구」(중앙대학교 박사 논문, 2012), p.26.

의 전쟁 현장은 아니지만 그에 버금가는 일상의 디스토피아를 질병과 정신적 트라우마를 통해 그려내고 있는 셈이다. 프로이트에 따르면 트라우마란 인간관계에서 주체가 감당할 수 없는 강한 자극이나 충격에 의해 입게 되는 정신적 상처로, 신체적인 마비, 악몽, 가위눌림, 환청, 환각증세, 발작 등 다양한 증후가 되어 "육체에 가해지는 상처에서 정신에 가해지는 상처로 확장"[5]되면서 반복적으로 발생한다. 이 트라우마는 노이로제로 발전하면서 현실에 영향을 끼친다. 전쟁이라는 재난은 직접 전장에 있었건 있지 않았건 그 테두리에 있는 사람들에게 극심한 트라우마를 남긴다. 전후문학의 작가들은 "파편화된 감각과 맥락 없는 심상에 강렬하게 집중되면서 현실성을 획득하게 되는 기억인데 언어적인 이야기체와 맥락이 결여"[6]되는 트라우마의 특성을 보여주는 인물들을 주로 그린다. 대표적인 작가가 바로 손창섭이다. 이영진은 전후 작가들에 나타난 정신적 한계를 니체적 관점에서 정신사적 고찰을 하고 있다.[7] 유철상은 "청년기에 전쟁을 체험하며 등장하였던 전후세대 작가들의 공통된 문학적 특징으로는 전통에 대한 철저한 거부와 서구 전후문학의 기법 수용을 들 수 있다"[8]며 전후문학이 기존 리얼리즘 소설과는 다른 모더니즘 글쓰기로 접근했음을 주장했다. 그 외 기존 연구들에서도 손창섭을 위시한 전후 작가들이 기성세대와는 다른 글쓰기를 시도했고 현실을 그들만의 시각으로 재구성하고 전면화시켰다는 점에 대

---

5 지그문트 프로이트, 박찬부 역, 『쾌락원칙을 넘어서』(열린책들, 1997), p.16.
6 주디스 허먼, 최현정 역, 『트라우마-가정 폭력에서 정치적 테러까지』(프래닛, 2007), p.68.
7 이영진, 앞의 논문.
8 유철상, 『한국전후소설연구』(월인, 2002), p.39.

체로 동의하는 태도다.

이 연구는 손창섭의 50년대 단편 소설을 중심으로 재난의 양상을 살펴볼 것이다. 손창섭의 소설이 대체로 50년 후반에 써진 「잉여인간」을 기점으로 보다 현실적이고 능동적인 방향으로 나아갔다는 것은 대부분 연구자들의 시각이다. 본고 역시 그러한 시각들을 전제로 전쟁이 끝난 직후에 써진 작품들이자 일상의 재난화를 확연히 드러낸 작품들이라 여겨지는, 1952~1956년 작품 중에서 8편의 작품을 중심으로 다룰 것이다.[9] 이들 작품들은 감옥 안이라는 특수한 상황을 보여준 「인간동물원초」나 전쟁 상황을 그대로 표출한 「희생」 등과 달리 전쟁이 끝난 직후의 삶을 다루고 있다. 이 논문은 전쟁이 끝난 직후에 살아가는 것도 재난일 수 있다는, 재난의 일상화에 초점을 맞추어 살펴보려 한다. "전쟁으로 일상성은 단숨에 예고 없이 붕괴되지만 전쟁이 다시 일상이 되면 일상성은 전쟁을 압도하며 회복된다. 그리고 이러한 과정을 통해 평상시에는 나타나지 못하고 숨어 있던 인간 현실의 진정한 모습"[10]이 드러난다는 말과 같이 손창섭의 인물들은 재난에 압도된 일상을 살아간다. 이에 소설에 나오는 남성과 여성 인물들이 겪은 재난의 성격 및 그것에 대응하는 양태가 다름에 주목하여 분석할 것이다. II장은 남성 인물들을, III장은 여성 인물들을 대상으로 소설을 살펴보려 한다. 이를

---

9 「공휴일」(1952), 「사연기」, 「비 오는 날」(1953), 「생활적」(1954), 「혈서」, 「피해자」, 「미해결의 장」(1955), 「유실몽」(1956) 등을 중심으로 분석한다. 이 작품들은 손창섭 단편선인 『비오는 날』(문학과지성사, 2005)를 텍스트로 삼았다. 이후 인용시 작품과 페이지 수만을 적는다.

10 김미향, 「1950년대 한국전쟁 소설에 나타난 전쟁과 일상성의 상호침투 양상」, 『한국문학이론과 비평』 42(2009.3), p.501.

바탕으로 손창섭 소설이 재난에 어떤 식으로 대응했는지를 규명할 것이다.

## II. 패악 혹은 회피의 남성들

손창섭 작품의 인물들을 살펴보기 위해 각 작품 속 주요 인물들을 성별로 정리해보았다.

| 작품 | | 공휴일 | | 사연기 | | 비오는날 | | 생활적 | | 유실몽 | | 혈서 | | 피해자 | | 미해결의 장 | |
|---|---|---|---|---|---|---|---|---|---|---|---|---|---|---|---|---|---|
| 남 | 여 | 도일 | 금순 | 동식 / 성규 | 정숙 | 완구 / 동욱 | 동옥 | 동주 / 봉수 | 춘자 / 순이 | 철수 / 상근 | 누이 / 춘자 | 달수/ 규홍/ 준석/ 박노인 | 창애 | 병준 / 반장 | 순실 | 지상/ 대장/ 문선생 | 광순 |

남성 18명, 여성 10명으로 그중 남성은 3명, 여성은 4명 정도만이 병이 있거나 뚜렷한 신체적 결함이 있다. 손창섭의 인물군을 '병신형 인간'이라 불리는 것에 비해 신체적 불구인 인물은 수치상으로 그리 많지는 않다. 신체적 결함이 없고 어엿한 직장이 있는 남성 인물은 9명 정도인데 이들 중 동식, 완구, 규홍은 관찰자에 해당된다. 주인공에 근접한 성규, 동주, 동욱, 철수, 달수, 지상 등은 병이 있는 성규를 제외하고는 직장도 집도 없다. 그러다보니 돈이 있는 인물은 도일과 병준 정도이고 중요 인물이 아닌 규홍만이 집과 직장이 있다. 성욕이 있는 인물도 별로 없다. 대략적으로 정리해 본 바대로 남성 인물들은 실제적인 병이 있어서라기보다는 정신적인 결함으로 인해 삶에 큰 의욕 없이 누

이나 아내의 경제력에 기대 사는 경우가 많다.

가장 부정적으로 그려지는 인물로는 「사연기」의 성규와 「혈서」의 준석이다. 젊은 나이의 이들은 살아있어도 살아있는 것이 아닌 마치 송장과도 같은 삶을 재현한다. 특히 이 둘은 상당히 자조적이고 퇴폐적이다. 자기 자신을 비웃는 것에서 끝나는 것이 아니라 다른 사람들을 끊임없이 속이고 비웃고 괴롭히며 자신의 살아있음을 증명하려 든다.

> 편포같이 엷어진 흉각과 거미의 발을 생각게 하는 가늘고 길어만 보이는 사지랑 생기 없는 전신에 비하면 이상하게도 그 눈만은 낭랑히 빛났다. (중략) 온몸의 정기가 눈으로만 몰려 마지막 일순간에 퍼런 불이 펄펄 타오르는 것 같은, 그러한 눈이었다.(p.27) 성규는 그 야윈 얼굴을 찡그리며, 병독 있는 자기의 호흡을 꺼리기 때문이 아니냐고, 그럴 거라고, 나는 머지않아 죽을 수밖에 없는 몸이라 죽음만을 생각하고 있지만 자네야 이제부터 생을 향락해보려는 야심가니까, 응당 나 같은 병독체가 무섭고 싫기만 할 것이라고, 고개를 노죽스레 주억거리는 것이었다.(p.29) 방바닥에 토해놓은 검붉은 피를 성규(聖奎)는 떨리는 손으로 움켜서 돌부처처럼 옆에 있는 정숙의 입에다 문대주며 자꾸 먹으라는 것이었다.(p.44)
>
> — 「사연기」 중.

"해골에다 가죽을 씌워놓은 것과 다름없는""송장"과도 같은 성규는 폐병에 걸려 겨우 목숨만을 유지한다. 그러면서도 자신의 친구이자 생활비를 대고 있는 동식에게 위의 인용문과 같이 억지소리를 하며 자기 부인과의 관계를 의심한다든지 머지않아 죽을 자신에 비해 건강한 동식을 경멸하거나 이죽거리기 일쑤다. 정숙에게는 온갖 패악을 부리고 위와 같이 자신의 토해놓은 피를 먹으라는 거의 엽기적 수준의 난리를

일삼는다. 외상을 입은 사람들이 "갈등을 해결하는 언어적, 사회적 기
술이 부족하고 늘 적대적인 공격을 예상하면서 문제에 접근"[11]한다는
말을 고스란히 보여주는 셈이다. 전쟁에 참전한 것으로 나오지만 정확
하게 어떤 이유에서 성규가 병에 걸렸는지 소설에 나오진 않는다. 그럼
에도 성규의 이러한 무능력을 넘어선 귀기 서린 행동들은 단순히 그의
개인적 문제로만 보기에는 그 도가 넘었음은 분명하다. "죽음에 대한
인식과 언급은 일차적으로 전후(戰後) 현실의 인물들이 겪는 전쟁에 대
한 공포의 연장선에서 이해할 수 있다"[12]는 지적과 같이 성규의 행동은
죽음에 대한 공포를 넘어 자신의 힘으로는 어쩌지 못하는, 그 실체가
정확하진 않지만 악몽처럼 되풀이되는 공포에 사로잡혀 있음을 알 수
있다. 그것이 신체적 '병'과 가난이라는 개인적 조건과 만나 확장되고
과장된 형태로 발현되고 있는 것이다.

　그럼에도 그들의 일상이 영위될 수 있었던 여건은 여성을 통해서이
지만 그들은 그것을 인정하지 않는다. 심지어 여성들을 비웃거나 도구
화하기까지 한다. 재난으로 겪은 트라우마를 냉소로 넘기고 무기력하
게 남을 이용해 살아가는 모습은 손창섭 소설의 많은 남성 인물 군이
보여주는 양상이다. 이들은 살고자 노력하는 태도는 거의 없다. 「혈서」
의 준석은 다른 의미의 성규이다. 준석은 "군속으로 전방에만 나가 있
던 그는 한쪽 다리가 절단되어가지고 후방으로 돌아와서부터 어엿이
상이군인 행세를 하려 드는"(p.122) 즉 가짜 상이군인이다. 준석은 아무
것도 하지 않고 규홍 집에 얹혀살며 일자리를 알아보러 다니는 달수를

---

11 주디스 허먼, 최현정 역, 앞의 책, p.182.
12 강유진, 앞의 논문, p.59.

달달 볶아대고 창애를 임신시키기까지 한다. 패륜적이라 할 수 있는 준 석의 행동은 전쟁이라는 프리즘을 통과하지 않으면 설명될 수 없다. 비록 가짜 상이군인이라 하더라도 전쟁터에서 겪은 상처를 위악적으로 토해내는 셈이다. 전쟁은 남성 중심적 지배질서의 확인이자 강한 남성 성의 심볼[13]이었다는 언급과는 다르게 손창섭 소설의 많은 남성들은 지배질서에 편입되거나 그런 욕망을 드러내지 않는다는 점에서 전쟁이 한편으론 수많은 낙오자와 사상병을 냈다는 어두운 측면을 증언하고 있는 것이다. 승리자나 지배자가 아니라면 대다수의 일반 시민들은 그저 그 재난의 피해자일 따름이다. 그것을 더욱 극명하게 보여준 것은 또 다른 인물군에서다.

「생활적」의 동주는 전쟁으로 인해 오로지 무기력해져 버린 인간형을 연출한다.

> 동주의 감은 눈에는 포로수용소 내에서 적색 포로에게 맞아 죽은 몇몇 동지의 얼굴이 환히 떠오르는 것이었다. 따라서 올가미에 목을 걸린 개처럼 버둥거리며 인민재판장(人民裁判長)으로 끌려나가던 자기의 환상을 본다. 동시에 벼락같이 떨어지는 몽둥이에 어깨가 절반이나 으스러져 나가는 것 같던 기억, 세 번째의 몽둥이가 골통을 내려치자 '윽' 하고 쓰러지던 순간까지는 뚜렷하다.        -「생활적」, p.77.

전후작가임에도 손창섭의 소설에 전쟁이 적나라하게 묘사된 경우는 흔치 않다. 「생활적」은 그런 의미에서 예외적이다. 어떠한 경제생활도 하지 않고 일본인 아내 춘자의 수상한 밥벌이에 의지해 살아가는 동주

---

13 이혜령, 「남성적 질서의 승인과 파시즘의 내면화」, 『현대소설연구』 16(2002), p.295.

는 무기력하고 수동적이다. 춘자와 옆집 봉수 사이가 수상쩍어도 그냥 말없이 넘긴다. 그런 그에게는 위와 같은 포로수용소에서의 폭력과 여전히 사라지지 않은 공포가 도사리고 있다. 동주는 아무것도 하지 않음으로써 자신의 상처를 내보이고 옆방 순이의 죽음마저도 냉정하게 응시한다. "지칠 대로 지쳐 버린 것"이고 아침에 일어나기도 힘든 '송장'인 채로 살아가는 것이다. 「유실몽」의 철수 역시 무기력하고 수동적인 면에서 거의 흡사하다. 누이의 집에 얹혀살며 어린 조카나 돌보는 철수에게는 모든 게 피로하다. 철수는 일본 유학까지 한 당대로는 상당한 지식인이자 제대군인으로 등장한다. 자세한 사연은 나와 있지 않지만 그 역시 전쟁을 치른 후의 상처를 암암리에 드러낸다. 이는 물론 전쟁 직후에 일자리를 구하기 힘들고 대학을 다녔음에도 실업자 신세를 면치 못했던 사회기반의 부실한 현실도 한몫한다.[14] 옆방의 춘자가 마음에 들지만 "춘자(春子)와 결혼하여 와병 중에 있는 장인과 처제를 거느릴 자신이 내게는 도저히 없"(p.227)다고 토로하는 철수나 "이 대가리가, 등짝이, 팔다리가, 그리고 먼지와 함께 방 안에 빼곡 차 있는 무의미가, 나는 무거워 견딜 수가 없는 것이다"(p.154)고 중얼거리는 「미해결의 장」의 지상은 거의 같은 꼴이다. 실제 현실이 아니라 무화된, 부재의 현실[15] 속에서 그들은 살아간다.

손창섭의 유년 시절의 피폐함은 나름대로 잘 알려진 상태이다. 아버지를 잃고 어머니의 재가로 할머니 손에 컸던 어린 시절의 상처와 곧이어 터진 전쟁과 월남, 서울에서의 밥벌이를 위해 해야 했던 각종 일들

---

14  박명림, 『한국 1950 전쟁과 평화』(나남출판, 2004), p.295.
15  김윤식·정호웅, 『한국소설사』(예하, 1993), p.331.

은 손창섭에게는 씻을 수 없는 상처로 남게 된다. 더구나 어린 시절 내내 식민지 치하의 중일 전쟁, 태평양 전쟁을 치루고 30대는 한국전쟁을 치렀다는 그 시대의 보편적이면서도 개인적인 경험들은 어떤 식으로든지 작품 속에 녹아 있다 할 것이다. 서울 생활 이후로는 다른 직업을 가지지 않은 채로 지내다 전업 작가로 들어서는데, 이에 대해 '모라토리엄 인간'을 떠올리게 한다는 주장[16]은 작품 속의 남자 주인공들에게도 고스란히 적용된다.

　이렇듯 손창섭의 초기 소설들에는 전쟁으로 인해 피해자가 되었음을 공공연히 드러내는 남성인물들이 포진해 있다. 이들은 위악을 떨거나 아니면 현실 자체를 아예 외면하거나 회피한다. 전쟁이라는 거대한 재난에 맞서 대응하기보다는 우선은 상처가 생겼음을, 트라우마가 짙게 드리웠음을 드러내는 인물들이라 할 것이다. 8편의 작품에 긍정이나 희망을 품은 인물이 없다는 것이 가장 큰 증거일 터이다.


## Ⅲ. 목석이나 방종이란 이름 하에 덮여버린 여성의 목소리

　위의 남성들이 전쟁이라는 피해 상황에 대해 위악을 부리거나 회피하는 방식을 택했다면 여성 인물들은 매우 대조적이다. 남성 인물들과 같은 상황을 대체로 묵묵히 견디고, 수모를 당하는 등으로 수동적인 인물이 많다. 병을 앓거나 불구인 경우에는 더욱 그렇다. 아니면 악착같은 생활력을 지닌 인물로 그려지는데 두 유형 모두 부정적인 인물로

---

16 강유진, 앞의 논문, p.47.

묘사되고 있다. 그들은 똑같은 재난을 겪었음에도 재난의 피해자로 인
정받지 못하고, 그저 피해자인 남성을 위한 보조자나 쾌락의 도구 혹은
돈을 벌어오는 역할을 맡는다.

병이 있는 「생활적」의 순이, 신체적 불구인 「비오는 날」의 동옥은
손창섭 소설의 불구적 인물의 전형이다.

"수건 하나 가리지 아니한 알몸으로 순이(順伊)는 누운 채 허리를 굽
혀 자기의 사타구니를 열심히 들여다보고 있는 것이었다."

-「생활적」, p.86.

몸이 아픈 순이는 하루 종일 아무것도 하지 않은 채 누워있다 저렇게
사타구니에 붙은 벌레를 보는 것으로 소일하고, 자신의 오빠인 동욱의
냉대와 멸시 속에서도 동옥은 그저 하얀 얼굴과 검은 눈썹, 귀신과 같
은 외모로 "모멸과 일종의 반항"(p.56)으로 아무 말도 하지 않고 그림만
그린다. 병이 있거나 불구인 남성 인물들이 위악으로 뭉쳐 주변인들을
괴롭히고 못살게 굴었다면 이 여성 인물들은 아무 소리도 없이 그저
숨을 쉬며 지낸다. 「혈서」의 창애에 이르면 더욱 극에 달한다.

돌부처 이상으로 무표정한 소녀였다. 표정뿐 아니라 언어와 거동도
그랬다. 누가 묻는 말에나, 그것도 두 번에 한 번 정도 마지못해 대답할
뿐, 그 밖에 스스로 의사 표시를 하는 일이라고는 없었다. 또한 몸도 움
직이기를 싫어했다. 끼니때에 밥을 끓이고 설거지를 하는 것이 고작이
었다. 그 외에는 돌멩이처럼 늘 똑같은 자세로 방 한구석에 버티고 앉아
있는 것이었다.　　　　　　　　　　　　　　　　　　-「혈서」, p.115.

의사 표시가 거의 없다는 것에 순이, 동옥, 창애가 흡사하다. 그들은 '돌맹이'와 같은 존재이자 "유령이나 귀신"(p.116) "목석"(p.123)에 해당된다. 「사연기」의 정숙 역시 패악스러운 남편 성규에 대항해 어떤 행동이나 말도 취하지 않는다. 남성 인물들은 그녀들의 이러한 유령과 같은 존재 방식을 못마땅해 하는데 순이를 제외하고는 사실상 그녀들이 아무 일도 하지 않는 것은 아니다. 동옥은 그림을 그리고, 창애는 집안일을 하며, 정숙은 남편 대신 돈을 벌어 온다. 그러나 그녀들의 일들은 시답지 않게 표현되며 소설 속에서 중요시 다뤄지지 않는다. "여성의 경험은 비정치적. 비공식적 공간에서 자연스럽게 늘 지속되는 지극히 사적인 체험으로 간주되어 왔"고 "더구나 한국전쟁을 경험한 여성 대부분은 공식 교육을 받지 못했기에 공적 영역에서 활동한 경험이 드물었다. 그러했기에 그녀들의 공식적이지 않은 '말' 혹은 '이야기'는 남성 중심의 언어로 구성된 공적인 역사 속으로 편입되지 못했다"[17]는 지적과 같이 그녀들의 일상은 소리 없음으로 대변된다.

그와는 대조적으로 능동적이며 강한 생활력의 여성들은 주로 성적인 욕망을 노출하고 자신들의 목소리를 크게 낸다. 「생활적」의 춘자는 "기괴한 이야기와 몸가짐에""타오르는 듯한 젊음을 감당하지 못해 야위어 가는 동주의 육체에 매달려 내내 앙탈"인 "정력적인 육체"(p.91)의 소유자이다. 「유실몽」의 누이 역시 "놀랍도록 다변해지고 또 대담"(p.223)한데 "동물적 본능을 만족시키기 위해 밤마다 바"(p.224)쁘기까지 하다. 그녀들의 이러한 퇴폐적이고 적극적인 생활력에 상대 남성들은 피로를 느끼거나 괴로워하고 심지어 다른 남성과의 만남에 눈감는다. 춘자와

---

17 함인희, 「한국전쟁, 가족 그리고 여성의 다중적 근대성」, 『사회와 이론』(2006.11), p.177.

누이 역시 생활전선에 뛰어들어 돈을 번다. 「미해결의 장」의 광순은 무능력한 오빠를 대신해 몸을 판다. 나의 아버지인 '대장'과 광순의 오빠는 "광순(光順)의 생활 방법이란 진실이나 성실과는 정반대로 여지없이 타락한 윤락의 생활"이라 여기며 "광순(光順)을 뱀이나 옴두꺼비처럼 노려보"(p.187)면서 욕을 한다. 전쟁의 가장 큰 피해자라 할 여성에 전후 사회적 혼란의 책임을 덧씌우는 이러한 성별화 된 논리는 전쟁을 전후한 사회의 불안감을 해소하는 방식으로 공공연하게 활용되었다.[18] 생활력이 강하고 욕망에 충실한 여성 섹슈얼리티에 대한 비난과 혐오의 태도가 눈에 띄는 소설 속 내용은 한편으로 아무런 열의나 의욕도 없는 남성 인물에 비해 능동적으로 비쳐진다. 생활력을 지녔다는 것은 경제력을 지녔다는 의미와 상통하기 때문에 그녀들을 무조건적으로 비난하기는 힘든 면이 있는 셈이다. 남성들은 이 여성들에게 경제적, 정신적으로 의지하고 가장의 책임까지 씌우지만 그녀들에게 성욕이 강하거나 불륜을 저지르는 등의 도덕적 결함이 있음을 은근히 비난하며 한편으로는 본능에 충실한 육체성을 강조함으로써 남성의 불모적인 속성에 맞선 여성의 생산력을 의도치 않게 인정하는 이율배반적 행태를 보인다.

두 유형에서 보듯이 그녀들은 자신들의 트라우마를 정확하게 드러내지 못한 존재로 그려진다. 침묵으로 일관하거나 내던져진 상황에 그저 있는 것으로 존재할 뿐이다. 그러다보니 그녀들이 어떠한 형태로 그 재난을 겪고 또 상처를 입었는지가 뚜렷하게 감지되지 못한다. 이는 그녀들의 목소리가 소설 속에서 거의 들리지 않는다는 것과 일맥상통한다.

---

18 심진경, 「전쟁과 여성 섹슈얼리티」, 『현대소설연구』 39(2008), p.39.

어쩌면 그녀들의 소리는 아프다고 소리치는 남성들의 비명에 의해 묻혀있는 상태일지도 모른다. 위악과 억지소리로 남성들의 상처를 내세우다 보니 전쟁에 직접 나서지 않았던 여성들의 목소리는 중요하지 않을 수 있었을 터이다. 소설 속 남성들은 직접적이진 않지만 전쟁과 연관하여 제 나름대로의 사연과 과거가 있지만 여성들에게는 그런 이야기가 선명하게 보이지 않는다. 그녀들의 상처와 그것을 표출하는 것은 손창섭의 소설뿐 아니라 당대 사회가 인정하지도, 할 수도 없었던 영역이었다고 밖에 해석할 수 없는 부분이다.

　전쟁이 남성들 위주의 충돌이라는 점을 감안하더라도 후방의 여성들도 그에 못지않은 상처와 어려움이 있었음은 당연하다. 전쟁으로 인해 발생한 인명 피해에서 국군 전사자 14만 1,011명, 전상자 71만 7,083명으로 특히 20~34살의 남성들이 집중적으로 피해를 입었음은 엄연한 사실이다. 하지만 그에 따라 사별한 미망인의 비율 증가도 한국전쟁 직전의 6%에서 16.1%로 늘어난 수치에서 드러나듯 전후 여성들의 경제적 고통과 심리적 부담 역시 만만치 않았음을 짐작해 볼 수 있다.[19] 그럼에도 남성들을 대신해 경제활동을 하고 가정을 책임지고 있는 여성들은 성적으로 방종하다는 섹슈얼리티의 프레임이 소설 속에서도 단단하게 옥죈다. 그녀들은 강한 성욕을 지님과 동시에 남성들을 마음대로 잡아 휘돌린다. 이들은 회피형 남성들과 거의 동시에 등장하며 아무 의욕도 없는 남성들을 괴롭히고 못살게 군다. 전쟁으로 피폐해진 남성들을 대신해 당장 생계를 유지해야 하는 책임이 여성들에게 주어지지만 산업 기반 시설이 제대로 갖추어지지 않은 상태에서 여성들이라고 제

---

19 함인희, 앞의 논문, pp.166~167 참조.

대로 일자리를 구하기란 난망한 일이었을 터이다. 자신의 육체를 쓰는 일에 종사할 수밖에 없는 현실에 마주할 수밖에 없었고 그것이 소설 속에는 섹슈얼리티가 두드러지는 여성으로 투영된다. 이 여성들은 쉽게 비난의 대상으로 전락한다. 훼손된-더럽혀진 몸으로서의 '화냥년' 과 '위안부'와 '양공주'는 남성-국가-민족의 수치이자 가부장의 위기가 되고 따라서 그들의 경험은 은폐되고, 그들의 언어는 침묵을 강요당한다[20]는 주장이 그대로 재현되는 것이다.

흥미로운 것은 1950년대 후반으로 갈수록 이러한 양상이 조금씩 달라진다는 점이다. 「광야」와 「치몽」 연작은 이전 작품과는 확연히 다른 면모를 보이는데 "①가장과 같은 책임을 느끼며 결혼이나 부양을 회피하지 않는다. ②가족과 유사한 공동체가 구성"[21]된다는 점이다. 1950년대 중반이 넘어가면 사회적으로 조금씩 복구의 움직임이 일고 손창섭 소설 역시 그러한 양상을 비껴가지 않는다. 가까이에 있는 여성을 돌보고 지키려고 하는, 즉 가장이자 보호자 역할을 하는 남성들이 등장하지만 여기에 여성의 선택지는 넓어 보이진 않는다. 보호를 진정으로 원하는지조차 나와 있지 않을뿐더러 중요시되지 않고 있다고 봐야 더 정확할 듯싶다.

살펴본 바대로 여성 인물들은 침묵 아니면 성적인 방종의 형태로 자신들의 목소리를 제대로 구현해내지 못하고 있다. 그러다보니 그들이 재난에 어떤 식으로 피해를 입었는지, 그로 인해 어떠한 곤경에 처했는

---

20 심영의, 「전쟁문학이 여성의 몸을 사유-재현하는 방식」, 『민주주의와 인권』 18(1)(2018.3), p.98.
21 박찬효, 「손창섭 소설에 나타난 남성의 존재론적 변환과 결혼의 회피/가정의 수호 양상」, 『상허학보』 42(2014), pp.395~396.

지가 선명하지가 않다. 하지만 그 속에서도 작가의 의도와는 달리 경제
적으로 일어서고자 하는 움직임이 포착되고 있는 점은 흥미롭다. 이에
관해서는 4장에서 보다 자세히 살펴보려 한다.

## IV. 일상의 재난화, 그것의 극복 혹은 후퇴

한국전쟁은 성격상으로 "전쟁 자체의 참혹성뿐만 아니라 이데올로
기의 충돌"[22]이었고 같은 민족 사이에서도 그 참혹함은 유래를 찾아보
기 힘들 정도였다고 한다. 따라서 그 재난의 피해가 각 개인에게 어떻
게 작용했는지는 일일이 따지기조차 어려운 상황이었다고 할 것이다.
이는 전쟁이 끝난 직후라고 달라지지는 않는다. 안정되지 못한 정치 상
황과 세계 최빈국으로 전락한 경제력은 살아남은 자들의 일상이 곧 재
난이었음을 암시한다. 한국전쟁이 끝난 후 우리의 정치 상황은 재난을
극복할 주체적이고 현실적인 능력이 없었다. 그저 개인이 각개전투의
형태로 알아서 살아가야 하는 현실이었다. 그에 따라 재난이 일어난 뒤
에 상처를 치유하고 회복하는 시간을 확보하지 못한 채 당장 살아야
하는 생존의 한계에 직면하게 되고 그러다 보니 많은 개인들은 무기력
과 방관의 자세로 일관하였다. "전쟁 직후 정부와 일부 지식인들을 중
심으로 물적 경제적 재건뿐만 아니라 심상적 문화적 재건을 부르짖는
소리가 있었지만, 이는 공허한 구호에 불과했다"[23]는 주장처럼 1950년

22 권영민, 『한국현대문학사』(민음사, 2002), p.103.
23 이영진, 앞의 논문, p.258.

대 전쟁이 끝난 직후의 상황은 폐허와 같은 상황이었고 그것을 재건할
힘은 시간이 좀 더 필요했다.

전쟁이 한 사회에 끼치는 상처와 영향은 우리의 생각보다 훨씬 길고
깊다. 그것은 몇 세대는 물론 때론 몇백 년을 넘는다. "'시간'이 '공간'
과 만날 때 집단적 삶의 누적을 통해 특정 두께와 무게를 갖는 시간은,
어떤 시기에는 그 두께와 무게를 훨씬 더 크게 하여 다른 시기로 넘겨
준다. 한국전쟁이 한국사회에 끼친 영향은 오래 지속되며 긴 자장(慈
藏)을 드리울 것"[24]이라는 말과 같이 재난의 자장 안에 가장 큰 피해를
당하는 것은 바로 일반 시민들이다. 이는 어떠한 이데올로기를 지지하
고 반대하느냐 와는 상관없다. 전쟁이 주는 상처와 영향은 단지 죽고
다친 사람들에 한정되지 않고 그 안에 살고 있는 모든 사람들에게 해당
되는 것이다. 손창섭은 전쟁이 끝난 직후부터 작품 활동을 시작하였고
당대의 모습을 그 만의 방식으로 생생하게 표현하였다. 특히 전쟁이라
는 엄청난 재난에 맞서 그 안에 살아남은 사람들이 어떤 식의 삶을 살
았는지를 여러 편의 소설을 통해 빚어냈다. 비록 그것이 "전쟁이라는
폭력에 속수무책으로 휘둘린 터라 냉정하게 현실을 탐구할 수 있는 여
유를 확보하지 못"[25]했다는 평가를 받고 있지만 그러기에 그 재난의 폐
허에서 뒤틀리고 허물어져 가는 인간군상을 날것 그대로 표현해냈다는
의미를 획득했다 할 것이다.

2장과 3장에서는 소설 속에 그려진 남성과 여성이 그 재난의 현장에
서 어떻게 트라우마를 드러냈는지에 주목하였다. 총 8편의 소설 속 28

---

24 박명림, 『한국 1950 전쟁과 평화』(나남출판, 2004), p.31.
25 김윤식·정호웅, 앞의 책, p.316.

명의 인물을 분석해 보았을 때 남성과 여성의 차이점은 뚜렷하다. 우선 남성들은 전쟁에서 겪은 트라우마를 적극적으로 표출하는 유형과 아예 모든 것을 포기한 듯한 극단적인 유형으로 크게 나뉜다. 손창섭 소설의 대표적인 인물형인 '병신형'인물인 신체적인 불구자는 정작 3명에 불과하지만 나머지 역시 정신적으로 훼손된 인물들에 해당된다. 그중 성규와 같은 인물은 자신들의 병과 아픔을 적극적으로 내세우고 소리치며 상처를 노출시킨다. 이들이 겪은 재난들이 구체적으로 드러나지는 않지만 전쟁 중에 얻은 병과 다리를 잃는 등의 불구에 처해지면서 각자가 처한 고통이 전해진다. 이들은 자신들의 상처와 처지를 인정하고 수용하기보다는 주변 인물, 가족이나 친구를 괴롭히고 못살게 구는 것으로 반응한다. 더불어 대체로 경제적인 무능력상태를 보여주는데 구멍난 가정을 꾸려가는 몫은 여성에게 돌린다. 따라서 "그의 뿌리 깊은 '인간 불신', '인간 모멸'의 사상이 객관 현실의 탐구를 가로막아 인간의 짐승스러움만을 보여주는 동어반복의 쳇바퀴 돌리기를 거듭하도록 이끌었던 것"[26]이란 평가는 남성 인물에 해당되지 여성 인물에는 적합하지 않다 할 것이다. 인간의 짐승스러움만을 보여준다는 말처럼 이들은 그런 상황에 대해 미안해하거나 고마워하지 않는다. 오히려 경제력이 있는 여성을 의심의 눈초리로 비난하는 경우가 태반이다. 그들은 자신의 상처와 어려움을 위악적이고 패륜적으로 드러내며 울부짖는다. 아니면 아무런 의욕도 없이 살아가는 '철수'와 같은 인물들은 그 어떤 것도 하지 않음으로써 절망에 빠진 상태를 표출한다. 손창섭의 1950년대 초기 소설의 남성인물은 죽고 죽이는 공포와 불안이 지배했던 재난을

---

26 김윤식·정호웅, 앞의 책, p.332.

거치면서 인간 세상에 대한 뿌리 깊은 불신을 비명 혹은 체념으로 일관
한다. 이들은 자신들이 이 시대와 전쟁의 피해자임을 공공연하게 소리
치고 있는 것이다. 그들은 너무나도 노골적이고 적나라하게 소리치는
그 생생함은 전쟁이라는 재난이 끝난 이후에도 깊은 상처를 남긴다는
것을 여지없이 보여준 셈이다. 어쩌면 우리 문학에서 이렇게 정제되지
않은 목소리들이 필요했을지 모른다. 아픔을 드러내고 소리침으로써
지금이 재난임을 보여주는 것 자체로 손창섭 소설의 역할은 어떤 면에
서는 그 시대를 세밀하게 분석한 수치나 물량적인 계산법보다 뚜렷하
게 각인시킨 것이라 하겠다. 너무나 큰 고통 앞에 어떤 성찰이나 후회
보다는 민낯을 그대로 보여주는 것이 오히려 억누르고 인내하는 것과
는 다르게 그 시절을 견디는 한 방식이었을 수 있을 터이다.

　그러나 안타깝게도 손창섭의 이런 적나라함은 여성 인물들에게는 적
용되지 않는다. 그의 소설은 동시대 많은 작가들이 그렇듯이 철저하게
가부장적인 이데올로기를 되풀이하고 있다. 여성인물들은 침묵하거나
아니면 성적인 매력을 내세운, 도덕적으로 문제가 있는 모습으로 그려
진다. 그녀들의 침묵은 전쟁으로 인한 공포와 어려움으로 말을 잊은 인
간 존재 등으로 설명되기에는 작가 손창섭과 당대 남성 위주의 분위기
가 너무 짙다. 그럼에도 그 상황을 그대로 견뎌내면서 남성들을 묵묵히
받아 안는다든지 도덕과는 상관없이 생존을 위해 분투하고 있다는 지
점이 눈길을 사로잡는다. 그녀들에게도 전쟁이란 당연히 감당할 수 없
는 재난이었지만 그것을 보다 빠르게 받아들이고 감내하며, 살아야 한
다는 생존의 본능을 발휘한다. 그것이 설령 작품 속에 비난과 침묵의
베일로 가려져 있지만, 그럼에도 역설적이게 재난에 맞서는, 즉 극복하
려는 의지가 내비친다는 점이다. 어쩌면 이러한 양상으로 인해 손창섭

은 1950년대 후반으로 갈수록 책임감 있고 정신적, 신체적으로 안정된 남성들을 앞세워 서서히 그 분위기를 바꾸어갔을 가능성이 높다. 빠른 회복력과 경제력을 지닌 여성들에 의해 가부장제가 흔들릴 수 있다는 근원적 위기의식과 더불어 남성들 또한 회복되어가고 있다는 걸 작품으로 증언해 놓은 터이다. 트라우마를 해결하는 치료과정은 여러 가지가 있지만 안전에 대한 믿음에 이어 기억과 애도, 그리고 그 기억들에 대한 연결의 복구 정도로 대략 볼 수 있다.[27] 손창섭 소설은 1950년대 초반의 작품들은 살펴본 바대로 그 상처를 드러내는 데 집중되어있고 후반으로 갈수록 안정된 모습을 보이는데 이는 불확실하긴 하지만 안전에 대한 믿음이 조금씩 싹트고 있었던 사회적 현실과 어느 정도 맞닿아 있다고 할 것이다. 그렇지만 역으로 전쟁 이후의 사회 재건과 통합의 과정에서 국가는 근대적 변화가 새로운 사회질서로 정착되도록 하기 보다는 전통적 질서를 동원하였고, 가족 내 여성 역할을 강조하는 담론이 강화[28]되고 마는 결과를 낳는다. 성적으로 방종했지만 능동적이고 주체적인 맹아를 보였던 여성상이 50년대 후반 가정으로 회귀하고 마는 모습이 대표적이다. 이는 실제로 50년대 초기 가정을 살리기 위해 고군분투하던 여성들이 후반으로 갈수록 가정으로 회귀하면서 새로운 여성상을 만들어내던 그 분위기가 무너지던 현실과 함께해 더욱 안타깝다.

손창섭 소설은 전쟁이라는 참혹한 재난에 본능적이고 직감적이며 일

---

27  주디스 허먼, 최현정 역, 앞의 책 참조.

28  김은경, 「한국전쟁 후 재건윤리로서의 '전통론'과 '여성'」, 『아시아 여성연구』 42(2)(2006), pp.7~48 정리.

차원적인 비명과 날 것 그대로의 고통과 비명, 불신, 무기력의 양상을
보여준다. 손창섭 소설의 이러한 처절하고 허무한 몸부림은 재난을 일
상에서 어떤 식으로 맞이하고 있는가를 보여준다는 점에서 의미가 있
다 할 것이다. 더불어 여전히 공고한 가부장제의 틀 속에서도 재난의
고통을 빠르게 수용하고 벗어나려는 몸짓은 여성에게서 먼저 감지되었
지만 그것은 이내 역행하는 시대적 조류 속에서 묻히고 말았다는 점은
손창섭과 그 시대의 한계라 할 것이다. 손창섭 소설은 재난이 일상을
뒤덮었을 때 인간이 보여줄 수 있는, 도덕이나 사회적 질서, 성찰 등과
는 관계없는 모습을 날 것 그대로 보여줌으로써 한국전쟁이 얼마나 참
혹했고 인간이 어디까지 나락으로 떨어질 수 있는지를 보여주는 실험
의 한 장이었다고 할 수 있을 것이다.

# 2부

## 20세기와 21세기 경계에 선
## 동아시아 재난문학

자연재해·사고로부터  인재(人災)·사건으로

# 한국과 일본의 재난문학과 기억

세월호 침몰사고와 3.11 동일본대지진의 재난시를 중심으로

정병호

## I. 서론

일본은 근대 이전부터 지진을 중심으로 하여 자연재난을 그린 문학이 활발하게 창작되었으며, 근대 이후가 되면 메이지(明治) 시대 근대문학형성기에도 1891년 미노(美濃)와 오하리(尾張)지역에서 발생한 '노비(濃尾)지진'과 1896년 일본 동북지역에서 일어난 '메이지산리쿠(明治三陸)지진'에 대응하여 당대 수많은 대표적 작가들이 참여한 재난문학집이 이미 창작되었다. 예를 들면 1891년 슌요도(春陽堂)에서 간행한 '비노진재의연소설(尾濃震災義捐小說)'집인『뒤의 달빛(後の月かげ)』과 1896년 하쿠분칸(博文館)에서 간행한『해소의연소설(海嘯義捐小說)』이 이러한 재난문학 작품집들이다. 그러나 근대문학이 정착되고 1923년 간토(關東)대지진과 1995년 한신·아와지(阪神·淡路)대지진, 그리고 2011년 동일본대지진을 거치면서 수많은 문학자들이 재난의 경험을 에세이나 평론으로 남기고, 나아가 소설이나 시의 형태로 문학적 형상

화를 시도하였다. 그래서 3.11 동일본대지진 직후에는 '진재(震災)문학'이나 '원전(原發)문학'이 하나의 문예용어로 정착하여 광범위한 논의를 전개하였다.¹

　그러나 한국에서는 일본에 비해 대지진이나 거대 쓰나미와 같이 대량의 인명손실과 건물의 대량 파괴를 초래하는 자연재해가 적었기 때문에 이러한 재난문학이 하나의 문학 장르로 인식되지는 못하였다. 그러나 한국에서도 2014년 4월 16일 인천에서 제주도로 향하는 여객선 세월호 침몰사고가 일어나고 국가와 자본의 무책임 속에서 304명이 희생된 사태를 국가적 재난으로 인식하고 재난문학이 큰 주목을 받기 시작하였다.² 그러나 이러한 사실은 한국에서 자연재해나 재난상황을 문학적으로 형상화한 문학작품이 부재했음을 의미하는 것은 아니다. 오히려 재난이라는 테마에 초점을 맞추고 한국문학을 과거로 소급해 가면 일제강점기부터 홍수나 태풍, 가뭄으로 인한 자연재해의 피해, 화재나 전염병 등의 재난상황을 그린 작품이 다수 존재하며 2000년대 이후 이에 대한 규명작업이 속속 이루어지고 있다.³ 더군다나 1990년대 중

---

1 정병호, 「3.11 동일본대지진를 둘러싼 2011년 〈진재(震災)/원전(原發)문학〉의 논의와 전개」, 『3.11 동일본대지진과 일본 재팬리뷰 2012』(도서출판 문, 2012), p.326 참조.
2 본 연구가 대상으로 하는 시 분야에 있어서 권성훈은 "재난시를 주제로 한 텍스트의 결여"로 인해 "한국현대문학사에서 재난시에 대한 본격적인 논의가 없었"(p.115)다는 사실을 지적하면서, "세월호 사건이 재난을 넘어 국가와 사회에 대한 희망과 신뢰 책임과 의무 생명존중 안전 불감증 등 총체적 문제를 드러냈으며 세월호 희생자에 대한 추모와 함께 시인들의 분노와 절망이 재난시로 나타났다"(p.118)고 설명하였다.(「한국 재난시에 나타난 죽음 의식 변화 연구—방민호 세월호 추모시집 『내 고통은 바닷속 한방울의 공기도 되지 못했네』를 중심으로」, 『한국문학이론과 비평』 20(4), 한국문학이론과 비평학회, 2016.12)
3 이의 관련 연구로는 서형범, 「'홍수'의 서사화를 통해 본 재난서사의 의미」(『한국현대문학연구』 36, 한국현대문학회, 2012.4, pp.77~114), 최강민, 「1920~30년대 재난소설에 나타

반 급속한 근대화의 부작용을 드러내며 우리에게 커다란 충격을 주었던 성수대교와 삼풍백화점 붕괴사고 이후 이러한 재난문학 창작이 본격화하기 시작했다고 볼 수 있다.[4]

그런데 자연재해를 포함하여 근대문명이 고도화됨에 따라서 다양한 형태로 재난의 빈도와 규모가 확대되고 있다. 자연의 무분별한 개발과 지구 온난화 현상, 과학의 발달과 감독기능의 한계, 산업개발과 환경 파괴, 신자유주의 이후 경제격차와 국내외 분쟁의 격화, 국제 테러리즘의 확산 등 세계 공통적으로 재난현상은 확산의 일로를 걷고 있다고 할 수 있다. 그럼에도 불구하고 지금까지 세계의 다양한 지역에서 발생하고 있는 각종 재난을 형상화한 문학작품에 대한 비교연구는 그다지 충분히 이루어졌다고 할 수 없다. 지금까지 이러한 세계 각지역의 재난문학에 대한 비교연구를 살펴보면 다음과 같다.

예를 들면 미국의 "포스트묵시록 소설"과 한국의 "재난소설을 비교 분석하면서 두 장르의 동질성과 함께 차이점을 밝혀나가"[5]고 있는 홍덕선의 연구, 그리고 독일과 일본의 "체르노빌과 후쿠시마 원전 사고에 대한 문학적 대응으로 씌어진" 독일문학자 구드룬 파우제방(Gudrun Pausewang)의 문학 작품을 다룬 조향의 연구,[6] 나아가 "한국과 남아메

---

난 급진적 이데올로기와 트라우마」(『어문논집』 56, 중앙어문학회, 2013.12, pp.377~405) 등이 있다.

4 이와 관련하여 정여울, 「구원 없는 세계에서 살아남기—2000년대 한국문학에 나타난 '재난'과 '파국'의 상상력」(『문학과사회』, 문학과지성사, 2010.11, pp.333~346) 참조.

5 홍덕선, 「재난서사와 파국적 상상력 —파국의 상상력: 포스트묵시록 문학과 재난문학」, 『인문과학』 57(성균관대학교 인문학연구원, 2015.5), p.10.

6 조향, 「체르노빌과 후쿠시마 이후의 문학 —구드룬 파우제방의 『구름』과 『그후로도 오랫동안』」, 『독일어문학』 78(한국독일어문학회, 2017), p.300.

리카 구비설화 중 자연재난을 소재로 한 자료만을 대상으로 하여, 자연
재난을 구비설화에서 어떻게 포착하고 있으며, 그러한 포착의 이면에
숨겨져 있는 자연재난 인식의 메커니즘은 무엇인지를[7] 탐구한 최원오
의 연구, 일본과 한국의 "동일본대지진 이후의 재난 서사와 송전탑 건
설을 반대하는 밀양의 재난 서사에 주목"[8]한 신진숙의 연구를 들 수 있
다. 이 외에도 일본의 동일본대지진과 중국의 2008년 쓰촨성(四川省)
대지진 당시 재난문학을 비교한 영어논문도 두 나라의 재난문학을 둘
러싼 비교문학 연구[9]라 할 수 있을 것이다. 그러나 이들 연구는 여러
나라들의 재난문학을 대상으로 하고 있기는 하지만, 한국에서 뚜렷하
게 재난문학 장르인식이 싹튼 '세월호 침몰참사' 관련 문학을 대상으로
하고 있지 않으며, 이 재난과 2010년대의 동시대적인 비교탐구 의식이
부재하다고 할 수 있다.

따라서 본 연구는 한국의 세월호 침몰사고와 거의 동시대적인 자연
재해로 일본 전후 최대 재난이라 할 수 있는 3.11 동일본대지진을 중심
으로 하여 이들 재난문학을 비교분석하고자 한다.[10] 특히, 본 논문에서

----

7 최원오, 「한국과 남아메리카 구비설화에 나타난 자연재난 인식의 메커니즘」, 『문학치료
   연구』 42(한국문학치료학회, 2017.1), p.175.
8 신진숙, 「재난서사의 문화적 구성—후쿠시마와 밀양 사례를 중심으로」, 『문화와 사회』
   18, (한국문화사회학회, 2015.5), p.536.
9 Kim Youngmin·Choi Gahyung·Nie Zhenzhao, "A Comparative Study on Meaning and
   Vocabulary Distribution in Chinese and Japanese Disaster Poetry: Focusing on
   Disaster Poetry after the 5.12 Great Sichuan Earthquake and the 3.11 Great East Japan
   Earthquake", Interdisciplinary Studies of Literature Vol.3, No.2(2019.6), pp.240~
   256.
10 2000년대 이후 재난문학은 동아시아에서 한국과 일본뿐만 아니라 중국의 경우에도 2008
   년 5월 9만 명 이상의 희생자가 나온 쓰촨성 대지진을 계기로 활발하게 논의되었다. 예를

는 주로 재난시를 분석의 중심에 위치지어 이들 거대재난에 즈음하여
이들 재난을 인식하고 해석하기 위해 과거의 어떠한 경험과 재난을 통
해 이들 사건을 바라보고 있는지에 초점을 두고 분석하고자 한다. 이들
통해 한국과 일본의 자연재해와 재난을 둘러싼 집단기억을 분석하여
재난을 둘러싼 양국 문화의 특성을 분명히 하고자 한다.

## Ⅱ. 한일 재난 관련 시집의 간행 배경과 재난문학의 역할

2011년 3.11 동일본대지진은 잘 알려진 대로 대지진과 거대쓰나미,
그리고 후쿠시마(福島) 원자력발전소 방사능 누출사고가 겹친 전후 일
본 최대의 재난이었다. 일본 동북지역을 중심으로 지진과 쓰나미로 1
만 8,000여 명의 인명 피해자를 낳고 가옥과 건물의 붕괴는 물론 각종
산업시설과 도로 등 인프라 시설에 막대한 피해를 가져온 동일본대지
진은 후쿠시마 원자력발전소의 사고로 전대미문의 사태를 맞이하였다.
한편, 인천에서 제주도로 향하던 세월호가 진도 앞바다에서 침몰하여
수학여행에 나섰던 단원고 학생들을 포함하여 304명의 희생자를 낸 세
월호 침몰참사는 선원과 승무원의 무책임, 해양경찰을 비롯한 구조체
계의 불비, 자본의 이윤만 우선시하는 선박회사의 부조리, 국가 재난
컨트롤타워의 부재 문제를 야기하며 국민들에게 커다란 충격을 안겨준

---

들면 이 당시 재난시집인 晶珍釗·羅良功主 編,『讓我們共同面對災難 : 世界詩人同祭
四川大地震)』 *Our Common Sufferings : An Anthology of World Poets in Memoriam
2008 Sichuan Earthquake*(上海外語教育出版社, 2008)이 간행되었으며, '재난문학',
'지진문학'을 테마로 한 연구도 증가하여 이 분야의 논의가 활발해졌다.

재난이었다.

앞에서도 설명하였듯이, 이 두 재난사태를 맞이하여 한국과 일본에서는 이와 관련한 다양한 형태의 문학작품이 창작되었다. 일본에서는 '진재문학'과 '원전문학'이라는 비평용어가 성립할 정도로 활발한 문학적 논의와 활동이 이루어졌고 지진과 원전사고와 관련한 문학작품이 활발하게 창작되었으며 여기에 이들 문학적 현상에 대한 연구도 활발하게 이루어졌다.[11] 한국의 경우도 이러한 국가적 재난에 분노한 시인과 소설가들은 이들 사건을 테마로 하여 다양한 문학작품을 창작하여 희생자를 애도하고 국가권력과 자본에 저항하고자 하였으며, '재난문학'을 대상으로 한 비평도 활발하게 이루어졌다.

그렇다고 한다면 이 당시 3.11 동일본대지진과 세월호 침몰참사를 둘러싸고 문학작품들은 어떠한 의도를 가지고 창작되었으며 작품집의 간행목적은 어디에 있었던 것일까? 본 장에서는 먼저 이들 재난을 형상화한 재난시집을 중심으로 그 간행배경을 고찰하여 재난문학의 논리를 살펴보고자 한다.

● 핵재(核災)는 우리들의 삶으로부터 일상성을 송두리째 빼앗아 버렸다. 이것을 동시대의 사람들에게 전하고 싶다는 생각이 나에게는 있다. (중략) 만약 존속하고 있다면 10만 년 후를 살아가는 후예들에게, 우리들이 저지른 죄 ―핵을 악용하고 오용하고 더구나 처리하지 못하고 있는 죄―에 대해 전하고 사죄하지 않으면 안 된다.[12]

---

11 동일본대지진 이후 前田潤, 『地震と文學―災厄と共に生きていくための文學史』(笠間書院, 2016) 등 대량의 재난문학 연구가 이루어졌다.
12 若松丈太郎, 『詩集 わが大地よ、ああ』(土曜美術社出版販賣, 2014), p.110.

● 이곳의 시는 작품 이전의 원폭 피폭자 노인의 생각뿐. 그리고 그것
이 만약 피재자(被災者) 모든 분들을 향한 가슴에 전하는 것이라면 그
이상 없다. 아울러 그것이 일본이라는 나라가 나아가야 할 방도에 얼마
간의 보탬이 된다면 한층 좋은 일이다. 그리고 나는 이 진재를 통하여
'일본인'의 미덕이 전후 66년을 거쳐도 여전히 잃지 않고 ─계승되고
있는 것을 임종을 가까이하여 알 수 있었다.[13]

위의 인용문들은 동일본대지진이 후쿠시마 원전사고를 수반하였다
는 의미에서 '핵(核) 재난'의 측면에서 간행의도를 밝힌 문장들이다. 첫
번째 인용문은 시인 와카마쓰 조타로(若鬆丈太郎)가 3.11 동일본대지진
과 더불어 일어난 방사능 누출사고를 비판적으로 포착하여 쓴 시집 『시
집 우리 대지여, 아아(詩集 わが大地よ、ああ)』의 '후기(あとがき)' 중 한
부분이다. 이 시집은 방사능 누출사고가 남긴 현실의 참상을 문명 비판
적으로 바라보고 있는데, 핵의 오용이 남긴 재앙을 동시대뿐만 아니라
엄청난 시간이 지난 후에도 '후예'들에게 핵의 오용 문제를 속죄하는
관점에서 전달하여야 한다는 배경에서 이 시집을 간행하고자 하였음을
밝히고 있다.

두 번째 인용문은 1945년 8월 나가사키(長崎)에서 원폭이 투하되었
을 때 직접 피폭을 당하였던 시인 하타지마 기쿠오(畑島喜久生)가 창작
한 『동일본대진재시집 일본인의 힘을 믿는다(東日本大震災詩集 日本人の
力を信じる)』의 후기에 해당한다. 하타지마 기쿠오는 피폭자의 입장에
서 동일본대지진 당시 피해를 입은 사람들을 향해 응원의 메시지를 전

---

13 畑島喜久生, 『東日本大震災詩集 日本人の力を信じる』(リトル·ガリヴァー社, 2012.4),
    p.103.

하고, '일본인의 미덕'이 대지진 속에서도 빛나고 있음을 노래하여 향후 일본의 부흥을 기원하는 마음에서 이 시집을 간행하였다고 밝히고 있다. 물론 위의 첫 번째 시집과 두 번째 시집의 간행 의도는 핵의 이용에 대한 비판과 재난부흥 기원이라는 측면에서 다소 다른 방향을 향하고 있다고 볼 수 있다. 그러나 3.11 동일본대지진이 미증유의 원전사고를 수반한 인재(人災)의 성격을 가지고 있었기 때문에 이에 대한 경종을 울리려는 방향을 읽을 수 있다.

> ● 이 『진재가집(震災歌集)』은 2011년 3월 11일 오후 동일본 일대를 덮친 거대한 지진과 쓰나미, 연이어 일어난 도쿄전력의 후쿠시마 제1원자력발전소의 사고로부터 시작된 혼란과 불안의 12일간의 기록이다. (중략) 만약 이 문제(정치와 경제시스템-역자 주)를 제쳐둔 채로 원래처럼 '복구'된다면 우리들은 이번 지진과 쓰나미, 원전사고로부터 아무것도 배우지 못한 것이 된다.[14]
> ● 이 작품집은 뛰어난 기록이 될 뿐만 아니라 피재된 분들의 마음의 위안, 격려에 얼마라도 도움이 된다면 다행이다. (중략) 금후 그 수익이 발생할 경우에는 그것도 피재자를 위해 도움이 되고 싶다고 생각하고 있다.[15]

위의 인용문 중 첫 번째 문장은 일본 전통시가인 단카(短歌)와 하이쿠(俳句)를 담은 『진재가집 진재구집(震災歌集 震災句集)』의 머리말에 해당한다. 이 시가집에서는 먼저 재난의 '혼란과 불안'을 '기록'하여야 한다는 당위성과 이번의 재난을 교훈으로 삼아 정치와 경제시스템에

---

14  長谷川櫂, 『震災歌集 震災句集』(靑磁社, 2017), pp.9~10.
15  鬆田ひろむ 編, 『詩歌·俳句·隨筆作品集—渚のこゑ』(第三書館, 2011), p.83.

근원적인 변화가 있어야 한다는 간행의 동기를 설명하고 있다. 두 번째 인용문은 'NPO법인 일본시가구협회(NPO法人日本詩歌句協會)'에서 동일본대지진 '부흥지원'을 목적으로 '시가, 하이쿠, 수필 공모'를 실시하여 선정된 작품들을 실은 시가집의 후기 부분이다. 이 단체는 응모료와 의연금, 그리고 그 수익금을 피재지에 기부함과 더불어 이 시가집을 통해 피해를 입은 사람들에게 마음의 위안과 격려를 주었으면 하는 희망을 가지고 이 시가집을 간행하였다고 설명하고 있다. 이들 시가집에서 지적하고 있는 재난의 기록과 교훈의 제시, 나아가 위로와 위안은 어느 시대이든 재난문학이 탄생하는 중요한 창작 동기이자 역할이라 할 수 있다.

한편, 세월호 침몰사고 이후, 한국에서도 많은 수의 재난문학 시집이 간행되는데, 그중에서 다음의 두 시집은 세월호 관련 재난문학의 간행 배경을 잘 보여주고 있다.

- 돌이켜 보면 그해 사월의 진도 앞바다, 참혹하게 져버린 꽃잎들이 우리를 여기로 이끌었다. 탄식과 울음으로, 회한과 반성으로, 분노와 다짐으로 이어지는 날들이 아직은 끝나지 않았다. 세월호는 올라왔지만 아직 인양하지 못한 진실이 바다 저 깊은 곳에 잠겨 있다. 그러므로 우리가 쓰는 시는 여전히 현재진행형이다. 날마다 이기는 싸움을 위해 숨을 크게 쉬고, 눈을 부릅떠 멀리 보고, 펜을 꾹꾹 눌러 써야 한다. 진실을 새기는 마음으로 여기서 한 발 더 내디뎌야 한다.[16]
- 우리의 자존을 겁박하는 권력을 좌시하지 않을 것이다. 우리의 생명과 일상을 위협하는 모든 부정에 회피하지 않고 맞설 것이다. 우리의

---

16 교육문예창작회, 『세월호는 아직도 항해 중이다』(도서출판b, 2017), pp.5~6.

미래와 사랑을 자본에게 통째로 맡기는 것을 방관하지 않을 것이다. 우리는 희망을 퍼뜨리면서 절망과 싸울 것이며 사랑을 지키면서 억압을 깨뜨릴 것이다. 정의를 말하면서 협잡을 해체할 것이며 공동체를 껴안으면서 권력의 폭력을 고발할 것이다. 인간에 대한 예의를 위해서라면 피 흘리는 것을 두려워하지 않겠다. 이것이 문학의 윤리이며 문학이 말하는 자유임을 믿기 때문이다.

따라서 이 시집은 우리의 슬로건이다.[17]

위의 인용문은 교육문예창작회가 간행한 『세월호는 아직도 항해 중이다』라는 시집의 '들어가는 말'의 일부분과 『세월호 추모시집 우리 모두가 세월호였다』의 '책머리에'에 해당하는 부분이다. 첫 번째 시집은 1989년에 창립된 교사들의 문학단체인 교육문예창작회가 "분필을 들던 손으로 촛불을 들고, 촛불을 드는 마음으로 시를 썼다."라고 하듯이, 단원고 학생들을 포함하여 304명의 희생자를 낸 세월호 침몰사고의 진실규명을 기원하며 쓴 시들을 모은 시집이다. 더구나 이 시집에서는 참혹하게 희생된 피해자들을 기억하며, 탄식과 회한, 나아가 분노의 심정을 밝히고 있는데 무엇보다도 진실규명을 향한 다짐과 저항의 심정이 이 시집 간행의 커다란 배경임을 분명히 하고 있다.

한편, 두 번째 인용문은 2014년도 6월 2일에 있었던 문학인 시국 선언을 재차 언급하면서 위의 다짐을 표현하고자 하는 이 시집이 문학인들의 슬로건임을 명백히 밝히고 있다. 이곳에서 문학인들은 세월호 침몰사고를 '국가 안전 시스템'의 붕괴, '냉혹한 이윤과 차가운 권력' 앞에서 인간의 존엄 자체가 무너진 것이라고 규정하고 문학의 힘을 통해

---

17 『세월호 추모시집 우리 모두가 세월호였다』(실천문학사, 2014), pp.9~10.

이 부정과 폭력의 참상을 증언하고 문학의 윤리를 통해 저항하고자 하였다. 물론 세월호 사건 관련 재난시집들도 단지 분노와 저항, 진실규명에 그치지 않고 이러한 노력을 통해 현재의 절망을 뛰어넘어 "아픈 희망을 노래"하고 "부활"[18]을 희구하고자 하였다.

  이상에서 보았듯이 3.11 동일본대지진과 세월호 침몰참사와 관련된 재난시집의 간행 배경에는 서로 강조점에 차이가 보인다고 할 수 있다. 두 나라 모두는 재난문학의 고유한 특성 중 하나인 피해자에 대한 위안과 격려, 그리고 재난 상황의 기록, 교훈 제시라는 의도가 내재되어 있었지만, 전자의 경우는 단순한 지진과 쓰나미를 너머 원자력발전소 사고라는 미증유의 사태를 앞에 두고 있었기 때문에 '핵'의 문제에 대한 문명론적 비평에 보다 무게 중심이 놓여있었다. 그러나 후자의 경우에는 선박회사로 대표되는 자본의 논리나 국가의 구조시스템 불비와 진실을 은폐하는 권력자에 대한 분노와 저항이라는 동인이 간행의 주요 배경으로 자리매김하고 있었다. 특히 3.11 동일본대지진과 세월호 참사 관련 재난시집에 수록되어 있는 시들도 이와 같이 위로와 격려, 부흥을 향한 의지, 문명비판, 재난상황 기록과 교훈제시, 저항과 분노라는 간행 의도에 입각하여 다양한 시적 메시지를 발신하고 있었다.

---

**18** 한국작가회의 자유실천위원회, 『세월호 3주기 추모 시집 꽃으로 돌아오라』(푸른사상, 2017), pp.4~5.

## Ⅲ. 3.11 동일본대지진과 후쿠시마 원전사고
### : 원폭의 경험과 기억

앞에서 설명하였듯이 2011년 3.11 동일본대지진은 전후 일본 최대의 자연재해로 일본 동북지역을 중심으로 심각한 피해를 남겼다. 일본 동북부지역을 강타한 지진으로 인해 상상을 초월하는 거대 쓰나미가 일어나 해변에 접하고 있었던 수많은 지역이 파도에 휩쓸려 나갔다. 이 쓰나미로 인해 후쿠시마 원자력발전소가 전원(電源)을 완전히 상실하고 1,3,4호기가 수소폭발을 일으키면서 전대미문의 방사능 누출사고가 발생하였다. 이 사고로 인해 원자력발전소 부근의 주민들 10만 명 이상이 급히 피난할 수밖에 없는 상황에 내몰렸으며, 이러한 피난상황은 현재도 진행형이다.

이 지진과 거대 쓰나미로 인한 무수한 희생자의 발생뿐만 아니라 전대미문의 후쿠시마 원전의 방사능 누출을 일으켰다는 점으로 인해, 3.11 동일본대지진 당시의 재난문학은 히로시마(廣島)나 나가사키(長崎)에 투하된 원자폭탄의 피폭 경험과 그 기억을 통해 이 재난을 응시하려는 경향이 강하였다. 다음의 시 작품이 이러한 경향을 대표하고 있다고 할 수 있다.

> 원폭 피폭 후 내 몸에서 구더기가 자꾸 나왔다
> 라고 하는 66년 전의 먼 기억을 통해
> 지금 후쿠시마 원전사고의 정보를 접하고 있으면
> 백혈병에 대한 두려움은 그대로 되살아나 생생해지기조차 한다. (중략)
>
> 그리고 지금

그 후 66년간의 목숨을 늘어놓고
이번 동일본대지진을 만나 생각한다──
그 때의 피폭은 대체 무엇이었던가
그리고 지금
일단 방사능에 노출된 적이 있는
「육체」와 그 「정신」이란
방사능에 의한 주위의 오염에 과연
둔감한 것인가 그렇지 않으면
민감한 것인가──
오로지 확실히 알고 있는 것은
그 때의 구더기의 기억은
66년 지나도 아직도 선열하고
조금도 오래된 기색 따위 없이
한번 멸망해 버린 국가 위를 엎드려 기어 돌아다니고[19]

　이 인용문은 하타지마 기쿠오가 쓴 시집 『동일본대진재시집 일본인
의 힘을 믿는다』 중 「임종 무렵 가까이에 와서 바라는 것(今わの際近くに
來て願っていること)」이라는 시 중 일부이다. 이 시에서 동일본대지진과
후쿠시마 원자력발전소 방사능 누출사고를 접한 시인은 자신이 경험한
원자폭탄 피폭의 경험과 기억을 떠올리며 당시 동일본대지진과 쓰나
미, 그리고 연쇄적으로 일어난 후쿠시마 원자력발전소의 방사능 누출
사고를 인식하고자 하였다. 이 시에서 작가는 피폭 당시 자신의 몸에
나타났던 '구더기의 기억'이라는 매체를 통해 과거의 방사능 피폭 경험

---

19　畑島喜久生, 「今わの際近くに來て願っていること」, 『東日本大震災詩集 日本人の力を
　　信じる』(リトル·ガリヴァー社, 2012.4), pp.41~43.

과 동일본대지진 당시 방사능 누출사고를 연결하고 있는 것이다.

그렇기 때문에 "66년 전의 8월 9일 나가사키에서 피폭"하여 "다량의 방사선을 쐤"지만 "감정도 피폭하여" "우는 것조차 잊고 있었"던 과거를 회상하고 있다. 그런데 66년이 지나고 "동일본 거대지진 피재의 참상에 맞닥트려서는 매일처럼 울고"[20] 있는 자신을 발견한다. 따라서 이 시는 실제 나가사키 원폭 투하로 피폭하였을 당시에는 다량의 방사능에 노출되어 마치 감정마저도 피폭된 듯 그 어떤 감정도 가질 수 없었지만 실제 후쿠시마 원전사고를 수반한 동일본대지진 당시에는 이러한 감정이 폭발하여 이 참상을 앞에 두고 매일 울면서 부흥을 기원하고 있다. 이러한 의미에서 상기의 시작품은 동일본대지진과 원전사고를 당하여 과거의 재난이었던 원자폭탄 피폭의 경험을 통해 현재의 재난을 응시하고 나아가 인식하고 있다고 할 수 있다. 이러한 현상은 동일본대지진 당시 원자력발전소 방사능 누출사고의 충격이 컸던 만큼 당시 재난문학을 논의하던 문학계의 보편적인 현상의 하나였다고 할 수 있다.

　　① 마치 원폭이라도 떨어진듯이
　　　모든 것이 사라져 버렸지만,
　　　당신이 최후의 최후까지 살아가자고
　　　공연하게 맞섰기 때문에,
　　　이런 세상이라도 가슴을 펴고 말할 수 있다.
　　　사람들을 고통으로부터 구해내고 싶다고.[21]

20 畑島喜久生,「復興に成功したら一緒に泣こう」,『東日本大震災詩集 日本人の力を信じる』(リトル·ガリヴァー社, 2012.4), p.73.

② 원전을 둘러싼 소설은 채 1년이 되지 않은 시간 사이에도 다양한
형태로 쓰였다. 원전 문학사인 것은 확실히 존재한다. 그 연장선상
에 지금 쓰이고 있는 소설을 위치지우는 것. 히로시마·나가사키
이후에 쓰인 핵을 둘러싼 소설의 몇 개인가를, 우선 시 계열에 따
라서 제시한다.[22]

첫 번째 인용문은 동일본대지진의 대표적인 피재지인 미야기현(宮城
縣) 출신인 스토 요헤이(須藤洋平)의 시이다. 이곳에서 시인은 대지진과
거대 쓰나미로 일상적인 모든 것이 사라진 재난의 모습을 '원폭'이 투
하된 모습으로 비유하며 현실의 참상을 뛰어넘어 당당하게 맞서나가고
그리고 사람들의 고통을 구제하려는 희망을 피력하고 있다. 두 번째 인
용문은 문예평론가인 진노 도시후미(陣野俊史)가 동일본대지진 이후에
쓴 글이다. 그는 동일본대지진 이후 쓰인 원자력발전소나 방사능 문제
와 연관된 문학작품을 1945년의 히로시마와 나가사키 피폭을 다룬 이
른바 '원폭문학'의 연장선상에 자리매김하고자 하였다. 특히 원폭문학
뿐만 아니라 일본문학사에서 원전이나 원자핵과 관련된 문학의 존재를
확인하고 3.11 동일본대지진 이후 현저한 문학현상의 하나인 '원전문
학'을 이러한 과거의 문학 현상을 통해 재조명하고자 하였다. 실제
3.11 동일본대지진 이후 가와카미 히로미(川上弘美)의 『가미사마2011
(神樣2011)』(講談社, 2011.9)과 다카하시 겐이치로(高橋源一郎)의 『사랑
하는 원전(戀する原發)』(講談社, 2011.11)을 비롯하여 곧바로 원전과 방

21　須藤洋平,「ざんざんと降りしきる雨の空に」,『東日本大震災詩歌集　悲しみの海』(富山
　　房インターナショナル, 2012.7), p.32.
22　陣野俊史,『世界史の中のフクシマ　ナガサキから世界へ』(河出書房新社, 2011.12), p.7.

사능 피폭을 제재로 하는 다수의 문학작품이 창작되는데, 당시 비평계에서는 이러한 재난문학의 계보를 과거의 원폭문학과 핵을 테마로 한 문학현상의 시 계열 속에서 인식하고자 하였던 것이다.

이와 같이 3.11 동일본대지진은 지진과 쓰나미라는 자연재해뿐만 아니라 후쿠시마 원자력발전소의 방사능 누출이라는 미증유의 인재를 수반하였기 때문에 히로시마와 나가사키의 원폭[23]이나 핵 위기, 1980년대 체르노빌 원전사고라는 기억[24]을 통해 현재를 유추(類推)하고 인식하고 있다고 할 수 있다. 한편 3.11 동일본대지진에 즈음하여 대지진과 쓰나미라는 거대한 재난과 관련하여 기리노 나쓰오(桐野夏生)는 「시마오 도시오의 전쟁체험과 3.11 후의 우리들(島尾敏雄の戰爭體驗と3・11後の私たち)」이라는 에세이에서 시마오 도시오가 전쟁 이후에 쓴 일기를 논하면서 "3.11은 전쟁체험에도 필적하"[25]는 것이라고 지적하고 있다. 이러한 발언은 동일본대지진의 상황을 전쟁 경험과 결부시키고자 하는 발상법인데, 실제 이러한 전쟁이나 미국의 공습이라는 기억을 통해 현재의 재난을 인식하려는 문학적 현상은 한신·아와지(阪神·淡路)대지진

---

23 "나가사키, 히로시마, 후쿠시마 여름이 부글부글 끓어오른다."(小池都)라는 하이쿠(俳句)에서도 동일본대지진의 재난을 원자폭탄 피폭의 경험을 통해 유추하고자 하려는 사실을 확인할 수 있다.(鬆田ひろむ 編, 『詩歌·俳句·隨筆作品集―渚のこゑ』, p.49)

24 예를 들면 다음과 같은 시가 동일본대지진의 재난을 체르노빌 원전사과와 비유하면서 인식하고자 하는 예이다.
"더욱 심각한 것은 / 원자로가 아직 진정되지 않았다 / 체르노빌과 같은 정도의 심대한 사고지만 / 방사선량의 누출은 10분의 1―― / 그런 말로 자기만족하여 좋을 리가 없다 / 체르노빌은 중대한 피해를 주었지만 종식하였다 / 후쿠시마 원전은 언제 끝날 것인가―― / 신도 예측이 되지 않는다."(結城文, 「異形の春」, 鬆田ひろむ 編, 『詩歌·俳句·隨筆作品集―渚のこゑ』, p.69)

25 桐野夏生, 「島尾敏雄の戰爭體驗と3・11後の私たち」, 『新潮』 109(1)(2011.12), p.197.

당시 압도적으로 많다.

　　1945년 7월 칠석 미명, 지평까지의 맹염(猛炎)이 구름을 태우고
　　공습은 일체를 다 태우고, 입은 옷밖에는 아무것도 갖지 않은 채 본격
　적인 기근만을 남겼다. (중략)
　　걷어찼더니 첩첩이 쌓인 불타버린 사체, 탄화(炭化)한 팔을 내뻗고
　　와력(瓦礫)에 가로 누운 목조인형을 닮은 아직 잠자지 않은 사체의
　포효
　　풍속 200미터의 염열(炎熱) 폭풍이 불고, 산 채로
　　눈을 치켜든 채로 가득한 생각도 무엇 하나 알리지 않고 피도 흘리지
　않고
　　이별의 말도 남기지 않고 천천히 8월의 햇볕 속에서 불타버린 이완된
　자들의
　　누더기 천과 같이 늘어뜨린 살갗의 겹쳐 쌓임

　　되돌아본다
　　경사(傾斜)하기 시작하는 마을은 무질서한 색채, 장식의 범람에 가득차
　　역광이 없는 시계를 점차 덮어 감추려는 이 시각[26]

　이 시는 고베(神戶)에 거주하는 구루마기 요코(車木蓉子)가 1995년
'한신대지진'의 경험을 시와 증언의 형태로 담은 『50년째의 전장·고베
(五十年目の戰場·神戶)』 중에 나오는 시 작품이다. 이 시는 한신·아와지
대지진을 '50년째의 전장'이라고 표현하는 책의 타이틀이 제시하고 있
듯이 50년 전의 전쟁과 미군의 공습 등의 기억을 통해 당시 재난의 참

---

26  車木蓉子, 「海峽を見つめる女」, 『五十年目の戰場·神戶』(かもがわ出版, 1996), pp.104
　　~105.

상을 설명하고 있다. 그리고 이곳에 등장하는 전쟁은 일본이 일으킨 동남아시아의 전쟁까지 소환하여 50년 전 전쟁과 당시의 재난을 비유하고 있다. 위의 시에서 표현되고 있는 미군의 공습과 폐허의 모습은 건물이 무너지고 와력(瓦礫)으로 쌓인 재난 당시의 고베의 모습을 겹쳐서 인식함으로써 50년 전 전쟁이라는 집단 기억을 통해 현재의 재난을 인식하고자 하였다.

한편 한신·아와지대지진 당시에는 위의 시 작품뿐만 아니라 이렇게 전쟁과 공습의 기억으로 거대한 지진의 폐허인 오사카와 고베를 응시하는 경우가 적지 않았다. 예를 들면, 한신·아와지대지진 당시 대표적인 재난문학 작품이라 할 수 있는 『시집·한신아와지대지진(詩集·阪神淡路大震災)』(1995.4)이라는 작품집에서 "간사이지역의 피재(被災) 문학자들은 50년 전 전쟁과 현재의 거대 재난은 일련의 시간적 계보 속에서 동일한 충격, 공포와 슬픔, 나아가 막대한 인명·재산 피해를 주었던 사건으로 기억하고자 하"[27]였다는 분석을 보아도 이러한 사실을 엿볼 수 있다. 이러한 사실은 단지 이 당시 나온 재난시집뿐만이 아니다. 한신·아와지대지진을 그린 대표적 재난소설인 오다 마코토(小田實)의 『깊은 소리(深い音)』(2002)에서도 "1995년의 대지진 후의 모든 것은 전쟁에 빗대어 묘사되고 (중략) 지진으로 폐허가 1945년의 전쟁을 50년 만에 야전병원, 전쟁터 등으로 환기"[28]되고 있다는 사실로부

---

27  조미경, 「한신·아와지(阪神·淡路)대지진과 일본문학의 역할─『시집·한신아와지대지진』의 문학적 반응을 중심으로」, 『일본근대학연구』 57(한국일본근대학회, 2017.8), p.171.

28  엄인경, 「한신·아와지대지진(阪神淡路大震災)의 문학화와 전쟁 기억─오다 마코토(小田實)의 『깊은 소리(深い音)』를 중심으로」, 『한일군사문화연구』 27(한일군사문화학회,

터 전쟁의 기억을 소환하여 이 재난을 인식하려는 경향이 나타나고 있었음을 알 수 있다.

　이상 고찰해 보았듯이 일본의 거대지진과 쓰나미를 당하고 거기에 후쿠시마 원자력발전소의 방사능 누출사고라는 미증유의 재난을 목도하면서 당시 문학자들은 과거의 집단적 기억인 전쟁을 통해 현재를 유추하고자 하는 경향이 매우 강하였다. 특히 한신·아와지대지진의 경우는 공습과 전쟁의 기억을 소환하는 경우가 많았지만 3.11 동일본대지진 당시에는 전쟁 후의 상황을 언급하고 있어도 구체적으로는 히로시마와 나가사키의 원폭 체험을 소환하여 현재의 재난상황을 유추하고자 하는 경향이 매우 강하였다.

## Ⅳ. 세월호 침몰사고와 국가적 재난의 기억
　: 억압과 저항의 기억

　앞에서 지적하였듯이, 한국에서는 커다란 자연재해가 없었던 것은 아니지만 일본과 같이 '진재문학'이나 '원전문학'을 뜻하는 문학비평용어가 오래전부터 존재했던 것은 아니다. 이 분야에서 보다 의식적인 측면에서 '재난문학'이라는 용어를 사용한 것은 역시 세월호 침몰참사와 이를 국가적 재난으로 인식하는 과정에서였다. 그렇다고 한다면 한국의 대표적 재난문학이라고 할 수 있는 세월호 관련 재난문학에서는 이러한 참상과 재난현실을 인식하고 설명하는 데 있어서 과거의 어떠한

2019.4), pp.317~318.

기억을 통해 이를 유추하고 있는 것일까?

세월호 재난문학에서는 이와 관련하여 '세월호 3주기 추모 시집'으로 기획된『꽃으로 돌아오라』(2017.4) 중 '시인들의 말'에 실린 시인 김림의 다음 글이 이를 잘 보여주고 있다.

> 엘리엇은 왜 하필 4월을 그토록 잔인한 이름 속에 가둔 것일까.
> 슬픔은 슬픔을 부르고 눈물은 눈물을 껴안는다던가.
> 혹독한 시간을 헤쳐온 봄 앞에 4월은 유독 냉랭했다.
> 4.3 제주 항쟁, 4.19 혁명, 4.16 세월호,
> 이런 식의 슬픈 인식 번호를 달아주며 독설에 가까운 혓바닥으로 봄을 단련시켰다.
> 기다리지 않아도 봄은 온다는 말은, 거짓말이었다.[29]

이 인용문에서 보듯이, '슬픔으로 얼룩진 4월'에 일어난 세월호 침몰 사고는 단지 참사 그 자체로 그치는 것이 아니라, 다양한 형태로 이전의 재난을 연상시키고 있다. 이 세월호 침몰참사는 한국 사회에서 4월이라는 시간의 틀 속에서 공유되는 지점이 존재하는 데 그것은 바로 한국 근현대사의 질곡과 저항, 그리고 아픔을 간직한 4.3 제주 사건과 항쟁이며, 4.19 혁명과 연쇄된 지점인 셈이다. 이와 같이 김림은 세월호 침몰이라는 재난을 한국 현대사에서 같은 4월에 일어났던 정치적 재난이라는 기억의 연쇄 속에 위치지우고 있다. 그런데 세월호 사고와 관련한 시 작품들도 세월호는 항상 이러한 정치적 재난의 기억과 그

---

29 김림, 「하필이면 4월」,『세월호 3주기 추모 시집 꽃으로 돌아오라』(푸른사상사, 2017.4), p.134.

기억의 소환을 통해 유추되어지는 경우가 매우 많았다.


　① 어쩌면 너희들은
　　실종 27일, 머리와 눈에 최루탄이 박힌 채 수장되었다가
　　처참한 시신으로 마산 중앙부두에 떠오른
　　열일곱 김주열인지도 몰라
　　이승만 정권이 저지른 일이었다

　　어쩌면 너희들은
　　치안본부 대공수사단 남영동 분실에서
　　머리채를 잡혀 어떤 저항도 할 수 없이
　　욕조 물고문으로 죽어간 박종철인지도 몰라
　　전두환 정권이 저지른 일이었다[30]

　② 퍼렇게 멍든 몸뚱이로
　　수배당한 대학생이 물 위에 떠오르고
　　스무 살의 풋풋한 아들이 욕조의 물고문에 숨을 거둘 때에도
　　스무 살의 아름다운 딸이 코스모스 씨앗을 뿌려달라며 분신하던
　　그 암울한 시절에도 우리에게 불같은 희망은 있었다.
　　페퍼포그와 지랄탄의 향연 속에서 우리들은 매일매일
　　우리의 아들딸에게 물려줄 꽃 같은 대한민국을 꿈꾸었다.[31]

---

**30** 권혁소, 「껍데기의 나라를 떠나는 너희들에게―세월호 참사 희생자에게 바침」, 가만히 있
지 않는 강원대 교수 네트워크, 『세월호가 남긴 절망과 희망 ―그날, 그리고 그 이후』(한울
아카데미, 2016.4).

**31** 곽재구, 「반도의 자화상」, 『세월호 추모시집 우리 모두가 세월호였다』(실천문학사,
2014.7), pp.29~31.

위의 인용문 중에서 첫 번째 시에 해당하는 권혁소의 「껍데기의 나라를 떠나는 너희들에게─세월호 참사 희생자에게 바침」에서 시인은 세월호 희생자였던 단원고 학생들의 희생을, 과거 한국 정부의 다양한 정치적 희생자를 호명하여 그들에 대한 기억을 통해 설명하고자 하였다. 세월호의 희생자들은 이승만 정권 시절 3.15 부정선거에 항의하는 데모에 참여하였다가 실종되어, 마산 앞바다에 최루탄이 눈에 박힌 채 떠오른 김주열의 기억을 통해 국가의 무책임을 묻고 있다. 나아가 이들 희생자들은 전두환 정권 시절 남영동 대공수사단 분실에서 고문으로 죽어간 박종철의 기억과 등치된다. 뿐만 아니라 노태우 정권 시절 석탄산업합리화 정책으로 태백과 정선의 탄광 노동자에서 도시로 쫓겨났던 기억, 이명박 정권 시절 4대강 사업을 벌이며 여객선 운행 시한을 연장하여 안전사고의 단초를 제공한 사건에 대한 기억을 통해 세월호 침몰 사고를 설명하고자 하였다. 한편, 두 번째 인용문인 곽재구의 시 「반도의 자화상」에서도 세월호 참사 재난을 설명하고 이를 해석하기 위해 과거의 다양한 형태의 정치적 재난과 희생을 소환하고 있다. 즉, 수배되어 실종된 대학생이 멍든 상태로 물 위에 떠오른 기억, 물고문으로 희생된 청년, 분신 등 암울하였던 과거 정권 시설의 국가적 폭력과 세월호 참사의 요인을 등치시키고 있다.

이러한 의미에서 세월호 관련 재난 시에서는 정부 구조시스템의 부재, 재난 컨트롤 타워의 문제, 구조 해양경찰의 무책임감, 선박회사에 대한 안전 점검의 부재와 자본에 유리한 운행시스템 등, 다양한 부조리로 인해 제주도 수학여행에 나섰던 단원고등학교 학생들이 당하였던 희생을 한국 현대사의 다양한 정치적 재난과 희생자들의 기억을 통해 설명하고자 하였다.[32] 그런데 세월호 재난문학에서 한국 현대사의 불행

한 정치적 재난과 이에 항거하는 민중의 모습을 소환하여 현재의 세월
호 침몰사고를 유추하고자 하는 것은 위에서 본 바와 같이 단지 시 장
르뿐만 아니라 소설의 경우에도 이와 유사한 구조를 취하고 있는 경우
가 적지 않았다.

예를 들면 박철우의 소설 「연대기, 괴물」은 세월호 침몰 사건을 계기
로 하여 여전히 잔존하고 있는 한국사회 냉전의 상처를 그린 작품이다.
이 소설에는 한국전쟁 당시 치열한 좌우대립과 양민학살과 보복, 그 당
시 강간 사건으로 불의로 태어난 주인공이 베트남 전쟁 파병으로 전쟁
을 체험한 이후 정신병의 발작, 지인이 광주민주화운동으로 피해를 받
는 장면 등 한국 현대사 속에서 냉전 이데올로기와 정치적 재난의 비참
한 상황이 모두 담겨 있다. 이 작품은 "권력을 쥔 사람들의 입에서는
갈수록 무서운 말들이 터져 나왔다. 세월호는 사고다. 단순한 사고를
정치적으로 이용하려는 세력이 있다. 시체 장사 한두 번 해봤나? 종북
세력에게 끌려다니면 안 된다… "[33]는 문장과 같이 세월호 참사 이후에
도 희생자들의 진실규명 노력을 냉전적 사고로 덧칠하고 비난하고 있
다. 따라서 이 소설도 한국 현대사가 남긴 일련의 정치적 재난의 기억

---

[32] "고의 침몰설에도 일리가 있는 / 기막힌 사실들 접하며 // 광주항쟁도 그때 정부에선 / 북
의 지령을 받은 폭도들의 소행이라고 / 거짓을 말하지 않았던가"라고 노래한 박금란의
「세월호의 꽃」(『세월호 3주기 추모 시집 꽃으로 돌아오라』, 푸른사상사, 2017.4, p.134)
에서도 역시 광주항쟁이라는 과거의 정치적 재난의 기억을 통해 현재적 상황을 인식하고
있으며, "4.19 혁명의 붉은 목숨 / 6.10 항쟁의 불타는 목숨 / 오늘 백만의 불꽃, / 면면한
목숨의 꽃불을 본다.'고 노래한 이중현의 「목숨의 꽃불」(교육문예창작회, 『세월호는 아직
도 항해 중이다』, 도서출판b, 2017.4, p.135)에서도 역시 과거의 정치적 사건을 소환하여
현재의 재난을 설명하고 있다.
[33] 박철우, 「연대기, 괴물」, 『실천문학』(실천문학사, 2015.3), p.271.

망을 통해 이 세월호 사건을 되돌아보고 있다는 점은 위의 재난시와 같다고 할 수 있다.

또한 25살 때 시국사건과 관련하여 행방불명이 된 오빠가 돌아올 거라는 희망을 품고 사 두었던 오빠의 운동화를 아들인 종우에게 건네주고 오빠와 이별을 준비하였지만, 그 운동화를 신은 종우도 세월호 침몰과 더불어 행방불명이 되어 아들을 잃은 이야기를 그린 정찬의 「새들의 길」에서도 과거의 정치적 재난의 기억망 속에 이 세월호 사고를 위치 지우고 있다. 이 소설에서 "수학여행 가는 날 아침, 종우가 오빠 운동화를 신고 집을 나설 때 기쁘면서도 슬펐다. 오빠와의 작별은 기쁨과 슬픔 속에서 이루어졌다. 하지만 종우가 오빠 운동화를 신고 그토록 멀리 갈 줄은 꿈에도 몰랐다."[34]라는 문장이 잘 시사하고 있듯이, 세월호 침몰사고의 희생자 종우는 시국사건의 실종자인 외삼촌과 동일한 연쇄망 속에 위치하고 있는 것이다.

그런데, 이렇듯 세월호 침몰사고를 그리고 있는 재난문학에서 이와 같이 한국현대사의 다양한 정치적 재난과 희생이라는 기억을 소환하여 세월호 사건을 인식하려는 배경은 어디에 있는 것일까? 이는 바로 세월호 참사가 내포하고 있는 사건의 특수성 때문이라 할 수 있다.

> ● 세월호 참사 이후 우리는 상식으로 이해할 수 없는 일들을 매일매일 경험하고 있다. 무너진 것은 국가 안전 시스템만이 아니다. 함께 살아가는 일의 뜨거움과 생명 가진 것들의 존엄 자체가 냉혹한 이윤과 차가운 권력 앞에서 침몰해 버렸다. 말의 질서와 말의 윤리를 믿는 작가들

---

34　정찬, 「새들의 길」, 『월간 문학사상』(문학사상, 2014.8), p.112.

이 더욱 망연한 것도 이 때문이다.[35]

• 그렇게 희생된 304인의 억울한 죽음을 풀어주기 위해서도 이제는 세월호를 감추려는 어둠의 세력을 가라앉혀야 할 때! 세월호 희생자들과 그 유족들과 세월호의 진상 규명을 외치는 광장을 향해 불순 세력으로 몰아붙이는 어둠의 세력들이 아직도 기승을 부리는 사회는 불행한 전체주의 독재국가임을 증거하는 것이니 두고두고 정의의 칼날이 일어나 저들의 억울한 원혼을 풀어주게 되기를 갈망한다![36]

위의 인용문에서 보듯이 세월호 참사는 기본적으로 기업의 '냉혹한 이윤'만 추구하는 자본의 논리, 국민을 지켜주어야 할 '국가 안전 시스템'의 붕괴를 상징하고 있었다. 이뿐만 아니라 세월호 침몰의 진상 규명을 회피하고 이를 외치는 사람들을 '불순 세력'으로 몰아붙이거나 냉전적 사고로 그들을 폄훼하려는 사회세력의 존재는 여전히 "불행한 전체주의 독재국가"에 대한 등치에 다름 아니기 때문이다. 그렇기 때문에 이 당시 세월호 참사라는 사태를 국가적 재난으로 규정하고 이를 표현한 재난문학은 한국현대사가 남긴 불행한 정치적 재난의 기억을 통해 세월호 참사를 유추하고자 한 것이었다.

---

35 「오래 기억하고, 그치지 않고 분노하기」, 『세월호 추모시집 우리 모두가 세월호였다』(실천문학사, 2014.7), p.8.

36 정원도, 「시인들의 말」, 『세월호 3주기 추모 시집 꽃으로 돌아오라』(푸른사상사, 2017. 4), p.163.

## V. 결론

2010년대에 일어난 일본의 3.11 동일본대지진과 한국의 세월호 침몰참사는 기본적으로 같은 성격의 재난은 아니라고 할 수 있다. 전자는 대지진과 거대 쓰나미라는 자연재해적 성격이 강하였고, 후자는 기업 윤리와 국가 안전시스템의 부재로 인한 참사라는 측면에서 그 재난의 성격을 달리하고 있다고 볼 수 있다. 그렇지만 동일본대지진이 후쿠시마 원자력발전소의 방사능 누출사고로 이어졌다는 측면에서 두 재난은 자본과 기업의 책임성이나 윤리성의 문제, 나아가 국가 안전시스템과 밀접한 연관을 가지는 재난이라 하지 않을 수 없다.

그러나 3.11 동일본대지진과 세월호 침몰참사를 그리는 재난문학에서 이 처참한 재난을 인식하고 이를 설명하기 위해 유추하고 소환하는 과거의 기억은 다른 길을 걸어온 두 나라의 현대사만큼이나 상이한 것이었다. 먼저, 일본의 재난시집에서 3.11 동일본대지진을 설명하고 이를 비유할 수 있는 과거의 기억은 주로 태평양전쟁 시기 전쟁 상황과 공습의 처참한 광경이나 이전에 경험한 자연재해 등이었지만, 특히 주목을 끌고 있는 것은 원자폭탄의 피폭이라는 기억의 소환이었다. 한신·아와지대지진은 종전 50주년이라는 시기와 맞물려 주로 전쟁과 미군 공습 등의 기억을 통해 이 재난을 유추하고자 하였지만, 동일본대지진의 경우 후쿠시마 원전사고가 핵 문제와 직결된다는 측면에서 히로시마나 나가사키의 피폭 체험의 집단기억을 통해 당시 미증유의 재난을 응시하고자 하였다.

그러나 한국의 세월호 사건을 테마로 한 재난문학에서 소환되는 과거의 기억은 한국현대사에 새겨져 있는 다양한 정치적 사건, 예를 들면

제주도의 4.3항쟁, 부정선거와 이에 항의하는 시민들을 폭력적으로 진압하는 4.19혁명의 과정, 광주민주화운동과 1980년대 민주화운동, 냉전에 의한 이데올로기 대립과 공격이라는 기억이었다. 한국현대사에서 가장 불행하고 처참하였던 이러한 정치적 재난의 기억을 통해 세월호 참사를 인식하고자 하였던 것이다.

재난문학에 그려진 다양한 과거의 기억, 또한 문학작품에서 소환되는 기억들은 그 충격이나 규모에 있어서 당면한 재난과 재해에 필적하는 사건들이었다. 과거의 이러한 재난들은 개인은 물론 집단에도 견딜 수 없는 충격과 공포의 기억을 가져다주었으며, 이는 각 나라에서 커다란 사회적 기억을 형성하였다. 따라서 한국과 일본의 재난문학에서 현재의 재난을 유추하기 위해 소환된 과거의 기억은 각각 두 나라의 가장 상징적이고 역사적 과정에서 새겨진 가장 불행하고 처참한 사건들이라 할 수 있다.

# 한신아와지대지진과 연극

재해 경험 매체로서의 특징을 중심으로

편용우

## I. 들어가기

1995년 1월 17일 오전 5시 46분, 아와지시마(淡路島) 섬 북부 앞바다의 아카시(明石) 해협을 진원지로 하는 M7.3의 지진이 발생했다. 지진으로 인해 6,434명의 희생자가 발생했고, 약 46만 세대의 가옥이 피해를 입었다. 바로 한신아와지대진재(阪神淡路大震災), 고베대지진(神戸大地震)이라고 불리는 재해이다. 본고에서는 편의상 고유명사를 제외하고는 「한신아와지대지진」으로 통일하도록 하겠다. 당시 피해상황이 뉴스로 전국에 전달되자 각지에서 하루 평균 약 2만 명의 자원봉사자가 쇄도했다. 이것이 1995년을 「자원봉사 원년(ボランティアの元年)」이라고 하는 이유로, 일본 정부는 17일을 「방재와 자원봉사의 날(防災とボランティアの日)」로 정해 기리고 있다.

지금은 2011년 동일본대지진, 2016년 구마모토지진(熊本地震), 2018년 홋카이도이부리동부지진(北海道膽振東部地震) 등이 기억에 새롭지만,

대도시에서 발생했고, 더구나 상상을 뛰어넘는 피해를 입혔던 지진으로 한신아와지대지진의 충격은 아직까지 일본인들의 머릿속에서 쉽게 지워지지 않고 있다.

조미경의 "일련의 재난문학을 대상으로 하는 일본문학 연구는 주로 간토대지진과 최근의 3.11 동일본대지진 관련 재난문학 연구가 대부분을 차지하였다"[1]고 하는 지적과 정병호의 "3.11 동일본대지진 이후 무수하게 쏟아진 이른바 '진재문학' 관련 연구서도 주로 문제시하고 있는 대상은 3.11을 비롯한 동시대의 재난상황과 문학적 대응, 아니면 소급하더라도 '간토대지진'까지인 경우가 대부분이다"[2]라고 하는 지적에서도 알 수 있듯. 재해 문학 관련 연구는 편중되어 있으며, 그마저도 수필과 소설, 시 등에 집중되어 있는 것을 볼 수 있다.

재해는 연극 작품에도 적지 않은 영향을 끼쳤고, 재해 연극에 다른 문학 장르와는 다른 특징이 있는 것은 분명하다. 2011년 12월 3일과 4일 양일간 와세다대학(早稻田大學)에서 개최된 일본연극학회 가을대회(日本演劇學會·秋の研究集會)는 〈재해와 연극(災害と演劇)〉을 연구테마로 개최되었다. 이토 야스오(伊藤裕夫)의 「진재와 연극-예술문화환경의 접근-(震災と演劇-藝術文化環境からのアプローチ-)」, 하시모토 히로유키(橋本裕之)의 「쓰나미와 예능-동일본대진재 이후의 현상과 과제(津浪と藝能-東日本大震災以降の現狀と課題-,假題)」, 고스게 하야토(小菅隼

---

1 조미경, 「한신·아와지(阪神·淡路)대지진과 일본문학의 역할-『시집·한신아와지대지진』의 문학적 반응을 중심으로-」, 『일본근대학연구』 57(한국일본근대학회, 2017), p.158.

2 정병호, 「메이지(明治)시대의 자연재해와 의연(義捐) 행위로서의 재난문학 - 노비(濃尾)지진과 메이지산리쿠(三陸)지진을 중심으로 -」, 『비교일본학』 42(일본학국제비교연구소, 2018), pp.311~312.

人)의「재해 후 연극연구 방법(災害後演劇硏究の方法)」, 히오키 다카유키 (日置貴之)의「메이지 산리쿠지진 쓰나미와 연극(明治三陸地震津波と演 劇)」등 흥미로운 주제가 많았다. 특히 하시모토는 재해지역 복구 및 부흥에 있어서의 축제의 역할에 대해,[3] 히오키는 남겨진 공연기록과 팸 플릿 등을 바탕으로 쓰나미 연극의 내용을 추론하고 있다.[4]

　한편 최근 최가형이 2016년도에 제출한 박사논문「3.11 동일본대지 진 이후의 일본 재난문학 연구」(고려대학교 대학원)는 동일본대지진 전후 의 문학 작품을 폭넓게 다루고 있는데, 제3장 2절에서는 오카다 도시키 (岡田利規)의『땅과 마루(地面と床)』, 사와라기 노이(椹木野衣)의『그랑 기뇰 미래(グランギニョル未來)』등의 재해 연극이 동일본대지진과 원전 사고 이후의 일본의 미래를 디스토피아로 묘사하여 고위험사회를 경고 하고 있음을 밝히고 있다.[5]

　하지만 전술한 바와 같이 일본 사회에 적지 않은 충격을 주었던 한신 아와지대지진을 소재로 한 연극에 대한 연구는 아직 보이지 않고 있다. 한신아와지대지진을 소재로 한 대표적인 연극은『한신아와지대진 재~1.17, 충격의 진실(阪神淡路大震災~1.17、衝擊の眞實)』,『오전 5시 47분 시계탑(午前5時47分の時計塔)』, 드라마는『ORANGE~1.17 생명을 걸고 싸운 소방관 이야기(命懸けで鬪った消防士の魂の物語)~』, 영화『고

3　하시모토 히로유키는 발표문을 보완 정리하여『지진과 예능-지역재생의 원동력(地震と 藝能-地域再生の原動力)』(追手門學院大學出版會, 2015)에 정리하였다.
4　정형·한경자·서동주 편,『슬픈 일본과 공생의 상상력-격차와 재난의 일상성과 역사성』 (논형, 2013), pp77~98.
5　최가형,「3.11 동일본대지진 이후의 일본 재난문학 연구」(고려대학교 대학원), pp.144~ 155.

맙습니다(ありがとう)』, 다큐멘터리드라마『고베 신문의 7일간(神戸新聞の七日間)』등이 알려져 있다. 그 중에『오전 5시 47분 시계탑』은 희생자의 가족, 지인이 시간을 지진발생 시각 이전으로 되돌리는 판타지물이고,『ORANGE』는 재해현장에서 활약했던 소방관들의 이야기이다. 『고맙습니다』는 지진으로 모든 것을 잃은 남자주인공이 골프를 통해 재기하는 희망 메시지를 다루고 있다.

이처럼 다양한 주제의 연극·영화 중에서도 본 논문에서는『한신아와지대진재~1.17, 충격의 진실』을 대상으로 삼으려 한다. 그 이유는 다른 작품들은 지진을 특정 개인에게 닥친 고난과 그 극복 양상을 다루고 있어, 재해를 주인공에게 시련을 주는 여타 고난과 비슷한 장치로 이용하는 데 그치고 있지만,『한신아와지대진재~1.17, 충격의 진실』은 불특정 다수의 이재민을 다루고 있고 재해 그 자체에 포커스를 맞추고 있기 때문이다.

## Ⅱ. 집필의도 – '전달'과 '추모'

본 작품의 초연은 도쿄·나카노극장(東京·中野劇場)에서 2004년 7월 28일부터 8월 3일까지의 1주일이었다. 각본 및 연출은 오카모토 다카야(岡本貴也)가 담당했다. 1995년 와세다대학 이공학부를 졸업한 오카모토는 동 대학 대학원의 생물물리학연구실에 진학하여 석사를 마친 후 출판사에 취직했으나, 2년 남짓 근무하고 2000년에 퇴사하여 각본가 및 연출가로 활동하게 된다.

오카모토는 출판사 근무 중이던 1999년 극단「다코아시덴겐(タコア

シ電源)」이라는 극단을 조직하여 활동해 나갔다. 2000년 이토이 상(絲井賞)을 받은 이후 TV드라마에 진출하여 연극과 TV 연출·각본을 양립하던 2004년에 『한신아와지대진재~1.17, 충격의 진실(阪神淡路大震災~1.17、衝擊の眞實)』을 다코아시텐겐의 작품으로 무대에 올렸다.

2004년은 1995년 한신아와지대지진 발생으로부터 10년이 되던 해로, 각지에서 2005년 10주년 추모사업이 기획되고 있었다. 고베(神戸) 출신인 오카모토는 95년 지진 발생 당시에는 와세다대학 졸업시험과 독감을 핑계로 고향을 찾지 않았다. 수개월 후 고베를 찾은 오카모토는 다음과 같이 밝히고 있다.

> 가족은 전원 무사했지만, 고베시 스마구의 고향집은 전파되었다. 고등학생 시절 종종 놀러갔던 산노미야 거리는 도로도 건물도 모두 뒤틀려「펜으로는 이루다 표현할 수 없는 광경에 할 말을 잃었다」고 한다.
> 家族は全員無事だったが、神戸市須磨區の實家は全壞。高校時代によく遊んだ三宮の街は道路も建物もすべてが歪み、「筆舌に盡くしがたい光景に言葉を失った」という。 6

눈으로 피해의 심각성을 직접 확인한 오카모토는 그날부터 고베의 현실을 전하려 했다고 한다.7 그리고 그 결실을 맺은 것이 바로 본 작품이다. 조금 더 오카모토의 말을 인용해 보도록 하겠다.

---

6 産經新聞,「阪神大震災」取材班 『時を超えて 阪神大震災10年』(産經新聞社, 2005), p.207.
7 岡本貴也, 『舞臺阪神淡路大震災全記錄』(三修社, 2006), p.207, 「この日から、岡本さんは積極的に震災にかかわろうと決めた」

한신대지진은 누군가 이야기로 전달하지 않으면 안 된다. 하지만 이 재민들에게는 이를 전달할 수단이 없다. 그렇기에 내가 할 수밖에 없다. 阪神大震災はだれかが語り継いでいかなければならないが、被災者には傳える術がない。それなら僕がやるしかない。[8]

이처럼 오카모토가 본 작품을 썼던 가장 큰 이유는 한신대지진 실상의 '전달'이었다. 일반적으로 '전달'은 재해기록의 1차 목표이다. 고대로부터 재해기록은 정치적인 목적이나 종교적인 목적으로 재해를 기록하고 전달해 왔다.[9] 재해를 다스리는 것이야말로 군주들의 제일 큰 덕목이었고, 피해 사례를 이용해 인과응보, 말세관(末世觀), 무상관(無常觀) 등의 종교 교리를 효과적으로 전달할 수 있었기 때문이다. 한편 조미경(2017)은 "우리들은 과거로부터 현재에 이르기까지 수많은 사람들이 남겨놓은, 또는 지금 세상 사람들이 쓴 여러 자료를 모아 '천재(天災)를 잊어서는 안 된다'고 하는 관점에서 후대에 남길 자료가 될 만한 것을 적어도 전하고 싶다"라는 시무라 구니히로(志村有弘)의 말을 인용해, 후대의 교훈을 위한 기록으로서 재난문학 역할을 제시하고 있다.[10]

---

8  岡本貴也, 위의 책, p.208.

9  근대 이전 일본의 재해 기록에 대한 연구로는 片龍雨, 「江戸知識人の災難記録」, 『일본언어문화』 37(한국일본언어문화학회, 2016), pp.255~270; 정형, 「일본 고전문학 속 비일상 체험의 형상과 일상성 회복의 메타포」, 『일본학연구』 54(단국대학교일본연구소, 2018), pp.9~31; 趙智英, 「中古・中世文學に描かれた〈災害〉-文學作品における災害描寫について-」, 『일어일문학연구』 101(한국일어일문학회, 2017) 참조.

10  조미경, 앞의 논문, p.163. 한편 조미경은 「일본현대문학자의 동일본대지진과 후쿠시마 원전사고에 대한 대응과 인식」, 『일본근대문학연구』 44(한국일본근대학회, 2014), p.248에서 재해 문학의 집필의도에 대해 다음과 같이 정리하고 있다.
동일본대지진이 일어나고 일본 현대문학계에서 이러한 '진재'・'원전' 문학이 크게 움직이는 데에는 비참한 현실 사건을 미래를 위해 남겨두어야 한다는 의식, 그리고 이에 대응하

그러나 오카모토의 '전달'은 정치적 종교적 목적도, 교훈을 전하기 위한 것도 아니었다. 2007년 재연 당시의 홍보문구는 "텔레비전과 신문에서 밖에 재해 지역을 접해본 적이 없다면, 재해 상황을 머릿속에서 그려보는 것은 불가능하다. 따라서 추모의 마음을 담아 〈사실연극〉[11]으로서 재구축했다(テレビや新聞でしか被災地を散らないとすれば、この狀況を頭で想像することは不可能だ。ゆえに、追悼の意を込めて「事實演劇」として再構築する)"는 것이었다. 즉 한신아와지대지진을 체험하지 못했던 오카모토가 "도서관에서 재해에 관련된 서적을 훑고 고베의 지인과 자원봉사 단체를 취재하여(圖書館で震災に關する書物を讀みあさり、神戶の友人やボランティア團體も取材)"[12] 작품을 완성했던 이유는 '추모'였던 것이다.

이와 같이 고베 출신이던 오카모토가 한신아와지대지진을 제재로 하는 연극을 기획하고, 각본을 쓰고, 무대 연출을 했던 이유는 '전달'과 '추모'로 요약될 수 있을 것이다.

----

는 정치적, 사회적 문화적 환경에 대한 불만과 이들 문제를 문학적으로 대응해야 한다는 의식, 문학을 통해 대지진으로 상처받은 모든 사람들에게 위로와 안도감, 나아가 구원을 줄 수 있어야 한다는 의식이 크게 작용했다고 볼 수 있다.

11 '다큐멘터리 연극', '기록연극'이라고도 하는 '사실연극'은 1960년대에 독일에서 시작된 연극으로, 실제 일어난 사건을 소재로 하고 있지만, 역사극이나 정치극과는 달리 역사적, 정치적 사건의 사실을 관객에게 제시만 할 뿐이고, 판단은 관객 스스로에게 맡기는 극 형태를 가리킨다.
인터넷 사전 『고토방크(コトバンク)』의 『브리태니커 국제대백과사전(ブリタニカ國際大百科事典)』의 「기록연극(記錄演劇)」 항목 정리. 2018년 12월 30일 검색.
https://kotobank.jp/word/%E8%A8%98%E9%8C%B2%E6%BC%94%E5%8A%87-53916
12 産經新聞, 앞의 책, p.207.

## Ⅲ. 재해경험과 '방관자'

무대는 1995년 1월 17일, 5시 46분 50초, 지진 발생시점에 막이 오른다. 조명을 모두 끄고 암전 중에 「굉음이 극장에 울린다〈지진발생〉(轟音が劇場に鳴り響く〈地震發生〉)」이라는 효과음 지시와 함께 장내는 순식간에 지진 피해 현장으로 바뀐다.

어슴푸레한 조명이 켜지고 무대는 탈선한 전철 안으로 바뀌어 있다. 주위는 무너져 내린 건물 잔해로 가득 찬 거리를 보여주고 있다. 지진 당시 JR선의 롯코미치(六甲道)역 지붕이 무너져 내렸고, 한신덴테쓰(阪神電鐵) 전철은 8곳의 고가가 무너져 내리는 피해를 입었다. 곳곳에서 기차 탈선으로 인해 승객들이 고립되는 피해가 있었고, 이러한 상황은 각종 미디어를 통해 사진과 기사로 전국에 보도되었다.

새벽에 발생했던 지진은 대부분의 피해자들에게는 암흑으로 기억되고 있다. "처음에는 롤러코스터를 타고 〈붕〉하고 몸이 뜨는 것을 느꼈다고 한다. 몸이 흔들렸다고 느낀 순간 정신을 잃었다. 몸이 아프다는 감각에 의식을 회복했을 때 주변은 어두컴컴했다(最初はジェットコースターに乗って「ポン」と體が浮き上がる感じだったという。搖れたと思った瞬間、氣を失った。痛いという感覺で意識を回復した時、辺りは眞っ暗だった)"[13]고 하는 『아사히 신문(朝日新聞)』의 회고록만 봐도 알 수 있다.

암흑과 함께 효과적으로 사용된 것이 '굉음'이다. 공연 첫날 극장을 찾았던 오카모토의 모친은 자신의 경험에서 어둠 속에서 자신을 엄습

---

**13** 『아사히 신문 디지털』 2018년 1월 17일 기사. 「語り部やめれば樂に、でも…なき娘がくれた〈命の宿命〉」. 2018년 12월 30일 검색.
https://www.asahi.com/articles/ASL1H428ML1HPIHB00Y.html

하던 '꿩음'의 공포에 대해 조언을 했다.[14] 건물이 무너지고 잔해가 떨어지는 소리는 암흑 속에서 모든 신경을 청각에 의지할 수밖에 없었던 이재민들에게는 큰 공포였음에 틀림없다.

암흑과 꿩음을 통해, 그리고 고증을 통한 무대장치를 통해 오카모토가 노렸던 것은 '현장감'이다. 오카모토는 "이 무대는 극장 안에 재해지역을 재현하려는 시도이다. 재해를 〈그리〉는 것이 아니라, 〈만드〉는 것이다(この舞臺は、劇場內に被災地を再現するという試みだ。震災を〈描く〉のではない、〈作る〉のだ)"[15]고 밝히고 있다. 극장 안을 재해 현장으로 만들었던 이유는 오카모토의 다음 말에 힌트가 있다.

지진과 같은 해에 발생한 지하철사린사건 이후, 도쿄에서는 지진피해 보도가 눈에 띄게 줄어들었다. 보도가 잠잠해지는 것은 그다지 나쁜 일은 아니었지만, 주위 사람들도 내가 고베 출신이라고 밝히면 「고베? 살기 좋은 곳이지」라고 반응을 할 정도였다. 단 반년 만에 지진 피해에 대한 관심은 줄어들었다.

震災と同じ年に起こった地下鐵サリン事件以降、東京では震災報道がめっきり減っていた。報道が減るのは別に惡いことでも何でもなく普通のことだが、周りの人も、僕が神戸出身だと告げると、「神戸かあ、いいとこだよね」と言われてしまうほどに、たった半年で震災への關心

---

14 岡本貴也, 앞의 책, p.135. "제일 앞에서 관람했던 어머니는 그 소리에 눈물이 멈추지 않았다고 한다. 〈우리 침실이 2층이잖니. 기와가 떨어지는 소리가 너무 무서웠단다〉고 나중에 듣고, 공연 2일째부터 기와가 떨어지는 소리도 사운드트랙에 추가한 기억이 있다(最前列で觀劇していた母はその音でもう淚が止まらなくなったそうだ。〈うち寢室が2階でしょ。瓦の落ちる音が怖かったんよ〉と後で言われ、公演2日目から瓦の落ちる音もトラックに追加した記憶がある)."

15 岡本貴也, 위의 책, p.138.

は簿くなっていた。[16]

　오카모토는 위와 같은 경험을 소개한 뒤, 이에 대해 '분하다(悔し)'라고 하고 있다. 6천여 명이 희생을 당하고, 아직도 많은 이재민이 가설주택에서 어려운 생활을 보내고 있음[17]에도 사람들의 기억 속에서 풍화되어 가는 피해민들의 고통이 분하였을 것이다.

　재해 지역 이외의 사람들은 고베 지역의 건물 붕괴, 화재 등의 영상을 텔레비전 뉴스로 전해 들으면서 순간 충격을 받았겠지만, 바로 아침을 먹고 출근과 등교 준비로 각자 분주한 일상을 보냈을 것이다. 어찌보면 도쿄와 다른 지역 사람들에게 있어 고베지역의 지진은 타인의 고통에 불과한 것이다.

　오카모토는 앞서 인용한 "〈그리〉는 것이 아니라, 〈만드〉는 것이다"에 뒤이어 "관객은 방관자로는 있을 수 없다. … 중략 … 〈(재해현황을 몰라) 미안합니다〉라는 설문조사 결과가 많았던 것도 왠지 알 것 같다(觀客は傍觀者ではいられない。… 中略 …〈(震災を知らなくて)ごめんなさい〉というアンケートが多かったのも何となくうなづける)"[18]고 덧붙이고 있다. 즉 오카모토는 한신아와지대지진에 무관심한 사람들을 '방관자'라고 표현하고 있는 것이다.

　나미가타 쓰요시(波潟剛)는 논문 「진재와 쇼와문화」에서 2011년 동일본대지진 당시, 텔레비전을 통해 일방적으로 제공되는 쓰나미 영상

---

16　岡本貴也, 위의 책, p.3.
17　가설주택이 전부 철거된 것은 만 5년 만인 2000년 1월 14일이었다.
18　岡本貴也, 위의 책, p.138.

을 보며 "아주 실감이 나지 않는 위치에 있었다"[19]고 고백하고 있다. 그리고 『현대시수첩(現代詩手帳)』(思潮社, 2011년 6월)에 발표된 다카하시 무쓰오(高橋睦郎)의 시 「지금 여기에 이러한 것(いまここにこれらのことを)」을 인용하고 있다.

> 텔레비전을 계속 켠 채로 본다
> (テレヴィを点けっぱなしで見つづける)
> 신문을 구석구석 되풀이하여 읽는다
> (新聞を隅から隅までくりかえし讀む)
> 안전한 야채를 인터넷에서 마구 찾는다
> (安全な野菜をインターネットで捜しまくり)
> 무해한 물을 구하려고 전화를 마구 건다
> (無害な水を求めて電話をかけまくる)
> 우리들은 마스크와 선글라스로 무장한 방관자인가
> (私たちはマスクとサングラスで武裝した傍觀者か)[20]

미디어를 통해 재해소식을 접하고 이재민들을 안타까워하지만, 한편으로는 재해로부터 멀리 떨어져 자신을 보호하려 하는 모습은 비단 나미가타나 다카하시에 국한된 이야기만은 아니다. 현대사회에서 재해소식은 실시간으로 각종 미디어를 통해 전 세계로 퍼져나간다. 발달된 미디어는 재해공간과 일상공간을 리얼타임으로 이어주는 역할을 하지만, 동시에 두 공간을 현실과 비현실로 구분하는 결과가 발생하고 만다. 재해공간의 사람들이 이재민이라면, 일상공간의 사람들은 나미가

---

19 정형·한경자·서동주 편 앞의 책, p.60.
20 정형·한경자·서동주 편, 앞의 책, p.60.

타와 다카하시, 그리고 오카모토의 표현을 빌리면 '방관자'인 것이다.

두 공간의 사람들은 재해를 보고 듣고, 희생자를 애도한다는 것은 같지만 재해 자체에 대해 받아들이는 무게가 다르다. 오카모토는 일상 공간의 '방관자'들을 '만들어진' 재해공간으로 끌어들여 그들에게 조금이나마 이재민들과 비슷한 무게와 공포를 느끼게 하려했다. 취침 중의 새벽에 갑자기 발생한 지진을 관객에게 체험하게 하기 위해 암전과 굉음을 사용하고, 거대 재해 잔해 무대장치를 설치한 것이다.

오카모토는 방관자들을 재해현장으로 불러들여 '속죄(罪滅ぼし)'[21]하려 했다고 한다. 오카모토의 '죄'는 졸업시험과 독감을 핑계로 재해현장에 같이 있지 못했던 죄이다. 이는 재해의 두려움을 같이하지 못했다는 죄, 재해의 고통을 함께하지 못했다는 죄로, 오카모토는 물론 재해지역 이외의 모든 사람이 지니고 있는 원죄라고 할 수 있다. 속죄를 위해서는 같은 재해 상황을 경험해야만 하고, 오카모토는 그러한 기회를 무대 위에 실현했다고 할 수 있다.

이러한 재해문학, 기록, 영상 밖의 방관자에게 재해경험을 제공하려는 오카모토의 의도야말로 다른 재해문학 장르와 연극을 구분 짓는 가장 큰 특징이다.


## Ⅳ. 내용 및 구성

본 작품은 지진 직후의 ①지하철에서 시작하여, ②구조활동, ③피난

---

21 岡本貴也, 앞의 책, p.134.

소생활, 그리고 2004년으로 시간이 흘러 ④니가타추에쓰지진(新潟中越
地震) 현장으로 달려간 고베의 자원봉사자들이 구호물자를 이재민들에
게 나누어주는 장면으로 막을 내린다. 이는 처음부터 끝까지 지진 상황
으로 일관하고 있다는 것이 본 작품의 가장 큰 특징으로, 이재민인 아
닌 지진을 '주인공'으로 삼으려고 했던 오카모토의 의도가 적용된 결과
이다.[22]

①은 이러한 의도가 가장 잘 드러난 부분으로, 지진으로 당황하는
사람들의 모습을 건물 잔해들이 떨어지는 효과음과 암흑, 조명으로 효
과적으로 표현하고 있다.

②와 ③에서는 재해를 당한 사람들의 모습을 사실적으로 묘사하고
있다. ②는 재해 직후를 ③은 일단 긴박한 상황이 정리가 되어 재해가
일상이 된 상황을 그리고 있다. 전자가 자신을 희생하고 서로 도와 어
려움을 극복하는 마음 따뜻한 인간드라마라고 한다면, 후자는 개인주
의가 팽배한 피난소 생활을 사실적으로 다룬 인간관찰드라마라고 할
수 있다.

②에서 가장 대표적인 장면은 살아남은 아버지가 라디오칸사이(ラジ
オ關西) 리포터의 인터뷰로 인해 눈앞에서 화마에 희생된 아들을 회상
하는 부분이다.

> 아들    「미안해……(ごめんな……)」
> 아버지   「사과하지 마라 바보같이. 씨, 꿈쩍도 안 하잖아. 아무도 없

---

22 「등장인물이 아니라 〈재해〉가 주인공인 드라마를 만들 수만 있다면……(登場人物ではな
く〈震災〉が主人公のドラマを作ることができたら……)」, 岡本貴也, 위의 책, p.186.

|  | 어요! 도와주세요. 살려 달란 말이야. 누가 제발 불 좀 꺼 |
|--|--|

어요! 도와주세요. 살려 달란 말이야. 누가 제발 불 좀 꺼 쥐! (謝るなボケ。くっそ、びくともせん。誰かあ！助けて くれー、助けてくれー。誰かその火事消してくれえ！)」

아들     「이제 괜찮아. 나 옷도 안 입고 있고. 목욕 중이었잖아(もう ええって。僕裸やし。風呂はっとってん)」

아버지   「그런 게 무슨 상관이야. 좀만 참아. 너는 내 목숨과 바꿔서라 도 반드시 살려낼 테니(そんなもん關係あるか。あとちょっ とやから。お前は命に替えても助けたる)」

아들     「놔. 이제 됐다니까(放せ。もうええから)」

아버지   「뭐가 됐다는 거야(何がええねん)」

아들     「그만 놓으라고(放せってもう)」

아버지   「네가 죽으면 난 어떻게 하란 말이야. 같이. 나도 같이 가 자!(お前が死んだら俺どないしたらええねん。一緒やで。俺 も一緒からな！)」

아들     「똑똑히 들어 아빠!……고마웠어. 지금까지. 정말로(聞け親 父！……ありがとう。今まで、ほんまありがとう)」

　　　　앗 뜨거(熱い).

아들     「아버지! 제발 도망치라고!(親父い！逃げてくれえ！)」[23]

　아버지는 건물 잔해에 깔려 꼼짝달싹 못 하는 아들을 필사적으로 구 출하려고 하지만, 번져오는 불길에 어쩔 수 없이 불구덩이 속에 아들을 남겨두고 도망치고 만다. 관객들의 눈물샘을 자극하는 이와 같은 내용 은 한신아와지대지진 당시에 많이 유포되었던 이야기인 듯하다. 효고 현(兵庫縣)에서 발행한 『방재대책의 권유(防災對策のすすめ)』[24]라는 책

---

23 岡本貴也, 위의 책, pp.39~40.
24 兵庫縣 發行, 『防災對策のすすめ』, p.5. http://19950117hyogo.jp/archives/001/2014

자에는 "몰려오는 화마에 산채로 죽은 사람도 500명 이상 있었다고 합니다(延燒してくる火に生きながら燒かれた方も500人以上いらしたようです)"라고 하는 재해전도사(語り部)의 말이 이를 뒷받침하고 있다. 비슷한 유형의 이야기는 한신아와지대지진을 소재로 하는 만다 구니토시(萬田邦敏) 감독의 영화『고맙습니다』(2006년 개봉)에도, 후지테레비(フジテレビ)에서 2010년 1월 16일에 방영된 다큐멘터리드라마『고베 신문의 7일간』에도, TBS에서 2015년 1월 19일에 방영된『ORANGE ~1.17 생명을 걸고 싸운 소방관 이야기』에도 사용되고 있다.

그러나 실화에 바탕을 두었다기보다는 지진과 관련되어 패턴화된 이야기가 이용되었을 가능성도 크다. 1855년 발생했던 안세이대지진(安政の大地震)의 피해 상황과 일화를 모은 사이토 겟신(齋藤月岑)의『부코지도노키(武江地動之記)』(1855년 서문)에도 다음과 같은 이야기가 전해지고 있다.

특히 안타깝게 생각되는 것은 구로스케이나리 신사의 벳토슈겐 아무개의 13살이 되는 딸의 일이다. 신사 옆집이 무너졌는데 어찌 되었는지 다리가 돌 사이에 끼어 도망갈 수 없었다. 주위 사람들이 와서 도와줬지만, 어떻게 할 수 없었다. 그때 거센 불길이 타올라 벳토는 입고 있는 옷에 불이 붙자 '네 목숨을 살리려고 하면 나랑 같이 죽을 것 같다. 이미 틀렸다고 포기해 주련'이라고 말하고 젖은 거적을 덮어쓰고 도망갔다고 한다.

殊にあわれに聞えしは。九郎介稻荷の別當修驗某の娘、十三才ばかりなるが、同じ社の側なる潰家の聞に成り、いかにしてか其足を石に挾

れて逃る事あたはず、かの父なるものも、(別當の事也)こゝにありて助
やらんとしけるが、いかにすれ共かなはず。近隣の者も來り援んと、せ
しかどせんすべなし、其時猛火熾になりて、別當が着たる衣然付しか
ば、汝を助んとすれば、父もろともに終るべし、なき命ぞとあきらめく
れよといひつゝ、濡れたる菰をまとふて逃のきしとなん、**25**

눈앞에서 죽어가는 혈육을 보면서 손쓸 도리가 없다는 설정은 동서
고금을 막론하고 가슴 아픈 소재이다. 어찌 보면 진부할 수 있는 소재
이지만, 재해 상황이라는 특수한 상황과 맞물려 관객이나 독자에게 더
가슴 아프게 다가오는 것이다.

한편 ③은 지진과 화재가 일단락된 이후의 장면이 중심이 된다. 이재
민들은 목숨이 위급한 상황에서는 서로 돕고 희생하여 위기를 극복하
는 모습을 보이지만,**26** 일단 상황이 안정이 되고 재해지역, 피난소의
생활이 길어지게 되면 갈등이 심각해지게 된다.

> 리더    「여러분! 지금, 히, 히메지에서! 삼, 삼각김밥이 도착했습니
> 다!(みなさん！今、ひ、姫路から！お、おにぎりが届きま
> した！)」

---

**25** 江戸叢書刊行會,『江戸叢書』9(江戸叢書刊行會, 1917), p.35.

**26** 이에 관해서는 레베카 솔닛, 정해영 역,『이 폐허를 응시하라-대재난 속에서 피어나는
혁명적 공동체에 대한 정치사회적 탐사』(펜타그램, 2012)에서 재난 속에서 사람들이 서
로 돕고, 위기를 극복해 나가는 현상에 대해 "긴박한 순간들에 대하여 두 가지 사실을
강조할 수 있다. 첫째, 재난은 가능한 것, 좀 더 정확히 말하면 잠재되어 있던 것을 입증해
준다. 우리 주변 사람들이 가진 회복력과 관용, 다른 종류의 사회를 즉석에서 꾸려가는
능력이 바로 그것이다. 둘째, 재난은 우리들 대부분이 연대와 참여와 이타주의와 목적의
식을 얼마나 간절히 갈망하는지 보여준다"(p.454)고 분석하고 있다.

일동　　「(반응, 反應)」

남편A　「물은!(水は！)」

리더　　「어, 없습니다. 저.. 미안하지만,, 4명이……1개, 입니다……
　　　　(あ、ありません。あの。申し譯ないんですが。よ、四人
　　　　で……一個、です……)」

일동, 모두 한 번에 받으러 온다.〈움직이지 않는 사람도 있다〉몸싸움
이 일어난다.(一同、いっさいに取りに行く。〈取りに行かない者もいる〉
もみ合いになる。)

리더　　「줄을 서주세요. 질서를 지켜주세요! 다투지 마세요! 이러
　　　　지 맙시다! 앗(竝んで下さい。竝んで下さい！やめましょう
　　　　よこういうの！うわ)」

구른다. 삼각김밥이 흐트러진다. 다들 모여든다. 몇 명은 포기하고 돌
아간다.(と轉ぶ)おにぎりが散亂する。むらがる。數人あきらめてい
く。)[27]

　일본인은 예의가 바르고 참을성이 강하다고 평판이 있다. 지진이 발
생해 식당에서 손님이 일단 밖으로 피난하더라도 나중에 모두 돌아와
요금을 지불했다고 하는 미담을 쉽게 들을 수 있다. 하지만 한신아와지
대지진 직후 편의점이 약탈을 당했다는 뉴스나 동일본대지진 때에는
빈집털이, 편의점이나 ATM에서 돈이 강탈당하는 등의 피해 사례가 보
고되고 있다.[28]

---

27　岡本貴也, 앞의 책, p69.

28　위키패디아 「동일본대지진관련 범죄·문제행위(東日本大震災關連の犯罪·問題行爲)」
　　페이지에 「동일본대지진:하치노헤 재해지역 빈집털이 피해 11건(東日本大震災：八
　　戶、留守被災宅で竊盜被害11件)」 등의 각종 범죄 사건이 정리되어 있다. 2018년 12월
　　30일 검색. https://ja.wikipedia.org/wiki/%E6%9D%B1%E6%97%A5%E6%9C%AC%
　　E5%A4%A7%E9%9C%87%E7%81%BD%E9%96%A2%E9%80%A3%E3%81

　　오카모토는 기반시설이 피해를 받아 식료품과 생필품 등의 물자가 부족하게 된 상황에서 적나라하게 드러나는 인간의 본성을 생생하게 그리고 있다. 이는 미디어를 통해서만 재해지역을 바라보던 '방관자'들에게 뉴스의 열기가 식은 지역에서도 여전히 재해의 아픔은 계속되고 있다는 사실을 호소하는 방법이다. 오카모토는 "재해지역에서 살아남은 인간들은 어떻게 되었고, 어떻게 살아가야만 하는지 그리고 싶었다 …… 중략 …… 대중매체에서 듣고 보던 영상과 정보 뒤편에 이러한 인간들이 있고 저런 인간들이 죽어나갔다. 그러한 사실을 나는 전하고 싶었다(被災地において生き殘られた人間はどうなっていき、どうしていくべきかを描きたかった。…… 中略 ……マスメディアで見聞きしていたあの映像や情報の裏側に、こんな人間たちがいて、あんな人々が死んでいった。そういうことを僕は傳えたかった)"²⁹고 말하고 있다. 그리고 다음 인용문과 같이 부언하고 있다.

　　텔레비전과 신문에서 재해를 〈아는〉 것은 가능할지라도, 〈느끼는〉 것은 웬만한 상상력이 있지 않고서는 불가능하다. 하지만 연극은 인간의 육체와 같다. …… 중략 …… 관객은 관람할 뿐 아니라 오감을 모두 구사해서 〈재해〉를 〈느끼는〉 것이 가능하다

　　テレビや新聞で震災を〈知る〉ことはできるが、〈感じる〉ことはよほどの想像力がない限りできない。しかし演劇は生身だ。…… 中略 ……觀客は見るだけではなく五感すべてを驅使して〈震災〉を〈感じる〉ことがで

---

%AE%E7%8A%AF%E7%BD%AA%E3%83%BB%E5%95%8F%E9%A1%8C%E8%A1%8C%E7%82%BA

**29** 岡本貴也, 앞의 책, p.139.

きる.[30]

　피난소에서 장기간 생활하여 피폐해져 가는 사람들이 서로 다투는 장소에 관객들을 위치시켜 그들의 고통을 직접 느끼게 하려는 것이 오카모토의 의도였음을 알 수 있다.


## V. 재해에서 재해로

　초연 이후 오카모토는 각본을 수정하여 주에쓰지진(中越地震)의 대피소 장면을 추가해 2005년 10월 23일 다시 한 번 무대에 올렸다. 주에쓰지진은 2004년 10월 23일에 니가타(新潟)에서 발생한 지진을 가리키는데, 한신아와지대지진 이후 사상 2번째로 진도7을 기록한 대지진이다. 이 지진으로 인해 68명이 희생되었다. 무대의 마지막은 고베 번호판을 단 차량이 구호물자를 싣고 대피소에 도착해 나누어주는 장면이다.

> 아버지　「고베는 …… 복구되었나요(神戸は……復興したんですか)」
> 동료　　「그게, 좀처럼 …… (いやあ、それはなかなか……)」
> 남자A　「네(はい)」
> 동료　　「응!?(ええ！？)」
> 남자A　「물론 원래대로 복구되었다고는 말할 수 없습니다. 주민들도 바뀌었고요. 죽은 사람들도 돌아올 수 없지요. 하지만. 우

---

30 岡本貴也, 위의 책, p.138.

리들이 인간인 이상, 거리는 반드시 생명을 되찾을 겁니다. …… 그러니까, 여러분도(そりゃ元通りとは言えません。住んではる人もずいぶん入れ替わりました。亡くなりはった方も歸っては來ません。せやけど。我々が人間である限り、街は必ず命を吹き返します。……せやから、みなさんも)」

아버지　「──네(──はい)」

음악이 고조된다……. 아침 해가 떠오른다. 모두 아침 해를 향해 일어선다. 눈부시게 빛나는 태양. 그것은 희망과 진혼의 빛인지도 모르겠다 …….(曲、盛り上がり……。朝日が昇ってくる。そこにいた全員が、朝日に向かって立ち上がる。まぶしく、輝く太陽。それは、希望と鎭魂の光かもしれない……)。 31

인용 장면은 복구와 미래를 향한 메시지를 명확하게 전달하려고 하는 오카모토의 의도를 나타내고 있다. 초연의 마지막 장면은 대본을 확인할 수 없어 자세히 알 수는 없으나, 오카모토가 텍스트에 다음과 같이 소개하고 있다.

… 생략 … 도쿄의 지하철사린사건, 여름에 발생한 고베 임시주택 거주 노인의 분신자살, 야구구단 오릭스의 우승을 그리고 라스트신은 그 해 크리스마스로. 전구로 장식한 루미나리에에, 그리고 가마사카 마코토(鎌坂誠)의 기타연주「Chicken George」. 항구 음향을 BGM으로 커튼콜.
　… 前略 … 東京での地下鐵サリン事件、夏の假設住宅で燒身自殺する老人、オリックスの優勝を描き、ラストシーンはその年のクリスマスへ。電飾輝くルミナリエから、鎌坂誠の生ギターで歌＜チキンジョー

---

31 岡本貴也, 위의 책, p.130.

ジ＞。そのまま港の音をBGMにカーテンコール。[32]

1995년도에 발생했던 굵직굵직한 사건을 스치듯이 보여주고 맞이한 연말. 고베를 연고지로 하는 오릭스 브레이브즈 구단[33]은 '힘내라 고베(がんばろう神戸)'를 슬로건으로 시즌을 치러 우승을 차지했다. 고베의 구외국인거류지에 만들어진 루미나리에는 급감한 관광객을 다시 고베로 불러들이기 위한 자구책으로 1995년 겨울부터 시작되어 매년 겨울 사람들을 고베로 끌어들이는 명물이 되었다. 고베 산노미야(三宮)에 있는 라이브카페 「치킨조지」는 한신아와지대지진 때 붕괴되었지만, 가수들은 그해 겨울 치킨조지 터에서 모여 노천 라이브를 했었다. 모두 고베의 복구를 상징하는 것으로 대형 재해를 극복하려고 하는 고베 사람들의 모습을 엿볼 수 있다.

2004년 7월 초연 후에 동년 10월에 발생한 주에쓰지진은 오카모토의 심정에 변화를 주었을 것이다. 재연 장소는 주에쓰지진 1주년인 05년 10월 23일을 시작으로 니가타, 이와테(巖手)의 학교와 같은 재해지역이었다. 초연의 결말이 고베의 복구가 중심이라면, 재연은 고베의 재해민들이 받았던 선의가 다시 더 큰 선의로 주에쓰지진 피해자들에게 전달되는 모습이 중심이다. 즉 두 작품 모두 재해 상황에서의 희망을 노래하고 있지만, 전자가 '복구'를, 후자가 '인간에 대한 믿음'을 주로 다루고 있다는 차이점이 있다. 이는 물론 주에쓰지진의 피해지역에서

32 岡本貴也, 위의 책, pp.135~136.
33 지금의 오릭스 버팔로즈는 2004년 시즌 종료 후에 고베를 연고지로 하는 오릭스 브레이브즈와 오사카를 연고지로 하는 긴테쓰(近鐵) 버팔로즈가 합병을 해, 오사카를 연고지로, 고베를 준연고지로 하고 있다.

자원봉사활동을 했던 오카모토의 경험이 반영된 결과이다. 재연 대본
은 "피해지역의 한가운데에서 공연이 도대체 어떤 반응이 돌아올지(被
災地ど眞ん中での公演はいったいどんな反應が返ってくるのか)" 걱정 속에 수
정되었다. 한신아와지대지진 피해자들은 주에쓰지진 피해자들의 고통
을 '아는' 것이 아니라 '느낄' 수 있다는 점을 표현한 것이다.


## VI. 나가기

나미가타 쓰요시는 타인의 재해에 대한 무관심에 대해 수잔 손택의
『타인의 고통』이라는 책의 한 구절을 이용해 설명하고 있다.

사진이 먼 곳에서의 고통에 대해 가져다주는 정보에 관해 무엇을 하
게 될 것인가? 사람들은 자신들의 신변에 있는 사람들의 고통을 자주
받아들이지 못한다. (중략) 관음증적 유혹, 또는 이것은 나에게 일어나
고 있는 것은 아니다. 나는 아프지 않다. 나는 죽지 않는다. 나는 전쟁이
라는 함정에 빠지지 않는다는 만족에도 불구하고 타자의 시련에 대해
용이하게 자신을 동일시할 수 있는 타자의 시련조차 그것에 대해 생각
하는 것을 피하는 것이 사람들의 정상적인 반응이라고 생각한다.[34]

사람들은 타인의 고통과 위험을 '관음증적인' 흥미로 관심을 갖지만,
어디까지나 자신에게는 해가 미치지 않는다는 전제하에 바라보는 것이
다. 텔레비전화면 너머의 위험과 자신의 안전과의 격차는 사람들에게

---

[34] 나미가타 쓰요시, 「진재와 쇼와문학」, 정형·한경자·서동주 편(2013), 앞의 책, p.61.

안도감을 주고, 이는 무관심으로 이어진다고 생각된다. 이는 사람들의
지극히 '정상적인 반응'인 것이다. 오카자키는 재해 발생 시에 고베로
달려가지 않았던 자신을 포함해, 고베 사람들의 고통에 무관심한 사람
들에게 한신아와지대지진의 고통을 오감으로 체험시켜 '속죄'를 꾀했
던 것이다. 그리고 이러한 점이 재해 연극이 소설이나 기록, 수필 등과
차별되는 기능이다.

또한 오카모토는 재연에서 니가타의 주에쓰지진 자원봉사 장면을 추
가하여 재해의 고통과 기억들이 자원봉사라는 형태로 이어져, 무관심
과 망각으로 끝나지 않았음을 그리고 있다.

# NHK 동일본대진재(東日本大震災) 프로젝트 방송과 재해 지역 표상

### 젊은이들의 재해 지역 이주(移住) 서사를 중심으로

김보경

## I. 들어가며

2020년 3월 11일은 동일본대진재(東日本大震災)[1]의 9주년이 되는 날이었다. 오후 2시 46분, 추모 행사가 있었던 총리 관저를 비롯한 일본 각지는 희생자를 기리는 묵념으로 1분간 적막이 흘렀다. 이어진 추도사에서 아베 총리는 "전 세계 많은 분께 부흥올림픽(復興五輪)이라 불러야 할 올해의 올림픽, 패럴림픽을 통해 부흥하는 피해지역의 모습을 보여주고 싶다"라며 의지를 내보였다. 공영방송인 NHK에서는 이 추도식

---

[1] 이 글에서는 2011년 3월 11일 14시 46분에 발생한 지진과 그로 인한 직접적 피해뿐 아니라, 직후에 발생한 쓰나미에 의한 피해와 이어진 후쿠시마 원자력발전소 폭발로 인한 피해까지를 아우른 "복합적인 형태의 대재앙"이라는 측면을 나타내기에 적합한 '동일본대진재'라는 용어(이호상, 「떠날 수 없는 내 고향, '도호쿠'」, 『일본비평』 7(서울대학교 일본연구소, 2012), pp.245)를 사용한다.

생중계뿐 아니라, 11일을 전후로 며칠 동안 동일본대진재 특집 방송을 여러 편 편성했다. 그중에는 "그날, 그리고 내일에(あの日、そして明日へ)"라는 캐치프레이즈를 선보이며 새롭게 단장한 NHK 동일본대진재 프로젝트의 간판 프로그램인『내일로 이어가자(明日へ つなげよう)』의 방송도 포함되었다.

특집으로 구성된 프로그램들의 면면을 살펴보면, 먼저 후쿠시마(福島)의 소년·소녀들로 구성된 '후쿠시마 행복을 전할 수 있도록 합창단(福島しあわせ運べるように合唱團)'의 7년간의 여정을 그린 프로그램, 시청자들이 보내온 단카(短歌)를 통해 각자의 재해 경험과 여러 방면에서 '부흥'이 진행 중인 지금 느끼는 다양한 감정을 알아보는 프로그램, 그리고 희생자들의 남겨진 가족들의 지난 9년과 현재의 생활을 돌아보는 프로그램 등, 재난에 대한 기억과 현재의 감정을 공유하는 방송이 가장 많은 비중을 차지했다. 또 재해 지역의 식재료를 사용한 먹거리 개발에 힘써온 이들의 이야기나 피난해 온 지역에서 주민들의 지원을 받아 재기에 성공한 가족의 이야기 등 '부흥'과 '희망'에 초점을 둔 방송도 편성되었으며, 전문가 등으로 구성된 복수의 참가자가 스튜디오에서 재해 발생 시 미디어의 역할과 어린이들의 마음 돌봄에 관한 토론을 진행하는 방송도 있었다.

미디어가 동일본대진재를 다루는 방식과 관련하여, 전통적 미디어의 영역에서는 주로 뉴스 방송이나 신문이 진재 발생 당시 재난 보도를 어떻게 했는지에 대해서 많은 학술적 성과가 있었다. 특히 공영방송인 NHK의 재난 보도는 많은 연구자에 의해 비판적으로 검토되며 향후 재난 보도의 방침을 정리에 하나의 기준점을 제공하기도 하였다.[2] 그러나 상대적으로 재난 발생 이후 NHK가 매년 3월 11일을 전후로 편성해온 특집 방송에 대해서는 지금까지 본격적으로 연구된 바가 없다.

　현대사회에서 국가적 재난이나 사건에 대한 연례의 추도는 모두 미디어를 거친다. 끔찍한 경험을 함께한 공동체 구성원들은, 매년 3월 11일에 일본이, 그리고 4월 16일에 우리가 그러하듯, 해마다 '그날'이 오면 미디어를 통해서 하나가 되어 과거의 기억을 이해하고 받아들이기 위해 애쓴다. 주지하다시피 이 과정에서 TV와 같은 매스미디어는 특정

--------------------------------------------------

2　동일본대진재 당시 NHK의 재난 보도를 분석한 대표적인 연구는 다음과 같다. NHK放送文化研究所, 『放送研究と調査』 5~9월호·12월호(2011); 김대홍, 「일본 NHK의 재난 보도 시스템 심층분석」, 『관훈저널』 119(관훈클럽, 2011.6), pp.18~24; TBSメディア總合研究所, 「そのときそれから私たちは何を傳えたか-東日本大震災と放送メディア」, 『調査情報』 3(501)(TBSテレビ, 2011.7), pp.2~53; 田中孝宣·原由美子, 「東日本大震災發生から24時間テレビが傳えた情報推移: 在京3局の報道內容分析から(東日本大震災から1年)」, 『放送研究と調査』 62(3)(NHK放送文化研究所, 2011.12), pp.2~21; 이연, 「2011년 도호쿠칸토대진재(東日本大震災)와 NHK의 재난방송」, 『국제학논총』 17(계명대학교 국제학연구소, 2012.4), pp.169~205; Najih Imtihania·Yanai Marikoa, "Media coverage of Fukushima nuclear power station accident 2011(A case study of NHK and BBC WORLD TV stations)", *Procedia Environmental Sciences* 17, 2013, pp.938~946; Tanaka Takanobu, "NHK's Disaster Coverage and Public Value from Below: Analyzing the TV Coverage of the Great East Japan Disaster", *Keio Communication Review*(35), Institute for Communications Research, Keio University, 2013, pp.91~104; Yamakoshi Shuzo, "Re-examining the Journalistic Function of Public Service Broadcasting in Japan: A Discourse Analysis of Television News Coverage on the Fukushima Nuclear Crisis", *Keio communication review* (37), institute for Communications Research, Keio University, 2015, pp.5~14; 홍선화, 「한국 언론과 일본 언론의 재난보도 뉴스구성에 관한 연구 : 동일본대지진 관련 한일 공영방송(KBS와 NHK) 저녁 종합뉴스 내용 분석」(연세대학교 언론홍보대학원 석사학위논문, 2012), 백선기·이옥기, 「재난방송 보도에 대한 국가별 채널 간 보도태도의 비교연구-KBS, NHK, CNN의 일본 대지진 방송보도에 대한 내용분석을 중심으로」, 『한국언론학보』 57(1)(한국언론학회, 2013), pp.272~304. 일본 신문들이 자국에서 일어난 원전 사고를 어떻게 보도했는지 그 보도 태도를 고찰한 연구는 김유영, 「일본 미디어의 동일본대지진 원자력발전소 사고관련 어휘 선정 및 구사에 관한 연구-후쿠시마와 타국의 원자력발전소 사고기사의 보도태도에 대한 비교·대조를 중심으로」, 『일본근대학연구』 55(한국일본근대학회, 2017), pp.149~167가 있다.

과거를 소환하면서 그 현재적 의미를 재구성하고, 이를 통해 구성원들이 그 과거를 이해하는 방식은 물론, 어떤 것을 기억하고 또 망각할 것인지에도 중요한 영향력을 행사한다.[3] 특히 TV는 무수한 뉴미디어가 등장한 오늘날에도, 실재 인물과 상황을 '그대로' 담는 카메라가 주는 강력한 '리얼리즘'의 신화를 앞세워 집단의 기억을 재구성하는 서사 창출의 영역에서 그 특권적 위치를 여전히 고수하고 있다.[4] 이러한 의미에서, NHK라는 공영방송이 매년 같은 시기 동일본대진재를 '이야기'하는 방식은, 동일본대진재에 대한 일본 사회의 집단 기억은 물론 피해지역 및 지역민들에 대한 인식의 형성에 큰 영향을 미친다는 점에서 주목할 필요가 있다.

이 같은 인식을 바탕으로, 이 글에서는 가장 최근 재해 9주년을 기념하면서 2020 도쿄올림픽 개최를 앞둔 시점에 방송된 동일본대진재 특집 프로그램을 대상으로, 그동안 상대적으로 주목받지 못한 NHK의 재난특집 방송의 재해 지역 표상을 분석한다. 토론 프로그램을 제외하면, 지난 3월의 동일본대진재 특집 방송은 대부분이 방송에 등장하는 개인들의 2011년 '그날'과 지난 시간을 재구성하고, 그 서사를 바탕으로 앞으로의 '희망'을 기대하는 결말을 그린다. 아베 총리도 언급했듯이 올림픽을 통해 전 세계에 도호쿠(東北), 나아가 일본이 끔찍했던 재해로부터 훌륭히 재기한 모습을 극적으로 선보일 날이 머지않은 이 시

---

3  이동후 「국가주의 집합기억의 재생산-일본 역사 교과서 파동을 중심으로」, 『언론과 사회』 11(2)(사단법인 언론과 사회, 2003), pp.75~78.

4  이기형 「영상 미디어와 역사의 재현 그리고 '기억의 정치학': 안중근 의사의 순국 100주년 기념 텔레비전 역사다큐멘터리들을 중심으로」, 『방송문화연구』 22권 1호 (한국방송공사, 2010), p.65.

점에, '완성'을 목전에 둔 '부흥'까지 도달하기 위해 지난 9년간 고군분투해온 일본인들의 서사를 여러 각도에서 재현해낼 필요가 있었을지 모른다.

그런데 이 가운데 특이하게도 재해 '당사자'가 아닌 이들이 주인공인, 다시 말해 등장인물들의 '그날'에 관한 기억과 그 극복이 중심이 아닐뿐더러 재해 그 자체와는 무관해 보이기도 한 그들의 '이주(移住) 서사'를 다룬 프로그램이 있어 눈길을 끈다. 제목은『우리가 피해지역에 사는 이유: 이주자들의 속마음(ボクラが被災地に住む理由~移住者たちの本音~)』(이하,『이주자들』)으로 원래 2019년 12월 30일에 방영된 프로그램인데, 시청자로부터 재방송 문의가 많았던 프로그램 중 하나였기에 동일본대진재 9주년 특별 방송 기간 중 다시 편성되었다.[5] 편성일은 3월 8일 일요일로 먼저 점심 시간대(12:15)에 방영된 후, 그날 자정 무렵에 또 한 번 전파를 탔다.

이 같은 특성에 착안하여, 이 글은『이주자들』을 프로그램이 이야기의 무대인 재해 지역 '가라쿠와(唐桑)'를 표상하는 방식에 주목하여 이를 기존의 '도호쿠' 표상과의 관계 속에서 재고찰한다. 이를 통해 일견 긍정적 의미에서 새로운 재난 서사처럼 보이는『이주자들』이 보여주는 젊은이들이 소속감과 만족을 얻는 매력적인 땅, 재해 '당사자'와 '비당사자'가 공생하며 진정한 '부흥'을 실현해가는 곳이라는 가라쿠와의 표상과 이주 서사가 답습하고 있는 도호쿠 표상과 이것이 역설적으로

---

5 NHK 〈あの日、そして明日へ ~NHK東日本大震災プロジェクト~〉 홈페이지 중 〈あしたブログ〉의 2020년 3월 6일자 게시글. https://www.nhk.or.jp/ashita-blog/100/423024.html.(최종열람일: 2020년 3월 15일)

드러내는 가라쿠와의 현실을 명확히 한다.


## II. 사회 지향적인 젊은이들과 가라쿠와의 '비일상성'

『이주자들』은 동일본대진재 피해지역인 미야기현(宮城縣) 게센누마
시(氣仙沼市)의 작은 어촌 가라쿠와에 재해 발생 이후 이주한 2, 30대
젊은 이주자들의 이야기를 다룬다. 그러나 재난 피해지역에 옮겨 사는
이들의 이야기라는 설정과는 달리, 『이주자들』은 밝고 경쾌한 배경음
악 및 화면 구성과 더불어 가라쿠와 생활에 만족하며 즐겁게 '노동'하는
젊은이들의 생동감 넘치는 모습을 전하는 데 방송 대부분을 할애한다.

그렇다면 『이주자들』에 등장하는 젊은이들은 왜 재해 지역인 가라
쿠와에 이주해서 사는 것일까. 이들이 그 이유로 가장 먼저 꼽는 것은
"자신들 세대 특유의 감각"이다. 이주 전 외국계 기업에 근무했던 가토
고야(加藤航也)는 헤이세이(平成)⁶ 원년에 태어난 자신과 같은 세대는
일본의 버블경제가 끝난 후 태어났기 때문에 그에 대한 실감도 없으며,
"자본주의라든지 돈을 버는 일 자체에 별로 집착이 없는 세대"이기 때
문에 재해 지역으로 이주를 결심할 수 있었다고 말한다. 또 그는 자신
들 '헤이세이 출생(平成生まれ)'을 돈을 못 벌더라도 타인과 관계를 잘
맺어가는 것 안에 살아갈 길이 있다고 느끼는 세대라고 정의한다. 와세
다대학(早稻田大學) 졸업 후 이주한 가토 다쿠마(加藤拓馬) 역시 비슷한
발언을 한다. 그는 재해 지역에서 거주하는 지금의 삶과 비교하여 "좋

---

6　일본의 연호(年號) 중 하나로 1989년 1월 8일부터 2019년 4월 30일까지의 기간을 가리킴.

은 차를 갖고 좋은 집을 사면서 살아가는" 인생이 좋냐고 묻는다면, 자신은 소유의 감각도 변했고 좋은 의미에서 "자신의 인생을 스스로가 납득한 형태로 살고 싶다는 욕구가 있는 세대"이기 때문에 현재의 삶을 선택했다는 취지의 이야기를 한다. 도쿄도(東京都) 출신으로 릿쿄대학(立教大學) 재학 중 처음 가라쿠와와 인연을 맺은 네기시 에마(根岸えま)는 일시적인 봉사활동이 아니라 장기 거주를 결심하게 된 이유에 대해 "역시 가라쿠와가 가장 나답게 지낼 수 있는 장소였다(自分らしくいられる場所だった)"라고 대답한다. 일단 도쿄의 회사에 취직해서 몇 년 일하고 그래도 원한다면 그때 가도 늦지 않는다는 어른들의 말이 맞는다는 것은 알지만, 맞는지 아닌지가 아니고 "즐거운지 아닌지에 따라 정하자(樂しいか樂しくないかで決めよう)"라고 생각했다고 한다.

종합하자면, 세 명 모두 사회나 기성세대 정한 올바른 삶의 기준(경제적 안정)이 아닌 스스로가 선택한 기준에 맞는 삶을 선호하는 세대이기 때문에 자신들이 재해 지역으로 이주해서 산다고 설명하고 있다. 그리고 그 기준이란, 사람들과의 '관계 맺기'나 '나답게 살기'와 같은 것들이다.

젊은이들의 이주 목적인 '관계 맺기'와 '나답게 살기'는 동일본대진재로 피해를 입은 가라쿠와의 복구, 즉 '부흥' 활동 참여를 통해 이루어진다. 지역 주민들을 설득해서 그들과 마을 축제를 부활시키고, 이주민들끼리 단체를 만들어 온종일 걸어 다니며 지역에 관한 이야기를 수집한 뒤 다음날 그 내용을 정리해서 주민들에게 발표하는 '마을 걷기(街歩き)'와 같은 지역 조사를 펼치거나, 어촌인 만큼 어부들을 도와 고기잡이를 하고 어시장에서 판매 및 홍보를 하는 등이 그 주된 활동이다. 그 과정에서 그들은 지역 주민들은 물론 같은 이주민들과도 새로운 '관계'

를 맺고, 도쿄에서 대학을 다니거나 외국계 회사에서 근무하는 것보다 더 '나다운 삶'을 선택했다고 만족한다. 이 같은 지역 부흥을 위한 활동을 통해 젊은 이주자들이 얻는 만족감은, 매 순간 화면에 등장하는 큰 물고기를 들고 배 위에서 웃는 얼굴의 클로즈업이나 마을 어른들과 어울려 일하며 즐거워하는 모습, 체육관에서 지역의 전통악기 연주에 열중하는 모습이나 어시장에서 즐겁게 일하는 모습, 노동 후에 함께 어울려 회식을 즐기는 모습 등을 통해 시각적으로 제시된다.

이에 관하여 네기시는 '가카와리시로(關わりしろ)'가 있어서 가라쿠와가 매력적이라고 표현한다. '가카와리시로'란 지역 발전을 위해 거주자들이 관여할 여지가 있는, 그런 성장 가능성이나 잠재력이 많은 지역을 가리키는 말이다. 그녀는 여러 곳에서 그때마다, 강제가 아니라 자연스럽게 자신에게 역할이 부여된다는 점이 기분 좋다고 덧붙인다. 다시 말해, 젊은이들이 가라쿠와로 주민표(住民票)를 옮기면서까지 이곳에서 살고 싶었던 이유는 결국 이러한 '가카와리시로', 지역 사회를 위해 내가 도움이 될 수 있다는 사실이라고 볼 수 있다.

일본 내각부(內閣府)의 「사회의식에 관한 여론 조사(社會意識に關する世論調査)」의 2019년 조사에 따르면 "평소에 사회의 일원으로서 무언가 사회에 도움이 되고 싶다고 생각하는가?"라는 질문에 20대(18~29세)는 60.9%, 30대(30~39세)는 63.6%가 "그렇다"라고 대답했다.[7] 실제로 동일본대진재 발생 후, 일본의 젊은이들은 재난 지역을 직접 찾아

---

7  내각부 여론조사 홈페이지 〈世論調査〉 중 「社會意識に關する世論調査」平成31年2月 조사 데이터. https://survey.gov-online.go.jp/h30/h30-shakai/index.html (최종열람일: 2020년 3월 15일)

피해 주민들을 돕거나 모금 활동을 벌이는 등 다양한 형태로 봉사활동을 펼쳤다. 젊은 세대의 사회에 공헌하고 싶다는 강한 의식, 사회 지향적인 의외의 일면을 보여주는 예라 하겠다.

후루이치 노리토시(古市憲壽)는 이들을 가리켜 '불끈하는 젊은이들(ムラムラする若者たち)'이라 부르면서, 젊은이들은 국가나 사회를 위해 '무엇인가를 하고 싶다'라는 생각을 품고 있으면서도 계기와 방법을 찾지 못하여 매일 같은 일상을 반복하지만, 이 일상을 타개해 줄 '비(非)일상'이 찾아온다면 '불끈'하여 그 '비일상'으로 뛰어든다고 설명한다.[8] 2011년 발생한 대재난은 재난 피해지역, 즉 도호쿠 지방을 한순간에 '비일상'으로 만들면서 젊은이들에게 그들이 뛰어들어야 할 대상을 알아보기 쉬운 형태로 제시한 셈이다.[9]

중요한 것은 『이주자들』이 이러한 젊은 세대의 사회 지향적인 욕망을 잘 읽어내고, 이를 실현할 수 있는 장소로서 재해 지역인 '가라쿠와'를 표상한다는 점이다. 앞서 설명한 젊은 이주자들이 지역민들과 '관계'를 맺으며 행복하게 마을의 부흥을 위해 일하는 이미지는 물론, 와세다, 릿쿄와 같은 명문대 출신 혹은 유명 외국계 기업이나 이름만 들어도 알 만한 인터넷 회사에서 근무한 이력이 있는 등장인물들이 '성공'이나 '부'를 마다하고 재해 지역의 복구를 위해 '가라쿠와'에 거주한다는 '이주 서사'는 충분히 흥미롭다.

나아가 『이주자들』은 재해와는 또 다른 성격의 '비일상성'과 '차이'를 지닌 장소로서 가라쿠와를 그려낸다. 가토 다쿠마는 원양어업으로

---

8 후루이치 노리토시, 이언숙 역, 『절망의 나라의 행복한 젊은이들』(민음사, 2014), p.145.
9 위의 책, pp.245~246.

번성했던 마을인 가라쿠와의 "인터내셔널함"에 매료되었다며, 어부의 집에 "세계 각국의 기념품이 장식되어 있어요. 에피소드도 물론 아프리카 앞바다에서는, 스페인 앞바다에서는, 남미에서는 하는 등등의 이야기"라는 발언을 한다. 이때 카메라는 가토의 설명을 그대로 영상으로 옮기듯, 파란 드레스를 입고 플라멩코를 추는 인형이나 원시적인 가면, 다양한 나라의 술 등 이국적인 토산품으로 장식된 어부들의 집 내부를 비춘다. 네기시 또한 가라쿠와만큼 외부인에게 "오픈 마인드"를 지닌 "라틴 계열의 느낌"이 드는 마을은 없다고 말한다. 그래서인지 원래 유학을 가고 싶었던 그녀는 같은 일본이지만 이렇게 다른 세계가 있다는 것을 보고 "유학"하는 느낌으로 가라쿠와로 이주를 결심했다고 한다.

이처럼 『이주자들』은 방송 전반에 걸쳐 재해로부터 복구 중인 가라쿠와라는 어촌의 이미지를 어딘가 다르고 이국적인, 일본 안의 외국 혹은 일본 안의 '세계'로 구축해간다.

여기서 한 가지 주목하고 싶은 것은 네기시가 가라쿠와로의 이주를 '유학'이라는 단어로 설명했다는 점이다. 유학이란 학문적 목표를 달성하기 위해 어디까지나 '한시적'으로 외국에 체류하는 행위이다. 이는 앞서 사회 지향적 성향을 지녔으나 계기가 없어 무기력한 일상을 보내던 젊은이들에게 뛰어들어야 할 대상을 명확히 보여줬던 '비일상'의 한시적 속성과도 일맥상통한다. 재해 지역에서 지원 활동을 하는 삶은 '비일상'에서 출발하지만, 그것이 매일 반복되는 순간 언젠가는 '일상'이 되고, 이 또 하나의 '일상' 속에서 어느 정도 지역의 복구 작업이 성과를 보이면 젊은이들의 사회에 공헌하고 싶다는 상태도 느슨해지는 것이다.[10]

실제로 방송에서 네기시는 "이주했다고 해서 영주해야만 하는 것은 아니다.", "지금은 여기에 제 역할이 있고, 하고 싶은 일이 있고 같이 일하고 싶은 사람들이 있으니까 지금 여기에서 살고 있습니다.", "인생의 흐름 중 하나라는 느낌"이라고 정확하게 말한다. 그녀뿐만이 아니다. 가토 다쿠마 역시 방송 중반에 이르러 "솔직히 도쿄의 일류 기업에서 열심히 일하는 동년배가 엄청난 활약을 펼치기 시작했다는 사실에는 역시 초조함을 느낍니다.", "일단은 10년이라고 마음속 어딘가에서 생각했기 때문에, 곧 2021년 3월이 다가온다는 생각이 들 때, 내가 정말 하고 싶은 일은, 가라쿠와 분들에게 받은 은혜를 사회의 여러 곳에 펼쳐나가고 싶다"라고 고백한다.

그러나 『이주자들』 속 가라쿠와는 그런 젊은이들의 변화까지도 마치 예견했다는 듯 용인하는 마을공동체로 그려진다. '유학'하는 기분으로 재해 지역에 이주했다는 조심성 없는 발언을 하고, 결국은 도쿄에서 '성공한' 인생을 사는 친구를 의식해서 돌아가고자 하는 그들에게, 재해 '당사자'인 가라쿠와의 주민이자 기성세대는 괜찮다고 말한다.

재해 발생 당시 자택을 자원봉사자들의 거점으로 제공한 민박집 주인 간노 이치요(菅野一代)는 "실은 이주자란, 저기에 좀 관심 있어, 하는 정도의 가벼운 기분으로 오는 애들도 많이 있어요.", "이주자는 언젠가는 돌아가는 법이다"라고 말한다. 그리고 방송 마지막에서 그녀는 이주자들에게 전하고 싶은 메시지를 다음과 같이 털어놓는다.

온 힘을 다해 노력해주었기 때문에 이번에는 우리가 돌려줄 차례겠

---

10 古市憲壽・本田由紀, 『希望難民ご一行様―ピースボートと「承認の共同體」幻想』(光文社, 2010), pp.256~257.

죠. 이곳에 얽매일 필요는 없어요. 자신들이 생각한 것과 이곳에서 경험한 것을 조금이라도 양식으로 삼아서, 가라쿠와가 아니라도 괜찮아요. 외국에서 일하고 싶다면 자 다녀와 라고. 하지만 여기가 좋다면 전면적인 협력태세로 응원하고 싶어요. 다만 여기서 열심히 해왔으니까 이곳 사람들을 위해서, 라는 식의 희생하려는 마음은 일절 갖지 말고 자유롭게 활약해주었으면 하는 것이 솔직한 마음입니다.

이처럼 『이주자들』은 재해 지역으로의 이주와 지원 활동을 '유학' 정도로 생각하고 사회 공헌에 참여를 열망했던 젊은이들까지도, 그 정도의 진지함만으로 가라쿠와로 이주해도 괜찮다고, 지역 주민의 입을 통해 허용하는 태도를 보이는 것이다.

## Ⅲ. 젊은이들의 '유토피아' 가라쿠와가 보여주는 이항대립

2절에서 언급한 바와 같이, 『이주자들』은 재해 지역인 가라쿠와를 사회와 관계를 맺으며 공헌하고 싶은 2, 30대의 숨은 욕망을 충족시키고, 그들이 익숙함을 넘어 답답함을 느끼는 기성세대들이 만들어 놓은 일본 사회와는 다른 '외국보다도 이국적인' 매력 넘치는 장소로 그려내는 데 주력했다. 그뿐 아니라, 방송 후반에서 가라쿠와는 젊은이들의 이주 동기인 사회 공헌 욕구에 태생적으로 내재한 한시성까지도 포용하는 멋진 '어른'들의 마을로도 그려졌다.

특히 『이주자들』이 젊은이들이 떠나온 곳인 '도쿄' 혹은 도시 생활과의 대비를 통해서 가라쿠와를 일종의 '유토피아'로 그린다는 점은 흥미롭다. 고립, 개인, 경쟁, 탁상업무와 대학 교육과 획일적인 가치 추구로 묘사되는 도시의 삶과는 대조적으로, 마을공동체의 일원으로서 느끼는 소속감, 관계, 협동, 육체노동으로 대변되는 가라쿠와의 삶에서, 젊은이들은 '나다움'과 살아있다는 감각을 느낀다.

이 같은 수도 도쿄로 상징되는 일본의 '중심'과 '표준', '근대' 그리고 그 대척점에 있는 '전근대', '원시', '과거'이자 '주변'으로서 도호쿠 지방이라는 이항대립은 사실 새로운 것이 아니다. 대표적으로 1960년대의 야나기타 구니오(柳田國男) 민속학 붐과 그의 1910년 저작 『도노모노가타리(遠野物語)』의 재조명이라는 현상을 떠올릴 수 있다. 책 제목 중 '도노'란 도호쿠 지방 이와테현(巖手縣)의 산간마을을 가리키며, 『도노모노가타리』는 도노에 전승되는 설화를 지역 출신인 사사키 기젠(佐々木喜善)이 야나기타에게 들려주는 형식을 취한 설화집이다. 귀신과 요괴, 근친상간과 근친 살인 등 기이하고 잔인한, 어딘가 야만적이기까지 한 이 설화들은 모두 도호쿠 방언으로 구술되었는데 저자는 이를 그대로 문장으로 살렸다. 하루투니언은 이 책의 핵심을 메이지 유신(明治維新)으로 일본이 상실한 전근대성, 비합리성, 향토성과 비(非)서구적인 요소에 있다고 보았다.[11]

이처럼 표준화된 언어 대신 '방언'으로 전승되는 기괴하고 환상적인 설화의 세계 '도호쿠'는 필요에 따라 때로는 국가의 강력한 중앙 권력과 그에 의한 획일적인 규범, 근대적 합리성에 대한 저항으로 간주되었고,[12] 때로는 패전과 점령, 급속도로 진행된 경제 성장을 통과하면서

---

11 H. D. Harootunian, "Disciplinizing Native Knowledge and Producing Place: Yanagita Kunio, Origuchi Shinobu, Takata Yasuma," J. Thomas Timer (ed.), *Culture and Identity: Japanese Intellectuals During the Interwar Years* (Princeton: Princeton University Press, 1990), pp.99~127.

일본 사회가 경험했던 문화적·국가적·민족적 정체성의 위기와 역사적
연속성의 상실을 채워줄 '순수한' 일본의 '원천'으로 주목받기도 하였
다.[13] 야나기타에 열광했던 1960년대뿐 아니라, 1980년대에도 도호쿠
는 지역 방언(ズーズー弁: 즈즈 사투리)으로 쓰인 베스트셀러 소설[14] 속에
서 근대의 진보주의와 권위주의가 지배하는 '일본'과 반대되는 대안적
공동체이자 노년층과 스트립 댄서도 존중받는 평등주의가 실현된 공동
체로 그려진다.

　모두가 '합리적'이라 여기는 획일화된 가치를 추구하는 현대 일본 사
회의 억압에서 탈피하여, 대안적 삶이 가능한 '평화롭고' '활기찬' 공동
체 가라쿠와 『이주자들』이 가라쿠와를 그리는 이 같은 방식은 도호쿠
지방의 오랜 표상의 연장선으로 보인다. 이 같은 표상의 답습은 '포스
트 3.11'의 현실과 문제를 다루는 특집 프로그램으로서는 다소 시대착
오적으로 느껴진다. 그러나 실제로도 동일본대진재 이후 주로 도쿄 등
의 도시를 거점으로 하는 도호쿠 지방 연고자들과 환경운동가 등을 중
심으로 원자력에 의존하지 않는 평화로운 녹색 공동체로서 도호쿠의
유토피아적 미래를 구상하는 움직임이 존재한다는 점에 주목해야 한
다. 대표적인 예로 "후쿠시마를 보고, 만지고, 맛보세요"라는 구호를 내

---

12　다음에 저서에서 이에 관해 다루고 있다. Marilyn Ivy, *Discourses of the Vanishing:*
　*Modernity, Phantasm, Japan* (Chicago: The University of Chicago Press, 1995).

13　J. Victor Koschmann, "Folklore Studies and the Conservative Anti-Establishment in
　Modern Japan,"J. Victor Koschmann, Oiwa Keibo and Yamashita Shinji (ed.),
　*International Perspective on Yanagita Kunio and Japanese Folklore Studies*,
　(Ithaca: Cornell University, 1985), pp.131~164.

14　잘 알려진 이노우에 히사시(井上ひさし)의 장편소설 『기리기리진(吉里吉里人)』이다. 내
　용은 井上ひさし, 『吉里吉里人』 上·中·下卷(新潮文庫)(新潮社, 1985)을 참조하였다.

세워 매년 개최되는 대규모 행사 '후쿠시마 대교류 페스타(ふくしま大交流フェスタ)'를 들 수 있다. 가장 최근인 2019년 행사는 도쿄 한복판인 마루노우치(丸の內)에 있는 도쿄 국제포럼 홀E에서 개최되었다.[15] 후쿠시마의 신선하고 '안전한' 먹거리를 비롯하여, 매력적인 전통공예 체험과 민속예능 공연으로 가득 찬 이 공간이 만들어내는 후쿠시마는 방사능 오염을 극복하고 '청정 지역'으로 복구되어가는 '고향'에 다름없다. 그뿐만 아니라 행사는 후쿠시마로의 이주와 취직 상담 창구까지 마련하여 눈길을 끈다.

신선한 먹거리가 풍부하고 친절하고 활력 넘치는 사람들이 사는 땅, 전통문화가 이어지고 있는 '고향'이라는 후쿠시마의 이상적인 이미지. 그러나 우리는, 야나기타 현상과 80년대 베스트셀러 속 도호쿠가 결국은 '중심'에 의해 이상화되고 향유되었듯이, 이러한 이상적인 도호쿠의 이미지가 해당 지역이 아닌 '도쿄'의 행사장에서 만들어진다는 점에 주의해야 할 것이다. 이 이미지는 분명히 존재하는 '오염'된 땅 도호쿠와 지역민들에 대한 혐오와 고향에 돌아가지 못하는 사람들, 여전히 생업을 유지하는 데 어려움을 겪는 농어업 종사자들의 현실을 배제한, '도쿄'의 시선에서 취향에 맞게 '상상된' 도호쿠에 불과하다. 행사장 밖에서는 아직도 적지 않은 사람들이 도호쿠의 농수산물 구매를 거부하고 있으며, 방사능을 둘러싼 근거 없는 소문은 다른 지역으로 이주한 도호쿠 출신자들이 학교에서 따돌림을 겪고 구직에 어려움을 겪게 만들고

---

15  자세한 내용은 2019년 행사 홈페이지 참조. https://www.fukushima-daikoryu.jp/(최종 열람일: 2020년 10월 15일). 2020년 행사는 코로나바이러스감염증-19로 인해 중지된 듯하다.

있다. 또 재해 지역의 복구 사업은 모순적이게도 대부분 도쿄에 본부를 둔 일본의 건설·제조업 관련 기업들에 새로운 경제적 기회를 부여했고,[16] 이에 비해 도호쿠의 건설 사업을 비롯한 이미 고령화가 진행된 지역산업은 고전을 면하지 못했다는 점은 주지의 사실이다. 같은 도호쿠 안에서도 부흥의 거점이 된 센다이시(仙臺市)와 가라쿠와 같은 어촌 사이에 존재하는 격차도 간과할 수 없다. 결국 '후쿠시마 대교류 페스타'나 『이주자들』이 그리는 유토피아적 도호쿠는 '중심'의 시선으로 만들어진 것이고, 어쩌면 그 목적 또한 중심에서 소비 가능한 범주 내에서만 도호쿠를 상품화하는 데 있을지 모른다.

이러한 맥락에서, 『이주자들』에서 도시 젊은이들의 유토피아로 그려진 가라쿠와 그리고 유토피아를 찾아 이주했지만 머지않아 도시로 회귀할 예정인 젊은이들의 서사는, 고령화와 과소화가 진행된 진재 피해지역의 '부흥'이 직면한 어려움과 냉혹한 현실을 잘 드러낸다.

방송에서도 소개한 것처럼, 가라쿠와 지구는 미야기현의 가장 북쪽 게센누마시의 중심부에서 떨어진 반도에 있는 어촌으로 약 6천 명이 거주하는 마을이다. 게센누마시가 공개한 데이터를 참고하자면 재해 이후 시설 면의 복구는 상당히 진행된 듯하나, 인구수의 꾸준한 감소와 함께 유효구인배율(有效求人倍率)도 여전히 높은 수준을 유지하여 2020년 현재 지진이 발생한 2011년의 약 3배에 달하는 수치를 기록, 인력난으로 고심 중임을 알 수 있다.[17]

---

16 Dana Buntrock, "Prefabricated Housing in Japan," Ryan E. Smith, John D. Quale (ed.), *Offsite Architecture: Constructing the future* (London: Routledge, 2017), pp.205~206.
17 게센누마시 홈페이지 〈復舊·復興狀況〉 중 「データで見る復興の狀況」令和2年2月末日

이 같은 가라쿠와의 상황은 '부흥'의 의미에 대해 재고하게 만든다. 일본 정부가 정한 원칙적인 재해 복구 기간인 '부흥·창생기간(復興·創生期間)'은 10년으로, 다시 말해 2020년인 올해가 달력상으로는 부흥이 완수되어야 하는 해인 셈이다. 그러나 가라쿠와가 진정한 의미에서 부흥하려면 물리적인 복구가 이루어진 마을에서 지역민들의 삶을 지속해갈 '사람'이 있어야만 할 것이다. 엄밀히 말해 이는 지진과 쓰나미, 원전으로 인한 피해가 아니라, 진재가 발생하지 않았다 해도 언젠가는 맞닥뜨렸을 어촌의 운명이었을지도 모른다. 그러나 동일본대진재로 인해 가장 심각한 재해를 입은 곳이 대부분 가라쿠와와 비슷한 처지의 도호쿠의 농어촌 지역임을 고려하면, 재난 피해에만 국한된 물리적인 복구만으로는 진정한 '부흥'은 어려울 것이다. 같은 의미에서 '부흥'이란 10년 또는 20년이란 기간 안에 달성할 수 있는 목표치가 아니다. '부흥'은 언제까지나 진행형일 수밖에 없는 것이며, 이는 사람들의 지속적인 '참여'를 통해서만 가능할 것이다. 실제로 앞선 한신·아와지대진재(阪神·淡路大震災)와 주에쓰지진(新潟縣中越沖地震)에 관한 연구에 의하면, 진재 전에 인구감소 및 주변화가 진행 중이었던 지역은 이후의 복구에서도 인구 반동을 달성하지 못한 것으로 나타났다.[18] 다시 말해, 지속적인 외부 지원이 부재하는 상황에서 이들 지역의 인구감소 및 지방 소멸을 늦출 근본적인 '부흥'은 기대하기 어렵다는 뜻이다.

이와 관련하여 일손이 부족한 어촌을 살리려는 취지에서 2015년에

---

現在 조사 데이터. https://www.kesennuma.miyagi.jp/sec/s019/010/030/010/20190617095933.html(최종열람일: 2020년 3월 15일).

18 Haili Chen·Norio Maki·Haruo Hayashi, "Disaster resilience and population ageing: the 1995 Kobe and 2004 Chuetsu earthquakes in Japan", *Disasters* 38(2), 2014, p.304.

시작된 '토리톤 프로젝트(TRITON PROJECT)'라는 관민일체(官民一體)형 프로그램에 관해 언급하고자 한다. 프로젝트 발기인인 스즈키 신고(鈴木眞悟)는 수산업의 심각한 인재 부족을 지적하며, 수산업이 앞으로 살아남기 위해서는 "이제는 각 지역의 사람들만으로는 한계"인 상태라고 호소한다. 흥미로운 것은 그가 이 프로젝트 홈페이지를 통해 "완전한 이주뿐 아니라 가벼운 마음으로 작업을 경험하거나 한 철 노동 등을 할 수 있다면 재미있겠다는 생각 안 드시나요?"라며 외부인들에게 기간 한정을 포함한 어촌으로의 이주와 고기잡이 체험을 홍보한다는 점이다.[19]

위의 발언은 마치 『이주자들』에서 가라쿠와로 이주한 젊은이들의 활동과 그들에 대한 지역민들의 태도를 그대로 문장으로 옮긴 듯하다. 흥미롭게도 실제 토리톤 프로젝트에는 『이주자들』에서 네기시의 멘토와 같은 존재로 등장한 가와쿠라의 어부 사사키 유이치(佐々木夫一), 통칭 가즈마루(一丸) 씨의 인터뷰(2019년 10월 자)가 실린 가와쿠라 홍보와 구인 광고가 실려있으며, 해당 글의 상태는 2020년 10월인 현재도 여전히 '모집 중'이다.[20] 『이주자들』이 공영방송판 토리톤 프로젝트라면 지나친 표현이겠지만, 비슷한 시기 양쪽 매체에 모두 얼굴을 내걸고 '젊은이'들을 향해 '어부의 삶'을 이야기한 가즈마루 씨의 존재는 『이주자들』과 토리톤 사이에 숨어있는 연결선을 의식하게 한다.

도시 젊은이들이 '일시적'으로 거주하거나 비일상을 경험하기에 알

---

19  TRITON PROJECT 홈페이지 「發起人からのメッセージ」, https://triton.fishermanjapan. com/about/(최종열람일: 2020년 3월 15일).

20  TRITON PROJECT 홈페이지 「「試しに俺の船に乗ってみろ」海に戀した漁師からのメッセージ」, https://job.fishermanjapan.com/job/2073/(최종열람일: 2020년 10월 15일).

맞은 유토피아로서의 이미지에 기댄 불안정한 노동력 유입이 가라쿠와의 부흥에 진정 필요한 외부의 도움은 아닐 것이다. 사실 이러한 유토피아적 이미지는, 오랫동안 일차 산업을 기반으로 하는 '낙후'된 지역이자 지방색이 유독 강한 '야만'의 땅으로 지배와 규율화의 대상이 되어 억압당하고, 중심/전체의 전력 공급을 위해 원전 건설지로 희생된 긴 착취의 역사, 그리고 여전히 존재하는 차별을 슬쩍 지운다. 그리고 진정한 '부흥'의 길은 이러한 뿌리 깊은 문제에 대한 인식을 병행해야 한다는 사실을 직시하기 어렵게 만든다. 그럼에도 불구하고 지금까지의 가라쿠와의 현실은 이러한 유토피아적 이미지에라도 기대야만 하는 것이다. '도쿄/중심/일상'과는 다른 '비일상'의 유토피아로서 가라쿠와를 한시적으로 소비한다는 점을 주저 없이 당당하게 이야기하는 『이주자들』 속 이주 젊은이들, 그리고 그런 그들과의 공생을 선택한 가라쿠와의 '멋진' 어른들의 태도에서 이 같은 부흥의 현주소를 읽을 수 있다.

## Ⅳ. 나가며

NHK의 동일본대진재 프로젝트 '그날, 그리고 내일에'의 간판 프로그램 『내일로 이어가자(明日へ つなげよう)』 시리즈 중 하나로 좋은 반응을 얻어 동일본대진재 9주년에 특별 편성된 『이주자들』은 재난 피해 지역인 '가라쿠와'로 거주지를 옮겨 지역의 부흥에 참여하는 젊은이들의 각인각색 '이주 서사'를 다룬 프로그램으로, 재난 당사자들의 경험과 기억 등을 직접 다루는 전형적인 재난 서사와는 다른 방식을 취한다. 『이주자들』에서는 재난이 발생한 '그날'에 관한 어떤 이의 기억도

재현되지 않으며, 고난과 역경을 딛고 일어서는 재난 극복의 서사도 없다. 오히려 '당사자'와 '비(非)당사자'가 협력한 지역의 복구 활동은 즐겁고 밝게 묘사된다. 특히 외부에서 이주한 '비당사자'들 즉, 젊은이들에게 이 활동은 재해 지역을 지원하는 일이기도 하지만, 한편으로 사회공헌을 하고 '관계'를 맺고 싶다는 자신의 열망을 실현할 수 있는 가치 있는 일이기도 했다. 또한, 재해 지역인 가라쿠와는 시종일관 어부들의 생명력이 넘치고 외부인들에게도 열린, 이색적인 매력의 땅으로 그려진다.

그러나 이 글은 앞선 분석을 통해, 일견 긍정적으로 비춰질 수도 있을 이러한 가라쿠와의 표상이 사실 중심에 대한 '주변'으로서의 오래된 도호쿠 표상을 답습하면서 재해 복구의 과정에서조차 소외된 가라쿠와의 현실을 노정하였음을 확인하였다.

어쩌면 『이주자들』이라는 특집 프로그램의 의도는 더 단순하고 '순수한' 것이었을지 모른다. 예를 들어, 비록 한시적이긴 하지만 외지 젊은이들이 유입되면서 재해 지역의 '부흥'에 도움이 된다는 점, '당사자'와 '비당사자'가 공생하면서 도시와는 다른 대안적 삶을 영위할 수 있는 이상적 마을공동체로서 가라쿠와의 이미지를 강조하는 것 등을 떠올릴 수 있다. 그러나 재해 지역을 향한 이 '순수한' 시선이야말로 시대의 변천에 따른 자신들의 필요에 맞추어 '이상적'인 도호쿠를 상상하고 착취해온 '중심'의 시선이다. 이주 과정에서 응당 발생했을 지역민과의 갈등과 충돌, 이주자들의 존재로 인한 지역민들의 불편, 이주 젊은이들의 '유학'과도 같은 한시적 거주로는 결코 해결 불가능한 근본적인 문제들을 『이주자들』이 카메라에 담지 않았다는 점은 그 확실한 증거이다.

진정한 의미에서 재해 지역의 부흥은 지역의 생산 기반과 지역민의 생활 기반 복구를 최우선으로 두고 이루어져야 할 것이다. 방송이 마지막을 향해갈 무렵, 『이주자들』은 잠시 방향을 선회하여 외부가 아닌 지역의 다음 세대를 겨냥한다. 이주민 젊은이들이 마을의 부흥과 활성화를 위해 만든 단체는 최근 업무 방향을 인재 육성 중심으로 전환하였는데, 특히 그동안 관광객을 중심으로 진행했던 고기잡이 체험과 같은 활동은 가라쿠와의 아이들을 그 대상으로 변경하였다. 가토 다쿠마는 어부의 후계자가 없는 현실을 언급하며, "어부의 삶의 방식을 전달할 상대는 마을의 아이들"이라고 강조한다. 그리고 "고향을 잊어버리지 말라는 것이 아니라, 너의 장래 선택지를 넓히기 위해서 네가 지금 사는 마을 어른들의 등을 적어도 100명 정도는 봤으면 한다. 그러면 세계 무대에서 활약할 정도로 자신의 고장에서 활약한다는 선택지도 또한 나올 것이다."라고 지역 아이들에게 반드시 전하고 싶은 말을 남긴다.

　이러한 가토의 메시지는 다음 장면에서 다시 한번 그의 음성으로 흘러나오면서, 화면 중앙에 빨간 활자로도 나타나 반복적으로 강조된다. 외부인이 '재발견'한 지역과 지역민의 매력을 그들의 목소리를 통해, 그리고 이 가라쿠와에서 행복과 만족을 느끼며 생활하는 그들의 모습을 통해 지역의 아이들, 지진의 폐허 속에서 일어서려 하는 이국적이고 '인터내셔널한' 어부의 마을을 짊어질 다음 세대에게도 호소하는 이 장면이, 어쩌면 이색적인 재난특집 다큐멘터리로서 『이주자들』이 보여준 일말의 가능성일지 모른다. 과연 가라쿠와는 '유토피아'를 찾는 도시 젊은이들에 대한 의존을 벗어나 지역에 '영주'할 '가라쿠와인(人)'을 맞이할 수 있을까.

# 중일 재난시의 의미와 어휘 분포 비교 연구

쓰촨대지진과 3.11 동일본대지진 발생 이후의 재난시를 중심으로

최가형·김영민·니에 전자오

## I. 들어가며

2011년 3월 11일 발생한 동일본대지진(이하 '3.11'로 약칭)은 일본 사회의 근간을 뒤흔든 대사건이었다. 엄청난 규모의 지진과 쓰나미로 인해 동북(東北) 지역뿐 아니라 수도권 일대 역시 괴멸적인 피해를 입었으며, 이어 발생한 후쿠시마 원자력 발전소의 방사능 유출 사고로 인한 보이지 않는 공포가 일본인들의 일상을 뒤덮었다. '전대미문', '사상 초유' 등의 수식어로 표현되는 3.11은 자연재해와 인재(人災)가 뒤섞인 복합적 형태의 재해였다.

2008년 5월 12일 중국 쓰촨(四川)성에서 발생한 대지진(이하 '5.12'로 약칭)은 중화인민공화국 국가 수립 이래 발생한 최대 규모 지진으로 진앙지인 원촨(文川)으로부터 5천 킬로미터 범위 내의 지역뿐 아니라 멀리 베이징(北京)과 홍콩, 타이완(臺灣) 지역까지 흔들림이 감지될 정도로 강력했다. 이 지진으로 쓰촨(四川)성은 말할 것도 없고, 샨시(陝西)성

과 깐수(甘肅)성도 지진의 피해를 입었으며 각종 주거기능이 마비되는 도시들이 속출하고 산사태 등이 잇달아 발생하는 등의 피해를 초래했다. 진앙지 근처인 베이촨(北川)시는 복구가 불가능할 정도로 완전히 폐허가 되어 도시를 이전하기로 했을 지경에 이르렀으며, 6만 9천여 명이 사망하고, 1만 7천여 명이 실종되고, 37만 4천여 명이 부상당하는 인명피해를 초래하였다.

　이렇듯 미증유의 대재난을 겪고 난 뒤 중일 양국의 문학계는 재난 발생 당시의 상황 묘사 및 재난 발생 이후 중일 사회의 이모저모를 문학 작품의 형태로 출간하기 시작한다. 그중에서도 눈에 띄는 대목은 양국에서 동일하게 재난시가 창작되었다는 점이다. 재난시는 재난 상황 당시의 모습이나 감정들을 함축적이고 즉각적으로 표현할 수 있다는 점, 전문 작가뿐 아니라 불특정 다수가 부담 없이 창작할 수 있다는 특성으로 인해 재난 이후 활발히 창작되었다.

　먼저 일본의 경우 3.11 발생 이후의 시 창작과 관련하여 고등학교 교사이자 시인인 와고 료이치(和合亮一)의 시를 대표적인 예로 들 수 있다. 후쿠시마 현 출신으로 3.11 발생 직후인 3월 16일부터 후쿠시마의 자택 책상 위 컴퓨터에 앉아 트위터를 통해 시를 써내기 시작한다. 3월 16일부터 5월 26일까지 두 달 남짓한 기간 동안 거의 매일 트위터에 시를 업로드 했고 그것들을 단행본으로 엮어낸 것이『시의 조약돌(詩の礫)』[1]이다.

　단행본의 초판 출간일이 2011년 6월 30일이었는데, 이렇게 신속한 출간이 가능했던 것은 와고 료이치의 시가 3.11 발생 이후 각종 미디어

---

1　和合亮一,『詩の礫』(德間書店, 2011).

특히 신문 매체를 통해 화제가 되었기 때문이었다. 또한 SNS를 활용한 덕에 일반인들 사이에서의 반향 역시 빠른 속도로 퍼져나갔다.

그런가 하면 야마가와 노보루(山川のぼる)[2]는 3.11 발생 이후 매일 단카(短歌) 한 수씩을 SNS에 올려 피해지역의 상황을 전하는 한편 복구에 대한 희망, 피해지와 피해자들의 일이 잊히지 않기 바라는 마음 등을 표현하여 상당한 반향을 불러일으켰다.

이렇듯 개인이 발표한 시가 주목을 끈 경우도 있었지만, 다른 한편 여러 명의 저자가 한 뜻을 담아 재난시를 출간한 경우도 있었다. 『슬픔의 바다(悲しみの海)』[3]는 일반시뿐 아니라 단카 등 일본 전통시에 이르기까지 여러 시인들의 다양한 시를 담아낸 단행본으로, 각 시인들의 재난 당시 상황 묘사 및 재난을 당한 심경 묘사가 고스란히 담겨있다.

중국에서도 고대로부터 인간과 자연의 관계를 둘러싼 신화 서사에서 비롯하여 역사를 거슬러 내려오면서 자연에 대한 인식의 심화를 통해 시, 산문, 소설 등 다양한 문학 장르 속에서 재난 의식이 구현되고 재난 서사가 이루어져 왔다. 현대 시기에 들어 재난문학은 자연재해와 아울러 '인재'에 대해서도 자각하기 시작하여 재난에 대한 서사가 좀 더 다원화되었다. 또한 재난문학과 관련된 학술회의가 빈번히 개최되면서 이른바 '재난문학'이라는 용어를 사용하여 그 함의와 의의에 대해 논의하기 시작하였다.[4]

특히, 5.12대지진 발생 이후 5월 25일까지 약 2주의 시간 동안 쓰촨

---

2  山川のぼる, 『3.11震災短歌 忘れないで』(文藝社, 2013).

3  谷川健一 編, 『悲しみの海』(富山インターナショナル, 2012).

4  範藻, 「재난문학의 정의와 반성(災難文學的定義與反思)」, 『中華文化論壇(ZHONGHUA WENHUA LUNTAN)』, 2014. 11.

성에서만 4000여 편의 시가가 창작되었고 100여 편의 르포가 발표되었다.[5] 이 가운데 2008년 9월 발간된 시집『우리 모두의 재난 : 전세계 시인이 쓰촨 대지진을 함께 기리며(讓我們共同面對災難: 世界詩人同祭四川大地震)』[6]는 제목에서 알 수 있는 것처럼 단지 중국 국내의 시인의 작품뿐 아니라 세계 각지의 시인들이 5.12대지진을 기리기 위한 시를 창작하고 이를 중국어로 번역하여 펴낸 전문 시인들의 작품집으로, 전 세계가 함께 5.12 대지진에 대한 공감과 위로를 담고 있다.

본고에서는 재난 이후 다른 어떤 문학 장르보다도 빠른 행보를 보이며 재난의 다양한 측면을 담아내고자 시도한 재난시 장르를 연구대상으로 하여 재난시에 쓰인 시어를 계량적으로 분석하여 중일 재난시에 사용된 시어의 공통점과 차이점을 고찰하고, 나아가 시어 속에 함축된 문학적 미의를 살펴보고자 한다. 특히 다수의 저자가 창작한 다양한 시를 수록한 중일 양국의 재난시 단행본을 분석 대상으로 선정하여, 그 안에서 어떠한 시어가 교차하며 심상들을 만들어내고 있는지 살펴보고자 한다. 양국 재난의 층위, 연구대상으로 선정한 텍스트의 성격, 중일 양국 사회적 담론의 차이 등 고려해야 할 많은 부분들을 생각했을 때, 여러 명의 작가들이 쓴 다양한 시를 분석 대상으로 삼는 것이 양국 재난시의 비교 고찰을 보다 용이하게 할 것이라 판단한 바이다.

---

5　範藻,「地震文學,敢問路在何方?」,『天府新論』, 2010年 第3期 참고.

6　『Our Common Sufferings: An Anthology of World Poets in Memoriam 20008 Sichuan Earthquake』, 上海外語教育出版社, 2008年 9月.

## II. 본론

### 1) 중일 재난시의 언어적 분포 비교

본 논문의 분석 대상은 중국어 시집『우리 모두의 재난(讓我們共同面對災難)』에 실린 중국어와 영어로 대역된 58수[7]의 시, 일본어 시집『슬픔의 바다(悲しみの海)』에 실린 일본어 시와 단카 54수이다.

본 절에서는 단어구름(Word Cloud)기법을 활용하여 중일 두 시집에서 수록된 시어를 분석하였다. 단어구름은 데이터를 시각화하는 방법 가운데 하나로, 텍스트에서 출현빈도가 높은 단어는 큰 글씨로, 출현빈도가 낮은 단어는 작은 글씨로 나타내는 방식이다. 단어 구름은 일정 공간 안에서 단어의 크기에 따라 해당 단어가 텍스트에서 차지하는 비율을 간접적으로 볼 수 있다.

단어 구름을 작성하기 위해 중국어 시집과 일본어 시집의 시에서 내용 전개에 사용된 명사, 동사, 형용사 등의 내용어(content word)를 선정하였으며, 전치사나 조사, 접속사, 감탄사와 같은 기능어는 모두 제외했다.[8] 단어구름은 정량적인 방법으로 데이터를 시각화(Visualization)한 것으로 많은 데이터를 동시에 차별적으로 보여줄 수 있고, 데이터 간의 관계와 차이를 명확히 드러낼 수 있으며, 필요에 따라 거시적 혹은 미시적으로 표현이 가능하고 위계를 부여할 수도 있다는 특징이 있다.[9] 이러한 데이터 처리 방식을 시어 분석에 적용함으로써, 기존 연구

---

7  이 가운데 중국 시인이 창작한 시가 27수이고, 미국, 영국, 캐나다, 핀란드와 홍콩, 해외 화교 시인이 창작한 시가 28수이다.

8  각 시의 편폭이 상이한 관계로 평균 수록 어휘를 정리하지는 않았다.

9  한국소프트웨어기술인협회 빅데이터전략연구소,『빅데이터 개론 : analyse data』(光文

자의 관점에서 시어를 추출하여 분석하던 방식과 달리 개별 시어가 시 전체에서 차지하는 위상을 살펴볼 수 있다는 점에서 좀 더 객관적인 방식으로 시를 분석할 수 있다는 장점이 있다.

이하 중국 시어와 일본 시어를 추출하여 시각화한 단어구름[10]을 통해 양국 재난시 시어의 특징을 살펴보고, 양국 재난시의 시어 간에 있어 어떠한 공통점과 차이점이 있는지 비교 분석하도록 하겠다.

중국어 시집인『우리 모두의 재난』은 앞서 언급한 바와 같이 총 58 수의 시가 수록되어 있는데, 이 가운데 시어를 선별 정리하여 총 1,436 개의 단어를 추출, 작성한 단어 구름은 아래와 같다.

〈그림 1〉『讓我們共同面對災難』의 단어 구름

....................................................

閣, 2016).

**10** 단어 구름은 일본어와 중국어가 지원되는 https://www.wordclouds.com/ 를 이용하였다.

위의 그림 1에서와 같이 단어 구름을 통해 중국 시집『우리 모두의
재난』전체를 통해 출현 빈도가 높은 시어와 낮은 시어를 입체적으로
파악할 수 있다. 중국어 시어 가운데 출현빈도가 높은 어휘는 아래와
같다.

<표 1> 중국어 시어 출현 빈도가 높은 어휘

| 순위 | 빈도 | 시어 | 순위 | 빈도 | 시어 | 순위 | 빈도 | 시어 |
|---|---|---|---|---|---|---|---|---|
| 1 | 29 | 生命(생명) | 7 | 8 | 黑暗(암흑) | 13 | 7 | 愛(사랑) |
| 2 | 18 | 廢墟(폐허) | 8 | 8 | 母親(어머니) | 14 | 6 | 名字(이름) |
| 3 | 14 | 孩子(자식) | 9 | 8 | 地震(지진) | 15 | 6 | 肉體(육체) |
| 4 | 11 | 災難(재난) | 10 | 8 | 靈魂(영혼) | 16 | 6 | 挺住(버티다) |
| 5 | 11 | 媽媽(엄마) | 11 | 8 | 手(손) | 17 | 6 | 瓦礫(건물 잔해) |
| 6 | 10 | 災區(재난지역) | 12 | 7 | 童話(동화) | 18 | 6 | 泪水(눈물) |

중국어 시어 가운데 가장 높은 빈도로 사용된 단어는 '생명, 목숨(生
命)'임을 알 수 있다. 또한 재난과 관련된 시어인 '폐허(廢墟)', '재난(災
難)', '재난지역(災區)', '지진(地震)', '잔해(瓦礫)' 등과 같은 어휘를 빼
고 살펴보면, 가장 눈에 띄는 시어는 '자식(孩子)', '엄마(媽媽)', '어머니
(母親)'과 같은 가족 관계를 나타내는 시어의 출현빈도가 매우 높았고,
이러한 시어와 함께 사용되는 '사랑(愛)' 등의 시어의 사용 빈도 역시
매우 높았다. 신체어 가운데 출현 빈도가 가장 높은 시어는 '손(手)'임
을 알 수 있다.

한편, 일본어 시집『슬픔의 바다(悲しみの海)』의 시어를 선별 정리하

여 작성한 단어 구름은 아래와 같다.

〈그림 2〉『悲しみの海』의 단어 구름

　그림 2의 단어구름 분석 결과에서 볼 수 있듯이 일본 재해시집『슬픔의 바다』에서 빈도 높게 사용된 단어는 크게 두 가지 카테고리로 나눠 살펴볼 수 있다. 먼저 사람(ひと), 어머니(母), 빛(光), 마음(こころ), 생애(生涯) 등의 단어들은 재난을 당한 이후 사람들의 심정이나 희생자에 대한 추모, 가족애와 같은 심정적인 측면을 강조한 시어들이다. 반면 잔해(がれき), 쓰나미(津波), 해안(海岸), 지붕(屋根) 등과 같이 재난 당시의 모습을 묘사하기 위해 선택된 시어들의 사용도 빈번히 이뤄진 것을 볼 수 있다.

<표 2> 일본어 시어 출현 빈도가 높은 어휘

| 순위 | 빈도 | 시어 | 순위 | 빈도 | 시어 | 순위 | 빈도 | 시어 |
|---|---|---|---|---|---|---|---|---|
| 1 | 11 | ひと(사람) | 7 | 7 | 光(빛) | 13 | 6 | あなた(당신, 당신들) |
| 2 | 8 | 海(바다) | 8 | 7 | 水(물) | 14 | 5 | ひとり(혼자) |
| 3 | 7 | 生まれる(태어나다) | 9 | 7 | 波(파도) | 15 | 5 | いま(지금) |
| 4 | 7 | わたし(나, 우리) | 10 | 6 | そと(외부, 밖) | 16 | 5 | 聲(목소리) |
| 5 | 7 | がれき(잔해) | 11 | 6 | 朝(아침) | 17 | 5 | 空(하늘) |
| 6 | 7 | 死者(사망자) | 12 | 6 | 船(배) | 18 | 5 | 母(어머니) |

중일 양국 재난시의 시어 분포 비교 고찰을 통해, 중일 양국의 시에서 모두 재난을 나타내는 '재난(災難)', '폐허(廢墟)', '지진(地震)'과 '쓰나미(津波)', '해안(海岸)', '지붕(屋根)' 등의 어휘가 다수 출현하였으며, 특히 중일 두 시어 가운데 폐허의 잔해를 나타내는 '瓦礫'와 'がれき'의 출현 빈도가 높음을 알 수 있다. 또한 지진 혹은 쓰나미에서 직접적인 피해를 입은 대상인 가족, 이와 관련된 어머니, 아이 등과 같은 시어의 출현빈도 역시 공통적으로 높다. 중국 시에서 출현 빈도가 가장 높은 시어는 '생명(生命)'인 반면, 일본 시에서 출현 빈도가 가장 높은 시어는 '사람(ひと)'이다. '생명'은 사람의 환유체일 수 있으며, '사람'을 움직이는 원동력은 다름 아닌 '생명'이다. 따라서 양국 시에서 그 표현이 직접적이거나 간접적이라는 점에서 차이가 있지만, 결국 재난의 희생 대상이자 재난 극복의 주체라는 점에서 '사람(ひと)'과 '생명'은 동일한 성격을 띠고 있다. 한편, 일본 시에서는 희망을 상징하는 어휘로 '빛(光)'이 사용되었고, 중국 시에서는 '빛(陽光)'과 '태양(太陽)'이 비슷한

빈도로 사용되었으며 직접적으로 '희망(希望)'이 사용되기도 하였다. 이처럼 중일 양국 재난시에 사용된 시어를 살펴보면, 표현 방식에 있어 혹은 빈도에 있어 다소간의 차이가 있지만 재난을 맞닥뜨린 대상에 대한 아픔과 공감, 그리고 희망에 대한 모색이라는 재난시의 특징이 공통적으로 반영되어 있음을 알 수 있다.

### 2) 중국 재난시의 시어와 문학적 의의

본 논문의 분석 대상인 중국어 시집『우리 모두의 재난』은 중국어와 영어로 대역된 58수의 시를 통해 인류에 대한 큰 사랑과 인도주의를 다양한 형식으로 표현하였다. 이 시집은 5.12대지진 이후 전문 시인들이 재난으로 인해 고난과 불행을 사실적으로 묘사하여 재난의 면면을 기록하고, 희생자에 대한 깊은 애도의 마음을 표하여 생명에 대한 진정한 가치를 구현해내고, 재난을 극복하기 위한 중국 국민들의 노력을 시로 구현해 냄으로써 치유와 격려를 이끌어냈다. 또한 본 시집은 중국어 시는 영어로, 영시는 중국어로 번역하여 대역의 형식을 취하고 있어, 중국인뿐 아니라 전 인류가 함께 재난의 아픔을 공감할 수 있도록 함으로써 인류가 하나의 운명공동체라는 점을 충분히 구현하였다는 점에서 동일 시기 출판된 시집들과 차별적인 가치를 갖는다.

본 절에서는『우리 모두의 재난』의 시어가 함축하고 있는 문학적 의미를 고찰하고자 한다. 앞서 언급한 바와 같이 중국어 시어 가운데 가장 높은 빈도로 사용된 단어는 '생명, 목숨(生命)'이다. 이는 재난시가 생명을 잃은 자들에 대한 슬픔, 애도, 내지는 생명에 대한 소중함 등의 소재와 제재를 다루고 있기 때문이라고 여겨진다.

육체와 정신이 다시금 조합하고 있는 나는
마치 그 옛날 점성술사처럼
끝없는 우주를 올려다보며
생명의 비밀과
세상의 진리를 엿본다

在肉體和精神重新組合中的我
像古老的占星家
仰望无窮的宇宙天空
窺視生命的秘籍以及
世界的眞理

－ 生命 : 생명(Life)

생명이여
육체는 백골을 껴안고 있고, 백골은 영혼을 좇는구나

生命啲
肉體擁抱着白骨白骨追隨着靈魂

－ 生命 : 생명(Life)

이처럼 본 시집에서 가장 많이 사용된 '생명'이라는 시어는 시집 전체를 관통하며 살아남은 자는 죽음 통해 자아와 세상을 통찰하고 있으며, 살아 있는 자는 죽음을 애도하고 죽은 자는 살아남은 자들을 격려하고 위로하는 이미지를 전달하고 있다.

또한 「媽媽, 請幫我收好書包: 엄마 내 책가방을 좀 챙겨주세요(Please Take the Schoolbag for Me, Mama)」, 「踏過聚源中學的廢墟: 쥐위안 중학교의 폐허를 걷다(Treading on the Ruins of Juyuan Middle School)」, 「孩子, 媽媽來接你回家: 아가야, 엄마가 너를 데리고 집으로 갈게(Baby, Mum

Is Here to Take You Home)」등의 시는 거시적(국가적) 차원에서 재난으로
인해 미래의 희망이자 국가의 동량인 아이들이 희생당한 것을 서사하거
나, 모성애를 가진 엄마의 시각에서 자신의 아이를 잃고 슬퍼하는 마음,
상실에 대한 고통 등을 노래하여, 자식(孩子)', '엄마(媽媽)', '어머니(母
親)' 등의 시어와 사랑(愛)과 같은 시어가 자주 출현한다.

> 우리가 어떻게 그 얼굴을 잊으랴.
> 마냥 천진할 뿐 삶에 대해 무지한 아기의 얼굴.
> 운명을 꼭 붙들었다고 여기는 어머니의 얼굴.
>
> 讓我們如何忘記那些面容
> 那些天眞的尙對生活无知的嬰兒的面容
> 那些以爲緊緊把握了命運的母親的面容
>
> > － 悲回風：哀吊日
> > 슬픔에 휘몰아치는 바람. 애도의 날
> > (Wailing Winds Whirling: The mourning Day)

위의 시 속에서 아무것도 모르는 순진무구한 아이의 희생, 그리고
그 희생을 받아들이기 어려운 엄마의 슬픔을 느낄 수 있다.

> 마치 맑은 물의 진주가
> 조개껍데기와 분리된 것처럼
> 아이들의 영혼이
> 엄마를 떠나
> 태양을 향해 날아가네
> 마치 흰 비둘기가
> 금색 리본을 부리에 물고

높 - 이 - 날 - 아
이 땅의
폐허 너머
구름 사이에서
쉴 곳을 찾네

像清水中的珍珠
離開了貝殼
孩子們的靈魂
離開了媽媽
向着太陽飛去
像白鴿銜着
金色的絲帶
翱 ― 翔-
在地球的
廢墟之上
然後在雲間
找到栖息地

― Michelle Rankins: In Memory of the Lost Children

위의 시에서는 더 이상 엄마의 품으로 돌아올 수 없는 아이의 안타까움을 그리면서도 현세의 어지러움에서 벗어나 편안한 곳을 돌아갔을 것이라는 위로를 전하고 있다.

당신들은 자신의 피와 살로
네 아이의 생명을 지켜냈군요.
나의 뜨거운 눈물로 신문의 글자가 모호해집니다.

你們用自己的血肉
衛護了四個孩子的生命
我的熱淚模糊了報紙上的文字
- 偉大的姿態 : 위대한 자태(Great Posture)

위의 시는 아기에게 젖을 물린 채 죽음을 맞이한 어머니를 통해 난
속에서 자기 자식만은 구해내려는 어머니의 위대한 모성애를 노래하고
있다.

그밖에 주목할 만한 시어는 '手(손)'이다. 手(손)은 중국 시 가운데 출
현 빈도가 가장 높은 신체어로, 手(손, 8) 외에도 小手(작은 손, 4), 雙手
(두 손, 4), 手臂(손목, 3) 등과 같은 관련 시어의 출현 빈도 역시 상당히
높다. 여러 시에서 '손'을 통해 재난의 희생자들의 다각적인 모습, 혹은
무력한 모습을 묘사하여, 재난을 겪은 이들의 슬픔을 더 증폭시키고 있
음을 알 수 있다.

애야 어디 있니
왜 너의 작은 손만 보이는 거니
힘없이 그 보드라운 팔목이 축 쳐져 있구나.

孩子, 你在那里
爲什麼只見你的小手
才无力地垂下這柔嫩的手臂

- 孩子, 媽媽來接你回家
(Baby, Mum Is Here to Take You Home)

위의 시에서는 폐허 속에 힘없이 늘어져 있는 아이의 작은 손을 통해

재난에 대한 인간의 무기력함, 아무것도 해주지 못한 부모의 안타까움 등을 묘사해 내고 있다. 손은 희생자와 피해자들의 생명에 대한 의지를 보여주는 매개체로 상징화되기도 한다.

> 너는 폐허에 깔려 꼼짝달싹 못하지만, 여전히 그의 손을 잡고 있구나.
> 네가 처음 잡은 남자의 손이자, 아름다운 동화이기도 하다.
> 한 조각 청춘의 태양이 너의 울음 속에서 너의 손안에서 서서히 사그라 든다.
>
> 你被廢墟壓住了不能動彈但你仍然握住了他的手
> 這是你第一次握住一個男生的手握住一個美麗的童話
> 一顆青春的太陽在你的哭喊中在你的手中漸漸地熄滅
>
> — 童話(동화), Fairy Tales

위의 시에서는 폐허에 깔린 희생자가 구조와 회생의 끈을 놓지 않고 끝까지 남학생의 손을 놓지 않고 꼭 잡고 있는 모습을 묘사하고 있다. 이러한 손은 생명에 대한 의지이자, 생명을 이어주고 사랑을 이어주는 매개체로 대표되기도 한다.

> 나는 너의 작은 손을 잡고 집으로 돌아갈거야.
>
> 我要牽着你的小手回家孩子
>
> — 孩子，媽媽來接你回家
> (Baby, Mum Is Here to Take You Home)

재난과 관련된 주요 동작을 나타내는 시어로 '挺住(버티다, 6)'의 빈도가 높은 것을 주목할 필요가 있다. 이는 비록 재난이 많은 이들에게 슬픔과 고통, 무력감을 안겨다 주었지만, 希望(희망, 5), 復活(부활, 3), 生命(생명, 28) 등의 어휘를 통해 암흑과도 같은 재난의 상황일지라도 희망의 끈을 놓지 않고 삶을 지속하고 버텨 나가야 한다는 강력한 메시지를 찾아볼 수 있다.

버텨야 해! 우리는 나가야 해!

要挺住!, 我們要出去!

- 童話: 동화(Fairy Tales)

버티자, 용기와 믿음이 눈물과 비극에 대항할 수 있도록!
버티자, 지혜와 사랑으로 파멸과 절망을 구할 수 있도록!

挺住, 讓勇氣和信心對抗泪水和悲劇
挺住, 讓良知和仁愛拯救毁滅與絕望!

- 祈愿: 기원(Pray)

눈물과 비극 속에서 용기와 믿음을 통해 절망에서 희망으로, 죽음에서 부활로 나아갈 수 있도록 버텨내는 것은 개인 혼자만의 힘으로는 어렵기에, 시집에서는 중국민이 모두 함께 나아가 전 세계인이 함께 힘을 모아 재난을 극복하자고 노래하고 있다.

붉은색의 경전이 대대로 전해져와
공화국은 마치 든든한 뿌리가 있는 나무처럼 굳건하다.

紅色經典代代相傳,
共和國大厦植根深穩

- 洗禮(Baptism)

이 순간, 공화국은 발걸음을 멈추고

此刻，共和國停住了脚步

> - 悲回風 : 哀吊日 슬픔에 휘몰아치는 바람. 애도의 날
> (Wailing Winds Whirling: The mourning Day)

사랑의 릴레이로, 공화국은 오늘밤도 깨어 있다.

愛的接力，讓共和國今夜无眠

> - 愛的寓言: 사랑의 우언(The Allegory of Love)

이처럼 중국 시에서는 '中國(중국, 5) 共和國(공화국, 4), 祖國(조국, 4), 民族(민족, 3) 등과 같이 국가와 민족과 관련된 어휘의 출현 빈도가 높음을 알 수 있는데, 중국 시에서는 돌발적으로 들이닥친 자연재해를 조국과 민족의 차원에서 함께 극복해 가고자 하는 정신이 강함을 알 수 있다. 이는 재난으로 생겨난 슬픔을 함께 해결하고자 하는 중국 특유의 정서임을 알 수 있다.

## 3) 일본 재난시의 시어와 문학적 의의

> 같은 빛 속에 있습니다
> 당신도 나도
> (중략)
> 빛에도 바깥이라는 게 있을까요?
> 만약 빛의 외부로부터 파도가 온다면?
> 파도는 어떻게 해서
> 빛이 빛 속으로 들어오는 걸까요
> 들어올 수 있는 걸까요

빛의 외부에서 오는 파도를
빛은 어떻게 막아내면(받아들이면) 좋을까요[11]

　먼저 위의 인용문을 통해 첫 번째 카테고리에 해당하는 시어가 본문에서 구체적으로 어떻게 쓰이고 있는가를 살펴볼 수 있다. 「파도(波)」라는 제목의 이 시는 당신과 나 즉 우리 모두가 같은 빛 안에 있다는 말로 시작되며 이어지는 내용에서는 만약 빛이라는 것에 바깥, 외부가 있어 그 외부로부터 파도가 들이닥칠 수 있을 것인가, 파도가 들이칠 때 빛이 그 파도를 막아내기(うけとめる) 위해서는 어떻게 해야 할지 묻고 있다. 이때 빛을 재난 이후 역경을 극복하고자 하는 의지 및 재난 이후의 삶에 대한 희망 등을 가리키는 은유로 본다면, 파도는 그런 의지와 희망을 꺾으려는 존재, 다시금 절망적인 상황에 직면하게 하려는 존재인 것으로 해석해 볼 수 있다.
　주목할 것은 위의 인용문 마지막 문장에서 빛이 파도를 어떻게 막아내면(うけとめる) 좋겠는가 하고 묻고 있는 부분이다. 일본어의 うけとめる는 막아낸다는 뜻뿐 아니라 '받아들이다, 받아내다'라는 뜻으로도 쓰이는 동사다. 따라서 파도를 うけとめる한다는 것은 빛 안으로 파도가 들어오지 못하게 막아낸다는 의미는 물론, 만약 파도가 들어왔을 경우 그것을 어떻게 잘 받아낼 것인가를 함께 묻고 있는 중의적인 표현이라 할 수 있다. 위에서 인용한 시 「파도」는 재난 이후의 삶에 대한 희망적인 측면과 부정적인 측면을 각각 빛, 파도에 비유하여 부디 시민들의 생활이 재난에 쓸려나가지 않기를 바라는 염원을 담은 한편, 만에 하나

---

11　谷川健一 編, 『悲しみの海』(富山インターナショナル, 2012), pp.14~15.

또다시 재난이 일상을 침범하더라도 시민들이 그 고난을 잘 받아낼 수 있기를 희망한 시라고 할 수 있겠다. 또한 빈도수가 높은 시어 중 하나인 잔해(瓦礫, がれき)의 경우 다음과 같이 여러 시에서 반복적으로 사용되고 있는 것을 볼 수 있다.

> 잔해의 산 너머로
> 푸르고 평온한 바다가 보인다
>
> 瓦礫の山の向こうに
> 青い穏やかな海が見える
>
> ―「風の電話ボックス」

> 사람이 만든 것은 그렇게
> 잔해가 된다, 잔해
> 잔해가 되는 것이다
>
> 人が建造したものは、あんなふうに
> ガレキになるのだ、ガレキ
> ガレキになるのだ
>
> ―「ガレキ」

위의 두 시에서 잔해(瓦礫, がれき)는 공통적으로 재난 이후 파괴된 마을, 도시, 인간의 모습을 표현하고 있다. 그러나 「風の電話ボックス」에서의 잔해가 표면적인 뜻 그대로 폐허가 된 마을의 모습, 무너진 건물들이 널려져 있는 모습을 가리키는 데 반해 「ガレキ」에서는 잔해라는 시어가 보다 포괄적인 의미를 담아내고 있다. 「ガレキ」에서의 잔해는 재난 이후의 폐허를 가리키는 차원을 넘어 사람이 만들어 낸 모든

것, 다시 말해 인간이 만들어냈으나 자연의 힘 앞에서는 무력해지는 모든 것들을 통칭하는 시어로서 사용되었다. 또한 '잔해가 된다'라는 표현을 반복적으로 사용함으로써 자연재해 앞에서 한없이 무력해지는 인간 군상을 강조하고 있기도 하다. 잔해라는 시어의 반복적 등장은 이 시어가 재난 이후의 폐허를 가리킴과 동시에 자연과 대비되는 인간 생활 영역을 아우르는 시어로서 사용되고 있기 때문이라고 할 수 있다.

빈도수가 현저히 높은 단어에 속하는 것은 아니지만 앞서 언급한 두 카테고리에 명확히 포함되지 않는 나머지 단어들에 대한 고찰도 빼놓을 수 없는 부분이다. 대표적인 예로 어부(漁師)를 들 수 있다. 어부라는 단어가 몇 차례인가 시어로 등장하고 있는 것은 3.11 당시 쓰나미에 의해 주로 해안가의 촌락들이 막대한 피해를 입은 것과도 관련이 있다. 그러나 이 시집에서는 그보다 민중 일반을 가리키는 대표성을 가진 시어로서 어부라는 단어가 사용되고 있는 것을 볼 수 있다.

쓰나미로부터 백 일이 지나고
모습을 보이지 않는 사람들에게
어서 돌아오라고 조르고 있다
(중략)
무언가에 매달려 살아남은 사람들이
어부가 농민이 상인이 직인(職人)이 회사원이 주부가
죽은 사람들에게[12]

가까운 사람의 죽음과 실종을 부둥켜들고

12 谷川健一 編, 『悲しみの海』(富山インターナショナル, 2012), p.35.

어부는 역경의 터에서 버티고 있다
(중략)
인간의 지혜를 뛰어넘은
믿기 힘든 일이나
있을 수 없는 일이 현실에서 일어나고 있다
인간의 오만함과 어리석음을 부끄러워해야 마땅하나
늘 희생당하는 것은
이름 없는 민중의 목숨과 생활이다[13]

위의 두 인용문은 각각 「바람의 전화박스(風の電話ボックス)」, 「배가 지붕을 넘은 날(船が屋根を越えた日)」 중 일부이다. 「배가 지붕을 넘은 날」에서 어부는 가까운 사람의 죽음 실종을 목전에 두고도 역경을 극복하기 위해 분투하는 인물로 등장한다. 그러한 어부의 모습이 등장함과 함께 시의 말미에서는 갑자기 닥친 비현실적인 재난으로 인해 다름 아닌 일반 민중의 목숨과 생활만이 위협당하고 있는 것에 대한 언급이 나온다.

또한 「바람의 전화박스」에서는 어부가 상인, 주부, 학생 등 마찬가지로 일반 민중이라 할 수 있는 부류의 직업군들과 함께 언급되고 있다. 이때 어부는 다른 민중들과 함께 죽은 자들을 애도하는 역할을 담당하고 있는 것을 볼 수 있다.

재난으로 인해 일반 민중의 목숨과 생활이 위협받고 있음을 명시하고 있는 이러한 부분들은 민중으로 분류되기 어려운 다른 그룹들과의 대비를 전제로 하고 있다. 일반 민중의 삶을 가엾게 여기고 추모하는

---

13  谷川健一 編, 『悲しみの海』(富山インターナショナル, 2012), p.30.

반면, 정부 관료나 도쿄전력 사장 등 특히 재난 발생 및 수습에 대한 책임소재를 지닌 계층을 민중과 분류된 그룹으로 설정하여 그 그룹에 대한 날 선 비판을 가하는 이와 같은 부분은 3.11 이후 발표된 여러 시집들에서 공통적으로 찾아볼 수 있는 경향 중 하나이다.

## Ⅲ. 나오며

이상으로 중일 재난시의 시어 분포 양상과 내용의 특징을 고찰해 보았다. 양국 재난시의 시어 분석을 통해 공통적으로 찾아볼 수 있는 특징은 재난으로 인한 피해를 즉각적인 표현들로 묘사하고 있다는 점, 피해자들에 대한 애도를 담아내고 있다는 점, 절망 속에서 희망을 찾고자 함과 동시에 현재 닥친 고난을 극복하고자 하는 의지가 담겨있다는 점 등이다. 이러한 점은 특히 중일 양국 재난시에서 가장 사용 빈도수가 높았던 시어들의 경우를 살펴볼 때 더욱 확실히 드러난다. 이는 압도적이고 어려운 현실이 닥쳤을 때 누구나가 공감할 보편적인 정서가 양국 시집에도 그대로 담겨 있음을 잘 나타내주고 있다.

다만 중국의 경우보다 보편적으로 공감 가능한 심상들을 표현하기 위한 시어 사용 및 시적 표현들이 주를 이루고 있는 데 반해 일본의 경우 시어의 중의적인 사용, 일반적인 시어에 새로운 이미지를 덧입히는 등의 시도가 행해졌다는 점에서 차이를 발견할 수 있다. 일본 재난시에서 '어부'라는 시어가 사랑하는 가족을 잃은 피재민을 대표하는 인물로 등장함과 동시에 다른 한편 민중을 대표하는 직군으로 언급되고 있는 부분 등을 그 대표적인 예라 할 수 있을 것이다.

중국 재난시와는 달리 일본 재난시에서는 재난으로 인해 피해를 입은 주체, 그 피해를 극복하고자 하는 주체가 모든 국민, 모든 정서를 아우르고 있지 않다. 민중과 민중이 아닌 집단, 즉 도쿄전력 사장단이나 정치권 혹은 피해와는 거리가 먼 상류층을 민중과 구분하고 있는데, 이러한 경향은 모든 국민이 힘을 모아 재난을 극복하자고 노래하는 중국의 재난시와 대비되는 측면을 보여준다 하겠다.

이러한 차이는 물론 양국 재난의 성격 차이에서 기인한 측면을 갖는다. 중국의 경우 5.12가 명백한 자연재해로서 재난 발생의 책임 소재를 명백히 묻기 어려운 성격의 재난이었다면, 일본의 경우 3.11은 원전사고라는 인재를 포함한 재난으로서 그 사고의 책임 소재를 정치권 혹은 도쿄전력에 묻고자 하는 경향이 명백했다. 그러한 두 재난의 성격 차이가 재난시의 시어 사용 및 내용에도 반영된 것이라 볼 수 있을 것이다.

# 2부

## 20세기와 21세기 경계에 선 동아시아 재난문학

사회적 약자와 공동체적인 삶

# 오다 마코토(小田實)의 『깊은 소리(深い音)』를 읽다

## 재난의 기억법과 재건의 음성

엄인경

## Ⅰ. 지난 세기말의 대지진

일본에서 대지진과 쓰나미(津波), 이에 뒤따른 원전사고가 문학 비평의 소재가 되어 '진재(震災)문학'과 '원발(原發)문학'이 문단의 비평용어로 성립된 것은 2011년 3월 11일 발생한 동일본대지진(東日本大震災, 이하 3.11)을 계기로 한다. 이후 시간이 지나면서 주로 동일본대지진과 이후 후쿠시마 원전문제를 다룬 다양한 장르의 문학 작품들이 속속 창작되고, 이러한 '진재문학'에 관한 연구가 최근 잇따르고 있다.

근대 이후 일본 사회에 큰 변화를 초래한 대규모 지진을 1923년의 간토(關東)대지진, 1995년의 한신·아와지(阪神·淡路)대지진, 2011년의 동일본대지진(이하 3.11)이라고 할 때, 20세기 말엽의 한신·아와지대지진의 문학화에 관한 논의는 상대적으로 미흡해 보인다. 물론 한신·아와지대지진과 이에 관한 문학 서사 등을 다룬 논고가 한국과 일본에서 서너 편씩 나오기는 했지만, 3.11 이후의 최근 10년간의 관련 연구 동향은 말할 것도 없고 제국의 수도가 궤멸되고 이후 조선인학살에까지 이른 간토대지진과 문학을 다룬 다방면의 수십 편의 논고에 비해서도 현저히 적다.

1995년 1월 17일 새벽 일본 간사이(關西) 지역을 강타한 진도 7.3의 직하형 한신·아와지대지진은 관련사 포함 6,434명의 사망자와 4만 명 이상의 부상자, 약 46만 세대의 가옥 피해, 더구나 전괴(全壞) 가옥이 10만 가구에 달했다는 기록에서 보듯 심대한 피해로 도시 기능이 마비되다시피 한 도시 재해였다. 재난과 대지진으로서의 규모나 충격이 덜해서는 아닐 것이며, 아직 한신·아와지 대지진의 문학적 진혼의 과정이라고 불러도 좋을 서사화가 충분히 이루어지기도 전에 3.11을 맞게 된 것일지도 모른다.

대재난을 통과한 사람들의 개별 기억과 목소리가 회복, 혹은 기록되는 과정을 재난 문학이라 할 때, 이 글에서는 1995년이라는 세기말에 발생한 한신·아와지대지진과 이를 정면에서 다룬 오다 마코토(小田實)의 2002년 발표 소설『깊은 소리(深い音)』를 중요한 재난 서사로 읽어가고자 한다. 20세기 말 일본의 대도시를 강타하고 크게 동요시킨 이 재난이 문학화 과정에서 무엇을 기억 혹은 환기하며, 어떠한 구상을 취하고 무엇을 강조하는지 등을 독해할 것이다. 이 과정을 통해 20세기 말 일본에서 일어난 대재난이 문학화되는 과정과 문학이 재난을 기억하는 방식 및 의미를 재고할 수 있을 것이기 때문이다.

## Ⅱ. 한신·아와지대지진과 작가 오다 마코토

한신·아와지대지진은 오히려 3.11을 계기로 하여 회상되는 대조점
으로서의 재난으로 인식되곤 했다. 2016년에 제작, 방송되어 제42회
〈방송문화기금상 장려상〉을 수상한 NHK스페셜 〈진도7 무엇이 생사를
갈랐나~묻혔던 데이터, 21년 만의 진실~(震度7 何が生死を分けたのか~
埋もれたデータ 21年目の眞實~)〉이라는 프로그램이 이 인식을 보여주는
사례다. 이 내용은 한국에서 2018년에 『진도7 무엇이 생사를 갈랐나?』
(김범수 옮김, 황소자리)로 번역 출간되기도 했는데, 해당 프로그램은 21
년 전 대지진 사망자들의 데이터를 지진 직후, 지진 발생 1시간 후, 5시
간 후로 나누어 분석, 검증하여 희생자가 집중된 최초의 1시간에 숨진
약 4,000명의 데이터는 다수가 압사가 아닌 외상성 질식사였다는 점,
전기 복구와 함께 전기제품에서 불이 나는 현상인 통전(通電)에 의한
시간차 화재 사망 등 21년 만에 비로소 구체적 사망 원인과 과학적 데
이터 해석을 밝힌다는 구성을 취했다.

여기에서 주목할 부분은 20년도 더 지난 한신·아와지대지진의 사망
자 데이터가 최근에야 호명된 이유일 것이다. 그것은 예를 들면, 지진
으로 인한 질식사의 비극을 막는 확실한 방법은 건물의 내진화인데 일
본 사회의 "문제는 그것을 차일피일 뒤로 미룬다는" 측면에서 여전히
문제이며, 결국 "통전 화재는 동일본대지진에서도 일어났"다고 보는
방재(防災) 의식 결여에 대한 고발이다. "재해는 사회의 약점을 파고든
다"는 결론은 3.11 동일본대지진마저 5년 넘게 지난 시점에서도 구체
적 재난 대응의 움직임을 보이지 않는 일본 사회의 구태의연을 지적하
기 위함이다.

그런데 한신·아와지대지진 직후인 1996년 시점에서 일찍이 평론『피재의 사상, 난사의 사상(被災の思想 難死の思想)』(朝日新聞社)을 통해 대지진을 인재(人災)로 주장하며 일본 정치와 사회의 구태라는 이 문제를 일찍이 폭로한 것이 바로 오다 마코토(小田實)였다. 650페이지에 이르는 이 단행본의 띠지에는 "「피재 고베」를 잊지 마라—분노로 써내려간 1,500장"이라는 문구가 적혀 있어 이 서적 내용의 성격을 추찰할 수 있다. 오다는 1932년 오사카 출신 작가로, 학창시절을 전쟁 중에 보내 대규모의 무의미한 죽음을 목도하며 '난사(難死)의 사상'이라는 개념을 탄생시켰으며 이는 베트남전쟁 반대를 거치며 그의 독특한 반전(反戰) 평화 사상으로 이어졌다. 도쿄대학 언어학과를 졸업하고 1950년대부터 집필활동을 시작한 그는 다소 관념적 성향에서 전후의 청춘을 그려내다가, 1958년 미국 유학을 시작으로 북미와 유럽, 중동, 인도에 이르는 여행기『무엇이든 봐 주마(何でも見てやろう)』(1961)를 간행하여 선풍적 인기를 얻었다. 노년에는『'아버지'를 밟다(「アボジ」を踏む)』(1998)로 〈가와바타 야스나리 문학상(川端康成文學賞)〉을 수상하였고, 2004년에는 오에 겐자부로(大江健三郎), 쓰루미 슌스케(鶴見俊輔) 등과 함께 헌법개정에 반대하는 〈구조의 모임(九條の會)〉을 통해 호헌운동을 폈다. 재일조선인 화가 현순혜가 아내이며 김일성 주석과 독대하는 등 한반도와 관련이 깊은 작가인데, 다소 늦은 감은 있지만 최근 들어 한국에서의 그에 대한 관심사가 다양화하는 움직임이다.

오다는 전쟁과 재난에 의한 일방적이고 무의미한 비참한 죽음을 뜻하는 '난사(難死)'라는 말을 만들어낸 장본인인데, 그는『피재의 사상, 난사의 사상』이라는 평론집을 통해 한신·아와지대지진으로 인한 죽음을 '난사'로 규정하고 이재민이 '기민(棄民)'이 되는 과정과 고베(神戶)

라는 대도시의 부흥이 어떻게 관의 주도 하에 기만적으로 계획되는지
등을 분노에 가득한 필치로 역설하였다. 그리고 그로부터 6년여의 시
간차를 두고 한신·아와지대지진과 그의 사상을 소설 작품으로 형상화
한 대표적 재난 문학『깊은 소리(深い音)』를 2002년 발표한 것이다.

## Ⅲ.『깊은 소리』는 어떤 소설인가?

『깊은 소리』의 줄거리는 다음과 같다. 주인공 나, 하시모토 소노코
(橋本園子)는 '레몬'이라는 작은 찻집을 운영하는 50대 이혼녀이다. 가
족과 유대 없이 생활하던 나는 1995년 1월 집에서 진도 7의 한신·아와
지대지진을 겪게 되며 무너진 집 건물의 잔해에 깔린 채 불에 타죽을
위험에 처한다. 그때 70대 노인 구로카와 기이치로(黑川紀一郎)와 그의
중학생 손자가 우연히 나의 목소리를 듣고 구해내 병원으로 데려간다.
나는 생명의 은인인 구로카와 노인과 병원 옆 침대에 입원해 있던 젊은
'다복이(お多福) 얼굴'의 기노시타 요시미(木下芳美)와 가까워진다. 지
진 후에 공동가설주택으로 이사를 들어가기 전은 물론, 가설주택의 삶
을 살게 된 이후로도 서로 의지하고 돕는 관계를 맺는 인물들은 모두
대지진 때 땅속 깊은 곳에서 난 '우웅' 하는 소리를 공유하고 있다. 그
리고 각자 자신의 삶을 지켜내고자 노력하는 한편 이중삼중으로 어려
움을 겪을 수밖에 없는 사회적 약자이자 이재민으로서의 삶을 함께 나
누어 간다.

이 소설에 관한 선행연구는 요시다 나가히로(吉田永宏)의 논고가 거
의 유일하다시피 한데, 요시다는 이 소설에 관하여 다음과 같이 평하

였다.

① 오다 마코토의 『깊은 소리』는 『신초(新潮)』 2002년 2월호에 발표된 것으로 한신대지진을 정면에서 묘사한 최초이자 대표적 소설이라 해도 좋을 것이다. … (중략) … 그런데 이 작품의 최대 특징은 뭐니 뭐니 해도 작자 자신의 피재 체험과 그에 따른 피재 사상이 거기에 짙게 투영된 점에 있다.

② 오다 마코토의 『깊은 소리』는 자신이 한신·아와지대지진의 피재자인 작가가, 유감스럽지만 충분하게는 문학 표현, 형상화할 수 있었다고는 하기 어려운 '고발'의 작품이다. 인간의 살 권리, 생명의 온전한 유지를 손상시키는 것들이 '고발'의 대상이다. … (중략) … 자신이 피재자인 앙가주망 작가인 오다 마코토는 그 문제점을 피재자의 시점에서 현실과의 거리를 거의 두지 않은 형태로 소설 스타일에 따라 '고발'하지 않을 수 없었다.

- 吉田永宏, 「阪神·淡路大震災と文學·文學者(一)—小田實·田中康夫·金時鐘の表現行爲について」, 『關西大學人權問題硏究室紀要』 48, 2004. ①은 p.5, ②는 p.36. 필자 번역.

여기에서 『깊은 소리』에 대한 대표 선행연구가 ①과 같이 한신대지진을 정면에서 다룬 효시적 대표 소설로 보면서도, ②처럼 오다를 앙가주망(engagement, 현실참여) 작가로 보고 그의 이재 경험과 사회참여의 동일선에 이 작품을 놓고 '고발' 소설로 평가함을 알 수 있다.

'재난은 지옥을 관통해 도달하는 낙원'이라며 재난과 재난 후 상황에 관한 인문학적 통찰력으로 최근 가장 많이 호명되는 사회운동가 레베카 솔닛은 『이 폐허를 응시하라』(정해영 역, 펜타그램, 2012)에서 "재난은 때로 제도와 구조를 허물고 사생활을 중단시켜 더 넓은 눈으로 그 너머에 있는 것을 보게 해 준다"고 했다. 그런 의미에서 『깊은 소리』는 환시적이면서도 현장감 넘치는 대지진의 경험을 모두에 배치하고, 그 재난 너머의 여러 겹의 삶을 보여주는 복합적 재난문학이라 할 수 있다. 이 소설의 복잡성과 난해함은 주인공이 직접 체험한 재난 기록 이전에 리얼한 환영에서 시작한다는 점과 이 때문에 소설 세계를 기초적으로 뒷받침하는 시공을 명확히 특정할 수 없는 상태로 소설이 시작하는 것에 기인한다. 그리고 곧바로 주인공이 실제로 겪는 대지진의 재난 경험이 다음과 같이 묘사된다.

> 나도 발밑이 크게, 심하게 흔들리기 시작한 것을 감지한 사람의 한 명이었습니다. 아니, 그때가 새벽 5시 46분이라는 미명의 시각이었는데, 나는 잠자리에 있었어요. 그냥 잠은 깨어 있었습니다. 평소라면 나는 일찍 일어나는 편인데 아무리 그렇기로서니 그런 이른 시각에는 아직 일어나지는 않았어요. 그게 그야말로 어떤 예감이 있었다고 해야 할까요? … (중략) … 누웠던 내 등 쪽 아래에서 대지가 크게, 격하게 흔들리기 시작했어요. 처음에는 크게 상하로 움직이더니, 아래 침대까지 통째로 내 전신이 붕 뜨는가 싶더니, 이번에는 크게 가로로 흔들리면서 또다시 심한 상하 진동. 이즈음까지 내가 기억합니다. 그다음에는 만물이 붕괴되고 떨어지는 낙하물에 머리를 세게 부딪친 게 틀림없어요. 나는 의식을 잃었으므로 그 후의 기억이 없습니다. 그저 의식을 잃기 직전에 나는 우웅 하는 땅 밑바닥으로부터 올라오는, 그렇게밖에 여겨지지 않는 깊은 소리를 분명히 들었습니다. 그 기억은 나중까지도 명료히 귀에 남았어요.
>
> - 小田實, 『深い音』(新潮社, 2002), p.10.
> 이하 텍스트 인용 번역은 페이지만 표기.

이는 주인공 '나'(=소노코)의 작품 초반의 서술인데, 이 작품에서 주요 등장인물이라 할 수 있는 나, 요시미, 구로카와, 베트남인 구엔 등은 모두 전대미문의 직하형 대지진 발생 당시 땅속 저 밑바닥에서 올라오는 우웅 하는 '깊은 소리'를 들은 경험을 확인하고 공유한다. 이 소설의 표제어이기도 한 '깊은 소리'는 정체를 알 수 없는 대규모의 죽음과 삶의 파괴라는 공포를 전제로 인물들이 공유하는 실감이다.

지진 이후 몸을 추스른 '나'는 병원에서 우연히 옆 침대를 쓰게 된 다복이 얼굴에 알 수 없는 남자 친구들을 여럿 사귀는 젊은 요시미를 알게 되고 가설주택에 들어가기 전까지 그녀의 원룸 맨션에서 함께 지내게 된다. 이해하기 어려운 사생활 측면도 있지만 자원봉사활동 등 늘 무언가 바삐 지내는 그녀와 '나'는 점차 가까워지며 많은 나이 차에도 불구하고 마음으로 의지하는 사이가 된다. 요시미에게는 베트남 난민 출신 남자친구 구엔이 있어 '나'는 그녀를 통해 베트남 난민들이 겪은 극한의 경험에 대해서도 알게 된다. 또한 요시미와 '나'는 가게 재개를 위해 돌아다니면서 무너져 내린 지진 현장에서 돌무더기가 조금 솟은 앞에서 손을 모으고 조아리는 행위를 한다. 다음은 이 행위의 의미를 알게 하는 장면이다.

> 진재 직후, 이미 이삼일 지난 때라도 불바다가 퍼져서 탄 자리에 가면 "거기는 밟지 마슈. 밑에 부처님이 있으니까. 세 명 있다오"라는 말을 듣기도 했다. … (중략) … "나는 "요시미, 자꾸 부서웠다고 하는데, 나도 까딱하면 부처가 될 뻔했다고"라고 말했지요.
> 그런 마음이 있었으므로 비업(非業)의 최후를 애도하는 것입니다. 사전을 찾아보면 '비업'이란 '현세에 저지른 죄업에 따르지 않는 것'이며 그 뒤에 '~의 죽음을 맞다[=생각지도 못한 재난으로 죽다]'고 되어 있

었어요. 그 의미가 맞다고 하면 이 죽음은 틀림없는 현세의 죽음이지요. 이 세상, 이 세계의 죽음이고, 저세상, 저 세계와 관계없는 죽음이에 요.⋯⋯

나는 그저 조아립니다. 그것이 최소한 생자, 살아 있는 인간의 예의 같은 게 아닐까 생각이 들더군요. 마음으로 와력(瓦礫) 파편들이 조금 쌓인 앞에서 또 그 앞의 주둥이 넓은 유리병 앞에서 나는 앉아서 두 손을 모으고 조아렸어요. 아무것도 기도하지는 않았어요. 그저 조아릴 뿐이었지요.                                                                            - pp.124~125.

오다가 만든 '난사(難死)'라는 단어가, 이 소설에서 어떠한 인과관계로도 설명될 수 없는 느닷없는 무의미한 죽음으로써 '비업(非業)'이라 표현되고 있다. 재난에 의한 죽음은 오로지 현재의 삶에만 적용되는 단절이며, 이는 전세나 후세라는 연속성이나 인과응보적 관점에서 일본 사회에도 뿌리 깊게 통용되던 불교적 사고방식을 부정하는 재난 인식이다. 그렇기에 죽은 자가 성불하여 부처가 될 수 있도록 내세를 기도하는 것이 아니라 그저 애도 주체만이 스스로 위무 받는 행위만을 하게되는 것이다. 즉 위와 같은 장면에서 애도가 죽은 자에 내세를 위한 기도가 아니라 생존자의 최소한의 인간적 예의로써 생존자 삶의 회복적 행위로밖에 기능하지 않는 것을 볼 수 있다.


## Ⅳ. 폐허에서 환기하는 50년 전 전쟁 기억

구로카와는 70대 중반의 노인으로 앞서 지적한 대로 재난 후 일본 사회의 비인간적 움직임을 고발하는 장본인으로 활약한다. '관헌(官憲,

본문에서는 강조를 위해 カンケン이라는 가타카나 표기로 노출)'이라는 권력의
횡포와 만행은 구로카와의 입을 통해 적나라하게 나열되며, 오다가
1996년『피재의 사상, 난사의 사상』에서 집대성한 사회비판적 의식은
구로카와의 입을 빌어 구현되었다 해도 과언이 아니다.

　다만, 여기에서는 주인공 '나'와의 관계에 주목하여 구로카와가 70
대 중반의 노인으로 설정된 이유에 대해 고찰한다. 50대 초반의 '나'
소노코의 생명의 은인으로 등장하여 이재민 의식을 소통하다가 나아가
성교섭까지 시도하는 사이가 되는 과정을 고려하더라도, 구로카와는
상당한 고령으로 설정되어 있다. 그런데 그가 70대 중반의 인물로 설정
되어야 한 가장 큰 이유는 1940년대 태평양전쟁에 참전한 전쟁 경험자
여야 하는 필요성 때문으로 보인다. 즉 전쟁의 기억과 전쟁으로 인한
폐허를 대재난의 현실에서 소환 가능한 세대의 대표자로서 등장하기
위한 연령 설정이었다. 구로카와는 1945년 무렵 버마 전선에 참전했고
1970년대 초의 베트남 전쟁에도 휘말린 경험이 있어서 "두 전쟁을 잘
봤"던 경험을 말하고 있기 때문이다. 소설에서 구로카와가 참전 경험을
이야기하는 것은 물론이려니와, 그의 전쟁 체험은 다음 인용문의 내용
과 호응하므로 중요하다.

　　아니, 의사가 그렇게 말한 다음 문득 생각난 듯이 "꼭 여기 야전병원
　같구먼" 하고 덧붙이듯 말한 것을 멍하니 기억합니다. "그럼 선생님이
　군의관장이시고 제가 종군간호부의 부장님인가요?"라며 무뚝뚝한 간호
　사가 웃지도 않고 아주 진지하게 말을 받더군요. 평소 같으면 이런 만담
　식 대화는 기분이 별로일 때는 주고받지도 못할 텐데, 그 두 사람은 몹
　시도 진지하게 나누더라고요.
　　이 야전병원의 군의관장과 종군간호부의 부장님 대화를 들으며 나는

잠에 빠졌습니다. 깊고 깊은, 그러나 그대로 죽을 일은 없는 안도의 수
면. 그 수면 속으로 지진 후 처음으로 나는 푹 빠져들었어요.
- pp.25~26.

구로카와는 다시 이야기를 시작했다.
"나는 이번 지진으로 우리 피해자가 국가나 현(縣)이나 시로부터 얻
어터지고 있다고 생각해. 지진 그 자체로 우리는 충분히 상처를 입었는
데 거기에 정치에 의해 또 얻어터져서 모두가 큰 부상을 입은 전우가
된 채로, 이 가설주택이라는 야전병원 같은 곳에 굴러들어와 있지. …
(후략) …"
- p.209.

위는 대지진에서 구사일생 구조되어 병원으로 옮겨진 소노코의 경험
이고, 아래는 소노코와 구로카와가 재회한 이후의 대화 일부이다. 여기
에서 대지진으로 인한 병원의 아수라장은 전쟁터의 '야전병원'과 같은
혼란이고, 의사와 간호사 역시 군의관이나 종군간호부로 비치는 것은
의사, 간호사 당사자들뿐 아니라 소노코와 구로카와에게도 위화감 없
이 통용되는 비유다. 그리고 주인공에게는 공동의 적에게 거듭 당하거
나 맞설 '전우'라는 연대감으로 묶일 인물이 필요했고, 그 전우의 역할
은 소설 마지막까지 구로카와 노인이 담당하는 것이다. 구로카와의 '전
우'로서의 역할은 소설 종반부에서 구로카와 노인이 가설주택에서 고
독사(孤獨死)했다는 소식을 들은 '나'의 다음과 같은 술회에서 분명해
진다.

전화를 끊은 후 나는 한동안 자리에 웅크린 채로 움직이지 못했습니
다. 그 때 내 실감을 말하자면 구로카와가 죽었다든가 구로카와 기이치
로가 내가 모르는 세상으로 여행을 떠났다든가 하는 것이 아니라, 내

생명의 은인이 갑자기 생명을 구한 나를 놔두고 가버렸다는 것이었습니다. 거기에 어떤 차이가 있는지 잘 모르겠지만 내 실감에 따라 말하자면 그런 것이었습니다. 기묘하게 눈물은 나지 않았습니다. 그저 슬펐지요. 무한히 슬펐습니다.

그리고 또 하나 있었습니다. 전우가 죽었다는 심정이었습니다. 내 부상 입은 전우였지요. 내 전우가 죽었다. 전우가 죽었으니 전쟁터의 죽음이지요. 전쟁터의 죽음이니 그는 살해당한 겁니다. 홀로 고독과 싸우는 사이에 상대방 적을 죽이기 전에 자기가 살해당했다. 그런 느낌이 들었어요.                                                    - pp.263~264.

우연한 재회 후 가까워진 소노코와 구로카와 두 사람은 구로카와의 젊은 시절 전쟁 체험에 대해 오래도록 이야기를 나누고 그 경험을 공유했다. 그리고 위에서 보듯 구로카와의 고독사 이후 전우로서의 연대감은 주인공 소노코에게 그대로 전이된 것을 확인할 수 있다.

이 소설은 전쟁을 경험한 세대가 한신·아와지대지진을 인식하는 하나의 방식, 즉 1995년 대지진에 의한 고베의 폐허에서 50년 전 전쟁으로 인한 고베의 폐허를 연상하는 방식을 보여준다. 바로 이 점에서 공습의 폐허와 대지진의 최대 피해지로서 고베가 중첩되는 것은 중요하다. 한국 역시 같은 해의 삼풍백화점 붕괴라는 사건을 통해 "기본적으로 장소와 기억은 일치해야 한다. 그래서 '기억의 장소'라는 말이 있다. 개인이든 집합이든 추상세계의 기억은 물리적인 공간, 즉 장소를 바탕으로 형성된다. … (중략) … 집합기억 역시 마찬가지다. 상처의 기억 역시 마찬가지다. 특정한 장소가 모두의 집합기억을 떠올리게 한다. 장소가 사라지면 기억도 사라지고, 장소가 달라지면 기억도 변이된다."(정윤수, 「망각의 골짜기에서 기억을 말하라!」, 『1995년 서울, 삼풍』, 동아시아, 2016)는 기억의 절실함을 절규하기 때문에 공감가능하다. 어쨌든 후술하겠지만 『깊은 소리』에서 기성세대와 어린 청소년 세대 사이에 사람의 가치나 인명에 대해 갖는 인식 차이가 극명해지는데, 구로카와 는 '문화주택'으로 대변되는 튼튼한 기초와 근간을 상실한 지진 후의 폐허에서 50년 전 전쟁 폐허를 오버랩하여 바라보는 세대를 상징하는 인물이라 하겠다.


## V. 사회적 약자들의 중층적 이재(罹災)

앞서 소개한 오다 마코토 평생의 문필 활동을 본다면 선행연구의 지 적대로 앙가주망 작가로서의 강한 면모를 부정할 수 없다. 하지만 『깊 은 소리』는 1995년 1월에 오사카를 위시한 간사이 지역을 강타한 진도 7의 한신·아와지대지진을 겪은 한 중년여성과 그녀를 둘러싼 주변 인 물들의 지진 전과 후의 단절상, 사회적 약자로서 겪게 되는 일들을 지 진 이후 7년의 시간을 두고 2002년에 펴낸 전체소설(全體小説, roman total)이기도 하다. 전체소설이란 인간의 전체적인 외면상이 행동과 내 면의식을 묘사하는 방식으로, 인간을 둘러싼 현실과 함께 종합적, 전체 적으로 표현하려는 시도를 말한다. 오다가 70대 노인인 구로카와의 입 을 빌려 재난 후의 문제적 상황을 '고발'하는 것도 사실이나, 『깊은 소 리』의 내레이터이자 주인공은 50대 여성인 소노코이다. 대지진 당시와 이후의 상황을 시종 여성의 방언(方言)으로 풀어내는 전체소설 스타일 임은 해석에 간과될 수 없는 요소라 하겠다.

이제 작가가 오버랩되는 구로카와보다 50대 여성 소노코를 중심에 놓고, 경험과 생각, 인간관계를 분석하고자 한다. 그리고 주인공이 여성으로 설정된 것에 주목할 때『깊은 소리』가 재난문학으로서 갖는 의미가 더 분명한 메시지로 부각될 것이다.

주요 인물들의 간사이(關西) 방언이 들리는 듯한 대화체로 구성된『깊은 소리』는, 내용적으로 보자면 사회적 메시지로서 약자에게 눈 돌리지 않고 사회부흥이라는 명목하에 이익과 재건만을 향하는 '관헌'에 대한 비판이 가장 두드러진다. 그리고 이 비판은 '관헌'에 몸담은 아들이 있는 구로카와 노인의 입을 통해 구체적으로 전달된다. 우선 그는 한신·아와지대지진을 이재민 입장에서 아래와 같이 정의한다.

> 20세기도 이제 끝날 무렵이 되어 이 국제적 도시라든가 세계 수위의 항구 도시라든가 일본에서 가장 하이칼라로 유복한 도시라든가 하는 곳에서 소방차가 몇 대씩이나 와도 소화전에서 물이 안 나와…… 그래서 돌아가 버리더군. 이게 대체 뭔가 싶어 나는 내 문화주택이 타버리는 것을 손주와 같이 마지막까지 지켜보는 사이에, … (중략) … 이게, 소노코 씨, 일본에서 제일 모던, 최첨단의 근대도시라고 으스대던 도시의 소방대장이 한 말이야. 그러더니 끝내는 소방차가 도망쳐버린 뒤 우리 주민들이 양동이 릴레이를 했다고.                                      - p.56.

이것은 세계적 항구이자 최첨단 모던 도시에서 지진 후의 화재에 소화전에서 물이 나오지 않아 살던 문화주택이 전소(全燒)하는 과정을 지켜볼 수밖에 없었던 구로카와의 한탄이다. 그리고 일본 최고의 근대 도시에서 50년 전 전쟁 공습 때 등장했던 '양동이 릴레이', 즉 사람들의 손에서 손으로 물을 나르는 그야말로 수동식 방법이 동원되는 지경에 이른 세기말 풍경을 묘사한다. 대지진을 거치며 구로카와의 '관헌'에 대한 불신은 '부흥도시 재개발계획'의 공시 방식에서 극에 달한다.

> "아까 하던 이야기로 되돌리면, 부흥도시 재개발계획 공시가 난 게
> 지진 나고 한 달 하고 닷새, 그리고 닷새 후에 '종람'이라는 게 시작됐
> 지"하며 빠른 말로 화가 난 듯이 말하다 잠시 멈추고 한숨을 쉰 다음
> "소노코 씨, 당신, 알아?" 하면서 아까 종이에 '종람(縱覽)'이라고 썼습
> 니다. "이 뜻은 세로로 슥 읽어라, 천천히 가로로 읽지 말라는 거지."
>  …… 종람 기간이 고작 이주일, 더구나 이 계획 대상이 되는 지구는
> 동서로 긴 시라서 동서로 나뉘어 여섯 군데나 있는데 종람할 수 있는
> 장소는 겨우 한 곳, 교통기관이 여기저기 망가져 단거리 이동조차 만만
> 치 않을 때 이런 식이었으니 많은 사람들이 종람을 못 하게 한 거나 마
> 찬가지야.                                                    - pp.148~149.

부흥도시 재개발계획 공시의 '종람' 방식이 형식적이고 전혀 이재민
들을 고려하지 않은 형태로 고의적으로 이루어진 것에 대한 분노에 이
어, 설명회 미개최, 이른바 '관헌'의 의견서 제출 방식의 문제점, 도시
계획 심의회의 졸속과 주민 방청의 금지, 비민주적인 결정 방식에 대해
구구절절 반박한다. 이러한 구로카와의 분노 섞인 비판은 점차 "그런
번거로운 일이 되든, 일어나든, 그것도 인생이지 않은가, 어쩔 수 없지
않은가"(p.98)하는 심정으로 지진 직후를 살던 '나'에게도 영향을 주게
된다.

그런데 '나', 구로카와, 요시미, 구엔 등 『깊은 소리』의 주요 인물들
의 또 다른 공통점이라면, 한신·아와지대지진이라는 자연재해에 의한
1차적 피해에서만도 그 명암(明暗)의 대비를 명확히 느끼는 처지인데,
그에 더해 사회적으로 약한 입장이기에 '관헌'의 단순한 처치에도 이중

고, 삼중고에 시달려야 하는 여러 층위에 배치된 점이다. "저쪽은 저렇게 밝은데 이쪽은 이렇게 어두워요. 이재민이 아닌 것과 이재민의 차이가 이렇게 명료하고 대조적으로 다르네요."(p.182)와 같이 저쪽과 이쪽은 드러내 놓고 차별적이다.

우선 '나(=소노코)'는 50대 초반의 이혼 경력이 있는 여성으로 어느 가족과도 연결되지 않은 상태로 지낸 지 오래된 탓에 철저히 혼자서 지진 피해를 입었고, 집과 가게가 모두 파괴되어 삶의 터전 자체가 무너진 상태에서 재기를 시도한다. 구로카와도 공무원 아들을 두었지만 전쟁의 상흔을 지닌 채 홀로 살며 십 대의 손주와 서로의 살해 의도와 혐오를 안고 살다 지진을 겪는다. 또 한 명의 여주인공 요시미는 지진의 직접적 피해자는 아니지만, 일견 기성세대에게는 반듯하다거나 성실하게는 보이지 않는 생활을 하다 대지진을 계기로 베트남인 남자 친구 구엔을 통해 일본 사회 내에서 다시 구획(區劃)되는 베트남인들의 이재민 캠프를 경험한다. 그녀와 구엔은 전쟁의 상처를 지닌 외국 난민들에게 닥친 대지진과 그 후의 일본 사회에서 당하는 처사를 난민 입장에서 겪게 된다. 이러한 처지의 대표적인 인물이 구엔의 전부인인데, 해적의 습격과 아이의 투신자살 등 극단적 비극의 기억이 중첩되어 이들 부부관계는 철저히 파괴된 것으로 통절하게 묘사되어 있다.

이 주인공들은 지진 자체에서 살아남고 삶의 재건 의지를 유지하나, 지진 후의 현실 속에서 또다시 부자나 권력자, 성별 혹은 민족에 의해 상대화됨으로써 사회적 약자의 입장을 중층적으로 강요받는다. 이러한 현실을 드러내는 부분이 다음과 같은 인용부분이다.

"내 옛날 전우는……당신이, 당신 말마따나 와력 무덤에 빌던 짜자자

잔 그 전우는 덕분에 타죽었어. 당신도 그래. 간신히 나랑 내 손주가 애써서 생매장될 뻔하다 살았어도 그다음에 관헌들이 멋대로 만들어낸 부흥도시 재개발계획 같은 것으로 가게가 없어지고, 대출이니 뭐니 생활이 재건될 기미가 보이지를 않지. 당신만이 아냐. 그 관헌의 횡포적 계획으로 자기가 살던 곳에 원래대로 집을 짓고 살게 된 주민은 아주 많아. 모두 국가나 현이나 시에서 얻어터지지 않았어. 얻어터지고 부상입은 전우가 되어 가설주택에 들어갔잖아. 내가 일 중간중간에 도서관에 가거나 사람들에게 물으러 다니며 조사해봤는데, 대개 부흥이라는 것은 재해 후에 자기가 있던 곳으로 되돌아가 원래대로 하는 거야. 이일본에서 일어나듯 재해에 편승해서 자기들 도시 재개발 계획을 강요하는 나라는 문명국이다 선진국이다 하는 나라들에는 일단 안 보여. 나는 시의 높은 관리가 이게 천재일우의 기회라고 했다는 걸 확실한 소식통을 통해 들었지. 알겠어? 확실한 소식통이 바로 내 아들이라고.”

　　　　　　　　　　　　　　　　　　　　　　　　　－ pp.209~210.

이처럼 생사의 고비에서 겨우 살아남아도 국가 권력의 횡포와 재개발이라는 미명 하에 재해에 편승하고, 심지어 전쟁을 방불케 하는 재난을 천재일우의 기회로 여기는 관헌의 윤리의식 부재 속에서 경제적 곤궁함까지 추궁받는 일부 이재민들은 ‘관헌’에게 얻어터지고 부상 입은 ‘전우’로 다시 연대할 수밖에 없는 것이다. 작가의 목소리를 방불케 하며, 대재해 때 이재민들의 생활 재건을 위해 기본적 생활 기반 회복을 위해 필요 자금을 관 주도로 제공하는 것이 문명국, 선진국일진대, 그렇게 하지 않는 유일한 국가가 일본이라는 비판이 이어진다. 이 지점에서 오다의 소설가적 태도는 레베카 솔닛의 재난관과 통한다. 그것은 솔닛이 재난 자체보다 재난 후 인간에 의해 자행되는 2차, 3차 가해가 “형제를 돌보지 않는 자들의 살해”이자 “본래의 고매함을 잃은 두 번째 타락"이며 "소외와 폭력 속으로 추락"한다고 비판한 것과 내용적으로 조응하기 때문이다.

이처럼 『깊은 소리』는 소노코나 구로카와처럼 원래 살던 곳으로 되돌아가지 못하고 가설주택으로 가게 된 이른바 '부흥' 대상에서 소외되는 이재민들, 그리고 지진 후 역외자(域外者)로서 일본인과 다시 구별되는 구엔 등의 비(非)일본인 이재민들처럼, 재난 후 상황에서 사회적 약자 위치로 거듭 전락하는 사람들의 중층적 재난 서사라 하겠다.

## VI. 심화되는 세대 차이와 지속되는 불안

『깊은 소리』를 재난문학으로 읽을 수 있는 또 하나의 특징은 지진 후의 세대별 인식의 극명한 격차와 그로 인한 사회적 불안 및 동요를 그려낸 점이다. 전쟁의 상흔을 안고 살아가는 구로카와와 고립되고 제로베이스 상태에 처한 소노코는 사회적 약자로서의 처지와 고통을 충분히 실감하면서도, 어떻게든 생활을 지속하고자 가설주택을 받아들이고 삶을 재건해 가려는 기성세대의 모습을 대표한다.

그런데 이에 비해 대지진은 소위 미래 세대인 십 대들에게 다른 방향으로 나아가는 계기를 제공한 듯하다. 그러한 모습은 구로카와의 손자인 중학생 사부로(三郞)와 '레몬'의 임시 아르바이트생이던 역시 십 대의 야마무라(山村) 소년에게서 두드러진다. 특히 사부로는 이 소설에서 주인공 '나'에게 가장 위협적 존재이며, 대지진으로 삶의 환경을 손상당한 기성세대에게 재난으로 대량의 인명이 희생된 현장을 목도했음에도 불구하고 아버지와 친할아버지에게 살의를 품고 사는 통제불능의 대상일 뿐이다.

"사부로는 할아버지 죽이는 걸 포기했을까요?"라며 다시 내가 아닌 요시미가 구로카와에게 되물었다.

"아니"라며 구로카와는 곧바로 되받아치듯 답했다. "그 녀석은 날이 더 밝으면 죽이려 했다고, 나중에 …… 소노코 씨, 당신을 낡은 다타미에 실어서 그 녀석과 같이 운반했을 때 내가 물으니 그렇게 말하더군." 하며 다시 다짐을 두듯 내 이름을 부르며 구로카와는 말을 이었습니다.

- pp.68~69.

아버지와 할아버지를 살해할 요량으로 무기를 들고 다니는 몸집 커다란 중학생 사부로는, 당일 날이 밝으면 구로카와를 죽이려고 한밤중에 찾아왔는데, 이른 새벽 대지진이 오히려 조부와 손주의 목숨을 건 육탄전을 저지한 셈이다. 생매장돼 불에 타죽을 뻔한 소노코를 구출해내는 순간, 즉 재난에서 인명을 구하는 그 순간에 사부로는 날이 조금 더 밝으면 할아버지를 죽이려고 했다는 살인 의지를 아무렇지 않게 고백한다.

그리고 이렇게 '나'를 구조해준 사춘기의 몸집만 크고 말수도 거의 없는 이 중학생은, 생명을 구해주었다는 것을 빌미 삼아 50대인 '나'에게 구명의 대가로 성행위를 요구하려고 허술한 가설주택에 들이닥치는 것이다. '발정난 고릴라'로 묘사되듯 중학생 사부로는 재난으로 약체화되고 엄마뻘 이상 되는 소노코를 성적으로 유린하는 것에 아무런 죄책감이나 심리적 제어장치를 갖지 않은 비인(非人)적 존재로 묘사된다.

비인적 존재로 묘사되는 것은 사부로만이 아니다. 대지진으로 부모의 생계수단이 다 파괴되어 버린 야마무라 소년은 소노코의 가게에서

아르바이트를 하는데, 여기서 일견 생활 재건의 의지를 갖는 듯 비치지
만 결국은 어떤 여자를 습격하여 강도와 강간을 시도한다. 사부로와 별
반 다를 바 없는 비행 청소년으로 전락하는 것이다. 이들뿐 아니라 지
진 이후 청소년들의 생명 경시 풍조는 구로카와의 눈에 다음과 같이
비친다.

> 인간 생명 따위 방귀만도 못하게 여기지. 특히 지진 이후로 여기에서
> 는 마음이 황폐해져서 말이야. 내가 요전에 아이들 셋이서 식칼로 고양
> 이 목을 자르려는 것을 보고 소리를 지르며 말렸거든. 내 가설주택 근처
> 에서 일었던 일이야. 세 명 중에 한 놈이 지껄이더군. 오늘은 할아버지
> 얼굴 봐서 그만두는데, 다음엔 사람 목을 톱으로 잘라버릴 거야. 그렇게
> 지껄이더라고.                                                    – p.231.

이처럼 '나'나 구로카와와 같은 기성세대, 혹은 타이르는 방식이 되
더라도 내용적 소통을 이룰 수 있는 요시미 같은 젊은 세대와도 달리,
청소년들은 혼란 속에서 생명 살해의 욕구를 품거나 남의 물건을 훔치
고 심지어 강간 미수를 저지른다. 지진 후의 일본의 십 대들은 인성이
나 타인의 고통, 혹은 인격 존중에까지 의식이 이르지 못하고 사회적
범죄의 주변에서 방황하는 모습으로 그려지는 것이다.

이처럼 『깊은 소리』에서는 지진이라는 재난을 겪은 사실에 대한 수
용 자세, 이후의 환경에서 삶을 유지하는 태도, 생명에 대한 존중 인식
의 유무가 세대에 따라 달리 표현되는 것을 확인할 수 있다. '나'의 세
대는 요시미나 구엔 등 젊은 성인 세대까지는 대화나 경험의 공유 등으
로 어느 정도 소통을 이루지만, 재난 후의 십 대들은 정신적 미성숙과
심각한 이해 단절 때문에 불안과 위험의 요소로 도사림으로써 지진 후

에도 연속되는 사회적 재난을 예감케 하는 존재로 기능하게 된다.


## 7. '깊은 소리'는 재건의 주문(呪文)

지진과 관련하여 일본어에 '요나오시(世直し)'라는 말이 있다. '요나오시'란 명사로 '첫째, 흉사를 길사로 전환시키도록 다시 기원하는 것. 둘째, 세상을 새로이 좋게 만드는 것, 세상의 답답한 제도, 어지러워진 풍기 등을 개혁하는 것. 셋째, 특히 에도 중기부터 메이지 초기에 걸쳐 일반 백성들 사이에 양성된 반권력적, 탈체제적 의식이나 행위', 감동사로 '지진이나 우레 등이 있을 때 외쳐 이를 막는다는 주문'의 의미를 갖는다.(『日本國語大辭典』, 小學館) 1972년 저작 『요나오시의 윤리와 논리(世直しの倫理と論理)』(巖波書店)에서부터 2001년 편저서 『오다 마코토의 요나오시 대학(小田實の世直し大學)』(筑摩書房), 2007년 유고(遺稿) 「요나오시·재고(世直し·再考)」(『世界』 770, 巖波書店)와 「요나오시 대관(世直し大觀)」(『世界』 772號, 巖波書店)에서 등, 오다 마코토는 30년 이상 '요나오시' 발언을 지속해온 작가이다. 1970년대 맥락에서는 두 번째, 세 번째의 의미, 즉 세상 개혁의 의지로서 이 말을 사용한 것이라면, 한신·아와지대지진을 경과한 후에는 첫 번째나 감동사로서 '요나오시'의미를 인식하지 않을 수 없다. 즉 오다 마코토는 대지진이라는 흉사를 전환 혹은 극복시키는 변화, 더 나빠지는 것을 막기 위한 주문 같은 것으로서의 '요나오시'를 타계할 때까지 이야기하고 싶었던 것일지 모른다.

이제 마지막으로 『깊은 소리』를 재난문학으로 읽어나갈 때, 재난 서

사의 중요한 키워드인 재생(再生)이 주인공인 '나'와 요시미의 여성성
과 결부되는 점에 관해 살펴보기로 한다. 그것은 소설의 대단원과도 관
련되는데, 이 소설은 전쟁 폐허를 상기시키는 대지진과 '관헌'에 의해
고통 받고 소외되는 사회적 약자의 패배에서 끝내지 않고 있다. 물론
전쟁 체험 세대의 상징인 구로카와는 가설주택에서 고독사한 소노코의
'전우'가 되지만, 소노코와 요시미는 삶을 지속한다. 그들을 대지진과
그 이후의 악화된 상황에서 지켜준 것은 여성성이다.

중학생 사부로가 가설주택을 찾아와 무력으로 소노코를 제압하고 강
제적 성관계를 맺으려 하는 위기에 '생리혈'이라는 여성성은 소노코를
구한다. 그 장면에서 소노코는 사부로에게 다음과 같이 말한다.

나는 내 생명을 모처럼 구해준 사람에게 살해당하고 너는 네가 모처
럼 자진해서 목숨 걸고 구해준 사람을 죽이게 되겠지. 반대 경우라면
내가 목숨을 구해준 사람을 죽이고 너는 목숨을 구해준 사람에게 살해
당하는 거고. …… 나는 둘 다 그런 어리석은 결과가 되지 않아 다행이라
고 생각해. 그런 어리석은 결과가 될 뻔한 우리 둘을 구해준 게 내가
여자로서 흘리는 이 생리혈이야. 내가 구한 것도 아니고 네가 구해준
것도 아니지. 나라는 여자의 생리혈, 실제 생리로 나온 피라고.

- p.176.

여기에서 보듯 두 사람의 생명을 구한 것은 다름 아닌 소노코의 여성
성의 상징이자 생명 잉태의 가능성인 생리혈이었다. 그러나 소노코의
여성성은 생명 탄생으로 이어지지 못한다. 그것은 소노코의 연령 설정
이 50대로 되어 있는 점도 작용하지만, 친밀한 관계가 된 구로카와와의
성교섭이 그의 불능으로 영원히 실패한다는 점에서 더 확정적이다. 그

대신 『깊은 소리』는 요시미의 생명 잉태라는 결론을 선택하였다. 생명을 구하고 탄생시킬 수 있는 나와 요시미의 여성성은 구로카와와 구엔의 남성 '불능'—생명력 회복이나 창조의 불가능성—과 대조를 이루는 것이다. 다음은 이 소설의 마지막 장면이다.

> "그리고 얼른 둘째를 만들어. 너희들 지금 상태 같으면 정말 금방 둘째 생길 거야. … (중략) … 좋은 일 적은 세상에서 좋은 일이지, 요시미, 축하해." 내가 이어서 말하자 늘 박자를 맞추는 요시미답게 "우리도 좋은 일, 축하할 일이라고 생각해요"라며 태연하게 다복이 얼굴이 말하더니 약간 진지한 얼굴로 "우리 가끔 이 커다란 배에 귀를 대고 아기가 무슨 말을 하는지 들을 때가 있거든요"라며 말을 이었다. "무슨 말을 하던?" 내가 받아서 물었다. "몰라요. 그냥 뭔가 깊은 소리가 내 배에서 나는 듯한 느낌이 들어요"라며 요시미는 말하고, 다복이 얼굴은 그 소리가 지금 정말로 들리는 듯 황홀한, 보기 좋게 화사하고 고운 얼굴이 되었다.      - pp.268~269.

베트남 난민 구엔도 불능이었는데 결국 요시미에게 새로운 생명이 깃들면서 그 회복과 새 생명을 축하하는 장면으로, 태아는 대지진과 그 후의 악재로 "좋은 일 적은 세상" 속에서 희망과 재생을 상징한다. 주목할 점은 그 희망과 재생의 상징인 뱃속 태아에게서 다시 이 소설의 표제어인 '깊은 소리'가 들리는 점이다.

이것은 오다 마코토가 오랫동안 이야기해 온 '요나오시', 즉 전쟁과도 같은 폐허의 지진 후 세상을 재건하는 하나의 주문으로서 긍정적인 의미로 마무리되는 것이라 볼 수 있다. 그리고 이것이 긍정적 의미를 갖는다는 것은, 소설에서 내내 우스꽝스러운 '다복이' 얼굴로 묘사되던

요시미가 생명 잉태의 존재로서 여성성이 극대화된 이 마지막 부분에
서야 비로소 "화사하고 고운 얼굴"로 클로즈업되는 것에서 선명하다
할 것이다.

이렇게 한신·아와지대지진을 본격 전체소설로 문학화한 오다 마코
토의 『깊은 소리』를 재난 서사의 기법과 특징이라는 측면에서 읽어보
았다. 1995년의 대지진 지진 후의 모든 것은 전쟁에 빗대어 묘사되고
등장인물들은 전쟁에 참여한 '전우'가 되어 연민과 우정을 나누게 되는
데, 이는 지진의 폐허가 1945년의 전쟁을 50년 만에 야전병원, 전쟁터
등으로 환기시키는 방식을 통해 성립하는 소설적 수법임을 확인할 수
있었다.

또한 재난 서사로서 『깊은 소리』는, 모두에게 공평한 자연재해인 지
진에 비해 사회적 약자에게 더 가혹한 재난의 인재(人災)적 성격을 드러
내고, 노쇠해버린 기성세대와 미숙한 십 대의 세대 갈등과 소통의 단절
등을 극적으로 대비시켜 재난의 연속성을 보여주는 특성을 지닌다. 그
러면서도 삶을 흔드는 땅속 지진의 씨앗처럼 인물들에게 공유되던 죽
음과 불안의 상징인 '깊은 소리'를, 결국 여성 신체를 통해 태아가 발신
하는 생명의 소리로 변화시킴으로써 희망과 재생을 놓지 않는 재건의
의지도 보여주었다. '당사자' 입장을 발신해온 사회 참여적 작가 오다
마코토에게 있어서 한신·아와지대지진 7년 후에 나온 『깊은 소리』는
50대 여성 '나'의 육성으로 구성된 독특한 재난 문학이라 하겠다.

한편 한신·아와지대지진과 같은 해 6월 29일 서울 강남 한복판에서
는 삼풍백화점이 순식간에 무너지면서 사망자 502명, 실종자 6명, 부상
자 937명이라는 1,445명의 사상자가 발생하였다. 삼풍백화점 사고는
건국 이래 한국 전쟁과 베트남 전쟁에 이어 한국 국민의 최다 사상자라

는 집단 희생이 발생한 대형 재난으로, 역시 전쟁을 환기시키며 정의된 바 있다. 한일의 두 재난으로부터 20년이 지난 무렵, 그러한 대재난을 잊지 않기 위한 한일 시민사회의 기억과 기록의 노력은, 한신·아와지대 지진이 2011년 3.11에 의해 다시 호명되고, 삼풍백화점 붕괴사고가 2014년 세월호 사건 이후 다시 호명된 과정과 연관된다. 미국의 9.11테러를 포함하여, 재난의 종류는 다를지언정 한국과 일본과 미국의 재난 서사의 특징을 비교, 대조할 수 있는 독법과 가능성이 오다 마코토의 작품을 하나의 축으로 놓을 때 부각될 수 있으리라 생각한다.

# 한국인 원폭 피해자와 증언의 서사, 원폭문학

김옥숙, 『흉터의 꽃』(2017)

이행선

## I. 들어가며 : 동일본대지진과 세월호

이 글은 한국인 원폭 피해자를 다룬 김옥숙의 장편소설 『흉터의 꽃』(2017.5.15)이 한국의 '원폭문학'으로서 갖는 의미를 고찰하고자 했다. 일본의 동일본대지진(2011.3.11)과 후쿠시마 원전사고가 일어나면서[1] 한국에서도 방사능오염과 핵발전소의 안전성이 사회적 문제가 되었다. 특히 경주지진(2016.9.12)은 한국이 더 이상 지진 안전지대가 아니라는 점을 상기시켰고 막대한 피해와 이재민을 낳은 포항지진(2017.11.15)은 정부의 탈원전 정책기조에 상당한 영향을 미쳤다. 이러한 분위기를 반영하듯 일본 원전 가동의 실태와 문제를 지적한 히가시노 게이고의 소설 『천공의 벌(天空の蜂)』(1995)이 2016년 9월 한국에

---

1 「"방사능 공포에 고통"… 후쿠시마 18세 소녀의 호소」, 『연합뉴스』(2014.3.8) 참조.

번역됐고, 강진과 핵발전소 폭발을 다룬 영화〈판도라〉(2016.12.7)는 경주지진과, 신고리 원전 5·6호기에 대한 반대 여론이 비등해지는 상황에서 제작되었다.

이러한 현상은 국민의 불안이 표출된 결과이자 안전사회 구축을 바라는 사회적 염원의 반영이었다. 이 '불안'은 미래의 통제 불가능한 재난을 미연에 방지해야 한다는 의미가 강했다. 하지만 그동안 한국 반핵운동의 역사는 핵발전소와 핵폐기장 반대로 국한되었다.[2] 이는 역으로 한국의 과거와 현재에는 '원폭 피해자'가 없는지 궁금증을 자아낸다. 만약 피해자가 있다면 거론되지 않는 그들의 존재가 갖는 의미에 대한 물음이 제기될 수밖에 없다. 의료피폭과 아스팔트 방사능 등 생활방사능의 위험성을 지적하고 미래의 위험을 대비하는 우리 자신의 '불안'만이 강조될 때, 이미 상존하는 피해자의 현실은 외면되고 있는 것은 아닐까. 이 사안은 본질적으로 한국인 원폭 피해자에게 사회적 관심이 쏠리고 그들의 문제가 사회적 의제가 될 수 있느냐의 문제다.

주지하듯 세월호 사건(2014.4.16) 이후 한국인은 사회에서 발생하는 크고 작은 사건·사고에 더 민감해졌다. 그만큼 사건의 진상규명과 배상을 촉구하는 피해자의 목소리는 신속하게 언론화되었고 대중의 주목을 받을 수 있었다. 하지만 다수의 재난이 연이어 일어나면서 사안별 관심의 강도와 해결 순서에도 차이가 발생했다. 그러면서 각 피해자들은 사회적 관심의 상대적 격차에 따른 박탈감을 체감할 수밖에 없었다. 일례로 세월호 사건에 정부의 지원이 집중될 때, 가습기 살균제 피해자들도 자신들의 참사 해결에 사회가 적극적으로 나서달라는 시위를 했

2 강은주, 『체르노빌 후쿠시마 한국』(Archive, 2012.3), p.227.

었다. 다행히 정권이 바뀌고 대통령의 사과와 함께 배상의 범위가 확대
되고 '사회적 참사 특별법'의 제정과 지원이 잇따르고 있다. 이를 두고
시민단체 〈희망제작소〉의 한 관계자는 정말 일이 잘 풀린 경우라고 말
한 바 있다. 재정은 한정되어 있고 워낙 억울한 사람들이 많은 한국사
회에서 많이 늦었지만 조금씩 해결되고 있기 때문이라는 게 그 이유였
다. 실제로 가습기 살균제 사건, 세월호 사건, 메르스 사태, 조류인플루
엔자(AI), 경주·포항지진, 살충제 계란 파동, 생리대·기저귀 등 케모포
비아(Chemophobia), 제천 스포츠센터 화재 등 각종 재난이 빈발하는 가
운데 화물선 스텔라 데이지호 침몰 사고의 유가족의 목소리는 전혀 사
회화되지 않고 있다.

　이러한 맥락에서 보면, 핵발전소와 핵폐기장 반대 투쟁 주도의 반핵
운동의 역사에서 제2차 세계대전 당시 히로시마·나가사키(廣島·長崎)
원폭투하에 의한 '한국인 원폭 피해자'는 상대적으로 소외되었고 이목
을 끌지 못했다. 식민지배와 전후청산의 문제에서 '위안부'는 한일 양
국의 주요한 외교적 현안이 되어 있지만, 전쟁피해자의 한 축인 원폭
피해자의 실상은 사실상 거의 공론화되지 않은 실정이다. 핵발전소의
위험성을 알리는 반핵 투쟁에서도 실제 핵 방사능 피해자인 원폭 피해
자의 존재는 거의 가시화되지 않았다.

　　(약칭: 원폭 피해자법) * 제1조(목적) : 이 법은 1945년 8월 6일 일본
　의 히로시마와 1945년 8월 9일 나가사키에 투하된 원자폭탄에 의하여
　피해를 입은 한국인 피해자에 대한 실태를 조사하고 의료에 대한 실질
　적인 지원을 함으로써 이들에 대한 생존권을 보장하고 인간다운 삶을
　영위하도록 하는 것을 목적으로 한다.

* 제2조(정의) : 이 법에서 "피해자"란 1945년에 일본의 히로시마와 나가사키에 투하된 원자폭탄과 관련한 다음 각 호의 어느 하나에 해당하는 사람을 말한다.

1. 원자폭탄이 투하된 때 일본의 히로시마 지역, 나가사키 지역에 있었던 사람
2. 원자폭탄이 투하된 때부터 2주 이내에 투하 중심지역 3.5킬로미터 이내에 있었던 사람
3. 원자폭탄이 투하된 때 또는 그 후에 사체 처리 및 구호에 종사하는 등의 사유로 원자폭탄으로 인한 방사능의 영향을 받은 사람
4. 제1호부터 제3호까지의 사유에 해당하는 사람이 당시에 임신 중인 태아
5. 「대한적십자사 조직법」에 따른 대한적십자사에 원자폭탄 피해자로 등록되어 대한민국 정부로부터 진료비 또는 진료보조비를 지급받은 사람

　　　　　　　　　　－「한국인 원자폭탄 피해자 지원을 위한 특별법」,
　　　　　　　　　　　　　　　　〈법제처 : 국가법령정보센터〉


동일본대지진·경주지진 이후 반핵의 분위기 속에서 한국인 원폭 피해자를 다룬 김옥숙의 장편소설 『흉터의 꽃』이 출간되었지만 별다른 조명을 받지 못한 게 사실이다. 하지만 이 소설이 간행된 2017년 5월은 '한국인 원자폭탄 피해자 지원을 위한 특별법'(2016.5.29 제정)이 시행된 달이기도 했다. 그럼에도 원폭의 참상을 알리는 원폭 피해자의 호소와 경험이 공적 언어화 되어 미디어의 공적 이슈로 전환하는 데 실패했다. 그 원인이 피해자의 전달력이 떨어진 때문일까.

세월호 사건은 왜곡되거나 은폐된 국가의 공적기록을 보완하기 위한 다양한 형태의 기록작업을 야기했다. 이 과정에서 효과적인 형식과 방

법으로 보다 진실에 가까운 글을 쓰기 위한 고민이 시작되었다. 특히 다수 독자가 르포르타주 성격의 글에 공명하면서 사건의 진상을 보다 효과적으로 전달하는 미디어의 하나로 르포적인 기록물이 조명을 받았다. 이때 소설은 르포, 시에 비해 많이 쓰이지 않았다가 2016년 10월 24일 JTBC의 '태블릿PC 보도' 이후 세월호 3주년 무렵에서야 좀 더 등장하기 시작했다. 즉 피해자의 전달력이 문제가 아니라 침묵하는 이들을 증언의 장으로 이끌어 내고 그들의 억울함과 바람을 최대한 대변하여 공론화하는 매개자의 역할과 책임이 무엇보다 중요해졌다. 전달력을 높이기 위한 매개자의 고민은 깊어질 수밖에 없었다.

　뉴스의 과잉시대, 뉴미디어의 언론환경, 다양한 형태의 기록 미디어가 존재하는 상황에서 '한국인 원폭 피해자'의 언론화, 소설을 매개로 한 공론화가 잘 이루어지지 않는 것은 무엇일까. 다양한 사회적 이슈 중 선택적으로 보고 듣는 대중의 특성상, 재난 피해자의 목소리는 '무엇을 들으며, 어떻게 들을 것인가'라는 독자의 태도에 좌우된다. 그래서 억울한 피해자의 목소리를 공론화하는 효과적인 전략이 무엇보다 요구된다. 이 때문에 그동안 정부의 '공적 지원'은 피해 사실의 대중화를 촉진하는 중요한 수단이 되어 왔다. 87년 민주화 이후 1990년대부터 이루어진 제주4.3, 한국전쟁의 민간인학살, 5.18광주민주화운동, '위안부' 등의 진상규명작업이 정부차원에서 진행되면서 피해자와 유가족의 구술 방법론이 중요하게 부상했다. 당사자의 직접적인 증언이 국민 다수에게 전달되면서 공감을 자아내고 정부 지원을 이끌어냈다. 그래서 1990년대부터 일종의 '증언의 시대'가 열리는데, 한국인 원폭 피해자의 목소리는 여전히 사회에 유입되지 않았다. 정부의 원폭피해자 실태조사 및 구술작업이 이루어지지 않은 것이다. 이는 원폭 피해자의 사회적 의제화를 가로막는 주요 조건의 하나였다.

> 사실 기억은 당사자와 더불어 남이 함께해주는 것이 맞다. 그래야만 피해자들이 그것이 자기 개인만의 특별한 기억이 아니라는 것을 확인할 수 있기 때문이다. 이렇게 보면 <u>인권운동가란 남의 기억을 자신의 기억인 양 복원하는 사람</u>일지 모른다.
> 연구자의 작업도 그런 것이다. 내가 당시 유족들을 만나면서 들었던 생각도, 그들과 함께 기억해주기, <u>그들의 사적이고 단편적인 기억들을 전체적 기억, 국민적 기억, 사회적 기억으로 만들어주는 작업</u>이었다.
> 그래서 나는 그들과 함께 혹은 그들을 대신해서 기억해주는 사람, 혹은 개별적 기억을 집단적 기억으로 바꾸고 전체 그림을 그려주는 사람으로 자처했다. <u>개인들의 파편화된 기억이 전체 그림의 한 부분이 되면 그것이 곧 역사가 되고 진실이 되는 셈이다.</u>[3]

한국전쟁 학살 유족을 접한 사회학자는 그들의 증언을 집합적 공적 기억화하고 역사의 장면으로 만들었다. 하지만 국가 차원에서 조사위가 구성된 사건과 달리 원폭 피해자는 정부의 지원을 제대로 받지 못했다. 이들의 제대로 된 구술 정리작업도 2003년경에야 비로소 이루어지기 시작했다. 종전 이후 해마다 '분단 ○년, 광복 ○년' 등의 이름으로 기념식이 열렸지만 피해자가 외친 '원폭 ○년'은 묻혔다.[4] 1965년 한일협정 당시 청구권조약에 양국 간의 모든 청구권이 해결된 것으로 명시되면서 원폭 희생자의 배상 문제가 해소되어 버렸고 한국정부는 구호

---

3 김동춘, 『이것은 기억과의 전쟁이다』(사계절, 2013.7.26), p.80.
4 「「광복의 그늘」 속에 잊혀진 사람들 原爆(원폭)피해자」, 『동아일보』 (1988.08.13), p.9 참조.

책임을 회피했다. 또한 반핵 시민단체와의 연대와 운동도 제대로 이루어지지 않았다. 그 결과 한국에 원폭 피해자가 있다는 사실조차 희미해졌다. 그래서 2017년 5월 '특별법'이 시행된 사실도 잘 모르는 사회가 됐다.

이러한 상황에서 한국인 원폭 피해자의 존재와 고통을 폭로하는 김옥숙의 소설 『흉터의 꽃』이 발간된 것이다. 당사자의 염원이라고 할 수 있는 '특별법'이 시행되는 해에 나온 소설은 무엇을 독자에게 전달하고자 했을까. 또한 2003년경 이래 간간히 진행된 구술 기록작업의 증언집과 달리 소설은 어떠한 효과를 발휘하고 있는 것일까. 세월호 이래 진실과 공감을 공유하고자 하는 여러 전달자가 '어떻게 쓸 것인지' 고심하던 때에 산출된 소설이기에 이 작품이 지닌 문학적 전략과 효과는 더욱 구명(究明)되어야 할 과제라고 할 수 있다. 이러한 문제의식은 동일본대지진 이후 일본의 정신사를 고민한 이소마에 준이치가 "역사의 무대에서 말살되는 사자(死者)와 희생자. 우리 사회는 이런 소거를 얼마나 반복해왔을까"라는 화두를 던지며 "목소리를 낼 수 없는 사자(死者)의 유산을 전해주는 공공적 행위와 그 목소리를 '번역'하는 기술"[5]의 중요성을 지적한 것과 별반 다르지 않은 지구적 위험사회의 시대적 과제가 됐다.

---

5 이소마에 준이치(磯前順一), 장윤선 역, 『죽은 자들의 웅성임』(글항아리, 2016.3), pp.8~27.

## Ⅱ. 원폭 피해자의 구술과 고생담

소설가 김옥숙(1968~)은 장편소설 『흉터의 꽃』(2017.5.15)을 쓰기 위해 3년 전 경상남도 합천 지역을 찾아갔다. 합천은 저자의 출생지, 고향이자 '한국의 히로시마'라고 불릴 만큼 원폭 피해자가 많은 지역이다. 작가는 합천피해자복지회관을 방문하여 원폭 피해자와 면담하고 소설작업을 진행했다. 그는 소설집의 후기 〈작가의 말〉에서 집필 초기 당시 상황을 다음과 같이 소회했다.

> <u>내게는 꿈의 공간으로 남아 있는 황강</u>이 앞서간 나의 선조들에게는 눈물의 강, 한의 강, 상처의 강, 흉터의 강이었다는 사실을 나는 이 소설을 쓰기 전까지 알지 못했다. 내 고향 합천이 '한국의 히로시마'라고 불린다는 사실도, 한국의 원폭 피해자가 합천에 가장 많다는 사실도, <u>합천에 원폭복지회관이 있다는 사실도 알지 못했다. 내 아버지의 고향이 일본 히로시마인데도. 내 아버지가 원폭 피해자인데도.</u>[6]

작가는 중학교 시절도 합천에서 보냈지만 합천이 원폭 피해자가 가장 많은 곳인지 몰랐다. 게다가 아버지는 히로시마 원폭 피해자였지만 딸인 작가는 그 내막을 알지 못했었다. 이 얘기는 김옥숙은 원폭 피해자의 자식이지만 '건강한 원폭2세'에 속한다는 것을 뜻한다. 원폭후유증을 겪지 않았고 부모가 원폭에 대한 설명을 제대로 하지 않았기 때문에, 작가는 어른이 되어도 한국인 원폭 피해의 사실 자체를 인지하지 못했다. 저자가 합천과 원폭을 인식하게 된 경위는 소설에 나타나 있

---

6 김옥숙, 『흉터의 꽃』(새움, 2017.5), p.479.

다. 무명 소설가이자 1인 출판사를 운영하는 친구K가 전두환 비자금 추징 뉴스를 보면서 전두환의 고향이 합천이고 '한국의 히로시마'로 불린다는 사실을 주인공 정현재에게 상기시켰다. 그러면서 K는 주인공의 고향도 합천이니 "원폭 소설을 써야 할 운명"이라고 말하는 대목이 있다. 이때 시간적 배경은 '원폭 투하 70주년'인 2015년이었다. 이는 저자가 대략 3년 전부터 집필을 준비하기 시작한 시점과 일치한다.

작업을 하면서 작가가 원래 정한 소설의 제목은 '흉터의 꽃'이 아니라 "검은 강"이었다. 그에게 고향 합천 '황강'은 "어린 시절 내가 상상할 수 있는 최대한의 유토피아, 세상에서 가장 아름다운 강이었다." 반면, 식민지 시대 "히로시마로 간 우리의 할아버지들이 마주한 강은 황강이 아니라 검은 재를 품고 흐르는 히로시마의 '검은 강'이었다."[7] 이처럼 원폭을 당한 히로시마의 '검은 강'이 애초의 소설 제목이었다. 하지만 작가는 원폭 자료를 찾아 읽던 중 원폭의 비극을 생생히 그려낸 나카자와 게이지(中澤啓治)의 만화 〈맨발의 겐(はだしのゲン)〉[8]에서 그림으로 남겨서 버려진 사람의 비통한 얼굴을 보여주겠다는 대목을 접한다. 김옥숙은 "그림으로 남겨서 보여주겠다는 말을 결코 잊어버리지 않겠다는 말, 기필코 기억의 꽃을 피워내겠다는 말"[9]로 해석했다.

이렇게 하여 '검은 강'이 아닌 원폭 상흔의 흉터를 기억하는 『흉터의

---

7 「원폭 피해자 소설 '흉터의 꽃' 펴낸 소설가 김옥숙」, 『매일신문』(2017.06.10).

8 원폭을 직접 체험한 나카자와 게이지의 만화 〈맨발의 겐〉은 1973년 주간소년 〈점프〉에 연재 개시, 1976년 영화로 제작되었고, 1980년 8월 그림책으로 발간되었으며 1981년 8월 〈가극〉으로 공연되기 시작했고 1983년 6월 애니메이션이 완성된 후 1987년 6월 애니메이션 〈맨발의 겐 2〉이 완성되었다. 이 만화는 한국에도 번역돼 판매되고 있다. 나카자와 게이지, 김송이·이종욱·익선 역, 『맨발의 겐』 1-10(아름드리미디어, 2002).

9 김옥숙, 『흉터의 꽃』(새움, 2017.5), p.477.

꽃』이 탄생했다. 원폭 피해자의 실상이 세상에 알려지고 '공적 기억'으로 자리매김할 수 있도록 하겠다는, 작가의 기획의도가 명확하다. 그 기억의 범주와 성격은 당대 사회적 조건의 영향을 배제할 수 없다. 이 작품은 세월호 사건 이후 착수되었다. 재난의 피해자와 당사자의 목소리가 사회에 퍼져나가고 다양한 사회관계망을 통해 기억의 사회화 과정이 광범위하게 진행되던 시점이었다. 재난을 목도한 대중은 어느 때보다 진지하게 그들의 목소리에 귀 기울였다. 당시 유족을 비난하는 집단이 등장하고 사회적 갈등이 비등해지면서 '말하는 자와 듣는 자' 모두는 '무엇을 어떻게 말할 것이며, 어떻게 들을 것인가'에 대한 보다 깊은 고민을 해야 했다.[10] 사정이 이러할 때, 사회에서 철저하게 소외되었던 원폭 피해자의 외침을 기억화하는 작업에 뛰어든 작가 역시 원폭 복지회관과 각종 모임에서 만난 각 증언자의 파편적인 기억과 염원을 재조합하고 전달하는 서사전략과 관점을 고심하지 않을 수 없었다.

주인공 정현재는 소설가이자 중학교 국어 선생님이다. 그는 같은 학교 영어교사인 아내와 결혼했는데 결혼한 지 6년 만에 다운증후군을 앓는 딸아이(정채연)를 갖게 된다. 아내는 3년 전 교직을 그만두고 아이와 함께 캐나다 밴쿠버로 떠났다. 이런 상황에서 정현재는 친구 K를 만나 우연히 합천의 이야기를 들었다. 돌아가신 그의 아버지 정성태는

---

10 "김 작가는 막상 소설 출간 후에 부족한 부분이 보여 부끄럽고 아쉬움이 많다고 했다. 또 소설 속 강분희 할머니는 자신도 원폭피해자이면서 자식에게 죄책감과 부채의식을 갖고 사는데, 피폭피해가 사회문제가 아니라 개인적인 문제로 치부되는 현실을 알리고 싶다고 강조했다. 책 판매금액의 30%는 원폭환우회 기금으로 기부되는 것으로 알려졌다." 「히로시마 피폭 韓人 2300명 아픔을 담다…'흉터의 꽃' 김옥숙 작가 북콘서트」, 『영남일보』(2017.08.02).

지독한 알코올중독자였다. 아버지를 피해 서울의 대학으로 진학을 한 그가 소설가이자 장애아의 아버지가 되어 아직 확실하지는 않지만 원폭을 당했다는 아버지의 흔적을 찾아 원폭70년에 고향 합천을 다시 찾아가면서 이 소설은 시작된다.

작가 김옥숙의 소설 작업이 본인의 아버지를 알아가는 과정이었듯, 『흉터의 꽃』은 소설의 주인공이자 소설가인 정현재가 '한국인 원폭 피해자'와 아버지를 이해하기 위해 고향을 찾는 작품 설정이다. 이때 정현재는 원폭피해자복지회관을 찾아 아버지가 피폭자인지 확인하는 한편 집필을 위해 회관 사무장에게 원폭 피해자분들의 삶을 듣는 구술 작업을 요청했다. 실제 피해자가 아닌 사람이 돈을 받기 위해 회원 등록한 경우도 있기 때문에 아버지의 피해 여부 판명은 지연된다. 따라서 작가는 『흉터의 꽃』을 정현재가 구술자의 이야기를 들으며 원폭과 피해의 실상을 알아가는 서사와, 정현재가 직접 자신이 살아온 생애를 이야기하며 그토록 부정해왔던 아버지와 장애를 겪고 있는 자신의 딸이 원폭 피해자라는 것을 수용하는 서사로 대별하여 전개하는 전략을 취한다. 요컨대 『흉터의 꽃』은 아픈 원폭 당사자의 구술생애사와, '건강한 원폭2세'(정현재)의 생애라는 두 서사의 축을 통해 자신이 '건강한 원폭2세'임을 몰랐던 '장애아 아버지'(=정현재)가 '아픈 원폭 피해자'를 이해하게 되는 작품이다.

이러한 배치하에서 작가 김옥숙은 원폭 피해자의 목소리를 어떻게 대변하고 있을까. 이 장에서는 두 축에서 전자인, 정현재가 아픈 원폭 피해자를 만나고 증언을 종합하여 재구성한 구술생애사의 서사를 먼저 고찰하기로 한다. 이 부분에는 두 명의 원폭 피해자가 증언자로 등장한다. 강분희는 원폭1세 여성이고, 다른 한 명인 박인옥은 강분희의 딸로서 원폭2세이다. 이러한 설정은 작가가 가족구술사라는 생애사적 접근법을 취하고 있다는 것을 뜻한다.

기존의 본격적인 증언집의 시작을 알린『고통의 역사 - 원폭의 기억과 증언』(2005, 증언:2002.11~2003.3)은 증언자의 피폭 경험을 원폭피해자들의 생애 전체 속에서 바라보아야 한다는 입장이었다.[11]『내 몸에 새겨진 8월 - 히로시마, 나가사키 강제동원 피해자의 원폭체험』(2008, 증언:2004.11~2008)은 피폭구술자 20명이 왜 그 장소에 있어야 했는지 역사적 의미를 묻는다.[12]『한국원폭피해자 65년사』(2011, 증언:2011.4~11)는 일본에서 나온 원폭체험이야기는 대체로 '피폭체험'에 대한 이야기로서, 그 이전이나 그 이후의 이야기들에는 초점이 맞추어져 있지 않기 때문에 도일하게 된 계기나 생활 등에 대한 내용은 미비한 수준[13]이라고 지적했다. 즉 이들 기획의도의 성공여부와 별개로 대담자들의 문제의식을 종합하여 확장해보면 '피폭의 순간'만을 다룬 문학작품이나 증언을 극복하고 '도일 이전, 이후, 피폭 당시, 귀국, 귀국 이후의 삶' 등을 총체적으로 파악하는 것이 희생자를 온전히 대변하고 이해하며 공적 기억화 할 수 있는 효과적 방안이다.

이에 비추어 보면 작가가 한국에 원폭의 역사를 알리는 수단으로서 가족구술자의 생애사 서사전략을 택한 것은 나름 합리적이다. 일반적으로 개별 구술은 경험과 시각에 차이가 있고 증언의 내용과 구성 및

---

11 정근식 편·진주 채록,『고통의 역사 - 원폭의 기억과 증언』(선인, 2005.8), p.34.
12 일제강점하강제동원피해진상규명위원회,『내 몸에 새겨진 8월 - 히로시마, 나가사키 강제동원 피해자의 원폭체험』(일제강점하강제동원피해진상규명위원회, 2008.12), p.6.
13 한국원폭피해자협회 편찬위원회 편,『한국원폭피해자 65년사』(한국원폭피해자협회, 2011.12), pp.475~476.

깊이가 다르며 그 양은 현실적으로 적고 파편적이다. 가족구술사를 차용한 소설의 형식은 개별 구술의 단점을 극복하고 독자의 신뢰도를 높일 수 있다. 이 방법의 채택 배경에는 소설이 쓰인 시점의 영향도 감안이 되어 있다. '원폭70년'이 함의하듯 시간이 많이 흐른 만큼 다양한 피해자상이 존재한다. 세대 차이와 원폭후유증의 유무에 따라 상이한 피해상과 삶이 있다. 이를 종합하고 장편으로 서사화하여 피해의 역사를 총체적으로 정리하기 위해 작가는 피폭 모녀를 증언자로 내세웠다. 여성을 내세워 피폭경험을 드러낸다는 점에서 『흉터의 꽃』은 기존 남성 중심의 구술이나 피해자상을 극복하고 보완하는 가치도 있다.

---

**【 가족의 세대 구성 】**

1대(원폭1세) : 강순구(남편, 천식·피부병)-내천댁(아내)
2대(원폭1세) : 강분희(딸, 얼굴흉터), 강태수(아들, 신부전증·피부암-자살), 강태복
     ☞ 강분희 결혼사 - 초혼 실패(死産) 쫓겨남, 박동철과 再婚
3대(원폭2세) : 강분희의 자식인 박인규(病死), 박인옥(대퇴부무혈성괴사증), 박인우(회사원)
     ☞ 박인옥 결혼사 - 초혼 : 백종수, 재혼 : 슈퍼주인, 이혼
4대(원폭3세) : 박인옥의 자식인 백진수(뇌성마비1급장애)와 백진호(회사원)
     ☞ 백진호 - 송현서와 결혼 (백해인 출산)

---

'이민 이전, 피폭, 귀국, 이후의 삶'으로 구성된 소설의 시간적 배경에서 '이민 이전'은 조선이 일본의 식민지가 되고 토지조사사업으로 빈곤해진 합천의 강순구 부부가 도일 하게 된 부분이며, '피폭'은 히로시마에서 15년 동안 정착해 살고 있는 강순구 부부와 그 자식인 강태수와 강분희가 피폭을 당하는 장면이다. 이 두 대목이 소설 초반에 간략하고 압축적으로 전개된 이후부터 소설의 모든 내용은 귀국 이후 한국에서의 삶으로 채워진다. 소설은 식민지 합천의 역사적 지식과, 구술자의

체험적 증언이 절합하는 방식으로 구성된 서사 내용이 독자에게 전달
되는 형국이다. 구술자 강분희는 원폭1세대이고, 박인옥은 원폭2세대
라는 점에서 작가는 원폭1세와 2세를 모두 소설에 담고자 했으며 증언
집과 달리 귀국 이후 한국에서의 삶을 핵심적으로 강조하고 있다. 이로
써 『흉터의 꽃』은 원폭 생존자와 그 후손의 고생담이다. 소설의 기획
의도가 한국사회에 원폭의 참상을 알리는 데 있다면, 당사자가 전생애
에 걸쳐 겪는 원폭후유증을 적나라하게 드러내는 내용 구성은 식민의
역사를 환기하고 독자의 공감을 이끌어 내기 위한 것이다.

　이러한 작가의 전략에 따라 독자 앞에 강분희와 박인옥의 참혹한 인
생사가 펼쳐진다. 히로시마에서 태어난 강분희는 16세의 나이에 전신
화상의 피폭을 입었다. 특히 얼굴에 심한 흉터가 생겼다. 아버지를 따
라 귀국한 분희는 마을에서 문둥병자 취급을 받다가 간신히 결혼을 하
지만 시어머니의 구박과 남편의 폭행에 시달리다 방사능의 영향 때문
인지 두 차례나 유산(流産)을 하고 쫓겨난다. 일본에서 친분이 있었던
박동철과 재혼 이후 인규, 인옥, 인우가 태어났다. 하지만 어린 인규가
원인모를 병에 급사(急死)하자 따뜻했던 박동철도 전남편처럼 돌변해
분희를 구타하고 집을 3년이나 나가 버리는 등 폐인이 되어 버린다.
분희는 박동철의 전처(前妻)아들인 창호의 눈치를 보며 친자식을 키우
지만 창호는 분희를 막대할 뿐이다. 3년 만에 나타난 동철은 피폭 후유
증으로 왼쪽다리 절단 수술을 하고 상당한 병원비를 쓰다가 결국 세상
을 떠나고 만다. 강분희는 인규의 죽음 이후 난폭해졌지만 유일하게 자
신을 깊이 아껴주고 사랑해준 동철의 죽음을 안타까워하는 대목에서
구술을 중단했다. 남편의 죽음과 함께 자신도 죽은 것과 다름없다며 그
녀는 이제 살아 있는 사람의 이야기를 들으라고 하면서 딸 박인옥을

소개해준다.

　박인옥은 머리가 좋았지만 집에 돈이 없어서 고등학교에 진학하지 않고 공장에 취업한다. 방직공장 정방기사인 백종수와 결혼하여 백진수, 백진호를 낳는데, 첫아들 백진수가 뇌성마비 1급 장애였다. 이때부터 남편은 아내를 때리기 시작하고 퇴사했으며 도박과 여색에 빠졌다. 게다가 인옥은 관절이 녹는 '대퇴부무혈성괴사증'(원폭 후유증)에 걸려 제대로 걷지도 못했다. 아이들과 자살을 하려던 인옥은 인공관절 수술을 받고 이혼을 한다. 간병사를 하다가 우연히 만난 슈퍼주인과 재혼이 이루어진다. 그러나 남편의 아이들은 인옥을 어머니로 인정하지 않고 폭력적인 욕을 했으며 남편은 자신 몰래 1억 대출을 받았다. 빚을 떠안고 다시 이혼을 한 인옥은 파산면책을 받지만 불면증과 우울증에 시달리다가 다시 간병일을 시작한다. 그 사이 합천에는 원폭복지관이 생기고 연로한 어머니 강분희가 입소하게 되는데 그때 인옥은 대표적인 원폭2세 운동가인 김형률을 만나게 된다. 김형률 사망 이후 비로소 활동에 가담하게 된 인옥은 '원폭환우2세' 3대 회장이 됐다. 결론적으로 정현재는 2015년경 환우회 회장과 대담을 나눈 것이다.

　지금까지 살펴본 두 여성의 삶은 사회적 멸시, 시어머니의 구박, 사산(死産), 유아 사망, 남편의 폭력, 남의 아이 양육, 이혼, 원폭 후유증으로 인한 각종 병, 병원비, 빈곤 등으로 점철돼 있다. 피폭이나 전쟁보다 하루하루 살아가는 '일상'이 훨씬 힘들었다. 그래서 이들의 삶은 작품에서 "원폭지옥"이라는 말로 표현된다.

　차별, 낮은 교육, 병마와 빈곤의 악순환하에서 피폭여성의 생활의 토대는 가정이다. 가족의 지지가 대단히 중요한 데 오히려 가정문화는 남편의 폭행, 본처 자식의 폭력과 냉대로 왜곡되어 있다. 주인공 정현재의 아버지가 알코올 중독자였던 것처럼 이 남성들은 폭력과 술중독자의 전형이다. 한국은 1983년에야 가정폭력 추방운동이 처음으로 시작되었지만 1997년에야 가정폭력방지 및 피해자보호법이 제정될 정도로[14] 가정폭력이 방치되어 온 가부장적 사회였다. 이러한 풍토에서 '출산 실패, 유아 사망'은 술중독과 폭행의 이유로써 합리화되어 있다. 질병, 사건, 이혼 등 각종 사회적 위험에 대한 제도가 미비한 상황에서 원폭 피해자 여성은 '병과 빈곤, 폭력'의 복합적 위험에 노출되어 있었다. 작가는 이를 예민하게 포착하여 가정 내 폭력의 양상을 핍진하게 전달하는 데 힘썼다.

그런데 피폭여성의 고생담의 부각은 저자의 의도와는 상관없이 '피폭남성의 피해상'을 환기시키는 효과가 있다. 남성의 폭력성이 강조될수록 원폭이 남성의 도덕체계의 붕괴를 촉진시키는 데 끼친 영향력이 궁금해진다. 강순구가 자신이 도일한 탓에 가족들이 원폭을 당했다는 자책감에서 소처럼 일하다가 죽은 것과 달리, 소설에서 스스로 말하지 못하는 존재인 강태수(강순구의 아들)는 신부전증과 피부암을 겪고 자식이 죽는 충격 속에 자살하고 만다. 강분희 남편 박동철도 사랑하는 자식의 죽음을 감당하지 못하고 집을 가출한다. 정현재는 술꾼 아버지가 간암으로 죽은 것만 알았지 원폭 충격 탓에 괴성을 지르고 잠을 이루지 못하는 아버지의 모습은 전혀 상상하지 못했다. 말하지 못한 이들 남성은 사회적 냉대와 배척에 불신, 공허감, 희망상실, 실업, 질병, 무력감,

---

14  1983년 '여성의 전화' 개원 준비의 일환으로 한국 최초로 실시한 아내구타 실태조사에서 조사대상 708명의 42.2퍼센트인 299명이 결혼 후 남편에게 구타당한 사실이었다고 대답한 조사결과는 우리사회에 큰 충격을 주었다. 한국여성단체연합, 『한국여성단체연합30년의 역사』(당대, 2017.7), pp.253~265.

자기비하, 피해방상, 분노조절장애, 대인기피, 과민증, 울화병 등 다양한 '복합성 외상후 스트레스 장애'를 키우며[15] 자살 시도와 술중독, 분노·폭행을 일삼았던 것이다. 이는 피폭남성의 우울감과 습관적 자해, 폭력행동이 가족과 후대 남성에게도 이어지면서 악습이 재생산되는 일종의 '가족 트라우마'의 전이 양상이다. 이처럼 빈곤, 가정폭력, 편모편부, 병 스트레스, 원폭구호 대책의 부재, 가부장주의 등이 서로 맞물리면서 관련자는 이중·삼중의 비인간화를 겪고 인격과 정체성이 말살되고 만다.

따라서 이 소설을 접한 독자는 자신이 한국인 원폭 피해자의 존재를 몰랐다는 반성과 함께 소외되어 왔던 "원폭지옥"의 실상과 고통에 놀라고 공감할 수밖에 없다. 작가는 원폭의 트라우마뿐만 아니라 가족을 매개로 행사되는 외상을 겪는 두 여성 증언자의 설정을 통해 원폭의 참상을 극대화하는 데 성공한 셈이다. 이 과정에서 피해 여성과 남성의 모습도 의도치 않게 고착화되고 있다.

이와 같은 소설의 전달력에도 불구하고 작가의 기획의도와 재현이 지닌 한계가 점검되어야만 원폭문제가 공론장에 진입하고 역사화되는 데 일조할 수 있다. 원폭 같은 재난을 다룬 서사전략은 무엇을 어떤 방식으로 의미 있게 기억하고 추모할지가 관건이기 때문이다. 구술을 통해 '이야기된 원폭가족사'는 불행이 극대화된 '고생담'과, 박인옥이 마지막에 '원폭환우2세' 3대 회장이 된 것처럼 일종의 '인간승리의 상'이 결합된 서사이다. 여기서 박인옥의 의식을 각성시킨 것은 합천피해자 복지회관과 김형률이다. 원폭2세 김형률(1970~2005)은[16] 2002년 3월

---

15 김동춘·김명화 외, 『트라우마로 읽는 대한민국』(역사비평사, 2014.11), pp.6~80.

22일 기자회견을 통해 원폭2세의 존재를 알린 실존인물로 '한국원폭2세 환우회' 초대 회장이기도 하다. 박인옥은 김형률을 통해 원폭2세 피해자로서 정체성을 자각하면서 모임에 합류하게 되었다. 김형률은 2005년 5월 29일 선천성면역글로불린결핍증으로 작고했다. 그를 추모하는 동료들은 여러 사람이 "김형률을 또 다른 글로 엮고 영상으로 표현"[17]하기를 바라고 '김형률의 길'에 동참하기를 염원했다. 요컨대 원폭2세 박인옥을 각성시킨 『흉터의 꽃』은 김형률의 정신을 지향하고 있다. 이러한 현상은 작품 집필 시기 '원폭피해자 2세'의 목소리를 더 반영할 필요가 있다는 사회적 조건의 현실적 반영이기도 하다.

하지만 김형률을 내세웠을 때 원폭 서사에서 두 가지의 역효과가 야기된다. 이 작품에는 강분희가 노년에 입주하게 되는 원폭피해자복지회관이 설립되는 맥락이 전혀 설명되어 있지 않다. 이러한 상황에서 중요한 인물로 원폭2세 김형률이 등장하면서 '원폭70년'이 환기하는 '한국인 원폭피해자문제 해결을 위한 운동의 역사'가 왜소화되고 만다. 김형률이 2002년 자기 권리를 자각하고 운동을 하기 이전, 해방 이후 2000년경까지 원폭피해자의 처우 개선을 위해 분투한 피해 당사자의

---

16  익명의 심사자께서 다음과 같이 귀한 조언을 해주셨다. 깊이 감사드린다. "원폭 문제에서 2세 환우 김형률의 출현은 양심적 병역거부에서 오태양의 출현과도 비슷한 의미를 지닌다. 오태양 이전에 1만 명이 넘는 여호와의 증인들이 병역거부를 하여 감옥에 갔지만, 양심에 따른 병역거부 문제는 한국사회에서 전혀 알려지지 않은 문제였다. 작가 김옥숙이 김형률을 중요한 매개로 설정한 것은 이런 현실을 반영한 것이다. 특별법 제정을 위한 노력은 수십 년 간 진행되었지만, 이 운동에 참여했던 심사자가 보기에 김형률이 없었으면, 그로 인하여 원폭 문제의 절박성을 조금이라도 느끼게 된 김형률의 친구들이 없었으면, 원폭 특별법은 제정될 수 없었을 것이다."

17  아오야기 준이치, 「김형률, 전태일의 또 다른 이름」; 전진성, 『삶은 계속되어야 한다 - 원폭2세 환우 김형률 평전』(휴머니스트, 2008.5), p.10.

존재가 완전히 탈각되는 문제가 발생하는 것이다. '원폭피해자 운동의 역사'는 국내에 다양한 협조를 구해온 '협회활동의 역사'를 빼고 논의될 수 없다. 작가는 여러 세대의 가족증언을 통한 '원폭 70년'의 생애사와 고생담 구축에는 성공했지만, 김형률 이후의 원폭2세만을 강조하는 설정에 따라 한국 원폭피해자운동의 역사에서 여러 원폭1세 원폭 운동가의 존재와 활동의 역사가 사실상 부재했던 것처럼 읽히는 문제를 초래했다. 이 과정에서 원폭1세의 고충 및 사회적 요구 역시 소거되었다.

또한 김형률의 강조는 남성운동가에 의해 여성운동가가 탄생하는 서사 구도를 낳았다. 공간적 배경인 합천의 협회지부와, 김형률(부산)의 설정은 다른 지역 '원폭협회 지부'의 원폭1세 여성운동가들의 존재를 운동의 역사에서 지워버렸다. 가령 1990년 6월 11일 이맹희 할머니(원폭1세)는 일본대사관 앞에서 항의문을 뿌리고 음독자살을 기도했다.[18] 1974년 원폭피해자협회 대구, 경북지부를 창설한 주역 김분순 할머니(원폭1세)는 1993년 한국교회여성연합회가 선정한 '반핵평화인물상'을 받았다.[19] 이런 사례는 많다.

이러한 원폭1세 여성의 존재는, 소설 속 주요증언자 중 한 명인 원폭1세 강분희는 '왜 각성하는 모습으로 자신을 대변하지 못 하는가'라는 질문을 야기한다. 강분희는 남편의 죽음과 함께 자신을 죽은 자로 간주하고 증언을 딸에게 넘겨버린다. 이후 그녀는 합천복지회관에 들어가는 행적과 치매를 갖게 되는 정황만이 드러날 뿐 그 외 전혀 거론되지

---

18 「원폭피해자 음독 중태」, 『조선일보』(1990.06.12), p.23.
19 「인터뷰 교회여성연합회 선정'올해의 인물상' 원폭피해자 김분순 할머니 "피폭자 위한 실질 의료혜택 늘려야"」, 『한겨레』(1993.08.08), p.8.

않는다. 강분희는 초혼에서도 스스로 이혼하지 않았고 자신을 인간으로 대접해준 두 번째 남편의 죽음과 자신의 인생의 의미를 동일시했다. 이와 달리 딸 박인옥은 스스로 이혼을 택하고 원폭피해자의 자의식을 각성하는 인물로 설정되어 있다. 가족생애사를 완성시키고 독자의 동정을 이끌어내기 위해 고생담을 극대화하는 과정에서 강분희의 성격이 규정지어진 셈이다. 실제 이런 유형의 삶을 살아간 여성도 다수 있었을 것이다.

그럼에도 이러한 구도가 수동적이고 소극적인 피해여성상을 고착화하며 원폭1세 여성 운동자를 사회적 기억화하지 못하게 했다. 사회적 기억화 작업에는 기억의 현재성과 과거체험, 미래의 관계에 대한 숙고가 요청된다. 본질적으로 독자의 동정론을 자아내기 위한 서사가 가진 딜레마가 있을 것이다. 하지만 피해자 못지않게 피해회복을 위한 운동의 역사를 온전히 복원하고 공적 기억화 하는 역사적 시선이 요구된다.


## III. 구경꾼의 당사자화와 책임론

지금까지 정현재가 원폭후유증을 겪고 있는 피해자의 이야기를 들으며 원폭과 피해의 실상을 알아가는 서사를 살펴봤다. 이번 장에서는 서사의 또 다른 축으로 정현재가 직접 자신의 살아온 생애와 가족사를 이야기하며 그동안 외면해온 아버지와 자신의 장애 딸이 원폭 피해자라는 사실을 인정하게 되는 대목을 고찰하고자 한다. 이미 작고한 아버지가 원폭피해자인지 몰랐던 정현재가 자신이 원폭2세라는 사실을 알게 되고 딸 정채연이 다운증후군이 걸리게 된 이유를 깨닫게 되면서

아버지와 장애 딸의 존재를 인정하게 되는 자각과 화해의 서사가 전개
된다.

여기서 작가는 정현재가 원폭의 역사와 후유증의 위험성을 알게 되
는 각성의 과정을 두 번의 '만남'을 통해 기획한다. 『흉터의 꽃』의 목차
를 보면 "정현재-구경꾼", "정현재-도망자"라는 부분이 눈에 확연히
띤다. 과거의 아버지와 현재의 장애 딸에게 도망치는 정현재와, 소설
집필을 위해 피해자를 만나는 정현재는 도망자이자 구경꾼이다. 하지
만 그가 피해자를 목격하고 그 목소리를 들으면서 아버지를 술주정뱅
이가 아니라 원폭1세로 인식하기 시작할 때 그 자신은 목격자이면서
당사자가 된다. 두 번의 만남은 정현재가 '방관자(구경꾼, 도망자) → 목
격자 → 당사자'가 되는 자기 갱신의 과정이다. 이것은 세월호 사건 이
후 한국사회에 제기됐던 목격자의 윤리 담론이 작가의 의식에도 강하
게 영향을 미친 결과물이다.

소설의 목차에는 "정현재-그녀를 만나다", "단 한 번의 만남으로도"
가 배치되어 있다. 작가는 방관자 정현재가 '만남'을 겪고 당사자로 재
탄생하게 했다. 소설의 제목이 '검은 강'에서 '흉터의 꽃'으로 바뀐 것
에서 알 수 있듯, 작가는 원폭피해자의 암울한 인생만을 적나라하게 드
러내는 데 그치지 않고 원폭피해자가 '당사자'로서 자신의 '흉터'를 아
름다운 '기억의 꽃'으로 피우게 했다. 피해자의 더 나은 미래와 희망을
반영하는 결말을 유도하기 위해서는 필연적으로 각성한 주체가 존재해
야 한다. 또한 이 소설을 읽는 독자 역시 방관자가 아니라 목격자 및
당사자가 되어야 하기 때문에 각성의 계기가 소설적 장치로 기획되어
야 했다.

아버지를 통해 김형률은 살아 있었다. 그것은 죽음을 통과한 사랑, 새로운 삶이었다.

사회자가 헌화를 하고 뒤풀이 공연과 기념식수 순서가 남았다고 안내했다. 사람들이 줄을 서서 헌화를 하고 분향을 했다. 흰 국화 향기와 향냄새가 극장 안을 떠돌았다. 영정 사진 속의 김형률이 구경꾼처럼 추모제에 참석한 나를 가만히 응시하고 있었다. 나는 김형률의 말없는 말을 들었다. 당신은 당신이 누구인지를 왜 모르느냐고, 언제까지 당신은 당사자가 아닌 구경꾼으로만 서 있을 거냐고 묻는 것만 같았다. 검은 침묵의 강에 잠겨 있는 사람들을 깨우는 한 청년의 피맺힌 목소리가 들리는 것만 같았다. 삶은 계속되어야 한다! 죽지 않는 씨앗을 뿌리고 간 청년, 김형률이 내 앞에서 외치고 있었다.

헌화를 마치고 앞마당으로 나오자 사람들이 몰려서서 살풀이 공연을 구경하고 있었다. … (중략) … 나는 심지부장에게 가볍게 목례를 하고는 공연장을 빠져나왔다. 느리고 구성진 피리와 대금 소리가 따라왔다. 구경꾼으로 왔다가 돌아서는 나를 계속 따라오는 것 같았다.[20]

정현재는 두 번의 각성의 계기를 갖게 된다. 첫 번째로 작가는 자신이 실제 참석했던 2015년 3월 '故 김형률 10주년 추모제'의 현장에 정현재를 두었다. 추모제는 기억의 공유의 순간이다. 주지하듯 "한국에서 죽은 자를 불러와서 달래는 위령제는, 단순히 전통적 제의일 뿐만 아니라 산 사람들에게 죽은 자를 기억하게 하는 중요한 행위였다. 한국에서는 대부분의 대중집회나 시위, 사회운동이 거의 모두 이 위령 행사를 매개로 전개됐다. 특히 유가족이 주도했던 각 지역의 위령제 행사는, 억울한 죽음을 기억하고, 억울하게 죽은 사람들의 영혼을 달래면서

20 김옥숙, 『흉터의 꽃』(새움, 2017.5), pp.260~262.

산 사람들이 새롭게 그 억울함을 푸는 일에 나서자는 의미로 매우 중요한 일이다."[21] 마찬가지로 원폭피해자추모제는 윤여준 합천평화의집 원장이 말했듯이 "추모제를 통해 원폭 희생자들을 기억하고 애도하며, 다시는 전쟁의 비극이 되풀이되지 않도록 노력하고 다짐하는 계기"[22] 였다. 위령제·추모제·추모비를 통해 공유된 기억은 기억해야 한다는 책임감과 정신의 공동체를 만들고 운동의 주체를 만들어낸다. 자신이 앓는 병의 근원을 몰랐던 김형률이 '아픈 원폭2세'의 정체성을 깨닫고 운동에 투신했던 역사는, 방관자이자 '건강한 원폭2세'조차 부정하려 했던 정현재를 부끄럽게 했다.

> 인옥은 이상한 기분에 휩싸였다. 다른 세계로 발을 들여놓은 것만 같았다. 김형률을 만나기 전과 만난 이후의 삶으로 삶이 두 동강이 나버린 느낌이었다. 단 한 번의 만남으로도 생을 뒤흔드는 이상한 힘을 가진 사람이 있는데 김형률이 바로 그러했다. 야위고 왜소한 몸속에 간직한 불길로 자신의 몸을 태워 진실의 한 조각을 나누어준 것 같았다. 그 불은 어떤 바람에도 꺼지지 않고 타오르는 불씨였다.[23]

두 번째로 작가는 정현재 앞에 원폭2세 박인옥을 세운다. 앞 장에서 살펴봤듯이 박인옥의 고충은 어머니 강분희의 고달픈 생애사와 결합·완성되어 독자에게 전달되었다. 여기서 박인옥의 삶은 어머니의 입을 빌어 간접적으로 전달되었다. 하지만 작품 중후반부에 박인옥이 증언

---

21 김동춘, 『이것은 기억과의 전쟁이다』(사계절, 2013), pp.127~128.
22 「합천서 히로시마 원폭피해 추모제」, 『조선일보』(2011.08.03), p.A14.
23 김옥숙, 『흉터의 꽃』(새움, 2017.5), p.429.

자로서 전면에 등장하면서 정현재는 '과거의 박인옥'을 넘어서 2015년 원폭2세 환우회 회장을 대면하게 된다. 결과적으로 정현재는 작고한 원폭2세 환우회 초대회장 김형률의 추모제와, 김형률의 뜻을 이어받은 3대 회장 박인옥과 대면하게 되는 것이다. 박인옥은 정현재에게 자신이 우연히 김형률과 만나게 되면서 '아픈 원폭2세'로서 각성하고 원폭 환우의 문제 해결에 나서게 되는 과정을 들려준다. 정현재는 박인옥을 매개로 '추모제에서 간접적으로 만났던 김형률'을 또다시 접하게 된다. 또한 김형률과 '단 한 번'의 만남으로 새롭게 탄생한 박인옥의 모습은 그 자체가 정현재에게 충격이었다.

이는 운동에서 김형률이 차지하는 비중과 영향력을 확연히 입증하는 장면인데, 작가는 여기서 한발 더 나아가 '한 사람이 어떻게 갑자기 자각과 자기갱신을 할 수 있는가'를 보여준 것이다. 세월호 사건은 대중이 공동체의 일원으로서 더 이상 방관자가 아니라 목격자이자 당사자가 되어야 한다는 화두를 낳았다. 작가는 이 문제의식을 자신의 소설에 투사해 목차 제목이나 소설 내용에 "방관자", "당사자"라는 단어를 계속해서 노출했다. 특히 "고통은 고통을 겪은 당사자만이 해결할 수 있다."는 김형률의 당사자론의 소설 내 삽입은 그 의지의 집약적 표현이었다.

두 '만남'으로 정현재는 결국 아버지를 폭심지 3km 이내에서 피폭당한 원폭피해자로 받아들이게 된다. 아버지가 알코올중독이 될 수밖에 없었던 사정을 이해하게 되면서 정현재는 그동안 쌓인 미움을 털어낼 수 있었다. 아버지를 원폭1세로 인정한다는 것은 정현재가 원폭2세가 된다는 것을 뜻한다. 그리고 그 딸인 정채연은 원폭3세가 된다. 정현재는 다행히 '건강한 원폭2세'였지만 정채연은 다운증후군을 겪는 '원폭

3세 환우'였다. 과거 정현재는 장애딸을 받아들일 수 없어 아내에게 양육을 떠넘겼었다. 아내는 아이와 함께 캐나다에서 생활하면서 장애아에 대한 왜곡된 시선을 극복하게 되자 정현재에게 "아이의 현재를 있는 그대로 받아 들이"라는 편지를 보낸다. 이로써 정현재는 '과거의 아버지'와 '현재의 딸'을 더 이상 회피하지 않고 직시하게 된다. 작가는 〈원폭 생존자 아버지 - 건강한 원폭2세 - 아픈 원폭3세 딸〉이라는 세대 구성을 통해 '건강한 원폭2세'가 아픈 원폭 환우의 문제를 자신의 삶과 상관없는 일로 여기지 않도록 하는 데 성공하고 있다.

> 원폭특별법은 원폭 2세들에 대한 지원은 전혀 이루어지지 않은 껍데기 법이자 누더기 법에 불과했다. 원폭 피해자 2세, 3세 환우들은 피해자의 범위에 포함시키지 않았다. 유전성이 인정되지 않았다는 것이 그 이유였다.
> 김형률이 생전에 꿈꾸었던 선지원 후규명은 물 건너갔고 합천에 원폭피해자들을 위한 진정한 평화공원을 만들자던 꿈도 이루어지지 않았다. 원폭 피해자의 범위에 원폭 피해자 자녀들을 포함시키고, 원폭 피해자 2세와 3세에 대한 의료 지원에 대한 내용이 특별법에 포함될 때까지 법안 개정 운동을 다시 펼쳐나가야 했다.[24]

주체성의 변화는 그 주체가 전달할 내용 변화를 수반한다. 원폭이 자신의 문제가 됐을 때 이제 '피해의 현재성'이 현안이 될 수밖에 없다. 소설이 김형률, 박인옥, 정현재와 같이 원폭2세의 관점을 주축으로 내세우는 것처럼, 원폭피해자의 사연을 사회에 알리는 소설에는 피해자

----

24 위의 책, p.461.

의 당대적 염원이 반영되어야 한다. 작가가 소설을 집필할 당시 희생자의 오랜 염원이었던 '한국인 원자폭탄 피해자 지원을 위한 특별법'(제정 : 2016.05.29, 시행 2017.05.30)이 마련되었다. 이 법의 시행으로 원폭1세는 의료지원을 받을 수 있게 되었는데 원폭2·3세는 제외되어 여전히 고통 받고 있다. 법이 제정되자마자 개정해야 한다는 불만이 터져 나왔다.[25] 작가는 이러한 당대적 과제를 반영하여 '아픈 원폭2세'의 관점을 대변하는 소설을 창작한 것이다.

요컨대 작가는 〈원폭1세 강분희(사산) - 원폭2세 박인옥(대퇴부무혈성괴사증) - 원폭3세 백진수(뇌성마비1급장애)〉과, 〈원폭 생존자 아버지 - 건강한 원폭2세 - 아픈 원폭3세 딸(다운증후군)〉의 일가족을 통하여 원폭의 참혹함을 드러내고 '원폭특별법'의 불합리함을 지적하며 개정을 촉구하는 원폭 당사자의 목소리를 한국사회에 호소하고 있다. 특히 '건강한 원폭2세' 정현재는 자신이 운 좋게 건강하기는 하지만 딸의 상태가 증명하듯 잠재적 피폭자다. 방관자였던 정현재는 우리 사회의 핵문제에 무관심한 다수의 한국인과 유비되는 효과가 있다. 동일본대지진과 북의 핵실험, 핵발전소 문제가 집필 당시 작가에게 영향을 미쳐 소설에는 원폭이 핵무기와 핵발전소 문제와 관련되고 한국의 "모든 사람은 잠재적인 피해자"라는 식의 반핵론이 제기된다. 즉 작가는 이 소설의 일반 독자가 '건강한 원폭2세'는 아니지만 '잠재적 피해자'로서 핵희생자에게 공감하고 반핵투쟁에 나서야 한다는 주장을 하고 있는 셈이다.

이러한 작가의 시도는 원폭 피해자의 목소리를 사회화하고 공적기

---

**25** 「원폭피해 2세 외면하는 '원폭피해자법'」, 『경남도민일보』, 2017.08.14.

억화 하여 역사화 하는 데 충분히 성공하고 있는 것일까. 앞 장에서 서사의 한 축인 '아픈 원폭 당사자의 구술생애사'의 미진한 점을 점검한 것처럼, 여기서는 '건강한 원폭2세(정현재)의 생애와 가족 서사'가 지닌 한계를 살펴보겠다. 타자의 이해불가능성이 의미하듯 피해자를 온전히 대변하는 '원폭문학'이란 장편소설 한 편으로 달성되기 어렵기 때문이다.

『흉터의 꽃』은 원폭피해자 일가족의 고생담이며 사회의 원호와 구호 대책을 소망하는 피해서사다. 피해론은 증오와 원망의 대상이 필요하다. 이 작품은 핵무기를 투하한 미국의 책임을 묻기는 하지만 아주 미약하고, 피해의 비난은 작품 전체에 걸쳐 일본을 향해 있다. 일본의 책임을 강조하기 위해 일본의 식민침략의 역사와 합천 지역민의 이민사가 결부되어 있다. '가해의 일본과 피해의 한국'은 한일 양국의 역사적 관계를 오랫동안 상징해왔다. 실제로 2017년 5월 '특별법'이 시행되기 전까지 한국의 개별 피해자는 외국인 피폭자를 차별해온 일본 정부를 상대로 수차례의 재판투쟁을 개인적으로 진행했다.

그런데 그 재판소송은 많은 일본의 시민과 민간단체의 도움으로 이루어졌다. 이것은 정부차원의 양국관계는 여전히 개선되지 않았지만 민간차원의 지원과 연대가 있었다는 것을 의미한다.[26] 가해와 피해의

---

26 운동의 역사에서 피해자의 권리를 증진시킨 대표적인 소송은 원폭1세 '손진두와 곽귀훈의 소송'이다. 1972년 일본 사회에 한국인 피해자의 존재를 각인시키면서 피폭자로서의 정당한 권리를 주장한 최초의 소송이 손진두에 의해 제기되었다. 이 소송(1972.10.2.~1978. 3.30)으로 한국인 피폭자에게도 건강수첩과 건강관리수당이 지급되었지만, 피폭자가 일본을 벗어나면 '통달402호'라는 행정명령에 의해 그 권리가 박탈되었다. 이에 곽귀훈이 일본에서 취득한 피폭자건강수첩이 한국귀국으로 무효가 되는 것은 위법이라는 소송(1998.10.1~2002.12.5)을 제기해 일본 오사카 고등법원 재판에서 승소하게 된다. 일본정

서사를 극대화하다 보니『흉터의 꽃』은 한일 민간의 연대의 역사가 사실상 삭제된 일국의 서사가 되어 버렸다. 이 작품에서 일본인은 합천을 '한국의 히로시마'로 명명하고 알린 이치바 준코와[27] 김형렬 유고집을 낸 아오야기 준이치,[28] 두 사람만이 아주 소략히 언급되어 있다. 이것은 한국인 피해자를 도와준 일본인 시민과, 재판 투쟁에 힘썼던 여러 한국 원폭피해자를 동시에 탈각하는 역효과를 가져왔다.

　실제 '한국인 원폭피해자 운동의 역사'는 국내에 다양한 협조를 구해 온 '협회활동의 역사'와, 일본의 시민단체나 정치인들의 지원과 연대 속에서 끊이지 않게 이끌어져 온 '재판운동의 역사'라 할 수 있다.[29] 이에 견주어 보면 2002년 공식적으로 원폭2세 김형률이 활동하기 이전 협회의 설립, 수많은 원폭 당사자의 운동과 호소·죽음, 재판, 한일의 연대 활동, 원폭복지관 건립 등이 소설에서 현재화되지 않고 기억화 되지 못했다.

　또한 일본에 대한 피해자의 증오의 정조가 작품을 지배하면서 한국

----

부는 일본의 원호법을 재외원폭피해자들에게도 동일하게 적용하여 건강수첩과 건강수당을 지급할 것이라는 공식발표를 하였다. 2004년 4월 한국정부는 일본 정부에 승소해 의료복지 개선에 기여한 공로를 인정해 곽귀훈에게 '국민훈장 동백상'을 수여했다.

27　합천은 이치바 준코에 의해 '한국의 히로시마'로 호명되고 한국에 알려지기 시작했다. 이치바 준코는 '한국의 원폭피해자를 구원하는 시민 모임'에서 활동하며 한국인 피폭자를 돕고 있다. 이치바 준코, 이제수 역,『한국의 히로시마』(역사비평사, 2003.8) 이후 한국인에 의해 합천의 역사가 보완되었다. 김기진·전갑생,『원자폭탄, 1945년 히로시마…2013년 합천』(선인, 2012).

28　아오야기 준이치는 부산대에서 공부했고 1990년부터 2004년까지 부산대 객원교수였다. 그는 2002년 김형률을 처음 만났고 '김형률을 지원하는 모임'에 동참했다. 김형률·아오야기 준이치(靑柳純一) 엮음,『나는 반핵인권에 목숨을 걸었다』(행복한 책읽기, 2015.5).

29　정근식 편, 진주 채록,『고통의 역사 – 원폭의 기억과 증언』(선인, 2005.8), p.31.

정부의 책임이 거의 다뤄지지 않는다. 일본의 배상을 이끌어내지 못하는 정부의 무능함이 미약하게 지적될 뿐이다. 해방 이후 한국정부는 한국인 원폭 피해자를 방치했다. 원폭1세 곽귀훈의 청원에도 불구하고 1965년 한일협정에서 원폭 피해자는 언급조차 되지 않았다.[30] 이후 정부의 모든 조치는 한국인 원폭 당사자가 일본을 상대로 제기한 개인소송에서 승소하여 일본의 지원이 조금씩 확대될 경우에만 제한적인 후속적 조치로 피폭자들을 지원하는 패턴이었다. 피폭자가 한국에 귀국하여 "원폭지옥"의 일상을 영위한 것은 한국정부가 자국민의 생존권과 '인간다운 삶'을 보장하지 않은 결과이기도 하다. 자국민과 한국인을 구분했던 일본의 '차별적 원폭정책'과 한국정부의 무관심 사이에서 한국인 피폭자는 병과 빈곤의 악순환을 체험해야 했다. 구술자들은 전쟁, 피폭보다 하루하루 일상이 더 힘들었다고 술회했다. 정부의 무관심 속에 피폭민의 일상은 "원폭지옥"화 됐다.

　종국적으로 『흉터의 꽃』에는 정부의 홀대와 일본의 차별정책하에서 전개되어 왔던 한국인 원폭 피해자 '운동의 역사'가 재현되지 못했다. 이와 관계된 분들이 『흉터의 꽃』을 봤을 때 어떤 생각을 하게 되고 감정이 들까. 작가의 노고에도 불구하고 이 작품을 읽은 지금-여기의 독자는 수많은 원폭 운동의 역사와 그 투쟁의 아픔을 가늠이나 할 수 있을까. 이처럼 억울한 타자의 목소리를 '번역'하는 작업은 지난한 일이다.

---

30 곽귀훈, 『나는 한국인 피폭자다』(민족문제연구소, 2013.12), p.140.

## Ⅳ. 나가며 : 원폭과 장애

한국인 원폭피해자는 병, 빈곤, 차별, 폭력, 결혼 실패, 가족상실, 트라우마,[31] 고립 등의 갖은 고난을 겪으며 살아가고 있다. 세월호 이후 민주주의와 시민의식의 발전, 그리고 증언이 힘을 발휘하는 가운데, 작가 김옥숙은 원폭에 관심을 갖게 되면서 자신이 '건강한 원폭2세'라는 사실을 깨닫게 된다. 원폭을 매개로 한국사회를 되돌아 본 저자는 "역사교과서는 원폭피해자에 대해 가르쳐주지 않았다. 교과서뿐만 아니라 우리 사회도 원폭피해자들을 외면했다. 한국은 일본에 이어 피폭자가 두 번째로 많은 나라이면서도 원폭 피해에 대해 거의 생각하지 않는다. 세계적으로도 원폭 피해라면 오롯이 일본을 떠올릴 뿐이다. 그래서 한국인 원폭피해자들의 고통에 찬 신음소리를 밀봉해버린다. 이는 단순히 과거를 밀봉하는 것이 아니라 미래까지 결박하는 행위다"라고 지적했다. 또한 지은이는 "북한의 잇따른 핵실험으로 한반도에 핵전쟁 가능성까지 제기되고 있다. 지진 단층대에 위치한 원자력 발전소의 안전성 문제 또한 심각하지만 이에 대해 생각하는 사람은 많지 않다. 핵이 우리의 일상을 위협하고 있는데도 우리는 놀라우리만큼 무심하다"라고 역설했다.[32] 이처럼 작가가 아버지와 고향 합천, 원폭피해자를 알아가

---

31 『흉터의 꽃』에서는 원폭 경험의 충격 때문에 생존자가 부엌 아궁이의 '불'을 무서워하고, 출산의 고통을 피폭의 경험과 동일시하거나, 피폭 당시 죽은 친지의 모습을 평생 떨치지 못하는 등의 트라우마가 재현되어 있다. 자식을 저세상으로 먼저 보낸 부모의 고통은 "불에 타는 고통"으로 표현되기도 했다. 이 작품 외에도 각종 증언집에는 비행기 '굉음' 및 사진 찍을 때의 '섬광'이 주는 공포, 사망한 피폭자를 태우는 기억 등의 '원폭 트라우마'가 기록되어 있다.

32 「원폭 피해자 소설 '흉터의 꽃' 펴낸 소설가 김옥숙」, 『매일신문』, 2017.06.10.

는 여정은 핵의 위험성을 알리고 대중의 경각심을 일깨우기 위한 소설 작업으로 확대되었다. 소설의 주인공 소설가 정현재는 작가의 분신의 일종이었다.

김옥숙은 소설집의 후기에 집필을 위해 공부하고 읽었던 도서목록을 정리해 두었다. 자신이 여러 책과 구술자를 대면한 것처럼 이 소설도 식민지 합천의 역사적 지식과, 구술자의 체험적 증언이 절합하는 방식으로 구성되어 있다. 이로 인해 한국인 피폭자의 삶의 역사는 '식민지 지배, 원폭피폭, 원폭기민'이라는 삼중고를 등에 진 사람들의 질곡의 세월이자 세상을 향해 외친 호소의 나날로 표상된다. 작가는 이러한 삶의 실상을 구체화하기 위해『흉터의 꽃』에서 아픈 원폭 당사자의 구술 생애사와, '건강한 원폭2세'(정현재)의 생애라는 두 서사의 축을 설정했다. 작가는 '구술자' 박인옥 4대의 가족사(〈원폭1세 강순구 - 원폭1세 강분희(사산) - 원폭2세 박인옥(대퇴부무혈성괴사증) - 원폭3세 백진수(뇌성마비1급장애)〉)와, '기록자' 정현재 3대의 가족사(〈원폭 생존자 아버지 - 건강한 원폭2세 - 아픈 원폭3세 딸(다운증후군)〉)의 일가를 배치한다.

여기서 핵심인물이 원폭2세 박인옥과 김형률인데, 박인옥은 사실상 한국 원폭2세 환우회 회장 한정순을 모델로 한 것으로 여겨진다. 작가와도 친분이 있는 한정순은 소설 속 박인옥과 마찬가지로 대퇴부무혈성괴사증을 앓았고 첫 아이는 박인옥의 첫아들 백진수처럼 뇌성마비 1급 장애자였다. 원폭을 당한 한정순의 어머니는 노년에 박인옥의 어머니 강분희처럼 '합천원폭피해자복지회관'에 입주해 생활하고 있다.[33]

---

33 「통한의 70년 … 3대째 이어진 원폭의 상처, 통한의 70년 (상) 원폭 피해 2세들의 삶」, 『경남신문』, 2015.3.1.

그렇다면 이 소설은 한국 원폭2세 환우회 초대회장 '김형률'과, 작가가
소설을 집필하던 2015년 당시 한국 원폭2세 환우회 3대 회장이었던
'한정순'을 모델로 한 작품인 셈이다.

이러한 구성을 통하여 '건강한 원폭2세' 작가는 원폭의 참혹함을 드
러내고 '원폭특별법'의 불합리함을 지적하며 법 개정을 촉구하는 원폭
당사자의 목소리를 한국사회에 알렸다. 또한 우리 사회의 핵문제에 무
관심한 다수의 한국인을 연상시키는 방관자 정현재를 통해 원폭이 핵
무기와 핵발전소 문제와 관련되고 한국의 "모든 사람은 잠재적인 피해
자"라는 반핵론이 소설 안에서 피력된다. 작가는 이 소설의 일반 독자
가 '건강한 원폭2세'는 아니지만 '잠재적 피해자'로서 핵 희생자에게
공감하고 반핵투쟁에 나서야 한다는 주장을 하고 있는 것이다. 요컨대
원폭 피해자에 대한 관심, 핵의 위험성에 대한 경각심, 방관자의 당사
자 되기가 『흉터의 꽃』의 핵심적인 주장이다.

그렇다면 이 작품은 저자의 바람대로 원폭피해자의 목소리를 최대한
대변하고 있는가. 주지하듯, 『흉터의 꽃』은 원폭1~4대에 걸친 피폭가
족의 생애사와 '김형률'로 대변되는 원폭2세의 관점이 절합된 방식이
다. 2017년 5월 '특별법'이 드디어 시행되었지만 원폭 유전이 과학적
으로 검증되지 않아 원폭2·3세는 대상에서 제외되었다. 따라서 '선지
원 후규명'을 외친 김형률의 외침은 지금-여기의 현안으로서 소설에
녹아들어 있다. 그러나 원폭2세의 당대만을 지나치게 강조하다보니 의
도치 않게 김형률이 원폭피해자로서 자각하고 2002년 공식적인 활동
을 할 수 있게 되는 역사적 '토대'가 간과되고 말았다.

원폭피해자의 역사는 피해의 역사만이 아니라 빼앗긴 인간의 존엄,
빼앗긴 인권을 회복하기 위해 투쟁하며 살아왔던 '운동의 역사'이기도

했다. 그리고 한국원폭피해자협회의 활동과 재판운동의 역사의 배경에
는 일본에 거주하는 한국인 피폭자, 일본의 시민단체와 양심적인 시민,
한국의 시민단체, 합천의 지역사회 등의 지속적인 조력이 존재했고,[34]
세상을 향해 외치다가 작고한 다수의 피해자들이 있었다.[35] 1965년 5
월 22일 민단 히로시마현 본부가 재한피폭자실태 조사단 파견하여 한
국정부나 대한적십자사를 향해 피폭자조사와 의료구제를 호소하면서
한국 정부는 처음으로 7월1일부터 피해자 등록을 실시했다. 1968년 히
로시마에서 최초로 한국인 위령제가 열린 후 한국에서는 이듬해부터
위령제가 시작되었고 2011년에야 처음으로 일본인의 조력을 벗어나
한국인의 손으로 추모제가 마련되었다. 도석 스님은 재일 한국 민단의
협조를 받아 원폭투하로 희생된 한국인 가운데 명단이 확인된 2,914위
의 무연고 영령을 우리나라 땅에 모셔와 정성껏 기도를 올리고 그 영혼
들이 해원하여 평안을 찾을 수 있게 했다.[36] 일본인의 민간의료지원은
1970년 6월 일본 의사와 의료진이 내한하고 이듬해 9월 20일 히로시
마 원폭병원 내과과장 이시다 사다루 및 '한국피폭자 진료의사단'이 방
문하면서 촉발되었다.[37] 1972년 히로시마 핵금회의에서 한국에 진료센

---

34  재일거류민단 히로시마현 지방본부, 히로시마 시민 모금, 재일 히로시마청년회의소, 일본
    인 변호사, 일본 핵금회의, 일본 종교단체 태양회, 일본의 '한국의 원폭피해자를 구원하는
    시민 모임', 한국 기독교교회여성연합회, '김형률을 생각하는 사람들' 등.
35  4반세기 동안 협회운동을 이끈 한국원폭피해자협회 회장 신영수는 1999년 5월 사망했다.
    1998년 12월 15일에는 일본에서 '한국의 원폭피해자를 원조하는 시민의 모임'을 창립하
    여 오랜 세월 회장으로 일해 왔던 마쓰이 요시코(松井義子)가 죽었다. 한인 피폭자의
    일본방문 치료길을 열었던 손진두는 2014년 8월 세상을 떠났다. 이들의 죽음은 주위 동료
    피해자와 운동가의 가슴을 아프게 했다.
36  스님의 뜻은 도석 스님, 『핵의 평화 생명의 평화』(열린아트, 2005.9)를 참고할 것.
37  「인터뷰 謝罪의 仁術 石田定 씨」, 『경향신문』(1971.09.23.), p.5; 「原爆患者 12명 선정

터를 짓기로 결정하여 1973년 12월 15일 '합천원폭피해자 진료소'가 개원하기도 했다. 합천원폭피해자복지관(1996)은 일본정부가 1991, 1993년에 '재한피폭자지원을 위한 거출금' 형식으로 한국정부에 낸 40억 엔으로 준공되었다.

　한국의 피해의 상을 극대화하다 보니 소설은 민간차원의 교류와 연대의 역사가 사실상 삭제되고 일국의 서사가 되어 버렸다. "형률 씨 개인과 가족 그리고 한우회의 입장을 대변하고자 애썼으나 고형률 씨가 세상을 떠난 후 모든 관심과 열정이 점차로 시들해지고 말았다"는 부산지역 운동가의 술회처럼,[38] 김형률이 중요한 인물이기는 하지만 특정 인물 중심의 운동이나 피해자만의 '당사자론'은 한계가 있다. 피해당사자뿐만 아니라 그를 지지하는 '사회의 힘'이 없이는 운동의 지속은 불가능하다. 이는 "우리를 도와주러 전국에서 사람들이 왔다. 외부세력이라고 했지만, 그 사람들 없었으면 우리는 벌써 무너졌다. 지금도 내가 버티고 있는 것은 이 연대자들 덕택이"[39]라고 외친 밀양 송전탑 할머니와 할아버지들의 심정을 상기해보면 쉽게 이해할 수 있다. 인물론이 아니라 연대의 서사가 필요한 것이다.[40]

---

日本病院 入院치료」, 『매일경제』, 1980.03.08, p.7.

**38** 전진성, 『삶은 계속되어야 한다 – 원폭2세 환우 김형률 평전』(휴머니스트, 2008.5), p.271.

**39** 밀양 할매 할배들, 『탈핵 탈송전탑 원정대』(한티재, 2015.5), p.10.

**40** 「방사선 피폭 40여 년 연구 노무라 교수 6일 방한 강연」(2012.8.6), 〈합천평화의 집 (http://hcpeace.tistory.com)〉; 「日 '한인 原爆 피해자' 판결, 아베부터 역사적 책무 깨달아야」, 『조선일보』(2015.9.9.); 「"한국 원폭 피해자들에게 책 보내고 싶어요" 합천의 고령 피해자들 알려지자 60~80대 日시민들 기증 캠페인…」, 『조선일보』, 2016.1.27 참조.

외면하지 말아달라는 절박한 감정. 꼭 이렇게 했어야 했는가. <u>보다 당
당하게 얘기했어야 하는데…</u>[41]

또한 김형률은 '선지원 후규명'만을 외친 게 아니었다. 그는 "한국
원폭2세 환우로서 나의 삶에서 희망이란 무엇일까요? 그것은 일본제
국주의의 광기어린 만행으로 피해를 입은 일제 피해자들에 대한 한국
시민사회의 따뜻한 시선과 관심"이라고 했다. 그러면서 그는 "원폭 환
우를 '동정심, 방사능과 유전'으로만 볼 것이 아니라 인권회복"의 관점
에서 봐달라고 말했다.[42] 그는 자기 자신에게는 존재하지 않는 기억들
과 싸워야 하는 죽음보다 더한 고통을 가중시키는 것으로 사회적 냉대
와 무관심 그리고 차별을 꼽았다.

피해자는 자신이 피폭자임을 드러내는 것을 꺼린다. 사회적 지원이
나 혜택이 전혀 없는 경우 '피폭자'라는 것은 사회적 낙인에 불과하게
된다. 김형률조차 2004년 12월 1일 부산대 강연회를 온 유시민 의원과
의 10분 면담 이후 "사회적 차별, 사회 안전망 부재 속에서 드러내 놓기
어려운 부담감"을 토로하고 좀 더 당당하게 얘기하지 못한 자신을 자책
해야만 했다. 늦었지만 일본정부의 한국 피폭자 지원에 대한 차별정책
이 사라지고 국내에서는 '특별법'이 시행되어 원폭1세가 지원을 받게
된 상황에서 물질적으로 남은 급선무가 원폭2·3세를 위한 특별법 개
정이라면, 그 과제는 이제 한일 정부뿐만 아니라 방관하고 있는 한국
국민의 몫이기도 하다. 국민적 관심 사안이 되어야만 제도가 신속하게

---

41  김형률·아오야기 준이치 엮음, 『나는 반핵인권에 목숨을 걸었다』(행복한 책읽기, 2015.
    5), p.86.
42  위의 책, pp.78~81.

개선될 수 있기 때문이다.

김형률이 "따뜻한 시선과 관심, 인권회복"을 말한 것처럼, 이제 중요한 것은 일반 국민의 태도와 관점의 변화다. 그 시선은 어떻게 해야 바뀔 수 있는 것일까. 작가는 '단 한 번의 만남으로' 바뀐 박인옥을 통해 점진적 변화가 아닌 전면적이고 급진적인 변화를 그 해답으로 내놓고 있다. 그런데 박인옥처럼 깨달음이 곧바로 행동으로 이어지는 것은 쉬운 일이 아니다. 특히 국민 다수에게 원폭은 여전히 자신의 문제가 아니다. 당사자가 아닌 국민 다수가 할 수 있는 것은 시선을 바꾸는 것이 현실적이다. 어떠한 시선을 갖는 것이 올바른 것일까.

그 답은 정현재에 있다. 사실 정현재도 그 '국민 다수'에 속했다. 구경꾼 정현재는 '건강한 원폭2세'임을 알게 되면서 아버지를 수용하게 되고 원폭의 관련자가 된다. 그런데 정현재는 일반적인 '국민 다수'의 한 명이 아니었다. 그는 다운증후군을 앓는 딸의 아버지였다. 이것은 그가 아무것도 몰랐던 일반인이 아니라 '장애인의 아버지'라는 의미이다. 작품에서는 이 점이 부각되지 않고 '일반인 정현재'가 '건강한 원폭2세'가 되고 새로운 시선을 갖는 것처럼 처리되어 있다. 이 얘기는 정현재가 장애 딸을 온전히 인정하고 받아들이는 과정을 거치지 않고 딸이 원폭유전 후유증을 앓아서 수용할 수밖에 없는 상황으로 해석된다. 즉 작가는 장애를 인식하고 있기는 하지만 '원폭 후유증의 피해자와, 장애인'을 본격적으로 결부 짓는 사유로는 확장하지 못했다. 해방 후 피폭자가 귀국했을 때 사람들은 '흉터와 상처'를 보고 피폭자를 문둥병자로 오인하거나 장애인으로 여겼다. 소설 속 정현재의 아내가 한국에서 장애아 딸을 대하는 모멸적 태도와 시선에 견디지 못하고 캐나다에 건너가 치유받은 것처럼 한국에서 장애인은 지금도 여전히 철저히 소외된 채 살아가고 있다. 한 장애학자는 장애를 받아들이지 못하는 사회를 "장애사회"라고 명명하면서 장애를 다양한 인간의 한 모습으로 받아들이는 '다문화적 시선'이 필요하다고 주장한 바 있다. 또한 그는 "장애인은 사회적으로 소수이고 잘 드러나지 않기에, 장애인과 비장애인에 대한 인식전환은 남녀에 대한 고정관념이 깨지는 속도보다 훨씬 느리다."라고 지적했다.[43]

우리는 흔히 주위의 아픈 사람이 원폭피해자인지 각종 사고·사건에 의한 장애자인지 알지 못하고 관심도 없다. 그들은 모두 '장애인'일 뿐이다. 원폭보다 무서운 "원폭지옥"의 '일상적 고통'이 경감되기 위해서는 근본적으로는 장애인과 함께 할 수 있는 사회가 조성되어야 한다. 이런 점에서 『흉터의 꽃』은 작가의 의도와는 별개로 원폭피해자의 목소리를 '번역'하는 소명뿐만 아니라 '장애사회'의 극복이란 화두를 제기하는 데 성공한 소설인 것이다.

---

**43** 전지혜, 『수다 떠는 장애』(울력, 2015.11), p.6, p.46, p.198.

# 소설 「참사 이후, 참사 이전」을 통해 본 3.11 동일본대지진

이정화

## Ⅰ. 3.11 동일본대지진과 문학의 역할

2011년 3월 11일. 태평양에서 발생한 M9.0 규모의 대지진은 쓰나미를 동반하여 일본의 동북지역을 강타하였고, 이 지진은 지진과 쓰나미에 의한 직접적인 피해뿐 아니라 후쿠시마 원자력발전소 사고라는 또 다른 대형 재난을 불러일으켰다. 현재에도 방사능 오염수를 바다에 방류하는 문제를 두고 일본 사회뿐만 아니라 주변 국가들에 영향을 끼치고 있다는 점에서 동일본대지진은 현대 일본 사회에 큰 전환점을 가져온 사건이었다.

이러한 상황 속에서 일본의 문학자들은 지진이 불러일으킨 변화들과 문학의 역할에 대해 고민하기 시작했다. 이에 대해 정리한 최가형은 그의 박사논문『3.11 동일본대지진 이후의 일본 재난문학 연구』에서 동일본대지진 이후에 문학계에 나타난 특징을 세 가지로 요약했다. 첫째는 작자 의식의 전환으로, 3.11을 문학이라는 형태로 '기록'해 두어야

만 한다는 사명감 혹은 부채의식과 더불어 작가의 커미트먼트로의 이행이 촉구되었다는 것이다. 두 번째는 '새로운 말(新しい言葉)'의 탄생, 셋째는 재난시(詩)와 희곡 문학의 대두가 그것이다. 3.11 동일본대지진을 경험한 작가들은 이러한 흐름 속에서 저마다의 경험과 진재로 인해 벌어진 혼란을 작품화했는데, 그중에서도 다양한 작가들이 참여하여 3.11 동일본대지진을 형상화한 작품집 『그래도 3월은, 다시(それでも三月は、また)』(講談社, 2012년 2월)는 큰 의미를 갖는다. 이 책은 다니가와 슌타로(谷川俊太郎)를 필두로 하여 열일곱 명의 작가들이 참여한 단편소설집으로, 참여 작가들은 저마다의 상상력으로 3.11 동일본대지진 이후의 일본 사회가 겪는 사회문제들을 묘사하였다. 뿐만 아니라 일본재단(日本財團)의 'Read Japan' 프로젝트의 일환으로 간행된 이 책은 일본뿐 아니라 영국과 미국에서도 『March was made of yarn : reflections on the Japanese earthquake, tsunami, and nuclear meltdown』이라는 제목으로 2012년 3월 6일에 간행되었는데, 이러한 시도는 현대 일본 사회의 전환점으로서의 3.11 동일본대지진을 일본만의 문제가 아닌 인류보편의 문제로 확장시키고자 하는 의도가 엿보인다. 특히 이 작업에 총 17명의 작가가 참여하였는데, 일본인 작가뿐 아니라 외국인 작가도 함께 참여하였다는 점이 특기할 만하다.

그 가운데서도 영국인 작가인 데이빗 피스(David Peace, 1967년 영국에서 태어나 1999년에 「1974 조커」로 작가로 데뷔하였다. 2003년에는 영국 문학잡지 『Granta』에서 젊은 영국 작가 베스트 20에 선정되었으며, 2004년에는 네 번째 장편 「GB84」로 제임스 테이트 블랙 기념상을 수상)는 3.11 동일본대지진을 직접적으로 언급하면서 현재의 문제들을 다룬 여타 작가들과 달리, 과거의 재난인 간토대지진(關東大地震)을 다루고 있어 눈길을 끈다. 간토대지진은 1923년 9월 1일, 오전 11시 58분에 발생하여 수도인 도쿄와 그 인근지역에 큰 피해를 입힌 대재앙이었다. 특히 지진에 의한 직접적인 피해 이외에도, 도쿄의 건물 대부분이 목조건물이었던 탓에 지진 후 발생한 화재가 주변지역으로 계속 확대되어 도쿄의 80%에 달하는 지역이 전소되는 등 '궤멸'에 가까운 피해를 기록했다. 그런데 이러한 과거의 재난을 현재적 문제와 연결하는 장치로서 실존 인물인 아쿠타가와 류노스케(芥川龍之介)를 주인공으로 등장시키고 있다.

조미경은 『그래도 3월은, 다시』에 대한 선행연구 「일본현대문학자의 동일본대지진과 후쿠시마 원전사고에 대한 대응과 인식 : 진재(震災)·원전(原電)문학집 『그래도 3월은, 다시(それでも三月は、また)』를 중심으로」에서 이 작품집을 전체적으로 조망하고, 이 작업에 참여한 작가들이 당시의 비참한 상황을 기록하여 교훈으로서 전하는 역할을 하고 있을 뿐 아니라 동일본대지진에 대한 정부의 한계를 비판하고, 사고 수습 과정에서 일본 국민들의 애국심과 단합에만 호소하는 사회분위기를 비판하고 있음을 지적하였다. 그러나 수록된 각각의 소설에 대한 깊이 있는 고찰보다는 작품집을 총체적으로 살펴봄으로써 그 의의를 밝히는데 주력하고 있다. 이에 본고에서는 선행연구에서 연구대상으로 비중 있게 다루어지지 못했던 데이빗 피스의 소설 「참사 이후, 참사 이전(惨事のあと、惨事のまえ)」을 대상으로 과거의 재난을 현재적인 문제와 연결하는 이유와 그 방법에 대해 살펴보고 소설을 통해 작가가 3.11 동일본대지진 이후의 일본 사회에 시사하는 바가 무엇인지 살펴보기로 한다.

## II. 소설 「참사 이후, 참사 이전」과 아쿠타가와 류노스케

소설 「참사 이후, 참사 이전」의 작가 데이빗 피스는 영국인으로, 잉글랜드 북부의 요크셔 출신이다. 그는 1994년 일본으로 이주하여 현재까지 도쿄에 거주하면서 소설 집필 활동을 활발히 이어가고 있으며, 대표작으로 2001년부터 2004년에 걸쳐 하야카와 미스터리 문고(ハヤカワ·ミステリ文庫)를 통해 출간한 요크셔 4부작을 꼽을 수 있다. 그의 업적은 영국에서 높이 평가되어 문예지 『Granta』가 10년에 한 번씩 뽑는 젊은 영국 작가 베스트 20에 뽑힌 바 있으며, 2004년 발표한 소설 『GB84』로 제임스 테이트 블랙 기념상을 수상하기도 했다. 2007년부터는 전후 일본을 무대로 한 도쿄 3부작을 집필하고 있다. 그 첫 번째 작품은 『TOKYO YEAR ZERO』로 고다이라 사건(小平事件)을 소재로 하며, 두 번째 작품은 『점령도시 TOKYO YEAR ZERO II (占領都市 TOKYO YEAR ZERO II)』로 제국은행 사건(帝銀事件)을 다루었다. 세 번째 작품은 시모야마 사건(下山事件)을 배경으로 한 것으로 알려져 있으며 『The Exorcists』라는 제목으로 올해(2020년) 발간되었다. 이처럼 데뷔작부터 최근의 도쿄 3부작까지 줄곧 현실의 사건을 소재로 하여 소설을 집필해 오고 있는 데이빗 피스는 2011년에 3.11 동일본대지진을 경험한 후 소설 「참사 이후, 참사 이전」을 썼는데, 3.11 동일본대지진과 직접 관련된 소재로 쓰인 다른 수록작들과는 달리 아쿠타가와 류노스케(芥川龍之介)라는 실존인물을 주인공으로 삼아 과거의 간토대지진을 형상화하고 있다.

소설의 내용을 살펴보면, 주인공으로 등장하는 류노스케는 1923년 9월 1일 대지진을 경험하게 된다. 후에 간토대지진으로 이름 붙여진 그 지진은 도쿄 전역에 걸쳐 막대한 피해를 입혔으나, 다행히 류노스케가 살고 있던 집 주변은 상대적으로 피해가 적어 일가친척들이 류노스케의 집으로 피난을 온다. 그 와중에 류노스케는 반상회장(町內會長)의 권유로 자경단(自警團)에 참여하라는 권유를 받고, 그는 '선량한 시민'으로서 자경단에 가담한다.

지진 직후의 뒤숭숭한 분위기 속에서 문득 친구 가와바타 야스나리(川端康成)의 안부가 걱정된 류노스케는 그를 찾아가고, 가와바타의 집을 향해 가는 동안에 지진피해자들의 비참한 광경을 목격하게 된다. 다행히 가와바타는 무사했고 그의 안전을 확인하고 집으로 향하던 중에 자경단들에 의해 조선인들이 학대당하고 살해당한 참혹한 장면을 맞닥뜨린다. 류노스케는 그것을 보고 엄청난 충격과 위화감을 느끼게 되며, 조선인 피해자 앞에서 조용히 고개를 떨구고 애도를 표하는 것으로 소설은 끝을 맺는다.

실존 인물인 아쿠타가와 류노스케는 데이빗 피스의 소설에 묘사된 것처럼 서른한 살의 나이에 간토대지진을 경험하였으며, 그로부터 4년 뒤에 생을 마감하기까지 이와 관련된 다양한 글을 남긴 바 있다. 또 지진 당시 도쿄 미술학교를 중심으로 형성된 문화예술마을인 다바타(다바타 문사마을, 田端文士村은 메이지시대 말기부터 쇼와 초기까지의 사이에 현재의 도쿄도 기타구 다바타東京府北豊島郡瀧野川町字田端, 現在の東京都北區田端) 근처에 많은 문사(文士)나 예술가들이 모여서, 소위 문사마을이 형성되어 있었던 지역의 호칭이다.)의 자택에 있다가 후에 반상회에서 조직된 자경단에 실제로 참가하기도 했으며, 그 체험을 바탕으로 「어느 자경단원의 말(或自警團員の言葉)」이라는 글을 남겼다.

소설에서는 이처럼 실제 아쿠타가와 류노스케의 행적을 따라가면서

소설의 주인공과 실존인물이 겹쳐 보이는 효과를 연출한다. 그리고 마지막 장면에서 주인공 류노스케는 조선인 학대와 학살이 아무렇지 않게 자행되는 것을 목격하고, 「류노스케는 공(公)의 기록을 믿지 않았다. 류노스케는 이 지진이 잦아드는 일은 없을 것이라고 믿었다. 참사는 이제부터 찾아올 것이라고 믿고 있었다.(龍之介は公の記録を信じなかった。龍之介はこの地震が収まるなどないと信じていた。惨事はこれからやって來るのだと信じていた。)」(데이빗 피스:2012)라고 서술되며 자연재해로 야기된 수많은 죽음들 뿐 아니라 이데올로기나 혐오에 의한 조선인학살과 같은 행위들을 재난으로 인한 직접적인 피해보다 더 큰 재앙이라는 점을 경고한다. 선행연구에서 조미경은 이 소설의 결말에 대해 "애국심 호소라던가 국민의 단결이라던가 하는 3.11 이후 일본 사회의 방향성에 대한 우려와 경고가 포함된 소설이라 볼 수 있을 것이다."(조미경:2014)라고 지적하였다. 그렇다면 간토대지진과 3.11 동일본대지진을 교차시키며 참사 이후의 어떠한 사태를 경고하고 있는지 구체적으로 살펴보기로 한다.


## Ⅲ. 간토대지진과 3.11 동일본대지진의 교차

### 1) 실존인물 아쿠타가와 류노스케와 소설 속 주인공간의 간극

작가는 3인칭 전지적 작가 시점을 택해 주인공 류노스케가 겪는 일들을 서술해나간다. 주인공은 그의 성(名字)인 아쿠타가와(芥川)보다 이름인 류노스케(龍之介)로 호명되고 있어 실존인물과 차이를 두고자 한 듯 보이지만, 주인공 대해 묘사된 부분이 실존인물과 많이 닮아있다는 점에서 독자들은 실존인물의 행적을 그대로 따라가는 듯한 착각에 빠지게 된다. 다음의 인용문은 앞서 서술한 대로, 실존인물인 아쿠타가와 류노스케가 자신의 글에서 자경단원들과 그들에 의해 자행된 폭력과 조선인학살에 관해 직접 언급한 부분이다.

> 그러나 쇼펜하우어는 -자, 철학은 그만두게. 우리는 아무튼 저쪽으로 왔던 개미와 큰 차이가 없다. 만약 그것만이라도 확실하다면, 우리는 모든 인간다운 감정을 더욱 소중하게 여기지 않으면 안 된다. 자연은 다만 냉담하게 우리의 고통을 지켜본다. 우리는 서로 연민을 가져야만 한다. 하물며 살육을 즐거워하다니. 당연히 상대를 목 졸라 죽이는 것은 의논해서 이기는 것보다 손쉬운 일이다.
>
> - 아쿠타가와 류노스케, 양희진 역,
> 『난쟁이 어릿광대의 말』(문파랑, 2012), p.87.

이를 통해 볼 때, 아쿠타가와는 분명하게 '하물며 살육을 즐거워하다니'라고 표현하며 인류가 서로 연대하여야 함을 강조하고 있음을 알 수 있다. 조경숙은 그의 논문 「아쿠타가와 류노스케와 관동대지진」(『日本學報』77, 2008)에서 아쿠타가와가 쓴 '우리는 서로 연민을 가져야만 한다'는 문장을 두고, "자경단원들의 조선인 학살이 당시 상황에 어쩔 수 없었던, 그리고 조선인들도 역시 자경단원들과 다름없이 일본인들에 대한 '살육'이 있었다는 등가적인 무게로 가늠되어 질 수 있다"고 지적하며, 조선인학살에 대한 아쿠타가와의 의식이 그다지 비판적이라고 볼 수 없다고 해석한 바 있다. 자연재해라는 특수한 상황에서 인종, 국적을 넘어 공생의 방법을 모색하는 것은 마땅하지만, 류노스케의 이러한 주장은 조경숙의 지적처럼 '가해'와 '피해'의 구분과 그 규모를 모호하게 만드는 측면이 있다.

　그렇지만 소설 「참사 이후, 참사 이전」에서 묘사되는 주인공 류노스케는 조선인학살에 분명한 비판의식을 가진 인물로 등장한다. 소설에서 류노스케는 지진이 발생하자 부인으로부터 소중하게 생각하는 책을 꾸려두라는 말을 듣고 서재로 달려가 오랜 고민 끝에 성경책과 『공산당선언』을 손에 들고 나온다. 바로 이 장면에서 국적이나 지역주의를 넘어 인류 보편적 가치에 탐닉하는 주인공의 모습을 볼 수 있다. 또 물자가 부족한 상황에서 집을 잃고 찾아온 형제와 그 식솔들을 거두는가 하면 친구인 가와바타 야스나리를 걱정해 그의 집으로 향하기까지 한다. 그리고 야스나리의 무탈을 확인한 후 집으로 돌아오는 길에 무참히 죽어 버려진 시체들을 차마 똑바로 보지 못하고 고개를 돌리는 모습과 살해당한 조선인의 시체를 보고 발걸음을 떼지 못하는 모습은, 류노스케가 대재난 가운데 나타난 또 다른 참사를 인식할 수 있는 섬세한 인간임을 짐작케 한다. 다음은 조선인의 죽음을 마주하는 소설 속 류노스케의 모습이다.

　　참사 이후에, 해 질 무렵이 되어도 류노스케는 그 조선인의 사체 앞에서 붙박이가 된 채였고, 지면은 아직 위아래로 흔들리고 있었다. (중략) 까마귀 네 마리가 주변 전봇대 위에 내려앉았다. 까마귀들은 류노스케를 바라보았다. 류노스케는 헬멧을 벗었다. 류노스케는 고개를 숙였다. 가장 큰 까마귀가 피투성이 부리를 하늘로 향해 '까아악' 하고 울었다.
　　한 번, 두 번, 세 번,
　　그리고 네 번.
　　惨事のあと、黄昏の頃も、龍之介はその朝鮮人の死骸の前に釘付けのままで、地面はまだ上に下にと揺れていた。(中略)四羽の鴉が周りの

電柱に舞い降りた。鴉たちはまず屍體を見つめ、それから龍之介を見つめた。龍之介はヘルメットを脱いだ。龍之介は頭を垂れた。一番大きな鴉が血まみれの嘴を天に向かって持ち上げ、カアアと鳴いた。一度、二度、三度、そして四度目。

─ デイヴィッド・ピース「慘事のあと、慘事のまえ」

『それでも三月は、また』(2012, 講談社), pp.272~273.

소설 속 류노스케는 조선인의 사체를 보고 충격을 받아 한동안 그 자리에서 벗어나지 못하는 모습을 보인다. 그리고 자경단원들이 언제 또 나타날지 모르는 상황에서 일본인으로서, 자경단원으로서 이름 모를 조선인의 사체에 애도를 표하며 희생자에 대한 안타까움을 적극적으로 표현하고 있다. 이는 인종차별과 혐오로 인해 희생된 피해자들에 대해 작가가 표하고 싶었던 안타까움인 동시에, 실제 아쿠타가와 류노스케의 인도주의적 모습을 한층 강조함으로써 문학자로서의 양심은 이러한 것이어야 한다고 의견을 제시한 것으로 볼 수 있다.

## 2) 3.11 동일본대지진 직후 일본의 상황과 간토대지진에 대한 소고

소설 「참사 이후, 참사 이전」에서 형상화하고 있는 간토대지진은 1923년에 9월 1일에 일어난 과거의 사건이지만, 이 과거의 사건과 2011년에 일어난 3.11 동일본대지진에는 공통적인 부분이 있다. 첫 번째는 진재 직후의 혼란스러운 상황 가운데 국가권력이 무제한의 힘을 발휘할 가능성을 보였다는 점이다.

3.11 동일본대지진 직후 일본정부는 피해가 집중된 일본의 동북 지역의 구조작업을 위해 자위대 지원을 5만 명으로 늘려 구조와 복구 작

업에 총력을 기울였으며, 당시 정부수반이었던 간 나오토(菅直人) 총리
는 기자회견을 통해 일본인은 모두 침착하게 연대하여 극복해가야 한
다는 행동 규범을 제시하였다. 이후 피해상황을 알리는 내용을 포함한
재난관련 보도는 국민을 자극하지 않도록 한다는 가이드라인이 정해졌
고, 일본 안팎의 언론을 통해 보도된 피해민들의 '참고 견디는' 모습이
마땅히 칭찬받아야 할 것으로 다루어지고 부각되면서 질서 있고 침착
한 일본인이라는 표상이 만들어졌다. 동일본대지진 이후 일본인의 재
해의식에 대해 연구한 바 있는 후지타 에미(藤田惠美)는 논문을 통해
일본언론의 보도를 중심으로 일본인들의 재해에 대한 인식 형성을 다
각도로 분석하였다(후지타 에미, 2015). 이에 따르면 일본의 언론보도는
진재이후 정부의 가이드라인 제시에 따라 이루어졌으며, 이에 합치하
는 시민의식이 부각되며 이는 다시 애국심 고취와 국민 단결에 이용되
어 개인의 의견을 이야기하기보다는 정부의 방침에 따르는 것이 바람
직하다는 암묵적인 분위기가 형성된다.

'침착한 일본인', '참고 견디는 일본인'이라는 행동강령은 피해지역
재건과 정상적인 국가의 기능을 회복하는 데 있어 필수적인 요소로 생
각된다. 하지만 쓰나미를 동반한 대지진과 원자력발전소사고가 더해진
국가적 위기 속에서, 예외상태와 그 예외상태 속에서 일방적으로 정해
지는 정부의 방침을 무조건 수용해야 한다는 암묵적인 합의는 최종결
정권자에 너무나 큰 권력을 쥐어주게 될 위험이 있다. 이는 일상적인
상황에서의 민주주의 사회라면 경계해야 할 상황일 것이다. 데이빗의
소설에 등장하는 계엄령은 바로 그러한 상황을 가정하고 있다. 다음은
소설의 한 구절이다.

　　그러고 나서 반상회장은 류노스케에게 계엄령이 발령된 것, 도쿄에 있는 모든 군인이 동원된 것, 물자의 징발령에 따르지 않는 자는 3년 이하의 금고 또는 3천 엔 이하의 벌금에 처해진다는 것을 알렸다. 더욱이 반상회장은 류노스케에게 선량한 시민으로서 이번에 결성된 자경단에 가입하여 선량한 시민으로서 이 불안과 동요가 지속되는 동안 마을 주변의 경비를 도와주지 않겠느냐고 부탁했다. 류노스케는, 선량한 시민으로서 고개를 끄덕였다.

　　それから町内會長は龍之介に、戒嚴令が發令されたこと、在京の軍すべてが動員されたこと、物資の徵發例に從わない者は三年以下の禁錮又は三千円以下の罰金に處されることを告げた。さらに會長は龍之介に、善良なる市民として、今回結成された地元の自警團に加わり、善良なる市民として、この不安と動搖が續くあいだ近隣の警固を手傳ってくれないかと賴んだ。龍之介は、善良なる市民として頷いた。

　　－デイヴィッド・ピース「惨事のあと、惨事のまえ」、앞의 책, p.266.


　　'선량한 시민으로서' 시행하도록 요구되는 것들. 그리고 자신이 '선량한 시민'이라는 점을 증명하기 위해서라도 그 지시에 기꺼이 따르는 모습. 데이빗 피스가 간토대지진을 소환하여 경고한 것은 궁극적으로 대중에 휩쓸려 가치판단을 흐리는 인간의 모습과, 진재라는 특수한 상황에서 '선량한 시민' 혹은 '애국'이라는 가치를 지키기 위한 자발적인 동참이라는 형태로 행하는 일들에 맹점이 존재할 수 있다는 사실이다. 그러한 맥락에서 소설의 마지막 구절인 '참사는 앞으로 찾아올 것이라고 믿고 있었다(惨事はこれからやって來るのだと信じていた。)'는 3.11 동일본대지진, 그리고 앞으로 경험하게 될지 모르는 참사 이후에 필연적으로 경험하게 되는 사회의 혼란과 갈등에 대한 경고라고 볼 수 있다.

　　두 번째는 외국인 혐오에 대한 언설이다. 앞에서 소설의 내용을 통해

살펴보았듯이 「참사 이후, 참사 이전」은 차별의 대상이었던 조선인이
학살을 당한 실제 사건을 토대로 하고 있다. 가토 나오키(加藤直樹)는
그의 저서 『구월, 도쿄의 거리에서』를 통해 조선인학살에 대한 기억을
더듬어 조선인학살이 발생하기 이전 상황을 살피고 있다. 그는 일본에
서 조선인에 대한 혐오 의식이 싹트기 시작한 것을 간토대지진이 발생
하기 이전인 1919년, 한반도에서 일어났던 3.1운동으로 보았다. 3.1운
동이 일어난 후 일본에서는 조선인에 대한 막연한 두려움이 생겨났고,
언론에서 자극적인 보도를 수년간 이어가면서 공포심을 자극한 결과
1923년 간토대지진이라는 재난상황 속에서 조선인에 대한 혐오가 폭
발했다는 것이다. 그런데 중요한 것은, 이것이 과거의 일로 끝난 것이
아니라 2011년 3.11 동일본대지진 이후 사고 수습을 둘러싼 갈등상황
에서 비슷한 양상이 다시 보였다는 것이다. 가토는 3.11 동일본대지진
을 기점으로 조금씩 한국에 대한 부정적인 시선들이 늘어가던 것이
2012년 이명박 전 대통령의 독도방문을 기점으로 한국에 대한 비난과
부정적인 언론보도가 폭발적으로 늘어났고, 이러한 상황이 간토대지진
이 일어나기 직전의 상황과 비슷하다고 지적했다.

　가토가 지적한 이런 혐오의 언설은 일본에서만 보이는 현상은 아니
다. 레베카 솔닛(Rebecca Solnit)은 그의 책 『이 폐허를 응시하라』(정해영
역/펜타그램, 2012)에서 2005년 8월 말, 미국 남부에 상륙한 허리케인 카
트리나로 인해 발생한 재난 상황 속에서 벌어진 백인과 흑인의 갈등상
황을 구체적 사례를 통해 언급하였다. 카트리나로 침수 피해를 입어 구
조대를 기다리다가 직접 도움을 청하기 위해 나섰던 흑인 청년이 백인
남성으로부터 총격을 받았다던가, 공권력을 지닌 경찰이 탈수증상으로
죽음의 위기에 처한 흑인 여성을 보고 총부리를 들이대며 혼자서 해결

하라는 비상식적인 대우를 받았던 사례 등. 저자 레베카 솔닛은 흑인들에 대한 뿌리 깊은 인종차별의식이 재난상황에서 폭발하여 나타난 사고와 사건들을 수집하여 미국 사회에 큰 경종을 울렸다.

이러한 사례들을 볼 때, 재난이라는 극한 상황에서 잠재의식에 내재되어 있던 감정이 폭발하는 것은 비단 과거의 일로만 치부할 수는 없다. 데이빗 피스는 3.11 동일본대지진을 겪은 작가들이 사고 수습과정이나 피해자와 원전사고에서 소재를 취해 작품을 쓴 것과는 달리 과거의 간토대지진에서 소재를 취한 의의는 바로 여기에 있다.

## Ⅳ. 3.11 동일본대지진 이후의 일본, 그리고 현재

지금까지 「참사 이후, 참사 이전」을 통해 3.11 동일본대지진과 그 재난을 수습하는 현장에서 나타날 수 있는 문제들에 대해 살펴보고, 작가 데이빗 피스가 간토대지진의 상황을 다시금 떠올려 봄으로써 지금 일본인들이 맞닥뜨린 3.11 동일본대지진이라는 현실의 위기를 제3자의 시선에서 바라보게 만드는 서술의 효과를 살펴보았다. 과거의 재난을 현재로 다시 소환하고 실존인물인 아쿠타가와 류노스케의 행적을 주인공에 투영하여 조선인 학살 피해자들에 애도를 표하는 세부 장면들은 현대에 일어난 재난상황을 객관적으로 보게 함과 동시에 3.11 동일본대지진을 겪어낸 당사자들과 대한 애도이기도 하며, 재난의 수습 과정에서 국가주의에 수렴되어 가려진 또 다른 피해상황들에 대한 경고로 읽어볼 수 있다.

2011년에 동일본대진재가 일어나고 어느새 9년이라는 시간이 흘렀

다. 방사능 유출이라는 상정외의 사태 해결과 그 수습의 문제를 둘러싸고, 일본 국민들의 의견이 갈리고 여러 상황들이 정리되지 않은 채 남아있다. 일본문학의 영역에서도 이러한 혼란 상황 속에서 새로운 문학에의 기대와 평론, 진재 문학론의 정립과 사고를 당한 피해자들을 위로하기 위한 방법 등을 꾸준히 모색해 왔다. 3.11 동일본대진재가 일어나고 년에서 가까운 시기에 발표된『그래도 3월은, 다시』와 같이 소설을 통한 모색도 있었지만, 기무라 사에코(木村朗子)의『진재후 문학론-새로운 일본문학을 위하여(震災後文學論 —あたらしい日本文學のために)』(青土社, 2013)와『그 이후의 진재후 문학론(その後の震災後文學論)』(青土社, 2018), 이이다 이치시(飯田一史) 외 여러 평론가들이 공동집필한『동일본대지진 이후의 문학론(東日本大震災後文學論)』(南雲堂, 2017) 등을 통해 진재 이후 나타난 현대 소설의 경향과 새로운 흐름에 대해 파악한 저서들도 여럿 발표되었다. 또한 지바 가즈미키(千葉一幹)의 저서『현대문학은 "진재의 상처"를 치유할 수 있는가: 3.11의 충격과 멜랑콜리(現代文學は「震災の傷」を癒やせるか:3.11の衝擊とメランコリー)』(ミネルヴァ書房, 2019)에서는 현대 일본작가들이 재난 이후 그려낸 생존자와 망자의 단절과, 죽음에 대해 어떻게 그려내고 있는지 작품을 통한 고찰에 접근하고자 한 시도도 있었다. 앞으로도 이러한 문학적 시도와 재난을 바라보는 시각은 더 다양해지고, 이후 3.11.대진재가 일본 사회에 끼친 영향에 관한 분석도 더 다양하게 나타나리라 생각된다. 이런 미래를 향한 재건의 과정과 다양한 문학적 모색들 속에서, 소설「참사 이후, 참사 이전」을 통한 작가의 메시지는 우리 모두가 기억하고 경계해야 할 교훈이다.

# 21세기 재난과 소환되는 'Ryunosuke'

이민희

## Ⅰ. 들어가며

2011년 동일본대지진 이후 일본의 근대문학자 아쿠타가와 류노스케가 '재난문학'이라는 범주로 소환되는 일이 벌어졌다. 지진 발생 1년을 맞이하여 일본, 미국, 영국에서 동시에 간행된 진재소설집 『그래도 3월은, 다시(それでも三月は、また)』에 실린 「참사 이후, 참사 이전(惨事のあと、惨事のまえ)」이 그것인데, 영국 작가 데이빗 피스(David Peace)에 의한 'Ryunosuke' 소환은 2012년에 그치지 않고 2014년 「Before Ryūnosuke, After Ryūnosuke」에 이어 2019년 『X라 부르는 환자 류노스케 환상(Xと云う患者 龍之介幻想)』에 이른다.

사실 재난문학이라는 카테고리의 지정은, 아쿠타가와문학 하면 늘 따라붙는 '예술지상주의'라는 수식어에는 어울리지 않는다. 최근 연구 영역에서 〈1923년 관동대지진 이후 조선인학살 : 2011년 동일본대지진 이후 강화되는 우경화 움직임〉이라는 도식으로 작가의 대사회의식과 타민족인식에 이르기까지 다양한 논의가 이루어졌음에도 아쿠타가와문학 전체를 놓고 보면 여전히 의외적이다.

물론 '재난에 따른 인재'라는 유사성만 따지자면, 아쿠타가와가 동일본대지진에 상당하는 관동대지진을 몸소 겪은 것은 사실이다. 그러나 아쿠타가와문학이 재난이라는 프레임에 들어갈 만한 이렇다 할 작품을 내놓지 못한 것 또한 부정할 수 없다. 관동대지진 관련 10여 편의 글 중에서 체험기, 평론, 수필로 분류되는 작품을 제외한 창작물은 「앵무(鸚鵡)」, 「망문망답(妄問妄答)」, 「피아노(ピアノ)」 정도로 극히 적고 분량 또한 매우 짧다.

●관동대지진 관련 글
「대진일록(大震日錄)」(『女性』 1923.10), 「대지진잡기(大震雜記)」(『中央公論』 1923.10), 「앵무(鸚鵡)—대지진 메모 하나(大震覺え書の一つ)」(『サンデー毎日』 1923.10), 「지진에 대한 감상(大震に際せる感想)」(『改造』 1923.10), 「고서의 소실을 애석해하다(古書の燒失を惜しむ)」(『婦人公論』 1923.10), 「버려진 도시 도쿄(廢都東京)」(『文章倶樂部』, 1923. 10), 「대지진이 문예에 미치는 영향(震災が文藝に與ふる影響)」(초출 미상, 『百艸』 1924.09 수록), 「도쿄사람(東京人)」(『カメラ』 1923.10 초출 제목 「감상 하나—도쿄 사람—(感想一つ—東京人—)」), 「속야인생계사 중 9. 망문망답(續野人生計事 九妄問妄答)」(『改造』 1923.11), 「피아노(ピアノ)」(『新小說』 1925), 「난장이의 말 중 어느

자경단의 말(侏儒の言葉 或自警團の言葉)」(『文藝春秋』1932.11.)

동일본대지진이 발생한 직후 발 빠르게 나온『천재지변 대진재와 작가들(天變動く 大震災と作家たち)』(2011)이나『문호들의 관동대진재 체험기(文豪たちの關東大震災體驗記)』(2013)와 같은 서적이 단적으로 말해주듯 그동안 일본 사회에서 관동대지진 관련 아쿠타가와의 글은 어디까지나 "체험"에 의한 '기록'에 불과하였다.

그런 점에서 데이빗에 의한 'Ryunosuke' 소환은 차원이 다른 문제다.「참사 이후, 참사 이전」은 "미간행 소설『환자 제23호—아쿠타가와 류노스케와 관련하여』에서 발췌했음"을 알리면서 시작하는데, 아쿠타가와문학을 접해본 독자라면 "환자 제23호"에서 "이 이야기는 어느 정신병원 환자—제23호가 아무나 붙잡고 지껄이는 말이다"가 도입부인 아쿠타가와의 만년 작품『갓파(河童)』(『改造』1927)를 쉬이 떠올릴 수 있다. 따라서 본 소설이 발췌했다는 "미간행 소설" 또한『갓파』와 연관지어 기대될 터인데, 이후『X라 부르는 환자 류노스케 환상』이 출간됨으로써「참사 이후, 참사 이전」에서 말하는 "미간행 소설"은 확정된다.

이러한 순환구조의 연관성을 문학이론에 기대어 이해하자면, 패러디가 두 텍스트 간의 형식적·구조적 관계에서 "비평적 거리(critical distance)"를 확보한 다시쓰기라면, 데이빗 소설에서 'Ryunosuke'는 어떤 의미를 갖는지 물을 수 있겠다. 'Ryunosuke' 소환을 패러디에 빗대어 "대화적 관계를 맺으려는 소통의 양식"으로 이해할 수 있다면, 이에 수반되는 데이빗 소설의 이데올로기적 의도는 무엇이란 말인가.

21세기에 접어들어 아쿠타가와문학은 일본의 '국민문학'에서 '세계문학'으로 입지를 굳혔다. 여러 언어권의 번역서 중에서도 2006년『라쇼몬 이외 17편의 이야기』(Rashomon and seventeen other stories, London
; New York : Penguin, 2006)는 이미 세계문학 반열에 올라 있는 무라카
미 하루키(村上春樹)의 〈서문(序文)〉으로 화제에 올랐다. 화제성을 장착
한 번역서로 인해 영어권 독자는 아쿠타가와문학으로 접근이 더욱 용
이해졌는데, 어느 독자가 남긴 리뷰 "These stories are very modern
in tone, even being written at the turn of the century. Even the
stories based of Japanese Fairy Tales are modern"(「LIBRARY THING」
TheDivineOomba Jul 4, 2012)는 세계문학으로 편입 가능한 요소에 '모던
함(modern)'이 있음을 시사한다.

　이러한 현재성이 21세기에 접어들어 아쿠타가와문학에 재난까지 포
섭하며 사회적으로 개입할 수 있는 역량을 제공한 것은 아닌지. 만약
그렇다면 21세기 데이빗 피스에 의한 'Ryunosuke' 소환이 갖는 현재
적 의미가 무엇인지 짚어보아야 할 것이다. 아쿠타가와문학이 일본이
라는 어느 한 나라의 '국민문학'에서 '세계문학'으로 지위가 올라간 시
기와 맞물려 소환되었다는 점에서 텍스트가 현대사회에 던지는 메시지
의 효용성을 묻지 않을 수 없다.


## Ⅱ. 재난문학으로 소환되는 아쿠타가와문학

### 1) 재난문학 「참사 이후, 참사 이전」

　「참사 이후, 참사 이전」은 "참사 이후" 4년을 더 산 '류노스케'가 "참
사 이전"의 일상에서 "참사" 이후 겪게 되는 이틀 동안의 이야기를 담
고 있다. 도쿄(東京) 다바타(田端) 집 서재에서 신문을 읽다 지진을 맞

은 류노스케는 가족을 구한 다음 "가장 중요하게 생각하는 책"을 갖고 나오라는 아내의 권유에 따라 서재로 되돌아가지만, "시, 희곡, 소설"을 놓고 고민하다가 결국 『성서』와 『공산당선언』을 선택한다.

"그날 밤" 류노스케를 찾아온 '마을회장'으로부터 계엄령이 발령된 사실과 도쿄 군인 전원이 동원된 사실을 전해 듣고 "선량한 시민"의 한 사람으로서 "지역 자경단"에 가담하기로 한다. 화재에 잇달아 폭동과 폭격, 방화와 약탈, 살인과 강간, 죽음과 공포 등의 소문과 비방이 난무하는 가운데 류노스케는 생명의 위험을 무릅쓰고 건져낸 『성서』와 『공산당선언』 읽기에도 집중하지 못한다.

> 그도 그럴 것이 지면 아래 대지에서 삐걱거리는 울부짖음이 끊임없이 들리는 듯하다. 거대한 기계 벌레가 소굴과 혈도를 헤집어 지면을 들어 올렸다가 다시 제자리로 내려놓는 소리가. 류노스케는 그 짐승의 금속 동체 깊숙한 곳에서 크고 작은 톱니바퀴 여럿이 빙글빙글 돌고 있는 모습을 상상했다. 지면 위로는 남을 헐뜯는 사람들의 수군거림이 끊이질 않는다. 류노스케는 손가락으로 귀와 눈을 틀어막고 날이 새기를 기다렸다.

위에서 류노스케로 하여금 책 읽기를 방해하는 공포의 실체는 "상상"에 기인하는 소리로 대지를 헤집는 기계 벌레를 작동시키는 "톱니바퀴"와 "남을 헐뜯는 사람들의 수군거림"이다.

"참사 이후 첫날 아침" 류노스케는 '지인 야스나리(康成)'가 걱정이 되어 아사쿠사(淺草)로 향한다. 도중에 곤봉과 일본도로 중무장한 "선량하고 올바른 시민으로 결성된 자경단"과 맞닥뜨리지만 그 역시 자경단임을 알리는 안전모 덕에 비방과 구타는 모면한다. 이후 간신히 도착한 아사쿠사에서 "인간이 처할 수 있는 모든 죽음"을 목도하며 지인의 죽음을 확실시하던 바로 그때 기적처럼 야스나리가 나타난다. 이렇게 만난 야스나리와 또 다른 지인 곤(今)과 함께 요시하라(吉原)의 참상 앞에서 류노스케는 십자가 위의 그리스도를 발견하고는 "신이시여, 신이시여, 어째서 저를 버리시나이까?" 하며 울부짖는다.

"참사 이후" 류노스케는 다바타로 돌아오는 길에 순사로부터 지진, 화재, 범죄와 폭동을 둘러싼 여러 이야기를 전해 듣는다. 그러나 순사는 "악행이나 반역행위"로 의심을 사는 사람은 많지만 실제로 증거를 본 적은 없다고 털어놓는다. 그러는 와중에 "조선인 방화범"이라는 표찰을 목에 걸고 죽어있는 사람을 발견한다.

> 참사 이후, 류노스케는 해가 저무는 줄도 모르고 조선인 시체 앞에 못 박힌 듯 서 있는데 지면은 여전히 위아래로 흔들린다. 조선인의 사체를 바라보면서 죽어있는 모든 이들을 바라보면서 깨진 기와 조각과 연기로 가득한 거리를 하염없이 바라보고 있자니 여기저기서 톱니바퀴와 수레바퀴가 나타났다. 절반은 대지에 걸치고 나머지 반은 허공에 걸친 채 빙글빙글 돌면서 삐걱거리며 비명을 질러댄다.
> ―중략―
> 참사 이후, 공식 기록은 관동대지진은 리히터 진도수로 매그니튜드 7.9, 1923년 9월 1일 토요일, 오전 11시 58분에 시작하여 4분이 지나서 멎었다고 적었다.
> 류노스케는 공식 기록을 믿지 않았다. 류노스케는 이 지진이 멈출 일은 없을 것이라 확신했다. 참사는 이제부터 시작이다.

이처럼 재난에 따른 인재의 문제를 환기시키는 「참사 이후, 참사 이전」은 최근의 논의가 범주화하듯 재난문학으로서 손색이 없다 하겠다.

재난이 범지구적 문제가 되어버린 21세기, 동일본대지진에 비견되는 관동대지진을 배경으로 불과 이틀간의 이야기로 '참사는 이제부터 시작'이라 경고하는 「참사 이후, 참사 이전」이 현대사회에 던지는 울림은 결코 적지 않을 것이다.

### 2) 표상으로서의 재난 ― 「앵무」·「망문망답」·「피아노」

그렇다면 정작 아쿠타가와는 실제로 경험한 재난을 어떤 식으로 그려냈는가.

앞서 언급한 바와 같이 관동대지진 관련 10여 편의 글 중에서 창작물은 「앵무」, 「망문망답」, 「피아노」를 들 수 있는데, 표현에 주목하거나 에도(江戶)의 정서를 읽어내는 등 주된 논의의 대상이 된 적이 없다.

우선 「앵무」는 부제 〈대지진 메모 하나(大震覺え書の一つ)〉가 보여주듯 재난 앞에 "평생 보였던 의연한 구도자의 모습은 온데간데없이 초췌해진" 선생이 앵무새를 놓아주는 짤막한 이야기다.

> 삼일 째 되는 날, 손녀 찾기를 단념하고 신주쿠(新宿)에 사는 조카를 찾아가기로 했다. 사쿠라다(櫻田)에서 출발하여 한조몬(半藏門)으로 나오니 신주쿠도 불탔다는 소리를 들어서 야나카(谷中)에 있는 단나데라(檀那寺)에 몸을 의지해야겠다고 생각했다. 기갈(饑渴)이 이만저만이 아니다. "고로(五郎)를 죽이는 건 안됐지만, 먹을 것이 떨어지면 잡아먹어야겠지요." 하는 소리를 들었다. 구단우에(九段上)로 접어드는 길에 관하의 일꾼으로 보이는 자한테 간신히 한 홉 남짓한 현미를 받아 생으로 씹어 먹었다. 그리고 보니 앵무 새장을 든 채로 단나데라의 신세를 질 수는 없겠다. 이런 생각이 들자 바로 앵무에게 남은 현미를 먹이고는 구단우에 도랑가에 놓아주었다. 해질녘에 야나카(谷中)에 있는

단나데라에 당도했다. 주지스님, 친절하게도 필요한 만큼 머물러도 좋
다고 한다.                        -「앵무」, 『선데이마이니치』, 1923.10.


이처럼 이야기는 재난에 직면한 사람들이 배고픔을 참지 못하고 앵
무새마저 잡아먹으려 드는 생존본능과 대비시키며 인간 본성의 문제를
건드리고 있는데, 이는 재난과 배뇨 본능을 동일시하며 생존과 예술의
가치를 묻는 「망문망답」도 마찬가지다.


> 손님 : 기쿠치 간(菊池寛) 씨의 말에 따르면 우리는 이번 대지진처
> 럼 생명마저 위태롭게 되면 예술이고 뭐고 다 필요 없다. 목
> 숨이 제일 중요하다며 너나할 것 없이 옷자락을 접어 띠를 지
> 르기 바쁘다. 그런데 과연 실제로 그럴까?
> 주인 : 그야, 당연하지.
> ──중략──
> 주인 : 이리저리 따져볼 것도 없어. 목숨 먼저 건지고 봐야 하니까.
> 당연 예술 따위 생각할 겨를이 없지 않겠어? 나만 해도 그래.
> 멀리 대지진을 예로 들 필요도 없이 소변이 꽉 차기만 해도
> 렘브란트고 괴테고 다 까먹거든. 딱히 지진 때문에 예술을 쉬
> 이 보는 건 아냐.
> 손님 : 그 말인즉슨 인생에서 예술은 그다지 절실하지 않다는 뜻이네.
> 주인 : 바보 같은 소리 좀 그만해. 예술적 충동은 무의식 속에서도
> 우리를 조종한다고 누누이 말했잖아. 그러고 보니 예술은 인
> 생 밑바닥에 전면적으로 깊이 뿌리내리고 있어.─아니, 그보
> 다는 인생은 예술의 씨앗을 가득 품은 못자리라는 표현이 더
> 맞겠네.                          -「망문망답」, 『개조』, 1923.11.


「피아노」 또한 화마가 휩쓸고 간 재난 현장에서도 "내 눈은 저절로

명아주로 뒤덮인 활처럼 구부러진 피아노 쪽으로 갔다. 작년에 일어난 재난 이래, 남몰래 소리를 고이 간직하고 있는 피아노를 향하여"로 끝맺으면서 예술을 강조한다. 이처럼 아쿠타가와문학에서 재난은 "인간이 처할 수 있는 모든 죽음"을 보여주는 「참사 이후, 참사 이전」과 달리 재난의 참상을 전달하기보다는 예술혼을 그려내는 데 주력하고 있다.

일찍이 아쿠타가와는 관동대지진이라는 사상 초유의 대지진을 실제로 경험하기 이전에도 창작의 소재로 지진을 다룬 적이 있다. 1891년 노비(濃尾) 지역에서 관동대지진에 맞먹는 규모로 발생한 지진을 배경으로 재난 때 아내를 잃은 '나카무라 겐도(中村玄道)'의 이야기인 「의혹(疑惑)」(『中央公論』 1919년)이 그것인데, 여기서도 재난은 인간성을 묻는 부수적인 장치로밖에 기능하지 않는다.

> 그렇다고 해서 뭔가 걱정거리가 있냐 하면 그것은 제 자신도 확실히 분간을 할 수가 없었습니다. 다만, 머리 속의 톱니바퀴가 어딘가 딱 들어맞지 않는 것 같은 ─ 그리고 그 톱니바퀴가 딱 들어맞지 않는 이면에는 제 자각을 초월한 비밀이 또아리를 틀고 있는 것 같은 불쾌한 느낌이 도사리고 있는 것이었습니다. (중략) 실제로 저는 살인의 죄악을 숨기고 N가의 딸과 자산을 일시에 훔치려고 기도한 극악무도한 도둑인 것입니다.   ─「의혹」, 『중앙공론』, 1919.

지진 속에서 그 자신 아내를 죽음에 이르게 했다고 믿는 나카무라는 '실천윤리학 강의'를 의뢰받은 '나(私)'를 상대로 "저를 미치광이로 만든 것은 역시 우리 인간의 마음속에 잠재된 괴물 때문 아닐까요? 그 괴물이 있는 한, 오늘날 저를 미치광이라고 비웃는 무리들조차, 내일은 또 저처럼 미치광이가 되지 말라는 법은 없습니다."라고 항변한다.

그런데 생존에 대한 예술의 비교우위는, 창작물(소설)과 비창작물(체험기, 평론, 수필) 가릴 것 없이 아쿠타가와문학 전반에 자리 잡고 있다.

예를 들어 아쿠타가와는 「대지진잡기(大震雜記)」에서 "불탄 요시하라에 붙어 있던 수많은 벽보 가운데 하나인 「하마초가시에 떠 있는 배 위에 있습니다. 사쿠라가와 산코」라는 "글귀(文句)"에서 "풍류(風流)"를 찾거나 "화마가 휩쓸고 간 마루노우치(丸の内)"를 찾은 "나(僕)"가 소년이 부르는 "노랫소리(歌の聲)"를 듣자 "나를 사로잡고 있던 부정적인 생각이 순식간에 날아가 버렸다"고 회고한다.

> 흔히 예술은 생활의 과잉이라 말한다. 어쩌면 그럴지도 모른다. 허나 우리네 삶에서 인간을 인간답게 만드는 것은 이러한 과잉이다. 우리는 인간의 존엄을 위해 생활의 과잉을 만들어야 한다. 어디 그뿐인가. 과잉에 정교함을 다해 위대한 꽃다발로 만들어내야만 한다. 생활에 과잉을 더한다는 것은 생활을 풍부하게 만드는 일이다.
> 나는 화마가 휩쓸고 간 마루노우치(丸の内)를 둘러보았다. 그래도 내 눈에 들어온 것은 맹렬한 화마도 다 태워버릴 수 없는 그 무엇이었다.
> –「다이쇼12년 9월 1일 대지진에 즈음하여 대지진잡기
> (大正十二年九月一日の大震に際して 大震雜記)」

윗글에서 "맹렬한 화마도 다 태워버릴 수 없는 그 무엇"이란 바로 "글귀", "노랫소리", "피아노 소리"로 대변되는 '예술'을 의미한다. 이와 관련하여 가와바타 야스나리는 후일 「아쿠타가와 류노스케 씨와 요시하라(芥川龍之介氏と吉原)」(『サンデー毎日』1929.01)에서 아쿠타가와가 요시하라에서 불에 타서 죽은 유녀(遊女)를 직접 눈으로 보았음에도 「대지진잡기」에는 이러한 지진의 참상보다는 '멋 부린 점경(灑落な点景)'을

전면에 내세웠다고 회고한 바 있다. 요컨대 아쿠타가와가 창작과 비창
작을 불문하고 재난 현장에서 포착한 것은 인간의 삶을 지탱해주는 예
술의 힘인 것이다.


## Ⅲ. 소환되는 일본 근대문학자

그런데 소설의 외재적 가치는 일본 근대문학자의 소환이라는 틀에서
도 조명되어야 할 것이다. 「참사 이후, 참사 이전」은 아쿠타가와뿐만
아니라 기쿠치 간(菊池寬), 가와바타 야스나리(川端康成), 곤 도코(今東
光)와 같은 근대문학자도 줄줄이 불러들인다.

소설은 도입부에서 "미간행 소설『환자 제23호—아쿠타가와 류노스
케와 관련하여』에서 발췌했음"을 제시하고 나서 아래의 문장을 삽입
한다.

> '지진은 우리의 인생을 가장 극단적인 모습으로 보여준다. (중략) 극
> 심한 현실적 감정에 휩싸여 있을 때는 예술을 생각할 겨를이 없다.'
> － 기쿠치 간, 『재후잡감』, 1923.

아쿠타가와상(芥川賞)과 나오키상(直木賞)을 제정한 기쿠치 간은 일
본의 대중문학을 이끈 문학자로 알려져 있다. 「참사 이후, 참사 이전」
의 도입을 장식한 윗글은 관동대지진 발생 다음 달인 1923년 10월『중
앙공론(中央公論)』에 실린 기쿠치 간의『재후잡감(災後雜感)』중 일부
로 독자로 하여금 "1923년"에 겪었던 '지진'과 '예술'의 문제를 환기시
킨다.

관동대지진 직후 작자의 행적에서 사실관계를 따져보면, 「참사 이후, 참사 이전」은 아쿠타가와의 행적에 기반하고 있음을 알 수 있다. 아쿠타가와는 지진이 발생하자 비상식량을 구입하고 진동이 어느 정도 가라앉자 가와바타 야스나리, 곤 도코 등과 함께 요시하라 등지의 재난 현장을 돌아보았다고 한다. 당시 정보기관의 파괴로 인해 상황파악이 어려웠던 이재민 사이에서는 유언비어가 퍼졌는데, 쓰나미의 엄습, 후지산 폭발, 조선인 노동자와 사회주의자에 관한 내용이 주를 이루었다. 작중에 등장하는 야스나리와 곤, 그리고 조선인 관련 유언비어가 일치하는 것이다.

소설 「참사 이후, 참사 이전」과 다른 점은 「대진일록(大震日錄)」에 따르면 아쿠타가와는 작중 『성서』와 『공산당선언』이 아닌 나쓰메 소세키의 글귀를 챙겼고, '야스나리'의 생사가 걱정되어 '요시하라'로 달려간 것이 아니라 가와바타 야스나리와 함께 요시하라를 돌아보았다.

모든 것이 사라졌구나. 모두 죽었어.
류노스케는 야스나리(康成)를 떠올리고는 이내 절망했다. 그런데 바로 그 순간 어디선가 그의 목소리가 들려 류노스케는 돌아보았다. 눈을 감았다 떴다. 그리고는 이내 껌벅였다. 손수건으로 눈을 훔치고는 다시 껌벅거렸다. 그런데도 그가 내 눈앞에 있다. 그래, 틀림없이 그다! 여기에, 모든 것이 파괴된 속에서, 이 모든 죽음 한가운데에 야스나리가 있다. 살아서, 아무런 상처도 없이, 기와 조각을 넘고 넘어 연기를 뚫고 또 다른 지인인 곤(今)과 함께 쾌활하게 이야기를 나누면서 류노스케를 향하여 걸어오고 있는 것이다.
"유령인가 했잖아. 죽은 줄 알았는데." 하고 류노스케가 말하자 야스나리가 웃는다. "모두 유령이야. 아님, 고아거나."

야스나리와 곤은 류노스케에게 오래된 유곽이 어떻게 됐는지 살피러 요시하라(吉原)로 가는 길이니 꼭 함께 가자며 재촉했다. 야스나리는 황폐해진 거리를 가르면서도 연신 수첩에 무언가를 적고 사람들한테 바로 얼마 전에 겪은 모험담이나 보고 들은 바를 물었다.―

소설에서 야스나리는 재난 앞에서 생명을 위협받는 류노스케의 단순한 지인이 아니라 그 자신 애타게 찾아 헤매야 하는 '예술' 자체를 의미한다. 문학을 포괄하는 이러한 예술은 천재지변으로 황무지로 변한 재난 현장에서도 "말을 적고" 경험담을 "듣는" '보고 듣고 기록하는' 역할을 수행한다. 이렇게 놓고 보면, 가와바타 야스나리의 소환은 인간은 재난 앞에서 "예술을 생각할 겨를이 없다."는 모두 기쿠치 간의 문예무용론적 발언을 반정립으로 예술에 우위를 두는 '예술지상주의'의 발현으로 이해할 수 있겠다. 이처럼 「참사 이후, 참사 이전」의 문제의식은 '재난에 따른 인재'를 포괄하는 보다 넓은 스펙트럼으로 '인간사와 예술의 문제'에 놓여 있으며, 이는 재난에 맞서 예술의 힘을 포착한 아쿠타가와문학에 맞닿아 있다.

## Ⅳ. 문학에 사회적 해법을 묻다

다시 논의의 출발점인 '왜 아쿠타가와인가?'로 돌아가서 생각해보자. 진재소설집 『그래도 3월은, 다시』가 2012년 현재 재난을 논하면서 어째서 1920년대 일본의 다이쇼(大正) 시대를 살다간 어느 한 문학자를 소환하는가? 그것도 죽음에 이르게 한 수많은 두려움 중에서 자연재해에 대한 두려움이 희박한 아쿠타가와를 말이다.

두려움에 주목하는 한 아쿠타가와는 유전적 문제에서 신문예사조 편승의 문제에 이르기까지 개인적으로나 사회적으로 일생 두려움에 떨다간 작가라 할 수 있다. "내 어머니는 미친 사람이었다."로 시작하는 「점귀부(点鬼簿)」(『改造』1926)나 톱니바퀴의 엄습에 짓눌려 "잠든 사이 내 목을 졸라 조용히 나를 죽여줄 이 없는가?"로 끝맺는 「톱니바퀴(歯車)」(『文藝春秋』1927)는 두려움의 근간이 다기에 걸쳐 있음을 말하여 준다.

아쿠타가와문학을 이해함에 있어 여전히 유효한 "패배의 문학"(宮本顯治「敗北の文學」, 『改造』1929)이라는 재단은 도래하는 프롤레타리아문학에 대한 부르주아문학의 굴복을 의미한다. 그러한 한편에서 아쿠타가와의 죽음을 사회주의나 프로문학의 잣대가 아닌 대중사회의 도래와 관련하여 이해하는 경우도 있다.

관동대지진 이후 불황의 타개책으로서 등장한 전집을 염가로 파는 1엔(円)짜리 단행본, 즉 엔폰(円本)은 지(知)의 대중화 시대를 열었으며, 이때 형성된 새로운 독자층은 이미 메이지, 다이쇼 시대의 문학자들을 고전으로 취급하여 아쿠타가와적인 세련됨이나 조촐하고 아담한 기교가 더 이상 통하지 않게 되었기 때문으로 단순히 마르크스주의자에 의해 내쫓긴 것이 아니다.
　　　　　　　　　　　　　－ 가라타니 고진(柄谷行人), 『현대 일본의 비평』

이러한 논의에서도 알 수 있듯이 만년 아쿠타가와에게 있어 두려움의 대상은 발광이라는 가족력을 제외하고는 급격한 사회 변동에 따른 문학 장의 변환과 같은 사회적 인공의 산물이지 재난과 같은 자연적인 것이 아니다. '다이쇼데모크라시'로 대변되는 서구사상의 유입 와중에

들이닥쳐 특정 지식인의 전유물이었던 기존의 문학을 불특정 다수의 대중도 접할 수 있는, 이른바 대중문학이 형성하는 계기를 마련한 1923년 관동대지진조차 아쿠타가와에게는 인간의 삶을 지탱하는 예술혼의 포착이 강화되는 원동력으로 기능할 뿐이다.

초·중기 작품에는 보이지 않던 두려움은 만년의 아쿠타가와문학에서 바퀴를 기저로 표상되는데, 「참사 이후, 참사 이전」과 비교하면 공포를 야기하는 바퀴의 층위가 다르다는 사실을 알 수 있다.

> 요즘 반투명한 톱니바퀴가 내 오른쪽 눈 근처에서 회전하는 것이 보인다.   - 사이토 모키치(齋藤茂吉) 앞으로 보낸 서간(1927.03.28.)

> 무엇인가가 나를 노리고 있다는 느낌은 한걸음 내디딜 때마다 나를 불안하게 했다. 게다가 반투명한 톱니바퀴도 하나씩 나타나 내 시야를 가리기 시작했다. 드디어 마지막 때가 가까워 온 것이 두려워 나는 고개를 똑바로 세우고 걸었다. 톱니바퀴는 수가 늘어남에 따라 점점 빨리 돌기 시작했다. 동시에 오른쪽에 있는 소나무 숲은 조용히 가지가 엇갈린 채, 마치 세밀한 컷 글라스를 통해서 보는 것처럼 되어 갔다. 나는 심장의 고동 소리가 격해지는 것을 느끼고, 몇 번이나 길바닥에서 멈춰 서려고 했다. 그렇지만 누군가에게 떠밀리는 것처럼 멈춰 서는 것조차 쉽지 않았다…… . (중략) 나는 이제 이 다음을 계속 써 내려갈 힘이 없다. 이런 기분 속에 살고 있는 것은 뭐라고도 말할 수 없는 고통일 뿐이다. 누군가 내가 잠들어 있는 동안 가만히 목 졸라 죽여 줄 사람은 없을까?
> -「톱니바퀴(齒車)」, 『문예춘추』, 1927.

"아무래도 요즘 모두가 신기루 때문에 난리군."

5분 정도 지난 뒤, 우리들은 이미 O 군과 함께 모래가 가득 쌓인 길을 걸어가고 있었다. 길 왼편은 모래벌판이었다. 그곳에 굵직한 소달구지

바퀴자국이 두 갈래, 비스듬히 지나가 있었다. 나는 그 깊게 패인 바퀴
자국에 이름 모를 압박에 가까운 것을 느꼈다. 늠름한 천재가 일구어낸
흔적, ― 그런 생각마저 들지 않은 것은 아니었다.
"아직 난 몸이 다 낫지 않은가 보네. 저런 바퀴 자국을 보는 것만으로,
이상하게 신경이 예민해 진단 말이야."
　　　　　　　　　　　　　　 -「신기루(蜃氣樓)」, 『부인공론』, 1927.

　1927년 아쿠타가와가 스스로 목숨을 끊어 생을 마감할 즈음 정신과
의사이자 가인인 사이토 모키치(齋藤茂吉) 앞으로 보낸 서간과 소설 「톱
니바퀴」의 대조를 통해서 알 수 있듯이 아쿠타가와문학에서 톱니바퀴
는 작자의 신체적 반응에 기반한 것이다. 삶과 죽음의 경계에서 죽음을
예고하는 바퀴는 "이름 모를 압박"(「신기루」) 혹은 "나를 노리는 그 무
엇"(「톱니바퀴」)으로 실체를 파악할 수 없다.

　　그렇다고 해서 뭔가 걱정거리가 있냐 하면 그것은 제 자신도 확실히
　　분간을 할 수가 없었습니다. 다만, 머릿속의 톱니바퀴가 어딘가 딱 들
　　어맞지 않는 것 같은 ― 그리고 그 톱니바퀴가 딱 들어맞지 않는 이면
　　에는 제 자각을 초월한 비밀이 또아리를 틀고 있는 것 같은 불쾌한 느
　　낌이 도사리고 있는 것이었습니다. (중략) 실제로 저는 살인의 죄악을
　　숨기고 N가의 딸과 자산을 일시에 훔치려고 기도한 극악무도한 도둑
　　인 것입니다.

　초기 작품에 해당하는 「의혹」에서 톱니바퀴가 맞물려 돌아가며 자
기조절이 불가능한 상황 속에서도 의식의 세계를 표상한다면, 만년의
그것은 외부로부터 가해지는 충격이다. 그리고 텍스트에서 어떤 한 개
체를 죽음에 이르게 하는 이러한 두려움의 실체는 자살이라는 아쿠타

가와의 전력이 중첩되는 구조 속에서 늘 과거로 소급된다. 아쿠타가와
문학의 자장은 사회주의와 대중문학이 도래하기 이전 사회까지로 한정
되는 것이다.

이에 반해 「참사 이후, 참사 이전」의 문제의식은 현재진행형으로 미
래 사회를 향해 열려 있다. 후기 아쿠타가와문학이 죽음에 다다름으로
써 이야기가 종결되는 닫힌 구조로 이해되는 것에 대비된다. 특히 「참
사 이후, 참사 이전」이 구조적으로 텍스트 사이에 '공식 기록'을 삽입
하며 공식 기록과는 다른 이면이 존재한다는 사실을 환기시키는 점은
주목할 만하다.

그도 그럴 것이 지면 아래 대지에서 삐걱거리는 울부짖음이 끊임없
이 들리는 듯하다. 거대한 기계 벌레가 소굴과 혈도를 헤집어 지면을
들어 올렸다가 다시 제자리로 내려놓는 소리가. 류노스케는 그 짐승의
금속 동체 깊숙한 곳에서 크고 작은 톱니바퀴 여럿이 빙글빙글 돌고 있
는 모습을 상상했다. 지면 위로는 남을 헐뜯는 사람들의 수군거림이 끊
이질 않는다. 류노스케는 손가락으로 귀와 눈을 틀어막고 날이 새기를
기다렸다.

— 중략 —

참사 이후, 류노스케는 해가 저무는 줄도 모르고 조선인 시체 앞에
서 있는데 지면은 여전히 위아래로 흔들린다. 조선인의 사체를 바라보
면서 죽어있는 모든 이들을 바라보면서 깨진 기와 조각과 연기로 가득
한 거리를 하염없이 바라보고 있자니 여기저기서 톱니바퀴와 수레바퀴
가 나타났다. 절반은 대지에 걸치고 나머지 반은 허공에 걸친 채 빙글빙
글 돌면서 삐걱거리며 비명을 질러댄다.

여기서 류노스케로 하여금 공포심을 불러일으키는 소리는 대지를 헤

집는 "톱니바퀴"와 "남을 헐뜯는 사람들의 수군거림"이다. 전자는 대지 아래에, 후자는 지면 위에 걸쳐 있어 이 둘이 맞물려 돌아간다.

참사 이후, 공식 기록은 관동대지진은 리히터 진도수로 매그니튜드 7.9, 1923년 9월 1일 토요일, 오전 11시 58분에 시작하여 4분이 지나서 멎었다고 적었다.
류노스케는 공식 기록을 믿지 않았다. 류노스케는 이 지진이 멈출 일은 없을 것이라 확신했다. 참사는 이제부터 시작이다.

그런데 소설이 문제로 삼고 있는 것은 인간이 통제할 수 없는 대지 아래 '톱니바퀴'가 아닌 지면 위의 "수군거림"이다. 공식 기록과 달리 "남을 헐뜯는 사람들의 수군거림"은 계속될 것이라는 경고는 우리가 두려워해야 할 대상이 우리 안에서 잡음을 내는 온갖 억측에 다름 아닐 것이다.
이처럼 『그래도 3월은, 다시』에 수록된 「참사 이후, 참사 이전」에 등장하는 류노스케는 재난에 잇따른 인재, 즉 사람과 사람 사이에 발생하는 문제를 경고하고 있다. 「대지진잡기」에 한정해보면 "선량한 시민"의 비꼬임으로 보아 아쿠타가와 또한 이를 경고하고 있음은 분명해 보인다.

재차 나의 생각을 말하자면 선량한 시민은 볼셰비키와 ○○○○ 사이에 존재하는 음모를 믿는 자다. 만일 믿지 않을 경우라도 적어도 믿는 척은 해야만 한다. 그런데도 미개한 기쿠치 간은 이를 믿지 않을뿐더러 믿는 체 가장하지도 않는다. 이건, 뭐 선량한 시민의 자격을 완전히 포기했다고 봐야할 것이다. 선량한 시민인 동시에 용감한 자경단의 일원인 나로서는 이런 기쿠치를 불쌍히 여길 수밖에.

모름지기 선량한 시민이 된다는 것은, ──여러모로 신경이 쓰이는 일
이다.                                                  -「대지진잡기」

그러나 아쿠타가와문학 전체를 놓고 보았을 때, 재난에 따른 인재의
문제는 그리 큰 관심사가 아니다. 재차 강조하건대 표현 레벨에서 그것
이 포착한 것은 어디까지나 인간의 삶을 지탱해주는 예술의 힘이며, 이
는 또한 '인간사와 예술의 문제'를 기저로 하는 「참사 이후, 참사 이전」
이 공유한 문제의식이기도 하다.

환태평양 지진대에 속해 각종 자연재해가 빈번한 일본에서 문학이
천재지변을 형상화한 것은 어제오늘의 일이 아니다. 무라카미 하루키
가 전 일본을 떠들썩하게 만들었던 1995년 한신대지진과 지하철사린
사건을 계기로 『언더그라운드(アンダーグラウンド)』(1997)와 『신의 아
이들은 모두 춤춘다(神の子どもだちはみな踊る)』(2000)에서 천재와 인재
의 문제를 다룬 것은 대표적인 사례라 할 수 있다.

동일본대지진 발생 직후, 150여 명의 문인들이 동참한 '부흥서점
Revival & Survival'이나 "전후 일본의 양심"으로 불리는 오에 겐자부
로(大江健三郎)의 원전 폐기 운동 동참과 같은 문학자의 사회 참여는 문
학의 사회적 역할에 대한 기대감을 증폭시킨다. 그리고 이는 재난 현장
에서도 "말을 적고" 경험담을 "듣는" '보고 듣고 기록하는' 역할을 수행
하는 예술의 지향점을 제시한 「참사 이후, 참사 이전」이 공명하는 지점
이다. 문학에 사회적 책무가 가해진 셈이다.

문학에 사회적 해법을 묻는 이러한 현상에서 남은 문제는 「참사 이
후, 참사 이전」에서 류노스케가 본래 아쿠타가와의 행적에 위배되는

『성서』와 『공산당선언』을 선택한 의미일 것이다. 물론 소설에서는 결국 생명의 위협을 무릅쓰고 건져낸 『성서』와 『공산당선언』도 "남을 헐뜯는 사람들의 수군거림" 탓에 읽기를 포기하게 되지만, 종교와 이념을 대변하는 두 서적과 "고민하다 결국" 놓아버린 "시, 희곡, 소설"은 21세기 현재 어떤 역학관계에 놓여 있는지 풀어야 할 과제가 아닐 수 없다.

아쿠타가와문학 관련하여 2011년 동일본대지진으로 촉발된 최근 논의에서 "포스트 진재문학의 가능성"이나 일본의 우경화 움직임의 지표를 읽어낼 수 있다면, 본 논의는 '예술지상주의'로 대변되는 아쿠타가와문학 안에서 그것의 패러디가 갖는 의미망을 탐색한 것으로서 「참사 이후, 참사 이전」에서 『X라 부르는 환자 류노스케 환상』으로 이어지는 데이빗 피스에 의한 'Ryunosuke' 소환이 갖는 이데올로기적 해석의 단초를 제공한다.

「참사 이후, 참사 이전」은 〈저자주(著者注)〉에서 1968년 노벨문학상 시상식에서 가와바타 야스나리의 옆에 서 있던 『설국』의 번역자 에드워드 사이덴스티커와 일본문학 연구의 대가 도널드 킨을 포함하여 9명의 번역자 및 연구자의 도움을 명시하고 있는데, 이는 영국 작가 데이빗에 의한 'Ryunosuke' 소환이 범이데올로기적 결과물임을 의미한다. 이러한 'Ryunosuke' 소환은 아쿠타가와문학 전반에 대한 이해를 요구하는 것으로 "열린 귀와 시간적 여유가 있는 자"라면 누구라도 환영하는 『X라 부르는 환자 류노스케 환상』의 읽기는 제명대로 "류노스케의 환상"을 필요로 한다. 그리고 이때 '환상'은 번역과 패러디로 지정학적 장벽을 넘어선 전 지구적 문제를 공유할 수 있는 지적 균일함을 전제로 한다. 기존의 이데올로기적 문학 체제의 예속에서 벗어나 세계문학이라는 틀로 재편되는 것이다.

2006년 출판사 펭귄은 무라카미 하루키의 〈서문〉을 전제조건으로 하루키 번역자로 유명한 제이 루빈(Jay Rubin)의 번역을 기획하여 『라쇼몬 이외 17편의 이야기』를 간행하였다. 이어서 일본어판 『아쿠타가와 류노스케 단편집(芥川龍之介短篇集)』(新潮社, 2007)도 나왔는데, 무라카미는 「아쿠타가와 류노스케―어느 지적 엘리트의 소멸」이라는 부제를 단 〈서문〉에서 아쿠타가와가 살던 시대를 제1차 세계대전 때 군수산업으로 인해 일본의 경기가 호전되어 이른바 다이쇼 데모크라시가 한창 꽃피던 시기에서 1929년 가을 월가 대폭락과 그에 따른 세계적 불황, 그리고 군국주의·파시즘이 대두하기 이전까지로 세계사적 관점에서 포착하였다.

전 지구적 관점에서 인류의 문명사는 제1차 세계대전을 겪고 제2차 세계대전을 지나 제3차 세계대전을 앞두고 있는지도 모른다. 아쿠타가와문학이 양대 세계대전 사이에 놓여 있다고 한다면, 지금 우리는 제3차 세계대전을 향해 달려가고 있는 셈이다. 최근 미국, 중국, 일본과 같은 군사 및 경제대국 중심으로 재편되고 있는 자국의 이익을 우선시하는 보호무역주의의 표명은 앞으로 벌어질 세계대전이 무력이 아닌 경제 충돌의 양상을 띠게 될 것이라는 예측을 가능케 한다. 이른바 무역전쟁·경제전쟁의 시대가 찾아오는 것이다.

이러한 21세기 현재, 문학은 과연 무엇을 할 수 있는가?

「참사 이후, 참사 이전」이 아쿠타가와문학과 공명하는 지점으로 응답하자면, 예술의 힘으로 인간의 삶을 지탱하는 것이며, 이때 문학에 부과되는 사명은 재난 현장에서도 '보고 듣고 기록하는' 소임을 다하는 것이다. 여기서 최근 'Ryunosuke' 소환이 총 집결한 『X라 부르는 환자 류노스케 환상』의 출판이 유의미한 것은 기존의 아쿠타가와문학의 판도를 바꾸는 일대 변혁이기 때문만은 아니다. 무역전쟁·경제전쟁이라는 사회적 재난을 앞둔 21세기 현시점에서 〈종교/이념 : 예술〉의 대립구도가 우리에게 던지는 메시지가 무엇인지 찬찬히 따져볼 때인 것이다.

부록

# 일본 재난 서사 작품목록
## (도서)

### 〈간토대지진(1923)〉

| 단행본<br>발행연도<br>(작품초출) | 저자 | 작품제목 | 출판정보 | 장르 구분 | 배경/제재가<br>된 재난 |
|---|---|---|---|---|---|
| 1923.10. | 北昤吉 | 再建に於ける女性の分け前 | 『女性改造』2(10)大震災記念号 | 평론 | |
| 1923.10. | 堀江帰一 | 経済社会はどうなるか | 『女性改造』2(10)大震災記念号 | 평론 | |
| 1923.10. | 작자 미상 | 震災と諸家の印象 | 『女性改造』2(10)大震災記念号 | 수필 | |
| 1923.10. | 石原純 | 地震に関する対話 | 『女性改造』2(10)大震災記念号 | 대담문 | |
| 1923.10. | 今村明恒 | 今後大地震が来るか | 『女性改造』2(10)大震災記念号 | 평론 | |
| 1923.10. | 中村左衛門太郎 | 今後の地震に対する心得 | 『女性改造』2(10)大震災記念号 | 평론 | |
| 1923.10. | 岩村義延 | 焼跡に肉親の遺骨を捜す | 『女性改造』2(10)大震災記念号 | 체험기 | |
| 1923.10. | 森まさ子 | 臨月の妻を助けて九死に一生を得た話 | 『女性改造』2(10)大震災記念号 | 르포 | |
| 1923.10. | 葉山一郎 | 母を見殺しにした小田原の一夜 | 『女性改造』2(10)大震災記念号 | 체험기 | |
| 1923.10. | 野村ちあき | 職責を全うした七十の爺さん | 『女性改造』2(10)大震災記念号 | 르포 | |
| 1923.10. | 原田仙 | 血涙記 | 『女性改造』2(10)大震災記念号 | 르포 | |
| 1923.10. | 藤沢清造 | 焦熱地獄を巡る | 『女性改造』2(10)大震災記念号 | 체험기 | 간토<br>대지진<br>(1923) |
| 1923.10. | 渋谷のぶ | 罹災者の情況と婦人団体の活動など | 『女性改造』2(10)大震災記念号 | 체험기 | |
| 1923.10. | 柴山武矩 | 湘南震災地踏破記 | 『女性改造』2(10)大震災記念号 | 체험기 | |
| 1923.10. | 宮城久輝 | 吾妻橋の火を逃れて上野へ | 『女性改造』2(10)大震災記念号 | 체험기 | |
| 1923.10. | 浜本浩 | 被服廠跡遭難実話 | 『女性改造』2(10)大震災記念号 | 르포 | |
| 1923.10. | 竹久夢二 | 荒都記 | 『女性改造』2(10)大震災記念号 | 체험기 | |
| 1923.10. | 작자 미상 | 震災日誌 | 『女性改造』2(10)大震災記念号 | 일지 | |
| 1923.10. | 室伏高信 | 時評 | 『女性改造』2(10)大震災記念号 | 평론 | |
| 1923.10. | 武者小路実篤 | このさいの希望 | 『女性改造』2(10)大震災記念号 | 평론 | |
| 1923.10. | 平塚明 | 震災雑記 | 『女性改造』2(10)大震災記念号 | 체험기 | |
| 1923.10. | 鷹野つぎ | 天災の価値 | 『女性改造』2(10)大震災記念号 | 평론 | |
| 1923.10. | 深尾須磨子 | 博士のゆくへ | 『女性改造』2(10)大震災記念号 | 시 | |
| 1923.10. | 坂本眞琴 | 火嵐に追はれて | 『女性改造』2(10)大震災記念号 | 체험기 | |
| 1923.10. | 与謝野晶子 | 災後 | 『女性改造』2(10)大震災記念号 | 시 | |
| 1923.10. | 吉田絃二郎 | 震災雑感 | 『女性改造』2(10)大震災記念号 | 체험기 | |

| 1923.10. | 与謝野晶子 | 短歌五首 | 『女性』9(10)十月震災特別号 | 시 | |
| 1923.10. | 吉田絃二郎 | 老母をたずねて焦跡をさまよふ | 『女性』9(10)十月震災特別号 | 체험기 | |
| 1923.10. | 菊池寛 | 火の子を浴びつゝ神田橋一つ橋間を脱走す | 『女性』9(10)十月震災特別号 | 체험기 | |
| 1923.10. | 吉江喬松 | 震災記 | 『女性』9(10)十月震災特別号 | 체험기 | |
| 1923.10. | 中村吉蔵 | 浅草公園を脱出して | 『女性』9(10)十月震災特別号 | 체험기 | |
| 1923.10. | 芥川龍之介 | 大震前後 | 『女性』9(10)十月震災特別号 | 체험기 | |
| 1923.10. | 山本有三 | 地震と有一 | 『女性』9(10)十月震災特別号 | 체험기 | |
| 1923.10. | 加能作次郎 | 不安、恐怖 | 『女性』9(10)十月震災特別号 | 체험기 | |
| 1923.10. | 室生犀星 | 小言 | 『女性』9(10)十月震災特別号 | 체험기 | |
| 1923.10. | 佐藤春夫 | 勇敢なる人 | 『女性』9(10)十月震災特別号 | 수필 | |
| 1923.10. | 里見弴 | 二つの型を通じて | 『女性』9(10)十月震災特別号 | 수필 | |
| 1923.10. | 柴田勝衛 | 大震災時言 | 『女性』9(10)十月震災特別号 | 평론 | |
| 1923.10. | 久米正雄 | 鎌倉震災記 | 『女性』9(10)十月震災特別号 | 체험기 | |
| 1923.10. | 広津和郎 | 東京から鎌倉まで | 『女性』9(10)十月震災特別号 | 체험기 | |
| 1923.10. | 泉鏡花 | 露宿 | 『女性』9(10)十月震災特別号 | 체험기 | |
| 1923.10. | 長田幹彦 | 廃虚に立ちて | 『女性』9(10)十月震災特別号 | 체험기 | |
| 1923.10. | 岡栄一郎 | 火に追はれて逃げる | 『女性』9(10)十月震災特別号 | 체험기 | 간토 대지진 (1923) |
| 1923.10. | 木村荘太 | 震災罹災記 | 『女性』9(10)十月震災特別号 | 체험기 | |
| 1923.10. | 小山内薫 | 道徳途説 | 『女性』9(10)十月震災特別号 | 수필 | |
| 1923.10. | 中原綾子 | これを見よ | 『女性』9(10)十月震災特別号 | 시 | |
| 1923.10. | 野上俊夫 | 非常時に際して | 『女性』9(10)十月震災特別号 | 평론 | |
| 1923.10. | 土田杏村 | 運命観より新社会連帯へ | 『女性』9(10)十月震災特別号 | 평론 | |
| 1923.10. | 田邊朔郎 | 九死に一生を得て後の感想 | 『女性』9(10)十月震災特別号 | 체험기 | |
| 1923.10. | 梅原真隆 | 遭難雑感 | 『女性』9(10)十月震災特別号 | 체험기 | |
| 1923.10. | 笠原道夫 | 災害と小兒の保健 | 『女性』9(10)十月震災特別号 | 평론 | |
| 1923.10. | 加藤直士 | 関東震災から得た経験と感想 | 『女性』9(10)十月震災特別号 | 체험기 | |
| 1923.10. | 島木赤彦 | 震災報告 | 『アララギ』16(10)震災報告号 | 보고 | |
| 1923.10. | 島木赤彦 | 目に見るもの | 『アララギ』16(10)震災報告号 | 체험기 | |
| 1923.10. | 西田幾多郎 | 大震災の後に | 『アララギ』16(10)震災報告号 | 평론 | |
| 1923.10. | 安倍能成 | 九月一日の心覚え | 『アララギ』16(10)震災報告号 | 체험기 | |
| 1923.10. | 平福百穂 | 震災記 | 『アララギ』16(10)震災報告号 | 체험기 | |
| 1923.10. | 森田恒友 | 災後一ヶ月 | 『アララギ』16(10)震災報告号 | 수필 | |
| 1923.10. | 岡麓 | 震災記 | 『アララギ』16(10)震災報告号 | 체험기 | |
| 1923.10. | 河西省吾 | 震災雑記 | 『アララギ』16(10)震災報告号 | 체험기 | |
| 1923.10. | 結城哀草果 | 震災雑感 | 『アララギ』16(10)震災報告号 | 수필 | |

| | | | | | |
|---|---|---|---|---|---|
| 1923.10. | 島木赤彦 | 震災雑感 | 『アララギ』16(10)震災報告号 | 수필 | |
| 1923.10. | 高田浪吉 | 九月一日 | 『アララギ』16(10)震災報告号 | 체험기 | |
| 1923.10. | 広野三郎 | 震災雑感 | 『アララギ』16(10)震災報告号 | 체험기 | |
| 1923.10. | 竹尾忠吉 | 震災雑記 | 『アララギ』16(10)震災報告号 | 체험기 | |
| 1923.10. | 辻村直 | 地震雑記 | 『アララギ』16(10)震災報告号 | 체험기 | |
| 1923.10. | 森山汀川 | 震災感 | 『アララギ』16(10)震災報告号 | 체험기 | |
| 1923.10. | 藤森青二 | 震災上京記 | 『アララギ』16(10)震災報告号 | 체험기 | |
| 1923.10. | 藤澤古実 | 地震の時 | 『アララギ』16(10)震災報告号 | 체험기 | |
| 1923.11 | PAUL CLAUDEL | LANUIT1erSEPTEMBER1923 ENTRETOKYOETYOKOHAMA | 震災詩集 災禍の上に | 시 | 간토 대지진 (1923) |
| 1923.11 | 秋田雨雀 | 死の都 | 震災詩集 災禍の上に | 시 | |
| 1923.11 | 赤松月船 | 仕合せな人達 | 震災詩集 災禍の上に | 시 | |
| 1923.11 | 赤松月船 | 私の街路樹 | 震災詩集 災禍の上に | 시 | |
| 1923.11 | 青手彗 | 地震 | 震災詩集 災禍の上に | 시 | |
| 1923.11 | 青手彗 | 死 | 震災詩集 災禍の上に | 시 | |
| 1923.11 | 青手彗 | 愛着 | 震災詩集 災禍の上に | 시 | |
| 1923.11 | 生田春月 | 恐ろしき悪夢の後 | 震災詩集 災禍の上に | 시 | |
| 1923.11 | 伊福部隆輝 | 不安な一夜 | 震災詩集 災禍の上に | 시 | |
| 1923.11 | 伊福部隆輝 | 涙 | 震災詩集 災禍の上に | 시 | |
| 1923.11 | 尾崎喜八 | 東京へ | 震災詩集 災禍の上に | 시 | |
| 1923.11 | 尾崎喜八 | 女等 | 震災詩集 災禍の上に | 시 | |
| 1923.11 | 大関五郎 | 夢を見た男 | 震災詩集 災禍の上に | 시 | |
| 1923.11 | 川路柳虹 | 東京よ、起き上れ、不死鳥のやうに | 震災詩集 災禍の上に | 시 | |
| 1923.11 | 川路柳虹 | 死者への禮 | 震災詩集 災禍の上に | 시 | |
| 1923.11 | 川路柳虹 | 震後 | 震災詩集 災禍の上に | 시 | |
| 1923.11 | 川路柳虹 | 残骸の東京 | 震災詩集 災禍の上に | 시 | |
| 1923.11 | 河井醉茗 | 大地よ鎮まれ | 震災詩集 災禍の上に | 시 | |
| 1923.11 | 河井醉茗 | 砂上の秒音 | 震災詩集 災禍の上に | 시 | |
| 1923.11 | 河井醉茗 | 流木 | 震災詩集 災禍の上に | 시 | |
| 1923.11 | 喜志麥雨 | 昨日の炎 | 震災詩集 災禍の上に | 시 | |
| 1923.11 | 兒玉花外 | 焼かるゝ心 | 震災詩集 災禍の上に | 시 | |
| 1923.11 | 西条八十 | 畏怖の時 | 震災詩集 災禍の上に | 시 | |
| 1923.11 | 西条八十 | Nihil | 震災詩集 災禍の上に | 시 | |
| 1923.11 | 佐藤清 | 予感 | 震災詩集 災禍の上に | 시 | |
| 1923.11 | 佐藤清 | 獅子 | 震災詩集 災禍の上に | 시 | |
| 1923.11 | 佐藤清 | 人、火、地震 | 震災詩集 災禍の上に | 시 | |

| 1923.11 | 佐藤清 | 地震雲と月 | 震災詩集 災禍の上に | 시 | |
| 1923.11 | 佐藤惣之助 | 解放されたる狼 | 震災詩集 災禍の上に | 시 | |
| 1923.11 | 佐藤惣之助 | 死霊の電車 | 震災詩集 災禍の上に | 시 | |
| 1923.11 | 佐藤惣之助 | 天国めいた地獄 | 震災詩集 災禍の上に | 시 | |
| 1923.11 | 沢ゆき子 | 九月一日の夜の小屋から | 震災詩集 災禍の上に | 시 | |
| 1923.11 | 白鳥省吾 | 寂しい満月 | 震災詩集 災禍の上に | 시 | |
| 1923.11 | 白鳥省吾 | 灰燼の中から | 震災詩集 災禍の上に | 시 | |
| 1923.11 | 白鳥省吾 | 初秋の庭 | 震災詩集 災禍の上に | 시 | |
| 1923.11 | 鈴木信治 | 田舎に在りて | 震災詩集 災禍の上に | 시 | |
| 1923.11 | 陶山篤太郎 | 墳墓 | 震災詩集 災禍の上に | 시 | |
| 1923.11 | 陶山篤太郎 | バラックの月 | 震災詩集 災禍の上に | 시 | |
| 1923.11 | 陶山篤太郎 | 愛恋 | 震災詩集 災禍の上に | 시 | |
| 1923.11 | 千家元麿 | 凄い夜半の月がのぼった | 震災詩集 災禍の上に | 시 | |
| 1923.11 | 千家元麿 | 死の電車 | 震災詩集 災禍の上に | 시 | |
| 1923.11 | 千家元麿 | 青鬼と赤鬼 | 震災詩集 災禍の上に | 시 | |
| 1923.11 | 大藤治郎 | 焼跡へ帰る | 震災詩集 災禍の上に | 시 | |
| 1923.11 | 多田不二 | 焦土に立つ | 震災詩集 災禍の上に | 시 | |
| 1923.11 | 角田竹夫 | 都市哀歌 | 震災詩集 災禍の上に | 시 | 간토 |
| 1923.11 | 富田砕花 | 残された影 | 震災詩集 災禍の上に | 시 | 대지진 (1923) |
| 1923.11 | 長沢三郎 | 吾が聞くは | 震災詩集 災禍の上に | 시 | |
| 1923.11 | 中田信子 | 隣人の愛 | 震災詩集 災禍の上に | 시 | |
| 1923.11 | 中田信子 | 秋風 | 震災詩集 災禍の上に | 시 | |
| 1923.11 | 中西悟堂 | 虐殺されし首都 | 震災詩集 災禍の上に | 시 | |
| 1923.11 | 中山啓 | 新鮮な首都 | 震災詩集 災禍の上に | 시 | |
| 1923.11 | 萩原恭次郎 | 無題 | 震災詩集 災禍の上に | 시 | |
| 1923.11 | 萩原恭次郎 | 噴き上がれ新事実の血 | 震災詩集 災禍の上に | 시 | |
| 1923.11 | 橋爪健 | 人類鏖滅 | 震災詩集 災禍の上に | 시 | |
| 1923.11 | 林真一 | 怖ろしき廃墟 | 震災詩集 災禍の上に | 시 | |
| 1923.11 | 林真一 | 死滅 | 震災詩集 災禍の上に | 시 | |
| 1923.11 | 日夏耿之助 | 尸解 | 震災詩集 災禍の上に | 시 | |
| 1923.11 | 深尾須磨子 | 博士のゆくへ | 震災詩集 災禍の上に | 시 | |
| 1923.11 | 深尾須磨子 | 忘れた秋 | 震災詩集 災禍の上に | 시 | |
| 1923.11 | 福田正夫 | 足音 | 震災詩集 災禍の上に | 시 | |
| 1923.11 | 福田正夫 | 法師蝉 | 震災詩集 災禍の上に | 시 | |
| 1923.11 | 藤森秀夫 | バラック讚賞 | 震災詩集 災禍の上に | 시 | |
| 1923.11 | 堀口大学 | 禍 | 震災詩集 災禍の上に | 시 | |

| | | | | | |
|---|---|---|---|---|---|
| 1923.11 | 堀口大学 | 人間よ | 震災詩集 災禍の上に | 시 | |
| 1923.11 | 正冨汪洋 | 死都 | 震災詩集 災禍の上に | 시 | |
| 1923.11 | 正冨汪洋 | 門柱に凭れて | 震災詩集 災禍の上に | 시 | |
| 1923.11 | 正冨汪洋 | 小曲二篇 | 震災詩集 災禍の上に | 시 | |
| 1923.11 | 松原至大 | 人間を結ぶ | 震災詩集 災禍の上に | 시 | |
| 1923.11 | 松本淳三 | 美しい花 | 震災詩集 災禍の上に | 시 | |
| 1923.11 | 松本淳三 | 蜻蛉 | 震災詩集 災禍の上に | 시 | |
| 1923.11 | 前田春声 | 廃墟東京に寄す | 震災詩集 災禍の上に | 시 | |
| 1923.11 | 三木露風 | 震災詩前曲 ノエの洪水 | 震災詩集 災禍の上に | 시 | |
| 1923.11 | 三木露風 | 流浪の子 | 震災詩集 災禍の上に | 시 | |
| 1923.11 | 三木露風 | 悪の籠 | 震災詩集 災禍の上に | 시 | |
| 1923.11 | 三木露風 | 哀歌 | 震災詩集 災禍の上に | 시 | |
| 1923.11 | 三木露風 | 帝都の惨害を歌ふ詩 | 震災詩集 災禍の上に | 시 | |
| 1923.11 | 南江二郎 | 不朽なるもの | 震災詩集 災禍の上に | 시 | |
| 1923.11 | 武者小路実篤 | 用意はいゝか | 震災詩集 災禍の上に | 시 | |
| 1923.11 | 村松正俊 | 思ひ | 震災詩集 災禍の上に | 시 | |
| 1923.11 | 百田宗治 | 蟋蟀 | 震災詩集 災禍の上に | 시 | 간토 대지진 (1923) |
| 1923.11 | 百田宗治 | 霧 | 震災詩集 災禍の上に | 시 | |
| 1923.11 | 百田宗治 | 小田原にて | 震災詩集 災禍の上に | 시 | |
| 1923.11 | 山口宇多子 | 淋しい秋 | 震災詩集 災禍の上に | 시 | |
| 1923.11 | 米沢順子 | その夜 | 震災詩集 災禍の上に | 시 | |
| 1923.11 | 米沢順子 | 空し | 震災詩集 災禍の上に | 시 | |
| 1923.11 | 宵島俊吉 | 東京のために | 震災詩集 災禍の上に | 시 | |
| 1923.11 | 宵島俊吉 | バラック街で | 震災詩集 災禍の上に | 시 | |
| 1923.11 | 井上康文 | 滅亡の首都・郷土 | 震災詩集 災禍の上に | 시 | |
| 1923.11 | 柳宗悦 | 死とその悲みに就て | 『女性改造』2(10)新東京号 | 평론 | |
| 1923.11 | 千葉龜雄 | 国民性上の二疑問 | 『女性改造』2(10)新東京号 | 평론 | |
| 1923.11 | 帆足理一郎 | 生と死の問題 | 『女性改造』2(10)新東京号 | 평론 | |
| 1923.11 | 高須芳次郎 | 新東京の黎明色 | 『女性改造』2(10)新東京号 | 수필 | |
| 1923.11 | 白鳥省吾 | 焦土復興と残街繁晶 | 『女性改造』2(10)新東京号 | 수필 | |
| 1923.11 | 網野菊 | 私のスケッチ | 『女性改造』2(10)新東京号 | 수필 | |
| 1923.11 | 三宅やす子 | 新東京記 | 『女性改造』2(10)新東京号 | 수필 | |
| 1923.11 | 近松秋江 | 涙の溢れる東京 | 『女性改造』2(10)新東京号 | 수필 | |
| 1923.11 | 竹久夢二 | 帝都復興畫譜 | 『女性改造』2(10)新東京号 | 수필 | |
| 1923.11 | 高群逸枝 | 新東洋主義へ | 『女性改造』2(10)新東京号 | 평론 | |
| 1923.11 | 藤田咲子 | 実際的に見た私の要求 | 『女性改造』2(10)新東京号 | 평론 | |

| | | | | | |
|---|---|---|---|---|---|
| 1923.11 | 加藤愛子 | 凶災より復興へ | 『女性改造』2(10)新東京号 | 평론 | |
| 1923.11 | 杉浦翠子 | 慟哭の歌 | 『女性改造』2(10)新東京号 | 시 | |
| 1923.11 | 阿部しづ | 劒のかげに | 『女性改造』2(10)新東京号 | 르포 | |
| 1923.11 | 長島喜代子 | 火の粉の中で水盃をして | 『女性改造』2(10)新東京号 | 르포 | |
| 1923.11 | 川口たり子 | 悲しい横浜関内の話 | 『女性改造』2(10)新東京号 | 체험기 | |
| 1923.11 | 栗島浪江 | 愛児を奪はれ憎悪より感泣へ | 『女性改造』2(10)新東京号 | 수필 | |
| 1923.11 | 村岡巴 | 呪はしき良人の死 | 『女性改造』2(10)新東京号 | 체험기 | |
| 1923.11 | 菊池寛 | 厨川白村氏の思ひ出 | 『女性改造』2(10)新東京号 | 체험기 | |
| 1923.11 | 厨川蝶子 | 哀しみの追憶より | 『女性改造』2(10)新東京号 | 체험기 | |
| 1923.11 | 平塚明子 | 震災雑感 | 『女性改造』2(10)新東京号 | 체험기 | |
| 1923.11 | 沢田正二郎 | 難に克つ | 『女性改造』2(10)新東京号 | 체험기 | |
| 1923.11 | 佐賀ふさ | 衣服の改善と諸種の実例 | 『女性改造』2(10)新東京号 | 부흥 위한 생활개선 기사 | |
| 1923.11 | 手塚かね子 | 食物の献立は科学的に考案したい | 『女性改造』2(10)新東京号 | 부흥 위한 생활개선 기사 | |
| 1923.11 | 木村恒 | 婦人の三大敵 | 『女性改造』2(10)新東京号 | 부흥 위한 생활개선 기사 | 간토 대지진 (1923) |
| 1923.11 | 野上弥生子 | 野枝さんのこと | 『女性改造』2(10)新東京号 | 수필 | |
| 1923.11 | 大杉栄, 伊藤野枝 | 七年前の恋の往復 | 『女性改造』2(10)新東京号 | 서간 | |
| 1923.11 | 橘あやめ | 憶ひすまゝ | 『女性改造』2(10)新東京号 | 수필 | |
| 1923.11 | 賀川豊彦 | 鳳凰は灰燼より甦る | 『女性改造』2(10)新東京号 | 평론 | |
| 1923.11 | 伊藤野枝 | 或る男の堕落 | 『女性改造』2(10)新東京号 | 아마카스 사건으로 살해당한 伊藤의 유고 | |
| 1923.11 | 加能作次郎 | 下町娘の日記 | 『女性改造』2(10)新東京号 | 소설 | |
| 1923.11 | 河井醉茗 | 余震時々の手記 | 『女性改造』2(10)新東京号 | 체험기 | |
| 1923.11 | 岡本かの子 | 逃れ来りて | 『女性改造』2(10)新東京号 | 시 | |
| 1923.11 | 三宅雪嶺 | 帝都の復興について | 『女性』9(11)十一月号 | 평론 | |
| 1923.11 | 杉森孝次郎 | 真理に機会を興へる変時の威力 | 『女性』9(11)十一月号 | 평론 | |
| 1923.11 | 土田杏村 | 天災の地理的環境と文明の帰趨 | 『女性』9(11)十一月号 | 평론 | |
| 1923.11 | 高野六郎 | 生き延びた生命を粗略に扱ふな―震災後の衛生と婦徳問題 | 『女性』9(11)十一月号 | 평론 | |
| 1923.11 | 権田保之助 | 非常時に現はれた娯楽の種々相 | 『女性』9(11)十一月号 | 체험기 | |

| 1923.11 | 大谷句仏 | 秋蟬 | 『女性』9(11) 十一月号 | 체험기 | |
| 1923.11 | 九条武子 | 炎の歓呼 | 『女性』9(11) 十一月号 | 시 | |
| 1923.11 | 河竹繁俊 | 本所を脱出して | 『女性』9(11) 十一月号 | 체험기 | |
| 1923.11 | 厨川蝶子 | 悲しき追懐 | 『女性』9(11) 十一月号 | 체험기 | |
| 1923.11 | 千葉亀雄 | 中産階級の失業者其他 | 『女性』9(11) 十一月号 | 평론 | |
| 1923.11 | 平塚明 | 都市経営に繋る女性の分け前 | 『女性』9(11) 十一月号 | 평론 | |
| 1923.11 | 三宅やす子 | 暴露された都会生活者の欠点 | 『女性』9(11) 十一月号 | 평론 | |
| 1923.11 | 井上秀子 | 宗教的に光りある生活を求む | 『女性』9(11) 十一月号 | 평론 | |
| 1923.11 | 山田わか | 有閑階級婦人の猛省を促す | 『女性』9(11) 十一月号 | 평론 | |
| 1923.11 | 永井荷風 | 快活なる運河の都とせよ | 『女性』9(11) 十一月号 | 부흥에 대한 요구 | |
| 1923.11 | 丸山幹治 | 予定図は金が掛からない | 『女性』9(11) 十一月号 | 부흥에 대한 요구 | |
| 1923.11 | 岡上りう | 新町名には東西名士の名を | 『女性』9(11) 十一月号 | 부흥에 대한 요구 | |
| 1923.11 | 高村智恵 | 建設の根源は此処に在り | 『女性』9(11) 十一月号 | 부흥에 대한 요구 | |
| 1923.11 | 志賀重昴 | 世界的の商都と防禦都とに | 『女性』9(11) 十一月号 | 부흥에 대한 요구 | 간토 대지진 (1923) |
| 1923.11 | 塚本靖 | 市区改正を理想的に行へ | 『女性』9(11) 十一月号 | 부흥에 대한 요구 | |
| 1923.11 | 若宮卯之助 | 西洋流の都市計画には大反対 | 『女性』9(11) 十一月号 | 부흥에 대한 요구 | |
| 1923.11 | 馬場恒吾 | 放射線道路は実用に適さぬ | 『女性』9(11) 十一月号 | 부흥에 대한 요구 | |
| 1923.11 | 下田将美 | 新生の大東京を建つべく | 『女性』9(11) 十一月号 | 부흥에 대한 요구 | |
| 1923.11 | 高村光太郎 | アメリカ趣味の流入を防げ | 『女性』9(11) 十一月号 | 부흥에 대한 요구 | |
| 1923.11 | 与謝野晶子 | 明治神宮あたりを中心に | 『女性』9(11) 十一月号 | 부흥에 대한 요구 | |
| 1923.11 | 早川鉄治 | 地震国の学者を招徠して | 『女性』9(11) 十一月号 | 부흥에 대한 요구 | |
| 1923.11 | 関野貞 | 間に合せ主義はこの際禁物 | 『女性』9(11) 十一月号 | 부흥에 대한 요구 | |
| 1923.11 | 笹川臨風 | 市民の復舊は先決問題 | 『女性』9(11) 十一月号 | 부흥에 대한 요구 | |
| 1923.11 | 山川菊栄 | 人口を広い面積に撒布さすこと | 『女性』9(11) 十一月号 | 부흥에 대한 요구 | |

| 1923.11 | 山田わか | 性的の自警自治を促す | 『女性』9(11)十一月号 | 부흥에 대한 요구 | |
|---|---|---|---|---|---|
| 1923.11 | 巌谷小波 | 中央集権の弊を矯めたい | 『女性』9(11)十一月号 | 부흥에 대한 요구 | |
| 1923.11 | 市川源三 | 学校にはプールを附設すること | 『女性』9(11)十一月号 | 부흥에 대한 요구 | |
| 1923.11 | 坪谷善四郎 | 無公園の実物教育に鑑みて | 『女性』9(11)十一月号 | 부흥에 대한 요구 | |
| 1923.11 | 伊東忠太 | 災害の因をなした二要素 | 『女性』9(11)十一月号 | 부흥에 대한 요구 | |
| 1923.11 | 下村宏 | 随所に大競技場を設けよ | 『女性』9(11)十一月号 | 부흥에 대한 요구 | |
| 1923.11 | 下田歌子 | 恥かしい職業を廃したい | 『女性』9(11)十一月号 | 부흥에 대한 요구 | |
| 1923.11 | 岡田信一郎 | 燃えない都と其の下玄関 | 『女性』9(11)十一月号 | 부흥에 대한 요구 | |
| 1923.11 | 川尻東馬 | 可能性ある範囲で実行 | 『女性』9(11)十一月号 | 부흥에 대한 요구 | |
| 1923.11 | 佐藤功一 | 大地に理想的のラインを引け | 『女性』9(11)十一月号 | 부흥에 대한 요구 | 간토 대지진 (1923) |
| 1923.11 | 山本鼎 | 形態と色彩の調和に注意せよ | 『女性』9(11)十一月号 | 부흥에 대한 요구 | |
| 1923.11 | 宮田修 | 公共施設の分布を系統的に | 『女性』9(11)十一月号 | 부흥에 대한 요구 | |
| 1923.11 | 川田順 | 大地震後のある夜 | 『女性』9(11)十一月号 | 체험기 | |
| 1923.11 | 原阿佐諸 | 保田で拾つた生命 | 『女性』9(11)十一月号 | 체험기 | |
| 1923.11 | 中条百合子 | 私の覚え書 | 『女性』9(11)十一月号 | 체험기 | |
| 1923.11 | 大谷光瑞 | 震災所感 | 『女性』9(11)十一月号 | 평론 | |
| 1923.11 | 厨川白村 | 断片語(遺稿)－倒壊せし白日村舎の壁土の底に見出でたるノートの端より | 『女性』9(11)十一月号 | 수필 | |
| 1923.11 | 谷崎潤一郎 | 港の人々 | 『女性』9(11)十一月号 | 체험기 | |
| 1923.11 | 須永晥次 | 相模灘大地震の真相 | 『思想』第25号 | 논문 | |
| 1923.11 | 日下部四郎太 | 大地震豫報之可能性 | 『思想』第25号 | 논문 | |
| 1923.11 | 中村清二 | 大地震による火災 | 『思想』第25号 | 논문 | |
| 1923.11 | 中村左衛門太郎 | 大地震の惨害を見ての感想 | 『思想』第25号 | 논문 | |
| 1923.11 | 岡田武松 | 震災雑談 | 『思想』第25号 | 논문 | |
| 1923.11 | 佐野利器 | 地震と建築 | 『思想』第25号 | 논문 | |
| 1923.11 | 藤原咲平 | 地震と火災 | 『思想』第25号 | 논문 | |
| 1923.11 | 佐藤功一 | 民族性と住宅観 | 『思想』第25号 | 논문 | |

| 1923.11 | 内藤多仲 | 建築物と震火災 | 『思想』第25号 | 논문 | |
|---|---|---|---|---|---|
| 1923.11 | 今村明恒 | 東京市街地に於ける震度の分布 | 『思想』第25号 | 논문 | |
| 1923.11 | 長岡半太郎 | 大震雑感(前) | 『思想』第25号 | 체험기 | |
| 1923.11 | 三宅雪嶺 | 震災関係の心理的現象 | 『思想』第25号 | 평론 | |
| 1923.11 | 安倍能成 | 震災と都会文化 | 『思想』第25号 | 평론 | |
| 1923.11 | 野上豊一郎 | 九月一日 | 『思想』第25号 | 체험기 | |
| 1923.11 | 茅野蕭々 | 認識による征服(断想三章) | 『思想』第25号 | 평론 | |
| 1923.11 | 速水滉 | 流言蜚語の心理 | 『思想』第25号 | 평론 | |
| 1923.11 | 和辻哲郎 | 地異印象記 | 『思想』第25号 | 체험기 | |
| 1923.11 | 篠田英 | 一つの経験 | 『思想』第25号 | 체험기 | |
| 1923.11 | 中村憲吉 | 震災追想四篇 | 『アララギ』16(12)第二震災号 | 수필 | |
| 1923.11 | 加納暁 | 震災雑録 | 『アララギ』16(12)第二震災号 | 체험기 | |
| 1923.11 | 今井邦子 | 震災の日 | 『アララギ』16(12)第二震災号 | 체험기 | |
| 1923.11 | 築地藤子 | 震災書信 | 『アララギ』16(12)第二震災号 | 체험기 | |
| 1923.11 | 斎籐義直 | 焼原雑感 | 『アララギ』16(12)第二震災号 | 체험기 | |
| 1923.11 | 小杉茂 | 宮城前の一夜 | 『アララギ』16(12)第二震災号 | 체험기 | |
| 1923.11 | 武田祐吉 | 萬葉集三本の喪失 | 『アララギ』16(12)第二震災号 | 진재로 소실된 책 | 간토 대지진 (1923) |
| 1923.11 | 高田浪吉 | 災害の後に | 『アララギ』16(12)第二震災号 | 체험기 | |
| 1923.11 | 작자 미상 | 二月集(震災歌) | 『アララギ』16(12)第二震災号 | 시 | |
| 1923.12 | 堂本印象 | 京都より | 震災畫譜 畫家の眼 | 편지 | |
| 1923.12 | 鶴田吾郎 | 線と面と重量感 | 震災畫譜 畫家の眼 | 수필 | |
| 1923.12 | 鶴田吾郎 | 焦土に立つ人 | 震災畫譜 畫家の眼 | 수필 | |
| 1923.12 | 会宮一念 | 落日の街ー銀座附近にて | 震災畫譜 畫家の眼 | 삽화 | |
| 1923.12 | 岡本一平 | 隅田川を箪笥に攫まって | 震災畫譜 畫家の眼 | 수필 | |
| 1923.12 | 服部亮英 | 九月二日の記 | 震災畫譜 畫家の眼 | 체험기 | |
| 1923.12 | 在田稠 | 復興よ速かなれ | 震災畫譜 畫家の眼 | 시 | |
| 1923.12 | 平福百穂 | 湯島聖堂跡 | 震災畫譜 畫家の眼 | 수필 | |
| 1923.12 | 山村耕花 | 胎児 | 震災畫譜 畫家の眼 | 시 | |
| 1923.12 | 山村耕花 | 木の骸 | 震災畫譜 畫家の眼 | 시 | |
| 1923.12 | 細木原青起 | 考へ事 | 震災畫譜 畫家の眼 | 체험기 | |
| 1923.12 | 森島直三 | 己の手 | 震災畫譜 畫家の眼 | 체험기 | |
| 1923.12 | 小川治平 | お灸と地震 | 震災畫譜 畫家の眼 | 체험기 | |
| 1923.12 | 林重義 | 吉原の焼跡 | 震災畫譜 畫家の眼 | 체험기 | |
| 1923.12 | 八幡白帆 | 貴重なる体験 | 震災畫譜 畫家の眼 | 체험기 | |
| 1923.12 | 奥村林暁 | 震災句 | 震災畫譜 畫家の眼 | 시 | |

| 1923.12 | 森田恒友 | 収容所附近 | 震災畫譜 畫家の眼 | 삽화 | |
|---------|---------|-----------|-------------------|------|---|
| 1923.12 | 小寺健吉 | 清水堂のゑんの下 | 震災畫譜 畫家の眼 | 수필 | |
| 1923.12 | 小寺健吉 | 駿河臺 | 震災畫譜 畫家の眼 | 수필 | |
| 1923.12 | 伊東深水 | 日比谷所見 | 震災畫譜 畫家の眼 | 수필 | |
| 1923.12 | 柚木久太 | 寸感 | 震災畫譜 畫家の眼 | 수필 | |
| 1923.12 | 岩田専太郎 | 焼跡にて | 震災畫譜 畫家の眼 | 수필 | |
| 1923.12 | 相田直彦 | 築地にて | 震災畫譜 畫家の眼 | 수필 | |
| 1923.12 | 水島爾保布 | 救助者！ | 震災畫譜 畫家の眼 | 삽화 | |
| 1923.12 | 清水対岳坊 | 菊を眺める人 | 震災畫譜 畫家の眼 | 삽화 | |
| 1923.12 | 宍戸左行 | 皮一枚の深さ | 震災畫譜 畫家の眼 | 수필 | |
| 1923.12 | 中西立頃 | 地震成金 | 震災畫譜 畫家の眼 | 수필 | |
| 1923.12 | 竹久夢二 | 不死鳥 | 震災畫譜 畫家の眼 | 수필 | |
| 1923.12 | 竹久夢二 | お茶の水にて | 震災畫譜 畫家の眼 | 삽화 | |
| 1923.12 | 吉田秋光 | 火の海 | 震災畫譜 畫家の眼 | 체험기 | |
| 1923.12 | 吉田秋光 | 野にかへる | 震災畫譜 畫家の眼 | 수필 | |
| 1923.12 | 平沢大暲 | 寸感 | 震災畫譜 畫家の眼 | 수필 | |
| 1923.12 | 池部鈞 | ビール瓶よ | 震災畫譜 畫家の眼 | 체험기 | |
| 1923.12 | 下川凹天 | 逃げる人々 | 震災畫譜 畫家の眼 | 체험기 | 간토 |
| 1923.12 | 代田收一 | 大地震の産物 | 震災畫譜 畫家の眼 | 수필 | 대지진 |
| 1923.12 | 森火山 | 木場の橋を渡る | 震災畫譜 畫家の眼 | 체험기 | (1923) |
| 1923.12 | 川端龍子 | 一枚の茣蓙 | 震災畫譜 畫家の眼 | 체험기 | |
| 1923.12 | 丸山晩霞 | 怪雲 | 震災畫譜 畫家の眼 | 체험기 | |
| 1923.12 | 望月省三 | のこんの家(神田にて) | 震災畫譜 畫家の眼 | 삽화 | |
| 1923.12 | 望月省三 | 廃墟(築地にて) | 震災畫譜 畫家の眼 | 삽화 | |
| 1923.12 | 清水三重三 | 市村座の焼跡 | 震災畫譜 畫家の眼 | 삽화 | |
| 1923.12 | 清水三重三 | こしらへ心配 | 震災畫譜 畫家の眼 | 체험기 | |
| 1923.12 | 宮尾しげな | 湯島天神 | 震災畫譜 畫家の眼 | 시 | |
| 1923.12 | 幸内純一 | 震災を讃美する | 震災畫譜 畫家の眼 | 수필 | |
| 1923.12 | 前川千帆 | 半僧坊様の復興 | 震災畫譜 畫家の眼 | 수필 | |
| 1923.12 | 長谷川昇 | 震災の生産物 | 震災畫譜 畫家の眼 | 삽화 | |
| 1923.12 | 長谷川昇 | 唯一の交通機関 | 震災畫譜 畫家の眼 | 삽화 | |
| 1923.12 | 荻野健兒 | 銀座教会にて | 震災畫譜 畫家の眼 | 편지 | |
| 1923.12 | 関晴風 | 一笑話 | 震災畫譜 畫家の眼 | 체험기 | |
| 1923.12 | 関晴風 | 災残のニコライ堂 | 震災畫譜 畫家の眼 | 수필 | |
| 1923.12 | 新関健之助 | 野天風呂 | 震災畫譜 畫家の眼 | 수필 | |
| 1923.12 | 新関健之助 | 線路上の夜營 | 震災畫譜 畫家の眼 | 수필 | |

| | | | | | |
|---|---|---|---|---|---|
| 1923.12 | 小室孝雄 | 破壊の半面 | 震災畫譜 畫家の眼 | 수필 | |
| 1923.12 | 近藤浩一路 | 震災日記の一節 | 震災畫譜 畫家の眼 | 체험기 | |
| 1923.12 | 安倍能成 | 或る禅坊の焼失 | 『思想』第26号 | 체험기 | |
| 1924.1 | 土岐善麿 | 避難生活の中に | 『女性改造』3(1)新年号 | 체험기 | |
| 1924.1 | 鹿島英二 | 流行の新傾向は復興色と復興柄 | 『女性改造』3(1)新年号 | 패션기사 | |
| 1924.9 | 東京市,<br>万朝報社 編 | 震災記念十一時五十八分 | 萬朝報社出版部 | 체험기,<br>미담 등 | |
| 1927.1 | 坪内逍遥 | 大震災より得たる教訓 | 逍遥選集10 | 체험기 | |
| 1930.1 | 久米正雄 | 地異人変記 | 久米正雄全集13 | 체험기 | |
| 1930.1 | 久米正雄 | 鎌倉震災日記 | 久米正雄全集13 | 체험기 | |
| 1930.1 | 久米正雄 | 震水火の只中に | 久米正雄全集13 | 체험기 | |
| 1930.1 | 久米正雄 | 母を見るまで | 久米正雄全集13 | 체험기 | |
| 1930.1 | 久米正雄 | 災害印象 | 久米正雄全集13 | 체험기 | |
| 1930.1 | 久米正雄 | 追憶の東京 | 久米正雄全集13 | 체험기 | |
| 1930.1 | 久米正雄 | バラック・カッフェエ | 久米正雄全集13 | 체험기 | |
| 1930.1 | 久米正雄 | 際物 | 久米正雄全集13 | 소설 | |
| 1938.6 | 徳冨健次郎<br>(蘆花) | 読者に | みみずのたはこと(下) | 수필 | 간토<br>대지진<br>(1923) |
| 1942.10. | 泉鏡花 | 露宿 | 鏡花全集第27巻 | 체험기 | |
| 1942.10. | 泉鏡花 | 十六夜 | 鏡花全集第27巻 | 체험기 | |
| 1942.10. | 泉鏡花 | 間引菜 | 鏡花全集第27巻 | 체험기 | |
| 1953.4 | 里見弴 | 妖雲 | 安城家の兄弟(中) | 소설 | |
| 1954.7 | 幸田露伴 | 震は亨る | 露伴全集30 | 체험기 | |
| 1957.6 | 高村光太郎 | 美の立場から(震災直後) | 高村光太郎全集4 | 평론 | |
| 1958.11 | 若山牧水 | 地震日記 | 若山牧水全集7 | 체험기 | |
| 1959.5 | 若山牧水 | 余震雑詠 | 若山牧水全集2 | 시 | |
| 1960.11 | 菊池寛 | 震災余譚 | 菊池寛文学全集1 | 체험기 | |
| 1967.2 | 正宗白鳥 | 蠟燭の光にて | 正宗白鳥全集10 | 수필 | |
| 1967.2 | 正宗白鳥 | 歳晩の感想 | 正宗白鳥全集10 | 수필 | |
| 1967.2 | 正宗白鳥 | 私と雑誌 | 正宗白鳥全集10 | 수필 | |
| 1967.2 | 正宗白鳥 | あの夜の感想 | 正宗白鳥全集10 | 수필 | |
| 1967.2 | 正宗白鳥 | 大地は揺らぐ | 正宗白鳥全集10 | 수필 | |
| 1967.4 | 久保田万太郎 | 火事息子 | 久保田万太郎全集4 | 소설 | |
| 1967.8 | 島崎藤村 | 子に送る手紙 | 藤村全集10 | 체험기,<br>서간체 | |
| 1967.8 | 折口信夫 | 砂けぶり | 折口信夫全集22 | 시 | |

| 1968.8 | 谷崎潤一郎 | 「九月一日」前後のこと | 谷崎潤一郎全集22 | 체험기 | |
| 1968.8 | 宇野浩二 | 震災文章 | 宇野浩二全集12 | 체험기 | |
| 1968.11 | 島崎藤村 | 関東大震災直後の書簡 | 藤村全集17 | 서간 | |
| 1969.10 | 島木赤彦 | 震災雑感 | 赤彦全集6 | 수필 | |
| 1969.4 | 島木赤彦 | 関東震災 | 赤彦全集1 | 시 | |
| 1969.5 | 佐藤春夫 | 大震災見舞手紙の一つ | 佐藤春夫全集11 | 체험기 | |
| 1969.5 | 佐藤春夫 | 芥川龍之介のこと:間抜けなとこのない人 | 佐藤春夫全集11 | 체험기 | |
| 1972.10. | 江口渙 | 車中の出来事 | 江口渙自選作品集2 | 체험기 | |
| 1972.10. | 江口渙 | 帰れる弟 | 江口渙自選作品集2 | 체험기 | |
| 1973.11 | 斎藤茂吉 | 日本大地震 | 斎藤茂吉全集5 | 체험기 | |
| 1973.12 | 大仏次郎 | 地震の話 | 大佛次郎随筆全集1 水に書く | 수필 | |
| 1973.9 | 志賀直哉 | 震災見舞(日記) | 志賀直哉全集3 | 체험기 | |
| 1974.3 | 田山花袋 | 東京震災記 | 田山花袋全集新輯別巻 | 체험기 | |
| 1974.4 | 高浜虚子 | 震災後の丸ビル | 定本高濱虚子全集8 | 체험기 | |
| 1974.4 | 高浜虚子 | バラック建ての中央郵便局 | 定本高濱虚子全集8 | 체험기 | |
| 1974.11 | 徳田秋声 | 不安のなかに | 秋声全集6 | 체험기 | 간토대지진 (1923) |
| 1974.11 | 徳田秋声 | 余震の一夜 | 秋声全集6 | 체험기 | |
| 1974.11 | 徳田秋声 | 「フアイヤガン」 | 秋声全集6 | 체험기 | |
| 1974.11 | 徳田秋声 | 震災文章~心境断片 | 秋聲全集15 | 체험기 | |
| 1974.12 | 葛西善蔵 | 一種の寂寞とした感じ | 葛西善蔵全集3 | 수필 | |
| 1974.12 | 葛西善蔵 | 敢て陳辯ー菊池君に | 葛西善蔵全集3 | 수필 | |
| 1975.2 | 芥川文 | 追想芥川龍之介 | 筑摩書房 | 체험기 | |
| 1975.3 | 葛西善蔵 | 蠢く者 | 葛西善蔵全集2 | 사소설 | |
| 1977.3 | 山本有三 | その日から翌朝まで | 定本版山本有三全集第十巻 | 체험기 | |
| 1977.3 | 山本有三 | 地震と有一 | 定本版山本有三全集第十巻 | 체험기 | |
| 1977.3 | 山本有三 | 大地 | 定本版山本有三全集第十巻 | 체험기 | |
| 1977.5 | 萩原朔太郎 | 近日所感 | 萩原朔太郎全集3 | 시 | |
| 1977.5 | 堀辰雄 | 麦藁帽子 | 堀辰雄全集1 | 소설 | |
| 1977.5 | 堀辰雄 | 顔 | 堀辰雄全集1 | 소설 | |
| 1978.1 | 芥川龍之介 | 大震雑記 | 芥川龍之介全集6 | 체험기 | |
| 1978.1 | 芥川龍之介 | 大震日録 | 芥川龍之介全集6 | 체험기 | |
| 1978.1 | 芥川龍之介 | 大震に際せる感想 | 芥川龍之介全集6 | 평론 | |
| 1978.1 | 芥川龍之介 | 東京人 | 芥川龍之介全集6 | 평론 | |
| 1978.1 | 芥川龍之介 | 廃都東京 | 芥川龍之介全集6 | 평론 | |
| 1978.1 | 芥川龍之介 | 震災の文芸に与ふる影響 | 芥川龍之介全集6 | 평론 | |

| 1978.1 | 芥川龍之介 | 古書の焼失を惜しむ | 芥川龍之介全集6 | 평론 | |
|---|---|---|---|---|---|
| 1978.1 | 芥川龍之介 | 鸚鵡 | 芥川龍之介全集6 | 소설 | |
| 1978.1 | 芥川龍之介 | 妄問妄答 | 芥川龍之介全集6 | 소설 | |
| 1978.5 | 永井龍男 | 石版東京図絵 | 中央公論社 | 수필 | |
| 1979.4 | 佐多稲子 | 下町のひとびと | 佐多稲子全集17 | 소설 | |
| 1980.12 | 与謝野晶子 | 大震後第一春の歌 | 定本与謝野晶子全集10 | 시 | |
| 1980.12 | 与謝野晶子 | 地震後一年 | 定本与謝野晶子全集10 | 시 | |
| 1981.1 | 与謝野晶子 | 大震後の生活 | 定本与謝野晶子全集19 | 평론 | |
| 1982.1 | 堀口大学 | 禍 | 堀口大学全集1 | 체험을<br>시로 | |
| 1982.1 | 堀口大学 | 地震 | 堀口大学全集1 | 체험을<br>시로 | |
| 1982.1 | 永井龍男 | 大震災の中の一人 | 永井龍男全集10 | 체험기 | |
| 1982.4 | 川端康成 | 大火見物 | 川端康成全集26 | 체험기 | |
| 1982.4 | 堀口大学 | 地震 | 堀口大学全集3 | 체험을<br>시로 | |
| 1982.7 | 横光利一 | 震災 | 定本横光利一全集13 | 평론 | |
| 1982.11 | 井伏鱒二 | 関東大震災直後 | 荻窪風土記 | 체험기 | 간토<br>대지진<br>(1923) |
| 1982.11 | 井伏鱒二 | 震災避難民 | 荻窪風土記 | 체험기 | |
| 1983.2 | 内村鑑三 | 天災と天罰及び天恵 | 内村鑑三全集28 | 평론 | |
| 1983.2 | 内村鑑三 | The earthquake 地震に就いて | 内村鑑三全集28 | 평론 | |
| 1983.2 | 内村鑑三 | 災後余感 | 内村鑑三全集28 | 체험기 | |
| 1983.2 | 内村鑑三 | 震はれざる国 | 内村鑑三全集28 | 평론 | |
| 1983.2 | 内村鑑三 | 東京神田の焼跡に… | 内村鑑三全集28 | 체험기 | |
| 1983.3 | 大岡昇平 | 震災 | 大岡昇平集2 幼年、少年 | 자전 | |
| 1985.2 | 宮地嘉六 | 蒟蒻の味 | 宮地嘉六著作集6 | 소설 | |
| 1986.2 | 北原白秋 | 大震抄 | 白秋全集9 | 체험을<br>시로 | |
| 1987.2 | 北原白秋 | 地震年 | 白秋全集29 | 시 | |
| 1987.3 | 内田魯庵 | 地震の教訓 | 内田魯庵全集8 | 평론 | |
| 1987.3 | 内田魯庵 | 永遠に償はれない文化的大損失 | 内田魯庵全集8 | 평론 | |
| 1987.3 | 内田魯庵 | 典籍の廃墟 | 内田魯庵全集8 | 평론 | |
| 1987.3 | 内田魯庵 | 図書館の復興と文献の保存 | 内田魯庵全集8 | 평론 | |
| 1987.10. | 秋田雨雀 | 自然の大脅威時代 | 雨雀自伝 | 체험기 | |
| 1987.10. | 秋田雨雀 | フェビヤン時代 | 雨雀自伝 | 체험기 | |
| 1988.2 | 北原白秋 | 震後 | 白秋全集38 | 시 | |
| 1988.8 | 宮本外骨 | 震災画報 | 宮本外骨著作集3 | 르포 | |

| | | | | | |
|---|---|---|---|---|---|
| 1988.12 | 武者小路実篤 | 今後の文芸 | 武者小路実篤全集7 | 수필 | |
| 1989.11 | 戸川貞雄 | 震災異聞 | モダン都市文学1モダン東京案内 | 소설 | |
| 1989.2 | 武者小路実篤 | 六号雑記 | 武者小路実篤全集8 | 수필 | |
| 1991.5 | 和辻哲郎 | 地異印象記 | 和辻哲郎全集23 | 체험기 | |
| 1992.2 | 森茉莉 | 関東大震災 | 記憶の繪 | 체험기 | |
| 1992.2 | 森茉莉 | 震災風景 | 記憶の繪 | 체험기 | |
| 1993.10 | 近松秋江 | 地震文学 | 近松秋江全集11 | 수필 | |
| 1993.10 | 近松秋江 | 関西落ちを嗤ふ | 近松秋江全集11 | 수필 | |
| 1993.10 | 近松秋江 | 大震災一周年の回顧 | 近松秋江全集11 | 수필 | |
| 1993.10 | 近松秋江 | 失はれた書 | 近松秋江全集11 | 수필 | |
| 1993.10 | 近松秋江 | 忘れ難き九月一日~新秋の香山より | 近松秋江全集11 | 수필 | |
| 1994.10. | 永井荷風 | 震災 | 荷風全集20 | 시 | |
| 1995.3 | 田山花袋 | 地震の時 | 定本花袋全集23 | 체험기 | |
| 1995.5 | 田山花袋 | 東京震災記 | 定本花袋全集25 | 체험기 | |
| 1965.10. | 窪田空穂 | 鏡葉 関東大震災 | 窪田空穂全集7 | 시 | |
| 1996.1 | 芥川龍之介 | ピアノ | 芥川龍之介全集12 | 소설 | |
| 1996.10. | 宇野千代 | 生きて行く私 | KADOKAWA | 체험기 | |
| 1996.11 | 鈴木三重吉 | 大震火災記 | 鈴木三重吉童話集 | 르포 | |
| 1996.5 | 幸田文 | 大震災の周辺にいて | 幸田文全集18 | 체험기 | |
| 1996.5 | 幸田文 | 渋くれ顔のころ | 幸田文全集18 | 체험기 | 간토<br>대지진<br>(1923) |
| 1998.2 | 会津八一 | 震余 | 自註鹿鳴集 | 체험을<br>시로 | |
| 1998.5 | 広津和郎 | 葛西善蔵の「蠢く者」 | 年月のあしおと(下) | 수필 | |
| 1999.10. | 川端康成 | 空に動く灯 | 川端康成全集2 | 소설 | |
| 1999.10. | 川端康成 | 浅草紅団 | 川端康成全集4 | 소설 | |
| 2001.5 | 与謝野晶子 | 廃墟の美 | 与謝野晶子評論著作集 12 | 평론 | |
| 2001.5 | 与謝野晶子 | 大震後第一春の歌 | 与謝野晶子評論著作集 12 | 시 | |
| 2001.5 | 与謝野晶子 | 大震後の生活 | 与謝野晶子評論著作集 12 | 평론 | |
| 2001.9 | 永井荷風 | 新版断腸亭日乗1 | 岩波書店 | 일기 | |
| 2002.3 | 宮本百合子 | 婦人と文学7.ひろい飛沫 | 宮本百合子全集17 | 여성<br>문학사 | |
| 2002.7 | 宮本百合子 | 大正十二年九月一日よりの東京・横浜間大震火災についての記録 | 宮本百合子全集20 | 체험기,<br>일기체 | |
| 2002.7 | 宮本百合子 | 一九二三年夏 | 宮本百合子全集20 | 체험기 | |
| 2002.8 | 野尻抱影 | 大震と星 | 星三百六十五夜 秋<br>(中央公論新社) | 체험기 | |
| 2002.9 | 菊池寛 | 震災後の思想界 | 菊池寛全集補巻2 | 평론 | |

| | | | | | |
|---|---|---|---|---|---|
| 2002.9 | 菊池寛 | 火の子を浴びつゝ神田橋一つ橋間を脱走す | 菊池寛全集補巻2 | 체험기 | |
| 2002.9 | 菊池寛 | 災後雑感 | 菊池寛全集補巻2 | 수필 | |
| 2002.9 | 菊池寛 | 災後雑感 | 菊池寛全集補巻2 | 수필 | |
| 2002.9 | 菊池寛 | 災後雑感 | 菊池寛全集補巻2 | 수필 | |
| 2002.9 | 菊池寛 | 落ちざるを恥づ | 菊池寛全集補巻2 | 평론 | |
| 2002.10 | 鈴木三重吉 | 大震災火災記 | 大正文学全集第12巻1923 | 르포 | |
| 2002.10 | 室生犀星 | 日録 | 大正文学全集第12巻1923 | 일기 | |
| 2002.10 | 加納作次郎 | 震災日記 | 大正文学全集第12巻1923 | 체험기 | |
| 2002.10 | 島崎藤村 | 飯倉だより(子に送る手紙) | 大正文学全集第12巻1923 | 편지 | |
| 2002.10 | 菊池寛 | 災後雑感 | 大正文学全集第12巻1923 | 수필 | |
| 2002.10 | 広津和郎 | 非難と弁護(菊池寛に対する) | 大正文学全集第12巻1923 | 평론 | |
| 2002.10 | 西条八十 | 大東京を弔ふ | 大正文学全集第12巻1923 | 시 | |
| 2002.10 | 西条八十 | 銀座哀唱 | 大正文学全集第12巻1923 | 시 | |
| 2002.10 | 生田春月 | 暗を行く電車 | 大正文学全集第12巻1923 | 시 | |
| 2002.10 | 竹久夢二 | 死都哀唱 | 大正文学全集第12巻1923 | 시 | |
| 2002.10 | 川路柳虹 | 施与 | 大正文学全集第12巻1923 | 시 | |
| 2002.10 | 川路柳虹 | 焦土 | 大正文学全集第12巻1923 | 시 | |
| 2002.10 | 野口雨情 | 焦土の帝都 | 大正文学全集第12巻1923 | 시 | 간토 대지진 (1923) |
| 2002.10 | 尾崎喜八 | 女等 | 大正文学全集第12巻1923 | 시 | |
| 2002.10 | 大関五郎 | 夢を見た男 | 大正文学全集第12巻1923 | 시 | |
| 2002.10 | 西条八十 | Nihil | 大正文学全集第12巻1923 | 시 | |
| 2002.10 | 佐藤清 | 人、火、地震 | 大正文学全集第12巻1923 | 시 | |
| 2002.10 | 千家元麿 | 青鬼と赤鬼(抄) | 大正文学全集第12巻1923 | 시 | |
| 2002.10 | 萩原恭次郎 | 噴き上れ新事実の血 | 大正文学全集第12巻1923 | 시 | |
| 2002.10 | 深尾須磨子 | 忘れた秋 | 大正文学全集第12巻1923 | 시 | |
| 2002.10 | 堀口大学 | 禍 | 大正文学全集第12巻1923 | 시 | |
| 2002.10 | 堀口大学 | 人間よ | 大正文学全集第12巻1923 | 시 | |
| 2002.10 | 与謝野晶子 | 天変動く | 大正文学全集第12巻1923 | 시 | |
| 2002.10 | 佐佐木信綱 | 大震劫火 | 大正文学全集第12巻1923 | 시 | |
| 2002.10 | 石榑千亦 | 短歌 | 大正文学全集第12巻1923 | 시 | |
| 2002.10 | 坪内逍遥 | 短歌 | 大正文学全集第12巻1923 | 시 | |
| 2002.10 | 九条武子 | 短歌 | 大正文学全集第12巻1923 | 시 | |
| 2002.10 | 五島美代子 | 短歌 | 大正文学全集第12巻1923 | 시 | |
| 2002.10 | 跡見花蹊 | 短歌 | 大正文学全集第12巻1923 | 시 | |
| 2002.10 | 四賀光子 | 禍の日 | 大正文学全集第12巻1923 | 시 | |

| 2002.10 | 河東碧梧桐 | 震災雑詠 | 大正文学全集第12巻1923 | 시 | |
|---|---|---|---|---|---|
| 2003.1 | 藤森成吉 | 逃れたる人々 | 大正文学全集第13巻1924 | 소설 | |
| 2003.1 | 正宗白鳥 | 他人の災難 | 大正文学全集第13巻1924 | 소설 | |
| 2003.1 | 長与善郎 | 或る社会主義者 | 大正文学全集第13巻1924 | 소설 | |
| 2003.1 | 菊池寛 | 震災余譚(一幕) | 大正文学全集第13巻1924 | 희곡 | |
| 2003.1 | 德田秋聲 | 不安のなかに | 大正文学全集第13巻1924 | 소설 | |
| 2003.1 | 広津和郎 | 指 | 大正文学全集第13巻1924 | 소설 | |
| 2003.1 | 志賀直哉 | 震災見舞 | 大正文学全集第13巻1924 | 일기 | |
| 2003.1 | 田山花袋 | 焼跡 | 大正文学全集第13巻1924 | 체험기 | |
| 2003.1 | 尾崎士郎 | 一事件 | 大正文学全集第13巻1924 | 소설 | |
| 2003.1 | 小林秀雄 | 一つの脳髄 | 大正文学全集第13巻1924 | 소설 | |
| 2003.1 | 水上瀧太郎 | 罹災者 | 大正文学全集第13巻1924 | 소설 | |
| 2003.1 | 久米正雄 | 舞子 | 大正文学全集第13巻1924 | 소설 | |
| 2003.1 | 佐野裟裟美 | 混乱の巷(一幕) | 大正文学全集第13巻1924 | 희곡 | |
| 2003.1 | 葉山嘉樹 | 牢獄の半日 | 大正文学全集第13巻1924 | 소설 | |
| 2003.1 | 宮崎一雨 | 炎の大帝都 | 大正文学全集第13巻1924 | 소설 | |
| 2003.1 | 川路柳虹 | 前進すべき文藝ー<br>震災後文藝の一側面観 | 大正文学全集第13巻1924 | 평론 | 간토<br>대지진<br>(1923) |
| 2003.1 | 千葉亀雄 | 戦争文藝と震後の文学 | 大正文学全集第13巻1924 | 평론 | |
| 2003.1 | 佐藤春夫 | 都会的恐怖 | 大正文学全集第13巻1924 | 평론 | |
| 2003.1 | 広津和郎 | 散文藝術の位置 | 大正文学全集第13巻1924 | 평론 | |
| 2003.1 | 金子洋文 | 種蒔き雑記 | 大正文学全集第13巻1924 | 체험기 | |
| 2003.1 | 戸川秋骨 | 他界の大杉君に送る書 | 大正文学全集第13巻1924 | 편지 | |
| 2003.1 | 千虎俚人・<br>古川学人 | 甘粕公判廷に現れたる驚くべき謬論 | 大正文学全集第13巻1924 | 평론 | |
| 2003.1 | 古川学人 | 無題録 | 大正文学全集第13巻1924 | 평론 | |
| 2003.1 | 堺利彦 | 獄中を顧みつゝ | 大正文学全集第13巻1924 | 체험기 | |
| 2003.1 | 辻潤 | ふもれすく | 大正文学全集第13巻1924 | 체험기 | |
| 2003.1 | 竹内大三位 | 集団バラックの生活記録ー風紀、衛生<br>、人道上の大問題として当局及び江湖<br>諸彦に愬ふ | 大正文学全集第13巻1924 | 체험기 | |
| 2003.1 | 佐藤功一 | 都市美論 | 大正文学全集第13巻1924 | 평론 | |
| 2003.1 | 生方敏郎 | 福太郎と幸兵衛との復興対話 | 大正文学全集第13巻1924 | 희곡 | |
| 2003.1 | 福永恭助 | 新帝都のスタイル | 大正文学全集第13巻1924 | 평론 | |
| 2003.1 | 柳田国男 | 市民の為に | 大正文学全集第13巻1924 | 평론 | |
| 2003.1 | 長田秀雄 | 大正十二年を送りて大正十三年を<br>迎ふる辞 | 大正文学全集第13巻1924 | 수필 | |

| | | | | | |
|---|---|---|---|---|---|
| 2003.1 | 小山未明 | 思想と曙光に明けんとする大正十三年 | 大正文学全集第13巻1924 | 수필 | |
| 2003.1 | 田山花袋 | 新しい芽 | 大正文学全集第13巻1924 | 수필 | |
| 2003.1 | 上司小剣 | 自然に還れ | 大正文学全集第13巻1924 | 수필 | |
| 2003.1 | 近松秋江 | 大正十二年を送りて新に大正十三年を迎ふるに当りて所感を誌す | 大正文学全集第13巻1924 | 수필 | |
| 2003.1 | 本間久雄 | 反省と希望 | 大正文学全集第13巻1924 | 수필 | |
| 2003.1 | 近松秋江 | 大震災一周年の回顧 | 大正文学全集第13巻1924 | 체험기 | |
| 2003.1 | 村松梢風 | 汽車の窓から東京を眺めて | 大正文学全集第13巻1924 | 수필 | |
| 2003.1 | 田中貢太郎 | 写経供養 | 大正文学全集第13巻1924 | 수필 | |
| 2003.1 | 宮地嘉六 | 震災一年後の思出 | 大正文学全集第13巻1924 | 체험기 | |
| 2003.1 | 上司小剣 | ある夫人との対話 | 大正文学全集第13巻1924 | 소설 | |
| 2003.1 | 長田秀雄 | 大震回顧 | 大正文学全集第13巻1924 | 체험기 | |
| 2003.1 | 萩原朔太郎 | 近日所感 | 大正文学全集第13巻1924 | 시 | |
| 2003.1 | 室生犀星 | ふるさと | 大正文学全集第13巻1924 | 시 | |
| 2003.1 | 堀口大学 | 震災詩集『災禍の上に』の扉に題す | 大正文学全集第13巻1924 | 시 | |
| 2003.1 | 福田正夫 | 裸の嬰児 | 大正文学全集第13巻1924 | 시 | |
| 2003.1 | 中西悟堂 | 私は躍佯く、私の都会を | 大正文学全集第13巻1924 | 시 | |
| 2003.1 | 富岡誠 | 杉よ！眼の男よ！ | 大正文学全集第13巻1924 | 시 | 간토 대지진 (1923) |
| 2003.1 | 陀田堪助 | 短歌 | 大正文学全集第13巻1924 | 시 | |
| 2003.1 | 岡麓 | 短歌 | 大正文学全集第13巻1924 | 시 | |
| 2003.1 | 島木赤彦 | 短歌 | 大正文学全集第13巻1924 | 시 | |
| 2003.1 | 平福百穂 | 短歌 | 大正文学全集第13巻1924 | 시 | |
| 2003.1 | 藤沢古実 | 短歌 | 大正文学全集第13巻1924 | 시 | |
| 2003.1 | 高田浪吉 | 短歌 | 大正文学全集第13巻1924 | 시 | |
| 2003.1 | 築地藤子 | 短歌 | 大正文学全集第13巻1924 | 시 | |
| 2003.1 | 中村憲吉 | 桂離宮の歌 | 大正文学全集第13巻1924 | 시 | |
| 2003.1 | 土岐善麿 | 地上百首(抄) | 大正文学全集第13巻1924 | 시 | |
| 2003.1 | 岡本かの子 | 桜(百三十九首) | 大正文学全集第13巻1924 | 시 | |
| 2003.1 | 北原白秋 | 山荘の立秋 | 大正文学全集第13巻1924 | 시 | |
| 2003.1 | 窪田空穂 | 短歌 | 大正文学全集第13巻1924 | 시 | |
| 2003.1 | 与謝野晶子 | 病床にて | 大正文学全集第13巻1924 | 시 | |
| 2003.8 | 田中総一郎 | 戯曲総勘定 | 大正文学全集別巻大正文学年表・年鑑 | 회고와 전망 | |
| 2003.8 | 佐藤清 | 本年詩壇の一瞥 | 大正文学全集別巻大正文学年表・年鑑 | 회고와 전망 | |
| 2003.8 | 青野季吉 | 創作界の一年 | 大正文学全集別巻大正文学年表・年鑑 | 회고와 전망 | |

| | | | | |
|---|---|---|---|---|
| 2003.8 | 本間久雄 | 文藝批評壇の回顧と要求 | 大正文学全集別巻大正文学年表·年鑑 | 회고와 전망 |
| 2003.8 | 武藤直治 | 反動期の文学を語る | 大正文学全集別巻大正文学年表·年鑑 | 회고와 전망 |
| 2003.8 | 尾崎士郎 | 十二年論争私言 | 大正文学全集別巻大正文学年表·年鑑 | 회고와 전망 |
| 2003.10. | 小林惟司 | 寺田寅彦と地震予知 | 東京図書 | 체험기 |
| 2003.12 | 近藤富枝 | 関東大震災 | 田端文士村 | 르포 |
| 2004.10. | 正岡容 | 大正東京錦絵 | 東京恋慕帖 | 지진 센류를 게재 |
| 2007.6 (1923.11) | 西条八十 | 回顧 | コレクション·モダン都市文学26関東大震災 原本の出版事項:(噫東京) | 시 |
| 2007.6 (1923.11) | 西条八十 | 誰何 | コレクション·モダン都市文学27関東大震災 原本の出版事項:(噫東京) | 시 |
| 2007.6 (1923.11) | 西条八十 | エプロンの儘で | コレクション·モダン都市文学28関東大震災 原本の出版事項:(噫東京) | 체험기 |
| 2007.6 (1923.11) | 西条八十 | 大東京を弔う | コレクション·モダン都市文学29関東大震災 原本の出版事項:(噫東京) | 시 |
| 2007.6 (1923.11) | 西条八十 | 廻燈籠の唄 | コレクション·モダン都市文学30関東大震災 原本の出版事項:(噫東京) | 시 |
| 2007.6 (1923.11) | 西条八十 | 銀座哀唱 | コレクション·モダン都市文学31関東大震災 原本の出版事項:(噫東京) | 시 |
| 2007.6 (1923.11) | 西条八十 | 地震の後に | コレクション·モダン都市文学32関東大震災 原本の出版事項:(噫東京) | 시 |
| 2007.6 (1923.11) | 生田春月 | 焼け跡の青い芽生え | コレクション·モダン都市文学33関東大震災 原本の出版事項:(噫東京) | 체 |
| 2007.6 (1923.11) | 生田春月 | 寂寥の秋 | コレクション·モダン都市文学34関東大震災 原本の出版事項:(噫東京) | 시 |
| 2007.6 (1923.11) | 生田春月 | 生き残ったもの | コレクション·モダン都市文学35関東大震災 原本の出版事項:(噫東京) | 시 |

간토 대지진 (1923)

| 2007.6<br>(1923.11) | 生田春月 | 暗を行く電車 | コレクション・<br>モダン都市文学36関東大震災<br>原本の出版事項：(噫東京) | 시 | |
|---|---|---|---|---|---|
| 2007.6<br>(1923.11) | 生田春月 | 余震 | コレクション・<br>モダン都市文学37関東大震災<br>原本の出版事項：(噫東京) | 시 | |
| 2007.6<br>(1923.11) | 吉屋信子 | 滅びぬ夢 | コレクション・<br>モダン都市文学38関東大震災<br>原本の出版事項：(噫東京) | 수필 | |
| 2007.6<br>(1923.11) | 吉屋信子 | 悩める都の一隅にて | コレクション・<br>モダン都市文学39関東大震災<br>原本の出版事項：(噫東京) | 체험기 | |
| 2007.6<br>(1923.11) | 吉屋信子 | 悲しき露臺 | コレクション・<br>モダン都市文学40関東大震災<br>原本の出版事項：(噫東京) | 시 | |
| 2007.6<br>(1923.11) | 竹久夢二 | 死都哀唱 | コレクション・<br>モダン都市文学41関東大震災<br>原本の出版事項：(噫東京) | 시 | |
| 2007.6<br>(1923.11) | 蕗谷虹兒 | 転げある記 | コレクション・<br>モダン都市文学42関東大震災<br>原本の出版事項：(噫東京) | 체험기 | |
| 2007.6<br>(1923.11) | 蕗谷虹兒 | 目隠し | コレクション・<br>モダン都市文学43関東大震災<br>原本の出版事項：(噫東京) | 시 | 간토<br>대지진<br>(1923) |
| 2007.6<br>(1923.11) | 蕗谷虹兒 | 本所の雀 | コレクション・<br>モダン都市文学44関東大震災<br>原本の出版事項：(噫東京) | 시 | |
| 2007.6<br>(1923.11) | 蕗谷虹兒 | 傀儡師の唄 | コレクション・<br>モダン都市文学45関東大震災<br>原本の出版事項：(噫東京) | 시 | |
| 2007.6<br>(1923.11) | 水谷まさる | 哀傷記 | コレクション・<br>モダン都市文学46関東大震災<br>原本の出版事項：(噫東京) | 체험기 | |
| 2007.6<br>(1923.11) | 川路柳虹 | 施興 | コレクション・<br>モダン都市文学47関東大震災<br>原本の出版事項：(噫東京) | 시 | |
| 2007.6<br>(1923.11) | 川路柳虹 | 焦土 | コレクション・<br>モダン都市文学48関東大震災<br>原本の出版事項：(噫東京) | 시 | |
| 2007.6<br>(1923.11) | 川路柳虹 | 天呪 | コレクション・<br>モダン都市文学49関東大震災<br>原本の出版事項：(噫東京) | 시 | |

| 2007.6<br>(1923.11) | 川路柳虹 | 破壊 | コレクション·<br>モダン都市文学50関東大震災<br>原本の出版事項:(噫東京) | 시 | |
|---|---|---|---|---|---|
| 2007.6<br>(1923.11) | 川路柳虹 | 叫喚 | コレクション·<br>モダン都市文学51関東大震災<br>原本の出版事項:(噫東京) | 시 | |
| 2007.6<br>(1923.11) | 川路柳虹 | 余震 | コレクション·<br>モダン都市文学52関東大震災<br>原本の出版事項:(噫東京) | 시 | |
| 2007.6<br>(1923.11) | 下田惟直 | かへらぬ少女 | コレクション·<br>モダン都市文学53関東大震災<br>原本の出版事項:(噫東京) | 수필 | |
| 2007.6<br>(1923.11) | 下田惟直 | 焼跡 | コレクション·<br>モダン都市文学54関東大震災<br>原本の出版事項:(噫東京) | 시 | |
| 2007.6<br>(1923.11) | 下田惟直 | 指折れば | コレクション·<br>モダン都市文学55関東大震災<br>原本の出版事項:(噫東京) | 시 | |
| 2007.6<br>(1923.11) | 横山青娥 | 震災弔歌 | コレクション·<br>モダン都市文学56関東大震災<br>原本の出版事項:(噫東京) | 시 | |
| 2007.6<br>(1923.11) | 横山青娥 | 廃虚 | コレクション·<br>モダン都市文学57関東大震災<br>原本の出版事項:(噫東京) | 시 | 간토<br>대지진<br>(1923) |
| 2007.6<br>(1923.11) | 横山青娥 | 哀別の歌 | コレクション·<br>モダン都市文学58関東大震災<br>原本の出版事項:(噫東京) | 시 | |
| 2007.6<br>(1923.11) | 濱名東一郎 | あゝ彼の日 | コレクション·<br>モダン都市文学59関東大震災<br>原本の出版事項:(噫東京) | 체험기 | |
| 2007.6<br>(1923.11) | 濱名東一郎 | 手向の花 | コレクション·<br>モダン都市文学60関東大震災<br>原本の出版事項:(噫東京) | 시 | |
| 2007.6<br>(1923.11) | 濱名東一郎 | 噫東京 | コレクション·<br>モダン都市文学61関東大震災<br>原本の出版事項:(噫東京) | 시 | |
| 2007.6<br>(1923.11) | 濱名東一郎 | 焼野原 | コレクション·<br>モダン都市文学62関東大震災<br>原本の出版事項:(噫東京) | 시 | |
| 2007.6<br>(1923.11) | 濱名東一郎 | 浅草寺にて | コレクション·<br>モダン都市文学63関東大震災<br>原本の出版事項:(噫東京) | 시 | |

| | | | | | |
|---|---|---|---|---|---|
| 2007.6<br>(1923.11) | 濱名東一郎 | 女郎花 | コレクション・<br>モダン都市文学64関東大震災<br>原本の出版事項：(噫東京) | 시 | |
| 2007.6<br>(1923.11) | 濱名東一郎 | 初秋 | コレクション・<br>モダン都市文学65関東大震災<br>原本の出版事項：(噫東京) | 시 | |
| 2007.6<br>(1923.11) | 濱名東一郎 | 対岸の野辺より | コレクション・<br>モダン都市文学66関東大震災<br>原本の出版事項：(噫東京) | 시 | |
| 2007.6<br>(1923.11) | 濱名東一郎 | 楽しき哀別 | コレクション・<br>モダン都市文学67関東大震災<br>原本の出版事項：(噫東京) | 시 | |
| 2007.6<br>(1923.11) | 野口雨情 | 焦土の帝都 | コレクション・<br>モダン都市文学68関東大震災<br>原本の出版事項：(噫東京) | 시 | |
| 2007.6<br>(1923.11) | 人見東明 | 瞬間の前後 | コレクション・<br>モダン都市文学69関東大震災<br>原本の出版事項：(噫東京) | 체험기 | |
| 2007.6<br>(1923.11) | 人見東明 | 雨 | コレクション・<br>モダン都市文学70関東大震災<br>原本の出版事項：(噫東京) | 시 | |
| 2007.6<br>(1923.11) | 人見東明 | 子供ごころ | コレクション・<br>モダン都市文学71関東大震災<br>原本の出版事項：(噫東京) | 시 | |
| 2007.6<br>(1923.11) | 人見東明 | その夕 | コレクション・<br>モダン都市文学72関東大震災<br>原本の出版事項：(噫東京) | 시 | 간토<br>대지진<br>(1923) |
| 2007.10 | 岡本綺堂 | 火に追われて | 岡本綺堂随筆集 | 체험기 | |
| 2007.11 | 岡本綺堂 | 九月四日 | 岡本綺堂随筆集 | 체험기 | |
| 2008.12 | 与謝野晶子 | 瑠璃光 | 新選与謝野晶子歌集 | 시 | |
| 2011.6 | 寺田寅彦 | 天災と国防 | 講談社 | 수필 | |
| 2011.6 | 清水幾太郎 | 大震災は私を変えた | 流言蜚語 | 체험기 | |
| 2011.9 | 与謝野晶子 | 天変動く | インパクト選書5天変動く<br>～大震災と作家たち | 시 | |
| 2011.9 | 村上浪六 | 震災後の感想 | インパクト選書5天変動く<br>～大震災と作家たち | 수필 | |
| 2011.9 | 近松秋江 | 天性に非ず天譴と思え | インパクト選書5天変動く<br>～大震災と作家たち | 평론 | |
| 2011.9 | 室生犀星 | 日録 | インパクト選書5天変動く<br>～大震災と作家たち | 일기 | |
| 2011.9 | 久米正雄 | 鎌倉震災日記 | インパクト選書5天変動く<br>～大震災と作家たち | 일기 | |

| 2011.9 | 芥川龍之介 | 大震雑記 | インパクト選書5天変動く ~大震災と作家たち | 수필 | |
|---|---|---|---|---|---|
| 2011.9 | 菊池寛 | 災後雑感 | インパクト選書5天変動く ~大震災と作家たち | 수필 | |
| 2011.9 | 葉山嘉樹 | 牢獄の半日 | インパクト選書5天変動く ~大震災と作家たち | 체험기 | |
| 2011.9 | 布施辰治 | その夜の刑務所訪問 | インパクト選書5天変動く ~大震災と作家たち | 체험기 | |
| 2011.9 | [無署名] | 平沢君の靴 | インパクト選書5天変動く ~大震災と作家たち | 체험기 | |
| 2011.9 | 宮武外骨 | 『震災画報』より | インパクト選書5天変動く ~大震災と作家たち | 르포 | |
| 2011.9 | 野上弥生子 | 燃える過去 | インパクト選書5天変動く ~大震災と作家たち | 체험기 | |
| 2011.9 | 水守龜之介 | 不安と騒擾と影響と | インパクト選書5天変動く ~大震災と作家たち | 체험기 | |
| 2011.9 | 藤沢清造 | われ地獄路をめぐる | インパクト選書5天変動く ~大震災と作家たち | 체험기 | |
| 2011.9 | 佐藤春夫 | サーベル礼讃 | インパクト選書5天変動く ~大震災と作家たち | 수필 | |
| 2011.9 | 細田民樹 | 運命の醜さ | インパクト選書5天変動く ~大震災と作家たち | 체험기 | 간토 대지진 (1923) |
| 2011.9 | 永田幹彦 | 夜警 | インパクト選書5天変動く ~大震災と作家たち | 체험기 | |
| 2011.9 | 柳沢健 | 同胞と非同胞－二つの罹災実話から | インパクト選書5天変動く ~大震災と作家たち | 평론 | |
| 2011.9 | 中西伊之助 | 朝鮮人のために弁ず | インパクト選書5天変動く ~大震災と作家たち | 평론 | |
| 2011.9 | 広津和郎 | 甘粕は複数か？ | インパクト選書5天変動く ~大震災と作家たち | 평론 | |
| 2011.9 | 山内封介 | 鮮人事件、大杉事件の露国に於ける輿論 | インパクト選書5天変動く ~大震災と作家たち | 평론 | |
| 2011.9 | [無署名] | 『種蒔く人 帝都震災号外』より | インパクト選書5天変動く ~大震災と作家たち | 평론 | |
| 2011.9 | 夢野久作 | 一年後の東京 | インパクト選書5天変動く ~大震災と作家たち | 수필 | |
| 2012.3 | 水上滝太郎 | 銀座復興 | 銀座復興 | 소설 | |
| 2012.3 | 水上滝太郎 | 九月一日 | 銀座復興 | 소설 | |
| 2012.3 | 水上滝太郎 | 遺産 | 銀座復興 | 소설 | |
| 2012.6 | 堀切直人 | 関東大震災後 | 寺田寅彦語録 | 체험기 | |

| 2012.6 | 堀切直人 | 地震 | 寺田寅彦語録 | 체험기 | 간토 |
| 2013.8 | 上山明博 | 関東大震災を予知した二人の男 | 産経新聞出版 | 소설 | 대지진 |
| 2018.7 | 上山明博 | 地震学をつくった男・大森房吉 | 青土社 | 논픽션 | (1923) |

### 〈산리쿠대지진과 쓰나미(1896)〉

| 단행본<br>발행연도<br>(작품초출) | 저자 | 작품제목 | 출판정보 | 장르 구분 | 배경/제재가 된<br>재난 |
|---|---|---|---|---|---|
| 1891.12 | 鈴木得知 | 後の月かげ | 春陽堂 | 소설집 | 1891<br>노비(濃尾)<br>지진 |
| 1896.6.29 | 正岡子規 | 海嘯 | 『日本新聞』 | 하이쿠 | 산리쿠<br>대지진과<br>쓰나미<br>(1896) |
| 1940.3 | 柳田国男 | 雪国の春 | 創元社 | 풍토기 | |
| 1963.2 | 須知徳平 | 春来る鬼 | 毎日新聞社 | 소설 | |
| 1970.1 | 吉村昭 | 海の壁 三陸海岸大津波 | 中央公論社 | 르포 | |
| 1974.1 | 三浦哲郎 | 海の道 | 文芸春秋 | 소설 | 쇼와<br>산리쿠(1933) |
| 1978.7 | 須知徳平 | 三陸津波 | 『春来る鬼』(講談社) | 소설 | 메이지 산리쿠<br>/ 쇼와 산리쿠 |
| 1978.12 | 生出泰一 | つなみ | 河童仙 | 소설 | 산리쿠<br>대지진과<br>쓰나미<br>(1896) |
| 1986.7 | 博文館 | 海嘯義捐小説 | 文芸倶楽部 | 소설<br>작품집 | |
| 1986.9 | 菅原康 | 津波 | 潮出版社 | 소설 | |
| 1992.7 | 三陸町老人クラブ<br>連合会 | 津波の思い出 | 共和印刷企画センター | 기록/<br>에세이 | |
| 1996.7 | 両石地区老人クラブ | 津波体験記録集 | 両石地区老人クラブ | 기록/<br>에세이 | |
| 2011.1 | 坪内祐三 | 明治二十九年の大津波 | 毎日新聞社 | 작품집 | |
| 2011.1<br>(1896.7<br>臨時増刊号)<br>(博文館) | 依田学海 | 永仁鎌倉の天變 | 明治二十九年の大津波<br>原本の出版事項：<br>(『文芸倶楽部海嘯義捐小説』号) | 소설 | |
| 2011.1<br>(1896.7<br>臨時増刊号)<br>(博文館) | 森田思軒 | 渉筆一則 | 明治二十九年の大津波<br>原本の出版事項：<br>(『文芸倶楽部海嘯義捐小説』号) | 수필 | |

| | | | | | |
|---|---|---|---|---|---|
| 2011.1<br>(1896.7<br>臨時増刊号)<br>(博文館) | 塚原渋柿園 | 五年のむかし | 明治二十九年の大津波<br>原本の出版事項：<br>(『文芸倶楽部海嘯義捐小説』号) | 소설 | |
| 2011.1<br>(1896.7<br>臨時増刊号)<br>(博文館) | 江見水蔭 | 磯白浪 | 明治二十九年の大津波<br>原本の出版事項：<br>(『文芸倶楽部海嘯義捐小説』号) | 희곡 | |
| 2011.1<br>(1896.7<br>臨時増刊号)<br>(博文館) | 石橋思案 | 車の上 | 明治二十九年の大津波<br>原本の出版事項：<br>(『文芸倶楽部海嘯義捐小説』号) | 르포 | |
| 2011.1<br>(1896.7<br>臨時増刊号)<br>(博文館) | 小栗風葉 | 片男波 | 明治二十九年の大津波<br>原本の出版事項：<br>(『文芸倶楽部海嘯義捐小説』号) | 소설 | |
| 2011.1<br>(1896.7<br>臨時増刊号)<br>(博文館) | 竹屋子爵夫人 | 軒端しのあやめ | 明治二十九年の大津波<br>原本の出版事項：<br>(『文芸倶楽部海嘯義捐小説』号) | 시 | |
| 2011.1<br>(1896.7<br>臨時増刊号)<br>(博文館) | 小金井喜美子 | 高潮 | 明治二十九年の大津波<br>原本の出版事項：<br>(『文芸倶楽部海嘯義捐小説』号) | 시 | 산리쿠<br>대지진과<br>쓰나미<br>(1896) |
| 2011.1<br>(1896.7<br>臨時増刊号)<br>(博文館) | 三宅花圃 | 電報 | 明治二十九年の大津波<br>原本の出版事項：<br>(『文芸倶楽部海嘯義捐小説』号) | 소설 | |
| 2011.1<br>(1896.7<br>臨時増刊号)<br>(博文館) | 石榑青苔 | 電信 | 明治二十九年の大津波<br>原本の出版事項：<br>(『文芸倶楽部海嘯義捐小説』号) | 소설 | |
| 2011.1<br>(1896.7<br>臨時増刊号)<br>(博文館) | 依田柳枝子 | 大和健男 | 明治二十九年の大津波<br>原本の出版事項：<br>(『文芸倶楽部海嘯義捐小説』号) | 소설 | |
| 2011.1<br>(1896.7<br>臨時増刊号)<br>(博文館) | 中村田鶴子 | 忘れがたみ | 明治二十九年の人津波<br>原本の出版事項：<br>(『文芸倶楽部海嘯義捐小説』号) | 소설 | |
| 2011.1<br>(1896.7<br>臨時増刊号)<br>(博文館) | 田山花袋 | 一夜のうれひ | 明治二十九年の大津波<br>原本の出版事項：<br>(『文芸倶楽部海嘯義捐小説』号) | 수필 | |

| | | | | | |
|---|---|---|---|---|---|
| 2011.1<br>(1896.7<br>臨時增刊号)<br>(博文館) | 宮崎湖處子 | 海嘯 | 明治二十九年の大津波<br>原本の出版事項：<br>(『文芸俱楽部海嘯義捐小説』号) | 시 | |
| 2011.1<br>(1896.7<br>臨時增刊号)<br>(博文館) | ユーゴー(原),<br>原抱一庵(訳) | 『水、冥、』篇 | 明治二十九年の大津波<br>原本の出版事項：<br>(『文芸俱楽部海嘯義捐小説』号) | 번역 | |
| 2011.1<br>(1896.7<br>臨時增刊号)<br>(博文館) | 三宅青軒 | 泡沫 | 明治二十九年の大津波<br>原本の出版事項：<br>(『文芸俱楽部海嘯義捐小説』号) | 소설 | |
| 2011.1<br>(1896.7<br>臨時增刊号)<br>(博文館) | 柳川春葉 | 神の裁判 | 明治二十九年の大津波<br>原本の出版事項：<br>(『文芸俱楽部海嘯義捐小説』号) | 수필 | |
| 2011.1<br>(1896.7<br>臨時增刊号)<br>(博文館) | 堀内小倉 | 意外 | 明治二十九年の大津波<br>原本の出版事項：<br>(『文芸俱楽部海嘯義捐小説』号) | 체험기 | |
| 2011.1<br>(1896.7<br>臨時增刊号)<br>(博文館) | 大沢天仙 | 退院患者 | 明治二十九年の大津波<br>原本の出版事項：<br>(『文芸俱楽部海嘯義捐小説』号) | 소설 | 산리쿠<br>대지진과<br>쓰나미<br>(1896) |
| 2011.1<br>(1896.7<br>臨時增刊号)<br>(博文館) | 前田香雪 | 鰥寡孤獨 | 明治二十九年の大津波<br>原本の出版事項：<br>(『文芸俱楽部海嘯義捐小説』号) | 소설 | |
| 2011.1<br>(1896.7<br>臨時增刊号)<br>(博文館) | 大槻如電 | 浄曲 八重垣 | 明治二十九年の大津波<br>原本の出版事項：<br>(『文芸俱楽部海嘯義捐小説』号) | 소설 | |
| 2011.1<br>(1896.7<br>臨時增刊号)<br>(博文館) | 野口珂北 | 見三陸変災写真 | 明治二十九年の大津波<br>原本の出版事項：<br>(『文芸俱楽部海嘯義捐小説』号) | 한문 | |
| 2011.1<br>(1896.7<br>臨時增刊号)<br>(博文館) | 坪谷水哉 | 天に口なし | 明治二十九年の大津波<br>原本の出版事項：<br>(『文芸俱楽部海嘯義捐小説』号) | 수필 | |
| 2011.1<br>(1896.7<br>臨時增刊号)<br>(博文館) | 巌谷小波 | 海嘯狂言鯰智 | 明治二十九年の大津波<br>原本の出版事項：<br>(『文芸俱楽部海嘯義捐小説』号) | 희곡 | |

| 2011.1<br>(1896.7<br>臨時増刊号)<br>(博文館) | 大橋乙羽 | 火と水 | 明治二十九年の大津波<br>原本の出版事項：<br>(『文芸倶楽部海嘯義捐小説』号) | 수필 | 산리쿠<br>대지진과<br>쓰나미<br>(1896) |
|---|---|---|---|---|---|
| 2011.1<br>(1896.7<br>臨時増刊号)<br>(博文館) | 작자 미상 | 藻鹽草 | 明治二十九年の大津波<br>原本の出版事項：<br>(『文芸倶楽部海嘯義捐小説』号) | 르포 | |
| 2011.1<br>(1896.7<br>臨時増刊号)<br>(博文館) | 松井拍剣 | 大侠 | 明治二十九年の大津波<br>原本の出版事項：<br>(『文芸倶楽部海嘯義捐小説』号) | 르포 | |
| 2011.1<br>(1896.7<br>臨時増刊号)<br>(博文館) | 山本技手 | 海嘯遭難実況談 | 明治二十九年の大津波<br>原本の出版事項：<br>(『文芸倶楽部海嘯義捐小説』号) | 르포 | |
| 2011.1<br>(1896.7<br>臨時増刊号)<br>(博文館) | 乙羽生 | 嘯害実況桑田碧海録 | 明治二十九年の大津波<br>原本の出版事項：<br>(『文芸倶楽部海嘯義捐小説』号) | 르포 | |
| 2011.7 | 志村有弘 | 大震災の記録と文学 | 勉誠出版 | 작품평론집 | |
| 2011.7 | 田畑ヨシ‖作<br>山崎友子‖監修 | つなみ | 産経新聞出版 | 종이연극 | |
| 2011.9 | 文藝春秋 編 | 吉村昭が伝えたかったこと | 『文藝春秋』増刊2011年09月号 | 평론 | |
| 2011.9 | 山折哲雄, 赤坂憲雄 | 反欲望の時代へ<br>ー大震災の惨禍を越えて | 東海教育研究所 | 대담집 | |
| 2011.9 | 悪麗之介 | 天変動く<br>ー大震災と作家たち | インパクト出版会 | 작품집 | |
| 2011.9 | 森鴎外著 | 問答のうた | 『天変動く：大震災と作家たち』<br>(インパクト出版会) | 수필 | |
| 2011.9<br>(1896.7.25) | 山岸藪鶯 | 破靴 | インパクト選書5天変動く<br>~大震災と作家たち<br>(文芸倶楽部 第2巻第9編) | 소설 | |
| 2011.9<br>(1896.7.25) | 柳川春葉 | 神の裁判 | インパクト選書5天変動く<br>~大震災と作家たち<br>(文芸倶楽部 第2巻第9編) | 수필 | |
| 2011.9<br>(1896.7.26) | 依田柳枝子 | やまと健男 | インパクト選書5天変動く<br>~大震災と作家たち<br>(文芸倶楽部 第2巻第10編) | 소설 | |
| 2011.9(1933.<br>5.1「鉄塔」) | 寺田寅彦 | 津浪と人間 | 『天変動く：大震災と作家たち』<br>(インパクト出版会) | 수필 | |

| 2011.11<br>(1920) | 柳田国男 | 二十五箇年後(豆手帖から) | 雪国の春:柳田国男が歩いた東北 | 산리쿠<br>부흥의<br>모습 | 산리쿠<br>대지진과<br>쓰나미<br>(1896) |
|---|---|---|---|---|---|
| 2011.11 | 畑中章宏 | 柳田国男と今和次郎 | 平凡社 | 평론 | |
| 2011.12 | 花坂徹 | 幻燈会の夜 | 熊谷印刷出版部 | 그림책 | |
| 2012.8 | TOWN MOOK | 柳田國男と遠野物語~日本<br>および日本人の原風景~ | 徳間書店 | 평론 | |

## 〈한신·아와지대지진 (1995)〉

| 단행본<br>발행연도<br>(작품초출) | 저자 | 작품제목 | 출판정보 | 장르 구분 | 배경/제재가<br>된 재난 |
|---|---|---|---|---|---|
| 1995.2 | 朝日新聞社 | 報道写真全記録－阪神大震災 | 朝日新聞社 | 사진집 | 한신·<br>아와지<br>대지진<br>(1995) |
| 1995.3 | 猪熊弘子 編 | 女たちの阪神大震災 | 朝日新聞社 | 르포 | |
| 1995.3 | 今西憲之 | バイク大震災を走る | 朝日新聞社 | 르포 | |
| 1995.3 | 朝日新聞アエラ発行室編 | 大震災100人の瞬間 | 朝日新聞社 | 논픽션 | |
| 1995.3 | 宮本貢 | 1995·01·17·05·46<br>－阪神大震災再現 | 朝日新聞社 | 논픽션 | |
| 1995.4 | 朝日出版社 編 | 悲傷と鎮魂－阪神大震災を詠む | 朝日出版社 | 시가집 | |
| 1995.4 | 朝日新聞大阪本社編集局 | 大震災その時の朝日新聞 | 朝日新聞社 | 르포 | |
| 1995.4 | 横山義恭 | 31人の「その時」<br>－証言·阪神大震災 | 彩古書房 | 논픽션 | |
| 1995.4 | 松田美智子 | 愛の奇蹟阪神大震災<br>－語り継ぐ感動実話集 | 早稲田出版 | 논픽션 | |
| 1995.4 | 高見裕一 | 官邸応答せよ | 朝日新聞社 | 르포 | |
| 1995.5 | 神戸常盤女子高校 | その日、その朝。<br>－神戸常盤女子高校三年九組卒業文集 | エピック | 문집 | |
| 1995.5 | 今西憲之 | 悲しみが勇気となるまで<br>－神戸に刻まれた感涙の30話 | PHP研究所 | 논픽션 | |
| 1995.7 | 神戸市小学校<br>教育研究会国語部編 | 地震なんかに負けない<br>－神戸市小学校「阪神·<br>淡路大震災記録作文集」 | 二期出版 | 논픽션 | |
| 1995.7 | 神戸市立中学校阪神·<br>淡路大震災作文編集委員会 | 地震なんかに負けない<br>－神戸市立中学校「阪神·<br>淡路大震災記録作文集」 | 二期出版 | 논픽션 | |
| 1995.7 | 阪神·淡路大震災体験集<br>編集委員 | その時…1995·1·17<br>－阪神·淡路大震災体験集 | 芦屋市女性センター | 체험기 | |

| | | | | | |
|---|---|---|---|---|---|
| 1995.7 | 阪神·淡路大震災兵庫県災害対策本部 | 阪神·淡路大震災-兵庫県の1カ月の記録 | 阪神·淡路大震災兵庫県災害対策本部 | 르포 | |
| 1995.7 | 盧進容 | 赤い月ー阪神·淡路大震災鎮魂の詩 | 学研 | 시집 | |
| 1995.7 | 綾野まさる(저), 金成泰三(삽화) | 感動ドキュメントあしたは元気!!ーぼくらの阪神大震災 | 小学館 | 논픽션, 아동서 | |
| 1995.7 | 「夕刊フジ」編集局 編 | 負けてたまるか!ー大震災日誌 | 近代文芸社 | 르포 | |
| 1995.7 | 金賛汀 | ある病院と震災の記録 | 三五館 | 르포 | |
| 1995.7 | 三好ヒロ子 | ルポ瓦礫の中の教師たち ー阪神大震災と学校 | フォーラムA | 르포 | |
| 1995.7 | 神戸国男,神戸美妃子 | 夢ふたたび ー阪神大震災住まいも店も奪われて | ふきのとう書房 | 논픽션 | |
| 1995.8 | 吉村昭 | 記憶よ語れー阪神大震災 | 作品社 | 논픽션 | |
| 1995.8 | 117を記録する会編 | はんぱじゃなかった、めっちゃ恐かった、生けててよかった | 大和出版 | 논픽션 | |
| 1995.9 | 兵庫県国語教育連盟, 兵庫県小学校教育研究会国語部会 | ドッカンぐらぐら ー阪神淡路大震災兵庫県下児童作文集 | 甲南出版社 | 아동작문집 | |
| 1995.9 | NHK厚生文化事業団 編 | 明日への道: 阪神·淡路大震災高校生遺児交流文集 | NHK厚生文化事業団 | 문집 | 한신·아와지대지진(1995) |
| 1995.10. | 佐瀬稔 | 大地震 生と死 | 草思社 | 논픽션 | |
| 1995.10. | 八桑柊二 | 町がつぶれたー阪神·淡路大震災に寄せて | ほおずき書籍 | 시집 | |
| 1995.11 | アート·エイド·神戸文学部門 | 詩集·阪神淡路大震災 | 詩画工房 | 시집 | |
| 1995.11 | 朝日新聞神戸支局 | あしたの家族ー阪神大震災 | 鷹書房 | 르포 | |
| 1995.11 | 京都新聞社 | 生きるー阪神大震災の現場から | 京都新聞社 | 르포 | |
| 1995.12 | 神戸市立駒ヶ林中学校編 | 駒中235日の記録 ー神戸市立駒ヶ林中学校震災記録集 nevergiveup駒中生 | 神戸市立駒ヶ林中学校 | 지방정부간행물 | |
| 1995.12 | 今関信子(著), 古味正康(イラスト) | 神戸っ子はまけなかった ー阪神大震災とのたたかい·苦難と感動の記録 | PHP研究所 | 논픽션 | |
| 1995.12 | 遠藤勝裕 | 阪神大震災 ー日銀神戸支店長の行動日記 | 日本信用調査出版部 | 논픽션 | |
| 1996 | 延藤十九雄 | 絆ー大震災からの再出発 | 風来社 | 평론 | |
| 1996.1 | アート·エイド·神戸文学部門 | 阪神淡路大震災ー詩集（第2集） | 詩画工房 | 시집 | |
| 1996.1 | 鈴木秀子 | いのちの贈り物 ー阪神大震災を乗りこえて | 中央公論社 | 논픽션 | |

| | | | | | |
|---|---|---|---|---|---|
| 1996.1 | あしなが育英会編 | 黒い虹－阪神大震災遺児たちの一年 | 広済堂出版 | 논픽션 | |
| 1996.1 | 田中康夫 | 神戸震災日記 | 新潮社 | 일기형식<br>르포 | |
| 1996.1 | 阪神·淡路大震災神戸市<br>災害対策本部編 | 阪神·淡路大震災<br>－神戸市の記録1995年－ | 神戸都市<br>問題研究所 | 지방정부<br>간행물 | |
| 1996.1 | 長尾和 | 鎮魂と再生のために:阪神·<br>淡路大震災をふりかえって | 風来舎 | 논픽션 | |
| 1996.1 | 三浦暁子 | 大震災、主婦の体験 | 講談社 | 논픽션 | |
| 1996.1 | 吉井貞俊 | 西宮からの発想－阪神大震災記 | 岩田書院 | 문집,<br>삽화 | |
| 1996.1 | 中野不二男 | 繋ぐ－阪神大震災、<br>「電話」はいかにして甦ったか | プレジデント社 | 논픽션 | |
| 1996.1 | 今井美沙子 | 阪神大震災で学んだこと | 理論社 | 논픽션 | |
| 1996.1 | 浜畑啓悟, 玉井敬之,<br>尼子修造, 山内潤三 | 心の軌跡－阪神大震災 | エピック | 논픽션 | |
| 1996.1 | 車木蓉子 | 五十年目の戦場·神戸<br>－詩と証言·阪神大震災 | かもがわ出版 | 시집,<br>논픽션 | |
| 1996.1 | 三浦太郎 | ギャルたちの被災<br>－阪神大震災に学ぶ子育ての知恵 | 女子パウロ会 | 수필 | 한신·<br>아와지<br>대지진<br>(1995) |
| 1996.1 | 田辺聖子 | ナンギやけれど…わたしの震災記 | 集英社 | 체험기 | |
| 1996.2 | 北村静一 | 兵庫県南部大地震<br>－それは人災だった、<br>しかし人々は親切になった | 近代文芸社 | 평론 | |
| 1996.2 | 河内厚郎編 | 神戸からの伝言－瓦礫に響いたバッハ | 東方出版 | 논픽션 | |
| 1996.3 | 古屋和雄 | くやし涙、うれし涙、神戸<br>－大震災から立ち上がる人々の記録 | PHP研究所 | 르포 | |
| 1996.4 | 神戸新聞社編 | 大震災地下で何が<br>－なぜ地震は起こったか | 神戸新聞総合出版<br>センター | 평론 | |
| 1996.4 | 小崎佳奈子 | 瓦礫の中のほおずき－避難所となった<br>小学校の一教師の体験 | 神戸新聞総合出版<br>センター | 논픽션 | |
| 1996.4 | 貴志祐介 | 十三番目の人格 ISOLA | 角川ホラー文庫 | 소설 | |
| 1996.5 | 奈佐誠司 | 大震災!!イヌ、ネコを救え<br>－車イスで救援活動 | ポプラ社 | 논픽션 | |
| 1996.9 | 岸川悦子 | 地球が動いた日 | 新日本出版社 | 아동문학 | |
| 1996.9 | 日本経済新聞取材班(著),<br>服部清美 | 阪神大震災<br>－記者の見た三百万人の軌跡 | 創元社 | 르포 | |
| 1996.9 | 岡村武夫 | 阪神大震災－私たちの被災記録 | 日本図書刊行会 | 논픽션 | |
| 1996.12 | 兵庫部落解放研究所編 | 記録阪神·淡路大震災と被差別部落 | 解放出版社 | 평론 | |
| 1997.1 | アート·エイド·<br>神戸文学部門 | 復興への譜－詩集·<br>阪神淡路大震災第3集 | 詩画工房 | 시집 | |

| 1997.1 | 柳田邦男 編 | 人間が生きる条件 | 岩波書店 | 논픽션 | |
|--------|-----------|------------------|----------|--------|---|
| 1997.6 | 阪神大震災を記録しつづける会編 | まだ遠い春－阪神大震災3年目の報告 | 阪神大震災を記録しつづける会 | 수필집 | |
| 1997.8 | 藤尾潔 | 大震災名言録:「忘れたころ」のための知恵 | 光文社 | 논픽션 | |
| 1997.9 | 山本れい子 | あの日の神戸 | 教育出版センター | 수필 | |
| 1998.1 | 黒沼克史 | ゆ・ら・ぎ－10代が体験した阪神大震災 | 集英社 | 논픽션 | |
| 1998.1 | 神戸美妃子 | いのち抱きしめて－地酒屋のカミさん、震災フント一記 | 蕗薹書房 | 논픽션 | |
| 1998.3 | 大森一樹 | 震災ファミリー | 平凡社 | 논픽션 | |
| 1998.6 | 阪神大震災を記録しつづける会編 | 今、まだ、やっと…－阪神大震災それぞれの4年目 | 阪神大震災を記録しつづける会 | 수필집 | |
| 1998.8 | 池田謙一 外 | 阪神・淡路大震災に学ぶ情報,報道,ボランティア | 白桃書房 | 평론 | |
| 1998.8 | 上之郷利昭 | 崩れた街の足ながおじさん | 講談社 | 논픽션 | |
| 1999.1 | 浜岡収, 蘆進容, 小林正典, 黒田清 | 未明の街:阪神・淡路大震災写真/詩/文 | 大月書店 | 시, 사진집 | |
| 1999.1 | 郭早苗 | 宙を舞う | ビレッジプレス | 논픽션 | |
| 1999.2 | 森村誠一, 木津川計, 池辺晋一郎, 神戸市役所センター合唱団編 | 炎と涙の底から－鎮魂と再生のハーモニー | かもがわ出版 | 논픽션 | 한신·아와지 대지진 (1995) |
| 1999.5 | 稲垣えみ子 | 震災の朝から始まった | 朝日新聞社 | 논픽션 | |
| 1999.6 | 河村直哉. 中北幸·家族 | 百合－亡き人の居場所、希望のありか | 国際通信社 | 논픽션 | |
| 1999.7 | 阪神大震災を記録しつづける会編 | 阪神大震災 私たちが語る5年目 | 阪神大震災を記録しつづける会 | 수필집 | |
| 1999.8 | 木村紺 | 神戸在住 | 講談社 | 만화 | |
| 2000.8 | 佐々木美代子 | 記憶の街－震災のあとに | みすず書房 | 논픽션 | |
| 2000.8 | 阪神大震災を記録しつづける会編 | 阪神大震災2000日の記録 | 阪神大震災を記録しつづける会 | 논픽션 | |
| 2001.1 | 村田延子 | 恵子、さよならも言わずに－天国へ旅立った恵子ちゃん | 創元社 | 논픽션 | |
| 2001.2 | 月刊神戸っ子 編 | 作家たちの大震災:阪神・淡路大震災一九九五－一－一七 | 月刊神戸っ子 | 선집 | |
| 2001.9 | 日比野克彦 | あの日~わたしと大吉の阪神淡路大震災~ | 講談社 | 논픽션, 삽화 | |
| 2001.12 | 中条聖子 | 夢なかば:阪神・淡路大震災で逝った若き女医の作品集 | 文芸社 | 작품집 | |
| 2002.1 | 今関信子(著), 菊池恭子(イラスト) | 黒い虹よ、七色に－今も阪神淡路大震災とたたかう遺児たち | 佼成出版社 | 논픽션 | |
| 2002.3 | 村上春樹 | 神の子どもたちはみな踊る | 新潮社 | 소설 | |

| 2002.6 | 小田実 | 深い音 | 新潮社 | 소설 | |
|---|---|---|---|---|---|
| 2003.11 | たかい ちづ | ゆうへー生きていてくれて、ありがとう。 | ディスカヴァー・トゥエンティワン | 논픽션 | |
| 2004.1 | 東野圭吾 | 幻夜 | 集英社 | 소설 | |
| 2004.11 | 内田洋一 | あの日、突然遺族になった | 白水社 | 평론 | |
| 2004.12 | 土方正志 | てつびん物語ー阪神・淡路大震災ある被災者の記録 | 偕成社 | 논픽션 | |
| 2004.12 | 加藤いつか | はるかのひまわり | ふきのとう書房 | 논픽션 | |
| 2005.1 | 阪神大震災を記録しつづける会編 阪神大震災を記録しつづける会 | 阪神大震災から10年 未来の被災者へのメッセージ | 阪神大震災を記録しつづける会 | 수필집 | |
| 2005.5 | 綾野まさる | いのちのひまわり ーはるかちゃんからのおくりもの | ハート出版 | 아동문학, 논픽션 | |
| 2005.7 | 横山秀夫 | 震度0 | 朝日新聞社 | 소설 | |
| 2006.2 | 岡本貴也 | 舞台阪神淡路大震災全記録 | 三修社 | 희곡, 기록 | |
| 2006.4 | 被災者+日本聞き書き学会編 | 生死を分けた三分間 そのとき被災者はどう生きたか | 光文社 | 논픽션 | |
| 2006.12 | 竜原みどり | 名塩 | 文芸社 | 논픽션 | |
| 2007.2 | 山崎エリナ | 千の風神戸からー天国のあの人へ | 学習研究社 | 사진집, 시집 | |
| 2008.7 | 斎藤環 | 文学の断層セカイ・震災・キャラクター | 朝日新聞出版 | 평론집 | |
| 2009.9 | 宇多喜代子 | 名句十二か月 | 角川学芸出版 | 구집 | |
| 2011.4 | 中井久夫 | 災害がほんとうに襲った時: 阪神淡路大震災50日間の記録 | みすず書房 | 르포 | |
| 2011.7 | 志村有弘 編 | 大震災の記録と文学 | 勉誠出版 | 논픽션 | |
| 2012.2 | 小松左京 | 大震災'95 | 河出書房新社 | 르포 | |
| 2012.3 | 神戸市消防局「雪」編集部, 川井龍介 | 阪神淡路大震災 消防隊員死闘の記: 炎と瓦礫のなかで | 旬報社 | 르포 | |
| 2014.1 | 原田マハ | 翔ぶ少女 | ポプラ社 | 소설 | |
| 2014.3 | 真山仁 | そして、星の輝く夜がくる | 講談社 | 소설 | |
| 2014.4 | 白石一文 | 神秘 | 毎日新聞社 | 소설 | |
| 2014.12 | 中山七里 | 月光のスティグマ | 新潮社 | 소설 | |
| 2014.12 | 塩崎賢明 | 復興〈災害〉ーー阪神・淡路大震災と東日本大震災 | 岩波書店 | 평론 | |
| 2014.12 | 交友プランニングセンター・友月書房 | 私のたたかいー阪神・淡路大震災から20年語り継ごう! 書き残そう | 交友プランニングセンター | 수필집 | 한신・아와지 대지진 (1995) |

| 2014.12 | 宮本輝 | いのちの姿 | 集英社 | 수필 | |
| 2016.3 | 原田隆司 | 震災を生きぬく:<br>阪神・淡路大震災から20年 | 世界思想社 | 논픽션 | 한신·<br>아와지<br>대지진<br>(1995) |
| 2016.7 | 兵庫県, 阪神・<br>淡路大震災復興フォローア<br>ップ委員会 | 伝える:1.17は忘れない:<br>阪神・淡路大震災20年の教訓 | ぎょうせい | 논픽션 | |
| 2017.9 | 友岡子郷 | 海の音－句集 | 朔出版 | 구집 | |

## 〈3.11 동일본대지진(2011)〉

| 단행본<br>발행연도<br>(작품초출) | 저자 | 작품제목 | 출판정보 | 장르 구분 | 배경/제재가<br>된 재난 |
| --- | --- | --- | --- | --- | --- |
| 2011.5 | 高橋源一郎 | お伽草紙 | 『新潮』2011年6月号<br>(新潮社) | 소설 | |
| 2011.5 | 滝春樹 | 2011 3.11 2:46PM<br>東日本大震災を詠む 書き下ろし句集 | 書心社 | 구집 | |
| 2011.6 | 岩手日報社<br>(編集,写真) | 特別報道写真集平成の三陸大津波<br>(2011.3.11東日本大震災岩手の記録) | 岩手日報 | 사진집 | |
| 2011.6 | 森健(編) | 文藝春秋増刊<br>「つなみ 被災地のこども80人の作文集」<br>2011年8月号 | 文藝春秋 | 작문집 | |
| 2011.6 | 和合亮一 | 詩の礫 | 徳間書店 | 시집 | |
| 2011.6 | 佐野真一 | 津波と原発 | 講談社 | 논픽션 | 3.11<br>동일본<br>대지진<br>(2011) |
| 2011.6月号〜<br>연재중 | 荒木飛呂彦 | ジョジョリオン<br>(『ジョジョの奇妙な冒険』Part8) | 『ウルトラジャンプ』<br>(集英社) | 만화 | |
| 2011.7 | 古川日出男 | 馬たちよ、それでも光は無垢で | 新潮社 | 소설 | |
| 2011.7 | 古井由吉 | 子供の行方 | 『群像』8月号(講談社) | 소설 | |
| 2011.7 | 高橋源一郎 | アトム | 『新潮』2011年8月号<br>(新潮社) | 소설 | |
| 2011.7 | しりあがり寿 | あの日からのマンガ | エンターブレイン | 만화 | |
| 2011.7 | 高橋佳子 | 果てなき荒野を越えて | 三宝出版 | 시집,<br>사진집 | |
| 2011.8 | 麻生幾 | 前へ!－東日本大震災と<br>戦った無名戦士たちの記録 | 新潮社 | 논픽션 | |
| 2011.8 | 広河隆一 | 福島原発と人びと | 岩波書店 | 논픽션 | |
| 2011.8 | 馳星周 | 光あれ | 文藝春秋 | 소설 | |

| 2011.8 | 萩尾望都 | なのはな | 『月刊フラワーズ』2011年8月号(小学館) | 만화 | |
|---|---|---|---|---|---|
| 2011.9 | 川上弘美 | 神様 2011 | 講談社 | 소설 | |
| 2011.9 | 萩尾信也 | 三陸物語 | 毎日新聞社 | 르포 | |
| 2011.10. | 蟹江杏、佐藤史生(編)、福島相馬の小学生たち(絵) | ふくしまの子どもたちが描くあのとき、きょう、みらい。 | 徳間書店 | 삽화집 | |
| 2011.10. | 井上光晴 | 西海原子力発電所 | 『日本原発小説集』(水声社) | 소설 | |
| 2011.10. | 清水義範 | 放射能がいっぱい | 『日本原発小説集』(水声社) | 소설 | |
| 2011.10. | 豊田有恒 | 隣りの風車 | 『日本原発小説集』(水声社) | 소설 | |
| 2011.10. | 野坂昭如 | 乱離骨灰鬼胎草 | 『日本原発小説集』(水声社) | 소설 | |
| 2011.10. | 平石貴樹 | 虹のカマクーラ | 『日本原発小説集』(水声社) | 소설 | |
| 2011.10. | 黒川創 | 波 | 『新潮』11月号(新潮社) | 소설 | 3.11 동일본 대지진 (2011) |
| 2011.10. | 白岩玄 | 終わらない夜に夢を見る | 『文藝』冬季号(河出書房新社) | 소설 | |
| 2011.11 | 高橋源一郎 | 恋する原発 | 講談社 | 소설 | |
| 2011.11 | 山下澄人 | 水の音しかしない | 『文学界』12月号(文藝春秋) | 소설 | |
| 2011.11 | 読売新聞社 | 記者は何を見たのか - 3.11東日本大震災 | 中央公論新社 | 평론 | |
| 2011.11 | 玄侑宗久 | 無常という力 －「方丈記」に学ぶ心の在り方 | 新潮社 | 평론 | |
| 2011.12 | 五木寛之 | 下山の思想 | 幻冬舎 | 평론 | |
| 2011.12 | 安田菜津紀,渋谷敦志,佐藤慧 | ファインダー越しの3.11 | 原書房 | 사진집 | |
| 2011.12 | 中島 岳志 | 世界が決壊するまえに言葉を紡ぐ | 金曜日 | 대담집 | |
| 2011.12 | 糸井重里&ほぼ日刊イトイ新聞 | できることをしよう。 －ぼくらが震災後に考えたこと | 新潮社 | 논픽션 | |
| 2011.12月号 ~2012.4月号 | 吉本浩二 | さんてつ～日本鉄道旅行地図帳三陸鉄道大震災の記録～ | 『月刊コミック@バンチ』(新潮社) | 만화 | |
| 2012.1 | 古川日出男 | 二度めの夏に至る | 『新潮』2月号(新潮社) | 소설 | |
| 2012.1 | 佐藤友哉 | 今まで通り | 『新潮』2月号(新潮社) | 소설 | |
| 2012.1 | 村田喜代子 | 原子海岸 | 『文学界』2月号(文藝春秋) | 소설 | |
| 2012.1 | 長谷川櫂 | 震災句集 | 中央公論新社 | 구집 | |

| 2012.2 | 高橋源一郎 | 「あの日」からぼくが考えている「正しさ」について | 河出書房新社 | 수필 | |
|---|---|---|---|---|---|
| 2012.2 | 谷川俊太郎 | 言葉 | 『それでも三月は、また』(講談社) | 시 | |
| 2012.2 | 多和田葉子 | 不死の島 | 『それでも三月は、また』(講談社) | 소설 | |
| 2012.2 | 重松清 | おまじない | 『それでも三月は、また』(講談社) | 소설 | |
| 2012.2 | 小川洋子 | 夜泣き帽子 | 『それでも三月は、また』(講談社) | 소설 | |
| 2012.2 | 川上弘美 | 神様2011 | 『それでも三月は、また』(講談社) | 소설 | |
| 2012.2 | 川上未映子 | 三月の毛糸 | 『それでも三月は、また』(講談社) | 소설 | |
| 2012.2 | いしいしんじ | ルル | 『それでも三月は、また』(講談社) | 소설 | |
| 2012.2 | J.D.マクラッチー,ジェフリー・アングルス訳 | 一年後 | 『それでも三月は、また』(講談社) | 시 | |
| 2012.2 | 池沢夏樹 | 美しい祖母の聖書 | 『それでも三月は、また』(講談社) | 소설 | 3.11 동일본 대지진 (2011) |
| 2012.2 | 角田光代 | ピース | 『それでも三月は、また』(講談社) | 소설 | |
| 2012.2 | 古川日出男 | 十六年後に泊まる | 『それでも三月は、また』(講談社) | 소설 | |
| 2012.2 | 明川哲也 | 箱のはなし | 『それでも三月は、また』(講談社) | 소설 | |
| 2012.2 | バリー・ユアグロー,柴田元幸訳 | 漁師の小船で見た夢 | 『それでも三月は、また』(講談社) | 소설 | |
| 2012.2 | 佐伯一麦 | 日和山 | 『それでも三月は、また』(講談社) | 소설 | |
| 2012.2 | 阿部和重 | RIDE ON TIME | 『それでも三月は、また』(講談社) | 소설 | |
| 2012.2 | 村上龍 | ユーカリの小さな葉 | 『それでも三月は、また』(講談社) | 소설 | |
| 2012.2 | デイヴィッド・ピース,山辺弦訳 | 惨事のまえ、惨事のあと | 『それでも三月は、また』(講談社) | 소설 | |
| 2012.2 | 瀬戸内 寂聴,さだ まさし | その後とその前 | 幻冬舎 | 대담집 | |

| 2012.2<br>~2013.1 | ニコ・<br>ニコルソン | ナガサレールイエタテール | 『ぽこぽこ』(太田出版) | 논픽션<br>만화 | |
|---|---|---|---|---|---|
| 2012.3 | 外岡 秀俊 | 3・11複合被災 | 岩波書店 | 르포, 평론 | |
| 2012.3 | 福井 晴敏 | 小説・震災後 | 小学館 | 소설 | |
| 2012.3 | 滝春樹 | 句集・東日本大震災を詠む | 書心社 | 구집 | |
| 2012.3 | 俵万智,<br>山中桃子 | あれから俵万智3・11短歌集 | 今人舎 | 가집 | |
| 2012.3 | 李承信 | 君の心で花は咲く | 飛鳥新社 | 시집 | |
| 2012.3 | 三浦英之 | 南三陸日記 | 朝日新聞出版 | 칼럼집 | |
| 2012.3 | 文藝春秋 編 | 3.11から一年 作家100人の言葉 | 『文藝春秋』増刊2012年0<br>3月号 | 문집 | |
| 2012.4 | 畑島喜久生 | 日本人の力を信じる 東日本大震災詩集 | リトル・ガリヴァー社 | 시집 | |
| 2012.4 | 大竹昭子 | ことばのポトラック | 春風社 | 시집 | |
| 2012.4 | NHK「震災を詠<br>む」取材班 | ドキュメント 震災三十一文字 | 日本放送出版協会 | 가집 | |
| 2012.6 | 森健 | つなみ<br>ー被災地の子どもたちの作文集 完全版 | 文藝春秋 | 작문집 | 3.11<br>동일본<br>대지진<br>(2011) |
| 2012.6 | 萩尾信也 | 生と死の記録ー続・三陸物語ー | 毎日新聞社 | 르포 | |
| 2012.7 | 祓川学(著),<br>かなき詩織<br>(일러스트) | フラガールと犬のチョコ<br>ー東日本大震災で被災した犬の物語 | ハート出版 | 논픽션<br>아동문학 | |
| 2012.7 | 谷川健一,玉田<br>尊英 | 悲しみの海 東日本大震災詩歌集 | 冨山房インターナショナル | 시가집 | |
| 2012.7 | 伍藤暉之 | PAISA 伍藤暉之句集 | ふらんす堂 | 구집 | |
| 2012.7 | 松岡正剛 | 3・11を読む | 平凡社 | 평론 | |
| 2012.8 | 小野智美(編) | 女川一中生の句 あの日から | 羽鳥書店 | 구집 | |
| 2012.8 | 詩と詩論研究会 | 金子みすゞ愛と願い | 勉誠出版 | 시집 | |
| 2012.8 | 稲泉連 | 復興の書店 | 小学館 | 논픽션 | |
| 2012.10. | 杉浦大悟 | 21人の輪震災を生きる子どもたちの日々 | NHK出版 | 논픽션 | |
| 2012.10. | 今西乃子(著),<br>浜田一男(사진) | 東日本大震災・<br>犬たちが避難した学校捨て犬・<br>未来命のメッセージ | 岩崎書店 | 논픽션 | |
| 2012.11 | 高山文彦 | 大津波を生きる<br>ー巨大防潮堤と田老百年のいとなみ | 新潮社 | 논픽션 | |
| 2012.11 | 白石一文 | 火口のふたり | 河出書房新社 | 소설 | |
| 2012.12<br>~2013.8 | ももち 麗子 | デイジー～3.11女子高生たちの選択～ | 『デザート』2012.12月号<br>~2013.8月号(講談社) | 만화 | |
| 2013.1 | 乃南アサ | いちばん長い夜に | 新潮社 | 소설 | |
| 2013.1 | 原田勇男 | かけがえのない魂の声を | 思潮社 | 시집 | |

| 2013.2 | 山本おさむ | 『今日もいい天気』part.2「原発事故編」 | 双葉社 | 만화 | |
|---|---|---|---|---|---|
| 2013.3 | 重松清 | また次の春へ | 扶桑社 | 단편집 | |
| 2013.3 | 堀内正規 | 震災後に読む文学「震災後」に考える28 | 早稲田大学出版部 | 평론 | |
| 2013.3 | 斎藤紘二 | 挽歌、海に流れて | 思潮社 | 시집 | |
| 2013.5 | 津島佑子 | ヤマネコ・ドーム | 講談社 | 소설 | |
| 2013.6 | 和合亮一 | 廃炉詩篇 | 思潮社 | 시집 | |
| 2013.6 | 辺見庸 | 青い花 | 角川書店 | 소설 | |
| 2013.7 | 照井翠 | 龍宮 | 角川学芸出版 | 구집 | |
| 2013.7 | 野口勝宏 | ここは花の島 | IBCパブリッシング | 시집 | |
| 2013.7 | 岡井隆 | ヘイ龍-ドラゴン-カム-ヒアといふ 声がする岡井隆詩歌集2009-2012 | 思潮社 | 시집 | |
| 2013.7 | 大口玲子 | トリサンナイタ 歌集 | KADOKAWA | 가집 | |
| 2013.7 | 端野洋子 | 『はじまりのはる』1巻 | 『アフタヌーン』(講談社) | 만화 | |
| 2013.8 | 三田洋 | 仮面のうしろ | 思潮社 | 시집 | |
| 2013.10. | 田中清光 | 夕暮れの地球から | 思潮社 | 시집 | |
| 2013.10. | 上野千鶴子 | ニッポンが変わる、女が変える | 中央公論新社 | 논픽션 | |
| 2013.10.31~ 2015.10.8 | 竜田一人 | いちえふ福島第一原子力発電所労働記 | 『モーニング』、『週刊Dモーニング』(講談社) | 만화 | 3.11 동일본 대지진 (2011) |
| 2013.11 | 草谷桂子 | 3·11を心に刻む ブックガイド | 子どもの未来社 | 가이드북 | |
| 2013.11 | 木村朗子 | 震災後文学論 ーあたらしい日本文学のために | 青土社 | 평론 | |
| 2013.11 | 草谷桂子 | 3·11を心に刻むブックガイド | 子どもの未来社 | 평론 | |
| 2013.12 | 小林エリカ | 光の子ども 1 | リトル・モア | 만화 | |
| 2013.12 | 佐藤友哉 | ベッドサイド・マーダーケース | 新潮社 | 소설 | |
| 2013.12 | 端野洋子 | 『はじまりのはる』2巻 | 『アフタヌーン』(講談社) | 만화 | |
| 2014.2 | 高嶋博視 | 武人の本懐FROMTHESEA東日本大震災 における海上自衛隊の活動記録 | 講談社 | 논픽션 | |
| 2014.2 | 岡本貴也 | 神様の休日僕らはまためぐり逢う | 幻冬舎 | 소설 | |
| 2014.2 | 友井羊 | ボランティアバスで行こう! | 宝島社 | 소설 | |
| 2014.2 | 赤石路代 | 海ヘト続ク地図ニ無イ道 | 小学館 | 만화 | |
| 2014.2 | ひうらさとる, ななじ眺, さちみりほ, 樋口橘, うめ, 山室有紀子 | あの日起きたこと 東日本大震災ストーリー311 | KADOKAWA | 만화, 아동문학 | |

| 2014.2 | 佐藤通雅, 東直子, NHKハートネットTV「震災を詠む2013」制作班 | また巡り来る花の季節は | 講談社 | 가집 | |
| 2014.2 | 森村誠一 | 祈りの証明 3.11の奇跡 | KADOKAWA | 소설 | |
| 2014.3 | 河北新報社 | 河北新報のいちばん長い日 震災下の地元紙 | 文藝春秋 | 논픽션 | |
| 2014.3 | 東日本大震災を経験した五十五人の日本人, 辻本勇夫 | 変わらない空 | 講談社 | 가집 | |
| 2014.3 | 柳田邦男 | 「想定外」の罠大震災と原発 | 文藝春秋 | 평론 | |
| 2014.4 | 雁屋哲(원작), 花咲アキラ(작화) | 美味しんぼ(第604話福島の真実その22) | 『ビッグコミックスピリッツ』2014年22・23合併号(小学館) | 만화 | |
| 2014.5 | 碧野圭 | 書店ガール3 託された一冊 | PHP研究所 | 소설 | |
| 2014.5 | 坂東真砂子 | 眠る魚 | 集英社 | 소설 | |
| 2014.6 | 佐々涼子 | 紙つなげ! 彼らが本の紙を造っている | 早川書房 | 논픽션 | |
| 2014.6 | 吉村萬壱 | ボラード病 | 文藝春秋 | 소설 | |
| 2014.6 | 佐伯一麦 | 日和山佐伯一麦自選短篇集 | 講談社 | 소설집 | |
| 2014.6 | 山本おさむ | 『そばもんニッポン蕎麦行脚』15巻(「そば屋の3.11」) | 『ビッグコミック』(小学館) | 만화 | |
| 2014.6 | 平野啓一郎 | Re:依田氏からの依頼 | 新潮社 | 소설 | |
| 2014.7 | 小林エリカ | マダム・キュリーと朝食を | 集英社 | 만화 | |
| 2014.7 | 風見梢太郎 | 風見梢太郎原発小説集 | 光陽出版社 | 소설집 | |
| 2014.7 | 丸山栄 | 総理の祖父丸山栄詩集 | 竹林館 | 시집 | |
| 2014.7 | 矢口敦子 | 祈りの朝 | 集英社 | 소설 | |
| 2014.8 | 酒井順子 | 昔は、よかった? | 講談社 | 수필 | |
| 2014.10. | 西村賢太 | 一私小説書きの日乗 | KADOKAWA | 수필 | |
| 2014.10. | 山本おさむ | 『そばもんニッポン蕎麦行脚』16巻(「そば屋の3.11」) | 『ビッグコミック』(小学館) | 만화 | |
| 2014.12 | 中山七里 | 月光のスティグマ | 新潮社 | 소설 | |
| 2014.12 | 垣谷美雨 | 避難所 | 新潮社 | 소설 | |
| 2015.1 | 真山仁 | 雨に泣いてる | 幻冬舎 | 소설 | |
| 2015.1 | 村田喜代子 | 光線 | 文藝春秋 | 소설집 | |
| 2015.2 | いとう せいこう | 想像ラジオ | 河出書房新社 | 소설 | |
| 2015.2 | 乃南アサ | いちばん長い夜に | 新潮社 | 소설 | 3.11 동일본 대지진 (2011) |

| | | | | | |
|---|---|---|---|---|---|
| 2015.3 | しりあがり寿 | あの日からの憂鬱 | KADOKAWA/<br>エンターブレイン | 만화 | |
| 2015.3 | 俳句四協会(編) | 東日本大震災を詠む | 朝日新聞出版 | 구집 | |
| 2015.3 | 真並 恭介 | 牛と土 福島、3.11その後。 | 集英社 | 논픽션 | |
| 2015.4 | 和合亮一 | 木にたずねよ | 明石書店 | 시집 | |
| 2015.4 | 金原ひとみ | 持たざる者 | 集英社 | 소설 | |
| 2015.4 | 金原ひとみ | 持たざる者 | 集英社 | 소설 | |
| 2015.4 | 青来有一 | 人間のしわざ | 集英社 | 소설 | |
| 2015.5 | 浅生鴨 | 中の人などいない@NHK広報の<br>ツイートはなぜユルい? | 新潮社 | 수필 | |
| 2015.7 | 北野慶 | 亡国記 | 現代書館 | 소설 | |
| 2015.7 | 会根毅 | 花修 会根毅句集 | 深夜叢書社 | 구집 | |
| 2015.7 | 太田和彦 | ニッポンぶらり旅アゴの<br>竹輪とドイツビール | 集英社 | 기행문 | |
| 2015.8 | 広木隆一 | 彼女の人生は間違いじゃない | 河出書房新社 | 소설 | |
| 2015.9 | 佐伯一麦 | 空にみずうみ | 中央公論新社 | 소설 | |
| 2015.9 | 大口玲子 | 桜の木にのぼる人歌集 | 短歌研究社 | 가집 | |
| 2015.9 | 星野博,<br>佐相憲一 | 線の彼方 星野博詩集 | コールサック社 | 시집 | 3.11<br>동일본<br>대지진<br>(2011) |
| 2015.9 | 柏崎驍二 | 北窓集 柏崎驍二歌集 | 短歌研究社 | 가집 | |
| 2015.10. | 佐伯一麦 | 還れぬ家 | 新潮社 | 소설 | |
| 2015.10. | 高橋克彦 | さるの湯 | 『あの日から』岩手日報社 | 소설 | |
| 2015.10. | 北上秋彦 | 事故の死角 | 『あの日から』岩手日報社 | 소설 | |
| 2015.10. | 柏葉幸子 | お地蔵様海へ行く | 『あの日から』岩手日報社 | 소설 | |
| 2015.10. | 柏葉幸子 | 風待ち岬 | 『あの日から』岩手日報社 | 소설 | |
| 2015.10. | 柏葉幸子 | 海から来た子 | 『あの日から』岩手日報社 | 소설 | |
| 2015.10. | 松田十刻 | 愛那の場合~呑ん兵衛横丁の事件簿より | 『あの日から』岩手日報社 | 소설 | |
| 2015.10. | 斎藤純 | あの日の海 | 『あの日から』岩手日報社 | 소설 | |
| 2015.10. | 久美沙織 | 長靴をはいた犬 | 『あの日から』岩手日報社 | 소설 | |
| 2015.10. | 平谷美樹 | 加奈子 | 『あの日から』岩手日報社 | 소설 | |
| 2015.10. | 沢口たまみ | 水仙月の三日 | 『あの日から』岩手日報社 | 소설 | |
| 2015.10. | 菊池幸見 | 海辺のカウンター | 『あの日から』岩手日報社 | 소설 | |
| 2015.10. | 大村友貴美 | スウィング | 『あの日から』岩手日報社 | 소설 | |
| 2015.10. | 沢村鐵 | もう一人の私へ | 『あの日から』岩手日報社 | 소설 | |
| 2015.10. | 石野晶 | 純愛 | 『あの日から』岩手日報社 | 소설 | |
| 2015.11 | 飯沢耕太郎,<br>菱田雄介 | アフターマス:震災後の写真 | NTT出版 | 사진집 | |

| | | | | | |
|---|---|---|---|---|---|
| 2015.11 | 池沢夏樹 | 双頭の船 | 新潮社 | 소설 | |
| 2015.11 | 内田樹,<br>高橋源一郎 | ぼくたち日本の味方です | 文藝春秋 | 대담집 | |
| 2015.12 | 綿矢りさ | 大地のゲーム | 新潮社 | 소설 | |
| 2015.12 | 熊谷達也 | 調律師 | 文藝春秋 | 소설 | |
| 2015.12 | 真山仁 | そして、星の輝く夜がくる | 講談社 | 소설 | |
| 2015.12 | 柴田哲孝 | 漂流者たち 私立探偵神山健介 | 祥伝社 | 소설 | |
| 2015.12 | 中島岳志 | 「リベラル保守」宣言 | 新潮社 | 평론 | |
| 2016.1 | 天童荒太 | ムーンナイト・ダイバー | 文藝春秋 | 소설 | |
| 2016.1 | 金菱清<br>（ゼミナール）<br>（編集） | 呼び覚まされる霊性の震災学 | 新曜社 | 논픽션 | |
| 2016.1 | 椎名誠 | 三匹のかいじゅう | 集英社 | 수필 | |
| 2016.2 | 文藝春秋 | 「つなみ 5年後の子どもたちの作文集」 | 文藝春秋 | 작문집 | |
| 2016.2 | 小林エリカ | 光の子ども 2 | リトル・モア | 만화 | |
| 2016.2 | 柳広司 | 象は忘れない | 文藝春秋 | 소설 | |
| 2016.2 | 桐野夏生 | バラカ | 集英社 | 소설 | |
| 2016.2 | 彩瀬まる | やがて海へと届く | 講談社 | 소설 | |
| 2016.2 | 熊谷達也 | リアスの子 | 光文社 | 소설 | 3.11<br>동일본<br>대지진<br>(2011) |
| 2016.3 | 和合亮一 | 昨日ヨリモ優シクナリタイ | 徳間書店 | 시집 | |
| 2016.3 | 熊谷達也 | 希望の海 仙河海叙景 | 集英社 | 소설 | |
| 2016.3 | 相場英雄 | 共震 | 小学館 | 소설 | |
| 2016.4 | 有川浩 | 空飛ぶ広報室 | 幻冬舎 | 소설 | |
| 2016.4 | おおひさ悦子 | きっと後で泣くのでしょう<br>夏の草自由律俳句集 | 幻冬舎 | 구집 | |
| 2016.5 | 端野洋子 | 『はじまりのはる』3巻 | 『アフタヌーン』（講談社） | 만화 | |
| 2016.6 | 酒井順子 | 泡沫日記 | 集英社 | 수필 | |
| 2016.9 | 佐藤通雅 | 歌集 昔話（むがすこ） | いりの舎 | 가집 | |
| 2016.10. | 門田隆将 | 死の淵を見た男吉田昌郎と福島第一原発 | KADOKAWA | 논픽션 | |
| 2016.10. | 鷲田清一 | 人生はいつもちぐはぐ | KADOKAWA | 수필 | |
| 2017.2 | 島田明宏 | 絆～走れ奇跡の子馬～ | 集英社 | 소설 | |
| 2017.2 | 村上春樹 | 騎士団長殺し:第1部顕れるイデア編 | 新潮社 | 소설 | |
| 2017.2 | 村上春樹 | 騎士団長殺し:第2部遷ろうメタファー編 | 新潮社 | 소설 | |
| 2017.3 | 限界研,<br>飯田一史 | 東日本大震災後文学論 | 南雲堂 | 평론 | |
| 2017.6 | 垣谷美雨 | 女たちの避難所 | 新潮社 | 소설 | |
| 2017.7 | 沼田真佑 | 影裏 | 文藝春秋 | 소설 | |

| 2017.8 | 多和田 葉子 | 献灯使 | 講談社 | 소설 | |
| 2017.9 | 武沢忠 | 生きてやろうじゃないの! 詩集 | 青志社 | 시집 | |
| 2017.9 | 橋本治 | バカになったか、日本人 | 集英社 | 평론 | |
| 2017.11 | 中山七里 | アポロンの嘲笑 | 集英社 | 소설 | |
| 2017.11 | 馳星周 | 雪炎 | 集英社 | 소설 | 3.11 |
| 2018.11 | 五十嵐貴久 | ぼくたちは神様の名前を知らない | PHP研究所 | 소설 | 동일본 |
| 2018.2 | 山本おさむ | 『今日もいい天気』「原発訴訟編」 | 『しんぶん赤旗日曜版』<br>(日本共産党中央委員会) | 만화 | 대지진<br>(2011) |
| 2018.4 | 恩田陸 | EPITAPH東京 | 朝日新聞出版 | 소설 | |
| 2018.6 | 北野慶 | 虚構の太陽 | KADOKAWA | 소설 | |
| 2018.8 | 和合亮一 | 続・和合亮一詩集 | 思潮社 | 시집 | |
| 2019.8 | 渡辺えり | 渡辺えり3:月にぬれた手/天使猫 | 早川書房 | 희곡집 | |

〈지하철 사린사건 (1995)〉

| 단행본<br>발행연도<br>(작품초출) | 저자 | 작품제목 | 출판정보 | 장르 구분 | 배경/제재가<br>된 재난 |
|---|---|---|---|---|---|
| 1995.5 | 朝日新聞出版企画室 | 日本を揺るがしたサリンとオウム | 朝日新聞社 | 르포 | |
| 1995.12 | 新戸雅章 | ニコラ・テスラ未来伝説 | マガジンハウス | 평론 | |
| 1996.2 | 読売新聞社 編 | 読売報道写真集〈1996〉 | 読売新聞社 | 사진집 | |
| 1996.3 | 佐木隆三 | オウム法廷:連続傍聴記 | 小学館 | 평론 | |
| 1996.3 | 毎日新聞社(編) | 「オウム」報道全記録1989~1995 | 毎日新聞社 | 르포 | |
| 1996.6 | 大沢真幸 | 虚構の時代の果て―オウムと世界最終戦争 | 筑摩書房 | 평론 | |
| 1996.8 | 毎日新聞社会部 | 裁かれる「オウムの野望」 | 毎日新聞社 | 논픽션 | 지하철 |
| 1996.9 | 佐木隆三 | オウム法廷:連続傍聴記(2)麻原出廷 | 小学館 | 평론 | 사린사건 |
| 1996.11 | 江川紹子 | 「オウム真理教」裁判傍聴記(1) | 文藝春秋 | 논픽션 | (1995) |
| 1997.1 | 岩切直樹 | 僕らの人生の最近の年 | 日本図書刊行会 | 소설 | |
| 1997.3 | 村上春樹 | アンダーグラウンド | 講談社 | 논픽션 | |
| 1997.5 | 毎日新聞社会部(編) | 恩讐の師弟対決<br>―オウム「教祖」法廷全記録(1) | 現代書館 | 르포 | |
| 1997.7 | 毎日新聞社会部(編) | 私は無罪だ!!<br>―オウム「教祖」法廷全記録(2) | 現代書館 | 르포 | |
| 1997.10. | 江川紹子 | 「オウム真理教」裁判傍聴記(2) | 文藝春秋 | 르포 | |

| | | | | | |
|---|---|---|---|---|---|
| 1997.11 | 朝日新聞論説委員室(著), 朝日イブニングニュース(翻訳) | ベスト・オブ・天声人語 | 講談社インターナショナル | 사설집 | |
| 1998.1 | 加藤孝雄 | 今だから書けるオウム真理教附属医院－元中野北保健所職員の証言 | 講談社出版サービスセンター | 수필 | |
| 1998.2 | 降幡賢一 | オウム法廷－グルのしもべたち(上) | 朝日新聞社 | 르포 | |
| 1998.2 | 降幡賢一 | オウム法廷－グルのしもべたち(下) | 朝日新聞社 | 르포 | |
| 1998.3 | 地下鉄サリン事件被害者の会 | それでも生きていく－地下鉄サリン事件被害者手記集 | サンマーク出版 | 수기집 | |
| 1998.3 | 渡辺惰, 和多田進 | 麻原裁判の法廷から | 晩聲社 | 논픽션 | |
| 1998.5 | 降幡賢一 | オウム法廷 (2〔上〕) | 朝日新聞社 | 르포 | |
| 1998.5 | 降幡賢一 | オウム法廷 (2〔下〕) | 朝日新聞社 | 르포 | |
| 1998.6 | 毎日新聞社会部(編) | 元愛弟子(治療省大臣)への無期判決－オウム「教祖」法廷全記録(3) | 現代書館 | 르포 | |
| 1998.8 | 峯正澄, いしいひさいち | 大問題 '96 | 東京創元社 | 사설집 | |
| 1998.9 | 降幡賢一 | オウム法廷(3) 治療省大臣林郁夫 | 朝日新聞社 | 르포 | |
| 1998.10. | 辺見庸 | ゆで卵 | 角川書店 | 소설집 | |
| 1999.2 | 奥村徹 | 緊急招集(スタット・コール)－地下鉄サリン, 救急医は見た | 河出書房新社 | 논픽션 | 지하철 사린사건 (1995) |
| 1999.3 | 降幡賢一 | オウム法廷(4) 松本智津夫の意見陳述 | 朝日新聞社 | 르포 | |
| 1999.4 | 毎日新聞社会部(編) | 元信者への死刑判決－オウム「教祖」法廷全記録(4) | 現代書館 | 르포 | |
| 1999.7 | 別冊宝島編集部(編) | 伝染る「怖い話」 | 宝島社 | 괴담집 | |
| 1999.7 | 浅田彰, 田中康夫 | 憂国呆談 | 幻冬舎 | 대담집 | |
| 1999.10. | こころのケアセンター(編) | 災害とトラウマ | みすず書房 | 심리서적 | |
| 2000.1 | 降幡賢一 | オウム法廷(5) ウソつきは誰か? | 朝日新聞社 | 르포 | |
| 2000.2 | 毎日新聞社会部(編) | 「新法」成立で揺れる教団－オウム「教祖」法廷全記録(5) | 現代書館 | 르포 | |
| 2000.4 | 柳美里 | 仮面の国 | 新潮社 | 수필집 | |
| 2000.5 | 降幡賢一 | オウム裁判と日本人 | 平凡社 | 평론 | |
| 2000.6 | 中野翠 | 偽隠居どっきり日記 | 文藝春秋 | 수필 | |
| 2000.10. | 降幡賢一 | オウム法廷(6)被告人を死刑に処する | 朝日新聞社 | 르포 | |
| 2001.4 | Steve Erickson(著), 越川 芳明(翻訳) | 真夜中に海がやってきた | 筑摩書房 | 소설 | |
| 2001.5 | 毎日新聞社会部(編) | 名称変更で存続を図る－オウム「教祖」法廷全記録(6) | 現代書館 | 르포 | |
| 2001.6 | 降幡賢一 | オウム法廷(7)「女帝」石井久子 | 朝日新聞社 | 르포 | |

| | | | | | |
|---|---|---|---|---|---|
| 2001.7 | 村上春樹 | 約束された場所で－underground　2 | 文藝春秋 | 논픽션 | |
| 2002.2 | 降幡賢一 | オウム法廷(8) 無差別テロの源流 | 朝日新聞社 | 르포 | |
| 2002.6 | 毎日新聞社会部(編) | 検察側立証すべて終了<br>－オウム「教祖」法廷全記録(7) | 現代書館 | 르포 | |
| 2002.9 | 降幡賢一 | オウム法廷(9) 諜報省長官井上嘉浩 | 朝日新聞社 | 르포 | |
| 2002.10. | 加賀乙彦 | 雲の都(第1部広場) | 新潮社 | 소설 | |
| 2002.11 | 佐木隆三 | 大義なきテロリストーオウム法廷の16被告 | 日本放送出版協会 | 평론 | |
| 2002.12 | 降幡賢一 | オウム法廷(10)<br>地下鉄サリンの「実行犯」たち | 朝日新聞社 | 르포 | |
| 2003.11 | 宮口浩之(監修),<br>東京キララ社編集部<br>(編集) | オウム真理教大辞典 | 三一書房 | 논픽션 | |
| 2003.7 | 降幡賢一 | オウム法廷(12) サリンをつくった男たち | 朝日新聞社 | 르포 | |
| 2004.2 | 重松清 | さつき断景 | 祥伝社 | 소설 | |
| 2004.3 | 渡辺脩 | 麻原を死刑にして、それで済むのか? | 三五館 | 논픽션 | |
| 2004.4 | 毎日新聞社会部(編) | 「教祖」に死刑判決下る<br>－オウム「教祖」法廷全記録(8) | 現代書館 | 르포 | |
| 2004.11 | 森達也 | 世界が完全に思考停止する前に | 角川書店 | 평론 | |
| 2004.12 | 宮坂直史 | 日本はテロを防げるか | 筑摩書房 | 평론 | |
| 2005.2 | Anthony T. Tu | サリン事件の真実 | 新風舎 | 평론 | 지하철<br>사린사건<br>(1995) |
| 2005.3 | 中沢昭 | 暗くなった朝－3・20地下鉄サリン事件 | 近代消防社 | 논픽션 | |
| 2005.7 | 別冊宝島編集部(編) | 昭和・平成日本テロ事件史 | 宝島社 | 평론 | |
| 2005.9 | 加賀乙彦 | 雲の都(第二部 時計台) | 新潮社 | 소설 | |
| 2005.11 | 佐木隆三 | 人はいつから「殺人者」になるのか | 青春出版社 | 평론 | |
| 2006.1 | 司馬遼太郎 | 司馬遼太郎が考えたこと(15)<br>エッセイ1990.10~1996.2 | 新潮社 | 수필집 | |
| 2006.2 | 高山文彦 | 麻原彰晃の誕生 | 文藝春秋 | 논픽션 | |
| 2006.8 | 江川紹子 | オウム事件はなぜ起きたか魂の虜囚<br>(上・下巻) | 新風舎 | 논픽션 | |
| 2007.8 | みど　まどか | 蒼天の星 | 文芸社ビジュアルアート | 시집 | |
| 2008.3 | 森達也 | 世界はもっと豊かだし、人はもっと優しい | 筑摩書房 | 수필 | |
| 2008.3 | 高橋シズヱ | ここにいること<br>－地下鉄サリン事件の遺族として | 岩波書店 | 논픽션 | |
| 2008.3 | 加賀乙彦 | 雲の都(第3部 城砦) | 新潮社 | 소설 | |
| 2008.4 | アンソロジー | 実録・地下鉄サリン事件の真相 | 宙出版 | 만화 | |
| 2008.4 | アンソロジー | 実録 地下鉄サリン事件の真相 | 宙出版 | 만화 | |
| 2008.6 | 阿部三郎 | 破産者オウム真理教:管財人12年の闘い | 朝日新聞出版 | 논픽션 | |

| 2008.7 | 馳星周 | 9·11倶楽部 | 文藝春秋 | 소설 | |
|---|---|---|---|---|---|
| 2008.8 | 佐木隆三 | 慟哭 | 講談社 | 소설 | |
| 2008.10. | 大石紘一郎 | オウム真理教の政治学 | 朔北社 | 평론 | |
| 2008.11 | 重松清 | 星に願いを－さつき断景 | 新潮社 | 소설 | |
| 2008.11 | 島田裕巳 | 平成宗教20年史 | 幻冬舎 | 평론 | |
| 2008.11 | 飯田裕久 | 警視庁捜査一課刑事 | 朝日新聞出版 | 논픽션 | |
| 2009.2 | 楢栖堂一平 | 金の生る木に登った猿 | 文芸社 | 논픽션 | |
| 2009.5 | 福山隆 | 「地下鉄サリン事件」戦記：出動自衛隊指揮官の戦闘記録：1995.3.20 | 光人社 | 논픽션 | |
| 2010.2 | 宗形真紀子 | 二十歳からの20年間－"オウムの青春"という魔境を超えて | 三五館 | 논픽션 | |
| 2010.3 | さかはら あつし | サリンとおはぎ～扉は開くまで叩き続けろ | 講談社 | 수필 | |
| 2010.4 | 松本聡香 | 私はなぜ麻原彰晃の娘に生まれてしまったのか | 徳間書店 | 수필 | |
| 2010.11 | 森達也 | A3 | 集英社インターナショナル | 극본 | |
| 2011.7 | 宗教情報リサーチセンター(編), 井上順孝(編) | 情報時代のオウム真理教 | 春秋社 | 논픽션 | 지하철 사린사건 (1995) |
| 2011.12 | 鶴田一郎 | 災害カウンセリング研究序説 | ふくろう出版 | 연구서 | |
| 2012.2 | 高橋英利 | オウムからの帰還 | 草思社 | 수필 | |
| 2012.7 | 塩田潮 | 国家の危機と首相の決断 | 角川マガジンズ | 평론 | |
| 2012.7 | 日野原重明 | 「いのち」の使命 | 日本基督教団出版局 | 수기 | |
| 2012.7 | 加賀乙彦 | 雲の都(第4部幸福の森) | 新潮社 | 소설 | |
| 2012.7 | 加賀乙彦 | 雲の都(第5部鎮魂の海) | 新潮社 | 소설 | |
| 2012.10. | 小沢信男 | 東京骨灰紀行 | 筑摩書房 | 수필 | |
| 2012.12 | 上祐史浩(著), 有田芳生(検証·著) | オウム事件 17年目の告白 | 扶桑社 | 논픽션 | |
| 2013.5 | NHKスペシャル取材班 | 未解決事件 オウム真理教秘録 | 文藝春秋 | 논픽션 | |
| 2013.11 | 速水健朗 | 1995年 | 筑摩書房 | 평론 | |
| 2013.11 | 田原総一朗, 上祐史浩 | 危険な宗教の見分け方 | ポプラ社 | 논픽션 | |
| 2013.12 | 鈴木智之 | 「心の闇」と動機の語彙－犯罪報道の一九九〇年代 | 青弓社 | 논픽션 | |
| 2014.5 | 奥泉光 | 東京自叙伝 | 集英社 | 소설 | |
| 2015.2 | さかはらあつし, 上祐史浩 | 地下鉄サリン事件20年被害者の僕が話を聞きます | インプレスコミュニケーションズ | 논픽션 | |

| 2015.2 | 中島尚志 | オウムはなぜ消滅しないのか | グッドブックス | 평론 | |
|---|---|---|---|---|---|
| 2015.3 | 松本麗華 | 止まった時計麻原彰晃の三女・アーチャリーの手記 | 講談社 | 수필 | |
| 2015.8 | 宗教情報リサーチセンター, 井上順孝(編) | 〈オウム真理教〉を検証する: そのウチとソトの境界線 | 春秋社 | 평론 | |
| 2015.10. | 森村誠一 | 運命の花びら(上) | 角川書店 | 소설 | |
| 2015.10. | 年報死刑廃止編集委員会(編) | 死刑囚監房から一年報・死刑廃止2015 | インパクト出版会 | 논픽션 | |
| 2015.11 | 早見和真 | 95 | 角川書店 | 소설 | |
| 2016.10. | 日野原重明 | 僕は頑固な子どもだった | 株式会社ハルメク | 수필 | 지하철 사린사건 (1995) |
| 2017.2 | ポレ(著), 原正人(翻訳), フィリップニクルー | MATSUMOTO | Graffica Novels | 그래픽 노블 | |
| 2017.11 | 岡本美鈴 | 平常心のレッスン。 | 旬報社 | 수필 | |
| 2017.11 | 田口ランディ | 逆さに吊るされた男 | 河出書房新社 | 소설 | |
| 2018.7 | 大川隆法 | 麻原彰晃の霊言一オウム事件の「本当の動機」と「宗教的けじめ」一 | 幸福の科学出版 | 평론 | |
| 2018.12 | 森村誠一 | 運命の花びら(下) | 角川書店 | 소설 | |
| 2019.3 | 広瀬健一, 高村薫 | 悔悟オウム真理教元信徒・広瀬健一の手記 | 朝日新聞出版 | 수필 | |
| 2019.3 | 合田一道 | 現場検証 平成の事件簿 | 星雲社 | 논픽션 | |
| 2019.4 | 自衛隊家族会, 桜林美佐 | 自衛官が語る災害派遣の記録 | 並木書房 | 증언집 | |

### 〈마쓰모토 사린사건 (1994)〉

| 단행본 발행연도 (작품초출) | 저자 | 작품제목 | 출판정보 | 장르 구분 | 배경/제재가 된 재난 |
|---|---|---|---|---|---|
| 1994.12 | 磯貝陽悟 | サリンが来た街一松本毒ガス事件の真相 | データハウス | 논픽션 | |
| 1995.10. | 下里正樹 | オウムの黒い霧 ーオウム裁判を読み解く11のカギ | 双葉社 | 논픽션 | |
| 1996.5 | 後藤文康 | 誤報一新聞報道の死角 | 岩波書店 | 평론 | 마쓰모토 사린사건 (1994) |
| 1996.11 | 河野義行, 浅野健一 | 松本サリン事件報道の罪と罰 | 第三文明社 | 평론 | |
| 1996.11 | Patricia G. Steinhoff, 伊東良徳 | 連合赤軍とオウム真理教ー日本社会を語る | 彩流社 | 논픽션 | |
| 1997.2 | 共同通信社社会部 | 裁かれる教祖 | 共同通信社 | 논픽션 | |

| 1997.5 | 毎日新聞社会部 | オウム「教祖」法廷全記録 | 現代書館 | 르포 | |
|---|---|---|---|---|---|
| 1998.6 | 河野義行 | 妻よ!ーわが愛と希望と闘いの日々 | 潮出版社 | 논픽션 | |
| 1998.8 | 創価学会中部青年部(編) | 平和と人権の砦 | 第三文明社 | 강연집 | |
| 1999.3 | 植松黎 | ニッポン列島毒殺事件簿 | 角川書店 | 논픽션 | |
| 1999.6 | 中島尚志 | サリンー1995.3.20 | 黙出版 | 논픽션 | |
| 2000.2 | 磯貝陽悟 | 推定有罪ー松本、地下鉄サリンーオウム密着2000日 事件現場最前線は | データハウス | 논픽션 | |
| 2001.3 | テレビ信州 | 検証松本サリン事件報道ー苦悩するカメラの内側 | 竜鳳書房 | 르포 | |
| 2001.3 | 熊井啓 | 日本の黒い夏ー冤罪・松本サリン事件 | 岩波書店 | 시나리오, 수필 등 | |
| 2001.4 | 河野義行 | 「疑惑」は晴れようともー松本サリン事件の犯人とされた私 | 文藝春秋 | 논픽션 | |
| 2001.5 | 河野義行 | 松本サリン事件ー虚報、えん罪はいかに作られるか | 近代文藝社 | 논픽션 | |
| 2001.5 | 河野義行 | 松本サリン事件ー虚報、えん罪はいかに作られるか | 近代文藝社 | 논픽션 | |
| 2001.6 | 永田恒治 | 松本サリン事件 | 明石書店 | 논픽션 | 마쓰모토 사린사건 (1994) |
| 2001.8 | 浅野健一, 山口正紀(編) | 無責任なマスメディアー権力介入の危機と報道被害 | 現代人文社 | 르포 | |
| 2002.3 | 佐々木ゆり | 家族ー松本サリン事件・河野さん一家が辿った「深い傷」そして「再生」 | 小学館 | 논픽션 | |
| 2002.3 | 山本栄一 | 言論のテロリズムー「捏造雑誌」週刊新潮を解剖する(2) | 鳳書院 | 평론 | |
| 2003.11 | 宮口浩之, 東京キララ社 | オウム真理教大辞典 | 三一書房 | 논픽션 | |
| 2004.2 | 青沼陽一郎 | オウム裁判傍笑記 | 新潮社 | 논픽션 | |
| 2004.4 | 降幡賢一 | オウム法廷〈13〉極刑 | 朝日新聞出版 | 르포 | |
| 2004.7 | 林直哉, 松本美須々ヶ丘高校放送部 | ニュースがまちがった日ー高校生が追った松本サリン事件報道、そして十年 | 太郎次郎社エディタス | 르포 | |
| 2004.10. | 河野義行, 下村健一, 森達也, 林直哉, 磯貝陽悟 | 報道は何を学んだのかー松本サリン事件以後のメディアと世論 | 岩波書店 | 평론 | |
| 2007.1 | 梓沢和幸 | 報道被害 | 岩波書店 | 평론 | |
| 2007.11 | 木村朗 (編) | メディアは私たちを守れるか?ー松本サリン・志布志事件にみる冤罪と報道被害 | 凱風社 | 평론 | |
| 2008.6 | 河野義行 | 命あるかぎりー松本サリン事件を超えて | 第三文明社 | 수필 | |
| 2009.5 | 早見慶子 | カルト漂流記 オウム篇 | 彩流社 | 평론 | |
| 2009.9 | 菅家利和, 河野義行 | 足利事件 松本サリン事件 | TOブックス | 논픽션 | |

| 2011.10. | 朴慶南 | 私たちは幸せになるために生まれてきた | 毎日新聞社 | 수필 | |
|---|---|---|---|---|---|
| 2012.6 | 河野義行 | 今を生きる しあわせ | 鳳書院 | 수필 | |
| 2014.1 | AnthonyT. Tu | サリン事件:科学者の目で テロの真相に迫る | 東京化学同人 | 논픽션 | 마쓰모토 사린사건 (1994) |
| 2015.7 | 浅野健一ーゼミin西宮 | 冤罪とジャーナリズムの危機 | 鹿砦社 | 평론 | |
| 2018.7 | AnthonyT. Tu | サリン事件死刑囚 中川智正との対話 | KADOKAWA | 논픽션 | |
| 2018.12 | 富田たかし | オウム真理教元幹部の手記 | 青林堂 | 수필 | |
| 2018.12 | 小林 よしのり | ゴーマニズム宣言 2nd Season 第1巻 | 扶桑社 | 만화 | |

### 〈여고생 콘크리트 매장 살인사건(1988~89)〉

| 단행본 발행연도 (작품초출) | 저자 | 작품제목 | 출판정보 | 장르 구분 | 배경/제재가 된 재난 |
|---|---|---|---|---|---|
| 1990.10. | 佐瀬稔 | うちの子が、なぜ! ー女子高生コンクリート詰め殺人事件 | 草思社 | 논픽션 | |
| 1999.6 | 伊藤芳朗 | 「少年A」の告白 | 小学館 | 논픽션 | |
| 2000.7 | 黒沼克史 | 少年法を問い直す | 講談社 | 평론 | |
| 2002.7 | 藤井誠二 | 17歳の殺人者 | 朝日新聞社 | 논픽션 | |
| 2003.7 | 蜂巣敦, 山本真人 | 殺人現場を歩く | 筑摩書房 | 르포, 사진집 | |
| 2003.8 | 渥美饒児 | 十七歳、悪の履歴書 ー女子高生コンクリート詰め殺人事件 | 作品社 | 논픽션노블 | 여고생 콘크리트 매장 살인사건 (1988~89) |
| 2004.7 | 死刑をなくす女の会(編) | 女子高生コンクリート詰め殺人事件 ー彼女のくやしさがわかりますか? | 社会評論社 | 논픽션 | |
| 2011.4 | 佐瀬稔 | 女子高生コンクリート詰め殺人事件 | 草思社 | 논픽션 | |
| 2012.7 | 横川和夫 | かげろうの家 女子高生監禁殺人事件 | 駒草出版 | 르포 | |
| 2015.11 | 薬丸岳 | 友罪 | 集英社 | 소설 | |

# 한국 재난 서사 작품 목록
## (서적)

| 단행본<br>발행연도<br>(작품초출) | 저자 | 작품제목 | 출판정보 | 장르 구분 | 배경/제재가<br>된 재난 |
|---|---|---|---|---|---|
| 1917.<br>1.1.~6.14 | 이광수 | 무정 | 『매일신보』 | 소설 | 삼랑진 수해 |
| 1923.10.26 | 이상화 | 독백 | 『동아일보』 | 시 | 관동대진재 |
| 1925.3 | 김동환 | 국경의 밤 | 한성도서주식회사 | 시집 | 관동대진재 |
| 1925.12 | 김동환 | 승천하는 청춘 | 신문학사 | 시집 | 관동대진재 |
| 1925.12 | 최서해 | 큰물 진 뒤 | 『개벽』 64 | 소설 | 홍수 |
| 1928.1 | 염상섭 | 숙박기 | 신민 | 소설 | 관동대진재 |
| 1930.1 | 엄흥섭 | 흘너간 마을 | 『조선강단』 | 소설 | 홍수 |
| 1930.5~7 | 유진오 | 귀향 | 별건곤, 제28호~30호 | 소설 | 관동대진재 |
| 1930.<br>8.21.~9.3 | 이기영 | 홍수 | 『조선일보』 | 소설 | 홍수 |
| 1931.5.6.<br>~1931.8.27 | 정우홍 | 震災前後 | 『동아일보』 | 소설 | 관동대진재 |
| 1934.9 | 박화성 | 홍수전후 | 『신가정』 | 소설 | 홍수 |
| 1934.9.27.<br>~10.4 | 박노갑 | 홍수 | 『조선일보』 | 소설 | 홍수 |
| 1935.11 | 박화성 | 한귀 | 『조광』 | 소설 | 가뭄 |
| 1936.1 | 박화성 | 고향 없는 사람들 | 『신동아』 | 소설 | 홍수, 가뭄 |
| 1936.1 | 박노갑 | 둑이 터지든 날 | 『사해공론』 9 | 소설 | 홍수 |
| 1936.5 | 한설야 | 홍수 | 『조선문단』 속간1 | 소설 | 홍수 |
| 1937.6 | 한설야 | 부역 | 『조선문학』 속간11 | 소설 | 홍수 |
| 1938 | 이광수 | 사랑 | 박문서관 | 소설 | 인플루엔자 |
| 1938.11 | 한설야 | 산촌 | 『조광』 | 소설 | 홍수 |
| 1940.<br>1.10.~27 | 김만선 | 홍수 | 『조선일보』 | 소설 | 홍수 |
| 1949 | 정지용 | 동경대진재여록 | 동지사 | 산문 | 관동대진재 |
| 1954.11 | 김성한 | 골짜기의 정숙 | 『신태양』 27집 | 소설 | 한센병 |
| 1956.12 | 선우휘 | 테로리스트 | 『사상계』 41 | 소설 | 테러 |

| 1958.1 | 선우휘 | 火災 | 『사상계』 54 | 소설 | 화재 |
|---|---|---|---|---|---|
| 1961 | 이기영 | 두만강 제3부 (상) | 사계절출판사, 1989. | 소설 | 관동대진재 소설 일부 |
| 1964.9 | 한현상 | 관동대진재 회상기 | 『한양』 | 산문 | 관동대진재 |
| 1968.11 | 김소운 | 하늘 끝에 살아도 | 동화출판공사 | 산문 | 관동대진재 기억 일부 |
| 1973 | 한승인 | 동경이 불탈 때 | 대성문화사 | 산문 | 관동대진재 |
| 1973.9 | 함석헌 | 내가 겪은 관동대진재 | 『씨알의 소리』 | 산문 | 관동대진재 |
| 1973.10 | 권일송 | 「관동대진재」의 3, 4연 | 『시문학』 | 시 | 관동대진재 |
| 1974.4 ~1975.12 | 이청준 | 당신들의 천국 | 『신동아』 | 소설 | 한센병 |
| 1976.6 | 김원일 | 도요새에 관한 명상 | 『한국문학』 6월호 | 소설 | 공해 |
| 1977 | 이탄 | 냄새나는 바람들 | 현대시학 | 시 | 공해 |
| 1977.7 | 천승세 | 신궁 | 한국문학 | 소설 | 선박사고 |
| 1982.7 | 황순원 | 신들의 주사위 | 문학과지성사 | 소설 | 공해 |
| 1983 | 한승인 | (동경진재한인대학살)탈출기 | 갈릴리문고 | 산문 | 관동대진재 |
| 1986.5 | 김을한 | 實錄 東京留学生 | 탐구당 | 산문 | 관동대진재 관련 기억 |
| 1989.7 | 우한용 | 불바람 | 청한문화사 | 소설 | 원전 |
| 1990.5 | 이청강 | 불꽃바다 | 실천문화사 | 소설 | 공해 |
| 1991.2 | 이남희 | 바다로부터의 긴 이별 | 풀빛 | 소설 | 공해 |
| 1995.8 | 송상옥 | 세 도시 이야기 | 여명출판사 | 소설 | 지진, 폭동 |
| 1996 | 허상탁 | 6.29 그날 오후: 삼풍시계는 멎었는가 | 창조문화사 | 소설 | 삼풍백화점 |
| 2000.6 | 공석하 | 삼풍백화점 | 뿌리 | 소설 | 삼풍백화점 |
| 2003.5 | 서현후 | 『배후』 1, 2 | 창해 | 소설 | 1987년 KAL 858기 폭파사건 |
| 2003.8 | 조성민 | 환율전쟁 | 리즈앤북 | 소설 | 금융테러 |
| 2003.10 | 권오정 | 아름다운 영혼 | 새로운 사람들 | 소설 | 대구지하철 방화사건 |
| 2005.12 | 정이현 | 삼풍백화점 | 현대문학 | 소설 | 삼풍백화점 |
| 2008.6 | 유성일 | 테러 | 하이미디어 | 소설 | 사이버전쟁 |
| 2008.7 | 최순조 | 연평해전 | 지성의샘 | 소설 | 연평해전 |
| 2008.7 | 조하형 | 조립식 보리수나무 | 문학과지성사 | 소설 | 가상의 재난 |
| 2008.7 | 윤고은 | 무중력증후군 | 한겨레출판 | 소설 | 달 |
| 2009.2 | 배상열 | 숭례문 | 비봉출판사 | 소설 | 숭례문 방화 영향 |
| 2009.12 | 작가선언69 | 지금 내리실 역은 용산참사역입니다 | 실천문학사 | 소설 | 용산사태 |

| 2009.12 | 김종성 | 마을 | 실천문학사 | 소설 | 환경소설 연작소설집 |
|---|---|---|---|---|---|
| 2010.2 | 편혜영 | 재와 빨강 | 창비 | 소설 | 가상전염병 |
| 2010.6 | 황석영 | 강남몽 | 창비 | 소설 | 삼풍백화점 |
| 2011.1 | 윤이형 | 큰 늑대 파랑 | 창비 | 소설 | 가상의 재난 |
| 2011.7 | 이재익 | 싱크홀 | 황소북스 | 소설 | 싱크홀 |
| 2012.3 | 김덕배 | 영혼과의 대화 | 도서출판 한맘 | 소설 | 천안함 사건 |
| 2012.6 | 문흥주 | 삼풍-축제의 밤 | 선앤문 | 소설 | 삼풍백화점 |
| 2012.7 | 김애란 | 물속 골리앗 | 『비행운』, 문학과 지성사 | 소설 | 홍수 |
| 2013.3 | 김문경 | 우리들의 일그러진 자화상 | 올 | 산문 | 천안함 사건 |
| 2013.6 | 정유정 | 28 | 은행나무 | 소설 | 전염병 |
| 2013.7 | 정이현 | 안녕, 내 모든 것 | 창비 | 소설 | 삼풍백화점 |
| 2013.9 | 박솔뫼 | 겨울의 눈빛 | 문학과지성사 | 소설 | 고리원자력 발전소 |
| 2013.10. | 윤고은 | 밤의 여행자들 | 민음사 | 소설 | 재난여행 |
| 2014.2 | 정용준 | 바벨 | 문학과 지성사 | 소설 | 재난서사 |
| 2014.4 | 최숙란 엮은이 | 4월이구나, 수영아 | 서해문집 | 이야기 | 세월호 |
| 2014.5 | 손홍규 | 서울 | 창비 | 소설 | 폐허 |
| 2014.6 | 박진용 | 한 편의 시와 일흔 한 편의 시 - 세월호 침몰 영가에게 바치다 | 지혜 | 시 | 세월호 |
| 2014.6 | 정동수 | 입 다문 세월호야 말 하려마 - 정동수 제3시집 | 한림 | 시 | 세월호 |
| 2014.7 | 뉴스민 외 | 삼천리에 평화를 | 한티재 | 기록 | 송전탑 |
| 2014.7 | 고은 외 | 우리 모두가 세월호였다 | 실천문학사 | 추모시집 | 세월호 |
| 2014.8 | 정찬 | 새들의 길 | 「문학사상」 | 소설 | 세월호 |
| 2014.9 | 심은경 | 세월호 이야기 - 동시인. 동화작가. 그림작가 65명이 모여 쓰고 그린 | 별숲 | 그림 | 세월호 |
| 2014.9 | 민주사회를 위한 변호사모임 | 416 세월호 민변의 기록 | 생각의 길 | 기록 | 세월호 |
| 2014.10. | 유종민 | 세월호, 꿈은 잊혀지지 않습니다 | 타래 | 소설 | 세월호 |
| 2014.10. | 장영식 | 밀양아리랑 | 눈빛 | 기록 | 송전탑 |
| 2014.10. | 김애란 외 | 눈먼 자들의 국가 - 세월호를 바라보는 작가의 눈 | 문학동네 | 에세이 | 세월호 |
| 2014.11 | 김연수 | 다만 한 사람을 기억하네 | 『문학동네』 81호 | 소설 | 세월호 |
| 2014.11 | 김영하 | 아이를 찾습니다 | 『문학동네』 81호 | 소설 | 간접, 세월호 |
| 2014.11 | 최은영 | 미카엘라 | 『실천문학』 116호 | 단편소설 | 세월호 |

| 2014.11 | 김애란 | 입동 | 『창작과 비평』 166호 | 단편소설 | 간접, 세월호 |
|---|---|---|---|---|---|
| 2014.11 | 박민규 | 대면 | 『문학동네』 81호 | 단편소설 | 간접, 세월호 |
| 2015.1 | 416세월호참사 작가기록단 (엮은이) | 금요일엔 돌아오렴 - 240일간의 세월호 유가족 육성기록 | 창비 | 기록 | 세월호 |
| 2015.2 | 김탁환 | 『목격자들-조운선침몰사건』 1,2 | 민음사 | 역사추리 소설 | 세월호 영향 |
| 2015.3 | 오준호 | 세월호를 기록하다 | 미지북스 | 기록 | 세월호 |
| 2015.3 | 임철우 | 연대기, 괴물 | 『실천문학』 117호 | 소설 | 세월호 |
| 2015.3 | 최인석 | 조침 | 『자음과 모음』 27호 | 소설 | 가상의 재난/재해 |
| 2015.4 | 이충진 | 세월호는 우리에게 무엇인가 | 이학사 | 철학 | 세월호 |
| 2015.4 | 노명우 외 | 팽목항에서 불어오는 바람 | 현실문화 | 연구서 | 세월호 |
| 2015.4 | 이재열 외 | 세월호가 우리에게 묻다 | 한울 | 연구서 | 세월호 |
| 2015.4 | 김교빈 외 | 망각과 기억의 변증법 | 이파르 | 철학 | 세월호 |
| 2015.4 | 방민호 | 내고통은바닷속한방울의공기도되지못했네 | 다산책방 | 추모시집 | 세월호 |
| 2015.4 | 심상대 외 | 우리는 행복할 수 있을까 | 예옥 | 소설 | 세월호 |
| 2015.5 | 송용만 | 시간이 멈춘 바다 | 북랩 | 소설 | 세월호 |
| 2015.5 | 밀양 할매 할배들 | 탈핵 탈송전탑 원정대 | 한티재 | 기록 | 원전 송전탑 |
| 2015.5 | 강기욱 | 망각에 저항하기 : 304인의 작가가 다가서다 - 4.16 세월호 참사 1주기 추모전 | 삶창 | 그림 | 세월호 |
| 2015.5 | 윤대녕 | 닥터 K의 경우 | 『문학과 사회』 110호 | 소설 | 세월호 |
| 2013.5.10. ~2015.2.6 | 손영수(글), 한상훈(그림) | 삼풍 | 다음 웹툰 | 웹툰 | 삼풍백화점 |
| 2015.6 | 최봉희 | 5.18 엄마가 4.16 아들에게 - 세월호 참사 1년 기록 시집 | 레디앙 | 시집 | 세월호 |
| 2015.8 | 박덕균 | 송전탑은 거기에 있었다 | 오늘의 문학사 | 시집 | 세월호 |
| 2015.8 | 김애란 | 어디로 가고 싶으신가요 | 『21세기문학』 70호 | 소설 | 세월호 |
| 2015.11 | 송용만 | 제국을 꿈꾸며 | 북랩 | 소설 | 세월호 |
| 2015.11 | 김종성 | 연리지가 있는 풍경 | 문이당 | 소설 | 생태소설집 |
| 2015.12 | 곽수인 외 | 엄마 나야 | 난다 | 시집 | 세월호 |
| 2016.3 | 진실의 힘 세월호 기록팀 | 세월호, 그날의 기록 | 진실의 힘 | 기록 | 세월호 |
| 2016.3 | 오병홍 | 나비와 천안함 | 지성의 샘 | 소설 | 천안함 사건 |
| 2016.4 | 메모리人 서울프로젝트 기억수집가 | 1995년 서울, 삼풍 | 동아시아 | 기록 | 삼풍백화점 |

| 2016.4 | 김덕배 | 기울어진 시간 | 도화 | 소설 | 세월호 |
|---|---|---|---|---|---|
| 2016.4 | 박기동 외 | 세월호가 남긴 절망과 희망 | 한울아카데미 | 평론 | 세월호 문학 |
| 2016.4 | 권영빈 | 머나먼 세월호 | 도서출판 펼침 | 기록 | 세월호 |
| 2016.4 | 양민철 | 광장의 교회 | 새물결플러스 | 기록 | 세월호 |
| 2016.4 | 416세월호참사 작가기록단 | 다시 봄이 올 거예요 | 창비 | 기록 | 세월호 |
| 2016.4 | 김종엽 외 | 세월호 이후의 사회과학 | 그린비 | 연구서 | 세월호 |
| 2016.5 | 지승호 | 바이러스가 지나간 자리 | 시대의 창 | 기록 | 메르스 사태 |
| 2016.5 | 김숨 | L의 운동화 | 민음사 | 소설 | 간접, 세월호 |
| 2016.7 | 공동성 | 세월호 침몰 | 대영문화사 | 연구서 | 세월호 |
| 2016.8 | 윤해서 | 우리의 눈이 마주친다면 | 『문예중앙』 146호 | 소설 | 세월호 |
| 2016.8 | 김탁환 | 거짓말이다 | 북스피어 | 소설 | 세월호 |
| 2016.11 | 박상환 외 | 신자유주의와 세월호 이후 가야 할 나라 | 앨피 | 연구서 | 세월호 |
| 2016.12 | 김희선 | 골든 에이지 | 『21세기문학』 75호 | 소설 | 세월호 |
| 2017 | 문은강 | 밸러스트 | 2017년 서울신문 신춘문예 당선작 | 소설 | 세월호 |
| 2017.2 | 이오장 | 노랑리본 | 엔크 | 연작 서사시 | 세월호 |
| 2017.3 | 박사랑 | 스크류 바 | 『창작과 비평』 175호 | 소설 | 세월호 관련 |
| 2017.3 | 송영철 외 | 우리들의 세월이 침몰했다 | 부크크 | 추모시집 | 세월호 |
| 2017.4 | 조소희 | 봉선화기도 304 | 컬처북스 | 기도, 기록 | 세월호 |
| 2017.4 | 김탁환 | 아름다운 그이는 사람이어라 | 돌베개 | 소설 | 세월호 |
| 2017.4 | 백상현 | 속지 않는 자들이 방황한다 | 위고 | 철학 | 세월호 |
| 2017.4 | 한국작가회의 자유실천위원회 | 꽃으로 돌아오라 | 푸른사상 | 시 | 세월호 3주기 추모시집 |
| 2017.4 | 임성순 | 몰 | 『릿터Littor』 2017.4.5-5호 | 소설 | 삼풍백화점 |
| 2017.4 | 416세월호참사 작가기록단 | 재난을 묻다 - 반복된 참사 꺼내온 기억, 대한민국 재난연대기 | 서해문집 | 연구서 | 세월호 영향 |
| 2017.4 | 이재열 외 | 세월호가 묻고 사회과학이 답하다 | 오름 | 연구서 | 세월호 |
| 2017.4 | 방현석 | 세월 | 아시아 | 소설 | 세월호 |
| 2017.4 | 홍성담 | 난장 | 에세이스트 | 소설 | 세월호 |
| 2017.4 | 한유미 | 잊지 않고 있어요, 그날의 약속 - 세월호를 기억하는 대구 사람들 | 한티재 | 기록 | 세월호 |

| 2017.4 | 정원선 외 | 잊지 않을게 절대로 잊지 않을게<br>- 세월호참사 3년, 시민을 기록하다 | 해토 | 기록 | 세월호 |
|--------|----------|---------------------------------|------|------|--------|
| 2017.4 | 김병호 외 | 4.16 기억의 숨 | 스토리밥 | 기록 | 세월호 |
| 2017.5 | 서재정 외 | 침몰한 세월호, 난파하는 대한민국 | 한울아카데미 | 연구서 | 세월호 |
| 2017.5 | 이경태, 남소연,<br>소중한, 신나리,<br>유성애, 이희훈 | 세월호마지막네가족 - 1313일의기다림 | 북콤마 | 미수습자<br>기록 | 세월호 |
| 2017.6 | 세월호특조위<br>조사관 모임 | 외면하고 회피했다 - 세월호 책임주체들 | 북콤마 | 기록 | 세월호 |
| 2017.6 | 박일환 | 바다로 간 별들 | 우리학교 | 청소년<br>소설 | 세월호 |
| 2017.8 | 유인애 | 너에게 그리움을 보낸다 | 굿플러스북 | 시 | 세월호<br>의생자<br>어머니의 시 |
| 2017.9 | 김종광 외 | 숨어버린 사람들 | 예옥 | 소설집 | 세월호 |
| 2018.4 | 416 가족협의회,<br>416 기억저장소 | 그리운 너에게 | 후마니타스 | 편지 | 세월호 |

# 일본 재난 서사 작품목록
## (영화, 드라마, 연극)

〈간토대지진(1923)〉

| 상영(상연)연도 | 감독/각본 | 작품제목 | 제작/배급 | 장르 구분 | 배경/제재가 된 재난 |
|---|---|---|---|---|---|
| 1953 | NHK | 関東大震災の思い出 | 日本放送協会(NHK) | 다큐멘터리 | |
| 1966.4.4.~1967.4.1 | 林謙一 | おはなはん | 日本放送協会(NHK) | TV 드라마 | |
| 1973 | 小川益生 | 関東大震災の記録 東京消失 | 東宝 | 다큐멘터리 영화 | |
| 1980 | 辛基秀 | 解放の日まで 在日朝鮮人の足跡 | 労働映画社 | 다큐멘터리 영화 | |
| 1980.10.19.~1981.3.22 | 中山和記, 関口静夫 | 天皇の料理番 | TBS, テレパック | TV 드라마 | |
| 1983 | 呉充功 | 隠れた爪跡 | 麦の会 | 다큐멘터리 영화 | |
| 1983.4.4.~1984.3.31 | 岡本由紀子 (小林由紀子) | おしん | NHK放送センター | TV 드라마 | |
| 1986 | 呉充功 | 払い下げられた朝鮮人 | 呉充功 | 다큐멘터리 영화 | |
| 1988.1 | 実相寺昭雄 | 帝都物語 | エクゼ | 영화 | |
| 1990.4.2~9.29 | 岡本喜侑 | 凛凛と | 日本放送協会(NHK) | TV 드라마 | 간토대지진 (1923) |
| 1997.4.7~10.4 | 古川法一郎 | あぐり | 日本放送協会(NHK) | TV 드라마 | |
| 2006.9.28.~10.15 | 長塚圭史 | アジアの女 | 新国立劇場 | 연극 | |
| 2013 | 宮崎駿 | 風立ちぬ | スタジオジブリ | 애니메이션 영화 | |
| 2013.9.30.~2014.3.29 | 内田ゆき | ごちそうさん | NHK大阪放送局 | TV 드라마 | |
| 2014.3.31.~9.27 | 須崎岳 | 花子とアン | 日本放送協会(NHK) | TV 드라마 | |
| 2017 | 이준익 | 박열 | 박열문화산업 전문유한회사 | 영화 | |
| 2017.10.2.~2018.3.31 | 長谷知記 | わろてんか | 日本放送協会(NHK) | TV 드라마 | |
| 2018.7.22 | 坂手洋二 | 九月、東京の路上で | 劇団ジャブジャブサーキット, 燐光群 | 연극 | |
| 2018 | 瀬々敬久 | 菊とギロチン | スタンス・カンパニー・国映 | 영화 | |

| 2019 | 佐々部清 | この道 | 映画「この道」製作委員会 | 영화 | 간토대지진 (1923) |
|---|---|---|---|---|---|
| 2019.1.6~ | 訓覇圭, 清水拓哉 | いだてん～東京オリムピック噺～ | 日本放送協会(NHK) | TV 대하 드라마 | |

〈한신·아와지대지진(1995)〉

| 상영(상연) 연도 | 감독/각본 | 작품제목 | 제작/배급 | 장르 구분 | 배경/제재가 된 재난 |
|---|---|---|---|---|---|
| 1995 | 山田洋次 | 男はつらいよ 寅次郎紅の花 | 松竹 | 영화 | |
| 1995 | 臼井真 | しあわせ運べるように | 臼井真 | 음악 (합창곡) | |
| 1995.2.6. ~3.6 | 中野達雄 | 追跡·大震災負けへんで!! | 読売テレビ | 다큐멘터리 | |
| 1995.4.21 | 平松愛理 | 美し都～がんばろやWe love KOBE～ | ポニーキャニオン | 음악 (J-POP) | |
| 1995.7.21 | 嘉門タツオ | 怒りのグルーヴ ～震災篇～ | ビクターエンタテインメント | 음악 | |
| 1995.8.21 | 中川敬, 山口洋 | 満月の夕 | キューンレコード | 음악 | |
| 1995.10.6 ~12.22 | 笠井健夫 | 異人館通りの聖夜 -1995年のクリスマスツリー- | MBS | TV드라마 | |
| 1995.10.19 ~12.21 | 野沢尚 | 恋人よ | フジテレビ | TV 드라마 | 한신·아와지 대지진 (1995) |
| 1996 | 北野輝樹 | ボンバーマン 勇気をありがとう 私が耳になる | スタジオボギー | 애니메이션 | |
| 1997 | 菅原浩志 | マグニチュード 明日への架け橋 | 東宝 | 영화 | |
| 1997 | 後藤俊夫 | 地球が動いた日 | タマ·プロダクション | 애니메이션 | |
| 1997 | 小池康生 | LouLou～被災地のDJ | NHK-FM | 라디오 드라마 | |
| 1997.10.6 ~1998.4.4 | 宮村優子· 長川千佳子 | 甘辛しゃん | NHK大阪 | TV 드라마 | |
| 1998.1.13 ~3.17 | 郷田マモラ (원작) | きらきらひかる | フジテレビ | TV 드라마 | |
| 1999.10.16 | 大石静 (원작) | 終のすみか | NHK総合 | TV 드라마 | |
| 2000 | 水谷俊之, 貴志祐介(원작) | ISOLA 多重人格少女 | KADOKAWA | 영화 | |
| 2000.4 | 榛葉健 | with…若き女性美術作家の生涯 | MBS製作 | 다큐멘터리 | |

| | | | | | |
|---|---|---|---|---|---|
| 2001 | 天野正道 | おほなる<br>～1995.1.17阪神淡路大震災へのオマージュ～ | 陸上自衛隊東部方面<br>音楽隊 | 音楽<br>(취주악곡) | |
| 2004.8 | 宇田学 | ORANGE | 劇団PEOPLEPURPLE | 연극 | |
| 2004.9.27<br>～2005.3.26 | 尾西兼一 | わかば | NHK大阪 | TV 드라마 | |
| 2005.8 | 尾西兼一 | わかば | 明治座 | 무대극 | |
| 2005.10<br>～2006.6 | 岡本貴也 | 舞台｜阪神淡路大震災 | 岡本貴也 | 연극 | |
| 2005.11 | 荒井修子 | たからもの | USEN | TV드라마 | |
| 2006 | 万田邦敏,<br>平山讓(원작) | ありがとう | 東映 | 영화 | |
| 2007.8.12 | 水谷俊之,<br>横山秀夫(원작) | 震度0 | WOWOW | TV 드라마 | |
| 2008.12.5 | 水田伸生 | 252 生存者あり episode.ZERO | 日テレアックスオン | TV 드라마 | |
| 2009.3.25 | 井上剛 | 未来は今 10years old, 14years after | NHK | TV 드라마 | |
| 2010.1.16 | 七高剛, 田辺満 | 阪神・淡路大震災から<br>15年神戸新聞の7日間<br>～命と向き合った被災記者たちの闘い～ | フジテレビ | TV 드라마 | 한신·<br>아와지<br>대지진<br>(1995) |
| 2010.1.16 | 山本雄史 | かわり目～父と娘の15年 | NHK大阪 | 라디오<br>드라마 | |
| 2010.1.17 | 井上剛,渡辺あ<br>や | その街のこども | NHK大阪 | TV 드라마 | |
| 2011 | オドレイ・<br>フーシェ | メモリーズ・コーナー | Noodles<br>Production 他 | 영화 | |
| 2012.8.18 | オカモト國ヒコ | 橋爪功ひとり芝居 おとこのはなし | NHK第一 | 라디오<br>드라마 | |
| 2012.10.1<br>～2013.3.30 | 遊川和彦 | 純と愛 | NHK大阪 | TV 드라마 | |
| 2014 | 白羽弥仁,<br>木村紺(원작) | 劇場版 神戸在住 | アイエス・フィールド | 영화 | |
| 2014.4.8.<br>～6.3 | 相良敦子 | サイレント・プア | NHK | TV 드라마 | |
| 2015.1.17 | 岡本貴也 | 二十歳と一匹 | NHK総合 | TV 드라마 | |
| 2015.1.19 | 渡瀬暁彦,<br>宇田学(각본) | ORANGE<br>～1.17 命懸けで闘った消防士の魂の物語～ | TBS | TV 드라마 | |
| 2015.<br>6.13～14 | 遠藤雄史 | 寝言家族 | 布田智章,<br>高野ひとみ,<br>遠藤雄史 | 연극 | |
| 2016.9.2.<br>～9.11 | 深津篤史,<br>はせひろいち | カラカラ | コンブリ団 | 연극 | |

| | | | | | |
|---|---|---|---|---|---|
| 2019.1.15 | 一色伸幸 | BRIDGE はじまりは1995.1.17神戸 | 共同テレビ | TV 드라마 | 한신·아와지대지진 (1995) |
| 2019.1.16 | 並木道子, 浜田秀哉 | レ・ミゼラブル終わりなき旅路 | フジテレビ | TV 드라마 | |
| 2020. 1.18~2.8 | 桑原亮子 | 心の傷を癒すということ | NHK大阪 | TV 드라마 | |

<3.11 동일본대지진 (2011)>

| 상영(상연)연도 | 감독/각본 | 작품제목 | 제작/배급 | 장르 구분 | 배경/제재가 된 재난 |
|---|---|---|---|---|---|
| 2011 | ルーシー・ウォーカー | 津波そして桜 | キーラ・カーステンセン | 다큐멘터리 영화 | 3.11 동일본대지진 (2011) |
| 2011 | 小林正樹 | がんばっぺフラガール! -フクシマに生きる。彼女たちのいま- | 東映 | 다큐멘터리 영화 | |
| 2011 | 大久保愉伊 | 槌音 | 大久保愉伊 | 다큐멘터리 영화 | |
| 2011 | 菅野結花 | きょうを守る | 菅野結花 | 다큐멘터리 영화 | |
| 2011 | 森元修一 | 大津波のあとに | 森元修一 | 다큐멘터리 영화 | |
| 2011 | 安孫子亘 | 桧枝岐歌舞伎やるべえや | ナオミ | 다큐멘터리 영화 | |
| 2011 | セシリア亜美 北島 | すぐそばにいたTOMODACHI | セシリア亜美 北島 | 다큐멘터리 영화 | |
| 2011 | 岡達也 | まけないタオル 復興コンサート | 岡達也 | 다큐멘터리 영화 | |
| 2011 | 湯本雅典 | 子どもたちを放射能から守れ 福島のたたかい | 湯本雅典 | 다큐멘터리 영화 | |
| 2011 | 湯本雅典 | わたしたちは忘れない 福島避難区域の教師たち | 湯本雅典 | 다큐멘터리 영화 | |
| 2011 | 赤間信義 | 東日本大震災 | 株式会社ビデオプラザ神奈川 | 다큐멘터리 영화 | |
| 2011 | 平田潤子 | なにゃどやら一陸中・小子内の盆唄一 | 平田潤子 | 다큐멘터리 영화 | |
| 2011 | 石川貴視 | 東日本大震災復興支援・特別芸術鑑賞会 寺内タケシとブルージーンズ 実録・青春へのメッセージ そして宮古へ | 小林猛 | 다큐멘터리 영화 | |
| 2011 | 御木茂則 | フレーフレー山田 ～忘れないための映像記録～ | 御木茂則 | 다큐멘터리 영화 | |

| | | | | | |
|---|---|---|---|---|---|
| 2011 | 友利栄太郎 | 軌跡 ～小名浜0811～ | スラッシャーリミテッド<br>(友利栄太郎) | 다큐멘터리<br>영화 | |
| 2011 | わたなべ<br>りんたろう | 3.11日常 | わたなべりんたろう,<br>クラウドファンディング<br>していただいた方々 | 다큐멘터리<br>영화 | |
| 2011 | コマプレス | 東日本大震災 東北朝鮮学校の記録<br>2011.3.15-3.20 | コマプレス | 다큐멘터리<br>영화 | |
| 2011 | 酒井耕,<br>濱口竜介 | なみのおと | 東京藝術大学大学院<br>映像研究科<br>(堀越謙三・藤幡正樹) | 다큐멘터리<br>영화 | |
| 2011 | 岡崎孝 | 私たちにできたこと できなかったこと | 岡崎孝 | 다큐멘터리<br>영화 | |
| 2011 | 広木隆一 | こどものみらい いん ふくしま | 湊谷恭史 | 다큐멘터리<br>영화 | |
| 2011 | 筒井勝彦 | つるの剛士＆中川ひろたか<br>東日本大震災被災地ミニコンサート<br>～子どもたちから元気をもらった日～ | 一般財団法人<br>日本児童教育振興財団 | 다큐멘터리<br>영화 | |
| 2011 | 榛葉健 | うたごころ | 映画「うたごころ」<br>制作委員会 | 다큐멘터리<br>영화 | |
| 2011 | 中鉢裕幸,<br>中野稔 | 3.11 東日本大震災から学ぶ 津波・<br>命を守る心構え | 東映株式会社<br>教育映像部 | 다큐멘터리<br>영화 | 3.11<br>동일본<br>대지진<br>(2011) |
| 2011 | 森達也,<br>綿井健陽,<br>松林要樹,<br>安岡卓治 | 311 | 東風 | 다큐멘터리<br>영화 | |
| 2011 | 小林政広 | ギリギリの女たち | ブラウニー | 영화 | |
| 2011.3.13 | NHK<br>スペシャル | 東北関東大震災被災者はいま | NHK | TV<br>다큐멘터리 | |
| 2011.3.20 | NHK<br>スペシャル | 危機を乗り越えるために<br>～東北関東大震災から10日～ | NHK | TV<br>다큐멘터리 | |
| 2011.3.27 | NHK<br>スペシャル | 最新報告"命"の物資を被災地へ | NHK | TV<br>다큐멘터리 | |
| 2011.4.23 | NHK<br>スペシャル | 被災地は訴える～復興への青写真～ | NHK | TV<br>다큐멘터리 | |
| 2011.4.23～ | 折原裕 | ともに | 仙台放送 | TV 방송 | |
| 2011.4.3 | NHK<br>スペシャル | 「"いのち"をどうつなぐか」 | NHK | TV<br>다큐멘터리 | |
| 2011.4.9 | NHK<br>スペシャル | 東日本大震災1か月 | NHK | TV<br>다큐멘터리 | |

| | | | | | |
|---|---|---|---|---|---|
| 2011.5.7 | NHK スペシャル | 巨大津波"いのち"をどう守るのか | NHK | TV 다큐멘터리 | |
| 2011.6.11 | NHK スペシャル | シリーズ東日本大震災 | NHK | TV 다큐멘터리 | |
| 2011.6.4~ 2012.4.8 | NHK | 21人の輪 ～震災のなかの6年生と先生の日々～ | NHK | TV 다큐멘터리 | |
| 2011. 6.25~26 | 大信ペリカン | キル兄にゃとU子さん | サブテレニアン | 연극 | |
| 2011. 9.9~19 | 中津留章仁 | 背水の孤島 | 劇団TRASHMASTERS | 연극 | |
| 2011. 10.14~24 | 宮沢章夫 | トータル・リビング1986-2011 | ルアプル, 遊園地再生事業団 | 연극 | |
| 2012 | 田野隆太郎 | 子どもたちの夏 チェルノブイリと福島 | 田野隆太郎 | 다큐멘터리 영화 | |
| 2012 | 青池憲司 | 3月11日を生きて ～石巻・門脇小・人びと・ことば～ | 阿部和夫 | 다큐멘터리 영화 | |
| 2012 | 青池憲司 | 津波のあとの時間割 ～石巻・門脇小・1年の記録～ | 阿部和夫 | 다큐멘터리 영화 | |
| 2012 | 森岡紀人 | 生き抜く ～南三陸町 人々の一年 | 井本里士 | 다큐멘터리 영화 | 3.11 동일본 대지진 (2011) |
| 2012 | 大竹研吾 | Dear Fukushima, チェルノブイリからの手紙 | 大竹研吾 | 다큐멘터리 영화 | |
| 2012 | 大宮直明 | つなみ いいおか つぶ 一年 | 大宮直明 | 다큐멘터리 영화 | |
| 2012 | 冨田知子 | きすき・次の村 | 冨田知子 | 다큐멘터리 영화 | |
| 2012 | 堀池美帆 | MIHOCAMERA18歳 | 堀池美帆 | 다큐멘터리 영화 | |
| 2012 | アンティエ・ フーベルト | となりにあるもの | Thede フィルムプロダクション | 다큐멘터리 영화 | |
| 2012 | 舩橋淳 | フタバから遠く離れて Nuclear Nation | 橋本佳子 | 다큐멘터리 영화 | |
| 2012 | マヌ・リッシュ, パトリック・ マーンハム | スネーク・ダンス | マヌ・リッシュ, ジュヌヴィエーヴ・ド・ バウ | 다큐멘터리 영화 | |
| 2012 | 高野裕之 | どうか記憶よ離れないで | 高野裕之 | 다큐멘터리 영화 | |
| 2012 | 高野裕之 | 夕潮の帰り道 vol.1 | 高野裕之 | 다큐멘터리 영화 | |
| 2012 | 高野裕之 | ルート45 | 高野裕之 | 다큐멘터리 영화 | |

| 2012 | 高野裕之 | 亘理鉄道の車窓から | 高野裕之 | 다큐멘터리<br>영화 | |
| --- | --- | --- | --- | --- | --- |
| 2012 | 加藤鉄 | フクシマからの風 | 中川登美男 | 다큐멘터리<br>영화 | |
| 2012 | 朴明珍 | 走りだす夢の箱、モモ | 朴明珍 | 다큐멘터리<br>영화 | |
| 2012 | 杉内四郎 | 原発事故賠償交渉に挑む | 杉内四郎 | 다큐멘터리<br>영화 | |
| 2012 | 吉本涼 | 手のなかの武器 | 吉本涼 | 다큐멘터리<br>영화 | |
| 2012 | 七里圭、<br>鈴木了二 | DUBHOUSE：物質試行52 | 鈴木了二 | 다큐멘터리<br>영화 | |
| 2012 | 松原保 | 受け継がれしサムライ精神 | 岡野健将 | 다큐멘터리<br>영화 | |
| 2012 | 堀切さとみ | 原発の町を追われて<br>~避難民・双葉町の記録 | 堀切さとみ | 다큐멘터리<br>영화 | |
| 2012 | 藤川佳三 | 石巻市立湊小学校避難所 | 坂口一直 | 다큐멘터리<br>영화 | |
| 2012 | フローリアン・<br>バロン | ファイナル・コール | フローリアン・バロン | 다큐멘터리<br>영화 | 3.11<br>동일본<br>대지진<br>(2011) |
| 2012 | 斉藤光昭 | 矢吹町 | フランソワ・ボナンファン | 다큐멘터리<br>영화 | |
| 2012 | 伊勢真一 | 傍~3月11日からの旅~ | 伊勢真一 | 다큐멘터리<br>영화 | |
| 2012 | 岩井俊二 | friends after 3.11【劇場版】 | 株式会社<br>ロックウェルアイズ | 다큐멘터리<br>영화 | |
| 2012 | 深谷茂美 | それでも希望のタネをまく<br>福島農家2年目の試練 | (株)テレビユー福島<br>報道制作局制作部長<br>深谷茂美 | 다큐멘터리<br>영화 | |
| 2012 | 佐藤武光 | 立入禁止区域 双葉<br>~されど我が故郷~ | 「立入禁止区域・<br>双葉」製作委員会 | 다큐멘터리<br>영화 | |
| 2012 | 青池雄太 | 希望の樹<br>-大槌アート日台共同プロジェクト | 被災地市民交流会 | 다큐멘터리<br>영화 | |
| 2012 | 手塚真 | 雄勝 ~法印神楽の復興 | 公益社団法人<br>日本ユネスコ協会連盟 | 다큐멘터리<br>영화 | |
| 2012 | 相馬淳美 | 魔女のレシピ | 相馬淳美 | 다큐멘터리<br>영화 | |
| 2012 | スチュウ・<br>リービー | Pray for Japan~心を一つに~ | イレブンアーツ | 다큐멘터리<br>영화 | |

| 2012 | イアン・トーマス・アッシュ | グレー・ゾーンの中InDtheGreyZone | イアン・トーマス・アッシュ | 다큐멘터리 영화 | |
|---|---|---|---|---|---|
| 2012 | レジー・ライフ | 夢を生きる~テイラー・アンダーソン物語 | レジー・ライフ | 다큐멘터리 영화 | |
| 2012 | 中田秀夫 | 3.11後を生きる | энесвй エネサイ | 다큐멘터리 영화 | |
| 2012 | 塚原一成, 梅村太郎 | ガレキとラジオ | アルゴ・ピクチャーズ | 다큐멘터리 영화 | |
| 2012 | 岸田浩和 | 缶闘記CANSOFHOPE | 岸田浩和 | 다큐멘터리 영화 | |
| 2012 | 松林要樹 | 相馬看花第一部奪われた土地の記憶 | 東風 | 다큐멘터리 영화 | |
| 2012 | 柿本ケンサク | LIGHT UP NIPPON 日本を照らした、奇跡の花火 | 湯川篤毅 | 다큐멘터리 영화 | |
| 2012 | 大宮浩一 | 季節、めぐり それぞれの居場所 | 大宮映像製作所 | 다큐멘터리 영화 | |
| 2012 | 高橋栄樹 | DOCUMENTARY of AKB48 Show must go on 少女たちは傷つきながら、夢を見る | AKS, 東宝, 秋元康事務所, northriver, NHKエンタープライズ | 다큐멘터리 영화 | 3.11 동일본 대지진 (2011) |
| 2012 | 園子温 | ヒミズ | ギャガ | 영화 | |
| 2012 | 金子修介 | 青いソラ白い雲 | スパイク エンタテインメント | 영화 | |
| 2012 | 広木隆一 | RIVER | アルチンボルド | 영화 | |
| 2012 | 桜井亜美 | FUKUSHIMA DAY | ロックウェルアイズ | 영화 | |
| 2012 | 中村義洋 | ポテチ | ショウゲート, 東日本放送,河北新報社, スモーク, ダブ | 영화 | |
| 2012 | 古勝敦 | トテチータ・チキチータ | 映画「トテチータ・チキチータ」製作委員会 | 영화 | |
| 2012 | 園子温 | 希望の国 | 『希望の国』製作委員会 | 영화 | |
| 2012 | 内田伸輝 | おだやかな日常 | 「おだやかな日常」製作委員会 | 영화 | |
| 2012 | 舩橋淳 | 桜並木の満開の下に | バンダイビジュアル, 衛星劇場, オフィス北野 | 영화 | |
| 2012 | 大林宣彦 | この空の花 -長岡花火物語 | 「長岡映画」製作委員会 | 영화 | |
| 2012.1~ | 福島中央テレビ | きぼう~ふくしまのめばえ~ | 福島中央テレビ | TV 방송 | |
| 2012.1~2 018.11.11 | NHK | 証言記録東日本大震災 | NHK | TV 다큐멘터리 | |

| 2012.3.3 | NHK スペシャル | 原発事故100時間の記録 | NHK | TV 다큐멘터리 | |
|---|---|---|---|---|---|
| 2012.3.4 | 千葉隆弥 | 明日をあきらめない…がれきの中の新聞社 ～河北新報のいちばん長い日～ | テレビ東京 | TV 드라마 | |
| 2012.3.4 | NHK スペシャル | 映像全記録3.11～あの日を忘れない～ | NHK | TV 다큐멘터리 | |
| 2012.3.5 | NHKスペシャル | 38分間～巨大津波いのちの記録～ | NHK | TV 다큐멘터리 | |
| 2012.3.6 | NHK スペシャル | 気仙沼人情商店街 | NHK | TV 다큐멘터리 | |
| 2012.3.7 | NHK スペシャル | 仮設住宅の冬～いのちと向き合う日々～ | NHK | TV 다큐멘터리 | |
| 2012.3.8 | NHK スペシャル | 調査報告原発マネー ～"3兆円"は地域をどう変えたのか～ | NHK | TV 다큐멘터리 | |
| 2012.3.9 | NHK スペシャル | 南相馬原発最前線の街で生きる | NHK | TV 다큐멘터리 | |
| 2012.3.10 | NHK スペシャル | もっと高いところへ ～高台移転南三陸町の苦闘～ | NHK | TV 다큐멘터리 | |
| 2012.3.11 | NHK スペシャル | "同日同時刻"生中継被災地の夜 | NHK | TV 다큐멘터리 | |
| 2012.4.1/ 4.8/6.9 | NHK スペシャル | MEGAQUAKE 巨大地震 II | NHK | TV 다큐멘터리 | 3.11 동일본 대지진 (2011) |
| 2012.4.3～ 2013.3.26 | NHK | TOMORROW beyond 3.11 | NHK | TV 다큐멘터리 | |
| 2012. 4.20～30 | 岡田利規 | 現在地 | KAAT神奈川芸術劇場, precog | 연극 | |
| 2012.4.21 | NHK スペシャル | 生中継樹齢千年滝桜 | NHK | TV 다큐멘터리 | |
| 2012. 5.18～27 | ふじたあさや | 臨界幻想2011 | 青年劇場 | 연극 | |
| 2012. 6.29～30 | 平田オリザ | さようなら Ver.2 | 青年団 | 연극 | |
| 2012.7.7 | NHK スペシャル | がれき"2000万トン"の衝撃 | NHK | TV 다큐멘터리 | |
| 2012.7.21 | NHK スペシャル | メルトダウン連鎖の真相 | NHK | TV 다큐멘터리 | |
| 2012.8.17 | NHK スペシャル | 最期の笑顔 ～納棺師が描いた 東日本大震災～ | NHK | TV 다큐멘터리 | |
| 2012.9.1 | NHK スペシャル | 釜石の"奇跡"いのちを守る 特別授業 | NHK | TV 다큐멘터리 | |

| | | | | | |
|---|---|---|---|---|---|
| 2012.<br>9.1~2 | くらもちひろゆき, 畑沢聖悟, 工藤千夏 | 震災タクシー | 架空の劇団, 渡辺源四郎商店 | 연극 | |
| 2012.9.8 | NHK スペシャル | 追跡 復興予算19兆円 | NHK | TV<br>다큐멘터리 | |
| 2012.10.7 | NHK スペシャル | 除染 そして、イグネは切り倒された | NHK | TV<br>다큐멘터리 | |
| 2012.<br>11.24~25 | 井伏銀太郎 | White-あの日、白い雪が舞った | Whiteプロジェクト | 연극 | |
| 2012.12.8 | NHK スペシャル | 救えなかった命～双葉病院50人の死～ | NHK | TV<br>다큐멘터리 | |
| 2013 | 竹内雅俊 | 還ってきた男<br>-東京から福島 しあわせへの距離- | 陶久英治, 青山蔵之介 | 다큐멘터리<br>영화 | |
| 2013 | 宮森庸輔 | 輪廻 逆境の気仙沼高校ダンス部 | 宮森庸輔 | 다큐멘터리<br>영화 | |
| 2013 | 安孫子亘 | 生きてこそ | ナオミ | 다큐멘터리<br>영화 | |
| 2013 | 飯田基晴 | 逃げ遅れる人々 東日本大震災と障害者 | 東北関東大震災<br>障害者救援本部 | 다큐멘터리<br>영화 | |
| 2013 | 岡達也 | 南相馬市原町区 ぼくの町の住人 | 岡達也 | 다큐멘터리<br>영화 | 3.11<br>동일본<br>대지진<br>(2011) |
| 2013 | 北田直俊 | zone 存在しなかった命 | 北田直俊 | 다큐멘터리<br>영화 | |
| 2013 | 湯本雅典 | 子どもたちと生きるために 福島の教師たち | 湯本雅典 | 다큐멘터리<br>영화 | |
| 2013 | 早川由美子 | 木田さんと原発、そして日本 | 早川由美子 | 다큐멘터리<br>영화 | |
| 2013 | 藤橋誠 | Cheer! NIPPON<br>～2012年クリスマス、それぞれの夢～ | 土井隆 | 다큐멘터리<br>영화 | |
| 2013 | イアン・トーマス・アッシュ | A2-B-C | イアン・トーマス・アッシュ, コリン・オニール | 다큐멘터리<br>영화 | |
| 2013 | 高野裕之 | 仙台の下水道災害復旧 | 高野裕之 | 다큐멘터리<br>영화 | |
| 2013 | 高野裕之 | あなたは2011年3月11日を<br>どのように過ごしましたか? | 高野裕之 | 다큐멘터리<br>영화 | |
| 2013 | 高野裕之 | 仙台のがれき撤去 | 高野裕之 | 다큐멘터리<br>영화 | |
| 2013 | 高野裕之 | 南三陸の解体 | 高野裕之 | 다큐멘터리<br>영화 | |

| 2013 | 石本恵美 | 原発附和雷同 ~東京に暮らす私の3.11~ | 石本恵美 | 다큐멘터리 영화 | |
|---|---|---|---|---|---|
| 2013 | 島田恵 | 福島 六ヶ所 未来への伝言 | 島田恵/六ヶ所みらい映画プロジェクト | 다큐멘터리 영화 | |
| 2013 | 渡辺謙一 | 福島のあとの世界 | クリスティーヌ・ワタナベ | 다큐멘터리 영화 | |
| 2013 | 堀切さとみ | 続・原発の町を追われて ~避難民・双葉町の記録 | 堀切さとみ | 다큐멘터리 영화 | |
| 2013 | クリストファー・ノーランド | サバイバル・ジャパン~3.11の真実~ | サイモン・ヒルトン, クリストファー・ノーランド | 다큐멘터리 영화 | |
| 2013 | アラン・ドゥ・アルー | 福島へようこそ | カトリーン・ドゥ・ベテューヌ | 다큐멘터리 영화 | |
| 2013 | ケイコ・クルディ | 霧の向こう AU-DELA DU NUAGE °Yonaoshi 3.11 | ケイコ・クルディ | 다큐멘터리 영화 | |
| 2013 | 早瀬憲太郎 | 生命のことづけ ~死亡率2倍 障害のある人たちの3.11~ | 日本障害フォーラム (JDF), 日本財団, 特定非営利活動法人CS障害者放送統一機構 目で聴くテレビ | 다큐멘터리 영화 | 3.11 동일본 대지진 (2011) |
| 2013 | 岩崎雅典 | 福島 生きものの記録 シリーズ1~被曝~ | 岩崎雅典 | 다큐멘터리 영화 | |
| 2013 | 石巻市長 | 東日本大震災 ~宮城県石巻市災害記録~ 第1巻 | 石巻市 | 다큐멘터리 영화 | |
| 2013 | 石巻市長 | 東日本大震災 ~宮城県石巻市災害記録~ 第2巻 | 石巻市 | 다큐멘터리 영화 | |
| 2013 | 石巻市長 | 東日本大震災 ~宮城県石巻市災害記録~ 第3巻 | 石巻市 | 다큐멘터리 영화 | |
| 2013 | 酒井耕, 濱口竜介 | なみのこえ 新地町 | 芹沢高志, 相沢久美 (サイレントヴォイス) | 다큐멘터리 영화 | |
| 2013 | 酒井耕, 濱口竜介 | なみのこえ 気仙沼 | 芹沢高志, 相沢久美 (サイレントヴォイス) | 다큐멘터리 영화 | |
| 2013 | 酒井耕, 濱口竜介 | うたうひと | 芹沢高志, 相沢久美 (サイレントヴォイス) | 다큐멘터리 영화 | |
| 2013 | 中森圭二郎 | BOOKSTORE移住編 | 映像レーベル地球B | 다큐멘터리 영화 | |
| 2013 | 杉田このみ | 原発被災地になった故郷への旅―福島県南相馬市― | 杉田このみ | 다큐멘터리 영화 | |
| 2013 | 今村彩子 | 架け橋 きこえなかった3.11 | 今村彩子 | 다큐멘터리 영화 | |

| | | | | | |
|---|---|---|---|---|---|
| 2013 | 一般財団法人日本児童教育振興財団 | ぼくたちわたしたちが考える復興 ー夢を乗せてー | 一般財団法人日本児童教育振興財団 | 다큐멘터리 영화 | |
| 2013 | 松林要樹 | 相馬看花 第二部 祭の馬 | 東風 | 다큐멘터리 영화 | |
| 2013 | 四ノ宮浩 | わすれない ふくしま | オフィスフォープロダクション | 다큐멘터리 영화 | |
| 2013 | 宍戸大裕 | 犬と猫と人間2 動物たちの大震災 | 東風 | 다큐멘터리 영화 | |
| 2013 | ヤン・クヌーセル, ステファン・クヌーセル | ネガティブ・ナッシング全てはその一歩から | Asienspiegel GmbH | 다큐멘터리 영화 | |
| 2013 | 原村政樹 | 天に栄える村 | 桜映画社 | 다큐멘터리 영화 | |
| 2013 | 下山和也 | 僕らはココで生きていく | 映画「僕らはココで生きていく」製作委員会 | 다큐멘터리 영화 | |
| 2013 | 篠崎 誠 | あれから Scince Then | コムテッグ, 映画美学校 | 영화 | |
| 2013 | 高橋政彦 | ひとつ | 3.11メモリアルフィルム制作委員会 | 영화 | 3.11 동일본 대지진 (2011) |
| 2013 | 君塚良一 | 遺体 明日への十日間 | フジテレビジョン | 영화 | |
| 2013 | 広木隆一 | 海辺の町で | シネマ☆インパクト | 영화 | |
| 2013 | 島田大介 | ただいま。 | 株式会社コトリフィルム | 단편영화 | |
| 2013 | 太田隆文 | 朝日のあたる家 | 青空映画舎 | 영화 | |
| 2013 | 奥田瑛二 | 今日子と修一の場合 | 彩プロ | 영화 | |
| 2013 | 菅乃広 | あいときぼうのまち | 太秦 | 영화 | |
| 2013 | 黒沢清 | リアル完全なる首長竜の日 | 東宝 | 영화 | |
| 2013 | 藤井光 | ASAHIZA 人間は、どこへ行く | ASAHIZA製作委員会 | 다큐멘터리 영화 | |
| 2013 | 池谷薫 | 先祖になる | 蓮ユニバース | 다큐멘터리 영화 | |
| 2013 | 角舘郁也 | 忘れない3.11 わたしの一言 ～ヨシさんの"てんでんこ"～ | IBC岩手放送 | TV CM | |
| 2013. 1.10~3.21 | 浅野澄美, 並木道子 | 最高の離婚 | フジテレビ | TV 드라마 | |
| 2013.1.12 | NHK スペシャル | 空白の初期被ばく ～消えたヨウ素131を追う～ | NHK | TV 다큐멘터리 | |
| 2013.3.3 | NHK スペシャル | "いのちの記録"を未来へ ～震災ビッグデータ～ | NHK | TV 다큐멘터리 | |

| 2013.3.7 | NHK スペシャル | 何が命をつないだのか ～発掘記録・知られざる救出劇～ | NHK | TV 다큐멘터리 | |
|---|---|---|---|---|---|
| 2013.3.8 | NHK スペシャル | わが子へ～大川小学校遺族たちの2年～ | NHK | TV 다큐멘터리 | |
| 2013.3.9 | NHK スペシャル | 福島の今を知っていますか | NHK | TV 다큐멘터리 | |
| 2013.3.10 | NHK スペシャル | シリーズメルトダウンIII ～原子炉"冷却"の死角～ | NHK | TV 다큐멘터리 | |
| 2013.3.11 | NHK スペシャル | 故郷を取り戻すために～3年目への課題～ | NHK | TV 다큐멘터리 | |
| 2013.3.26 | 河北穣 | ラジオ | NHKエンタープライズ | TV 단편 드라마 | |
| 2013.4.1. ~9.28 | 訓覇圭, 菓子浩 | あまちゃん | NHK | TV 드라마 | |
| 2013.4.2 | NHK | TOMORROW | NHK | TV 다큐멘터리 | |
| 2013.4.26 | NHK スペシャル | ふるさとの記憶をつなぐ | NHK | TV 다큐멘터리 | |
| 2013. 5.22~25 | 岡田利規 | 地面と床 | チェルフィッチュ | 연극 | 3.11 동일본 대지진 (2011) |
| 2013.5.31 | NHK スペシャル | "応援職員"被災地を走る～岩手県大槌町～ | NHK | TV 다큐멘터리 | |
| 2013.6.12 | 大平伸一 | 負げねど!津波～被災旅館再生記～ | 仙台放送 | TV 다큐멘터리 | |
| 2013.6.28 | NHK スペシャル | 住民合意800日葛藤の記録 | NHK | TV 다큐멘터리 | |
| 2013.7.26 | NHK スペシャル | 動き出した時間～"旧警戒区域"はいま～ | NHK | TV 다큐멘터리 | |
| 2013.8.23 | NHK スペシャル | 亡き人との"再会"～被災地三度目の夏に～ | NHK | TV 다큐멘터리 | |
| 2013. 8.24~25, 9.28~29 | 高木達 | 東の風が吹くとき | 青年座 | 연극 | |
| 2013.9.8 | NHK スペシャル | 震災ビッグデータFile.2 復興への壁未来への鍵 | NHK | TV 다큐멘터리 | |
| 2013.12.18 | 相馬和弘 | かつお | NHK仙台放送局 | TV 드라마 | |
| 2014 | 坂下清 | 波あとの明かし | 坂下清 | 다큐멘터리 영화 | |
| 2014 | 舩橋淳 | フタバから遠く離れて スピンオフ短編 放射能 | 橋本佳子 | 다큐멘터리 영화 | |

| 2014 | 李洪起 | 福島の未来0.23μSv | 李碩原 | 다큐멘터리 영화 | |
|------|-------|-------------------|--------|----------------|---|
| 2014 | 飯塚俊男 | 宮戸 復興の記録 2011～2013 | 飯塚俊男/有限会社アムール | 다큐멘터리 영화 | |
| 2014 | 岩崎雅典 | 福島 生きものの記録 シリーズ2~異変~ | 岩崎雅典 | 다큐멘터리 영화 | |
| 2014 | 舩橋淳 | フタバから遠く離れて 第二部 | 橋本佳子(ドキュメンタリージャパン) | 다큐멘터리 영화 | |
| 2014 | 平田潤子 | 語りえぬ福島の声を届けるために ― 詩人・及川俊哉 現代祝詞をよむ ― | テレコムスタッフ株式会社 | 다큐멘터리 영화 | |
| 2014 | 鈴木光 | FUKUSHIMA BERLIN | 鈴木光 | 다큐멘터리 영화 | |
| 2014 | 上中淳 | 大人の童話「津波の国から来た太郎」 | 上中淳 | 다큐멘터리 영화 | |
| 2014 | 水元泰嗣 | 灯り続けた街の明かり -みちのくの医師の信念- | 瀬川徹夫 | 다큐멘터리 영화 | |
| 2014 | 河合宏樹 | ほんとうのうた ~朗読劇「銀河鉄道の夜」を追って~ | 河合宏樹 | 다큐멘터리 영화 | 3.11 동일본 대지진 (2011) |
| 2014 | 坂田雅子 | わたしの、終わらない旅 | 坂田雅子 | 다큐멘터리 영화 | |
| 2014 | 中村真夕 | ナオトひとりっきり | 中村真夕 | 다큐멘터리 영화 | |
| 2014 | 千住和宏 | あれから三年 | 千住和宏 | 다큐멘터리 영화 | |
| 2014 | 小久保由紀 | 笠間焼 | 小久保由紀 | 다큐멘터리 영화 | |
| 2014 | 椎木透子 | スレッショルド：福島のつぶやき | 椎木透子 | 다큐멘터리 영화 | |
| 2014 | ニナ・ヴィスナグロツキ | 山水画 | ニナ・ヴィスナグロツキ, University of Fine Arts of Hamburg（HFBK） | 다큐멘터리 영화 | |
| 2014 | 石田朝也 | 無知の知 | 株式会社アイコニック 大塚馨 | 다큐멘터리 영화 | |
| 2014 | 藤原敏史 | 無人地帯NoMan'sZone | ラインコミュニケーションズ | 다큐멘터리 영화 | |
| 2014 | 都島伸也, 都島拓也 | 1000年後の未来へ -3.11保健師たちの証言- | 有限会社ロングラン映像メディア事業部 | 다큐멘터리 영화 | |

| 2014 | 有馬俊, 岡崎雅, 佐々木楓, 三藤紫乃, 鈴木絹彩, 鈴木ゆり, 太智花美咲, 千葉美和子, 津沢峻, 中川慧介 | いわきノートFUKUSHIMAVOICE | 筑波大学創造的復興プロジェクト, アップリンク | 다큐멘터리 영화 | |
|---|---|---|---|---|---|
| 2014 | 中村真夕 | ナオトひとりっきり Alone in Fukushima | アルゴ・ピクチャーズ | 다큐멘터리 영화 | |
| 2014 | 我妻和樹 | 波伝谷に生きる人びと | ピーストゥリー・プロダクツ | 다큐멘터리 영화 | |
| 2014 | 瀬尾夏美, 小森はるか | 波のした、土のうえ | 瀬尾夏美, 小森はるか | 다큐멘터리 영화 | |
| 2014 | 手塚昌明 | 絆 -再びの空へ-Blue Impulse | 有限会社バナブル | 다큐멘터리 영화 | |
| 2014 | 久保田直 | 家路 | ソリッドジャム, 『家路』製作委員会 | 영화 | |
| 2014 | 似内千晶 | 物置のピアノ | 「物置のピアノ」製作委員会 | 영화 | 3.11 동일본 대지진 (2011) |
| 2014 | 神山征二郎 | 救いたい | AMGエンタテインメント | 영화 | |
| 2014.1.10. ~3.28 | 山本寛 | Wake Up, Girls! | テレビ東京, WakeUp, Girls!製作委員会 | TV 애니메이션 | |
| 2014.3.1 | NHK スペシャル | "災害ヘリ"映像は語る ~知られざる大震災の記録~ | NHK | TV 다큐멘터리 | |
| 2014.3.2 | NHK スペシャル | 震災ビッグデータFile.3"首都パニック"を回避せよ | NHK | TV 다큐멘터리 | |
| 2014.3.7 | NHK スペシャル | 無人の町の"じじい部隊" | NHK | TV 다큐멘터리 | |
| 2014.3.8 | NHK スペシャル | 避難者13万人の選択 ~福島原発事故から3年~ | NHK | TV 다큐멘터리 | |
| 2014.3.9 | NHK スペシャル | どう使われる3.3兆円~検証復興計画~ | NHK | TV 다큐멘터리 | |
| 2014.3.10 | NHK スペシャル | 被災地こころの軌跡~遺族たちの歳月~ | NHK | TV 다큐멘터리 | |
| 2014.3.11 | NHK スペシャル | あの日 生まれた命 | NHK | TV 다큐멘터리 | |
| 2015 | 岩崎雅典 | 福島 生きものの記録 シリーズ3~拡散~ | 岩崎雅典 | 다큐멘터리 영화 | |

| 2015 | 北田直俊 | みえない汚染・飯舘村の動物たち | 北田直俊 | 다큐멘터리 영화 | |
|---|---|---|---|---|---|
| 2015 | 早川由美子 | FOUR YEARS ON（あれから4年） | 早川由美子 | 다큐멘터리 영화 | |
| 2015 | 畠山容平 | 未来をなぞる 写真家・畠山直哉 | 『未来をなぞる 写真家・畠山直哉』製作委員会, CINEMACTION豊劇 -豊岡劇場 | 다큐멘터리 영화 | |
| 2015 | 岡崎孝 | 防災やりたい！彼女たち | 岡崎孝 | 다큐멘터리 영화 | |
| 2015 | 安孫子亘 | 春よこい | ナオミ（株式会社 ミルインターナショナル） | 다큐멘터리 영화 | |
| 2015 | 小西晴子 | 赤浜ロックンロール | 小西晴子, 安岡卓治 | 다큐멘터리 영화 | |
| 2015 | 龍村仁 | 地球交響曲 第八番 | 有限会社 龍村仁事務所 | 다큐멘터리 영화 | |
| 2015 | アヤ・ドメーニグ | 太陽が落ちた日 | Mirjam von Arx, Tanja Meding | 다큐멘터리 영화 | |
| 2015 | 蔡宇軒 | 演習 | 鄭文堂, 鍾佩樺 | 다큐멘터리 영화 | 3.11 동일본 대지진 (2011) |
| 2015 | OECD東北スクール セルフドキュメンタリー班 | 東北復幸祭〈環WA〉in Paris -子どもたちが見つめた死・再生・未来- | OECD東北スクール | 다큐멘터리 영화 | |
| 2015 | 森康行 | 種まきうさぎフクシマに向き合う青春 | 種まきうさぎ製作委員会 | 다큐멘터리 영화 | |
| 2015 | 井上淳一 | 大地を受け継ぐ | 太秦 | 다큐멘터리 영화 | |
| 2015 | 古居みずえ | 飯舘村の母ちゃんたち土とともに | 映像グループローポジション | 다큐멘터리 영화 | |
| 2015 | 新田義貴 | アトムとピース～瑠衣子長崎の祈り～ | アーク エンタテインメント | 다큐멘터리 영화 | |
| 2015 | 大久保愉伊 | ちかくてとおい | Revolving-Lantern | 다큐멘터리 영화 | |
| 2015 | 広木隆一 | さよなら歌舞伎町 | ギャンビット, ハピネット | 영화 | |
| 2015 | 才谷遼 | セシウムと少女 | ふゅーじょんぷろだくと | 영화 | |
| 2015 | 杉田真一 | 人の望みの喜びよ | 344 Production | 영화 | |
| 2015 | 坂本礼 | 夢の女 ユメノヒト | インターフィルム | 영화 | |
| 2015.1.10 ~3.14 | 倉本聰 | ノクターン－夜想曲 | 富良野GROUP | 연극 | |

| | | | | | |
|---|---|---|---|---|---|
| 2015.2.20~22 | 井伏銀太郎 | イーハトーブの雪 | Gin's Bar＋アクターズ仙台 | 연극 | |
| 2015.2.22 | 堀川とんこう | 時は立ちどまらない | テレビ朝日 | TV 드라마 | |
| 2015.3.1 | NHKスペシャル | 史上最大の救出~震災・緊急消防援助隊の記録~ | NHK | TV 다큐멘터리 | |
| 2015.3.7 | NHKスペシャル | それでも村で生きる~福島"帰還"した人々の記録~ | NHK | TV 다큐멘터리 | |
| 2015.3.8 | 西沢晋 | 今、ふたりの道 | 宮城県, 旭プロダクション・宮城白石スタジオ | 애니메이션 | |
| 2015.3.8 | NHKスペシャル | シリーズ東日本大震災震災4年被災者1万人の声~復興はどこまで進んだのか~ | NHK | TV 다큐멘터리 | |
| 2015.3.9 | NHKスペシャル | もう一度あの故郷を~岩手・陸前高田被災地最大のまちづくり~ | NHK | TV 다큐멘터리 | |
| 2015.3.10 | NHKスペシャル | 震災ビッグデータFile.4いのちの防災地図~巨大災害から生き残るために~ | NHK | TV 다큐멘터리 | |
| 2015.3.11 | NHKスペシャル | "あの日の映像"と生きる | NHK | TV 다큐멘터리 | 3.11 동일본 대지진 (2011) |
| 2015.3.11 | 神徳幸治 | フラガールと犬のチョコ | テレビ東京 | TV 드라마 | |
| 2015.3.26~5.2 | タニノクロウ | 水の檻 | Theatre Frefeld und Mönchengladbach | 연극 | |
| 2015.3.29 | NHKスペシャル | 命と向きあう教室~被災地の15歳・1年の記録~ | NHK | TV 다큐멘터리 | |
| 2015.6.6 | 石森勝巳 | 海風に舞う石巻・十三浜神楽とともに生きる人々 | TBC | TV 다큐멘터리 | |
| 2015.11.27(2分版)2016.2.11(5分版)2016.3.24(25分版) | 浅尾芳宣 | 想いのかけら | 福島ガイナックス, NHKエンタープライズ | 애니메이션 | |
| 2016 | 岩崎雅典 | 福島 生きものの記録 シリーズ4~生命~ | 岩崎雅典 | 다큐멘터리 영화 | |
| 2016 | 舩橋淳 | フタバから遠く離れて 2016総集編 | 橋本佳子(ドキュメンタリージャパン) | 다큐멘터리 영화 | |
| 2016 | 平田潤子 | 魂のゆくえ－作家柳美里が旅する"死者と生きる東北" | テレコムスタッフ株式会社 | 다큐멘터리 영화 | |
| 2016 | 乾弘明 | サンマとカタール~女川つながる人々 | 東京テアトル | 다큐멘터리 영화 | |
| 2016 | ジル・ローラン | 残されし大地LATERREABANDONNÉE | シリル・ビバス | 다큐멘터리 영화 | |

| 2016 | 山田徹 | 新地町の漁師たち | 山田徹 | 다큐멘터리<br>영화 | |
| 2016 | ドーリス・<br>デリエ | Fukushima, mon Amour | Molly von Furstenberg,<br>Benjamin Herrmann,<br>Harald Kügler | 영화 | |
| 2016 | 佐藤太 | 太陽の蓋 | アイコニック | 영화 | |
| 2016 | いくまさ鉄平 | 無念浪江町消防団物語 | 浪江町まち物語つたえ隊,<br>まち物語制作委員会 | 애니메이션<br>영화 | |
| 2016.2.15 | 箭内道彦 | みらいへの手紙<br>～この道の途中から～ | 福島ガイナックス | 애니메이션 | |
| 2016.3.5 | NHKス<br>ペシャル | "原発避難"7日間の記録<br>～福島で何が起きていたのか～ | NHK | TV<br>다큐멘터리 | |
| 2016.3.6 | NHK<br>スペシャル | 被曝の森～原発事故5年目の記録～ | NHK | TV<br>다큐멘터리 | |
| 2016.3.8 | NHKス<br>ペシャル | ゼロから町をつくる<br>～陸前高田・空前の巨大プロジェクト～ | NHK | TV<br>다큐멘터리 | |
| 2016.3.10. | 箭内道彦 | みらいへの手紙 一通めの手紙<br>「雨上がりの朝」 | 福島ガイナックス | 애니메이션 | |
| 2016.3.10. | 箭内道彦 | みらいへの手紙 二通めの手紙<br>「あたしの先生」 | 福島ガイナックス | 애니메이션 | |
| 2016.3.10. | 箭内道彦 | みらいへの手紙三通めの手紙<br>「がれきに花を咲かせよう」 | 福島ガイナックス | 애니메이션 | 3.11<br>동일본<br>대지진<br>(2011) |
| 2016.3.10. | 箭内道彦 | みらいへの手紙 四通めの手紙<br>「カツオカンバック」 | 福島ガイナックス | 애니메이션 | |
| 2016.3.10. | 箭内道彦 | みらいへの手紙 五通めの手紙<br>「福ちゃんがやってきた」 | 福島ガイナックス | 애니메이션 | |
| 2016.3.10. | 箭内道彦 | みらいへの手紙六通めの手紙「エール」 | 福島ガイナックス | 애니메이션 | |
| 2016.3.10. | 箭内道彦 | みらいへの手紙 七通めの手紙<br>「おだかのひるごはん」 | 福島ガイナックス | 애니메이션 | |
| 2016.3.10. | 箭内道彦 | みらいへの手紙 八通めの手紙<br>「いるだけなんだけど」 | 福島ガイナックス | 애니메이션 | |
| 2016.3.10. | 箭内道彦 | みらいへの手紙 九通めの手紙<br>「想いの彼方にあるもの」 | 福島ガイナックス | 애니메이션 | |
| 2016.3.10. | 箭内道彦 | みらいへの手紙 十通めの手紙<br>「ちかちゃんの卒業」 | 福島ガイナックス | 애니메이션 | |
| 2016.3.10. | NHK<br>スペシャル | 風の電話～残された人々の声～ | NHK | TV<br>다큐멘터리 | |
| 2016.3.11 | NHK<br>スペシャル | 私を襲った津波～その時 何が起きたのか～ | NHK | TV<br>다큐멘터리 | |
| 2016.3.12 | NHK<br>スペシャル | "26兆円"復興はどれだけ進んだか | NHK | TV<br>다큐멘터리 | |

| 2016.3.13 | NHK スペシャル | シリーズ・メルトダウン危機の88時間 | NHK | TV 다큐멘터리 | |
|---|---|---|---|---|---|
| 2016.11.19 | 堀川とんこう | 五年目のひとり | テレビ朝日 | TV 드라마 | |
| 2017 | 岩崎雅典 | 福島 生きものの記録 シリーズ5~追跡~ | 岩崎雅典 | 다큐멘터리 영화 | |
| 2017 | 四ノ宮浩 | わすれない ふくしま[改訂版] | オフィスフォープロダクション | 다큐멘터리 영화 | |
| 2017 | 我妻和樹 | 願いと揺らぎ | ピースツゥリー・プロダクツ | 다큐멘터리 영화 | |
| 2017 | 松原保 | 被ばく牛と生きる | 太秦 | 다큐멘터리 영화 | |
| 2017 | 尹美亜, 辻健司 | 一陽来復LifeGoesOn | 平成プロジェクト | 다큐멘터리 영화 | |
| 2017 | 김기덕 | STOP | Kim Kiduk Film, Allen Ai Film | 영화 | |
| 2017 | 広木隆一 | 彼女の人生は間違いじゃない | ダブル・フィールド, アルチンボルド, ザフール, 「彼女の人生は間違いじゃない」製作委員会 | 영화 | |
| 2017 | 清水健斗 | 漂流ポスト | 清水健斗 | 영화 | 3.11 동일본 대지진 (2011) |
| 2017.3.5 | NHK スペシャル | あの日 引き波が‥行方不明者2556人 | NHK | TV 다큐멘터리 | |
| 2017.3.6 | 箭内道彦 | みらいへの手紙 十一通めの手紙 「雲のかなた」 | 福島ガイナックス | 애니메이션 | |
| 2017.3.10. | NHK スペシャル | 15歳, 故郷への旅 ~福島の子供たちの一時帰宅~ | NHK | TV 다큐멘터리 | |
| 2017.3.11 | NHK スペシャル | シリーズ東日本大震災 "仮設6年"は問いかける ~巨大災害に備えるために~ | NHK | TV 다큐멘터리 | |
| 2017.3.11 | NHK スペシャル | シリーズ東日本大震災避難指示"一斉解除" ~福島でいま何が~ | NHK | TV 다큐멘터리 | |
| 2017.3.12 | NHK スペシャル | メルトダウンFile,6原子炉冷却12日間の深層~見過ごされた"危機"~ | NHK | TV 다큐멘터리 | |
| 2017.3.20 | NHK スペシャル | お父さん 見てますか ~震災遺児と母 4年の記録~ | NHK | TV 다큐멘터리 | |
| 2017.3.23 ~3.24 | 橘康仁 | 絆~走れ奇跡の子馬~ | NHK | TV 드라마 | |
| 2017.4.15 | NHK スペシャル | 廃炉への道2017核燃料デブリ 見えてきた"壁" | NHK | TV 다큐멘터리 | |
| 2017.8.9 | NHK スペシャル | シリーズ東日本大震災帰還した町で ~原発事故7年目の闘い~ | NHK | TV 다큐멘터리 | |

| 2018 | 土井敏邦 | 福島は語る | きろくびと＝ピカフィルム | 다큐멘터리 영화 | |
|---|---|---|---|---|---|
| 2018 | 黒土三男 | 星めぐりの町 | 豊田市・映画「星めぐりの町」実行委員会 | 영화 | |
| 2018 | 榊英雄 | 生きる街 | アークエンタテインメント＝太秦 | 영화 | |
| 2018 | 吉野竜平 | ミゾロギミツキを探して | ニューシネマワークショップ | 영화 | |
| 2018.3.4 | NHKスペシャル | "河川津波"~震災7年 知られざる脅威~ | NHK | TV 다큐멘터리 | |
| 2018.3.7 | NHKスペシャル | 被曝の森2018見えてきた"汚染循環" | NHK | TV 다큐멘터리 | |
| 2018.3.10. | NHKスペシャル | 誰にも言えなかった ~震災の心の傷 母と子の対話~ | NHK | TV 다큐멘터리 | |
| 2018. 3.10~5.12 | 井伏銀太郎 | Requiem三部作 前夜 | Gin'sBar + アクターズ仙台 | 연극 | |
| 2018. 3.10~5.12 | 井伏銀太郎 | Requiem三部作 海月と花火 | Gin'sBar + アクターズ仙台 | 연극 | 3.11 동일본 대지진 (2011) |
| 2018. 3.10~5.12 | 井伏銀太郎 | Requiem三部作 ニライカナイの風 | Gin'sBar + アクターズ仙台 | 연극 | |
| 2018.3.11 | NHKスペシャル | シリーズ東日本大震災めざした"復興"はいま… ~震災7年被災地からの問いかけ~ | NHK | TV 다큐멘터리 | |
| 2018.3.17 | NHKスペシャル | メルトダウンFile.7そして冷却水は絞られた ~原発事故 迷走の2日間~ | NHK | TV 다큐멘터리 | |
| 2018. 4.2~9.29 | 松園武大 | 半分、青い。 | NHK | TV 드라마 | |
| 2019 | 荒井晴彦 | 火口のふたり | ステューディオスリー,「火口のふたり」製作委員会 | 영화 | |
| 2019 | 白石和弥 | 凪待ち | 「凪待ち」FILMPARTNERS | 영화 | |
| 2019 | 渡邉裕也 | ハッピーアイランド | アルバトロス | 영화 | |
| 2019.3.3 | NHKスペシャル | "黒い津波"知られざる実像 | NHK | TV 다큐멘터리 | |
| 2019.3.9 | NHKスペシャル | 崖っぷちでもがんばっぺ ~おかみと社長の奮闘記~ | NHK | TV 다큐멘터리 | |
| 2019.3.10. | NHKスペシャル | シリーズ東日本大震災終(つい)の住みかと言うけれど… ~取り残される被災者~ | NHK | TV 다큐멘터리 | |

| 2019.3.11 | NHK<br>スペシャル | "震災タイムカプセル"拝啓 二十歳の自分へ | NHK | TV<br>다큐멘터리 | |
| 2019.3.16 | NHK<br>スペシャル | 廃炉への道2019<br>核燃料デブリとの闘いが始まった | NHK | TV<br>다큐멘터리 | 3.11<br>동일본 |
| 2019.<br>8.4~9.8 | 月川翔 | そして、生きる | WOWOW, 大映テレビ | TV 드라마 | 대지진<br>(2011) |
| 2020 | 若松節朗 | Fukushima 50 | 『Fukushima50』<br>製作委員会 | 영화 | |
| 2020 | 大友啓史 | 影裏 | OFFICE Oplus | 영화 | |

## 〈지하철 사린사건 (1995)〉

| 상영(상연)연도 | 감독/각본 | 작품제목 | 제작/배급 | 장르 구분 | 배경/제재가<br>된 재난 |
|---|---|---|---|---|---|
| 1998 | 森達也 | A | 安岡卓治<br>(PD) | 다큐멘터리<br>영화 | |
| 2001 | 瀬々敬久 | トーキョー×エロティカ | 新東宝映画 | 영화 | |
| 2001 | 森達也 | A2 | 安岡卓治<br>(PD) | 다큐멘터리<br>영화 | |
| 2004.2.24 | 日本テレビ | 緊急報道ドラマスペシャル オウムVS<br>警察 史上最大の作戦 | 日本テレビ | TV 드라마 | |
| 2005.2.8 | 今井彰 | プロジェクトX第IX期地下鉄サリン救急医療チーム<br>最後の決断 | NHK | TV<br>다큐멘터리 | |
| 2010.3.20 | 野尻靖之 | 地下鉄サリン事件 15年目の闘い<br>~あの日、霞ヶ関で何が起こったのか~ | フジテレビ | TV 드라마 | |
| 2010.3.20 | 野尻靖之 | 地下鉄サリン事件15年目の闘い<br>~あの日、霞ヶ関で何が起こったのか~ | フジテレビ | TV 드라마 | 지하철<br>사린사건<br>(1995) |
| 2012.5.26 | 田子明弘<br>(각본) | NHKスペシャル未解決事件<br>(file.02オウム真理教~オウム真理教17年目の真実) | NHK | TV 드라마 | |
| 2012.5.27 | 田子明弘<br>(각본) | NHKスペシャル未解決事件<br>(file.02オウム真理教~オウムvs警察知られざる攻防) | NHK | TV<br>다큐멘터리 | |
| 2015.2.21 | テレビ朝日 | オウム20年目の真実<br>~暴走の原点と幻の核武装計画~ | テレビ朝日 | TV<br>다큐멘터리 | |
| 2015.3.20 | 田子明弘<br>(각본) | NHKスペシャル未解決事件<br>(file.04オウム真理教地下鉄サリン事件) | NHK | TV<br>다큐멘터리 | |
| 2018.10.4 | 石塚大志 | 直撃！シンソウ坂上SP独占スクープ!<br>サリン事件極秘資料<br>ーオウム"天才"信者VS伝説の刑事ー | フジテレビ | TV<br>다큐멘터리 | |

<마쓰모토 사린사건 (1994)>

| 상영(상연)연도 | 감독/각본 | 작품제목 | 제작/배급 | 장르 구분 | 배경/제재가 된 재난 |
|---|---|---|---|---|---|
| 2000 | 熊井啓 | 日本の黒い夏─冤罪 | 日活 | 영화 | 마쓰모토 사린사건 (1994) |
| 2003.6.25~26 | 平石耕一 | NEWS NEWS | 釘崎康治, 林直哉 | 연극 | |
| 2009.6.26 | 田子明弘 | 妻よ! 松本サリン事件犯人と呼ばれて… 家族を守り抜いた15年 | フジテレビ, ファインエンターテイメント | TV 드라마 | |
| 2014.6.26 | NHK | クローズアップ現代+ (生かされなかった教訓~松本サリン・20年後の真実~) | NHK | TV 다큐멘터리 | |
| 2018.10.9 | 日本テレビ | ザ! 世界仰天ニュース ~死者8人...住宅地でまかれた猛毒ガスの真実 | 日本テレビ | TV 다큐멘터리 | |

# 한국 재난 서사 작품목록
## (영화, 드라마, 연극)

| 상영(상연)연도 | 감독/각본 | 작품제목 | 제작/배급 | 장르 구분 | 배경/제재가 된 재난 |
|---|---|---|---|---|---|
| 2014 | 이상호, 안해룡 | 다이빙벨 | 시네마달 | 다큐멘터리 영화 | 세월호 (2014) |
| 2015 | 김동빈 | 업사이드 다운 | 프로젝트 투게더 | 다큐멘터리 영화 | |
| 2015 | 김진열 | 나쁜 나라 | ㈜시네마 달, 나쁜나라 배급위원회 | 다큐멘터리 영화 | |
| 2015. 8.12~16 | 연극실험실 혜화동1번지 | 오늘의 4월16일, 2015. 8 | 혜화동 1번지 | 연극 | |
| 2016. 8.3~28 | 연극실험실 혜화동1번지 | 세월호 이후의 연극 그리고 극장 | 혜화동 1번지 | 연극 | |
| 2017 | Neil P. George | After The Sewol(세월 이후) | Sliced Pictures | 다큐멘터리 영화 | |
| 2017. 7.2~14 | 오세혁 | 그와 그녀의 옷장 | 416가족극단 노란리본 | 연극 | |
| 2017.7.6~9 | 류성,김태현 | 이웃에 살고, 이웃에 죽고 | 416가족극단 노란리본 | 연극 | |
| 2017. 7.6~8.13 | 연극실험실 혜화동1번지 | 세월호 2017 | 혜화동 1번지 | 연극 | |
| 2018 | 이승준 | 부재의 기억 | 이승준 감동 | 단편 영화 | |
| 2018 | 김지영 | 그날,바다 | 프로젝트 부 | 다큐멘터리 영화 | |
| 2018 | 오멸 | 눈꺼풀 | 자파리필름 | 영화 | |
| 2018 | 4.16연대 미디어 위원회 (공동연출) | 공동의 기억: 트라우마 | 시네마달 | 다큐멘터리 영화 | |
| 2018 | 복진오 | 로그북 | 복진오 감독 | 다큐멘터리 영화 | |
| 2018 | Neil P. George | Crossroads | Sliced Pictures | 다큐멘터리 영화 | |
| 2018 | 장준엽, 진청하, 전신환 | 봄이가도 | 왕십리픽쳐스 | 영화 | |
| 2018. 4.11~15 | 오채민,변영후 | 그녀의 그네 | 극단 가교 | 연극 | |

| 2018.<br>4.19~6.24 | 연극실험실<br>혜화동1번지 | 2018 세월호 | 혜화동 1번지 | 연극 | |
|---|---|---|---|---|---|
| 2018.<br>11.16~17 | 박근화 | 볕드는 집 | 예술공동체 단디 | 연극 | |
| 2019 | 이종언 | 생일 | 파인하우스필름,<br>나우필름,<br>영화사 레드피터 | 영화 | 세월호<br>(2014) |
| 2019.<br>4.4~7.7 | 연극실험실<br>혜화동1번지 | 2019 세월호 | 혜화동 1번지 | 연극 | |
| 2019.<br>4.23~5.26 | 박상현 | 명왕성에서 | 남산예술센터,<br>극단 코끼리만보 | 연극 | |
| 2019.7.4~7 | 변효진, 김태현 | 장기자랑 | 416가족극단 노란리본 | 연극 | |
| 2019.7.27 | 정경진, 김재영 | 바다로 간 소풍 | 목포시 | 연극 | |
| 2001.4.3 | EBS | 〈특종비사〉 11회 와우아파트 붕괴사건 | EBS | TV<br>다큐멘터리 | 와우아파트<br>붕괴사건 |
| 2013 | 김성수 | 감기 | 아이러브시네마,<br>아이필름코퍼레이션,<br>CJ E&M | 영화 | 가상의 재난 |
| 2014 | 정윤석 | 논픽션 다이어리 | 1+1=Film | 영화 | 삼풍백화점<br>붕괴사건 |
| 2015 | 김학순 | 연평해전 | 로제타 시네마 | 영화 | 연평해전 |
| 2016 | 김성훈 | 터널 | 어나더썬데이,<br>비에이엔터테인먼트,<br>하이스토리 | 영화 | 가상의 재난 |
| 2016 | 박정우 | 판도라 | CAC 엔터테인먼트,<br>시네마파크 | 영화 | 가상의 재난 |

# 논문출처

## 1부

**정병호**

메이지(明治)시대의 자연재해와 의연(義捐) 행위로서의 재난문학

노비(濃尾)지진과 메이지산리쿠(三陸)지진을 중심으로

『비교일본학』 제42집, 한양대 일본학국제비교연구소, 2018.06.

**김여진**

1919년 3.1운동 전후 부정적 조선인 표상과 불령선인 담론의 형성

일본어 신문미디어를 중심으로

『일본연구』 제34집, 고려대 글로벌일본연구원, 2020.08.

**엄인경**

일본 재난시가(災難詩歌)에 관한 연구

간토대지진(關東大震災)에 있어서의 진재영(震災詠)의 유형분석을 중심으로

『日本言語文化』 제41집, 한국일본언어문화학회, 2017.12.

**오혜진**

관동대지진 이후 조선 지식인들의 일본에서의 삶

유진오의 「귀향」과 염상섭의 「숙박기」를 중심으로

『우리문학연구』 제58집, 우리문학회, 2018.04.

**김계자**

일본의 대지진과 재일조선인 : 일본 사회를 대상화하는 주체적인 목소리

『일본연구』 제32집, 고려대 글로벌일본연구원, 2019.08.

**이행선·양아람**

마명 정우홍, 사회주의자, 형무소, 관동대진재

하야마 요시키(葉山嘉樹), 고바야시 다키지(小林多喜二)

『한국학논집』 제69집, 계명대학교 인문학연구원, 2017.12.

**최가형**

전전(戰前)의 일본문학과 내셔널리즘

간토(關東)대지진 이후의 에세이 문학을 중심으로

『한일군사문화연구』 26권, 한일군사문화학회, 2018.10.

**오혜진**

재난 이후 일상, 비명과 침묵 혹은 그 사이의 균열

손창섭의 50년대 소설을 중심으로

『우리문학연구』 64집, 우리문학회, 2019.10.

## 2부

**정병호**

한국과 일본의 재난문학과 기억

세월호 침몰사고와 3.11 동일본대지진의 재난시를 중심으로

『비교일본학』 제46집, 한양대일본학국제비교연구소, 2019.09.

**편용우**

한신아와지대지진과 연극

재해 경험 매체로서의 특징을 중심으로

『일본문화학보』 제80집, 한국일본문화학회, 2019.02.

**김보경**

NHK 동일본대진재(東日本大震災) 프로젝트 방송과 재해 지역 표상

젊은이들의 재해 지역 이주(移住) 서사를 중심으로

『比較日本學』 제48집, 한양대학교 일본학국제비교연구소, 2020.06.

## 최가형·김영민·니에 전자오

A Comparative Study on Meaning and Vocabulary Distribution in Chinese and Japanese Disaster Poetry

Focusing on Disaster Poetry after the 5.12 Great Sichuan Earthquake and the 3.11 Great East Japan Earthquake

『Interdisciplinary Studies of Literature』 Vol.3, No.2, Knowledge Hub Publishing Company Limited, 2019.06

## 엄인경

한신·이와지대지진(阪神淡路大震災)의 문학화와 전쟁 기억

오다 마코토(小田實)의 『깊은 소리(深い音)』를 중심으로

『한일군사문화연구』 제27집, 한일군사문화학회, 2019.04.

## 이행선

한국인 원폭 피해자와 증언의 서사, 원폭문학

김옥숙, 『흉터의 꽃』(2017)

『기억과 전망』 39호, 민주화운동기념사업회 한국민주주의연구소, 2018.12.

## 이정화

소설 「참사 이후, 참사 이전」을 통해 본 3.11 동일본대지진

『일본어문학』 제80집, 일본어문학회, 2018.02.

## 이민희

21세기 재난과 소환되는 'Ryunosuke'

『비교문학』 제80집, 한국비교문학회, 2020.02.

# 저자 소개(원고 수록 순)

## 정병호

고려대학교 일어일문학과 교수. 일본근현대문학·일본문예론 전공
최근에는 주로 '식민지 일본어문학'과 '한일 재난문학'을 중심으로 연구하고 있으며, 저서『일본문학으로 보는 3·1운동』(고려대학교출판문화원, 2020), 논문「메이지(明治)시대의 자연재해와 의연(義捐) 행위로서의 재난문학」(『비교일본학』, 2018), 공역서『간토(関東)대지진과 작가들의 심상풍경』(역락, 2017) 등이 있다.

## 김여진

고려대학교 일반대학원 중일어문학과 박사과정. 일본근현대문학·문화 전공
고려대학교 대학원에서『3·1운동 이후 조선인 표상 연구−나카니시 이노스케(中西伊之助)의 조선 3부작과 동시대 신문미디어 비교를 통해−』(고려대학교 일반대학원, 2020)로 석사학위를 취득하였으며, 「1919년 3·1운동 전후 부정적 조선인 표상과 불령선인 담론의 형성」(『일본연구』, 2020) 등 간토(関東)대지진 시 발생한 조선인 학살사건 관련 문학과 불령선인(不逞鮮人) 담론을 연구하고 있다.

## 엄인경

고려대학교 글로벌일본연구원 교수. 일본시가문학·한일비교문화론 전공
고전문학으로 박사논문을 썼으며 최근에는 식민지 일본어 문학과 재난 시가(詩歌)문학, 문호의 콘텐츠화 등을 연구하고 있다. 저서『한반도의 일본어 시가문학』(고려대학교출판문화원, 2018), 논문「한신·아와지대지진(阪神淡路大震災)의 문학화와 전쟁 기억−오다 마코토(小田実)의『깊은 소리(深い音)』를 중심으로−」(『한일군사문화연구』, 2019), 공역서『시가로 읽는 간토(関東)대지진』(역락, 2017) 등이 있다.

## 오혜진

남서울대학교 교양학부 부교수
2002년 겨울에「김승옥론 : 내면의식과 작품의 변모 양상을 중심으로」로 석사학위를, 2008년 여름에「1930년대 한국 추리소설 연구」로 박사학위를 받았다. 박사학위논문은 같은 제목으로 다음해 어문학사에서 책으로 출간되었다. 추리서사와 대중문학, 그 외 재난 서사나 현대소설에 관련된 논문을 주로 쓰고 있다. 역사추리소설에 관한 연구서를 조만간 낼 예정이기도 하다. 소설에 대한 서평모음지인 독서에세이『소설과 수다떨기』(교평, 2012)와 논문모음집『대중, 비속한 취미 '추리'에 빠지다』(소명, 2013) 등의 저서를 내었다.

## 김계자

한신대학교 대학혁신추진단 조교수. 일본문학 전공

일제강점기부터 해방을 거쳐 현재에 이르기까지 한국인의 일본어문학이 전개된 양상을 통시적으로 살펴보고 있다. 저서 『일본에 뿌리내린 한국인의 문학』(역락, 2020), 논문 「재일 사회파 추리소설 작가의 탄생-고 가쓰히로(吳勝護)의 『도덕의 시간』을 중심으로」(『일본연구』, 2020), 역서 『김석범 장편소설 1945년 여름』(보고사, 2017) 등이 있다.

## 이행선

국민대학교 교양대학 조교수. 한국근현대문학 전공

최근에는 번역문학, 재난, 냉전문화, 문화교류, 독서사 등을 중심으로 연구하고 있으며, 지은 책으로 『해방기 문학과 주권인민의 정치성』(소명, 2018; 2019년 세종도서 학술), 『식민지 문학 읽기-일본 15년 전쟁기』(소명, 2019)가 있다.

## 양아람

나고야대학대학원 인문학연구과 객원연구원. 고려대학교 일반대학원 중일어문학과 박사수료. 일본근현대문학·문화 전공

최근에는 주로 번역문학, 비교문학, 일본문화론, 재일을 중심으로 연구하고 있으며, 논문으로는 「1957년 소련 작가 에렌부르그의 일본 방문과 일본의 '해빙'」(『동아시아 문화연구』, 2019), 「1966년 장 폴 사르트르(Jean-Paul Sartre)의 일본 방문과 일본의 사르트르 수용」(『大東文化硏究』, 2019), 「2010년대 한국과 일본의 편의점, 점원, 사회, 문학-무라타 사야카(村田沙耶香)의 『편의점 인간』과 박영란의 『편의점 가는 기분』」(『한국학연구』, 2017)이 있다.

## 최가형

삼육대학교 스미스학부대학 조교수. 일본근현대문학·문화 전공

주요 관심 분야는 일본의 재난문학·문화, 한일 재난문학의 비교, 일본 제국주의와 식민지 문제 등이다. 「3.11 동일본대지진 이후 일본진재문학에서의 교토 표상」(『일어일문학』, 2013), 「3.11 동일본대지진 이후의 일본 진재문학과 마이너리티: 원전사고와 차별문제를 중심으로」(『일본언어문화』, 2015) 등의 논문을 썼으며, 공저서 『일본의 재난문학과 문화』(고려대학교출판문화원, 2018), 공역서 『간토(關東)대지진과 작가들의 심상풍경』(역락, 2017) 등이 있다.

## 편용우

전주대학교 일본언어문화학과 조교수. 일본고전문예, 가부키 전공

최근에는 주로 일본의 재해문학과 노인문제, 질병문학을 중심으로 연구하고 있으며, 공저 『일본의 재난문학과 문화』(고려대학교출판문화원, 2018), 논문 「가부키와 인형조루리의 노인상(歌舞伎と人形浄瑠の老人像)」(『일본언어문화』, 2020), 공동논문 「일본문학 속 신경병의 계보 : 일본 전통예능에서 표출되는 신경병 양상을 중심으로」(『일본연구』, 2020) 등이 있다.

## 김보경

한국방송통신대학교 일본학과 조교수. 일본근현대문학·일본영화 전공
전후 점령기의 일본영화와 일본문학, 대중문화를 주로 연구하면서, 최근에는 영상 미디어의
재난 표상 문제에도 관심을 두고 있다. 저역서 및 논문으로『음예 예찬』(민음사, 2020), 『일본의
재난문학과 문화』(고려대학교출판문화원, 2018, 공저), 『시가로 읽는 간토 대지진』(역락, 2017, 공역),
「도쿄 올림픽과 패전의 풍경: 〈이다텐: 도쿄 올림픽 이야기〉와 새로운 대하드라마의 가능성」(『일
본비평』, 2020) 등이 있다.

## 김영민

고려대학교 중어중문학과 시간강사. 현대중국어학 전공
최근에는 주로 '한중언어 대비'와 '중국어 교육'을 주로 연구하고 있으며, 연구성과로는 「한중
일 복수 표현 대조 연구」(『외국학연구』, 2018), 「현대중국어 명사의 동태성 연구」(『중국어문논총』,
2018) 등의 논문과 『중국어 교수법 연구』(박이정, 2016) 등의 공동역서가 있다.

## 니에 전자오(聶珍釗)

저쟝(浙江)대학 외국어대학 교수, 저쟝대학 세계문학 학제간 연구센터 주임, 국가사회과학기금
외국어문학학과 심사위원
'비교문학'과 '문학윤리학비평'을 주로 연구하고 있으며, 연구성과로는 「文学倫理学批評：人
性概念的闡釈与考弁(문학윤리학비평:인성 개념에 대한 서술과 증명)」(『外国文学研究(외국문학연구)』,
2015) 외 다수의 논문과『漢克·雷沢爾詩文選(Hank Lazer 시문선)』(華中師范大学出版社, 2015), 『文
学倫理学批評概論(문학윤리학비평 개론)』(北京大学出版社, 2014) 등의 저서가 있다.

## 이정화

고려대학교 일반대학원 중일어문학과 박사수료. 일본근현대문학·문화 전공
최근에는 주로 일본 헤이세이 시대에 나타난 '프레카리아트 문학'을 중심으로 연구하고 있으
며, 논문으로는 「일본 현대소설에 나타난 불안정한 노동 서사 연구-오야마다 히로코(小山田浩
子)의 「공장(工場)」을 중심으로-」(『비교일본학』, 2020), 「일본 프레카리아트 문학연구-당사자의
목소리를 담은 소설을 중심으로-」(『일본어문학』, 2020) 등이 있다.

## 이민희

고려대학교 BK21중일교육연구단 연구교수. 일본근대문학 전공
주요 논고에 「로마자운동으로 보는 아쿠타가와(芥川)문학」(『일본학연구』, 2020), 「21세기 재난과
소환되는 'Ryunosuke'」(『비교문학』, 2020), 「근대 연애에 관한 '문화 지형도' 구축Ⅱ」(『비교문학』,
2018), 공저 『재조일본인 일본어문학사 서설』(역락, 2017) 등이 있다.

일본학총서 50

**동아시아 재난 서사**

2020년 12월 30일 초판 1쇄 펴냄

**지은이** 정병호·김여진·엄인경·오혜진·김계자·이행선·양아람
　　　　최가형·편용우·김보경·김영민·니에 전자오·이정화·이민희
**펴낸이** 김흥국
**펴낸곳** 도서출판 보고사

**책임편집** 이소희
**표지디자인** 오동준

**등록** 1990년 12월 13일 제6-0429호
**주소** 경기도 파주시 회동길 337-15 보고사
**전화** 031-955-9797(대표), 02-922-5120~1(편집), 02-922-2246(영업)
**팩스** 02-922-6990
**메일** kanapub3@naver.com / bogosabooks@naver.com
http://www.bogosabooks.co.kr

ISBN 979-11-6587-129-1　93830
ⓒ 정병호·김여진·엄인경·오혜진·김계자·이행선·양아람·최가형
　편용우·김보경·김영민·니에 전자오·이정화·이민희, 2020

이 저서는 2016년 대한민국 교육부와 한국연구재단의 지원을 받아 수행된 연구임
(NRF-2016S1A5A2A03927685)